CRÔNICA DA CASA ASSASSINADA

LÚCIO CARDOSO

Crônica da casa assassinada

Prefácio
Chico Felitti

5ª reimpressão

COMPANHIA DAS LETRAS

Copyright © 1988 by Rafael Cardoso Denis
Copyright do prefácio © 2020 by Chico Felitti

Grafia atualizada segundo o Acordo Ortográfico da Língua Portuguesa de 1990, que entrou em vigor no Brasil em 2009.

Capa
Guilherme Xavier

Preparação
Márcia Copola

Revisão
Ana Maria Barbosa
Adriana Moreira Pedro

Os personagens e as situações desta obra são reais apenas no universo da ficção; não se referem a pessoas e fatos concretos, e não emitem opinião sobre eles.

Dados Internacionais de Catalogação na Publicação (CIP)
(Câmara Brasileira do Livro, SP, Brasil)

Cardoso, Lúcio, 1912-1968
    Crônica da casa assassinada / Lúcio Cardoso ; posfácio Chico Felitti. — 1ª ed. — São Paulo : Companhia das Letras, 2021.

    ISBN 978-65-5921-031-2

    1. Ficção brasileira I. Felitti, Chico. II. Título.

21-56226   CDD-B869.3

Índice para catálogo sistemático:
1. Ficção : Literatura brasileira   B869.3
Maria Alice Ferreira – Bibliotecária – CRB-8/7964

Todos os direitos desta edição reservados à
EDITORA SCHWARCZ S.A.
Rua Bandeira Paulista, 702, cj. 32
04532-002 — São Paulo — SP
Telefone: (11) 3707-3500
www.companhiadasletras.com.br
www.blogdacompanhia.com.br
facebook.com/companhiadasletras
instagram.com/companhiadasletras
twitter.com/cialetras

Sumário

Prefácio: Chico Felitti 9
1. Diário de André (conclusão) 21
2. Primeira carta de Nina a Valdo Meneses 39
3. Primeira narrativa do farmacêutico 49
4. Diário de Betty (I) 56
5. Primeira narrativa do médico 73
6. Segunda carta de Nina a Valdo Meneses 85
7. Segunda narrativa do farmacêutico 95
8. Primeira confissão de Ana 110
9. Diário de Betty (II) 121
10. Carta de Valdo Meneses 130
11. Terceira narrativa do farmacêutico 137
12. Diário de Betty (III) 146
13. Segunda narrativa do médico 155
14. Segunda confissão de Ana 166
15. Continuação da segunda confissão de Ana 177
16. Primeira narração de Padre Justino 187
17. Diário de André (II) 199

18. Carta de Nina ao Coronel 211
19. Continuação da carta de Nina ao Coronel 219
20. Diário de André (III) 224
21. Diário de André (IV) 236
22. Carta de Valdo a Padre Justino 244
23. Diário de Betty (IV) 252
24. Terceira narrativa do médico 262
25. Diário de André (V) 272
26. Diário de André (V) (continuação) 282
27. Terceira confissão de Ana 291
28. Segunda narração de Padre Justino 300
29. Continuação da terceira confissão de Ana 304
30. Continuação da segunda narração de Padre Justino 310
31. Continuação da terceira confissão de Ana 316
32. Fim da narração de Padre Justino 326
33. Fim da terceira confissão de Ana 331
34. Diário de Betty (V) 339
35. Segunda carta de Nina ao Coronel 346
36. Diário de André (VI) 353
37. Depoimento de Valdo 366
38. Diário de André (VII) 374
39. Depoimento do Coronel 384
40. Quarta confissão de Ana 395
41. Diário de André (VIII) 408
42. Última narração do médico 416
43. Continuação do diário de André (IX) 425
44. Segundo depoimento de Valdo (I) 436
45. Última confissão de Ana (I) 443
46. Segundo depoimento de Valdo (II) 450
47. Última confissão de Ana (II) 456
48. Diário de André (X) 462
49. Segundo depoimento de Valdo (III) 468
50. Quarta narrativa do farmacêutico 476
51. Depoimento de Valdo (IV) 485
52. Do livro de memórias de Timóteo (I) 498

53. Depoimento de Valdo (v) 506
54. Do livro de memórias de Timóteo (II) 516
55. Depoimento de Valdo (VI) 524
56. Pós-escrito numa carta de Padre Justino 532

Crônica de Clarice Lispector 549
Sobre Lúcio Cardoso 553

Prefácio

Chico Felitti

Crônica da casa assassinada começa com uma cena que poderia ser estátua renascentista mas que é feita de palavras. Quando o leitor cruza os pórticos da Chácara — a casa misteriosa e decadente do título —, encontra escondida num quarto no interior de Minas Gerais uma *Pietà* invertida: o filho, André, tem nos braços a mãe moribunda. O mármore da estátua vira carne, osso e câncer na cena que abre o livro, já indicando um amor pouco convencional. Não corrente também é o fato de ele chamar a mulher de Nina, em vez de chamá-la de mãe; a única vez em que a chama dessa maneira, a mulher, mesmo à morte, acha forças para protestar: "Mãe! Você nunca me chamou de mãe... por que isto agora?".

Parte dessa tão chocante quanto bela cena a história dos Meneses, família católica rica (mas não tão rica quanto a geração anterior e certamente mais empobrecida que os Meneses de cem anos antes) e excêntrica, que é uma espécie de cartão-postal para o inconsciente coletivo da região de Vila Velha, onde a Chácara fora construída havia séculos. Os Meneses vivem mais de memórias do que de dinheiro, são reclusos e de poucas palavras. No livro, são apresentados como "uma família arruinada do sul de Minas, que não tem mais gado em seus pastos, que vive de alugar esses pastos quando eles não estão secos".

Há na casa três irmãos: Demétrio, o mais velho; Valdo, o do meio; e Timóteo, o menor, mas já adulto e entrando numa decadência que imita a da casa. Além dos irmãos, temos os funcionários e uma agregada, Ana, a esposa de Demétrio. Mas não há nada que os pareça unir, a não ser a obrigação de morar sob o mesmo teto. A matriarca da casa é a própria casa — é a Chácara, com inicial maiúscula, como convém ao nome de uma pessoa. Suas alamedas são veias que irrigam o coração que é a casa-grande e o Pavilhão, um edifício abandonado no jardim do mesmo terreno. O Pavilhão é um órgão estranho e de função desconhecida, como um apêndice, que só serve para inflamar as relações familiares e oferecer um oásis da Chácara dentro da própria Chácara.

O equilíbrio mudo e precário da casa é rompido quando vem do Rio de Janeiro uma jovem linda, prometida em casamento para Valdo. Nina é uma lufada de brisa do mar que invade o interior de Minas, coisa insustentável para aquela casa que vive de um ar há séculos parado. Nina traz seus chapéus, seus vestidos com bordados e fru-frus supérfluos, e palavras que demonstram ambição demais para uma mulher, de quem se espera um comportamento em tons sóbrios, como o de Ana. Mas Nina é uma cor viva e chega ao interior proferindo frases como "ah, jamais tive paciência para ser pobre", antes de descobrir que o marido faz parte de uma família tradicional e influente, mas com muito menos dinheiro do que ela havia previsto.

A chegada da forasteira nos conduz pelo mundo insular da Chácara — tão insular que as pessoas fadadas a morar ali passam a se reproduzir, às vezes literalmente, em cativeiro. "Essas velhas famílias sempre guardam um ranço no fundo delas", escreve Lúcio Cardoso. O ranço, no caso, é o irmão mais novo, que se isola em seu quarto, e há anos não tem contato com Valdo e Demétrio. Timóteo está trancado dentro de uma casa de trancados, como se fosse a menor boneca matriosca de todas — a que nunca será aberta, e que morrerá com um segredo enterrado dentro de si. É um personagem construído com mistérios. Veste-se com as roupas que foram da mãe. Esconde as joias que também foram dela. Seu único contato com o mundo externo a seu quarto é Betty, a governanta da Chácara.

"Acho que nasci com a alma em trajes de grande gala", é uma das poucas explicações que Timóteo dá de si mesmo. De resto, ele não se justifica. Só vive. Vive trancafiado, acreditando que tem alguma ligação mística com Maria Sinhá, uma antepassada que sofria do que a família considerava uma maleita paralela à dele. Em vez de desmaiar e se entediar, como convinha a uma donzela, Maria Sinhá vestia roupas tidas como masculinas e saía pela fazenda, então maior e mais rica, açoitando escravos. Um dos momentos mais aflitivos do livro é o encontro de Betty, a governanta instada por Timóteo a procurar pelo passado, com o único retrato de Maria Sinhá, exilado por Demétrio no fundo do porão. Porque ela encontra o retrato da antepassada e vê nele semelhanças com Timóteo, que sente dividir uma alma com Maria Sinhá, mas ainda é visto pela família só como um doente. Uma aberração. Num conflito, um dos irmãos mais velhos de Timóteo ameaça interná-lo num manicômio, a fim de que ele se trate da sua loucura para todo o sempre: "Timóteo sempre foi um temperamento esquisito, de hábitos fantásticos, o que obrigou a família a silenciar sobre ele — como se silencia sobre uma doença".

A narrativa de *Crônica da casa assassinada* é um exercício de claustrofobia literária. Os personagens estão presos na Chácara. Estão presos em costumes e tradições que não cabem mais. Estão presos em desejos que não podem nunca sair do coração deles. Estão presos nos seus pensamentos, que vertem para o papel. O leitor e a leitora, pelo contrário, ficam livres para navegar nos cantos, tanto da Chácara como das pessoas. O texto não tem um narrador único. É contado pelo ponto de vista espatifado de cada pessoa que passa pela Chácara e por seus moradores: o farmacêutico, o padre, o médico, a governanta Betty, os irmãos Meneses, Nina, Ana e André. Cada capítulo é uma missiva de um desses personagens tentando comunicar ao mundo o que acontece naquela casa sitiada: confissões religiosas que jamais serão entregues, diários, cartas, bilhetes de amor escondidos embaixo de tijolos soltos que ilustram a decadência da casa. Cada trecho tem beleza própria, conta um ponto de vista da história e reluz, mas, como nos vidros coloridos que compõem um vitral, as peças incorporadas ganham uma nova imagem e coam a luz que vem do mundo externo, que parece nunca alcançar a Chácara.

A história da Chácara é uma trança de muitas solidões. Como ponderaria Nina no meio do livro: "[...] ninguém compreende. A verdade é uma ciência solitária". Mas ela esquece de dizer que não há verdade absoluta na obra maior de Lúcio Cardoso. Os relatos se contradizem, são influenciados por interesses pessoais e por paixões escondidas que contaminam a narrativa. Talvez, um dos muitos trunfos do livro seja mostrar que um fato é só uma questão de ponto de vista. Ou, como escreveria o autor em seus diários: "Eu não estou contando fatos, estou contando as experiências desses fatos".

Porque a *Crônica da casa assassinada* tem muito de crônica da vida do próprio autor. Nascido também no interior de Minas Gerais, em Curvelo, em 1912, Lúcio Cardoso vinha de uma família de tradição. Era irmão de um deputado federal que depois viraria ministro do Supremo Tribunal Federal e irmão de outra escritora, Maria Helena Cardoso, que narrou as memórias da família em dois livros. Em entrevistas, ele admitiu que transplantou para a sua literatura o catolicismo reinante na sua família. Mas transformou a religião em manto estético que cobre a beatice dos personagens e garante uma voz na figura do padre. "O diabo, minha filha, não é como você imagina. Não significa a desordem, mas a certeza e a calma."

A estreia de Cardoso na literatura se deu, inclusive, com um romance de inspiração familiar: *Maleita*, a história de um homem, inspirado pelo pai de Lúcio, que chega a uma cidade mineira com o intuito de levar o progresso financeiro para lá, mas se encontra com um povo desconfiado e cheio de segredos — alguns deles sombrios como os que são expostos em *Crônica da casa assassinada*. No seu segundo romance, *Salgueiro*, publicado dois anos depois, em 1935, o interior de Minas é substituído pelo morro de Salgueiro, onde nasceria a escola de samba carioca, para contar a história de três gerações, com uma abordagem mais personalista do que realista.

Contemporâneo de Jorge Amado, muito dava a crer que Lúcio seguiria por um caminho regionalista, retratando as Minas Gerais das quais saiu para ir morar e estudar no Rio de Janeiro. Seus primeiros dois romances foram bem recebidos pela crítica, e pareciam integrar a segunda fase do modernismo literário brasileiro, ao lado de obras de autores como Rachel de Queiroz e José Lins do Rego. Mas Lúcio rumou cada vez mais para dentro. Não para dentro de um estado ou do sertão, mas para dentro dos seus personagens: seus escritos passaram a ser cada vez mais psicológicos. A escrita claustrofóbica aparece neste romance nas seiscentas páginas, há meia dúzia de ações, e elas acontecem quase todas na cabeça dos protagonistas. É um livro de ação, mas de ações internas que correm no sangue dos personagens e rodopiam nas circunvoluções do cérebro. Essas ações internas revolucionaram também dentro do próprio Lúcio Cardoso, que em seus diários escreveu: "Todas as paixões me pervertem. Todas as paixões me convertem".

"Não há pior sofrimento do que permanecer à margem", registrou Lúcio, também em seus diários, no que parece ser uma fala que caberia a Timóteo.

Mas, como Timóteo, que vive sozinho num quarto para poder ser a pessoa que é, Cardoso foi trafegando mais e mais para a margem com o avançar da vida, até que em 1959, aos 47 anos, lançou esta que é sua obra-prima. Logo depois da sua publicação, o crítico Olívio Montenegro ataca o livro no *Diário Carioca*, atribuindo a ele um "caráter imoral". A resposta vem não de outros críticos, mas de autores como Manuel Bandeira e Aníbal Machado, que saem em defesa da obra, elogiando sua profundidade temática, riqueza formal e inovação. E o livro foi um sucesso. Não é de hoje que polêmica vende.

Na literatura, Lúcio Cardoso rompeu com regras, com tabus e com a corrente predominante da literatura do seu tempo, o regionalismo. Rompeu com a necessidade de mostrar as idiossincrasias de um país tropical, e decidiu focar num mergulho profundo pelos sentimentos dos seus personagens, que poderiam estar numa chácara perto de Vila Velha, mas também poderiam morar numa fazenda na periferia de Joanesburgo, ou numa chácara nos arredores de São Petersburgo. A tradicional família brasileira deste livro é a tradicional família universal.

A maestria com que pintava mapas dos mundos que existem dentro dos personagens trouxe a Lúcio fama em vida. E trouxe também admiradores que bebiam da sua criação literária, e que se tornariam nomes conhecidos mundialmente. Lúcio Cardoso foi amigo e amor de Clarice Lispector, para quem por décadas a crítica quis empurrar um romance que pode não ter havido. "Enquanto escrevo levanto de vez em quando os olhos e contemplo a caixinha de música antiga que Lúcio me deu de presente: tocava como em cravo a 'Pour Élise'. Tanto ouvi, que a mola partiu. A caixinha de música está muda? Não. Assim como Lúcio não está morto dentro de mim", escreveu Clarice em janeiro de 1969 numa crônica no *Jornal do Brasil*. O autor foi um dos primeiros a trazer a público sua homossexualidade. Em 1949, dez anos antes de lançar seu romance mais conhecido, já dizia abertamente nos seus círculos mais próximos que era gay, e fazia, no poema "Receita de homem", a lista do que um amante precisaria ter:

> *Depois deve ser alto,*
> *sem lembrar o frio estilo da palmeira.*
> *Moreno sem excesso para que se encontre*
> *tons de sol de agosto em seus cabelos.*

E nem louro demais para que, de repente
no olhar cintile algo da cigana pátria adormecida.
E que tenha mãos grandes, para demorados carinhos
e adeuses que se retardem ao peso do próprio gesto.
Pés grandes, também, por que não,
para que os regressos sejam breves
e haja resistência para as conjuntas caminhadas.
Os olhos falem, falem sempre, falem
de amor, de ciúme, de morte ou traição.
Mas que falem. Porque o homem sem a música dos olhos
é como sepultura exposta ao sol do meio-dia.

O embate com a norma às vezes pulava do campo das palavras. Lúcio Cardoso usou os punhos para combater o preconceito. José Lins do Rego estava na porta da livraria José Olympio, no centro do Rio, conversando com "camaradas marxistas". O assunto era a indignação com *Mundos mortos*, romance de Otávio de Faria que havia sido publicado em 1937. A bronca de Lins do Rego e dos amigos era que o livro tratava de jovens lidando com a sexualidade (e a homossexualidade dentro de um colégio de padres), e não serviria para o que chamavam de "o bem social". A edição de 21 de dezembro de 1960 do jornal *O Povo* narra que, bem nesse momento, Lúcio Cardoso chegou à livraria. No relato do diário, José Lins do Rego olhou para ele e disse: "Cambada de carolas, carolas, carolas!". Lúcio parou e o questionou: "Que é?". Rego respondeu: "Não é com você, é com o Otávio", e teria feito uma piada homofóbica. Registrou-se que Cardoso respondeu com os punhos. "E há luta. Pancadaria!", diz o jornal, e continua: "Apartaram... e quando apartaram o Sr. Lins do Rego — cabelo assanhado — foi lá para o fundo, resmungando, resmungando, apanhado...". O próprio autor parecia ver algum divertimento nesses fatos. O trecho de *O Povo* que guarda o relato da briga foi encontrado pela pesquisadora Cássia dos Santos, da Unicamp (Universidade Estadual de Campinas), nos arquivos do próprio Lúcio Cardoso.

Como Timóteo, Lúcio teve um derrame cerebral. Mas, diferentemente do personagem, seguiu na lida da arte. Ainda que tivesse perdido os movimentos de um lado do corpo, o que o impedia de escrever, passou a pintar com mais frequência, isolado em sua casa. Enquanto isso, a *Crônica da casa assassinada* conquistava espaço. Ganhou com as décadas algumas novas edições, menos do que merecia. A prova disso é que virou objeto de culto, com tomos de seiscentas páginas por um salário mínimo na internet. Agora, a obra maior de Lúcio Cardoso volta a ser editada, e para novas gerações que poderão se encontrar nela.

O livro, fechado, é um tijolo que poderia ser usado para erigir uma parede no meio do sertão mineiro. Mas, aberto, o tomo ganha o peso de um pensamento: é leve, fluido, causa taquicardia como se fosse escrito com adrenalina. Ao fechar-se *Crônica da casa assassinada*, a Chácara fica tatuada na retina e passa a morar na mente. Ou, como o próprio Lúcio Cardoso escreve: "Mas a imagem da casa lacerada, como se fosse um corpo vivo, não me saía mais do pensamento".

Italo Calvino elencou catorze critérios para um livro ser considerado um clássico. A sexta exigência é: "Um clássico é um livro que nunca exauriu tudo o que tem a dizer para os leitores". Barbra Streisand, num palco de Las Vegas na virada do milênio, disse que uma obra clássica é qualquer arte que toque as pessoas, independentemente da geração a que essas pessoas pertençam. *Crônica da casa assassinada* satisfaz os dois critérios: consegue chocar e tocar alguém em 2021 tanto quanto tocou sessenta anos atrás.

Seis décadas depois de sua publicação, *Crônica da casa assassinada* não perdeu sua pólvora. Pelo contrário, está mais presente do que nunca o potencial inflamatório de uma obra que tece incesto, adultério, hipocrisia religiosa e fobia de tudo o que não é norma. Este livro é explosivo. E, por isso, um clássico.

A Vito Pentagna

Jesus disse: Tirai a pedra. Disse-lhe Marta, irmã do defunto: Senhor, ele já cheira mal, porque já aí está há quatro dias. Disse-lhe Jesus: Não te disse eu que, se tu creres, verás a glória de Deus?

São João XI, 39,40

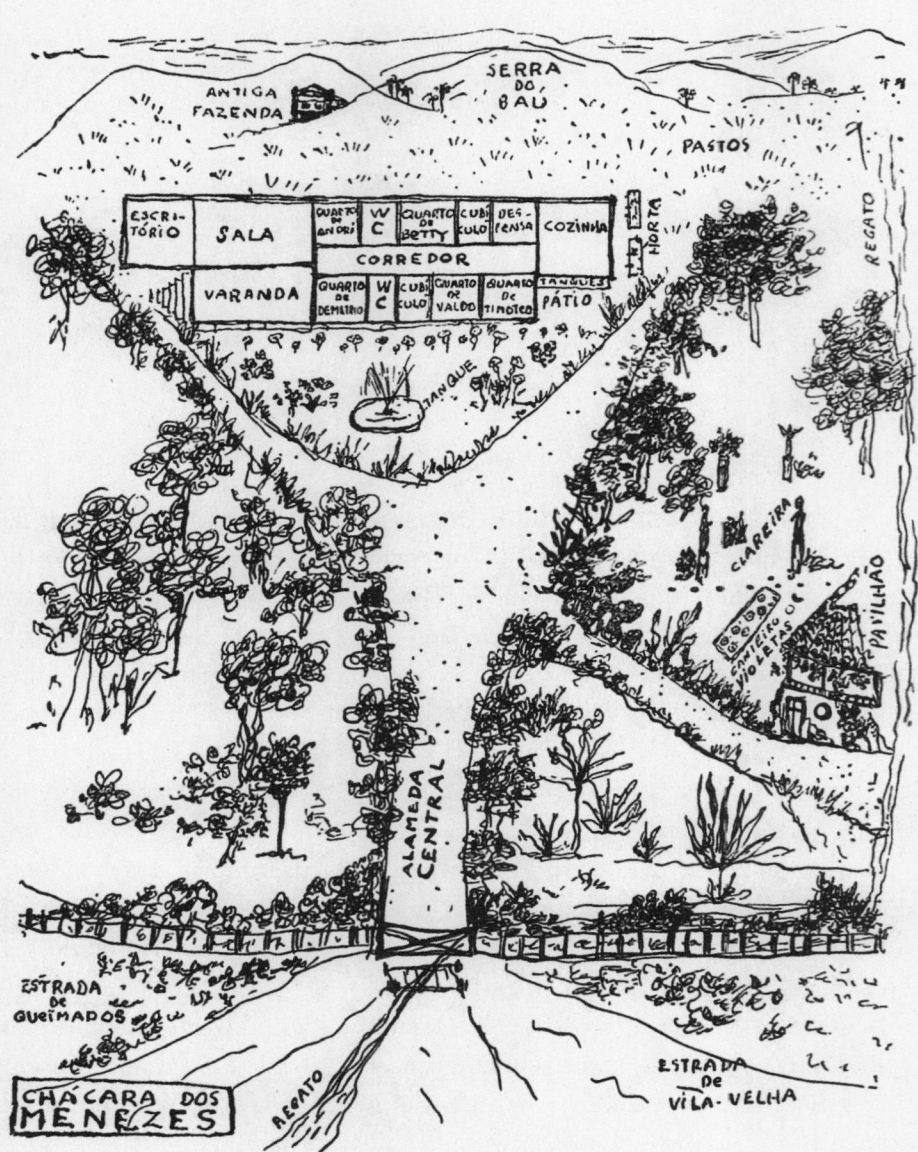

*Planta da Chácara dos Menezes.
Coleção Ésio Macedo Ribeiro.*

1. Diário de André
(conclusão)

18 de... de 19... — (... meu Deus, que é a morte? Até quando, longe de mim, já sob a terra que agasalhará seus restos mortais, terei de refazer neste mundo o caminho do seu ensinamento, da sua admirável lição de amor, encontrando nesta o aveludado de um beijo — "era assim que ela beijava" — naquela um modo de sorrir, nesta outra o tombar de uma mecha rebelde dos cabelos — todas, todas essas inumeráveis mulheres que cada um encontra ao longo da vida, e que me auxiliarão a recompor, na dor e na saudade, essa imagem única que havia partido para sempre? Que é, meu Deus, o para sempre — o eco duro e pomposo dessa expressão ecoando através dos despovoados corredores da alma — o para sempre que na verdade nada significa, e nem mesmo é um átimo visível no instante em que o supomos, e no entanto é o nosso único bem, porque a única coisa definitiva no parco vocabulário de nossas possibilidades terrenas...

Que é o para sempre senão o existir contínuo e líquido de tudo aquilo que é liberto da contingência, que se transforma, evolui e deságua sem cessar em praias de sensações também mutáveis? Inútil esconder: o para sempre ali se achava diante dos meus olhos. Um minuto ainda, apenas um minuto — e também este escorregaria longe do meu esforço para captá-lo, enquanto eu mesmo, também para sempre, escorreria e passaria — e comigo, como uma carga de detritos sem sentidos e sem chama, também escoaria para sempre meu amor, meu tormento e até mesmo minha própria fidelidade. Sim, que é o para sempre senão a última imagem deste mundo — não exclusivamente deste, mas de qualquer mundo que se enovele numa arquitetura de sonho e de permanência — a figuração de nossos jogos e prazeres, de nossos achaques e medos, de nossos amores e de nossas traições — a força enfim que modela não esse que somos diariamente, mas o possível, o constantemente inatingido, que perseguimos como se acompanha o rastro de um amor que não se consegue, e que afinal é apenas a lembrança de um bem perdido — quando? — num lugar que ignoramos, mas cuja perda nos punge, e nos arrebata, totais, a esse nada ou a esse tudo inflamado, injusto ou justo, onde para sempre nos confundimos ao geral, ao absoluto, ao perfeito de que tanto carecemos.)

... Durante o dia inteiro vaguei pela casa deserta, sem coragem nem sequer para entrar na sala. Ah, com que intensidade eu sabia que ela já não me pertencia mais, que era apenas uma coisa despojada, manejada por mãos estrangeiras, sem ternura e sem entendimento. Longe de mim, bem longe agora, iriam descobrir suas formas indefesas — e com esse triste afã dos indiferentes, trabalhariam sua última *toilette*, sem sequer imaginar que aquela carne já fora viva e estremecera em tantos assomos de amor — que já fora mais moça, mais esplendorosa do que toda juventude que se pudesse supor desabrochada por esse mundo afora. Decerto não era aquela a sua morte, pelo menos eu não a imaginara assim, nos raros, nos difíceis momentos em que conseguira imaginá-la — tão brutal e positiva, tão arrancada do fundo como uma planta nova extirpada da terra, tão injusta, na violência da sua agressão.

Ah, era inútil relembrar o que ela fora — mais do que isto, o que havíamos sido. A explicação se achava ali: dois seres atirados à voragem de um acontecimento excepcional, e subitamente detido — ela, crispada em seu último gesto de agonia, eu, de pé ainda, sabia Deus até quando, o corpo ainda vibrando ao derradeiro eco da experiência. Nada mais me apetecia senão vagar pelas salas e corredores, tão tristes quanto uma cena de que houvesse desertado o ator principal — e todo o cansaço dos últimos dias apoderava-se do meu espírito, e a sensação do vazio me dominava, não um vazio simples, mas esse nada total que substitui de repente, e de modo irremissível, tudo o que em nós significou impulso e vibração. Cego, com gestos manobrados por uma vontade que não me pertencia, abria as portas, debruçava-me às janelas, atravessava quartos: a casa não existia mais.

Sabia disto, e qualquer consolo me era indiferente, nenhuma palavra de afeto ou de revolta poderia me atingir. Como um caldeirão já retirado do fogo, mas em cujo fundo ainda fervem e fumegam os detritos em mistura, o que me dava alento eram os restos daquele período que eu acabara de viver. No entanto, como movido por uma força que mal acabara de repontar em meu ser, uma ou duas vezes me aproximei da sala em que ela jazia, entreabri a porta, olhei de longe o que se passava. Tudo era de uma repugnante banalidade: dir-se-ia a mesma cena que estava acostumado a ver desde a infância, caso não a transfigurasse, como um sopro potente, invencível, esse hálito sobrenatural que percorre todo ambiente tocado pela presença de um cadáver. Da mesa da sala de jantar, que já servira em sua longa vida para tantas refeições em comum, para tantas reuniões e concílios de família — ela mesma, Nina, quantas vezes não fora julgada e dissecada sobre aquelas tábuas? — haviam feito uma essa provisória. Nos cantos, dispostas por essas mãos que a pressa inventa exatamente para momentos semelhantes, quatro velas solitárias. Velas comuns, recendendo a comércio barato, provavelmente vindas do fundo de alguma gaveta esquecida. E dizer-se que isto era a paisagem do seu último adeus, o cenário que comportava sua derradeira despedida.

Tornava a fechar a porta, sentindo que me era impossível imaginá-la morta. Nenhum outro ser parecia mais imune e mais afastado da destruição. Mesmo nos últimos dias, quando já não havia possibilidade de imaginar outro desenlace, mesmo nessas ocasiões em que, através do silêncio e da indulgência, percebemos aterrorizados a condenação de que não se pode mais duvidar, mesmo assim não podia supô-la na situação em que eu agora a via, estendida sobre a mesa, enrolada num lençol, um cordão amarrando-lhe as mãos, olhos fechados, o nariz sobressaindo inesperadamente aquilino. (Lembrava-me da sua voz: "Meu pai sempre dizia que eu tinha um pouco de sangue judeu…".) Nenhum outro ser existira mais intensamente preso à mecânica da vida, e seu riso, como sua fala, como sua presença inteira, era um milagre que acreditávamos destinado a subsistir a todos os desastres.

Divago, divago, e ela não se acha mais aqui. Que adianta dizer, que adianta pensar essas coisas? Em certos momentos a consciência desta perda atravessa-me com uma rapidez fulgurante: ah, finalmente vejo-a morta, e a mágoa de tê-la perdido é tão grande que chega a interceptar-me a respiração. "Por quê, por quê, meu Deus", exclamo baixinho. Apoio-me à parede e todo o sangue aflui às minhas têmporas, enquanto meu coração bate num ritmo descompassado. Que dor é esta que me aflige, que espécie de sentimento é este, de tão funda insegurança, de uma tão absoluta falta de fé e de interesse pelos meus semelhantes? Mas tudo isto, no entanto, não ocorre senão pelo espaço de um segundo. A força da existência comum, o fato de ter vivido ainda ontem, de ter tocado meu braço com suas mãos ainda quentes, de haver formulado um simples pedido como o de fechar uma janela, como que reconstrói a calma aparente do meu ser, e eu repito de novo, devagar, é certo, mas já sem grande desespero, sem que todo o meu íntimo sangre ante essa irremovível verdade, que ela se acha morta — e sinto que não creio mais, que uma última esperança ainda cintila em mim. No fundo do pensamento, em não sei que passiva região, imagino que ao amanhecer ela ainda reclamará suas flores, aquelas mesmas flores que nos derradeiros tempos cercavam-na, não como um adorno ou um consolo, mas do modo aflitivo e desesperado de quem procura ocultar sob seu efeito a indiscrição de uma miséria latente. Tudo se aquieta em mim, a mentira me torna redivivo. Continuo imaginando que logo após descerei as escadas da Chácara e irei catar violetas pelos canteiros mais distantes, lá para os lados do Pavilhão, onde ainda sobram antigas touceiras em meio ao mato; calculo que, contornando a horta, e exatamente igual a todos os dias, farei um pequeno buquê no centro de uma folha de malva-cheirosa, enquanto irei repetindo, como se essas palavras tivessem o dom de consumir os derradeiros vislumbres da realidade: "É para ela, são dela essas flores". Domina-me uma espécie de alucinação; mais uma vez ouço nitidamente sua voz — lenta e sem timbre — que suplica: "Na janela, meu bem, ponha essas flores na janela". E vejo-a finalmente, intata, perfeita no seu triunfo e na sua eternidade, erguida junto a mim com as violetas apertadas de encontro à face.

Mas regresso devagar ao mundo que me rodeia. Não muito longe, provavelmente num canto da varanda, alguém comenta o calor reinante, enxugando a testa molhada de suor. Tento refazer de novo o sortilégio — em vão, a voz não existe mais. Pela vidraça entrevejo o sol que arde sobre os canteiros esturricados. Tateando com cautela um mundo que de novo desconheço, atravesso o corredor e atinjo mais uma vez a sala onde o corpo se acha exposto. Sei que há uma fome quase criminosa no meu gesto, mas que importa? Precipito-me sobre o caixão, indiferente a tudo e a todos que me rodeiam. Vejo Donana de Lara que recua com uma expressão de escândalo, e tia Ana que me olha com evidente repulsa. Duas mãos pálidas, torneadas no silêncio e na avareza, escorregam sobre o lençol, compondo-o — imagino que pertençam a tio Demétrio. Repito, que me importam eles? Já nada existe daquilo que por bem ou por mal era a única coisa que nos unia, Nina: agora, estão para mim irremediavelmente confundidos às coisas sem nome e sem serventia. Descubro o rosto adorado, e espanto-me de que conserve uma tal serenidade, que me imponha uma tão grande distância, a mim, que fui seu filho mais do que idolatrado, que tantas vezes cobri de beijos e de soluços aquelas têmporas que agora o calor já vai embranquecendo, que colei meus lábios aos seus lábios duramente apertados, que aflorei com minhas mãos a curva cansada do seu seio, que lhe beijei o ventre, as pernas e os pés, que só vivi para a sua ternura — e morri também um pouco por todas as veias do meu corpo, pelos meus cabelos, pelo meu sangue, pelo meu paladar e pela minha voz — enfim por todas as minhas fontes de energia — quando ela consentiu em morrer, e morrer sem mim...

... na penúltima noite, como aguardássemos o fim, ela pareceu melhorar de repente, e permitiu que eu me aproximasse. Não a via há muitos dias, pois caprichosa e geralmente de um mau humor que assustava até ao próprio médico, pedia que não deixassem entrar ninguém, que proibissem as visitas: queria morrer sozinha. De longe ainda, e apesar da penumbra em que se achava mergulhado o quarto — também era muito raro que permitisse abrir as janelas — divisei sua cabeça abatida sobre um monte de travesseiros, os cabelos despenteados, como se há muito não cuidasse deles. Confesso que naquele momento tive medo de que as forças me faltassem, e não pudesse avançar: um suor frio começou a escorrer-me pela testa. Mas não tardei em reconhecê-la, pois suas primeiras palavras foram de reprovação, como sempre:

— Ah, é você, André. Isto é uma imprudência, não sabe que o médico me recomendou absoluto repouso?

E adoçando um pouco a voz:

— Além do mais, que é que você quer no meu quarto?

Apesar dessas palavras, ela sabia muito bem, e particularmente naquele minuto, que qualquer fingimento entre nós era absolutamente desnecessário. Não fora eu quem pedira para entrar, ela é que mandara abrir a porta — e cedendo a que impulso, a que necessidade íntima de tomar pé na vida que se desenrolava lá fora? Talvez soubesse que durante horas e horas, dias e dias, eu não me afastara da soleira de sua porta. Qualquer ruído que viesse dali me interessava — uma fímbria de luz, um odor de remédio, um eco — tudo fazia meu coração bater em sobressalto. Assim, abaixei a cabeça e não respondi coisa alguma. Era bem verdade que eu aceitaria tudo, tudo, para que ela consentisse, e eu ficasse um pouco mais ao seu lado. Mesmo que fosse se extinguindo, mesmo que o alento fosse pouco a pouco desaparecendo dos seus lábios, eu queria estar presente, queria sentir-lhe o mecanismo humano vibrando até que se rompesse a última corda. Nina, vendo meu silêncio, levantou-se um pouco sobre os travesseiros, suspirou e pediu-me que lhe trouxesse um espelho. "Queria consertar o rosto", disse. E eu já ia saindo, quando ela me chamou de novo. Desta vez sua voz era diferente, quase carinhosa, bem semelhante ao modo como me tratava noutros tempos. Voltei-me, e ela pediu que eu trouxesse não somente o espelho, mas um pente, o vidro de loção, pó de arroz. Disse essas coisas como se estivesse fazendo uma brincadeira, mas não me enganei, e compreendi que espécie de agitação surda e amarga lavrava em seu íntimo. Corri à procura dos objetos pedidos e voltei a sentar-me ao seu lado, desejando examinar em seus últimos refolhos a alegria que ainda poderia sentir. Ela tomou primeiro o espelho e, devagar, como se pretendesse evitar um susto, procurou ver a imagem que nele se refletia — olhou-se durante algum tempo, depois suspirou e ergueu os ombros, como quem dissesse: "Que me importa? Algum dia tenho de me resignar a não ser mais bonita". Ah, era verdade que se achava muito longe do que fora, mas para mim ainda existia nela a mesma secreta atração que me prendera um dia. Esse gesto simples, esse erguer de ombros, provou-me no entanto que a ideia de morrer se achava mais distante dela do que parecia. Essa impressão ainda mais se acentuou quando, apoiando-se um pouco sobre meu braço, indagou num tom que se esforçava para ser confidencial, e apenas se distinguia por uma reservada angústia:

— Diga-me, André... ele sabe que estou assim, às portas da morte? Ele sabe que é o fim?

Olhava-me como se me desafiasse, e todo seu ser, concentrado e atento, indagava-me: "Não está vendo como eu sofro à toa? Pode dizer-me a verdade, sei que não estou morrendo, que ainda não chegou a minha hora". Não sei mais o que respondi — "ele", meu pai, que importava! — e voltei a cabeça, precisamente porque sabia que sua última hora havia chegado, e que daquela cama de agonizante ela não se levantaria mais. Nina percebeu o que se passava comigo e, pousando a mão sobre meu braço, esforçou-se para rir:

— Ah, André, vou contar uma coisa a você: estou boa, estou quase boa, não sinto mais aquelas coisas de antigamente... Acho que ainda não é desta vez que vocês se livrarão de mim.

E envolvendo-me num hálito morno, doentio:

— Já estou pensando no que ele vai dizer, quando me vir de pé...

Eu acreditava quase que sua fabulosa energia houvesse dominado, afinal, os germes da morte depositados em sua carne. Apoiada aos travesseiros — reclamava sempre novos, de paina leve e fresca — o busto ligeiramente inclinado para a frente, ia alisando os cabelos embaraçados, enquanto eu sustinha o espelho diante dela. Um fogo divino, uma presença maravilhosa parecia de novo inquietar-se em suas entranhas.

— Aqueles tempos bons hão de voltar, hem, André? — ia dizendo enquanto tratava os cabelos endurecidos pela febre — e você há de ver que tudo será bom como no começo. Não me esqueço nunca...

(Esses tempos, como eu queria livrar-me deles! Não haveria para ela, ai de mim, continuidade no tempo, mas eu prosseguiria, e quem iria me fazer companhia nessa extensa jornada?) Vendo meu silêncio, ela voltava a cabeça, piscava-me, a fim de evidenciar que não se achava extinta nela a memória daqueles dias que em vão eu procurava sepultar no esquecimento. E, coisa estranha, apesar daquele movimento de vivacidade, apesar do ar que ela desejava colorido e moço, havia em sua fisionomia certo tom petrificado, que dava àquele piscar de olhos o aspecto de um esgar melancólico.

— Sim, mãe — balbuciei, deixando pender a cabeça.

Ela lançou-me um olhar onde brilhava ainda um pouco de sua velha cólera:

— Mãe! Você nunca me chamou de mãe... por que isto agora?

E eu, atônito, sem poder impedir que o espelho tremesse em minhas mãos:

— Sim, Nina, voltarão os velhos tempos.

Ela continuava a pentear os cabelos, esforçando-se para desmanchar os nós — e em toda ela, aureolando-lhe a fisionomia exangue, era realmente a única coisa que ainda parecia ter vida: através das ondas que iam se refazendo, uma nova primavera, misteriosa e transfigurada, recomeçava a escorrer em seu sangue.

— Você não terá mais raiva de mim, André, nem terá de ficar muito tempo me esperando no banco do jardim. — De súbito, como se cedesse ao impulso da cena evocada, sua voz se fazia veludosa, de uma melancolia infantil e feminina, onde eu sentia pulsar de novo, com que emoção, toda a força de sua alma amorosa. — Nunca mais eu me esconderei como daquela vez, lembra-se? e nem arrumarei minhas malas para viajar sozinha.

Lágrimas, paisagens, sentimentos passados — que valia tudo aquilo agora? Aos meus olhos ela se desfazia como um simples ser de espuma. Não era a traição, nem a mentira e nem o esquecimento o que a fazia soçobrar sem que eu pudesse vir em seu auxílio — era exatamente o ímpeto do que existira, e era assim tão cruelmente lembrado.

— Pelo amor de Deus! — exclamei.

Então, ainda vibrando, o pente numa das mãos, ela fitou-me como se acordasse. E bruscamente uma enorme escuridão subiu aos seus olhos.

— Você não entende, você é bobo! — disse.

E suas mãos, cheias de gula — que prova requeria ela, que testemunho apagado, que reminiscência de vida? — procuravam as minhas sobre a colcha. Eu a via inclinar-se e adivinhava-lhe os seios magros por dentro da camisola. Ela interceptou meu olhar e rapidamente puxou a roupa, num movimento de pudor não pela sua nudez, mas pelo aleijão que representava agora. Voltei a cabeça, procurando esconder as lágrimas que me subiam aos olhos. Pobre, e fora inteira, com os dois seios florescendo vivos sobre a carne. Movida por um impulso diabólico, ela se desnudou de novo, brutalmente, enquanto me sacudia:

— Bobo, por que não hão de voltar os bons tempos? Você pensa que tudo se acaba assim? Não pode ser, não é possível. Não sou tão feia assim, não me tiraram tudo, pode olhar... — e puxava-me, enquanto eu mantinha a cabeça voltada — pode ver que nem tudo se acabou ainda. Se Deus quiser, vamos para uma cidade grande, onde a gente possa viver sem que ninguém se importe com nossa vida. (Acreditaria ela no que estava dizendo? Suas mãos relaxaram meu braço, seu tom de voz se alterou.) Ah, André, como tudo passa depressa.

Calou-se, e vi que ofegava. Já as cores, tão fictícias, fugiam-lhe das faces, enquanto a cabeça descaía para trás. Menos do que as palavras despendidas, o que parecia abatê-la mais era a visão desse falso paraíso que evocava. Procurei reanimá-la, dizendo:

— Nina, você tem razão. Iremos para uma cidade grande — o Rio de Janeiro, por exemplo — onde ninguém se importe conosco.

E comigo mesmo pensava: eu não podia odiá-la, estava acima das minhas forças. Deus ou o diabo que me houvesse gerado, minha paixão elevava-se acima das contingências terrenas. Nada mais conhecia senão a sensação daquele corpo ofegando em meus braços — e ofegava de um modo tão preciso no seu transe de morte, como estremecera outrora nas suas horas de amor. No mais íntimo do meu pensamento, eu tinha certeza de que nada mais poderia salvá-la, e para o jogo que tentávamos não serviam mais as pedras que tínhamos em mão. Amor, viagens, que significavam ainda essas palavras? No tabuleiro vazio, o destino havia colocado afinal seu irrefutável tento preto. A solução já não dependia de nossa vontade, nem das ações que cometêssemos, fossem elas boas ou más — a paz, por que tanto havíamos ansiado, seria dagora em diante uma estação de renúncia e de luto.

No entanto, nem eu próprio sabia o que me levava a pensar daquele modo — talvez exagerasse, talvez cedesse ao meu temperamento melancólico. Não se achava ela melhor, não conversava, não imaginava planos, como antigamente? Mas alguma coisa mais forte do que eu mesmo, do que minha triste certeza e a inábil previsão dos fatos, dizia-me que precisamente aquelas frases ditavam o impulso final, e que a morte erguera à sua cabeceira o decreto de férias eternas. Podia ela tentar ainda os últimos recursos, podia rir e insultar-me, ou dizer que partia e abandonava Vila Velha para sempre, ou apenas devorar-me de beijos e de mordidas — eu sabia que agora fitava em torno com olhos que já não eram mais deste mundo, e eu tinha forças para tudo, menos para mentir diante desse olhar. O que vinha nele erguia-se com o impulso de uma seiva ascendendo ao longo de um caule — só que a ramaria se achava morta, e nenhuma flor brotava mais desta paisagem em despedida. Sim, decerto ainda era um beijo, uma carícia — mas dirigiam-se a mim como se eu não estivesse mais naquele lugar. Não sua alma, mas seus lábios apenas, impregnados dessa saliva grossa que era como o último resíduo da paixão terrena e do esforço da carne, tentavam reanimar o delírio da vida passada. Faces, situações, paisagens, borbulhavam no fundo dessa procura. E eu me calava, confrangido. Através de seus esforços, ela devia sentir o meu silêncio. Na sua febre, devia imaginar que fosse ainda o ressaibo de uma das nossas zangas antigas — e talvez, cega, ainda me supusesse subjugado às perspectivas que ainda me traçava, mas nas quais eu não acreditava mais. É que eu tinha consciência de que já nos achávamos diante da cena final, e um soluço seco, irrefreável, atravessava-me a garganta — soluço que jamais rebentava, mas que permanecia sempre, e me impedia de pronunciar a menor frase que fosse. Então, devagar, sua mão roçou minha face, deslizou até meus lábios.

— Ah, é assim? — exclamou num tom de inexprimível tristeza. — É assim que você me agradece, quando eu o deixei vir para o meu lado? Tenho certeza, André, de que você já se esqueceu de tudo.

Ainda algum tempo seus dedos afagaram-me o rosto, experimentaram-me os lábios — como se deles procurassem arrancar a palavra que tardava — e depois, novamente endireitando-se na cama, retomou o pente e pôs-se a alisar os cabelos, num gesto mecânico. Uma ou outra vez, como uma luz que esmorece aos poucos, vi um relâmpago que ainda atravessava seus olhos — mas era o sinal de uma tempestade que se afasta, deixando o campo adormecido e entregue aos seus ímpetos desmanchados. E eu não podia dizer que noite já adivinhava chegando sobre a paisagem que a compunha, que odor de mofo e de sepultura já sentia crescendo de suas palavras.

— Está certo, André — tornou depois de algum tempo. — Está certo. Já sei de tudo: você encontrou afinal o seu caminho. Bastou que eu me afastasse, para saber que estava pisando num caminho errado. — De grave, sua voz passou a um tom aliciador, canalha. — Mas você não pode viver sem mulheres, André; aposto como já arranjou uma das empregadas da Chácara... uma conquista fácil, não foi?

Então a dor em mim foi maior do que tudo, e eu bradei com violência:
— Nina!
Como me inclinasse sobre ela, afastou-me quase com violência:
— Não me chame assim, está proibido de me chamar assim.

Voltei ao meu lugar, cedendo ao tom daquela voz que desta vez tanto me lembrava a Nina autoritária do passado. Ela contemplou-me em silêncio durante algum tempo, e sem dúvida sentiu-se satisfeita com o efeito de suas pérfidas palavras. Baixo, como quem avalia o resultado do que vai dizer, continuou:

— Posso até jurar como já pensa na hora da minha morte. Quer se ver livre de mim...

— Não! Não! — atalhei, desesperado, atirando-me sobre as cobertas. — Como pode ser ruim assim, como tem coragem para dizer essas coisas? Você gosta de me ver sofrer, Nina, sempre gostou...

Sim, eu sabia, mas que me importava naquele instante? Que me importava qualquer outra coisa que não fosse abraçá-la, cobri-la de beijos, afirmar uma última vez, antes que ela partisse, que só nós existíamos, e que o céu, o inferno e tudo o mais eram noções infantis e sem importância? Deitado, a cabeça mergulhada entre as colchas que eu amarfanhava com as mãos, permitia enfim que minhas lágrimas corressem livremente — e sentia seu talhe estremecer ao toque das minhas mãos, fugindo, deixando afagar-se, tão sensível como uma planta açoitada pela fúria do vento. Só neste único minuto em que revelava toda a extensão do meu desamparo, a paz pareceu descansar em seu coração. Devagar, tocou-me os cabelos, acariciou-os:

— Sou tão miserável, André, tenho tanto ciúme. E no entanto, você vai ficar aí, e eu tenho de partir... — e soluçava baixinho, como se não ousasse elevar o tom, e nem enxugar as lágrimas que lhe escorriam pelo rosto. Ergui a cabeça e limpei-lhe os olhos com a ponta da colcha.

— Nina, não há ninguém em minha vida. Juro como não há ninguém. Como poderia haver quem quer que fosse, depois de tê-la conhecido? — Aos poucos, e como não se importasse ela, fui descansando a face sobre seu colo. Ah, que me importava que estivesse doente, e naquele flanco onde tantas vezes meus lábios ávidos haviam corrido, desabrochasse agora a boca tumefata e sequiosa da decomposição...

Então, com força, ela segurou minha cabeça entre suas mãos, e seus olhos perdidos fixaram-se nos meus:

— Jura, jura de novo para que eu possa acreditar! Você não teria coragem para mentir a uma mulher que estivesse prestes a partir deste mundo, teria?

— Nunca — menti, e havia uma calma decisão na minha voz.

— Então jura, jura agora! — implorou.

Jurar que não havia outra mulher em minha vida, jurar que ela não se achava às portas da morte, jurar o quê, meu Deus? E no entanto jurei, o rosto colado contra o seu seio. Jurei, e teria jurado tudo o que ela quisesse, e cometido todos os perjúrios, se disto dependesse a tranquilidade do seu espírito. Quando ergui a cabeça, seus olhos rebuscaram os meus, e havia neles uma impressão alienada e cheia de susto, como nos olhos de certos animais. Dir-se-ia que vislumbrava acima de mim, de minhas palavras, um mundo cujo entendimento já não lhe pertencia mais. Deixou escapar um suspiro, afastou-me e voltou a pentear morosamente os cabelos. Mas devia ter gasto muitas forças, pois o pente caiu-lhe das mãos e, mortalmente pálida, exclamou:

— André!

Tomei-a entre os braços, recostei-a de encontro aos travesseiros. Ofegava. O silêncio tombou sobre nós e, através desse silêncio, como se dilacerassem uma bruma até aquela hora onipotente, os objetos usuais da doença — frascos de remédio, rolos de algodão, ampolas, tudo o que se acumulava em torno e que, por um momento, eu havia conseguido subtrair do pensamento — repontaram cheios de força. De pé, eu a examinava: uma máquina desconhecida, trabalhando não sei que tecelagem escura e mortal, recomeçou a funcionar no seu íntimo. Não poderia dizer quanto tempo levamos assim, até que afinal ela voltou a si e disse:

— Que foi? Que se passa comigo?

Tentei acalmá-la, dizendo que ainda estava fraca, e provavelmente falara mais do que devia. Ela moveu a cabeça negativamente e respondeu com estranha calma:

— Não. Este minuto foi como um aviso. Não há dúvida, André, é o fim que está chegando.

Tomou novamente minha mão entre as suas, e ficou quieta. Alguém, não muito longe de mim, fez um gesto na obscuridade. Era hora, eu devia partir. Mas sentia o tempo escorrer em meu ser, e fixava-me naquele lugar como se houvesse adquirido raízes. O médico aproximou-se, tocou-me no ombro — era um moço tímido, que havia chegado há poucos dias do Rio — e indicou-me a porta como se dissesse que era inútil mais qualquer esforço. O mundo se reapossava do meu sonho. Antes de sair, no entanto, olhei para trás uma última vez: Nina dormia, mas nada em sua fisionomia denotava qualquer semelhança com uma pessoa viva.

... (Naquela noite passeei interminavelmente pelo jardim, rondando a janela acesa do quarto em que ela se achava. A sombra do médico deslizava contra o fundo branco da parede. Em determinado momento, vi meu pai que se inclinava, e seu aspecto pareceu-me mais abatido do que nunca. Que sofreria ele, que sentimentos ocultaria no fundo do peito, que orgulho triste e inteiramente descabido naquela hora? Pensei mesmo em dirigir-lhe a palavra, em meu espírito chegou a se formar um movimento semelhante a uma intenção de consolo, mas meus lábios recusaram-se a pronunciar o menor som e, quando o encontrei na escada, também ele procurando a solidão do jardim, deixei-o passar, duro, sem poder fazer um gesto sequer.)

... Ao colocar as flores no seu colo, ela reabriu os olhos e vi então que já parecia inteiramente ausente deste mundo. Poderia repetir ainda os mesmos gestos dos vivos, pronunciar até palavras semelhantes — mas a força vital já se despedia do seu corpo, e ela se achava nesta fronteira indevassável de onde os mortos espiam indiferentes a área por onde transitamos. Mesmo assim, por um esforço de sobrevivência, ou quem sabe por uma simples imposição do hábito, tomou as violetas nas mãos e levou-as devagar às narinas — tal qual fazia nos tempos passados, com a diferença que não sorvia mais o perfume com a mesma sofreguidão, e seu gesto de agora era relaxado e mole. O braço descaiu e as violetas espalharam-se sobre a cama.

— Não posso — disse.

Também nada mais reconheci naquela voz — era um produto mecânico e frio, um som emitido com dificuldade, audível ainda, mas sem consistência, com a flacidez morna do algodão. Não tive coragem para dizer coisa alguma e fiquei simplesmente ao seu lado, pedindo a Deus, com lábios que não tinham nenhum calor da fé, que me transmitisse um pouco daquele sofrimento. Advertida talvez por essa última consciência dos moribundos, que os faz bruscamente destacar uma minúcia do amontoado em que as formas se aglutinam, fitou-me. Depois, com um lampejo de compreensão, procurou ocultar o que se passava com ela, e voltou a cabeça para o lado. Assim ficamos, perto e distantes, tendo entre nós dois a poderosa presença que nos dividia. Eu jurara que seria sensato e que forçaria a dor a calar-se no fundo do meu coração, não porque me importasse sua repercussão aos olhos alheios, mas unicamente a fim de evitar a criação dessa tensa atmosfera de adeus que circula em torno dos agonizantes. Vendo-a porém já meio submersa na noite, e tão apartada de mim como se sua presença fosse apenas memória, sentia galopar em meu peito o ritmo de um desespero, de uma raiva que não se continha mais. E por uma bizarra coincidência — ou, quem sabe, precisamente pelo inelutável da hora — eu adivinhava que em nossas memórias subiam apenas imagens do tempo esgotado. (Ela, à borda da água, no dia em que, desejando-a tanto, tocou-me os lábios com os dedos, dizendo: "Você nunca beijou ninguém..." — ou esse outro dia em que, sentada num tronco abatido, vergastou-me de súbito as pernas, exclamando: "Mas você já é um homem!". E tantas outras lembranças que agora chegavam, e iam se multiplicando como sob o efeito de um entorpecente, desenlaçando-se como uma gigantesca espiral colorida, e onde avultava sempre, como um sol visto de todos os lados, a sua figura resplandecendo.)

Ela voltou-se para mim como se também houvesse descoberto meu pensamento:

— Seria tão bom, André, se de novo pudéssemos viver como antigamente!

Sem ousar aprofundar seu pensamento, todo ele cheio de ideias pecaminosas que devia repelir naquele supremo instante, sua mão roçou uma das violetas abandonadas, ergueu-a como se tentasse arrancar do passado seu humilde testemunho, depois abandonou-a — a flor tombou no assoalho.

— Mas talvez... talvez — murmurei, sem nem ao menos saber direito o que dizia.

Uma desesperada chama, possivelmente seu último apelo à vida material que se afastava, reacendeu-se àquelas palavras.

— Talvez! — e sua voz vibrou pelo quarto inteiro. — Ah, talvez, quem sabe, André?

E tentou levantar-se. Sua mão fria, de ossos salientes, obrigou-me a vergar, enquanto mais uma vez, com uma sede idêntica à do viajante que entorna as derradeiras gotas de água existentes no fundo do cantil, seus olhos me buscavam — e devoravam-me o tecido exterior, a trama íntima, a figuração derradeira que me constituía e me erguia o ser, para aprofundar-se além dessa coisa cerrada e triste que é o âmago da matéria, o laço umbilical, e pervagar através da minha essência, lúcida e cambaleante, à procura da veracidade do amor que nos unira — e a palavra enfim, o adeus, a força, a sugestão e o carinho, que haviam feito de mim a criatura entre todas única que sua paixão havia escolhido. Uma nuvem escureceu-me a vista, apoiei-me à cama para não cair.

— Quem sabe — disse ela ainda — quem sabe não seja isto o fim de tudo. Acontece tanta coisa, tanta gente se salva.

E afogando-me em seu hálito ardente:

— Você acredita que haja milagre, André? Acredita que haja ressurreição?

Como eu demorasse a responder, e me sentisse violentamente jogado contra paredes escuras e sem vibração, ela sacudiu-me, numa impaciência que lhe duplicava as forças:

— Você prometeu que não me diria uma só mentira. Vamos, fale, pelo amor de Deus: o milagre existe?

— Não — respondi, e eu próprio me assustei com a calma da minha voz. — O milagre não existe. E não há ressurreição para ninguém, Nina.

O silêncio que sucedeu a essas palavras foi tão grande, que senti como se houvesse baixado sobre nós um inesperado crepúsculo. Em seus lugares, frios, os objetos perdiam sua última luminosidade, e convertiam-se em quietas formas de ferro. Quando ela voltou a falar, foi como se sua voz subisse do fundo de um poço:

— Iremos para longe, André. Como me faz mal esta cidade, esta casa. E há outros lugares, juro como há outros lugares, onde poderemos ainda viver e ser felizes.

Não me contive mais e fiz um esforço para libertar-me. Aquilo ultrapassava tudo o que eu poderia suportar. Preferia a distância e o isolamento, preferia não vê-la nunca mais, a ser submetido àquele inquérito frente a frente, e no qual não me era permitido o menor subterfúgio. Ela sentiu minha relutância e seus olhos se enevoaram.

— Você quer fugir de mim, não é? Você quer fugir, André, sinto que já não é o mesmo de antigamente.

Não sei que força sobre-humana impulsionava-a naquele minuto, mas o certo é que, sob pressão daqueles sentimentos, conseguira sentar-se na cama, apesar do suor que lhe escorria pelo rosto magro, e de respirar aos arrancos, como se estivesse prestes a desfalecer. Agora, em vez de reter-me apenas a mão, puxava-me o braço, o corpo todo, num derradeiro esforço para me submeter. Eu relutava, porque temia vê-la sucumbir entre meus braços. Abaixei-me, sem contudo ceder completamente à sua vontade — e como continuasse ela a me puxar, de vez em quando, nesta luta, sua face quase roçava a minha, eu sentia subir até às narinas aquele bafio de corpo doente e longamente retido entre cobertas. Isto, no entanto, não me despertava senão uma intensa e desoladora piedade. Este esforço durou talvez o espaço de um minuto e, compreendendo afinal que ia perder, não sei que instinto a moveu, nem que essência feminina ferida e ultrajada comandou o seu gesto — sei apenas que, erguendo a mão, desferiu-me uma bofetada. A mão bateu-me flácida no rosto, e eu fitei-a, estupefato, com olhos onde não existia nem sequer o menor vislumbre de rancor.

Contemplamo-nos, e um arquejo subiu à sua boca:

— Você está fugindo, André, fugindo de mim. Isto é para que nunca se esqueça, para que diga um dia: ela me deu uma bofetada, a fim de me castigar da minha indiferença.

E mais baixo, com um sorriso tão triste que eu senti apertar-se o meu coração:

— E também para que você não me atraiçoe à toa, André. Para que não minta e diga: pequei, mas este pecado apenas me trouxe orgulho.

Só aí as lágrimas vieram aos meus olhos, não de dor, que eu próprio já não conseguia mais sentir coisa alguma, mas pela consciência da minha inutilidade ante aquele ser tão desgraçado, que ainda se agarrava a esses últimos lampejos de vida. E que vida era aquela, que passado, que futuro evocava, tentando aprisionar-me num esforço final, quando mais nada podia nos salvar no caminho que já agora trilhávamos. Mais nada. Ah, que miséria a nossa, e como eu sentia estremecer na minha carne o desespero da criatura condenada. Como virasse o rosto, ela percebeu nele o rastro das minhas lágrimas.

— Sou estúpida, André, não tenho o direito de falar assim. Tenho certeza de que jamais morreremos um para o outro. Como é que você poderia me esquecer, se foi comigo que aprendeu tudo o que sabe?

Calou-se. Seus olhos, no entanto, não se apartavam dos meus — como se desejasse arrancar deles a verdade sobre a situação real em que nos achávamos. Era fácil dizer que jamais morreríamos um para o outro — mas como acreditar nisto, se em torno tudo ia se estiolando lentamente? Foi grave, quase solene, que voltou a dizer:

— Quero que você se lembre sim, André, caso… caso suceda alguma coisa. Quero que você se lembre e seu coração jamais me perca de vista. Quero que em certas noites lembre-se de como eu o tocava com minhas mãos — e nunca se esqueça do primeiro beijo que trocamos, junto àquela árvore grande do Pavilhão. Quero que nunca mais pise num jardim, sem lembrar do jardim que foi nosso. E nem que espere pessoa alguma neste mundo, sem lembrar-se de como me esperava, sentado naquele banco dos últimos encontros. Quero que você sempre se lembre do calor do meu corpo, e das coisas que eu disse, quando você me tomou em seus braços. Quero…

Ajoelhei-me, devagar. Com uma força terrível, que uma espécie de ânsia duplicava, obrigou-me a inclinar a cabeça sobre seu peito, a roçar com minha boca seu queixo e seus lábios. Mas pouco a pouco a pressão foi cedendo e, exausta, deixou pender a cabeça de lado, olhos fechados.

....

A última noite em que a vi…

....

Quando soube que Timóteo, meu tio, havia sido retirado da sala, e que esta se esvaziara, para lá me dirigi a fim de dizer àquela que se ia o meu último adeus. Logo no limiar distingui um vulto de costas, e reconheci facilmente meu pai. Voltou-se, assim que entrei, e pareceu-me bastante envelhecido, se bem que ainda conservasse sua atitude perfilada, e seu insuportável ar de fidalgo da província. Não sei, no entanto, que espécie de atração foi a que sua presença exerceu naquele instante sobre mim — eu, que nem sequer o olhava quando esbarrava com ele no corredor. Creio poder afirmar, no entanto, que só aí tive inteira consciência de que os Meneses não existiam mais. Tinha vindo para me despedir de um cadáver — e, durante alguns segundos, foi aquele homem que siderou meu olhar como se eu descobrisse um morto de repente. E um morto estranho, que eu nunca havia visto antes, que eu não sabia quem fosse, que para mim não ostentava nome e nem identidade alguma. Imóvel, indaguei de mim mesmo, aflitamente, se aquele sentimento de estranheza não seria o resultado de um longo e paciente trabalho de desagregação. Mas repito, fato estranho, eu o contemplava com uma indiferença que se formulava em minha própria carne, em meu sangue e em meus nervos — eu o contemplava como um ser surgido de outro mundo, e a que lutamos para revestir de qualquer aparência humana. Talvez atraído também pelo meu olhar, ele veio chegando, mas o caixão se interpunha entre nós dois — então, automaticamente, e sem poder quase desviar a vista de mim, ele aproximou-se da morta, ergueu o lenço que lhe vedava o rosto, fitou-a. Foi a este gesto, precisamente, que a aparência humana começou a revesti-lo — e eu tive certeza de que me achava frente a frente com um desconhecido.

Assim que ele se afastou, fui direto ao caixão, onde estaquei: era uma urna muito simples, trabalho de Mestre Juca, forrada de pano ordinário e com alças de metal. O corpo, enrolado num lençol, descansava sem que nenhuma flor o enfeitasse. Talvez tivesse sido ela própria quem ordenara aquela nudez, aquele despojamento.

Sem pressa, com a mesma timidez de quem desobedece ditames de uma lei oculta, inclinei-me e levantei a ponta do lençol. Foi a primeira vez que vi o rosto de um cadáver, e aquilo deu-me uma sensação estranha como se uma música longínqua, em acordes muito finos, vibrasse em meu espírito. Ah, seria impossível expressão humana modificar-se com maior rapidez: nela, de linhas tão suaves e perfeitas, tudo havia sido vincado com violência, desde os cílios alongados, um tanto excessivamente, até a testa branca, larga demais, e a curva acentuada das asas do nariz, positivando um aspecto inesperado de semita. E em torno deste rosto, a rigidez estabelecera uma aura intransponível. Bem se via que a morte não era uma brincadeira, que o ser estabelecido originalmente, e toscamente modelado em barro pelas mãos de Deus, ali irrompia de todos os disfarces, para se instalar onipotente em sua essência mais verídica. Bem se via também que tudo se achava definitivamente dito entre nós. Inúteis as palavras que haviam sobrado, os afagos que não haviam sido feitos, as flores com que ainda pudéssemos adorná-la. Libertada, repousava em sua pureza final. Ah, e inútil também tudo o que não fosse fúria e submissão. Sem resposta, como se nós, criaturas, nada mais merecêssemos senão o luto e a injustiça, tudo terminava ali. E o que existira não passara de um sonho, de uma magnífica e passageira ilusão dos meus sentidos. Nada conseguiria mais romper o duro peso que se acumulava sobre meu coração, e diante daquela ruína, já tocada pela corrupção, eu custava a reconhecer aquela que fora o objeto do meu amor, e nenhuma lágrima, nem mesmo de piedade, subia-me aos olhos.

Tão sem pressa quanto suspendera a ponta do lençol, inclinei-me e beijei o rosto daquela mulher — como já o fizera tantas e tantas vezes — mas sentindo que desta vez era inútil, e que eu já não a conhecia mais.

2. Primeira carta de Nina a Valdo Meneses

... Não se assuste, Valdo, ao encontrar esta entre seus papéis. Sei que há muito você não espera mais notícias minhas, e que para todos os efeitos me considera uma mulher morta. Ah, Deus, como as coisas se modificam neste mundo. Até o vejo, num esforço que paralisa a mão com que escrevo, sentado diante de seu irmão e de sua cunhada, na varanda, como costumavam fazer antigamente, e dizendo entre dois grandes silêncios: "Afinal, aquela pobre Nina seguiu o único caminho que deveria seguir...". E Demétrio, sempre desinteressado dos problemas alheios, dobrando o jornal e olhando o jardim com um suspiro: "Eu sempre lhe avisei, Valdo, mas você foi surdo à voz do bom senso". (Do bom senso, seriam exatamente essas as palavras que ele empregaria, com aquela incrível falta de modéstia que usa para com tudo o que se refere à sua própria pessoa.) Ana talvez não diga coisa alguma, seu olhar ausente apenas fitará o céu que a noite vai escurecendo aos poucos. Isto, durante anos e anos, porque os Meneses são parcos de gestos, e inauguram poucas situações no decorrer do tempo. E eis que de repente, sobre a poeira habitual que cobre seus livros de cabeceira, você encontrará esta carta. Talvez custe um pouco a reconhecer a letra — talvez não custe, e então seu coração bata com um pouco mais de força, enquanto pensa: "Aquela pobre Nina, de novo".

Terá acertado, Valdo, pelo menos uma única vez em sua vida. Aquela pobre Nina, e hoje mais pobre do que nunca, de novo à sua porta, humilde, farejando seu rastro como uma cachorra abandonada na estrada. Talvez não seja inútil dizer-lhe que as mulheres da minha espécie custam a morrer, e que é necessário que tentem várias vezes a minha morte, para que eu realmente desapareça, e interrompa minha ação no mundo dos vivos. Mas não se assuste, meu caro, que meu objetivo desta vez é bem simples, e obtido o que desejo, regressarei mais uma vez ao silêncio e à distância a que os Meneses me relegaram. Não pretendo retornar à Chácara (se bem que às vezes, numa onda de saudade, lembre-me de sua sala tranquila, com o aparador grande cheio de pratas empoeiradas, e por cima o quadro da Ceia de Cristo, no centro de uma mancha larga que denuncia o lugar onde em dias antigos existiu o retrato de Maria Sinhá…) e nem voltar a usar esse nome de que tanto se orgulham vocês, e que para mim foi apenas sinal de uma série de erros e enganos. Não, o que eu pretendo é apenas reclamar aquilo que julgo do meu direito. Você me disse um dia que havia carência de amor onde muito se reclamavam direitos próprios, o que talvez seja verdade em parte, pois apesar de todo o possível amor que ainda existe entre nós — o tempo não me transformou, Valdo, e se você não chegou a compreender muitos dos meus gestos, acredito no entanto que ainda exista no seu coração um resto daquele sentimento que nos uniu — não posso deixar de reclamar coisas que considero como absolutamente devidas à situação em que me encontro. Vejo-o um tanto espantado, indagando de si mesmo que coisas serão essas — e, neste caso, terei de lembrar a você que somos apenas separados, não tendo havido entre nós nenhuma ação legal de desquite, essas coisas repugnando sempre ao seu irmão Demétrio, excessivamente cauteloso com tudo o que possa trazer dano ao honroso nome da família. Assim, é mais do que lógico que tenho direito à mesma assistência que teria, caso estivesse ao seu lado. Compreendeu agora até onde quero chegar? Ainda sou sua mulher, a lei assim nos reconhece, e se bem que durante todo este tempo não tenha recebido um real da sua parte, que você se tenha descurado até quase ao ponto de atirar-me na miséria, ainda assim é do seu estrito dever zelar por mim e assistir-me nos transes difíceis.

    Adivinho a ruga cavada em sua testa, o ar desconfiado que sempre toma nessas ocasiões, e as falsas acusações que vai armazenando em seu espírito. Prevejo suas suposições e suas suspeitas em relação à vida que levo, e à minha situação atual. Não, Valdo, não pense que estou recorrendo a você para satisfa-

zer caprichos e luxos que considera inteiramente desnecessários. Posso garantir que neste terreno tenho sido mais do que favorecida, pois não faltam amigos que me socorram e me ofereçam aquilo de que necessito, e que às vezes, realmente, representam o supérfluo. Sim, existem esses amigos, eu não escondo o fato, e amigos que de vez em quando afirmam: "Esta Nina nunca foi mais bonita do que agora" — homens que, para felicidade minha, e tranquilidade sua, mantenho à distância, e até costumo tratar com evidente desprezo. É que o meu problema é outro, e bem diferente. Imagine, por exemplo, se conseguir imaginar dessas coisas, e se elas conseguirem atingir seu coração, que uma mulher com o meu prestígio, e com as relações que possuo — que prestígio maior poderia ostentar aos olhos de um Meneses? — seja obrigada a viver num apartamento acanhado, que cheira a pobreza e a essa coisa inominável que é a existência de uma mulher abandonada pelo marido. Já a esta altura, você, que sempre procurou adivinhar meus intentos, terá dito consigo mesmo: "É evidente, é mais do que evidente o que ela pretende de mim!". Não sei como ocultá-lo — ah, Valdo, como sofrem as pessoas sinceras, como se cobrem de uma inútil vergonha, ao lidar com certos valores materiais deste mundo. No entanto, lembre-se que aí na Chácara, onde gozam de uma vida de relativa fartura ....
....
.... e sem dúvida, entre todos os meus amigos, o que possui opinião mais justa sobre o assunto é o Coronel. Diz ele que, mesmo desquitada, uma mulher merece toda atenção daquele que foi seu marido — quanto mais não havendo desquite. Vejo Demétrio inclinando-se como uma sombra por cima do seu ombro, e desabafando: "Até onde não ousará ela chegar…". Mas que Deus me perdoe, tenho para mim que as opiniões de seu irmão não são coisas que uma pessoa sensata deva levar em conta, pois são movimentos de um ser mais fanatizado pelos preconceitos, do que mesmo um julgamento equilibrado e justo. Pense bem, Valdo, pense sobretudo porque não é muito o que vou lhe pedir. Ainda que o fosse, o direito se acharia do meu lado, teria minhas razões e minhas justificativas. Por exemplo, as mesadas que me prometeu — lembra-se? — jamais se concretizaram, e sempre vivi à espera de que a situação da família se desafogasse, se bem que no íntimo tivesse certeza de que jamais sairiam do beco em que voluntariamente se meteram. Digo isto, porque sei hoje que a construção, e mais do que isto, a manutenção desta Chácara, equi-

vale a uma despesa inútil, e poderia ser poupada, se não achassem todos que abandonar Vila Velha, e esta mansão dispendiosa, fosse um definitivo ato de descrédito para a família. A verdade é que antes de desmembrarem a velha fazenda do Baú, e dividirem as terras entre credores que poderiam muito bem esperar, teria sido melhor contemporizar com a situação, remodelando apenas a casa que hoje apodrece no contraforte da serra. Posso afirmar que, indo até lá algumas vezes a cavalo, encontrei nela uma poesia e uma dignidade que nem sempre vislumbrei nesta construção pretensiosa onde hoje vivem… Tivessem feito o que eu tanto apregoei, liquidado a casa, vendido os trastes, diminuído a criadagem, loteado as terras e entrado em acordo com o resto dos credores, não estaríamos agora na situação de ....
....
.... que são as mesmas de antigamente. Isto aumenta a minha despesa, que já não é pequena. Creio mesmo que em certa época teria passado necessidade, caso não fosse o zelo dos amigos a que já me referi. Entre eles, o Coronel Amadeu Gonçalves, que não deixa um só dia de visitar-me, incentivando-me a desprezar a maldade dos homens, e trazendo-me ao mesmo tempo uma palavra de conforto. Ah, custa-se a acreditar que ainda exista gente assim: a dedicação deste homem, a constância de sua amizade, seu desprendimento, são coisas que não raro me assustam. Que não seria de mim, caso não fosse todo este seu afã paternal. Algumas vezes, ao entrar aqui, surpreendeu-me com os olhos cheios de lágrimas, e é nessas ocasiões que me diz: "Nina, não quero sobrecarregar seus sofrimentos, que não são poucos, mas lembre-se de que aqui venho como um pai, e que em mim deve se apoiar com a confiança de uma filha". Lembro-me de que realmente foi o único amigo que meu falecido pai teve, e não posso deixar de me sentir grata, sobretudo porque ele vai mais longe em seus cuidados, e costuma abandonar sobre algum móvel, a pretexto de esquecimento, quantias variadas que têm sido minha única valia. "Não faça isto, senhor Coronel", digo-lhe às vezes. "Nem sei se poderei lhe pagar isto…" Ele sorri, movendo a cabeça: "Tolinha, um dia você me retribuirá tudo". Tenho vergonha, Valdo, porque sei que este dia, provavelmente, não chegará nunca. E lamento-o, vendo-o tão quieto, tão humilde, tão sem oportunidades, ao meu lado. Ele, por sua vez, verbera o procedimento que você tem para comigo, dizendo: "Uma mulher de sua qualidade, que merecia tudo, todas as homenagens!". Ao escrever esta carta, quisera transmitir exatamente as con-

doídas expressões que tem para com a situação que atravesso. Só assim, talvez, você pudesse compreender que este mundo, cuja opinião parece pesar tanto em seu conceito, não está ao seu lado, e sim do meu. Eu, que sou realmente a perseguida e a injustiçada, apesar dos esforços de Demétrio para converter-me numa mulher fantástica e caprichosa, que levará qualquer homem à ruína. E, coisa curiosa, o rumor que tanto temem não atinge a mim, conforme podem supor, mas aos Meneses. Aos Meneses de Vila Velha, desse velho tronco cujas raízes se aprofundam nos primórdios de Minas Gerais. Ah, não posso deixar de sentir certo prazer ao dizer isto, evocando a imagem de Demétrio, trêmulo em seu despeito, e Ana, erguendo a cabeça quando passa ao meu lado, e no entanto espiando por trás de todas as venezianas que encontra. Repito, este mundo não me acusa, mas julga-os com severidade idêntica à do Coronel quando se exprime a este respeito.

    Suspendi esta carta um pouco, a fim de enxugar o pranto que me subia aos olhos. É difícil escrever, e é mais difícil ainda escrever quando se têm palavras de amor que nos sobem aos lábios, mas o coração se cala sob o peso das mais duras queixas. Não, Valdo, minha situação não pode ser mais triste, e de nada você poderá me culpar, caso venha a suceder uma desgraça. Não durmo, tenho febre; caminho à toa de um lado para outro, relembrando o que já se foi, perguntando que força me impulsionou a voltar as costas para tudo aquilo que compunha minha vida. Não fui eu, preste bem atenção nisto, não fui eu quem assim o quis, mas uma vontade que não me pertencia, e que foi acionada por secretos poderes que desejavam a minha destruição. Não acuso ninguém, porque não posso dizer que tenha sido este ou aquele, e nem aponto o motivo, porque não posso afirmar que tenha sido isto ou aquilo, mas a verdade é que sempre senti uma carência de amor em torno de mim, e vi se cristalizar em gelo a atmosfera que antes supunha tão aquecida de afeto. As noites em que desperto, e fico sentada na cama, escutando os cachorros que latem na escuridão, por trás de grades e de jardins que cercam gente venturosa — e em que imagino, sem saber por que assim o faço, que algum destino horrível me espera, e a morte desfolha rápida meu tempo nas folhas do calendário. Ah, Valdo, não há nenhuma piedade no seu coração? Vocês, Meneses, não são feitos de essência humana? Não me perdoa mais, não se esquece desse ultraje que na verdade não cometi? E agora, não compreende o que se passa comigo, não percebe como despedaçou minha alma? E o pior é que, em tudo isto, sempre presente, vejo apenas a ação atuante de seu irmão. Pode estar certo de que dia virá em que você compreenderá qual foi a ação que ele exerceu sobre mim, e a influência que teve sobre meu procedimento. Mas até lá, até esse dia, banida e em esquecimento, terei de suportar que me afrontem com as mais dolorosas injúrias. (E apesar de tudo, digo: era preciso ter visto aquele olhar dissimulado me acompanhando ao longo do corredor, e devorando-me os gestos e descerrando as portas por trás das quais me abrigava — era preciso ter sentido o contato esfomeado de suas mãos, nas poucas vezes em que me ousou tocar, revelando o que de mórbido havia por trás de sua máscara de Meneses — era preciso ter escutado o grito que lhe descerrou os lábios — o único — certa tarde quando eu atravessava a varanda vermelha de sol. Já tocava o trinco da porta, quando ouvi aquele brado estranho — "Nina"! — e era como se do fundo dele subisse de um jato a água estagnada e preta de sua paixão... Sem tê-lo visto ainda, adivinhava sua presença por trás de mim, e o galope do seu coração. Nem sequer me voltei, juro, mas no decorrer da noite, como se tivessem poder para varar as paredes, senti durante todo o tempo suas pupilas que me acompanhavam — e eram as pupilas de um louco, de um homem com sede e com fome, sem coragem para tocar no alimento que se achava diante dele. Minha mão esmorece, a pena tomba: é inútil descrever-lhe que espécie de demônio você tem em casa. Nenhum eco da minha voz conseguirá atingi-lo mais, Valdo, porque pensará sempre que são ainda as minhas extravagâncias.) Apesar de tudo, é necessário que alguém, ainda que este alguém seja eu, ponha-o em guarda contra sua própria credulidade. Morremos quase sempre da crueldade ignorada dos seres que nos cercam. Ah, se eu conseguisse trazer à sua memória a lembrança de alguns fatos... de algumas situações antigas... os primeiros tempos... a vida no Pavilhão. Aquele dia, Valdo, na escada cheia de folhas mortas, quando você me abraçou, dizendo: "Nunca, Nina, nunca nos separaremos neste mundo!". E nos separamos, cada dia que se passa achamo-nos mais distantes um do outro. Naquele momento, porém, parecia ser verdade, o ar estava impregnado de jasmim, e todo o mundo vegetal que nos cercava como que aludia à nossa causa, e jurava pela sua viva permanência. Mas que sortilégio pôde ter surgido, como tudo se transformou assim tão de repente? Que me aconteceu, que aconteceu ao nosso amor? Então não há nada certo, geramos apenas o esquecimento e a distância? As palavras, meu Deus, não significam coisa alguma, não têm poder para selar nenhum juramento? Quem somos nós que assim passamos como espuma, e nada deixamos do que construímos, senão um punhado de cinza e de sombra? Debato-me, o coração me vem aos lábios: que é válido, que é invulnerável à fúria do tempo, qual o sentimento que não se esgota e não se ultraja?

Repiso em vão essas teclas todas. Sinto-o mudo, difícil, o olhar desviado para longe. O longe é a imagem do nosso cansaço. Ali, onde nunca entrará nenhum vislumbre da minha pessoa, nem a projeção de um gesto meu, nem o eco de nenhuma das minhas palavras, ali você se refugiará com a sua certeza, e cavará minha sepultura com mãos desfiguradas e sem alma. Estou definitivamente morta para você, uma lápide imensa, sem forma, nos afasta para sempre um do outro. Ah, e isto é o que me abala e me consome. Imaginá-lo assim distanciado, sem um olhar de piedade para aquilo que nos constituiu. Imaginá-lo no seu silêncio, completamente esquecido do que me jurou e prometeu, e me sentir como se eu fosse apenas um nome, soprado há muito na vastidão de um jardim que não existe mais. Um nome, como uma pétala que cai. Ah, Valdo, Valdo!

Um dia desses, farta de pensar e de sofrer, saí e comprei numa farmácia do bairro um soporífero qualquer. Voltei para casa, arrumei minhas coisas — caixas, fitas, chapéus, esses nadas que sempre me acompanham e tanto me ajudam — ordenando aquilo para que, após a minha morte, fosse entregue a determinada pessoa que eu conheço — uma enfermeira minha amiga. Depois, tracei duas linhas ao Coronel: que me perdoasse se não tinha sido para ele a filha que desejava — e que me esquecesse, pois alguma coisa não ia bem comigo. Em último lugar...

Bem, imagina por um momento que tenha sido esta a carta. Depois coloquei o copo defronte de mim, derramei nele o conteúdo do tubo, e fiquei esperando que a coragem viesse. Minto, Valdo, a carta não era esta, a carta era outra, que eu escrevi naquele momento, com o copo diante de mim. Queria que ela fosse a minha suma, meu testamento. Que os meus gritos, nela, ecoassem pela vastidão da sua casa, e fizessem tremer os culpados em seu esconderijo. Acusei Demétrio pelo que tinha feito, afirmando que jamais o perdoaria, nem neste mundo e nem no outro. Contava de antemão com as razões que saberia levantar, assim que me soubesse para sempre ausente deste mundo. Que adultérios, que pecados não suporia que eu estaria àquela hora cometendo do outro lado? Nem posso dizer do prazer com que escrevia, imaginando meu próprio corpo entre quatro velas acesas, abandonado à curiosidade dos outros. Os mortos têm sua linguagem, e transmitem um recado que é ao mesmo tempo uma advertência e uma condenação daquilo que vivemos. Não sei quanto escrevi, foram páginas e páginas — e também não sei mais o que disse depois, nem que soluços, nem que apelos, nem que pragas atirei a esmo pelo papel. Tenho certeza apenas de que era um amontoado confuso, que você não teria nem paciência e nem interesse para decifrar. Assim, não me recordo mais do tempo que demorei sobre a carta, lembro-me que já era escuro e a pena me caíra das mãos, quando ouvi a porta se abrir e a voz do Coronel Gonçalves soar perto de mim: "Que ideias são essas que andam girando na sua cabeça? Está louca? Perdeu a noção de tudo?". Voltei-me, o chão estava cheio de papel espalhado. Um único pensamento se apossou de mim e quis defender o copo, mas não tive tempo, e o Coronel lançou tudo dentro da pia. "Já se esqueceu de que tem amigos a quem deve prestar contas?", continuou ele. Aproximou-se, obrigou-me a levantar: "Assim, não, devemos ser pacientes para com a vida". E segurando-me pelo queixo, balançando a cabeça reprovativamente ante meus olhos cheios de lágrimas: "O que você precisa é de se divertir um pouco". Ajuntou as folhas da carta, rasgou-as na minha frente e levou-me a um cassino. Acompanhava-o como uma autômata, as luzes me cegavam, sentia-me doente e enervada. Mesmo assim ganhei trinta mil cruzeiros, nunca tivera tanta sorte. "Está vendo?", exclamou o Coronel, "o destino está do nosso lado." Tanto fez que acabei esquecendo um pouco os meus pesares. Jantamos num restaurante à beira-mar, a água brilhava rastreada pelo luar, bebemos champanha, dançamos. Já era quase madrugada, quando voltamos para casa: o sol nascia e incendiava a barra. Foi aí que decidi pôr o coração à larga e esquecer, como aconselhava o Coronel.

Não pense no entanto que o dinheiro foi a causa da minha transformação. Você sabe muito bem que o fator financeiro nunca pesou em minha vida. O que me salvou foi apenas a amizade e o interesse de um homem sem pretensões. Eu sei, não é um homem belo, nem um homem culto, e muito menos um homem jovem — mas há calor nos seus movimentos e sinceridade em suas palavras. Fomos juntos a todos os lugares e sempre, resguardando uma conveniência que julgava útil para mim, apresentava-me como sua sobrinha. Dizia: "Esteve na Europa, é uma artista". Por mim, pouco importava o que dissessem. Sentia que me olhavam, que comentavam a meu respeito em voz baixa. Mas

julgava que já havia ultrapassado a época em que me incomodaria a opinião dos outros. O tempo me parecia escoar com infinita lentidão, e eu suspirava, olhando pessoas e coisas com indiferença. Mas fiz novas relações, granjeei amizades duradouras. Vejo-o sorrir com desdém, enquanto murmura: "Ralé". E, ainda aqui, que me importa ralé, amigos suspeitos: a amizade também pode ser como a flor dos monturos: colore-se da podridão de que retira a seiva. Aos poucos, fui mudando completamente de vida. Durante todo este tempo, devo confessar que nunca se passou um único dia sem que o Coronel surgisse com presentes: "Uma lembrança, uma recordação da nossa amizade". Ora, Valdo, chegamos exatamente ao ponto crucial da questão. Se eu fosse uma mulher livre, aceitaria sem hesitação as homenagens deste estranho. Sua corte, porque a verdade manda que se lhe dê este nome, teria justificação, e eu não arrastaria constantemente este sentimento de estar enganando alguém a quem não posso corresponder... Lembro-me que ainda possuo um marido legítimo — e esta atenção permanente me enerva e produz em meu espírito um sentimento de humilhação. Apesar disto ....
....
.... não poder seguir até o fim no mesmo tom. Vejo-me numa situação ridícula e, graças à sua imprevidência, esquecendo-se da minha mesada e do que combinou comigo, a recorrer a estratagemas e a esperar que de mim se compadeça a boa vontade dos outros. Não, mil vezes não, assim não posso continuar. Quando escutei seus juramentos, estava bem longe de supor que fosse este o caminho que me esperava. Agora é tarde para gemer e chorar. O que eu quero, é que você venha em meu auxílio, que me mande o dinheiro que prometeu, que faça enfim alguma coisa para que eu possa de vez desenganar esse pobre Coronel, e viver em paz com a minha consciência. Você tem o direito de expulsar-me — minha saída, examinando bem, não passou de uma expulsão — de subtrair-me ao carinho de meu filho, de negar-me seu nome, e até de apontar-me à execração pública como o vem fazendo. Mas não pode fugir ao auxílio que me deve, e negar-se a ele neste instante seria um procedimento que eu poderia tachar dos mais baixos possíveis. Se não puder obter dinheiro, como imagino que irá alegar, venda alguns desses móveis inúteis que entulham a Chácara, venda essas velhas riquezas mortas, e produza o necessário para dar subsistência a quem vive ainda. Há coisas que valem mais do que simples mó-

veis, e entre elas se encontra a justiça. Lembre-se de que quando parti de sua casa, sob a injunção da mais horrível das calúnias, nada levei comigo a não ser alguns lenços com que pudesse chorar minha desdita. É tempo pois de que se lembrem de mim para outra coisa que não seja a acusação e a injúria. Não estou sozinha neste mundo, graças a Deus, e saberei me defender, ainda que para isto tenha de despender minha última parcela de energia, e verter minha última gota de sangue. Preste atenção, Valdo, para que eu não seja obrigada a tomar atitudes extremas. (De novo tremo, e meus olhos se enchem de lágrimas: não, Valdo, sinto que posso confiar ainda na lembrança do amor que nos uniu. Sei que tudo se resolverá calmamente, que você me enviará o dinheiro de que necessito para viver — e que, assim, um ato de justiça e de compreensão virá amparar aquela que em outros tempos foi tão ignominiosamente obrigada a abandonar seu próprio lar.)

3. Primeira narrativa do farmacêutico

Meu nome é Aurélio dos Santos, e há muito tempo que estou estabelecido em nossa pequena cidade com um negócio de drogas e produtos farmacêuticos. Minha loja pode mesmo ser considerada a única do lugar, pois não oferece concorrência um pequeno varejo de produtos homeopáticos situado na praça da Matriz. Assim, quase todo o mundo vem fazer suas compras em minha casa, e mesmo para a família Meneses tenho aviado muitas receitas.

Lembro-me muito bem da noite em que ele veio me procurar. Achava-me sentado sob uma lâmpada baixa, a fim de aproveitar a claridade o mais que pudesse, já que a eletricidade em nossa vila é deficiente, e eu consultava um dicionário de pós medicinais impresso em letras exageradamente miúdas. A noite mal começara a baixar, e a loja se achava cheia de mariposas que giravam num círculo cada vez mais fechado em torno da lâmpada. Isto me enervava e eu sacudia a cabeça para afugentá-las, pois tinha as duas mãos ocupadas em sustentar o grosso volume. Não fechara inteiramente a porta, cuidando que ainda apareceria algum freguês retardatário. Como ouvisse um leve rangido, ergui a cabeça e percebi a mão que empurrava a porta — depois o rosto surgiu devagar, sem procurar produzir efeito, apenas como se evitasse uma intervenção repentina. Avançou dois passos e eu reconheci então de quem se tratava. Pareceu-me mais pálido do que habitualmente, de modos hesitantes, olhos desconfiados.

— Boa noite, senhor Demétrio — disse eu, naturalmente estranhando a visita.

Talvez seja necessário explicar aqui por que aquela chegada não me pareceu um fato banal — é que eles, os Meneses, por orgulho ou por suficiência, eram os únicos fregueses que jamais pisavam em minha casa. Mandavam recados, aviavam receitas, pagavam as contas por intermédio dos empregados. Eu os via passar com certa frequência, quase sempre de preto, distantes e numa atitude desdenhosa. Dizia comigo mesmo: "São os da Chácara" — e contentava-me em inclinar a cabeça num hábito que já se perdia longe através do tempo. Aliás, devo acrescentar ainda que caminhavam quase sempre juntos, o sr. Valdo e o sr. Demétrio. Podiam não ser muito unidos lá dentro de casa, tal como corria de boca em boca, mas nas ruas eu os encontrava sempre ao lado um do outro, como se neste mundo não houvesse melhores irmãos. Uma única vez vi o sr. Demétrio em companhia de sua esposa, dona Ana, que a voz corrente dizia encerrada obstinadamente em casa, e sempre em prantos pelo erro que cometera contraindo aquele matrimônio. Não era uma Meneses, pertencia a uma família que antigamente morara nos arredores de Vila Velha, e fora aos poucos triturada pela vida sem viço e sem claridade que os da Chácara levavam. Lamentava-se muito a sua sorte, e alguns chegavam mesmo a dizer que não era de todo destituída de beleza, se bem que um tanto sem vida.

— Boa noite — respondeu-me o sr. Demétrio, e ficou diante de mim, parado, esperando sem dúvida que eu iniciasse a conversa. Não sei que esquisita maldade se apoderou naquele instante do meu coração — ah, aqueles Meneses! — e por puro capricho continuei em silêncio, o dicionário aberto entre as mãos e contemplando sem pestanejar a face que se achava diante de mim. Devo esclarecer desde já que se tratava de um homem mais baixo do que alto, extraordinariamente pálido. Nada em sua fisionomia parecia ter importância, a natureza se encarregara de moldar uma série de traços sem relevo, tudo batido um tanto a esmo, circundando o ponto central, o único que se via desde o início e que atraía imediatamente a atenção: o nariz, grande, quase agressivo, um autêntico nariz da família Meneses. O que mais impressionava nele, repito, era o aspecto doentio, próprio dos seres que vivem à sombra, segregados do mundo. Talvez essa impressão viesse exclusivamente de sua tez macerada, mas a verdade é que se adivinhava imediatamente a criatura de paragens estranhas, o pássaro noturno, que o sol ofusca e revela.

— Queria um conselho do senhor — disse ele afinal, com um suspiro.

Inclinei a cabeça e, depositando o livro sobre a mesa, voltei-me, manifestando assim que me achava à sua disposição. Ele não ousava esclarecer o que o trouxera, talvez preferisse ser inquirido, e fitava-me sempre, os olhos miúdos rolando de um lado para outro.

— No que for possível... — adiantei.

Essas simples palavras como que tiveram o dom de arrancar-lhe um peso do espírito. Qualquer coisa se iluminou escassamente em sua fisionomia e ele se inclinou sobre o balcão, num gesto de maior intimidade. Não digo que sua voz fosse totalmente segura, mas foi vencendo aos poucos as dificuldades, até que conseguiu falar com relativa calma. Confessou-me que sua mulher andava naqueles últimos tempos preocupada com um fato estranho que ocorria na Chácara. Disse isto e, depois de um ligeiro devaneio sobre os perigos da vida na roça, deteve-se e examinou-me para ver se eu acreditava no que dizia — e não sei por quê, neste inesperado silêncio que se formou entre nós, tive a intuição de que mentia, e que desejava que eu acreditasse na sua mentira. Ora, para um Meneses vir a minha casa era necessário que realmente um fato importante ocorresse, e tão mais importante ainda, já que devia ser apresentado aos meus olhos com todas as roupagens de uma rebuscada mentira. Levantei-me, com a atenção agora inteiramente desperta, e debrucei-me ao seu lado sobre o balcão. Deste modo via seu rosto quase junto ao meu, e não poderia me escapar a menor emoção que o alterasse. Essa atenção pareceu desagradá-lo, e ele insistiu novamente, olhando-me pelo canto dos olhos, sobre as ocorrências que deveriam estar preocupando dona Ana. Ora, todo o mundo em nossa pacata cidade sabia muito bem que a ela não interessavam as coisas da Chácara, e que seu tempo era pouco para lamentar e chorar as desditas de sua vida. Assim, era inadmissível que ela viesse a se interessar por qualquer "fato estranho" que estivesse ocorrendo na casa dos Meneses. No entanto guardei silêncio, e ele devia se ter contentado com este silêncio. De cabeça baixa, folheando à toa as folhas amareladas do meu dicionário, ouvi a curiosa informação de que um animal desconhecido andava preocupando os moradores da Chácara. Aparentemente não existia nada de sensacional em semelhante notícia, mas a insistência na palavra "desconhecido" e o modo particular como explicou os ruídos e as pegadas que surgiam, trouxeram-me insensivelmente um sorriso aos lábios. Ele percebeu este sorriso e insistiu na frase com certa veemência.

— Animal desconhecido? — repeti, procurando encontrar-lhe a expressão do olhar.

Então ele fixou-me como se entregasse toda a sua alma:

— Sim, um cão selvagem, um lobo.

Novamente se estabeleceu um pequeno silêncio entre nós; fechei definitivamente o livro e indaguei:

— Neste caso, em que posso lhe ser útil?

Ele estendeu a mão, pousou-a no meu braço — e pelo tremor que a sacudia, compreendi que havíamos atingido o ponto nevrálgico da questão.

— Que me aconselha o senhor? — disse. — Foi para isto, exclusivamente para isto, que vim aqui.

Devia ser verdade, nada me induzia a suspeitar de uma mentira oculta por trás daquela afirmativa, mas mesmo assim não pude deixar de soltar um riso breve:

— Mas, senhor Demétrio, eu nada entendo de caçadas! Talvez fosse melhor ter procurado...

Ele balançou a cabeça com energia:

— Não! Não! Existem razões para ter vindo à sua procura. Por exemplo, poderia sugerir-me um veneno, ou qualquer coisa violenta que pudesse ser colocada numa armadilha.

— Não se liquidam lobos com venenos — disse, e fiz menção de colocar o dicionário no seu lugar, sobre a caixa registradora.

Ele devia ter apreendido o significado exato do meu gesto, o desinteresse que comportava. Fitou-me, e com olhos tão duros, tão cheios de súbito e agressivo rancor, que não pude deixar de sentir um estremecimento íntimo. Sem dúvida viera ali por outra causa, isto era mais do que certo, e, receando ir direto ao assunto, tergiversava, dava voltas ao problema, esperando que eu o auxiliasse. Via agora que eu não tinha a menor intenção de vir em seu socorro (por que viria? Desde há muito, desde tempos imemoriais, que entre mim e a família Meneses não existia o menor vislumbre de simpatia...) e fora esta minha atitude que lhe arrancara aquele olhar eloquente e cheio de cólera. Ao contrário, em vez de facilitar-lhe a confissão (ou o que quer que fosse...) mudei completamente de assunto, como se a história do lobo jamais houvesse sido pronunciada. Havia um lado da parede da farmácia que se achava em péssimo estado, devido a uma pequena explosão, provocada por um prático sem experiência. Mostrei-lhe a cal arruinada, os tijolos à mostra, acrescentando com um sorriso:

— Tempos duros os que vivemos, senhor Demétrio! Veja esta parede que carece tanto de reparos! Há dois meses espero conseguir o dinheiro necessário, e até agora não fiz nem sequer para encomendar um tijolo!

Diante de mim, imóvel, ele seguia com extrema atenção aquela fingida volubilidade. Provavelmente estaria procurando adivinhar em minhas palavras um sentido oculto, uma insinuação qualquer — e eu confesso que nada mais queriam dizer além do sentido nu que exprimiam, nada, senão que o muro necessitava de conserto, e que eu não possuía o dinheiro necessário para fazê-lo. No entanto, uma inspiração pareceu tocá-lo de repente, vi uma pequena luz se acender em seus olhos, enquanto mais uma vez estendia a mão e tocava-me o braço:

— Talvez possa ajudá-lo, quem sabe? Um tijolo a mais ou a menos, sempre estamos aqui para ajudar os amigos.

Ao ouvir estas palavras, eu me achava de costas: voltei-me devagar e fitei-o bem no fundo dos olhos. Imaginei ver então agitar-se naquelas profundezas alguma coisa brilhante como a esperança — de quê, meu Deus, nem eu próprio o poderia dizer jamais, tão recôndita cintilava diante de mim, tão secreta, tão acrisolada no fundo triste daquela alma. Ele não desviou a vista, ao contrário, ofereceu-se inteiro como quem abre um livro diante de mim, e assim ficamos durante alguns segundos, transitando de um para o outro, invisíveis e rápidos, pensamentos sem nexo, restos de ideias e sentimentos, coisas que o inconsciente apenas trazia à tona, mas que nos fazia atingir uma importante fase de compreensão.

— Uns tijolos... — murmurei. — É exatamente do que eu preciso.

— Digamos... um carro deles? — sugeriu, debruçando-se familiarmente sobre o balcão.

Oh, decerto ele arfava um pouco, e já seus olhos, inteiramente acesos, sondavam-me a face com avidez, buscavam-me a palavra de pronta aquiescência, numa falta de pudor, numa pressa que me escandalizava quase. Ainda assim, balancei a cabeça com ar penalizado:

— Um carro! Digamos três, senhor Demétrio, não consigo tapar aquele rombo com menos de três carros de tijolos!

Qualquer coisa como um sorriso — um diminuto, um insignificante sorriso de vitória — esboçou-se em sua face pálida. Como eu aguardasse, ele aquiesceu com um movimento de cabeça. Havíamos atingido um terreno de onde não me seria possível recuar, e foi portanto com a mais serena das vozes que voltei ao assunto inicial:

— Um lobo numa chácara é sempre perigoso. Contudo...

Repetiu sufocado, como se lhe custasse um esforço imenso aquela palavra:

— Contudo...

Dei alguns passos pela loja, procurando mostrar-me o mais natural possível:

— Contudo existem meios práticos de liquidá-los, sem que seja necessário recorrer ao veneno.

— Por exemplo... — sugeriu ele.

Abandonei-o um instante sem resposta, dirigindo-me ao interior da casa. Devo esclarecer que ocupava um modesto aposento dos fundos, mal iluminado e de assoalho periclitante, cuja única vantagem era me oferecer guarida durante a noite, próximo à loja, podendo assim atender algum freguês que surgisse em horas avançadas. Corria no entanto a notícia de que alguns ladrões andavam operando em nossa pequena cidade, e este, sem dúvida, foi o motivo que me levou a guardar na gaveta da cômoda, entre peças de roupa passada, um pequeno revólver. "Não me apanharão desprevenido", dizia comigo mesmo. Assim, abri a gaveta e tateei entre a roupa, não tardando muito a encontrar o que procurava. Silencioso como me afastara, voltei à farmácia e depositei a arma sobre o balcão.

— Que é isto? — indagou o sr. Demétrio sem ousar tocar no objeto.

— Oh — exclamei — apenas uma brincadeira. É de manejo fácil, mas liquida qualquer lobo.

Ele pareceu hesitar, fixando sempre a arma, sem coragem para tocá-la. Não sei que confusos pensamentos se digladiavam no seu íntimo — sei apenas que em certo momento, estendendo devagar a mão, tomou o revólver e examinou-o erguido quase à altura dos olhos.

— É uma arma feminina — disse, fazendo cintilar as incrustações de madrepérola que bordavam o seu cabo.

— Pertenceu à minha mãe — esclareci.

Ele rodava a arma, e já agora eu podia perceber que a satisfação brilhava claramente em seus olhos.

— Funciona bem? — indagou, apontando o cano para o fundo da loja.
— Perfeitamente.
E tentando desvanecer seus últimos escrúpulos, acrescentei:
— É uma arma como hoje não se fabrica mais.

A partir desse ponto, podia-se dizer que ele estava definitivamente conquistado. Vendo-o, eu indagava de mim mesmo se aquele Meneses não teria vindo à minha casa precisamente para obter a arma — eles, que eram tão ricos em recursos e estratagemas, acaso poderiam deixar de ter em casa um revólver idêntico àquele? Em que circunstâncias o utilizariam, sob que pretexto comprometeriam um outro na ação que provavelmente estariam prestes a executar? E se se tratasse na verdade de um lobo — a ideia era quase ingênua... — por que não liquidá-lo de um modo mais simples, com uma armadilha, por exemplo? De qualquer modo, ergui os ombros — o negócio me convinha.

O sr. Demétrio experimentou ainda o gatilho, retirou o tambor, chegou a esfregar o cano na manga do paletó — e era mais do que evidente que tudo aquilo lhe causava um secreto, um intenso prazer, como se desde já, da obscuridade da farmácia, sentisse seus inimigos trucidados. Parou afinal o exame e fitou-me — e posso jurar que só um sentimento muito fundo, talvez antigo, mas imoral e cheio de impiedade, desenhou o sorriso que aflorou à sua face — ah, um sorriso de entendimento, de alguém que se sente perfeitamente seguro do valor da transação que acaba de realizar. Ao mesmo tempo colocou a mão sobre o meu braço:

— Obrigado, amigo. Creio que não existe mesmo melhor meio para liquidar lobos...

Sorri também, despedimo-nos. O sr. Demétrio encaminhou-se para a rua, apertando o revólver no fundo do bolso; eu, balançando a cabeça — os mistérios da natureza humana — voltei ao meu dicionário.

4. Diário de Betty (1)

19 — A patroa (creio que é assim que eu devo tratá-la...) deveria chegar hoje, mas à última hora recebemos um telegrama dizendo que ela só viria amanhã. A notícia em si não me pareceu muito importante, algumas horas de adiamento às vezes são inevitáveis, mas percebi que a novidade tocou profundamente ao sr. Valdo. Vi como ficou triste, o papel nas mãos, olhando através da vidraça. Apesar da chuva miúda que caía sem cessar, ele próprio havia apanhado algumas das mais belas dálias do jardim. Durante todo o tempo que durou a arrumação — arrastamos móveis, sacudimos almofadas, descobrimos velhos objetos colocados fora de uso, e que no entanto transmitiram à casa uma impressão de luxo discreto — mostrou-se ele extraordinariamente vivo e alegre. Disse-me que não prestasse muita atenção, se dona Nina não entendesse desde o começo qual era a minha posição perante a família, mesmo porque não era fácil a um recém-chegado adivinhar que eu não fazia parte da criadagem, e guardava uma situação distinta, de governanta, desde os tempos em que sua mãe era viva. Afirmei que com a chegada de dona Nina a governanta perdia um pouco sua razão de ser — e ele argumentou com o nome de dona Ana, indagando se com a vinda dela mudara alguma coisa em relação ao meu trabalho. Disse rindo que não, e ele garantiu que seria pior ainda com sua esposa: não tinha ela a mínima noção do que fosse a gerência de uma casa, e sobretudo

de uma casa grande e complicada como era a Chácara. Depois disto, ainda pilheriou com todo o mundo, a ponto da velha Anastácia, que nunca sai da cozinha, dizer com os olhos cheios de lágrimas: "Ah, dá gosto ver o patrão assim...". Quando o telegrama chegou, a situação mudou como por encanto — o sr. Valdo não disse mais nem uma palavra, dobrou o papel, meteu-o no bolso e foi para o quarto. Tive pena, porque o sr. Demétrio já zombava, dizendo que ele havia ido uma vez buscar a noiva e voltara sozinho, e que agora, provavelmente, teria de recorrer a um meio violento para desencantar aquela "preciosidade" do Rio de Janeiro. Mas é um modo particular desta família, o de evidenciar quando alguma coisa não corre bem, refugiando-se nos quartos. Um grande silêncio desceu sobre a casa e, sozinha, já começava outro serviço quando ouvi um "psiu" insistente, e uma voz que me chamava: "Betty! Betty!". No primeiro momento pensei que o sr. Valdo ainda quisesse me recomendar alguma coisa, mas não tardei a perceber que se tratava apenas do sr. Timóteo. Continuei parada, lembrando-me de que recebera avisos formais para que jamais fosse atendê-lo, mas do fundo do corredor chegou um "Betty" tão imperioso e ao mesmo tempo tão repassado de inquietação, que não tive jeito para me esquivar. Que fosse tudo pelo amor de Deus, aquele era o dia das coisas extraordinárias. Desde que o sr. Timóteo rompera com a família, numa tarde famosa em que quebrara metade das opalinas e das porcelanas da Chácara, eu ainda não penetrara muitas vezes no seu quarto, primeiro porque fora obrigada a prometer que não o atenderia enquanto não abandonasse suas extravagâncias, segundo porque me penalizava demais sua triste mania. Na verdade, acho que a gente pode fazer neste mundo o que bem entender, mas há um limite de respeito pelos outros, que nunca devemos ultrapassar. Para mim, o sr. Timóteo era mais um caso de curiosidade do que mesmo de perversão — ou de outra coisa qualquer que o chamem.

    Ainda daquela vez pude constatar a bizarrice dos costumes que constituíam as leis mais ou menos constantes do seu mundo: ao me aproximar, verifiquei que o sr. Timóteo, gordo e suado, trajava um vestido de franjas e lantejoulas que pertencera à sua mãe. O corpete descia-lhe excessivamente justo na cintura, e aqui e ali rebentava através da costura um pouco da carne aprisionada, esgarçando a fazenda e tornando o prazer de vestir-se daquele modo uma autêntica espécie de suplício. Movia-se ele com lentidão, meneando todas as suas franjas e abanando-se vigorosamente com um desses leques de madeira de sândalo, o que o envolvia numa enjoativa onda de perfume. Não sei direito o que colocara sobre a cabeça, assemelhava-se mais a um turbante ou a um chapéu sem abas, de onde saíam vigorosas mechas de cabelos alourados. Como era costume seu também, trazia o rosto pintado — e para isto, bem como para suas vestimentas, apoderara-se de todo o guarda-roupa deixado por sua mãe, também em sua época famosa pela extravagância com que se vestia — o que sem dúvida fazia sobressair-lhe o nariz enorme, tão característico da família Meneses. Era esse, aliás, o único traço masculino de sua fisionomia, pois se bem que ainda não estivesse tão gordo quanto ficou mais tarde, já a enxúndia alisava-lhe e amaciava-lhe os traços, deteriorando as saliências, criando golfos e cavando anfractuosidades de massa cor-de-rosa, o que o fazia aparecer com o esplendor de uma boneca enorme, maltrabalhada pelas mãos de um oleiro amolentado pela preguiça.

— Sente-se aí, Betty, sente-se aí — disse ele apontando-me uma cadeira com o leque. — Sente-se aí, se você ainda me quer bem.

— E por que não haveria de o querer, senhor Timóteo? Ao que saiba, até agora não me fez mal nenhum.

Ele ergueu os ombros e todo o seu pesado corpo estremeceu:

— Não, não fiz. Mas sei lá... — disse com acento nostálgico.

E vindo a mim, o leque apontado em minha direção:

— Depois que resolvi ser independente... Betty, você não acredita que se possa atender às puras vozes do sangue?

— Como assim, senhor Timóteo? — e não havia nenhum fingimento e nem falso pasmo em minha pergunta.

Seus olhos velaram-se de súbita gravidade:

— Sou dominado pelo espírito de Maria Sinhá. Você nunca ouviu falar em Maria Sinhá, Betty?

— Nunca, senhor Timóteo. Não se esqueça de que estou nesta casa há poucos anos. Além do mais, falar não é o forte da família.

— Tem razão, Betty, você tem sempre razão. É a vantagem das pessoas simples.

— Quem foi então Maria Sinhá?

— Oh — começou ele, e sua voz traía uma emoção sincera — foi a mais nobre, a mais pura, a mais incompreendida de nossas antepassadas. Era tia de minha mãe, e foi o assombro de sua época.

Calou-se um minuto, como se procurasse diminuir o entusiasmo que a lembrança de Maria Sinhá lhe causava — e depois, num tom mais calmo, prosseguiu:

— Maria Sinhá vestia-se de homem, fazia longos estirões a cavalo, ia de Fundão a Queimados em menos tempo do que o melhor dos cavaleiros da fazenda. Dizem que usava um chicote com cabo de ouro, e com ele vergastava todos os escravos que encontrava em seu caminho. Ninguém da família jamais a entendeu, e ela acabou morrendo abandonada, num quarto escuro da velha Fazenda Santa Eulália, na serra do Baú.

— Nunca ouvi falar nisto — garanti, convicta de que se tratava de uma história puramente inventada.

— Quem — tornou ele com uma breve risada — quem nesta casa ousaria falar nisto senão eu? Durante muitos anos, no tempo em que era menino, existia na sala, mesmo por cima do aparador grande, o retrato dela — e tinha um laço de crepe passado em torno da moldura. Quantas e quantas vezes ali me detive, imaginando seu cavalo veloz pelas estradas de Vila Velha, invejando-a com seus desaforos, sua liberdade e seu chicote... Depois que comecei a manifestar isto a que chamam escrupulosamente de minhas "tendências", Demétrio mandou esconder o retrato no porão. No entanto, tenho para mim que Maria Sinhá seria a honra da família, uma guerreira famosa, uma Anita Garibaldi, se não vivesse neste fundo poeirento de província mineira...

A cólera vibrava na sua voz em tons diferentes, como se ele não a dominasse — e como tudo aquilo me parecesse por demais estranho, continuei calada, meditando sobre todos os seres falhados que se acumulavam ao longo do passado daquela família. Ele percebeu meu silêncio e voltou a se abanar, enquanto mudava de tom:

— Que dizem de mim, Betty, de que me acusam?

E num assomo de orgulho, onde era possível discernir a sua puerilidade:

— A razão está do meu lado, você vai ver!

Encarei-o, como a esperar uma explicação daquelas palavras. Deixou-se cair sentado ao meu lado:

— Um dia você vai ver, Betty. Não há verdade que não venha à tona.

E com um novo riso, desta vez prolongado, onde havia certa volúpia, a cabeça atirada para trás:

— Afinal, meu Deus, tanto faz vestido desta ou daquela maneira. Em que é que isto pode alterar a essência das coisas?

Não podia deixar de vê-lo sem certa admiração: ali estava, gordo, o peito estufado, as lantejoulas rebrilhando na obscuridade. As lantejoulas, seu próprio símbolo: luxuosas e inúteis. Que poder o havia arrastado até aquela posição, de que elementos contraditórios e sarcásticos compusera sua personalidade, para que também explodisse, inesperado e forte, com todas as heranças e ressaibos dos Meneses? Ah, que aquele estranho ser sem sexo era bem um Meneses — e quem sabe, um dia, como ele anunciava, eu não veria em sua forma rústica e profunda cintilar o próprio espírito da família, esse eterno vento que deveria ter soprado também sobre o destino de Maria Sinhá?

O sr. Timóteo levantou-se e, com este movimento, o vestido desenlaçou-se em majestosas pregas.

— Houve tempo — disse ele quase de costas para mim — houve tempo em que achei que devia seguir o caminho de todo o mundo. Era criminoso, era insensato seguir uma lei própria. A lei era um domínio comum a que não podíamos nos subtrair. Apertava-me em gravatas, exercitava-me em conversas banais, imaginava-me igual aos outros. Até o dia em que senti que não me era possível continuar: por que seguir leis comuns se eu não era comum, por que fingir-me igual aos outros, se era totalmente diferente? Ah, Betty, não veja em mim, nas minhas roupas, senão uma alegoria: quero erguer para os outros uma imagem da coragem que não tive. Passeio-me tal como quero, ataviado e livre, mas ai de mim, é dentro de uma jaula que o faço. É esta a única liberdade que possuímos integral: a de sermos monstros para nós mesmos.

Silenciou, dominado pela emoção. Depois, mais baixo, como se o dissesse apenas para si próprio:

— Foi a isto que eles reduziram o meu gesto, Betty. Transformaram-no na mania de um prisioneiro, e estas roupas, que deveriam constituir o meu triunfo, apenas adornam o sonho de um homem condenado. Mas um dia, está ouvindo? um dia eu me libertarei do medo que me retém, e mostrarei a eles, ao mundo, quem na verdade eu sou. Isto acontecerá no instante exato em que o último dos Meneses deixar pender o braço num gesto de covardia. Só aí terei forças para gritar: "Estão vendo? Tudo o que desprezam em mim, é sangue dos Meneses!".

Dissera essas últimas palavras num tom acima do normal — mas logo voltou a si, fitou-me com olhos intensos e, provavelmente cedendo a um repentino sentimento de vergonha, cobriu o rosto com o leque:

— Minha querida Betty, que coisas doidas estou dizendo para você, hem? Como é que poderia compreender do que se trata?

— Nem tudo compreendo — asseverei — mas algumas me parecem reais.

— Reais! — e ele voltou a caminhar pelo quarto, abanando o leque e tornando mais forte o perfume de sândalo. — Betty, não me diga que são apenas reais as coisas que existem no meu sangue. Quer saber de uma coisa? Acho que nasci com a alma em trajes de grande gala. Quando me apertava em gravatas, quando me vestia como os outros homens, meu pensamento se achava cheio de vestidos suntuosos, de joias, de leques. Quando minha mãe morreu, ela que era famosa em sua mocidade pelo exagero dos trajes, meu primeiro ato foi apoderar-me de seu guarda-roupa. E não só de seu guarda-roupa, mas de suas joias também. Tenho ali, trancada naquela cômoda, uma caixa contendo as mais belas joias do mundo: ametistas, diamantes e topázios. Sozinho, retiro-as do seu esconderijo e, quando a insônia me ataca, brinco com elas sobre esta cama, e rolo em minhas mãos pedras que fariam a fortuna da família toda, mas que jamais abandonarão este quarto, pelo menos enquanto eu viver. Por isto é que disse a você que o espírito de Maria Sinhá havia se encarnado em mim: ela sempre sonhou com trajes diferentes do que usava. Dizem que em muitas noites, quando a lua se escondia, saía ela por essas estradas afora, vestida como um homem, fumando, uma escura capa tombada sobre os ombros.

Confesso, toda aquela conversa me enervava, sobretudo porque eu não acreditava no que ele me dizia, e isto assim não conduzia a nenhum resultado. Deixei escapar um suspiro e levantei-me:

— São coisas muito altas para mim, senhor Timóteo. Em todo caso, se para o senhor a felicidade consiste nisto...

Com um movimento quase de violência voltou-se para mim, enquanto uma sombra descia à sua face:

— Não, Betty, não é de felicidade que se trata. Não afrontaria ninguém se fosse apenas por causa da felicidade. Mas é da verdade que se trata — e a verdade é essencial a este mundo.

— Creio que sim, senhor Timóteo.

Então, qualquer coisa como um trêmulo de gozo vibrou prolongadamente em sua voz:

— Então? A verdade não se inventa, nem se serve de maneira diferente, nem pode ser substituída — é a verdade. Pode ser grotesca, absurda, mortal, mas é a verdade. Talvez você não entenda, Betty, e no entanto aí é que se encontra o ponto central de todas as coisas.

Calou-se mais uma vez, enquanto ofegava junto de mim. Em seguida, como se reavivasse recordações antigas, fatos possivelmente dolorosos, prosseguiu numa tonalidade em que era fácil adivinhar uma insinuante nostalgia:

— Como um homem, ou melhor, uma sombra de homem, nada me despertava paixão. Era como se eu não existisse. Que é este mundo sem paixão, Betty? É preciso nos concentrarmos, é preciso retirar de tudo sua dose máxima de interesse e de veemência. E se nada me habita, se sou apenas um fantasma dos outros...

Não, não havia dúvida de que eu já não acompanhava seu raciocínio, um tanto atordoada com aquelas expressões vagas. Via apenas o cintilar das lantejoulas, acompanhando o ritmo da emoção que lhe alteava o peito. E ele devia ter percebido minha distração, pois colocou uma das mãos sobre meu ombro:

— Enquanto que agora — e sua voz se iluminou — meu espírito livre se apodera das coisas. Amo e padeço como qualquer um, odeio, divirto-me, e, boa ou má, sou uma verdade estabelecida entre os outros, e não uma fantasia. Você me compreende agora, Betty, você me compreende?

Fiz com a cabeça um sinal afirmativo, temendo que ele se exaltasse mais. Que adiantavam, que importavam aquelas justificativas? Se era justamente a verdade que o interessava, se ele conseguira imiscuir-se, tal como Deus o criara, entre o mecanismo das coisas, que valia apregoar aquilo que podia considerar como sua vitória? E eu, pobre governanta, habituada somente a conduzir o movimento da casa, como poderia sancionar a validade daqueles paradoxos? Diante de mim, ofegante, ele devia ter seguido a curva do meu pensamento. Tristemente, como quem regressa de um deslumbrado impulso, moveu a cabeça:

— Não, não compreende. Aliás, ninguém compreende. A verdade é uma ciência solitária.

Ergueu os ombros, riu:

— E que ridículo, Betty, se chegassem a perceber, já não digo tudo, mas pelo menos o que represento. As razões que tenho são razões de segredo, esta é a verdade.

Seu riso, como uma música breve e sem consequência, estacou súbito no ar — senti que a última palavra já havia sido dita. Devagar, ainda abanando o leque, ele foi até a janela, sempre tapada por pesadas cortinas. Que veria, que paisagem desvendaria daqueles vidros eternamente baixados? Suspendeu somente uma ponta, automaticamente, como se repetisse um gesto já feito dezenas e dezenas de vezes, depois deixou-a tombar de novo, numa expressão de infinito cansaço. Voltou, estacando diante de mim, como quem me descobrisse de novo:

— Mas somos amigos, não somos, Betty?

— Sim, senhor Timóteo, somos sempre amigos.

Um sentimento de dilatado prazer — não um prazer comum, mas um hausto sufocado e denso de felicidade, uma espécie de clarão tardio e sem ressonância que rompesse a treva contínua do seu abandono — irradiou-se pela sua face e, de repente, aproximando-se mais, inclinou-se sobre mim, enquanto dizia:

— Por essas palavras eu lhe serei eternamente grato — e beijou-me na testa, um beijo morno e prolongado. Enquanto seus lábios roçavam minha pele, escutava vir até mim, como o rumor de um oceano fechado, as batidas do seu coração.

— Senhor Timóteo... — balbuciei, sem poder esconder as lágrimas que me vinham aos olhos.

Ele então ergueu-se, deu dois passos e disse-me quase com rispidez:

— Betty, se a chamei aqui, foi por outro motivo.

Oh, talvez eu o tivesse magoado, mas não havia sido culpa minha. Queria dizer alguma coisa, mostrar que havia compreendido, mas as palavras se embaraçavam na minha garganta. Tinha vontade de apertá-lo em meus braços e dizer-lhe coisas ternas, como as que se dizem às crianças. Mas de costas para mim, ele era agora todo um bloco de gelo, silencioso e indevassável.

— Senhor Timóteo... — esforcei-me de novo.

Ele voltou-se, e disse com extraordinária calma:

— Betty, eu queria saber se "ela" já chegou.

Referia-se sem a menor sombra de dúvida à patroa. Disse-lhe que chegara um telegrama, e que tudo havia sido adiado para o dia seguinte.

— Ainda! — murmurou ele, num tom tão desolado que era como se daquele acontecimento dependesse um fato extremamente importante, categórico para a sua vida. — Ainda! — repetiu.

Depois, num desses assomos que lhe eram tão peculiares, precipitou-se para mim, segurando-me as mãos:

— Betty, queria pedir-lhe um favor.

— Se estiver ao meu alcance...

Diante dos meus olhos, implacavelmente nítidas, achavam-se gravadas as recomendações do sr. Demétrio.

— Está sim, está ao seu alcance — insistiu ele. E esclareceu, antes que eu pudesse dizer qualquer coisa: — Quero vê-la, Betty, preciso vê-la assim que ela chegar. Você promete transmitir-lhe um recado meu?

Hesitei, mas como seus olhos não abandonassem os meus, concordei:

— Prometo.

— Obrigado, Betty, obrigado — e um suspiro de alívio escapou-lhe do peito. — Quero apenas que você vá ao seu encontro e diga: "Uma pessoa deseja vê-la o mais breve possível, a fim de tratar de assunto da mais extrema importância".

— Só isto?

— Só isto. Você jura que não se esquecerá das minhas palavras?

Estendi a mão:

— Juro.

Despedimo-nos sobre este juramento.

21 — Creio que fui eu a primeira pessoa a vê-la, desde que desceu do carro e — oh! — jamais, jamais poderei esquecer a impressão que me causou. Não foi um simples movimento de admiração, pois já havia deparado com muitas outras mulheres belas em minha vida. Mas nenhuma como esta conseguiu misturar ao meu sentimento de pasmo essa leve ponta de angústia, essa ligeira falta de ar que, mais do que a certeza de me achar ante uma mulher extraordinariamente bela, forçou-me a reconhecer que se tratava também de uma *presença* — um ser egoísta e definido que parecia irradiar a própria luz e o calor da paisagem. (*Nota à margem do manuscrito*: ainda hoje, passado tanto tempo, não creio que tenha acontecido outra coisa que me impressionasse mais do que esse primeiro encontro. Não havia apenas graça, sutileza, generosidade em sua aparição: havia majestade. Não havia apenas beleza, mas toda uma atmosfera concentrada e violenta de sedução. Ela surgia como se não permitisse a existência do mundo senão sob a aura do seu fascínio — não era uma força de encanto, mas de magia. Mais tarde, à medida que se degradou, fui

acompanhando em seu rosto os traços do desastre, e posso dizer que nunca houve vulgaridade nem rebaixamento na nobreza de seus traços. Houve uma metamorfose, uma substituição talvez, mas o que era essencial lá ficou e, morta, sob seu triste lençol de renegada, ainda pude descobrir o esplendor que vi naquele dia, flutuando, insone e sem guarida, como a luz da lua sobre os restos de um naufrágio.)

Parou um instante, a mão na porta do carro. Estávamos enfileirados diante dela, o sr. Demétrio, dona Ana e o sr. Valdo um pouco à frente, eu logo depois, como convinha à dignidade do meu cargo, e mais atrás a velha Anastácia, que criara o sr. Valdo e comandava as pretas da cozinha, Pedro e o resto dos empregados. Toda aquela cerimônia, a solenidade que devia ter o nosso aspecto, confundiu-a um pouco.

— Valdo! Valdo! — gritou. — Ajude-me a tirar as malas.

O sr. Valdo fez um gesto em minha direção e eu me aproximei, seguida de perto pela velha Anastácia. Comecei minha tarefa retirando malas de diferentes tamanhos, inúmeras caixas de chapéus — para que tantas, meu Deus? — e uma infinidade de objetos miúdos. Assim mesmo, enquanto trabalhava, pude acompanhar todos os detalhes da recepção. A patroa encaminhou-se para o sr. Valdo e notei que se abraçavam de um modo um tanto constrangido para recém-casados. Sem dúvida ele ficara magoado com seus contínuos adiamentos, e fazia questão de demonstrar os sentimentos de que se achava possuído. Quanto ao sr. Demétrio, sua recepção foi mais calorosa do que eu esperava — dir-se-ia, literalmente, que ele estava surpreendido e emocionado com a beleza de dona Nina. Assim que ela se desprendeu dos braços do marido, ele avançou logo e beijou-a na face, afirmando que se sentia muito contente pela sua chegada. E ao mesmo tempo empurrava para a frente a pobre da dona Ana que, esta sim, não demonstrava o mínimo sinal de prazer ante aquela que acabava de chegar. Foi este o momento mais difícil para quantos se achavam presentes: a recém-chegada apenas estendeu-lhe a ponta dos dedos, como se também não tivesse grande interesse pelo novo conhecimento. Dona Ana tornou-se mais pálida do que de costume e murmurou algumas palavras cujo significado ninguém percebeu. Finalmente, encaminharam-se todos para o interior da casa. Vi quando a patroa parou, quase ao chegar ao pé da escada, e catava, abaixada, uma violeta perdida entre as folhas de trevo. "É a minha flor predileta", disse.

Ajudada por Pedro e Anastácia, tratei de conduzir as malas para o quarto do casal, que ficava mesmo ao lado do quarto do sr. Timóteo — tão próximo mesmo que, pelo lado de fora, as janelas quase se tocavam. Este trabalho me fez perder durante algum tempo o rumo dos acontecimentos. Quando voltei à sala, o sr. Demétrio e dona Ana já haviam se retirado. De pé, junto à janela, olhando para a varanda — que veriam na paisagem cheia de mangueiras do jardim? — achavam-se o sr. Valdo e a patroa. Deviam ter discutido, pois já havia entre eles um ambiente de visível mal-estar. Sem prestar atenção à minha presença, ele voltou-se para a mulher:

— Você nunca tem razão, Nina, e o pior é que não se convence disto — disse.

Vi-a voltar-se com ímpeto, toda iluminada no seu transporte:

— Para isto é que me fez vir aqui, Valdo? Para perseguir-me e ameaçar-me com o seu ciúme? Já disse que não me demorei senão porque tinha amigos de quem devia me despedir. O Coronel, nunca mais o vi. Agora, se você pensa...

— Você não compreende, Nina... — atalhou ele.

Aquelas palavras como que elevaram sua irritação ao auge. Começou a passear agitada de um lado para outro e eu, discretamente, retirei-me para o escritório do sr. Demétrio, a fim de colocar alguns livros em ordem. Como esta peça fosse contígua à sala, e eu deixasse a porta aberta, ainda pude perceber qualquer coisa da discussão. Tratava-se, pelo que pude apreender, de determinada importância que o sr. Valdo ficara de enviar ao Rio de Janeiro, e que ele deixara de fazer, segundo ela, no intuito "infame" de obrigá-la a apressar a tomar o caminho de Minas. (Ah, Minas Gerais, bradava ela, essa gente calada e feia que viera observando no trem... Pelo jeito, eram tristes e avarentos, duas coisas que ela detestava.) Estacando diante da janela, e mostrando sem dúvida o adensado de mangueiras que se comprimia lá fora, bradou com uma entonação singularmente eloquente: "Você nem pode avaliar como isto tudo me faz mal!". Sem dúvida ela era sincera, pois nunca vivera no interior e aquela paisagem baixa, de grandes descampados ressecados pelo estio, não lhe dizia coisa alguma, e nem lhe despertava nada além de uma verídica angústia. Creio mesmo que foi essa aversão, propalada inúmeras vezes, e em todos os tons de voz, que para sempre levantou os alicerces do desentendimento entre a patroa e o sr. Demétrio, de natureza tão arraigadamente mineira. Mais do que isto: mais do que ao seu Estado natal, amava ele a Chácara, que aos seus olhos representava a tradição e a dignidade dos costumes mineiros — segundo ele, os únicos realmente autênticos existentes no Brasil. "Podem falar de mim", costumava dizer, "mas não ataquem esta casa. Vem ela do Império, e representa várias gerações de Meneses que aqui viveram com altaneria e dignidade."

O certo é que, terminada a discussão entre dona Nina e o sr. Valdo — ainda era cedo para que eles se aprofundassem nos desentendimentos — desceram os dois ao jardim, enquanto esperavam o almoço. Nada sei do que fizeram ou do que conversaram naquelas longas idas e vindas pelas alamedas cobertas de areia grossa — vi apenas que a patroa, quando voltou, tinha nas mãos um pequeno molho de violetas. "Foram-me dadas por Alberto, o jardineiro", disse, como se quisesse evitar que supuséssemos as flores um presente do sr. Valdo. Já se achavam à mesa o sr. Demétrio e dona Ana, e a conversa que se entabulou, talvez pela espera a que eles haviam sido submetidos, não foi das mais animadas. O sr. Demétrio, como dona Nina louvasse as flores, afirmou um tanto distraidamente que Alberto era um bom jardineiro, se bem que moço demais para o cargo. Não tinha experiência para tratar com determinadas plantas de aclimatação difícil. Dona Nina defendeu-o com certa vivacidade, dizendo que exatamente porque muito moço, tinha maiores probabilidades de aprender métodos novos. Falou-se do Pavilhão e, não sei por quê, de súbito o sr. Valdo começou a atacar as instalações da Chácara.

— Não são perfeitas, Demétrio, e algumas existem que de há muito precisavam ser renovadas.

Vi o sr. Demétrio fitá-lo com certo estupor e colocar devagar o talher sobre a mesa:

— Valdo, você me assombra: desde quando se interessa pelas instalações desta casa?

— Hoje estive observando com Nina e... — começou o sr. Valdo, sem muita convicção.

— Hoje! — e a ironia repontou na voz do sr. Demétrio. — Hoje, e a casa está caindo aos pedaços há tanto tempo! Cumprimento-a, Nina, pelo milagre que está fazendo. Na verdade, é necessária uma total irresponsabilidade...

Um pouco rapidamente, e como se quisesse impedir o irmão de avançar naquele assunto, o sr. Valdo atalhou:

— Devemos fazer algumas reformas, Demétrio. Por exemplo, o Pavilhão a que nos referimos...

O sr. Demétrio olhou um instante para dona Ana, como se quisesse fazê-la notar o absurdo que ouvia, depois para o sr. Valdo, que procurou afetar o ar mais displicente possível, depois para a patroa, que era a única a seguir a conversa com visível interesse — depois, surdamente, deixou escapar uma gostosa risada:

— Reformas! O Pavilhão do jardim... Mas isto é sublime, Valdo!

Foi a vez do sr. Valdo depor o talher:

— Por quê? Não vejo o motivo.

— Não vê o motivo? — e o riso do sr. Demétrio, que ainda se prolongava como uma claridade pela sua face, apagou-se de repente. — Não vê? Pois olha, você sabe muito bem o que representamos: uma família arruinada do sul de Minas, que não tem mais gado em seus pastos, que vive de alugar esses pastos quando eles não estão secos, e não produz nada, absolutamente nada, para substituir rendas que se esgotaram há muito. Nossa única oportunidade é esperarmos desaparecer quietamente sob este teto, a menos que uma alma generosa — e ele fitou rapidamente a patroa — venha em nosso auxílio.

— Você graceja, Demétrio — murmurou o sr. Valdo, empalidecendo.

— Não gracejo — tornou o outro. — E já que você imagina reformas, consertos no Pavilhão do jardim e não sei que mais, talvez conte com um empréstimo de sua senhora, não?

Nada se alterou no rosto de dona Nina — apenas ergueu as sobrancelhas e declarou com frieza:

— Casei-me com um homem rico.

— Rico? Foi isto o que ele lhe disse? — gritou o sr. Demétrio.

— Foi.

Ele, que se inclinara exageradamente sobre a mesa, voltou a tombar para trás, e com tanta força que temi vê-lo cair, arrastando a cadeira.

— Mas não tem nem onde cair morto! Devemos aos empregados todos, à farmácia, ao Banco do povoado... Não, esta é forte demais.

Só aí a patroa pareceu perder a calma. Atirando o guardanapo sobre a mesa, e com um tremor nos lábios, exclamou:

— Ah, Valdo, isto é uma humilhação!

Pensei um momento que ela fosse se levantar e abandonar a sala, mas decorridos alguns segundos, sem que se desfizesse a tensão da atmosfera, ouvi a voz do sr. Valdo dizer:

— Não se preocupe muito, Nina, meu irmão sempre exagera as coisas.

De costas, eu fingia que preparava os pratos para a sobremesa — já que aquele era um dia excepcional e, entre outras funções, nos dias excepcionais eu assumia as de copeira. Portanto, não vi qual era a expressão do rosto do sr. Demétrio, mas ouvi de novo seu riso, desta vez contido pelo guardanapo que passava nos lábios.

— Exagero, não é? — disse. — Então será fácil explicar por que não enviou a Nina o dinheiro que ela esperava... bem como o motivo por que não mandou pintar o quarto onde ela irá viver, e que é apenas um quarto de fundo de corredor. — Deteve-se; dir-se-ia que hesitava. Depois acrescentou num tom mais baixo, se bem que singularmente firme: — E onde irá arranjar meios para pagar todos os vestidos e chapéus que ela trouxe.

— Oh, Valdo! — ouvi a patroa exclamar.

Voltei-me, comecei a distribuir os pratos, se bem que ninguém prestasse atenção aos meus movimentos. Não havia dúvida de que qualquer coisa parecia prestes a explodir entre eles — quem sabe uma luta, um mal-entendido que se alastrasse pela vida inteira... — e só dona Ana, indiferente, mexia com uma colher a calda que eu lhe servira.

— Oh, Valdo... — repetiu dona Nina, e de repente escondeu o rosto no guardanapo.

— Não se importe com minhas contas — bradou o sr. Valdo, prestes a perder o controle sobre si mesmo. — Não se importe não, porque sei muito bem como pagá-las. Pode estar certa de que não há de ser com o seu dinheiro.

Então mais baixo, e escandindo as sílabas como se quisesse fruir melhor o prazer de sua revelação, o sr. Demétrio murmurou:

— É melhor assim, Valdo, pois a fim de atendê-lo, não terei de recorrer, como das outras vezes, às economias privadas de minha mulher.

Ouvi uma exclamação abafada e a patroa pôs-se de pé, tremendo. Algumas lágrimas brilhavam em seus cílios — dessas lágrimas fáceis, convenhamos, que mais tarde aprendi a vislumbrar tantas vezes em seus olhos — e conservava ainda entre as mãos, num gesto de raiva impotente, o guardanapo amarrotado. Compreendi que havíamos atingido o instante decisivo e que o que quer que sobreviesse, jamais seria tão forte e nem tão extenso quanto o que se passava naquele minuto, pois era o cerne de onde tudo deveria se irradiar mais tarde. Com um movimento atrevido, que parecia significar que ela jamais se submeteria à economia estreita dos Meneses, afastou a cadeira, e ia afinal abandonar a sala, quando o sr. Demétrio a deteve:

— Desculpe, Nina, mas é que todos aqueles chapéus e vestidos são inúteis na roça. Você sabe que estamos na roça, não sabe? Aqui — e ele apontou com um gesto displicente — as mulheres se vestem como Ana.

A patroa não pôde deixar de olhar a pessoa que ele designava, e acho também que foi desde aí, desse olhar largado de alto e cheio de espantoso desdém, que a inimizade para sempre surgiu entre ambas. De pé, um pouco afastada da mesa, um sorriso assomou-lhe aos lábios — e continha ele todo o veneno existente neste mundo. Dona Ana, sentada, sofria aquele exame de cabeça baixa: vestia-se com um vestido de um preto desbotado, sem enfeites, e inteiramente fora da moda. Após esse rápido exame, dona Nina devia se ter dado por satisfeita, pois sem responder, sem sequer dignar-se voltar a vista para o sr. Demétrio, levantou a cabeça e abandonou a sala. O sr. Valdo lançou um olhar ao irmão — de franco ódio — e acompanhou a mulher. Sozinhos à mesa, o sr. Demétrio e dona Ana tomaram o café, e através do silêncio em que se conservavam, percebi que havia entre eles um novo e tácito entendimento.

Horas mais tarde, indo à varanda a fim de sacudir a toalha, encontrei a patroa estendida numa rede. Seu aspecto era de inteiro aniquilamento. Dir-se-ia mesmo que havia chorado, pois os olhos ainda se mostravam vermelhos.

— Venha até aqui, Betty — pediu ela.

Encaminhei-me para o seu lado e ela me tomou as mãos:

— Como tudo começa mal, Deus do céu. Você não viu como me trataram hoje?

— O senhor Demétrio é sempre assim — asseverei, tentando um pálido consolo.

Largou-me e deu um pequeno impulso à rede:

— E no entanto, Valdo realmente me disse que era um homem rico, que aqui nesta casa eu não teria necessidade de coisa alguma. Para que fez isto, por que me enganou deste modo?

— Talvez porque não quisesse perdê-la, dona Nina. E depois, o senhor Demétrio realmente exagera um pouco as coisas...

Ela tomou-me uma das mãos:

— Estou cercada de inimigos, Betty, mas não quero que você faça parte deles.

— Certamente que não, dona Nina — protestei com calor, imaginando ao mesmo tempo o quanto era bela aquela mulher assim abandonada na rede. (*Nota à margem do manuscrito*: curiosa impressão a daquela tarde. Havia na varanda um resto de crepúsculo amarelo e quente. Sua palidez, seus cabelos quase ruivos, exaltavam o brilho líquido dos olhos, enquanto as linhas sobressaíam com nítida impressão de força. No entanto, não poderia dizer jamais que fosse uma beleza completa, um resultado total: a patroa era bela em detalhe, traço a traço, com uma minúcia, um exaspero quase na perfeição dos seus motivos.) — Não o faria nunca — continuei depois de pequena pausa. — Mas a senhora mesma não estaria exagerando os fatos?

Seu olhar, agudamente, pesquisou-me.

— Não, não estou exagerando.

Então, perplexa, indaguei:

— Mas por quê, por quê, minha senhora?

Abandonou-me, deu um impulso à rede. Tombando a cabeça, a sombra de um galho de acácias projetou-se em seu rosto.

— Não sei, não sei — murmurou. — Essas velhas famílias sempre guardam um ranço no fundo delas. Creio que não suportam o que eu represento: uma vida nova, uma paisagem diferente.

E como tocada por repentina inspiração, concluiu:

— E, quem sabe, também talvez seja medo.

Eu não disse nada, esperando sem dúvida que ela me explicasse aquelas palavras. A sombra ia e vinha em sua face, e um brilho de malícia ardeu um minuto em suas pupilas:

— Mesmo arruinada, esta Chácara deve valer muito, Betty. Reparei que nos fundos existem pastos que vão até as serras.

— São os pastos da antiga Fazenda Santa Eulália — respondi.

E dona Nina, erguendo-se a meio na rede:

— Que não diriam eles, esses Meneses antigos, se um dia eu tivesse um herdeiro para isto?

Movi a cabeça em silêncio, tão justa me pareceu aquela suposição. O sr. Demétrio, que era mais velho do que o sr. Valdo, e sempre estivera à testa dos negócios, por incompetência ou indiferença deste, perderia todo o direito à Chácara, já que por sua vez não possuía nenhum herdeiro. Sim, era bem possível, e sob a pressão daquele olhar inquisidor, fugia-me de repente a noção dos agravos que o tempo fizera à velha mansão e, jardim, Pavilhão, alamedas, as próprias serras que a circundavam, tudo eu via confundido na mesma possibilidade de riqueza e de ressurreição. Dona Nina compreendeu perfeitamente o que se passava comigo, pois inclinou-se de repente, voltou a me segurar uma das mãos, enquanto dizia:

— Não me abandone, Betty, seja minha amiga, preciso da sua amizade. Pelo menos, enquanto eu estiver aqui.

Aquelas palavras eram idênticas às que eu ouvira no quarto do sr. Timóteo. Lembrei-me da minha visita no dia anterior, e do pedido que ele me fizera. Então, aproveitando a ocasião, disse:

— Uma pessoa necessita falar com a senhora um assunto da mais extrema importância.

Julgava que eram aquelas, exatamente, as palavras que ele havia empregado.

5. Primeira narrativa do médico

Não me lembro exatamente do dia, e nem posso precisar a hora, mas afirmo que aquele chamado não constituiu para mim nenhuma surpresa, já que as coisas da Chácara não iam bem, e isto desde há muito transpirara do lado de fora. Talvez devesse explicar os fatos de outro modo, mas a verdade é que nossa cidadezinha e mesmo outras do Município andavam repletas de comentários, dos mais ingênuos aos mais mordazes, sobre escândalos que possivelmente estariam acontecendo em casa dos Meneses. Donana de Lara, por exemplo, que viera me consultar a respeito do filho, um pouco mais agitado naqueles últimos dias do que de costume, ousara sugerir que se devia pedir a Padre Justino para benzer a Chácara: o mal, dizia ela, estava arraigado na ruindade dos Meneses antigos, que haviam envenenado o ambiente da casa. Mas voltando ao meu caso, supus no entanto, e não tardei muito a verificar meu engano, que o chamado fosse para atender dona Nina, cuja chegada mais ou menos recente ainda era motivo de interesse para todo o mundo. Enquanto me vestia, imaginava o que ela teria feito. Diziam-na perigosa, fascinante, cheia de fantasia e de autoridade — e eu, que já vira nosso estreito círculo ferver e aquietar-se em torno de tantas personalidades diferentes, indagava de mim mesmo o que caracterizaria aquela, para que durasse tanto ao sabor do vaivém geral das conversas. "Talvez apenas porque seja uma mulher de fora, e uma bela mulher", pensava. E ia arrumando na maleta meus objetos de exame, enquanto constatava no meu íntimo um certo prazer, tão viva era a curiosidade que os assuntos da Chácara me despertavam naquele momento.

Não era porém dona Nina quem necessitava dos meus cuidados — e esta foi a primeira das minhas decepções. A outra, e que se seguiu imediatamente após esta, é que já não pude presenciar nenhum escândalo: os fatos estavam consumados. Ergui os ombros, e procurei ocultar meu desapontamento do melhor modo possível. Enquanto subia a escada do jardim, fui logo informado de que o sr. Valdo se ferira ao consertar uma arma velha. Quem me acompanhava era uma preta velha, antiga na Chácara, de nome Anastácia, e eu tinha dificuldade em compreender seu linguajar misturado, meio africano, meio sertanejo. De qualquer modo, não tardei muito em me achar num quarto imerso em sombra, onde o ferido se achava estendido num divã. A singularidade do ambiente foi a primeira coisa que me chamou a atenção — a segunda é que o ferido me pareceu mais gravemente atingido do que haviam me informado. A única pessoa que se achava ao seu lado era o sr. Demétrio, e talvez para afetar displicência, e assim incutir-me uma confiança que eu não tinha, sentara-se numa cadeira baixa, cruzara as pernas e fingia que lia um jornal. Reparei desde o início que ele se achava extremamente irritado — era este sentimento de irritação, aliás, o que primeiro sobressaía em sua atitude, que normalmente devia ser de zelo e de preocupação. Logo depois que entrei, levantou-se, cumprimentou-me com a reserva habitual aos Meneses, e indagou se eu queria que acendesse a luz. "Evidentemente", respondi, e ele afastou-se um pouco a fim de girar o comutador. Como acontece em quase todo o interior, nossa cidade carece de luz elétrica, cujo serviço era deficiente e malfeito, mas a Chácara, que tinha gerador próprio, ainda a possuía pior: era uma luz amarelada, sem constância, e que aumentava ou diminuía conforme a intensidade da corrente. Verifiquei logo que a peça onde me achava não era propriamente um quarto de dormir, mas um desses quartos de despejo, tal como existem em casas grandes, e que servem um pouco para tudo. O sr. Valdo havia sido transportado para aquele cubículo — não passava disto — de um modo tão rápido, que não haviam tido tempo de improvisar coisa alguma: fora lançado entre aqueles móveis como mais um objeto inútil. Achava-se ele estendido sobre um divã cheio de buracos, e haviam coberto este divã com um xale vermelho, de franjas, já descorado pelo uso. Tinha um pé calçado e o outro não, trajava apenas um roupão de linho, também bastante usado. Sob o roupão, completamente entreaberto, via-se a camisa branca, empapada de sangue. Quanto ao ferimento, não era possível imaginá-lo ao primeiro olhar, pois haviam-no coberto de gelo, cuja água, unindo-se ao sangue, escorria num filete do divã até o solo. Também não dava ele acordo de coisa alguma, e tinha os olhos fechados. Perguntei se fora aquele o único lugar atingido, e o sr. Demétrio respondeu-me que sim, se bem que acreditasse que a bala não houvesse interessado nenhum órgão importante. Falava depressa, e como se desejasse dar ao fato a mínima importância possível. Comecei por retirar o gelo e limpar o local, coberto de sangue já coagulado. Não demorei muito a descobrir o ferimento: era por baixo do coração, e o projétil devia ter passado de raspão sobre uma das costelas. Não havia dúvida, um tiro mal dado. Apesar disto, devia ter perdido muito sangue, e era esta, provavelmente, a causa do seu abatimento. Perguntei se alguém escutara o tiro, e de que modo o haviam encontrado. O sr. Demétrio não pareceu muito satisfeito com essas perguntas, sobretudo porque relevavam elas mais de um inquérito policial do que propriamente de uma indagação médica, mas assim mesmo afirmou que o irmão se achava desde cedo limpando o revólver, e que diversas vezes manifestara ele em voz alta o receio de que sucedesse alguma coisa, já que tudo era de se esperar de uma arma velha e emperrada; que não sabia a quem pertencia a arma; que não ouvira o tiro, e nem ninguém da casa o ouvira; e afinal que, somente alguns momentos antes da minha chegada, como estranhasse o silêncio do sr. Valdo, viera a descobri-lo, de roupão, estirado sobre o tapete da sala. Informou ainda que havia uma poça de sangue no chão, sangue que ele mandara a governanta limpar, enquanto conduzia o ferido para o quarto mais próximo, que era aquele. Desde aí o sr. Valdo ainda não abrira os olhos, e ele, Demétrio, que não podia desculpar aquela imprudência, aguardava que assim o fizesse, para que se explicasse a este respeito. Indaguei ainda se realmente desde cedo empregava-se ele em limpar a arma, e o sr. Demétrio, contendo a irritação, repetiu: "Desde cedo" — enquanto eu concluía para mim mesmo que era extraordinário que um homem gastasse um dia inteiro limpando uma arma enferrujada. Enfim, aqueles Meneses eram capazes de tudo. Vendo minha hesitação, o sr. Demétrio afirmou:

— Tudo indica que tenha sido um simples acidente. Acho que qualquer outra conjetura seria trair a verdade dos fatos — e examinou-me furtivamente, para ver se eu me havia convencido com suas palavras.

Neste minuto exato, e como se o fizesse expressamente para contrariá-lo, o sr. Valdo abriu os olhos — e confesso que jamais vi tão absoluta expressão de repulsa, de cólera e de desentendimento, quanto a que vislumbrei neste primeiro olhar que os irmãos trocaram. Não havia dúvida: o acidente, ou o que quer que fosse, havia irritado fundamente o sr. Demétrio. Perturbei-me e, enquanto o ferido começava a gemer baixinho, pois eu lhe tateava o ferimento, fitei o sr. Demétrio um tanto desamparado. Ele compreendeu o que se passava comigo, pois apoiou a mão no meu ombro, num gesto ao mesmo tempo familiar e autoritário:

— Meu irmão ainda não pode manifestar-se sobre o acontecido — disse. — Perdeu muito sangue nesta brincadeira estúpida, e é provável que ainda não tenha ideias nítidas. Mas qualquer dia desses...

Vi então o ferido fazer um grande esforço e soerguer-se no divã, enquanto o suor lhe inundava a testa:

— Posso sim — murmurou. — E você sabe, Demétrio, o que eu tenho a dizer...

Apesar de pronunciadas com dificuldade, aquelas palavras haviam sido inteiramente perceptíveis.

— Como? Você já pode falar? Isto me alegra — fingiu o sr. Demétrio, como se não houvesse escutado perfeitamente o que o ferido dizia. E um tanto escarninho: — Quer dizer que tudo não passou realmente de uma brincadeira imprudente?

O sr. Valdo voltou a fitá-lo durante algum tempo, e isto como se estivesse prestes a pronunciar uma acusação, mas vencido pelo cansaço, gemeu e deixou apenas a cabeça tombar para trás. Sua mão raspou a colcha num gesto de raiva e de impotência. Aguardei que ele serenasse o espírito e readquirisse forças, mas ele apenas voltou a cabeça para o lado da parede, denotando assim que se achava completamente esgotado. Iniciei então a parte propriamente médica, tentando alguns curativos de cuja eficácia não me achava muito seguro, já que nesses transes emocionais concorria mais para a cura a disposição do doente, do que mesmo qualquer paliativo. Acabado o trabalho, verifiquei que nada mais tinha a fazer ali: o ferido, com o peito enfaixado, parecia dormir. Se bem que fosse grande o meu desejo, não podia de forma alguma prolongar minha permanência naquele quarto. Cobri o ferido com um lençol e já ia retirar-me, quando senti que ele me segurava uma das mãos. O gesto era inesperado e extraordinariamente significativo: abaixei-me e vi que seus olhos suplicantes pousavam sobre mim, e eu não podia deixar de entender que ele me pedia auxílio, que insistia mesmo para eu ficar. Paralisado, sem saber que caminho escolher, eu fixava ora o ferido ora o sr. Demétrio, até que este último pareceu disposto a decidir por mim o que deveria fazer:

— Vamos — disse ele — acho que o doente necessita mais de repouso do que de outra coisa. Mais tarde, sempre haverá tempo para conversas.

Ao mesmo tempo em que dizia isto, forçou um pouco a mão que colocara sobre meu ombro. Após algumas recomendações, abandonei o quarto sem atender aos olhos súplices do sr. Valdo. Confesso que achei estranha a atmosfera de paz e de silêncio que reinava em toda a casa. Em absoluto não se poderia dizer que sucedera momentos antes um acontecimento tão grave, e que contornara os limites da tragédia. É verdade que também não encontrei mais pessoa alguma pelas dependências que atravessei, e como não me ocorresse nenhuma explicação sensível para o fato — exceto o de ser aquela uma casa grande, com aposentos largos, capaz de isolar perfeitamente cada habitante dentro dos muros de um quarto — imaginei que fosse uma simples consequência de ordens dadas pelo próprio sr. Demétrio. Não se julgou ele na obrigação de conduzir-me até a porta e, após algumas perguntas banais sobre o estado geral do doente, despediu-se de mim, afirmando, sem que eu o indagasse, que se achava perfeitamente tranquilo em relação à saúde do irmão. "Não passou de um pequeno desastre provocado pela sua imprudência", concluiu, e ao se exprimir assim, era visível que nada poderia irritá-lo mais do que este incidente que chamava tão insistentemente de imprudência. Demonstrou isto ao acrescentar: "Também não tinha ele de andar mexendo onde não deve". Atravessei sozinho a sala e a varanda, atingindo a escada — e só aí, ao me voltar uma última vez para aquele interior que me parecia pejado de tão secretos acontecimentos, percebi algumas luzes que se acendiam ao fundo: logo uma porta bateu, uma voz retiniu, provavelmente na cozinha, e como que a vida comum se apossou novamente da casa, deixando-me estrangeiro e curioso ante seu limiar vedado. Mais uma vez ergui os ombros — que outra coisa poderia fazer? — e desci os degraus, em cujos lados as plantas emaranhadas se acumulavam.

Mas foi precisamente quando julgava tudo terminado, que distingui um vulto afastar-se do maciço escuro dos canteiros e avançar para mim, como se estivesse aguardando minha passagem. Forçando a vista, que já não valia grande coisa, verifiquei que se tratava de uma mulher e, confesso, não pude deixar de sentir certo contentamento ao imaginar que talvez saísse dali com a ponta do mistério um pouco mais levantada do que supunha. Porque não tinha a menor dúvida, e isto desde o primeiro instante, havia ali um mistério, e coisas graves, laceradas, dessas que ocorrem subterraneamente no seio das famílias, tumultuavam sob a aparência daquele simples acontecimento. A mulher aproximou-se, e vi que ela se achava trajada com roupas de viagem. (Explico melhor: vestia um capote de lã preta, calçava luvas e trazia no pescoço um lenço verde. Na cabeça, uma dessas boinas que se usam para viagens.)

— Doutor — disse parando a poucos passos de mim — tenho absoluta necessidade de falar com o senhor.

Sua voz era tranquila e um tanto imperiosa.

— Pois não, minha senhora, às suas ordens.

E inclinei-me, certo de que me achava diante da esposa do sr. Valdo. Sua beleza, já lendária no povoado, não poderia me enganar e, mesmo prejudicada pela escuridão, era fácil constatar que me achava simplesmente diante da mais bela mulher que já vira em minha vida.

— Já estava de partida — disse-me ela — quando tudo isto aconteceu. Minhas malas ainda estão ali debaixo da arcada do porão.

Calou-se um momento; depois, sem trair a emoção que decerto a sacudia, indagou:

— É grave o seu estado? É realmente grave? Como está agora? Há alguma esperança?

Disse tudo isto aos borbotões, sem sequer me dar tempo para responder à primeira das perguntas. Mais singular ainda pareceu-me o fato de não conservar ela, pelo menos ao que parecia, nenhuma dúvida quanto à gravidade do que sucedia, se bem que, por uma curiosa disposição interior, aparentasse calma e até mesmo frieza. Uma ou outra vez poderia eu ter notado certo tremor em sua voz, mas era fácil perceber que se tratava apenas de uma irritação contida ante fatos que provavelmente tinham vindo deter a marcha de um plano elaborado anteriormente com o maior cuidado. Também não me era difícil verificar quais eram esses planos: ela se achava de partida, provavelmente queria dizer adeus para sempre à Chácara, e a "imprudência" viera retê-la no minuto exato da consumação de seus planos.

— Por favor — continuou ela sem me dar tempo para tomar qualquer iniciativa — ouvi dizer que não havia sido nada, apenas consequência de um descuido... mas, confesso, quem me disse isto não merece nenhum crédito. Exatamente porque me disse: "Foi apenas um ato de imprudência", fiquei imaginando que pudesse morrer esta noite. O doutor acha que existe este perigo?

Desta vez havia quase ansiedade em sua pergunta. Ao se calar, notei que ofegava, como se acabasse de levar a efeito uma longa caminhada. Curiosa mulher, pensei comigo mesmo, e que sentimentos estranhos devem agitar-lhe o fundo da alma! Movi a cabeça e, como a sentisse suspensa das minhas palavras, disse:

— Não, não há nenhum perigo. A bala atingiu-o superficialmente.

— Superficialmente! — bradou ela. — Mas, doutor, não é mortal o ferimento? Betty me disse que havia limpado no chão da sala uma grande mancha de sangue. Depois disto, supus até que ele já estivesse em agonia.

— Não, está mesmo muito longe de entrar em agonia.

— Ah — exclamou ela — então era verdade, Demétrio tinha razão? Foi apenas um ato leviano, um gesto de...

Calou-se, abaixando a cabeça. Durante algum tempo, esquecida de tudo, permaneceu em silêncio. O vento agitava-lhe algumas mechas de cabelo que escapavam de sob a boina. Mas levantando o olhar, deixou de repente escapar uma risada que repercutiu longamente na sombra. Não pude deixar de estremecer, pressentindo que maldade contida minhas palavras haviam desencadeado.

— Ah — disse — então é isto, assim é que pretendem me enganar? Decerto ainda não me conhecem, nem sabem de quanto sou capaz. Diga-me, doutor, agora que estamos sozinhos, que mentiras inventou, que contou a meu respeito? Não falou que um jardineiro...

Levou a mão aos lábios, como se desejasse interceptar as palavras que iam lhe escapando involuntariamente.

— Mas quem? — indaguei.

E ela:

— Valdo, quem havia de ser?

Esclareci que o sr. Valdo ainda não podia falar, devido ao choque que sofrera e à grande quantidade de sangue perdido. Ela murmurou: "Então perdeu muito sangue..." — e continuou ouvindo o que eu dizia, um pouco alheada, como se o assunto já não a interessasse muito. Assim que acabei de falar, como a visse sempre imóvel, hesitei se devia partir ou não, e já me dispunha afinal a ganhar a saída, quando me reteve o estado de agitação que vi bruscamente suceder ao seu alheamento. Como se acordasse de repente, ocultou o rosto entre as mãos, chorando e rindo ao mesmo tempo; depois, vencida pela emoção que tão fortemente subjugava-lhe o ser, encostou-se a uma árvore, deixando pender os braços num total desalento, repetindo inúmeras vezes: "Ah, meu Deus, meu Deus". Quis intervir, e cheguei mesmo a estender o braço para ampará-la, mas nada parecia ter o dom de arrancá-la àquele estado convulso, e julguei melhor esperar, com a paciência de quem espera afastar-se um pé de vento. Serenou afinal, apoiando a cabeça ao tronco: a luz da lua bateu-lhe em cheio no rosto, e via as lágrimas que ainda o sulcavam. Suspeitei que semelhante perturbação não tivesse uma causa normal, e cheguei a perceber em seus traços um intumescimento que denunciava a gravidez. Mesmo assim, como me pareceu bela, cem mil vezes mais bela do que antes, mais bela do que todas as mulheres que eu tinha visto até aquela data.

— Creio que a senhora faria melhor… — balbuciei.

Ela fitou-me com um olhar que parecia conter tudo o que tão impetuosamente devastava sua alma:

— Não me dê conselhos, doutor, não os necessito, não quero que ninguém se preocupe com minha vida.

Ao mesmo tempo, num desmentido tácito a essas palavras, apoiou-se em mim; devagar, tomou-me do braço e impulsionou-me a caminhar até o fim da alameda, onde existia a cerca que separava o jardim da estrada. A areia rangia sob nossos pés, grandes claros de luz sucediam-se a grandes claros de sombra. Não sei por quê, talvez já influenciado pela atmosfera inquieta que vira pesar sobre a Chácara, tive medo de que alguém surgisse e me visse tão estreitamente unido àquela mulher — não havia dúvida de que ela pouco ligava aos preconceitos. Mas na sua beleza — e eu de vez em quando examinava-a furtivamente — havia um signo qualquer de fatalidade. Enquanto caminhávamos, contou-me ela a sua história, e mal pude adivinhar o sentido que suas palavras possuíam, tão entrecortadas eram, tão embaralhadas pela emoção.

Depois de uma disputa com Valdo, decidira naquele dia abandonar a Chácara para sempre. A bem dizer já decidira isto há mais tempo, quando soubera que estava grávida. Mas não tomara esta decisão levianamente, ao contrário, pensara muito, e até mesmo rompia com um período de relativa tranquilidade em sua vida. Dizia relativa tranquilidade, porque estava certa de que jamais poderia ser completamente feliz junto dos Meneses, mas conseguira o máximo, isolando-se no Pavilhão do jardim. Sentia, no entanto, que sua presença não agradava a Demétrio — e a última discussão que tivera com o marido fora precisamente por causa dele: Demétrio inventara a respeito dela, Nina, as mais fantásticas histórias. Oh, ela sabia muito bem que ele apenas desejava ver-se livre dela: temia aquele futuro herdeiro da Chácara que ia aparecer. Pelo menos, era assim que ela pensava, não conseguindo encontrar outros motivos para a estranha atitude do cunhado. Haviam mesmo chegado a discutir algumas vezes se a criança deveria nascer ou não na Chácara. Valdo se opunha a que ela partisse, implorava, ameaçava — mas Demétrio, sob alegação de que nem em Vila Velha e nem nos arredores existiam recursos médicos suficientes, insistia para que ela partisse, e aguardasse no Rio a decisão do parto. Por causa do marido, hesitara até aquela data — mas de repente, e porque sentisse de repente um grande cansaço de tudo, resolvera partir. Valdo, vendo-a decidida, empalidecera: "Não há nenhum meio, Nina? Você vai mesmo?". Não, não havia nenhum meio — ela partiria. Então, secundando as ofensas do irmão, ele gritara a sua primeira, a sua grande, a sua definitiva ofensa: "Não sei por que castigo de Deus apaixonei-me e fiz de uma prostituta a mãe do meu filho. Porque você não passa disto, está ouvindo, Nina? Ninguém se engana com o seu rosto, está escrito nele, impresso a fogo: uma dessas quaisquer, que andam atrás dos homens pelas ruas...". Ela se erguera impetuosa, e fora então que, arrumando as malas, resolvera deixar aquele Pavilhão onde fora tão feliz durante alguns dias. Agora se achava mais do que disposta a acabar de vez com aquela comédia. Não existia amor entre eles, não existia coisa alguma. Ele a encontrara numa situação difícil, com o pai doente — e assim que este morrera, cercando-a de cuidados, convencera-a a que deveria acompanhá-lo à Chácara. Só isto. Desde que chegara, aliás, compreendera que não lhe seria possível viver ali por muito tempo. Era carioca, e estava acostumada a viver em cidade grande. Ali, tudo lhe desagradava: o silêncio, os hábitos, a paisagem. Sentia falta dos restaurantes, do movimento, dos automóveis e até mesmo da proximidade do mar. Aproveitando uma ligeira pausa — estávamos quase junto à cerca — perguntei se não era amor, qual a espécie de sentimento então que a unia ao sr. Valdo. Foi esta a minha única pergunta. A resposta que me deu caracterizava bem aquela mulher: era confusa, como se jamais tivesse pensado a sério na questão que eu lhe propunha. Disse-me, hesitante, que era um sentimento difícil de caracterizar — uma irritação, misturada ao medo e um pouco de fascínio. Para ela, o sr. Valdo representava muitas coisas que jamais tivera: uma família, casa, uma educação que não conhecia. Mas sentira perfeitamente que era preciso abandonar tudo, regressar ao pequeno quarto onde morava antes do casamento, aos amigos que deixara, antes que se odiassem mortalmente — e isto não tardaria a suceder. Enquanto se vestia, as malas já arrumadas sobre a cama, Betty, avisada de que deveria mandar chamar um carro, ouvira um tiro. Fora ela própria, a governanta, quem irrompera pelo seu quarto, bradando: "Patroa, o senhor Valdo feriu-se mortalmente". Não queria acreditar, não o julgava capaz de um ato desses. Tanto que nem desfizera as malas. Ah, estava ainda muito longe de supor a que paroxismos o marido era capaz de levar a comédia. Atônita, não tivera coragem para sair imediatamente do quarto, imaginando-o agonizante, talvez já morto, numa poça de sangue. Caminhando de um lado para outro, indagava de si mesma qual a atitude que deveria tomar. Foi a esta altura que o sr. Demétrio surgira diante dela, mais circunspecto do que nunca. "Nina, é meu dever informá-la do que se passa. Meu irmão cometeu uma imprudência, mas pelo que vi, não é nada importante. Apenas um arranhão no peito. Se você pretende partir, não se detenha por isto." Vi que estava extremamente irritado, e que jamais perdoaria a Valdo aquilo que considerava uma completa insensatez. Ela bem sabia o que ele desejava, e o que significavam aquelas palavras ditas com calculada lentidão. Tudo naquele homem era falso, estudado. E de repente, voltando para ele o rosto — ia desculpar-se, dizer que não partia — quando surpreendeu em seus olhos um brilho tão fixo e tão gelado, que a palavra esmorecera em seus lábios. Aquele homem, sem dúvida, ocultava um criminoso desígnio em seu coração. Estiveram algum tempo em silêncio, ele acusando-a com toda a força de sua presença hostil, ela defendendo-se, sem recursos, pronta a se amparar na primeira tábua de salvação que lhe surgisse. Mesmo assim, afrontando a acusação mortal, indagou: "Foi suicídio? Tentou ele…". O sr. Demétrio pareceu tornar-se mais distante e mais gelado ainda: "Sim, foi uma tentativa de suicídio. Mas repito: sem nenhuma consequência séria…". E havia uma nota ligeiramente irônica em sua voz. Ela continuou imóvel, ele afastou-se, abriu a porta e saiu. Desde aquele instante ela não pudera mais permanecer no quarto e, as malas prontas sobre a cama, descera ao jardim, esperando algum criado e a fim de poder assim obter maiores informes. Não encontrando ninguém, reunira toda a coragem de que dispunha, e fora até ao cubículo onde haviam colocado o sr. Valdo. Ah, sua mão tremia, toda ela tremia. Caso fosse grave, e Demétrio houvesse mentido, como afrontaria o olhar do ferido? Deparara com o sr. Valdo estendido sobre o divã, a camisa manchada de sangue. Não resistira mais do que um segundo àquela visão, e saíra correndo, certa de que fora realmente a causadora daquela tragédia absurda.

Durante um espaço de tempo, absorvida em seus pensamentos, ela esqueceu de falar, a mão apoiada em meu braço. Estávamos diante da cerca, do lado de lá era a estrada que conduzia a Vila Velha. Vaga-lumes brilhavam na escuridão, e invisível cantava não muito distante a água de um regato.

— Diga-me, doutor — e ela voltou-se para mim, a voz singularmente mais baixa, como se fosse dizer ou indagar a coisa máxima que lhe pesava sobre o peito — não há realmente nenhum perigo?

— Nenhum — reafirmei.

— Seria possível — e já falava quase junto ao meu rosto, num sopro — seria possível que tivesse sido... uma tentativa de assassinato?

Não posso deixar de dizer que aquela pergunta, longe de escandalizar-me, como que encontrava um eco já familiar em meu espírito. Lembrei-me do olhar que os irmãos haviam trocado assim que o sr. Valdo voltara a si, da ameaça que fizera de dizer "o que sabia" e, como nenhuma prova parecesse indicar que se tratava realmente de um "acidente", não tive a menor dúvida em afirmar que a hipótese do crime não seria descabida.

— Neste caso tudo muda de figura — disse ela. — Se não é uma comédia que Valdo representa, não parto mais. Fico, e não descansarei enquanto...

O que brilhou em suas pupilas foi instantâneo e decisivo — compreendi que ela acabava finalmente de tomar uma resolução. Como não pudéssemos mais avançar, e a cerca coberta de mimosas nos vedasse a passagem, e mais do que isto, o luar nos banhasse e assim pudéssemos ser vistos das janelas da Chácara com facilidade — dona Nina pareceu lembrar-se de que me via pela primeira vez e que, com o ímpeto que lhe parecia familiar, acabara de entregar seu segredo a um homem que nem sequer era aceito pela sua família como um amigo da casa.

— Obrigada, doutor — e tomou-me as mãos pela última vez. — Perdoe-me por tudo o que eu disse.

Afirmei com certo calor que ela não tinha com que se incomodar, e despedi-me. A lua ia alta, o córrego cantava junto de mim. Desviei-me, a fim de atingir o portão. Caminhava um tanto inquieto, sentindo que um elemento novo penetrara em minha vida. Oh, um instante só, mas fora como um raio de poesia. Singular mulher, singular história. De longe, voltei-me ainda uma vez para trás: entre as sombras, ela se afastava decidida em direção à Chácara.

6. Segunda carta de Nina a Valdo Meneses

... Época, tudo o que sofri na mais extrema penúria. Ah, Valdo, cheguei quase a desiludir-me, a acreditar um sonho tudo o que havia existido entre nós. Foram dias e dias do mais completo desalento, recostada numa cadeira, sem poder mover as pernas. O médico, que diagnosticara uma paralisia nervosa, disse que eu talvez nunca mais voltasse a ficar completamente boa, que minha doença era de tratamento difícil, e citou nomes complicados, de que não me lembro mais. Isto me fez chorar copiosamente, ainda hoje trago os olhos inchados. Não é mais aquele choro fácil que o irritava, é o desespero autêntico de uma pobre paralítica. Teria sido bem melhor que eu morresse logo, assim acabaria com meu sofrimento, e eu não teria de esperar pela caridade alheia para poder viver. Sentada no meu quarto, olhando esses pobres objetos que testemunham minha penúria, avalio que estou cercada de estranhos, que já não sirvo para mais nada, e ninguém mais neste mundo perde tempo em se interessar por mim. Sim, Valdo, sou obrigada a ceder e a reconhecer a realidade que tanto procurei evitar: seu silêncio obriga-me a considerá-lo um estranho. Por mais que eu tenha meditado sobre o nosso caso — e quantas vezes eu o fiz, insone, rolando sobre os travesseiros... — por mais que tenha procurado uma solução para o difícil transe que atravessamos, e do qual, na verdade, nenhum de nós é culpado. (Torno a repetir, repetirei até o último dia

da minha vida: há influências, é certo, mas de inimigos, de estranhos ao nosso problema, e que no entanto só a nós dois devia interessar. Na noite do "acidente", e tendo em vista o período feliz que havíamos atravessado no Pavilhão, eu decidira ficar — e teria ficado, se, além de suas torpes acusações, Demétrio não exibisse uma prova que na verdade jamais existiu... Foi ele quem me obrigou a abandonar a Chácara. E nós fomos demasiado simples, confiamos em lealdades que não existiam.) Por mais que estude e examine, nada vejo que possa nos auxiliar nesta hora de aflição. Estamos condenados a um ódio que não buscamos. Pelo menos eu, Valdo, nunca abriguei nenhum sentimento cruel em meu coração. E houve tempo em que nos amávamos ....
.... a ingratidão dos outros, a maldade do mundo. São estes os únicos responsáveis, e se comparecêssemos à barra do Tribunal, que juízes não veríamos colocados diante de nós, que faces hipócritas, que falsos amigos só então revelados na extensão de sua mentira e de sua calúnia! Estou escrevendo, e as lágrimas me sobem de novo aos olhos. Tudo o que me cerca é horrível, este apartamento de janelas pequenas, este pátio de cimento onde as crianças brincam, esta sala acanhada — ah, jamais tive paciência para ser pobre. E no entanto, Valdo, para achar o caminho desta velha história, é preciso que toque nalguns pontos secretos, e revolva as cinzas daquela triste noite. Até hoje, por uma espécie de escrúpulo tolo, sempre me recusei a comentar aqueles acontecimentos. Antes de tudo, porque envolviam o nome de uma pessoa que não existe mais, e que pela porta do suicídio se redimiu de uma calúnia que não podia suportar. E depois, que desejaria você? o que se foi, já se foi. Se hoje retomo a pena para discutir aqueles lamentáveis fatos, é que tenho um plano para pôr em execução — e previno-o, Valdo, de que nada, nem mesmo a vida de meu filho, me deterá neste caminho. Aliás, é tempo que eu procure recompor minha vida, e tente salvar para este pobre anjo a pureza do meu nome. Ele, somente ele me move em tudo o que pretendo empreender agora. Perdoe-me, se às vezes me torno um tanto patética, mas é que tudo isto me causa um pouco mais do que simples revolta — leva-me a extremos de humilhação e de desespero. A injustiça de que fui vítima, clama vingança no fundo do meu sangue. Valdo, é chegado o tempo em que ninguém mais terá o direito de lançar à minha face os meus pecados. Eles não existem, nunca existiram. Dirá você que estou louca, que pretendo fingir um papel que ninguém mais leva a sério. Mas é preciso, Valdo, que você acredite, é preciso que você leve a

sério meu papel, porque tenho necessidade disto, e não saberei viver do modo como tenho vivido até agora. Será que meu destino é ir de porta em porta, protestando minha inocência? Que culpa é esta que desde o nascimento me manchou a natureza? Sim, Valdo, dagora em diante só há um dever em sua vida: compreender e julgar-me sob a luz exata, não permitindo, para tranquilidade de sua consciência, que ainda interfiram entre nós, para espezinhar o pouco que nos sobra.

.... no Pavilhão dos fundos, onde havíamos decidido que passaríamos parte do verão, primeiro porque estaríamos mais à vontade, segundo porque estaríamos a maior parte do tempo longe do seu irmão. (Repito, Valdo, e isto é importante, sempre houve em Demétrio um elemento que nunca cheguei a compreender: ele me odiava de um modo acima do comum, como se me acusasse permanentemente de um crime que eu estivesse cometendo, e que na verdade eu ignorava totalmente qual fosse. Ele me odiava de um ódio que oscilava em suas esferas, e ia do sentimento de entusiasmo mais exaltado, à mais completa repulsa.) Ao imaginar tal coisa, achava-me mais do que convencida de que só poderíamos continuar juntos, caso nos separássemos do resto da família. O tempo só fez confirmar minha previsão, mas naquela época eu ainda me achava bem longe de avaliar qual a extensão que esta verdade alcançava. Você não se opôs à minha ideia, ao contrário, apoiou-a, certo de que poderíamos ser felizes, apesar da distância e do isolamento em que o Pavilhão se encontrava. E foi ali — lembra-se? — que passamos realmente os mais belos dias de nossa vida em comum. Ali, naquele Pavilhão abandonado e coberto de hera, com largas janelas de vidro mais ou menos intatas, e que flamejavam ao sol da tarde, e comungavam tão intimamente com o mundo vegetal que nos cercava, ali aprendi a conhecer o amor e a aguardar o filho que havíamos gerado. Ah, Valdo, basta fechar um pouco os olhos, para relembrar aquelas noites de verão, com cigarras que se demoravam pelos troncos antigos, e jasmineiros recendendo — uma paz de velha herdade sem problemas, de casa antiga e farta, que se assemelhava a tudo quanto eu sonhara nos meus devaneios da cidade. Noites, dias de longa a adormentada morosidade... e foi só quando senti minha gravidez avançar que comecei a considerar impossível viver naquele lugar onde me dava tão bem — pela distância de qualquer socorro, pela falta de conforto que, na verdade, caracterizava aquele Pavilhão. Mas só aí também compreendi integralmente a paz que me cercava, e a beleza sóbria daquelas paredes. Ah, posso dizer sem temor que só a partir daí a Chácara, em cujo centro se achava encravado aquele reduto, passou a ter para mim um novo sentido.

Mas nem tudo foi somente silêncio e felicidade, e dir-se-ia que forças adversas, enciumadas com o nosso sossego, espreitavam a ocasião oportuna para fazer irromper em torno sua ação agressiva. Assim é que, abandonando um dia seus cuidados — ele, que nunca nos visitava — Demétrio veio encontrar aos meus pés, como numa cena de adultério habilmente preparada, aquele pobre rapaz que cuidava do jardim. Eu já o havia visto muitas vezes, já havia mesmo reparado no seu modo submisso, na maneira estranha como me olhava — mas permitir-lhe semelhantes audácias, e sobretudo quando me achava naquele estado, à espera de um filho! — não, isto é demais. (Creio poder avançar em minhas lembranças, pois de tão vivo, o fato ainda parece recente. O máximo que ele ousara, e isto eu posso lhe jurar, fora plantar para mim um canteiro de violetas — um canteiro modesto, cercado de pedrinhas brancas, e que não sendo muito distante do Pavilhão, aproveitava a umidade permanente do regato que escorria próximo.) De fato, Valdo, ele se achava de joelhos aos meus pés, mas juro, juro de novo, jurarei sempre, foi a primeira e única vez que aconteceu aquilo.

Foi Timóteo quem me contou tudo aquela noite. (Timóteo: eu me achava no quarto, estendida na cama, um pano molhado sobre a fronte — única coisa que conseguia aliviar um pouco meus constantes enjoos. Ele arranhou a vidraça e eu me ergui, assustada, temendo que ainda fosse o jardineiro. Depois do escândalo da tarde, em que Demétrio me acusara abertamente de preferir o Pavilhão a fim de encobrir meus criminosos amores, não queria mais vê-lo, não tinha coragem para isto, se bem que ele não tivesse culpa alguma, e eu já estivesse decidida a partir. Abrindo a janela, ouvi que do lado de fora alguém me fazia um "psiu" insistente, e eu me debrucei, tentando adivinhar quem fosse. Caso fosse ele, o jardineiro, diria tudo: afaste-se de mim, nunca mais se interponha em meu caminho, já que conseguiu me desgraçar para sempre. E só de pensar nestas palavras, eu tremia e sentia a febre me queimar. Mas não, não era o jardineiro, e nem eu teria oportunidade para dizer minhas candentes palavras — era Timóteo, para surpresa minha. Vestia ainda uma roupa de mulher, mas colocara sobre os ombros, num arranjo apressado, um paletó de homem. Sussurrou-me: "Abra, Nina, que tenho coisa muito importante a lhe dizer". Nunca pude saber ao certo como atravessara todo o jardim naqueles trajes — como também nunca pude resolver exatamente o mistério que o fez abandonar o quarto naquela noite. Havia, é certo, o motivo que designou durante a conversa, mas senti, como uma música que vibrasse escondida, e percorresse incessante sua alma, uma outra causa que não me apontava, e que nem por isto deveria deixar de ser menos importante. Vendo-o, desconfiei, não sei por quê, que ele também me enganasse — não era também um Meneses? — e durante todo o tempo que falou, procurei, em vão, adivinhar a origem certa do seu movimento. Mas aquele era, provavelmente, um dos segredos que eu morreria ignorando. Ao abrir a porta, e já com a luz acesa, vi que o suor lhe molhava o rosto, enquanto denotava extremo cansaço. "Você não devia ter vindo aqui", disse-lhe eu. Ele abraçou-me, deixou-se cair numa cadeira: "Ah, Nina", riu, "imagine só a cara de meu irmão se me encontrar aqui…". Ofegava ainda, e via-se que se achava completamente desabituado de qualquer espécie de exercício. Antes de começar a falar, e como se esperasse recuperar forças, olhou em torno com o maior cuidado. "Que boa ideia, a de morar neste Pavilhão, isolada de todos…" E com um suspiro: "Mas tenho saudade da sua vizinhança. Desde que você se mudou, escureceu um pouco ao meu lado…". Sentei-me perto dele: "Não poderia continuar vivendo lá dentro, Timóteo". E ao mesmo tempo, devagar, para não assustá-lo, ia examinando, com o coração apertado, as transformações por que ele passara desde nosso último encontro. Ah, evidentemente não era mais a mesma pessoa. Eu o conhecera moço ainda, sem aquele excesso de gordura, sem aqueles visíveis sinais de devastamento impressos no rosto. Não era propriamente um ser humano que eu tinha diante de mim, mas uma construção de massa amorfa e inchada. Sabia que dera para beber, como se não pudesse mais esquecer alguma coisa, e que entregava todo o seu dinheiro aos criados (não sei se já comentei com você a este respeito, Valdo, mas sempre achei errado que houvessem lhe permitido levar para o quarto a parte da herança que lhe cabia…) a fim de obter a bebida de que necessitava, mas estava longe de supor que seu aniquilamento fosse tão rápido, e que em tão pouco tempo o álcool produzisse uma ação tão terrível sobre a sua pessoa. Acrescente-se a tudo isto, sem nenhum desejo de causar escândalo da minha parte, a pintura que ele usava, não a pintura comum que uma mulher usa, mas um excesso, um transbordamento, qualquer coisa de raivoso e de incontrolável, como alguém que houvesse perdido o senso do gosto ou da medida — ou pior ainda, que não tivesse em mente senão o próprio ultraje. Ao vê-lo, pobre criatura estranha e lunática, as lágrimas me vieram aos olhos. Sim, Valdo, era fácil chorar em sua casa, a felicidade não era comum naquela Chácara. Timóteo colocou a mão sobre a minha: "Creio que me matam se descobrem que abandonei o quarto". E de súbito, mudando de assunto, quase com rispidez: "Nina, por que é que você deixou de morar ao meu lado? Se soubesse o mal que isto me fez…". Olhei-o com estranheza: "Já disse, Timóteo, era melhor para mim". Ele deixou escapar um gemido: "Oh, tudo que é melhor para os outros, é sempre pior para nós…". Tive pena, e respondi: "Mas, Timóteo, se você quiser vir me visitar de vez em quando…". Ele me olhou quase em pânico: "Não, não, que sentido teria isto? Além do mais, Nina, vim hoje porque se trata de assunto extremamente grave". Tentei ainda demovê-lo: "Sua vida me preocupa, Timóteo". Ele me fitou, longamente e com ternura, e senti que ofegava ainda, mas de uma outra emoção que não a causada pelo cansaço. "Obrigado, Nina. Mas juro, não foi para falar sobre minha vida que vim aqui…" "Sobre quê, então?" Novamente ele deixou escapar um fundo suspiro: "Nina, não sei se você sabe, mas querem mandá-la embora". Sua voz era pausada, sem nenhuma cólera. Ficamos em silêncio durante algum tempo, até que eu perguntei: "Sob que pretexto?". Pensou um pouco, depois disse: "Por causa de um moço, um jardineiro, que encontraram aos seus pés". Encarei-o rapidamente: "E você… acha isto possível?". Todo ele pareceu tremer de repente: "Oh, Nina, por que me pergunta isso? Não tem o direito, não pode, é a única coisa que me recuso a responder". Tornei-me fria: "Por quê?". E ele, escorregando aos meus pés: "Nina, eu não a julgo, aceito-a integral, boa ou má, tal qual como é. Ainda mais: para mim, todos os reis da terra deviam estar aos seus pés". Obriguei-o a levantar-se e a sentar-se novamente. Estava confusa e emocionada. "Que soube mais?", indaguei. Ele esclareceu: "Foi Betty quem me contou tudo. Pedi a ela que viesse informá-la, e disse-me que não tinha este direito, que era um segredo dos patrões, mas que eu…". "Mas que foi que ela contou?", atalhei, impaciente. "Que Valdo e Demétrio conversavam no escritório — é o lugar onde se reúnem, quando há alguma coisa importante a tratar — e que Demétrio era quem falava mais alto. Dizia: "Eu sempre avisei a você que tomasse cuidado com esta mulher. Ela já devia ter partido, seu lugar não é aqui em casa. Além do mais, não temos condições para atender a este parto. Queira você ou não, ela terá de ir embora, Valdo. Nunca o toleraria…". "Ah!", exclamei, "é isto o que ele quer? Pois não há dúvida que irei embora daqui. E não voltarei, ainda mesmo que todos os Meneses se arrastem de joelhos diante de mim!" Eu falava assim, porque a cólera me incendiava. Sabia muito bem o motivo que ele havia alegado: escolhera o Pavilhão, a fim de esconder meus amores ilícitos. Não foi isto, Valdo, não foi isto precisamente que ele disse? Timóteo voltou a me tomar as mãos: "Nina, não parta, para isto é que eu vim aqui. Lembra-se do nosso pacto? Temos necessidade de sua presença". "Não, não", bradei, "se ficasse aqui, seria constantemente humilhada e colocada sob suspeita." Discutimos ainda algum tempo, mas nenhum argumento me convenceu: estava convicta de que deveria partir, e partiria, ainda que houvesse acontecido toda a história do jardineiro. Ah, lembra-me bem da cólera que me tomou, ao me lembrar de todas as promessas que você havia feito, Valdo... Erguendo-me, e ainda com Timóteo presente, comecei a atirar ao chão os objetos que encontrava. Como fizera mal em ceder da primeira vez, como fora tola em não ter partido naquela noite do tiro... Agora me achava exposta a semelhante humilhação, e nada poderia fazer porque ninguém me comunicara coisa alguma, e tudo se tramava na sombra. O rumor dos objetos quebrados atraiu Betty, que não tardou em surgir à porta do Pavilhão: "Que é isto, patroa, que se passa?". Acho que meus olhos cintilavam, que toda eu tremia, e que meu aspecto geral, diante do chão juncado de cacos, estava longe de ser tranquilizador. "Ah, Betty, você sabe muito bem do que se trata." Ela empalideceu, e pediu-me que sossegasse: pelo menos no momento, ninguém pensava em praticar comigo aquela vilania. Como eu, desatinada, caminhasse de um lado para outro sem dar a mínima atenção às suas palavras, voltou-se para Timóteo que durante toda esta cena permanecera em silêncio, acompanhando-me apenas com os olhos. "Ah, senhor Timóteo, é o senhor quem está aí..." E Timóteo, do seu canto: "Como ela é soberba, Betty, que mulher!". Trocaram ainda algumas palavras, e chegaram à conclusão de que havia sido com efeito mortalmente ofendida. (Repare bem, Valdo, durante todo este tempo, nem uma única vez nos preocupou a figura do jardineiro, pelo menos como coisa existente, real: para nós, ele fora apenas a mola que desencadeara tudo, o instrumento de Demétrio. E na verdade, que me importava que existisse um jardineiro, e que num momento de desvario ele tivesse se atirado aos meus pés? Lembro-me de que durante um minuto, um único e fugaz minuto, abandonei a mão à fome dos seus beijos — que era aquilo, que poderia significar aquele soluço incontrolado e animal que lhe subira aos lábios na forma de uma carícia? Não, ele não era suficientemente forte para arrastar-me ao torvelinho que o possuía. Mas deve ter sido neste momento que Demétrio abriu a porta — e depois deste tempo todo, indago de mim mesma quanto tempo terá ele demorado assistindo à cena. Terá visto apenas o jardineiro arrojar-se aos meus pés, e não demorou mais do que um segundo, ou terá ficado, e neste caso assistido ao modo cheio de energia com que ordenei a ele que se levantasse? De qualquer modo, como pôde julgar-me pela visão desse instante único, como pôde calcar neste relâmpago sem continuidade a ação da sua raiva e da sua vingança? Mal fechara a porta e Alberto se achava de pé: recordo-me perfeitamente que ele passou a mão pela testa, como se procurasse afastar um sonho mau, e disse: "Não mereço perdão pelo que fiz, mas serei grato a minha vida inteira". Eu não tinha entendido, indaguei: "Grato?". E ele, afastando-se: "Por existir, por me ter permitido conhecê-la". Ah, Valdo, acredite que mais tarde, somente mais tarde, em muitas e muitas noites de insônia, é que comecei a pensar na figura deste rapaz. A verdade é que ele não me saía mais da memória. É terrível o que fazemos sofrer aos outros, e em todo o drama que se desenrolou depois — refiro-me ao meu estúpido gesto atirando o revólver no jardim — o destino dele foi de todos nós o mais tragicamente selado. Vejo-o perfeitamente bem, quase uma criança ainda, de pé diante de mim, tremendo. Só nessas longas noites que vivi depois é que comecei a desejar encontrá-lo de novo: que diria, que poderia dizer tão moço ainda, com que gestos se apresentaria a mim, de que matéria candente seria feito o seu amor? Comecei a imaginá-lo não como um amante, mas como um filho, a quem eu ensinasse as coisas, e apontasse os perigos deste mundo, salvando-o de si mesmo e dos outros. Filho, amante, que importa — a solidão tem desses enganos. Eu vagava ao sabor do meu desamparo, imaginando alguém que me fosse fiel até a morte, que nada mais visse neste mundo além da minha pessoa. Perdoe-me, perco a cabeça, a tristeza às vezes enlouquece.)

Timóteo continuava sentado, Betty ao seu lado, ambos esperando certamente que eu tomasse uma decisão. Dentro de mim, como uma roda incessante, o ódio girava. "Que dizem agora, que estarão tramando?" eram minhas perguntas constantes. E repetia para mim, baixo, as palavras que Demetrio havia pronunciado: "Foi para isto que ela escolheu o Pavilhão...".

Você sabe, Valdo, o quanto fomos felizes naquele Pavilhão; você sabe dos tempos que ali passamos, e do modo estranho e repentino como tudo pareceu

renascer entre nós. O tempo escorria como se fosse de seda. Eu mesma, admirada, apertava-o nos braços: "Valdo, tudo é possível, nós nos amamos". Era um grito simples, uma coisa inarticulada que milhões de mulheres já haviam dito antes de mim — e no entanto, eu sentia como se para nós o mundo estivesse rodando numa órbita diferente. Compreende, Valdo? Eu tinha exatamente o que desejava, o absoluto, o infinito. Como imaginar pois que você desse ouvidos àquela mentira, como supor que no instante preciso em que eu considerava tudo salvo, você estivesse atento ao veneno acumulado por seu irmão contra mim? Ali estava a prova, nos dois únicos amigos que eu contava na Chácara, mudos, esperando que eu me decidisse. E foi então, e só então, que a decisão rapidamente se transformou em inabalável desígnio — e atirando as malas sobre a cama, e arrebatando as roupas dos armários, gritei: "Betty, vamos arrumar isto que eu parto para sempre. Desta vez, ainda que ele se matasse realmente, não ficaria mais…". Betty se levantou, e então vi Timóteo que fazia o mesmo, olhar-me sem dizer palavra, sem ousar interferir sem dúvida, tanto acatava minha decisão, mas que me fitava com uma tal tristeza, com uma mágoa tão funda e tão dilacerante ....
....
.... nada mais posso fazer. Meu destino é este, ninguém foge à luz da sua estrela. Acredite, apesar de tudo, que eu não tenho mais muitos dias de vida. E lembre-se bem: isto é tudo o que lhe peço. Aliás, Valdo, a voz que lhe pede já é uma voz de comando: os mortos têm o seu direito, e eu me vejo na situação de reclamar alguma coisa como minha última vontade. Você nunca me atendeu, nem respondeu às minhas cartas. Talvez nem sequer as tenha aberto, e todas essas queixas, essas rememorações, essas invectivas, permaneçam mudas e cobertas de pó sobre alguma escrivaninha, à espera, quem sabe, de uma alma generosa que lhes rompa o envelope. Outras vezes já fiz súplicas diferentes, já chorei, já gemi por auxílios que nunca me vieram. Não faz mal, se bem que possa dizer que seja este silêncio o que me liquida aos poucos. Nunca pensei que pudesse morrer assim, desdenhada, sem um olhar amigo para me acompanhar neste difícil transe — não. Mas ainda posso imaginar o que seja do meu direito, e é quando tão poucas forças me restam, e já começo a adivinhar a paz definitiva que me aguarda no túmulo, que estou disposta a reaver, por bem ou por mal, o que é meu, e que tão injustamente me foi subtraído. (Ainda aqui, cabe-me avivar-lhe um pouco a memória. Quando deixei a Chácara, estava

longe de esperar quem encontraria meses depois, batendo à minha porta. Vejo-a ainda, toda de preto, sem que a emoção lhe contraísse um único músculo da face. Sim, foi ela a quem você encarregou de vir buscar nosso filho. Ela, toda de preto, a quem dei a única resposta que era possível dar: "Jamais traria comigo um rebento dos Meneses. Está por aí, no hospital onde nasceu". Mas eu não era sincera quando falava assim, e nem Ana, vindo ao Rio expressamente para isto, tinha o direito de arrebatar-me o filho. Mas desgraçadamente foi assim que aconteceu...) Que você acredite no que quiser, posso lhe garantir que não voltarei a justificar-me, nem a rogar de joelhos que você escute minhas palavras. Não, Valdo, minhas forças já se acham no fim. E preste bem atenção, para que depois não se assuste, e nem me exprobre, e nem afirme que tomei medidas levianas e apressadas: estou disposta a voltar à Chácara, a ocupar o lugar que me pertence, e isto enquanto viver, enquanto me sobrarem forças para lutar contra Demétrio e até mesmo contra todos os Meneses reunidos.

Não me diga que não, pois ao receber esta já estarei a caminho. Tenho direito a viver tranquilamente o pouco que me resta, sei que nada fiz que pudesse ofendê-lo, e nem permitirei mais que me afastem do meu filho pelo simples trabalho da calúnia. Está ouvindo, está compreendendo o que eu digo, Valdo? ....
....

7. Segunda narrativa do farmacêutico

Foi por essa época que começaram a circular em nossa cidade os mais desencontrados rumores sobre a Chácara; não se sabia ao certo o que se passava, mas suspeitava-se de tudo, até mesmo de um crime. (O dr. Vilaça, médico que atendia à Chácara, havia deixado escapar qualquer coisa a este respeito...) Na verdade, o ambiente era propício a esses boatos, e curiosos mais afoitos chegavam a se avizinhar da cerca que rodeava a casa, na esperança de perceberem alguma coisa. Em vão: as árvores que enchiam o jardim não permitiam uma vista muito nítida da Chácara, e no máximo diziam que haviam visto dona Ana, ou mesmo o sr. Demétrio, passeando pelas alamedas. Ninguém mais se referia aos Meneses senão com um sorriso esquisito, um erguer de ombros, um abanar de cabeça — e dentro em pouco essa aura de suspeita e de drama começou a tingir, de modo definitivo, a velha residência que há vários lustros era o orgulho do Município. Mas apesar disto, cada vez se via menos seus habitantes. Em determinado momento, correu que dona Nina fora vista com um estranho, na proximidade do antigo cemitério de pretos que ficava a caminho da Chácara; depois noticiou-se que o sr. Demétrio estava de malas prontas para viajar — que iria ao estrangeiro e que não se sabia quanto tempo demoraria. Mas nenhuma dessas notícias se confirmou, os Meneses continuando ilhados, e não frequentando seus semelhantes senão muito raramente.

Mesmo assim é lícito afirmar que sua importância local era imensa, e não havia festa, ato de caridade ou solenidade pública para que não fossem convidados. Poder-se-ia dizer, resumindo tudo, que não eram simpáticos, se bem que imprescindíveis à vida da cidade.

Ora, foi sob este clima que o sr. Valdo um dia apareceu em minha farmácia, se bem que a loja estivesse em obras, e parte dela vedada aos fregueses. Veio não uma, mas duas ou três vezes, sempre aparentando displicência, e como se não quisesse nada, apesar de prestar atenção em tudo. O fato não me espantou, mesmo porque já me achava acostumado aos modos insólitos daquela família. Vinha ele a pretexto de fazer curativos, pois tinha no peito um ferimento mal cicatrizado produzido por arma de fogo. (Creio, aliás, que foi esta a origem dos boatos que encheram a cidade.) Apesar de nada ter perguntado, e porque assim me mandasse a discrição, ele me informou que se ferira "acidentalmente". Não respondi, e até fingi que a história não me interessava o mínimo. Era esse, acreditava eu, o único meio de deixá-lo à vontade, e permitir assim que ele falasse. Por outro lado, imaginei que bem podia ser que ele apenas desejasse experimentar-me, e avaliar a que grau ia a curiosidade da gente da cidade. O certo é que fiquei em silêncio — e era este o melhor modo de dizer que, não tendo indagado nada, já supunha no entanto quase tudo. Como tivessem na Chácara o hábito de me chamar sempre que necessitavam de algum serviço, supus que daquela vez pretendessem afastar-me precisamente para que não deparasse com aquilo que desejavam me ocultar. O que fosse, não sei — mas existia, e a prova disto eram aquelas visitas do sr. Valdo, que rompiam com um sistema de vida imposto desde há muito. Havia também, é necessário frisar, certa nervosidade nos gestos dele — e diante da frieza que eu aparentava, surpreendi uma ou outra vez seu olhar inquieto e perscrutador.

Dessa última vez em que veio, sentou-se sem cerimônia num monte de tijolos que havia junto ao balcão, as mãos apoiadas no cabo de um guarda-chuva. (Viera a pé da Chácara, se bem que estivesse armando temporal. Para os lados do sul, onde corriam as linhas da estrada de ferro, armazenavam-se grossas nuvens escuras.) Já disse que seu ferimento era sem importância, e os curativos poderiam muito bem ser feitos na própria Chácara. Provavelmente, com a partida de dona Nina, não encontraria lá quem o auxiliasse, e era isto, entre outros motivos, o que o trazia à minha presença. Como habitualmente falasse pouco, costume aliás de todos os Meneses, daquela vez, a fim de romper o silêncio em que mergulhávamos, deixou escapar um suspiro e disse:

— Ah, os bons, os velhos tempos.

O que provavelmente não significava coisa alguma, e por mais que me esforçasse, não consegui adivinhar a que pretendia ele se referir. Disse isto ainda algumas vezes, e de ouvir essas palavras tão repetidas, acabei cismando que haveria nelas um sentido essencial que eu, com a minha ignorância, não chegava a apreender. Ele as dizia com o queixo apoiado entre as mãos, e estas cruzadas sobre o cabo do guarda-chuva, numa pose que parecia bastante característica. Seus olhos perdiam-se no vago, como se de fato percorressem incalculáveis distâncias. Aquela teatralidade — fingida ou não — devia ocultar um intento, e pacientemente aguardei que esse intento viesse à tona. Mas olhando-o, eu me perturbava — seu sofrimento parecia mais do que real, chegava a impressionar. Já havia visto o sofrimento estampado na fisionomia de muitos homens, mas nenhum como naquela, cercada de tanto recato e escrúpulos. Forçoso é confessar, porém, que existia certa dignidade em tudo o que se referia ao sr. Valdo, e ao mesmo tempo uma tristeza tão grande, um sentimento de tão constante solidão, que esses atributos, pela sua força, convertiam-se em fatores de indiscutível prestígio. As mulheres, particularmente sensíveis a essa espécie de graça, sabiam adivinhá-lo à distância, e sempre se extasiavam: "Que homem, que romantismo, que finura de modos!". E não era possível duvidar de que para quase todas ele era permanentemente como um pequeno deus íntimo.

Sempre esperei que ele me dissesse alguma coisa de positivo sobre a Chácara e os seus acontecimentos, pois eram exatamente esses fatos, e o enigma que os cingia, o que mais interessava a mim e a toda a cidade — e também porque os homens mais reservados têm seu minuto de fraqueza. Mas durante essas visitas que me fez, e em que eu propositadamente demorei os curativos (duraram, pelo menos, o espaço de três semanas…), sempre foi muito discreto, e não ouvi dos seus lábios a menor frase que pudesse destruir ou corroborar as lendas que se adensavam em torno dos Meneses.

Falou-me, é certo, uma vez. Uma única vez, e com a exuberância e a emoção dos tímidos que sentem romper no fundo do coração o muro de gelo com que aprisionam seus sentimentos mais caros. Falou-me, não porque me distinguisse particularmente, mas apenas porque tinha necessidade de falar, como falaria a qualquer outro — e ouvindo-o, a história pareceu-me tão sua, tão desligada de qualquer motivo Meneses, que indaguei de mim mesmo se não era isto o que ele procurava vindo à minha farmácia, isto é, uma razão para reviver essas coisas, pesá-las diante de outro, fugindo assim ao cerco e ao isolamento que lhe impunham os da Chácara. É preciso frisar que foi a única vez em que vi um Meneses inclinado à confidência — e assim mesmo, o que ele confidenciava unia-se aos Meneses do modo mais remoto possível. (Não sei por quê, mas talvez deva daqui, antes de começar a descrever em que consistiu sua conversa, reviver uma antiga lembrança pessoal, pois ela se une a tudo o que ouvi depois, e completa mais ou menos a identidade da pessoa a que se refere. Quero destacar, para bom entendimento de tudo, a impressão que o inesperado casamento do sr. Valdo causou em Vila Velha, e da emoção com que foram transmitidas as primeiras notícias a respeito de sua mulher. Não é fácil, no entanto, avaliar essa repercussão, se não se levar em conta o prestígio quase geral do sr. Valdo, e o interesse que alimentava todo o mundo a respeito dos Meneses. Quando se casou, já não era mais o que se costuma chamar de um moço; a seu respeito corriam anedotas e ditos picantes, retratando aventuras suas, verídicas ou não, com mulheres de todas as espécies. Citava-se mesmo uma, a Raquel, do Meia-Noite e Trinta, que havia recebido grossa soma pelos seus favores de algumas horas... Para falar com exatidão, supunham-no um conquistador completo, calado e orgulhoso, de uma espécie muito comum a certos ricaços da província. Seus modos, suas atitudes nobres, sua perfeita elegância, se bem que um tanto fora de moda, muito contribuíam para essa fama. Possivelmente metade dos casos seriam inventados, e nem ele estivera nunca no Meia-Noite e Trinta — ah, que não suscitavam os Meneses em matéria de invenção! — mas a verdade é que não há vento sem tempestade. Exteriormente, e com seu ar ligeiramente empertigado, o sr. Valdo compunha um tipo perfeitamente adequado às lendas que corriam por sua conta. Muitas vezes vi mocinhas casadoiras se debruçarem à janela após sua passagem, olhando-o com malícia ou rindo — e esse rastilho de emoção costumava prolongar-se até longe, pelo menos enquanto durava sua caminhada pelas ruas.

Quando finalmente se noticiou que ele ia se casar, houve uma comoção geral, e o assunto único foi conjeturar quem seria a feliz eleita. Dizia-se — os que haviam chegado recentemente do Rio de Janeiro — que era a mais formosa das mulheres, rica, dotada de todos os atributos que poderiam caracterizar a escolhida de um Meneses. Alguém, que jurava tê-los visto juntos numa confeitaria do Rio, dizia: "É um casal perfeito".

Assim, quando o sr. Valdo partiu a fim de trazê-la para a Chácara, houve uma expectativa extraordinária: durante dias e dias, nossa pequena estação viu-se cheia de gente à hora em que devia chegar o trem da capital. E essa expectativa transformou-se numa fonte incomum de zum-zuns e falatórios, quando ele regressou sozinho, após estada de vários dias na cidade. Diziam que ela não queria vir para a roça, e que detestava sair do Rio de Janeiro — e assim, antes mesmo que se soubesse qualquer coisa de positivo, já a maioria se mostrava francamente hostil à recém-casada, afirmando que se tratava de uma convencida, que não olhava para ninguém e a ninguém dirigia a palavra. Mas tudo isto eram apenas suposições, e tudo mudou, certa tarde, quando dona Nina desceu em nossa estação, àquela hora completamente vazia. Dir-se-ia que estivera apenas deixando o interesse em torno da sua pessoa esmorecer, a fim de poder chegar tranquilamente. Vinha carregada de malas e, posso jurar, jamais havia visto mulher tão bela em minha vida. Não era muito alta, e bem se poderia dizer mais magra do que seria de se desejar. Notava-se à primeira vista que era uma pessoa nervosa, e acostumada a bons tratos. À pureza dos traços — o nariz, apenas, era ligeiramente aquilino — unia-se uma atmosfera estranha e tormentosa, que a tornavam logo à primeira vista um ser irresistível. Todo o mundo — as janelas se achavam cheias, assim que a notícia de sua chegada correu como um rastilho — indagava que coisa fervia em seu íntimo, para que seus olhos fossem assim tão melancólicos, e sua atitude cálida, tão sem insistência. E convenhamos: a espera e o consequente esquecimento, fazendo com que ela desembarcasse só e num dia em que a estação se achava deserta, trabalharam a seu favor: muitos, exaltados, proclamavam que ela merecia as desculpas de Vila Velha, e como não tivessem meios de produzir essas desculpas, substituíam-nas por elogios exagerados, declarando-a "uma rainha, que não merecia exilar-se naquela terra de marasmo e de poeira". Assim, desde o momento em que pisou a cidade converteu-se no centro de interesse geral, fazendo os próprios Meneses recuarem para um discreto segundo plano. Aos poucos, no entanto, esse interesse, por falta de alimento, foi se desvirtuando — e o que antes era elogio irrestrito, converteu-se num jogo de dúvidas e probabilidades. De rainha, passaram a julgá-la uma cantora de cabaré perseguida pelo insucesso — e houve até alguém que se lembrasse de ter visto seu retrato em revistas especializadas. Alguns, mais românticos, teimavam em considerá-la misteriosa herdeira de sangue azul. Mas a maioria, obstinada, opunha-se: "Uma cantora, e em pose não muito recomendável...". A verdade é que ninguém sabia nada de positivo a seu respeito, e sou obrigado a confessar que assim foi durante muito tempo.)

— Recordo-me perfeitamente de quando a vi pela primeira vez — disse-me ele, com o queixo sempre apoiado ao cabo do guarda-chuva, olhos ainda no vago, como se perseguisse uma visão que teimasse em se esgarçar nas saliências do tempo — numa tarde quente de verão, ao descer o paredão do Flamengo, junto ao mar. Andava à procura do endereço de um amigo, que me diziam morar para os lados da Glória, numa pensão de luxo. Nós, da roça, sempre temos dificuldades na cidade. Assim é que fui bater não à porta de uma pensão de luxo, mas ao contrário, de um hotel bem modesto, situado num prédio enorme, antigo, de dois ou três andares, e com uma escada larga, escura, que subia em lances difíceis, cercada por grades de madeira torneada. O porteiro, meio surdo, indicou-me vagamente um quarto no segundo andar, e eu subi, sentindo vir até mim, característico, um cheiro morno de comida e de pobreza mal disfarçada. Não encontrei o número que procurava, e já me dispunha a descer, quando ouvi rumor de uma discussão, vindo de um dos quartos que dava para o corredor. Estaquei, por simples curiosidade, e a fim de avaliar com clareza como se vivia naqueles ambientes fechados. Falava-se sobre um casamento. Era a voz de um homem de idade, com todos os sinais e intermitências de um doente — asmático talvez. Entre uma e outra frase, respiração entrecortada, sufocamento, tosse. A outra, ao contrário, era uma voz de mulher, quente, moça. Ouvindo suas réplicas, interessei-me logo pela sua pessoa — e fiquei a imaginá-la loura, talvez pequena, de olhos azulados. Quando a porta se abriu, no calor de uma resposta mais forte, vi o quanto havia me enganado: era morena, quase ruiva, de altura média, e olhos muito vivos. Sua figura impressionou-me desde esse instante, ou melhor, sua palidez, seu tom nervoso e patético. Não usava nenhuma pintura, e vestia-se mais do que modestamente. Meu primeiro pensamento foi: "Tão bela, e nunca será feliz". Por quê? Que força me levava a vaticinar coisa tão grave? Depois, indaguei comigo mesmo quem seria, e antes de poder responder, ainda escutei, da porta, o final da discussão. "Espero até amanhã", disse o velho lá dentro. Como eu me achasse protegido pela coluna da escada, inclinei um pouco a cabeça, a fim de ver quem falava. Realmente era um homem idoso, de cabelos e bigodes inteiramente brancos, simpático, extremamente simpático, e o que era pior, sentado numa cadeira de rodas. "Paralítico", pensei comigo mesmo. Via-se que em seus olhos ainda luziam uns restos de cólera. — ("Ah", pensava eu, enquanto o sr. Valdo falava, "como deve ter sido nítida sua impressão, para que a guardasse tão pura após o tempo decorrido...") — Vi a mulher voltar-se, e do limiar dizer com extraordinário ardor: "Nunca, prefiro morrer. Mil vezes a morte". O velho acionou a cadeira de rodas, procurando alcançá-la: "Você sempre fez o que quis, nunca teve pena de seu pai. Será que agora...". Ela bateu a porta sem responder, passou por mim apressada e desceu a escada. De repente tudo se aquietou no velho prédio. Cautelosamente desci por minha vez, respirando um resto de perfume que a moça deixara no ar. Ia anoitecendo e, no céu ainda azul, lá para os lados do mar, dilatava-se um clarão de incêndio. Caminhava distraído, pensando no que acabara de ouvir, quando a vi, de pé, junto a um poste cuja luz acabara de se acender. Devia esperar um ônibus ou outra condução qualquer. Parei, e vi que retirava um lenço da bolsa, enxugando os olhos. Aquilo me deu uma pena instantânea, lancinante. Fiquei de longe, sem saber se devia abordá-la ou não — parecia-me tão perturbada! Neste momento, um carro se deteve junto ao passeio — vi uma mão de homem abrir a porta — ela entrou, e o carro rodou, enquanto eu, de relance, vi brilhar na obscuridade galões de uma farda. Imaginei então, com certa decepção, que fosse amante de algum militar.

— Um impulso me fez voltar no dia seguinte, à mesma hora. No decorrer da noite, em que experimentara extenuado e insone o rigor do verão carioca, não me saíra do pensamento a imagem da bela desconhecida. Esperava encontrá-la sob a luz do mesmo poste — e realmente, lá estava ela, amassando a bolsa, à espera do carro. Este também não tardou muito a surgir, e tudo se repetiu exatamente como da primeira vez. Não havia dúvida, devia ser um hábito contraído, e, incessantemente, como se para mim fosse a mais importante das questões, eu indagava de mim mesmo: noiva? amante? casada? Durante três dias seguidos acompanhei a cena, movido por um interesse que me parecia inútil esconder, e no quarto dia, afinal, resolvi abordá-la. Tudo devia ser feito depressa, antes que o carro chegasse. Assim que o fiz, ela me olhou com expressão mais triste do que espantada, e aquela tristeza indevassável, que parecia se originar de uma perpétua agonia íntima, sempre foi uma das razões da minha fraqueza em relação a ela. "Não sei quem é o senhor", disse com simplicidade, e havia em sua voz um tom formal, que em nada se assemelhava à repulsa. Fiz um gesto que significava "que importa?", enquanto a moça olhava para a extensão da rua, imaginando sem dúvida que o militar não tardasse a surgir. Mas naquele dia, por sorte minha, devia andar atrasado. Insisti: "Preciso falar com você". Ela me fitou novamente, e desta vez de alto a baixo, como se desejasse exatamente avaliar quem eu fosse. Compreendi, pelo seu olhar, que ela não se enganava a meu respeito. Ah, que intuição feminina e maliciosa! Também, confesso, não tinha intenção de me esconder em coisa alguma. De pé, já um tanto alheada do que se passava entre nós, procurava conter a única emoção que a subjugava, e era um misto de ansiedade e irritação, ante a chegada próxima daquele que eu supunha seu amante. Decidiu-se afinal, e tomando-me pelo braço, disse: "Vamos, antes que ele chegue". Ah, com que alívio, com que pressa dissera aquilo, e descemos ao longo da praia em passos tão rápidos, que não tardou muito, e nos achávamos completamente distanciados do poste onde se davam os encontros. Durante este trajeto não trocamos uma única palavra, pois sentíamos que qualquer explicação se fazia desnecessária — para nos explicar, bastava o impulso que iniciara nossa amizade.

— Naquela mesma noite, abrigados no reservado de um bar em Copacabana, contou-me tudo: o militar, um coronel do Exército, era amigo do pai. Ou melhor: seu único amigo. O pai também fora militar, e servira numa guarnição em Deodoro, até que lhe sobreviera um desastre: a explosão prematura de uma granada. Aposentara-se então e, de gênio irascível, violento mesmo, não conseguia conservar os companheiros, que se afastavam chocados com seus repentes. E piorara com o desastre: moço ainda, aprisionado à cadeira de rodas, sentia ferver-lhe o sangue. Sobrara o Coronel Gonçalves, Amadeu Gonçalves, que aturava todos os saltos de humor do antigo colega, não exatamente por amizade, mas...

— Jogavam todas as noites intermináveis partidas de cartas: haviam começado com jogos simples, a escopa, o rouba-monte, a ronda. Mas devagar mudaram de programa, e acabaram jogando forte, partidas a dinheiro, que os deixava no correr da noite vermelhos e excitados. Quando acabava o dinheiro, era sempre a dinheiro que apostavam, e como a sede das represálias não tivesse se estancado, jogavam o que primeiro encontravam à mão: livros, mesas, cadeiras. Não tinham nenhum pudor disto, e ela deixava, porque era este o único modo do paralítico esquecer suas dores. "Jogo aquele relógio", dizia o pai, apoplético ante uma derrota longamente negaceada. O Coronel, que sempre tinha em seu poder objetos mais importantes, controlava-se, defendia suas cartas das vistas alheias e ganhava sempre. Ela própria, a filha, assistindo a esses espetáculos cotidianos, pensava que o pai bem poderia desistir de partidas tão profícuas, mas calava-se lembrando que ele não via ninguém durante o dia inteiro e, mais do que isto, era o Coronel quem estabelecia entre o entrevado e o mundo sua única ponte, informando-o com um cuidado, uma minúcia, que faria inveja às melhores gazetas. Um observador judicioso não poderia deixar de perceber certo tom sádico, por assim dizer, nessas simples partidas de cartas. Por exemplo, quando o assunto era muito palpitante, o que ocorria frequentes vezes, já que o Coronel despendia nesses relatos um verdadeiro talento histriônico — era o homem das coisas bufas, do detalhe picante, da descoberta imprevista — costumava ele deter-se de repente, recolhendo-se a um silêncio de morte. "Que foi?", bradava o pai, assustado. E ele, devagar, passando a mão pelo queixo: "Homem, não estou me lembrando muito bem do que aconteceu depois…". O pai alongava a mão por cima da mesa, tocava-o no braço: "Pelo amor de Deus, Coronel, não vá embora sem se lembrar do resto. Que é que não ficarei eu imaginando a este respeito?". O Coronel, como se bruscamente houvesse descoberto no companheiro insondáveis malícias, balançava a cabeça: "Não me lembro, foi um terceiro-sargento que me contou este fato. É preciso que eu vá procurá-lo de novo…". O pai, aflito, tentava ajudá-lo: "Que terceiro-sargento? Será um Mamede, de Pernambuco?". O Coronel balançava a cabeça com superioridade. O velho gaguejava: "No meu tempo…". E o Coronel: "No seu tempo, Coronel, mas hoje está tudo muito mudado. Não foi um Mamede de Pernambuco, tenho quase certeza que foi um Libânio, do Paraná". "Ah!", exclamava o pai com extraordinário alívio. E repetia, como se isto fosse a coisa mais encantadora do mundo: "Um Libânio, do Paraná!". Mas o outro não cedia assim tão facilmente e voltava a menear a cabeça: "Não, não, não foi este Libânio, trata-se de um engano. Libânio era da Terceira Divisão, e se não me esqueço, esta história ocorreu foi em São Paulo. Diabo de memória, esta minha". Então o pai, sentindo-se perdido, a testa já banhada em suor — era o mundo que desaparecia, o movimento, a sensação da vida — corria os olhos pelo quarto quase nu: "Jogo aquele álbum de retratos, está vendo? É uma preciosidade de família, repare bem, tem fechos de prata!". — (A esta altura da narração, o sr. Valdo descansava um pouco. O silêncio era tão grande que lá fora se ouviam as folhas tocadas pelo vento. E ele volta a falar, num outro tom, comovido: "Aquele quarto, lembro-me bem da última vez em que o vi. Foi pouco antes do casamento, quando o pai morreu vítima de um colapso. Não havia mais nada, e o cadáver jazia estendido sobre um colchão, no assoalho, magro demais para a farda que lhe haviam vestido à força. Dir-se-ia que de tanto viver naquele ambiente limitado, havia esgotado tudo: ele partia, mas não deixava atrás de si mais nada. E coisa curiosa: Nina, que chorava sinceramente, jamais pensou que após o desaparecimento do pai não pudesse continuar vivendo ali. Ainda não me tinha dado o 'sim' definitivo, e sua vida, olhada assim com isenção de ânimo, assemelhava-se a uma estranha e perturbadora aventura. Esqueci de me referir à janela que se abria para um trecho da Glória: através dela soprava a brisa do mar, e inesperados azuis eram vislumbrados em torno ao acontecimento humilde daquela morte, como seu único luxo, sua única riqueza".) — Ouvindo a proposta, o Coronel intencionalmente demorava a decisão: "Que vou eu fazer com um álbum de fechos de prata? É objeto que só deve interessar à sua família". O pai rebaixava-se, chegava a suplicar: "Jogo aquela cadeira... é a última, está vendo? Ou aquele chapéu do chile que o senhor gosta... jogo... (e seu olhar corria sôfrego pelos arredores, voltava à mesa, detinha-se nas próprias mãos) jogo minha aliança de casamento!". Às vezes, na quietude apenas perturbada pelo tique-taque do relógio, o Coronel cedia e contava o resto da história. Então, era como se um rio de luz escorresse invisível pelo quarto. Mas outras, não: retirava-se duro, inabalável, guardando uma reserva tumular. Então o pai dormia mal, rolava na cama, despertava aos gritos em plena noite: "Que foi, onde está o Ministro, quem levou o recado?". Acordando, voltava a si, pedia perdão à filha, bebia um copo de água, banhava o rosto. E confessava: "O Coronel Amadeu não me contou o caso todo. Que sofrimento, meu Deus, é como se me houvessem condenado à morte".

— Ora, foi em meio a uma dessas histórias que se deu a inacreditável aposta. O Coronel Amadeu havia parado uma narração em momento capital, no ponto exato em que se deveria revelar uma grande intriga de Estado, na qual se achavam comprometidos ministros e generais. Um ex-ministro da Guerra, rebelando-se contra o novo Governo, havia estabelecido um tráfico secreto de armas para distante região de Mato Grosso — e lá, adestrando caboclos e índios a que pagava baixo soldo, pretendia organizar um pequeno exército rebelde, que deflagraria o movimento, em combinação com núcleos estabelecidos em variados pontos do país. Negócio certo, negócio pensado e repensado por muita gente boa do Exército, conforme garantia o Coronel Amadeu, meneando a cabeça com ar bastante misterioso. Nesta intriga, como uma nota longínqua e inesperada, figurava o próprio pai, pois segundo dizia o Coronel, "necessitavam dele para certos informes, e uma ação de controle que deveria ser exercida fora da zona do Ministério". O pai extasiava-se com essa súbita possibilidade de contarem com a sua pessoa, ele, um entrevado! — e de exercer assim, mesmo de longe, um pequeno papel que fosse, mas que provasse aos seus longos anos de reforma e de inutilidade, que ainda existia, e que no mundo onde trafegavam seus antigos colegas, e onde decorrera toda a sua existência válida, ainda se lembravam dele, e avaliavam seus possíveis préstimos. Chegava a ouvi-los, sonhando com os olhos semicerrados: "O general é aquele coronel do desastre... o senhor não se lembra? Um que serviu durante muito tempo na Intendência. Magnífica pessoa, não é possível encontrar melhor para o que precisamos". Era esta, pois, a nota última, a mais diabólica e a mais perfeita que o Coronel havia inventado: como que outorgava de súbito ao pobre velho um novo direito à vida, imiscuindo-o a intrigas sensacionais e fatos que ainda se achavam em pleno desenvolvimento. "O senhor não se lembra?", dizia ele. "Foi na época em que reformaram o depósito da Intendência..." Ao seu lado o pai não ousava respirar, rebuscava a memória, numa ânsia patética: "Sim, lembro-me bem...". "Aliás, o caso diz respeito a um major, tenente no seu tempo." "Sim, sim", respondia ele. "Lembro-me muito bem deste tenente. Por sinal que ele mal me cumprimentava, até parecia que tinha o rei na barriga." O informante, sentindo então o Coronel fisgado, coçava o queixo: "Pois é... Mas o diabo é que não estou me lembrando bem...". O pai bradava: "Pelo amor de Deus!". E ele: "É. O negócio está difícil. Exatamente neste trecho é que a memória está me falhando". O entrevado o sacudia: "Por favor, por favor, continue...". Mas o Coronel, cruelmente, havia decidido se calar. A história, suspensa em seu apogeu, pairava no ar como uma nuvem que fosse se desfazendo. Imóvel diante dele, e já de pé: "É tarde, amigo, e tenho um bom pedaço a caminhar ainda...", o Coronel pestanejava como se procurasse os fios do passado. "Ah, meu Deus", gemia o entrevado. E o outro, obstinado, balançava a cabeça: "É terrível, é inacreditável, mas não me lembro absolutamente do resto". O pai esfregava as mãos: "De nem mais um detalhe... nada?". "Nada." "Um pedacinho... qualquer coisa..." O Coronel foi inexorável: "Esqueci-me completamente, não sei o que se passa". Ah, e era justamente a história que havia começado na Intendência, quando o pai ainda servia. Um suspiro fundo dilatou-lhe o peito, era a própria vida que fugia. Naquela noite o Coronel levantou-se, despediu-se friamente como se, mais do que nunca, o pai o houvesse mortalmente ofendido. Um grande silêncio se fez no quarto. Depois o pai começou a gritar, e espumava pelos cantos da boca. Era um ataque, igual aos que tinha nos tempos de moço. Passou mal o resto da noite, muito estirado para trás, olhos convulsos. No dia seguinte, pálido, fisionomia desfeita, sua primeira pergunta foi: "O Coronel não mandou dizer nada?". "Não", respondeu-lhe a filha, atenta à sua cabeceira. "Ai, meu Deus, sufoco, preciso de ar!", exclamava ele, e comprimia as mãos sobre o peito. Fato insólito, e que conservou o pobre velho numa permanente agonia, durante três noites seguidas, três noites infindáveis e entrecortadas de suspiros e misérias, o Coronel deixou de comparecer às habituais partidas. O pai choramingava, lamentando-se. A filha esforçava-se em vão para distraí-lo, ele irritava-se ainda mais, chamando-a de "preguiçosa", "desmazelada" e outros apodos desprezíveis que lhe vinham aos lábios. "Tenha calma, pai", apenas respondia ela. Ele estorcia-se na cadeira, dizendo-se um homem acabado, abandonado de Deus e dos homens, já com os pés na sepultura. Estendia as mãos, examinava-as: "Está vendo, Nina? Foi assim que eu fiquei no tempo de moço. Faltou pouco para que eu morresse". Ela consolava-o: "Sossegue, estou a seu lado, não lhe acontecerá nada". Gemendo, então, ele respondia que ela era igual à mãe — uma italiana, atriz de teatro de segunda classe, que regressara cedo à Europa, dizendo-se morta de saudades — e que um dia desses o abandonaria também. Horrível destino o seu — e por quê, que fizera? Nada. Achava-se condenado a estiolar-se naquele quarto, sem ouvir vozes amigas, sem saber o que acontecia no mundo, nem como iam seus antigos companheiros de farda. Ah, era demais — que destino miserável, que indignidade. Afinal, no quarto dia, o Coronel reapareceu: encontrou um homem decrépito, sem forças, esmagado pela adversidade. "Sou um homem morto, meu amigo", declarou assim que viu o Coronel. Este se aproximou, fingindo ignorar tudo. "Mas que foi, como pôde chegar a este estado, em tão pouco tempo?" O outro sorriu, um triste sorriso de vencido: "Sou um homem morto, Coronel". O Coronel sentou-se e disse em voz baixa: "Desculpe, se não pude vir vê-lo durante esses dias…". E misterioso: "Os acontecimentos do quartel…". À insinuação desses acontecimentos, os olhos do pai brilharam. E estendendo a mão, tocou tremulamente o braço do companheiro: "Jogaremos hoje?". Pausa de infindável suplício. Lentamente, no entanto, a fisionomia do Coronel exprimiu seus verdadeiros sentimentos: "Creia, meu amigo, sinto muito, mas hoje é impossível". Uma espécie de grito estrangulado subiu aos lábios do pai: "Não me contará hoje o resto da história?". "Creia-me, lamento muito... mas é de todo impossível." "Por quê", e o pai, que há anos não se levantava da cadeira, achava-se quase de pé, pronto a interceptar ao amigo qualquer retirada imediata. "Porque..." Estacou, e no decorrer desta pausa, poder-se-ia dizer que realmente se achava em jogo a existência de um ser humano. "Porque não me lembro do resto da história." E o Coronel disse isto friamente, demonstrando com um sorriso sem calor que acabara de dizer uma tremenda mentira. Ah, naquele instante o pai devia ter entrevisto diante dele, como sob a luz de uma faísca, as noites vazias, o silêncio, o desterro de todo convívio humano, a visão permanente daquelas quatro paredes... — e tornando-se cor de cinza, como se todo esse elemento noturno subisse à sua face, desabou novamente na cadeira. "Que me quer, que exige de mim?", gemeu. O Coronel moveu a cabeça sem dizer palavra. "Diga, exija o que quiser... Mas não me trate assim, tenha pena de um pobre velho." Sua voz tremia, as lágrimas estavam prestes a saltar-lhe dos olhos. O Coronel, ligeiramente afastado, as pupilas sem expressão, contemplava o homem abatido diante dele. "A falar verdade..." Um ligeiro calor pareceu reanimar o corpo extenuado do pai. "Diga..." O Coronel debruçou-se sobre a mesa, prestes a lançar sua grande cartada. "Estive pensando numa coisa." O pai esperava, mudo, olhos fixos nos olhos do amigo. E o outro, suspirando, como quem retira afinal um peso da alma: "Damo-nos tão bem... Conto minhas histórias, o senhor as escuta". "Sim, sim", balbuciou o pai, numa pressa de quem sentisse guizos de festa soando no seu íntimo. Então o militar, decidindo-se, um brilho de audácia no olhar: "Pois bem, podíamos ser amigos, podíamos ser até parentes!". O pai, extasiado, apenas repetiu: "Parentes!", e era como se houvesse entrevisto, de repente, a suprema felicidade neste mundo. "Parentes...", tornou a dizer. E recompondo-se de súbito: "Mas como?". "Por exemplo..." O Coronel hesitou, fitou de novo o amigo, como se ainda não estivesse bem certo do seu triunfo, até que um sorriso de confiança reapareceu em seus lábios. "Por exemplo, há aqui uma moça bonita, em idade de se casar." "É minha filha!", bradou o pai, estupefato. "Sim, é sua filha", repetiu o Coronel, extremamente frio, compreendendo que tinha ido demasiado longe para recuar, "é sua filha, e que há de mais nisto? Sua filha também precisa de se casar, e convenhamos… no caso, acho que reúno todas as qualidades. Ou o senhor vê algum inconveniente? Não sendo precisamente um moço…" O pai atalhou-o, impaciente: "Mas…". Muito seco, o Coronel disse: "Não há mas e nem meio mas. Acaso o senhor vê outro pretendente melhor do que eu? Não sou um pelintra, sei o que falo, e além do mais tenho minha posição no Exército". "E o senhor pretende que eu jogue minha própria filha?" O Coronel tomou uma posição de sentido: "Não é a sua filha que o senhor joga, é a felicidade dela. E convenhamos, é uma partida em que ganhará, inevitavelmente". O argumento parecia decisivo. O pai quis resistir, esfregou as mãos, murmurou algumas palavras obscuras, mas como visse o Coronel já pronto para sair, acabou abaixando a cabeça. "Está certo", disse, "mas eu não sei…" "Não sabe?", e o Coronel parecia formidável diante dele. "Não sabe o quê? Pois sei eu: moça nesta idade não tem direito de querer coisa alguma, tem é de fazer a vontade do pai." O velho reagiu pela última vez: "Era precisamente o que eu ia dizer. Ela…". O Coronel deu um muxoxo de desprezo: "Ela! Disto me encarrego eu. Desde que tenha seu consentimento…". O pai meditou um minuto e acabou achando que o pedido não era tão desarrazoado assim, e que poderiam muito bem entrar num entendimento, já que o próprio Coronel se prontificava a falar com a filha. Ouvindo essa resposta, o Coronel sentou-se de novo, aproximou a cadeira e recomeçou: "Pois, meu amigo, como eu lhe disse da última vez, o senhor foi, sem querer, o pivô da história. Naquela época, na Intendência…". Os detalhes se multiplicaram, mas durante todo o tempo da narrativa, inexplicavelmente, o pai conservou os olhos úmidos de lágrimas.

— Não sei — disse o sr. Valdo terminando a história — se tudo acabou aí mesmo. O Coronel Gonçalves, no fundo, não era um mau sujeito. Auxiliou Nina muitas vezes, mas a verdade é que jamais conseguiu dominá-la. Nina não tinha a necessidade do pai, se bem que em ambos fosse idêntica a sede de viver. E como era de se esperar, o Coronel acabou perdendo — a sua única, a sua definitiva partida.

Foi esta, a narrativa que me fez o sr. Valdo. Uma ou duas vezes, é certo, interrompeu o que me dizia, a fim de controlar uma emoção que lhe chegava em dose muito forte. Debruçado no balcão, e aparentando um desinteresse que eu estava longe de sentir, indagava de mim mesmo, incansavelmente, o que havia arrastado aquele homem tão longe, qual o motivo, secreto e premente, que o fizera expandir-se comigo daquele modo. Ah, que sabemos nós do coração humano — no fundo, nesse insondável lugar onde se representa a última cena de uma comédia sem espectadores, talvez estivesse apenas reagindo contra a sanha dos Meneses, sua opressiva e constante tirania.

Diante de mim ele permaneceu algum tempo de cabeça baixa, indiferente, como se houvesse rememorado tudo aquilo apenas para seu próprio prazer. No entanto, assim que levantou a cabeça, vi seu rosto onde não repousava mais nenhuma sombra, e compreendi que durante todo este tempo ele dissertara sobre alguém que já morrera, um ente que fora muito caro, é verdade, mas cuja ausência, irremediável, a ação do tempo só acabara por atenuar. Senti um calafrio ganhar-me o corpo, imaginando o romance que antecedera o enlace: o Coronel, sem motivo para subir após a morte do pai, rondando a casa, esperando que o sr. Valdo partisse a fim de poder falar com dona Nina — suas súplicas, suas possíveis ameaças, suas ofertas espantosas — até a desistência final, com a sublimação daquela paixão tardia, o casamento, e finalmente a chegada de dona Nina...

E por mais que eu escavasse este passado que não me pertencia, nada mais apreendia senão que o sr. Valdo se exprimia a respeito de sua companheira, com a indiferença, a seriedade e a distância com que nós, algumas vezes, interrompemos o trabalho para contar uma anedota sobre um morto que já se foi há muito.

8. Primeira confissão de Ana

Padre Justino, talvez o senhor nunca receba esta carta.

Talvez eu não tenha coragem de enviá-la e, papel amarrotado, fique guardada em meu seio, para que ninguém a veja. Meu coração, quando bater, sentirá contra ele essa folha molhada de lágrimas — e um dia, morta, quem sabe, apenas encontrarão um envelope cujo endereço há muito o suor da agonia já terá apagado. E no entanto, se não for o senhor, quem poderá se interessar pelas pobres palavras que atravancam os meus lábios? Foi pensando assim que, muitas vezes, indo à sacristia da nossa velha igreja, imaginei um meio de fazer essa missiva chegar às suas mãos. É verdade que jamais teria coragem para entregá-la pessoalmente, já que me vejo trêmula, ofegante, a esta simples possibilidade — mas sozinha à sombra das imagens que povoam a sacristia, imaginei colocá-la neste ou naquele lugar, entre as folhas do missal, ou talvez esquecê-la ao lado dos paramentos que o senhor usa durante a missa. É que me achava convicta de que a minha letra seria reconhecida, e que o senhor furtaria cinco minutos dos seus sagrados deveres para acompanhar com interesse, quem sabe, tudo o que agora dita a minha febre e a minha impaciência.

Na verdade, nem sei como começar; antes de dar início a esta confissão — porque assim eu quero que o senhor a tome, Padre, e só assim meu coração se sentirá aliviado — pensei que este seria o meio mais fácil de me fazer compreender, e que as palavras viriam naturalmente ao meu pensamento. Vejo agora o quanto me enganei, e hesito, e tremo ainda, tropeçando nas expressões como uma colegial que lutasse com a dificuldade de um tema. É que não se trata de um fato positivo, de uma revelação palpável que eu possa apresentar como prova — digamos assim — definitiva de tudo o que afirmo. Porque a verdade é que nem mesmo tenho a pretensão de afirmar o que quer que seja, e ao longo das linhas que se acumulam diante de mim apenas deixo transbordar a minha alma e tudo o que nela vai de tremenda confusão. Esta é que é a verdade, Padre, a única que realmente posso evidenciar nesta carta — e no entanto, para atirar-me a esta confissão, foi necessária uma certeza que ainda hoje me faz tremer, uma consciência aguda e martirizada que vale mais do que todos os atestados juntos. Que é a verdade?

Creio que é uma evidência mais pressentida do que enunciada. Padre, acredito ter visto a presença tangível do diabo e, mais do que isto, ter alimentado com o meu silêncio, e a minha aquiescência portanto, a destruição latente da casa e da família que há muitos anos são as minhas. (Padre, perdoe minha veemência, mas desde que entrei para esta casa, aprendi a referir-me a ela como se tratasse de uma entidade viva. Sempre ouvi meu marido dizer que o sangue dos Meneses criara uma alma para estas paredes — e sempre andei entre estas paredes com certo receio, amedrontada e mesquinha, imaginando que desmesurados ouvidos escutassem e julgassem meus atos. Terei acertado, terei errado, não sei — a casa dos Meneses esvaiu-me como uma planta de pedra e cal que necessitasse do meu sangue para viver. Desde criança fui educada para atravessar esses umbrais que julgava sagrados, quer dizer, desde que o sr. Demétrio dignou-se escolher-me para sua companheira permanente. Eu era uma menina ainda, e desde então meus pais só trataram de cultivar-me ao gosto dos Meneses. Nunca saí sozinha, nunca vesti senão vestidos escuros e sem graça. Eu mesma (ah, Padre! hoje que sei disto, hoje que imagino como poderia ter sido outra pessoa — certos dias, certos momentos, as clareiras, os mares em que poderia ter viajado! — com que amargura o digo, com que secreto peso sobre o coração...) me esforcei para tornar-me o ser pálido e artificial que sempre fui, convicta do meu alto destino e da importância que para todo o sempre me aguardava em casa dos Meneses. Demétrio, antes do casamento, costumava visitar-me pelo menos uma vez por semana, a fim de verificar se a minha educação ia indo bem. Consciente da eleição que me estigmatizava, minha mãe exibia o ser incolor que ia produzindo para satisfação e orgulho dos que moravam na Chácara: obrigava-me então a girar diante dele, e eu executava suas ordens, trêmula, olhos baixos, metida numa roupa que só podia ser ridícula. Ah, decerto naquela época eu me achava bem longe de supor o que fosse um sentimento verdadeiro... uma paixão, por exemplo. Esbatida, trabalhada em linhas de água e de puerícia, imaginava a vida como um conto entrevisto através de uma vidraça. Tudo sem sangue, os gestos mecânicos como os de um ritual que se processasse nos limites de um bocejo e de uma desencantada imagem dos atos e das intenções. Permita, Padre, que eu assim lhe fale, agora que meu coração envenenado e morto já nada mais espera deste mundo. Repito — amor, paixão, que soube eu dessas graças da terra, que flores deixei crescer na minha alma senão as tristes criações da timidez e da fantasia prisioneira, eu, que agora adivinho tudo pela incoerência dos outros, pela sua injustiça, pelo seu terror de nada, pela sua ânsia, pela sua voracidade — e, por que não, pela minha própria ânsia, pela minha inútil e retardada revolta...

 Demétrio declarava-se satisfeito com o exame — vire à direita, sorria, mostre como se cumprimenta em sociedade — e dizia à minha mãe: "Está muito bem. É preciso ter sempre na memória que um dia ela será Meneses". Mandava-me embora, mas antes, inclinando-se um pouco — um quase nada, o suficiente apenas para aspirar o perfume de meus cabelos — acrescentava: "A senhora sabe... receberemos um dia a visita do próprio Barão. Quero apresentar uma esposa digna, alguém que possa ofuscar, pelas suas graças, essa Baronesa que trouxe de Portugal". Eu não sabia ainda que essa visita do Barão era a sua doença, a sua mais cara obsessão. Ou melhor, para ser justa e exprimir tudo o que vi e ouvi a esse respeito, direi — de toda a família Meneses. Porque, em nosso Município, era a única família que por bem ou por mal consideravam acima dos Meneses, não só pela fortuna, que se dizia imensa, como pela tradição, uns descendentes diretos dos Braganças lusitanos. Davam-se cordialmente, é preciso que se esclareça, cumprimentavam-se, trocavam duas ou três palavras à saída das missas mas, ou por excessiva consciência de sua importância, ou apenas para castigar a vaidade dos Meneses, jamais o Barão os havia visitado, se bem que prometesse sempre, com a magnanimidade e a facilidade dos reis e dos príncipes. Assim, de ano para ano, essa visita foi se tornando um ponto doloroso, um quisto na alma daquele que seria meu marido. Nada fazia, nada pensava que não girasse distante ou perto dessa possibilidade — era como se esperasse dela o selo final, a sanção definitiva da sua glória e da notoriedade de sua família.

Lembro-me, nos primeiros tempos de meu casamento, da briga a que assisti entre Demétrio e Timóteo. Não sei se o senhor Padre sabe, ou se apenas suspeita, ouvindo todos esses murmúrios cheios de maldade que percorrem a nossa cidade, que Timóteo sempre foi um temperamento esquisito, de hábitos fantásticos, o que obrigou a família a silenciar sobre ele — como se silencia sobre uma doença reservada. No princípio, assim que cheguei à Chácara — então ainda luzindo aos fogos do seu esplendor final — ainda o vi algumas vezes, quando chegava da cidade em companhia de amigos. Até meu quarto, situado no fim do corredor, chegava o eco dos risos e das conversas que o bando mantinha no jardim. (Devo dizer, a bem da verdade, que Timóteo quase sempre chegava bêbado em casa — um estroina autêntico, que dilapidava o dinheiro deixado pelo pai, zombando da usura dos irmãos e triturando-os com o seu desprezo.) Esse procedimento irritava extraordinariamente o meu marido e, certa vez, surpreendendo Timóteo numa das suas festas íntimas, disse-lhe as mais duras verdades, dessas, suponho eu, que só devem e só podem ser ditas uma única vez na vida. Timóteo riu e afirmou que o irmão era um tonel de armazenar tolices; quanto aos Meneses, que Demétrio julgava atingidos com o seu procedimento, não passavam de rebentos podres de alguma família de origem bastarda. Meu marido pôs-se a gritar e, não sei como, talvez porque em todas as circunstâncias naquela casa o nome dele fosse imprescindível, falou-se no Barão. "Jamais virá ele a esta casa", bradou Timóteo. "Você pensa que algum nobre ousará atravessar a soleira suja dessa herdade?" Confesso que nunca tinha visto Demétrio em tal acesso de furor; todas as injúrias que haviam sido ditas até aquele instante não queriam dizer nada junto a semelhante afirmativa. A partir desse ponto, gritaram de tal modo que eu pouco percebi do que se passava; assustada, deixei o quarto e pude enfim verificar que meu marido ameaçava Timóteo de prejudicá-lo em sua herança, internando-o num manicômio, caso ele persistisse em levar a mesma vida que levava naquele momento. Herança, em certas famílias, é o termo sagrado em que não se toca nunca. Houve uma pausa, a tensão se desfez. Mas creio que vem daí a esquisita decisão de Timóteo de jamais abandonar o quarto, temeroso de que o outro cumpra sua ameaça. Quem sabe, no fundo, também para ele a Chácara signifique alguma coisa — talvez a herdade seja uma doença de sangue. Essas pedras argamassam toda estrutura interior da família, são eles Meneses de cimento e cal, como outros se vangloriam da nobreza que lhes corre nas veias.

É certo que ainda outras vezes me encontrei com Timóteo; lembro-me particularmente de uma tarde em que, atravessando o corredor, vi sua cabeça surgir através da porta entreaberta. Fitou-me durante algum tempo com visível desdém, depois se riu: "Você também é uma Meneses". E como se a lembrança lhe viesse de repente de que eu também assistira à cena daquela noite: "Olha, pode dizer ao meu irmão que o seu sonho jamais se realizará: o Barão nunca pisará nesta casa". Sempre me guardei de transmitir tais palavras, mas um dia (posso mesmo dizer: recentemente...) Demétrio aludindo novamente ao Barão, afirmei um pouco distraída que ele jamais viria à Chácara. Voltou-se para mim com uma chama no olhar: "Quem pode lhe ter dito isto", exclamou, "senão aquele insensato do meu irmão? Provavelmente o que ele planeja é enlamear nosso nome para sempre, mas eu não permitirei que se afaste desta casa enquanto estiver vivo. No fundo é um ateu, um revolucionário, um homem que não acredita em coisa alguma — melhor fora ter morrido do que tentar destruir o nome de Meneses pela sua vida dissoluta...". Baixei então a cabeça, arrependendo-me do que dissera.

Eis, senhor Padre, a auréola de que sempre vi cercada a família de que faço parte. Se abri este parêntesis tão longo, foi para melhor esclarecer minha atuação em tudo o que se passou depois, e bater no peito, convicta do meu pecado...)

É difícil continuar minha confissão, sobretudo porque se trata mais de um pressentimento, conforme já disse, do que mesmo de uma verdade indiscutível. Não sei precisar quando, nem em que minuto exato a transformação se deu — o fato é que ela se achava entre nós, talvez chegada há pouco, não sei, mas já atuando dentro da época febril que então vivíamos. Sempre me dera bem com meu marido, apesar de não amá-lo. É a primeira vez que o digo, Padre, e as palavras parecem se atropelar ao meu encontro, rebeldes e estranhas — mas se não revelar ao senhor esse segredo que durante tanto tempo me habitou, a quem mais o faria? Não o amava, repito, nunca o amei, algumas vezes cheguei a detestá-lo — esta é a triste verdade. Mas como viera para esta casa fruto colhido verde, verde ficara, um tanto enrijecido, com podridões e laceramentos aqui e ali, mas intato, em conserva — e o mundo para mim não tinha outra aparência senão a daquela permanente estação de frieza e engano.

Até o instante em que, diante do meu espelho, percebi seu olhar sobre mim e li nele todo o desprezo que ia na sua alma. Não me senti propriamente humilhada, nem infeliz, pois era indiferente ao que ele pensasse a meu respeito. Mas aquele olhar, nascido de tão cálidas profundezas, como que demudou aos meus olhos a presença tangente da realidade: acordei também, e pela primeira vez circunvaguei a vista em torno, atônita, sem compreender direito o que se passava. Surpreendeu-me em primeiro lugar o silêncio que havia em torno da minha pessoa; sim, jamais presenciara quietude igual, uma tão completa ausência de ritmos ou de dissonâncias; era qualquer coisa álgida, fluida, escorregadia como o sono da morte — e era isto o que denunciava a minha mediocridade. No inferno deve haver um lugar à parte para os medíocres, e o próprio Satã, contemplando a presa inerte, tridente erguido, deverá indagar de si mesmo um tanto perplexo: "Que farei com isto, se até o sofrimento em sua presença diminui de intensidade?".

Olhei-me depois ao espelho e assustou-me a minha palidez, meus vestidos escuros, minha falta de graça. Repito, repito indefinidamente, era a primeira vez que aquilo me acontecia e eu fitava minha própria imagem como se estivesse diante de uma estrangeira. Aquilo não durou mais de um minuto — era eu, eu mesma, aquele ser que se contemplava do fundo do espelho, meus olhos, minhas mãos, os lábios que se moviam em silêncio... — e, confesso, senhor Padre, que não foi nem o medo, nem a cólera, nem o ressentimento que me atirou bruscamente contra meu marido. Após aquele relancear que me acordara para o mundo, não se afastara do quarto, esperando sem dúvida o resultado do seu gesto. Ele se apoiara à janela e eu o segurei freneticamente: "Diga-me, você me despreza, não é? Você me despreza!". Ele se desprendeu com um gesto nervoso, impaciente, e como adivinhasse a tempestade que se aproximava, indagou com estranheza: "Que é que você tem hoje? Nunca a tinha visto assim...". Nunca. De pé, lamentável, eu era como uma criatura abandonada pelo seu criador. Também eu poderia dizer que nunca me sentira daquele modo. Os sentimentos mais desencontrados percorriam-me o ser, atordoavam-me como se estivesse embriagada. "Sei muito bem", continuei eu, "sei muito bem que é Nina a quem você adora. Vejo seus olhares..." Disse isto lentamente, como soprado por alguém. Ele empalideceu, fitou-me bem no fundo dos olhos e bradou: "Mas você está louca! Onde foi buscar semelhantes ideias?". Não sei o que respondi, mas o esforço era demasiado para mim e abati-me sobre uma cadeira, soluçando e rindo ao mesmo tempo, o rosto voltado, oculto entre as mãos. Quando me acalmei, ele já não se achava mais no quarto.

Desde esse momento senti-me como se fosse uma outra mulher. Vivia como todo o mundo, e como vivera até aquele momento, mas um fogo interior me queimava sem descanso. Por mais que fizesse, as distrações que inventasse, não podia perder minha cunhada de vista. Ah, como era bela, como era diferente de mim. Tudo na sua pessoa parecia animado e brilhante. Quando caminhava, fazia girar no espaço uma aura de interesse e de simpatia — exatamente o oposto do que sucedia a mim, ser opaco, pesadamente colocado entre as coisas, sem nenhum dom de calor ou de comunicação. Um dia em que, sentada ao sol, penteava os cabelos, aproximei-me dela e, levada por irresistível atração, passei a mão pela sua cabeça. Ela estremeceu àquele contato e voltou-se; ao deparar comigo, hesitou, acabou sorrindo. "Está achando bonito?", indagou. Respondi que sim, confusamente, sem ter coragem para me aproximar mais. E no entanto, o que turbilhonava no fundo do meu coração! "Cuido deles", continuou ela numa displicência quase voluptuosa. "Os homens adoram os cabelos bonitos." Fez um movimento rápido, ondeando ao sol, com clarões de cobre, a cabeleira bem tratada. "Está vendo?", tornou a indagar. E com densa malícia: "Eles gostam de alisar uma cabeleira assim, de levá-la ao rosto, aos lábios…". Fitou-me e, vendo meu embaraço, concluiu: "Oh, como são terríveis os homens!". "Cale-se!", bradei, remoída por um intolerável mal-estar. Então ela se levantou, veio até mim: "Você gostaria de ser assim, não gostaria? Confesse, que não daria neste mundo para ter cabelos iguais aos meus?". Senti os olhos se encherem de lágrimas. Nina devia ter percebido o que se passava, pois afastou-se um ou dois passos em silêncio, depois disse: "Perdoe-me, às vezes me esqueço com quem estou falando…". Aquela condescendência ainda me feriu mais do que as palavras anteriores. Assim, durante alguns dias evitamos falar, e até mesmo nos encontrarmos diante uma da outra. Mas a verdade é que eu não a perdia de vista, acompanhava-a como uma sombra, espreitava-a pelas frestas, através das portas entreabertas, junto às vidraças descidas, de qualquer modo que pudesse vislumbrar sua silhueta estranha e magnética.

Foi por esta época que ela se mudou para o Pavilhão, não sei se o senhor se lembra dele, uma construção de madeira que existia no fundo do jardim, antigamente pintada de verde, há muito sem cor definida, estigmatizada pelo tempo, gasta pelas chuvas, com lances de mofo e estrias criadas pela umidade, o que lhe emprestava um caráter desagradável e sujo. Naquele momento eu a invejei, por ficar livre de nós, da Chácara — oh, com que certeza ela sabia o que desejava! — e por ter liberdade, se quisesse, de levar uma vida completamente à parte, esquecida da existência dos Meneses. Mas, coisa curiosa, sozinha agora no prédio grande da Chácara, eu não tinha mais sossego, imaginando o que estaria fazendo minha cunhada, quais seriam seus propósitos e pensamentos. A todo momento examinava os sapatos antigos que calçava, as velhas roupas sem graça, meus modos exatos, meu sorriso sem juventude — e vinha-me uma curiosidade doentia de saber como se trajava Nina, como aprendera a discernir e escolher aquelas coisas, seus hábitos, o que nela tanto atraía os homens. Foi esta curiosidade que me revelou a presença tácita do demônio. Não me julgue, senhor Padre, nem pense que precipito as coisas através de um raciocínio estreito. À força de farejar, de espreitar, de seguir como um animal cauteloso e faminto, acabei descobrindo a pista infernal que me levaria a este fogo onde hoje me queimo.

    Meu marido costumava dormir logo após o almoço, quer fosse numa rede propositadamente estendida na varanda, quer em nossa grande cama de jacarandá que a penumbra do quarto acalentava. Aproveitava esses momentos para descer ao jardim e, maciamente, deslizar até as vizinhanças do Pavilhão, investigando, sofrendo, imaginando a vida que lá dentro deveria ocorrer — e por que não dizer, Padre — roendo-me de melancolia e de inveja. Havia flores por toda parte, e eu sentava-me sobre os canteiros, esmagando alguma corola fria contra o rosto e tentando em vão diminuir a minha febre. Uma ou outra vez via Nina através das cortinas, ou ouvia sua voz, distante, como se um muro impenetrável nos separasse. Um dia, porém, em que o sol parecia mais forte e as papoulas agonizavam sob o calor, eu a vi de súbito descendo a escada do Pavilhão, num passo que à primeira vista imaginei descuidado, e mais tarde julguei cheio de cautela. Vestia ela um *négligé* mais do que ligeiro, cor-de-rosa, amarrado à cintura por uma fita de veludo. Discrimino esses detalhes para que o senhor possa distinguir bem o vulto dessa mulher, e analisar o quanto sua presença entre nós era destoante. Por um momento, ofuscada pelo sol, eu a vi girar entre as flores, a roupa esvoaçando. A luz excessiva não parecia fazer-lhe nenhum mal, pois andava rápida como se tivesse destino determinado. Não sei que força obscura me impulsionou a acompanhá-la. Talvez, Padre, o senhor não se lembre mais da topografia daquela parte do nosso jardim. Foi ali, no entanto, que outrora confessou muitas vezes a falecida mãe do meu marido; ali passearam juntos infindáveis ocasiões, conforme escuto a tradição contar — e acho, portanto, que nenhuma outra pessoa estaria melhor designada para identificar o lugar a que nos dirigíamos. Era ao fundo, lado direito do Pavilhão, onde antigamente havia uma clareira limitada por quatro estátuas representando as estações. Só o Verão ainda se fazia ver de pé, e a parte inferior da Primavera, em cujo interior, como de dentro de um vaso, crescia uma vigorosa samambaia dominando os bordos partidos. A folhagem crescera, e se bem que a clareira permanecesse imune, como que sobrara, flutuante, em meio à cerrada vegetação. Para lá, local onde nunca ninguém pisava, é que se dirigia Nina, e isto ainda despertou mais a minha curiosidade. Continuei a segui-la, disfarçando-me por trás das árvores. Meu receio em avançar me fez perder parte da cena que se passou então naquela clareira. Quando me aproximei, suficientemente protegida por um tronco de acácia, vi Nina que, vibrando de cólera, conversava com Alberto, nosso jardineiro. Avancei mais e escondi-me bem por trás de um alto tufo de samambaias, disposta a não perder uma palavra do que dissessem. No entanto, tudo deve se ter dado demasiadamente rápido — vi apenas Nina erguer a mão e esbofetear o rapaz. Ele deixou cair a pá que trazia e levou a mão ao rosto, recuando um passo. A estranheza daquele procedimento estonteou-me um minuto — e mal conseguira me refazer do meu espanto, quando vi Nina empurrar o moço e abandonar a clareira, pelo caminho oposto ao por que viera. Alberto ficou só, alisando o rosto que ela esbofeteara. Não havia dúvida de que não tinha coragem para fazer um gesto, acompanhou-a apenas com o olhar, até que ela desapareceu. Neste momento não sei o que fiz, devo ter escorregado, ou perdido o equilíbrio, pois ele voltou-se imediatamente para mim. "Ah, a senhora estava aí?", disse, e não havia nenhuma surpresa em sua voz. Só então reparei o quanto aquele homem havia se modificado. Decerto, quando as pessoas não nos interessam, esmaecem em torno a nós com a indiferença dos objetos. Alberto, para mim, sempre fora o jardineiro, e jamais conseguira identificar sua presença senão daquele modo. Eis que agora, pelo simples manejo da existência de Nina, eu o descobria como havia descoberto a mim mesma. Este deve ser, Padre, o primeiro dom essencial do demônio: despojar a realidade de qualquer ficção, instalando-a na sua impotência e na sua angústia, nua no centro dos seres. Sim, pela primeira vez eu via Alberto, e o via de vários modos simultâneos: primeiro, que era moço, segundo, que era belo. Não o vi belo como o era naquele instante preciso, mas belo como devia ter sido antes de conhecer Nina, puro e tranquilo, na simplicidade de sua pequena alma provinciana. Agora, talhado em dois, o ser antigo e o novo se confundiam na mesma escura beleza, erguendo-o ante meus olhos, um pouco ao acaso, desalinhado como esses deuses que a lenda subitamente inventa da espuma e do vento. Eu o adivinhava retrospectivamente, se assim se pode dizer, não como Nina o amava, mas como eu, talvez, o tivesse amado. Hoje ele era outro, mas eu sabia que ele era outro. Havia um cansaço em sua fisionomia, a tristeza do conhecimento em seu olhar. Pela primeira vez eu me dirigi a ele, e minha voz tremeu porque me dirigia a um ser humano e não a uma abstração. "Que foi, Alberto?" E, coisa estranha, desta vez foi ele quem se dirigiu a mim como se fosse eu uma abstração, como se eu não existisse, ou se apenas continuasse o ser incolor que ele se achava habituado a cumprimentar. "Viu como me tratou ela?", inquiriu à guisa de resposta. E ao mesmo tempo havia uma tão perempta confissão em sua voz, era de tal modo impossível enganar-me com o seu sentido, que uma onda cheia de amargor subiu ao meu coração. Voltei o rosto, a fim de ocultar as minhas lágrimas. E no entanto, nada havia de especial no que ele me dissera; apenas o véu não se rompera para ele, e via-me tal como todos os dias, vazia e pobre, o triste ser sem alma que eu sempre fora. Esquecido da minha presença, exclamou de novo: "Ah, como me tratou! Mas há de me pagar um dia, e caro, a vagabunda!". A palavra chocou-me e eu me voltei com certa vivacidade. Ele pareceu acordar daquele sonho e perturbou-se: "Desculpe…". Confesso, naquele instante ainda tentei vencer a mim mesma. Fingi que não ouvira a palavra infame e aproximei-me dele: "Que foi, Alberto, que se passa?". Mas ele não me deu nenhuma resposta, distanciado novamente. A esta altura comecei a falar, e era como se um outro ser penetrasse em mim e usasse meus lábios para proferir aquelas palavras bizarras: "Sei muito bem de tudo o que acontece. Provavelmente está apaixonado, e sonha com aqueles cabelos noite e dia, não é? E com aquela pele branca, Alberto, com aquele corpo que não lhe pertence… Seja homem, tenha coragem para confessar, você não está louco, não está inteiramente perdido?". Eu o segurava, sacudia-o, como se houvesse perdido o juízo. Ele acordou, fitou-me um minuto, assombrado, depois começou a rir. Não percebi de pronto aquele riso — era uma coisa vagarosa, de uma luz concentrada e fria, que aos poucos evaporava a sombra acumulada em seu rosto. De um só golpe compreendi toda a verdade: ah, como eu devia ser ridícula metida em meu vestido escuro, com os cabelos lisos amarrados em coque, os lábios estreitos apertados para a primeira injúria, para a primeira mentira, para a primeira oferta...

Não pude suportar mais tempo aquela contração que para mim era menos um riso do que o signo de uma ofensa mortal: recuando, voltei-lhe as costas e saí correndo, sentindo que, sem tê-lo encontrado, já o havia perdido para sempre.

9. Diário de Betty (II)

5 — Desde que ela chegou, não temos mais um minuto de sossego. A todo instante quer alguma coisa e nunca está contente, queixando-se dos empregados, da casa, do clima, de tudo enfim, como se fôssemos culpados do que lhe acontece. Ainda não a vi em repouso, e creio que esta é uma atitude que lhe vai dificilmente. Está sempre caminhando de um lado para outro, fazendo alguma coisa ou simplesmente imaginando o que fazer — o que lhe empresta um aspecto febril, não isento de hostilidade, que cria em toda a casa um ambiente de mal-estar e expectativa. Lá dentro as empregadas se queixam, cá fora a fisionomia dos patrões não é das mais animadoras.

Apesar de todo esse movimento, coisa curiosa, desde o primeiro instante não me pareceu de saúde perfeita. Queixou-se de dores de cabeça e pareceu-me pálida; não tardou muito que um círculo escuro lhe rodeasse as pálpebras. Desde que entrou no quarto, começou a desarrumar a grande quantidade de malas que trouxe consigo. Indaguei a ela para que tantos vestidos, se tinha intenção de usá-los todos. E acrescentei: "Aqui em casa saem tão poucas vezes!". Ela me respondeu com irritação: "Que me importa se nesta casa saem ou não? Farei exatamente o que eu quiser". E indagou-me em seguida se não havia divertimentos na cidade, bailes, teatro, reuniões de qualquer espécie. Não pude deixar de rir, enquanto retirava da mala aquela quantidade de capas e vestidos.

Vendo o ar de zanga com que ela me fitava, apressei-me a assegurar-lhe que não tínhamos bailes e nem teatros, que apenas uma ou outra vez o sr. Barão reunia em sua fazenda algumas famílias, mas que nós, os da Chácara, jamais comparecíamos a essas reuniões. "Por quê?", perguntou ela, sempre ocupada em me auxiliar a remexer as caixas. "É o sistema de vida do senhor Demétrio", respondi. Deixou tudo, fitou-me com olhos duros: "Eu não quero viver segundo o sistema do senhor Demétrio", disse. Ergui apenas os ombros, imaginando a que lutas não teríamos que assistir, caso ela pretendesse realmente inaugurar um outro gênero de vida. Quieta, temia as piores coisas para o futuro. Quando terminou sua tarefa, ela deixou-se cair exausta sobre uma cadeira: "Ah, não posso mais!". Notei que tinha a testa molhada de suor, o que era excessivo como resultado do pequeno serviço a que se entregara.

— Está sentindo alguma coisa? — indaguei.

Ela moveu a cabeça devagar:

— Mal, não sei. Mas não me sinto bem desde que cheguei. Talvez seja o ambiente desta casa. Tenho medo de não suportá-lo. Ah, Betty, se você soubesse como sou infeliz!

Não sei por quê, senti que ela falava realmente a verdade. O acento daquelas palavras não permitia nenhum engano, e meu coração estreitou-se de pena. Decerto, se me indagassem, eu não saberia dizer o motivo, mas havia nela, evidentemente, um distúrbio cuja origem era ignorada.

— Acho que a senhora devia repousar um pouco. Depois, então, poderia pensar à vontade sobre o futuro.

Seus olhos se voltaram novamente para mim, desta vez carregados de desprezo:

— Eu nunca repouso, Betty. Quem é que você pensa que sou, para gastar tempo estirada na cama?

Era evidente que aquela suposição lhe causava um asco vizinho do terror. Acabei de guardar as roupas, passei um pano sobre os móveis e já ia me retirar, quando ela me chamou:

— Betty, quem mandou aquele recado assim que cheguei?

Respondi:

— O senhor Timóteo.

Imaginei que fosse indagar mais alguma coisa, no entanto apenas permaneceu em silêncio e, afinal, como se já estivesse a par de tudo, exclamou:

— Ah! — e baixou a cabeça, pensativa.
Pensei em afastar-me sem mais delongas, quando de novo ouvi sua voz por trás de mim:
— E qual é o quarto dele?
— O primeiro, ao lado deste.
Agradeceu, e eu saí, deixando-a na mesma posição.

7 — Conversava com as empregadas na cozinha — todas elas surpreendidas com o reaparecimento da patroa — quando vieram me dizer que o sr. Timóteo me chamava. Antes de atendê-lo, imaginei que desculpas daria ao sr. Demétrio caso ele me encontrasse, pois já me proibira várias vezes de atender aos chamados do irmão. Nunca cumprira essas ordens, e ainda agora, erguendo os ombros, não hesitei em ir bater à porta do sr. Timóteo — que me importavam essas rusgas de família? Foi o próprio sr. Timóteo quem veio me atender.
— Bom dia, Betty — disse-me de modo prazenteiro, diferente do que usava habitualmente. Via-se que estava contente e que fazia questão de mostrá-lo.
— Bom dia. O senhor está à minha procura?
— Estou, Betty — e sem que eu pudesse reagir, puxou-me para dentro.
Vestia-se do mesmo modo extravagante e, como era seu costume, conservava as cortinas cuidadosamente cerradas. No entanto não era difícil observar que há muito os móveis não eram espanados, nem varrido o assoalho, nem levado a efeito qualquer serviço de limpeza: um ar quente, viciado, circulava em torno de nós como um clima próprio, no qual o sr. Timóteo se movesse como dentro do único elemento em que lhe fosse permitida a existência. Enquanto olhava, descobri uma forma agitar-se ao fundo e, fixando a vista, não tardei muito em descobrir de quem se tratava.
— Sou eu, Betty — disse tranquilamente a voz da patroa. — Se o senhor Valdo perguntar por mim, pode dizer que estou neste quarto. Vim fazer uma visita ao meu cunhado.
A essas palavras, um som esquisito, gutural, partiu do lugar onde se achava o sr. Timóteo. Era possível imaginar-se que se tratava de um riso, ou de outra manifestação qualquer de contentamento.

— Está ouvindo, Betty? — e ele aproximou-se, a voz vibrante de entusiasmo. — Está ouvindo o que ela disse? Veio especialmente me visitar. Ah, creio que hoje os Meneses terão grandes motivos de satisfação...

Não havia nenhuma dúvida de que para ele se tratava de um acidente excepcional, primeiro porque travava conhecimento com a cunhada (e quem sabe por que meios, por que secretas afinidades conseguiria transformá-la numa aliada?), segundo porque, no íntimo, devia tramar alguma coisa contra os irmãos. Ah, essa raça de Meneses era bem minha conhecida. No entanto, de pé, procurava em vão imaginar por que aquela visita lhe causava um tão extraordinário prazer. Que secreta partida jogava ele, e que possibilidades entreveria no futuro, com um gesto que provavelmente era apenas um dever de cortesia? Aproximei-me um pouco mais, tentando vislumbrar o rosto da patroa — e seus olhos, que reluziram um instante na cálida penumbra, demonstravam confiança e, por que não dizer, uma quase sensação de bem-estar naquele ambiente exótico. Estranho mistério o dessas naturezas vedadas: ali, onde nenhum de nós respirava livremente, era o lugar exato em que ela parecia sentir-se mais à vontade. Diante de mim, lento e majestoso (não sei se já disse que o sr. Timóteo, que começava a beber com certo exagero, talvez para fugir à causticante monotonia de sua vida entre aquelas quatro paredes, talvez por um motivo mais secreto e mais triste, um suicídio lento, engordava a olhos vistos, e os ricos e extravagantes vestidos que haviam pertencido à sua mãe, e que tanto lustro haviam dado outrora à crônica social da Chácara, estouravam agora pelos cantos, rompiam em cicatrizes, esgarçados em lugares onde o excesso já torneava as primeiras e irremediáveis deformidades...) ele evoluiu como se desafiasse meu olhar. Depois, colocando-se diante de mim, disse:

— Betty, quero que vá imediatamente buscar uma garrafa de champanha, e bem gelada. Quero comemorar condignamente o dia de hoje.

Da poltrona onde se achava sentada, a patroa parecia concordar em silêncio — não tinha pois senão que obedecer, e o fiz, fechando novamente a porta. Assim que atingi o fim do corredor, no entanto, o sr. Valdo surgiu bruscamente diante de mim. Tentei afastar-me do seu caminho mas ele me segurou fortemente pelo braço:

— Aonde vai você? De onde veio? — indagou.

— Do quarto do senhor Timóteo — respondi, esforçando-me por escapar. Ele, no entanto, apertava-me com força, e empurrava-me contra a parede.

— Do quarto do senhor Timóteo! — repetiu com pasmo. — E quem está lá?

— A patroa — respondi.

— A patroa! — repetiu ele de novo, como se eu acabasse de dizer uma exorbitância.

Como eu concordasse apenas com a cabeça, fitou-me em silêncio, esperando talvez maiores explicações. Vendo meu inabalável mutismo, abandonou-me — e sua voz readquiriu o tom normal, quase baixa, polida.

— Onde ia você agora? — e como se ao mesmo tempo aquela pergunta não lhe importasse, e queimasse as etapas, indo direto ao objetivo que lhe interessava: — Que faziam, que tramavam contra mim?

— Senhor Valdo — exclamei por minha vez — como é que o senhor pode imaginar uma coisa dessas? Ninguém tramava contra o senhor, não se disse coisa alguma!

— Ah — e ele riu com certo esforço — que faziam então reunidos no quarto?

— O senhor Timóteo encomendou-me uma garrafa de champanha.

— Uma garrafa de champanha! — e seu espanto não parecia ter mais fim. — Minha mulher nunca bebe, por que hoje...

Ergui os ombros:

— Não sei dessas coisas, senhor Valdo. Apenas cumpro ordens.

Ele fitou-me de novo, repetindo "champanha" — e via-se que seu pensamento se achava longe. De repente luziu em seus olhos uma ponta de malícia:

— Pode voltar, Betty, não haverá nenhum champanha.

— Por quê? — indaguei, duvidando.

Ele riu:

— A chave da adega está comigo.

Julguei necessário intervir de modo mais severo:

— Que pensarão, senhor Valdo, já imaginou? Acho mesmo que não fica bem para um Meneses...

Ele, que já ia saindo, estacou à palavra "Meneses" e voltou-se para mim:

— Que poderão pensar, que poderão dizer?

Corrigi:

— "Ela" poderá pensar que somos uns sovinas. E terá razão, senhor Valdo. Afinal...

Ele voltou-se completamente e seus olhos, desta vez ansiosos, buscaram os meus:

— Afinal o quê, Betty? E por que precisam de champanha? Querem uma farra completa, não é?

— Não se trata de farra. Como é que pode pensar uma coisa dessas, de-la... da sua mulher? Apenas o senhor Timóteo está contente por ter conhecido dona Nina.

Moveu a cabeça, como se duvidasse. Por um instante, vendo-o tão obstinado diante de mim, julguei que se tratasse apenas de um impulso de ciúme, um desses gestos que parecem comuns entre os recém-casados. Mas depois, quando ele voltou a falar, percebi que algo mais profundo se agitava em sua alma.

— Não é tão inocente assim, Betty. Timóteo não descansará enquanto não nos destruir.

Havia segurança em sua voz e, durante um minuto, pensei que talvez ele tivesse razão, e que a atitude do outro, habitualmente tão reservada, poderia na verdade conter certa dose de perfídia. Que pretendia ele, por que mandara buscar champanha? Que espécie de aliança era aquela que pretendia estabelecer com a recém-chegada? E revi o quarto, o ambiente morno, as evoluções do sr. Timóteo diante de mim.

— Aqui está — disse-me o sr. Valdo entregando a chave da adega. — Pode levar a bebida.

E num ímpeto, como se não pudesse conter o que lhe subia do fundo do peito:

— Pode levar e dizer que não me importo que ele suje de vez o nome da família. Mas se tocar em Nina...

Esboçou um gesto de ameaça, sem concluir a frase. Jamais vira o patrão tão irritado; ele, que nunca perdia a linha e nem se entregava a nenhuma espécie de transbordamento, transfigurava-se de repente pela raiva. E, coisa curiosa, notei que seu furor era somente um sentimento de impotência. É verdade que a causa de tudo era o fato da patroa se encontrar no quarto de seu irmão, que todos eles consideravam um réprobo — e no entanto, caso tivesse coragem, não lhe seria difícil abrir a porta e dizer à mulher que abandonasse aquela atmosfera dissoluta. Por que não o fazia, por que se limitava a rondar a porta cheio de raiva, por que detinha a mim, que nada tinha com aquilo e nem poderia aceitar nenhuma responsabilidade no fato? Mudo, ele me fitava ainda, e eu percebia que não havia nenhuma paz no seu íntimo: os olhos turvos denunciavam a série de emoções contraditórias que se entrechocavam em seu espírito. Como me visse prestes a abandonar o local, continuou:

— Pode dizer tudo isto... Pode dizer até...

Houve uma brusca ruptura em sua frase, como que o ar lhe faltou e ele se apoiou à parede, abaixando a cabeça.

— Ah, é demais — disse. — Não importa coisa alguma. Ela nos odeia demais para não aceitá-lo como amigo.

Disse isto como se fosse a última de suas confissões e afastou-se do mesmo modo brusco com que surgira. Acompanhei-o com a vista durante algum tempo e pareceu-me vê-lo cambalear. Um tanto apreensiva, retirei-me para apanhar o que me fora encomendado. E apesar de tudo minhas mãos tremiam, eu oscilava, sem saber a quem dar razão: se àquela estranha criatura que me beijava e chamava de "sua amiga", se àquele homem que de súbito eu vira sofrer com tanta intensidade.

8 — Pela segunda vez em dois dias, a patroa voltou hoje ao quarto do sr. Timóteo. Não houve champanha, como da primeira vez, mas um chá muito modesto, que eu mesma preparei. Confesso que essa assiduidade me impressionou, pois as palavras do sr. Valdo não me saíam do pensamento. Enquanto servia, procurei demorar mais do que de costume, a fim de verificar a que grau de intimidade haviam chegado os novos amigos. Que poderiam conversar pessoas tão diferentes quanto dona Nina e o sr. Timóteo? No princípio percebi que falavam apenas sobre nossa cidade, Vila Velha — ela queixava-se de suas más estradas, dizendo que havia melhorias evidentes em Mercês, Queimados e Rio Espera, lugares próximos, mas que ali não se notava coisa alguma. O sr. Timóteo concordava, lançando a culpa sobre o prefeito, que a seu ver era um inepto e um ladrão. Mas aos poucos fui percebendo que, sob a aparente frivolidade do assunto, existia entre eles um terreno de entendimento mútuo — dir-se-ia que haviam discutido longamente e chegado a acordo sobre matéria de grande importância. Sem saber por quê, meu coração se confrangeu. De que não seria capaz, aquele homem que diziam não regular muito bem, e que procedia como se na verdade sofresse das faculdades mentais? Podia não ser

um louco perigoso, mas tudo era lícito esperar de sua fantasia. Puxei uma pequena mesa para o centro do quarto, enquanto me entregava a essas tristes divagações. Também notei que em certo momento eles suspendiam a conversa, como se aguardassem minha saída — e de propósito, para afirmar minha independência, comecei a esfregar as xícaras com excessivo cuidado, olhando-os de vez em quando. Não ouvi o que dona Nina disse em certo momento, mas devia ser algo extremamente engraçado, pois o sr. Timóteo prorrompeu numa série de risadas abafadas, de exclamações e de gritinhos. Depois, como se notassem minha insistência, iniciaram outra conversa sobre modas, futilidade, que sei eu! — numa grande pompa de frases banais e sem interesse. Houve um momento em que a conversação perdeu esse ritmo e tornou-se mais rápida, mais vibrante. Conversavam sobre a Chácara, e o sr. Timóteo descreveu com muito calor o que antigamente eram seus jardins. Dona Nina se entusiasmou, afirmando que nada neste mundo lhe agradava mais do que as flores. Nenhuma joia, nenhum diamante, nenhuma turquesa, valiam para ela mais do que algumas rosas entrefechadas. O sr. Timóteo sugeriu que talvez o motivo fosse por ter sido ela criada em ambientes fechados. Dona Nina disse que não sabia, e rememorou com muita nostalgia as flores que um amigo, um coronel do Exército, trazia sempre para ela. Concluiu, dizendo:

— Eram lindas, as rosas. Mas não são as flores que eu mais aprecio.

— Quais são? — indagou o sr. Timóteo, bebendo devagar o chá que eu lhe servira.

— As violetas — disse ela. (Lembro-me desse detalhe: de repente, como se seu pensamento viajasse numa zona de sombra, seus olhos tornaram-se escuros. E sua voz, abandonando a frivolidade do assunto, também adquiriu repentina gravidade.) — Olha, Timóteo, quero que você me prometa uma coisa.

— Tudo, meu anjo.

— Tenho certeza de que não voltarei mais ao Rio...

— Por quê?

Ela ergueu os ombros:

— Não sei. Alguma coisa me diz que vou morrer aqui.

— Que ideias tão tristes! — protestou o sr. Timóteo.

— Tristes ou não, é a verdade. E quero que você me prometa uma coisa.

— Prometo, é claro — respondeu ele. — Mas diga-me, por que haveria você de morrer agora?

— Não falo *agora*, mas todos nós temos de morrer um dia, não é?
Ele tentou zombar:

— Sim, mas é bem possível que eu vá antes de você.

— Não, não — disse ela com decisão. — Sou eu quem irá antes. Neste caso, quero que me prometa que não se esquecerá de mim e levará umas violetas ao meu caixão.

A esse pedido tão singular o sr. Timóteo comoveu-se e tomou-lhe as mãos:

— Ah, meu anjo, farei tudo o que quiser. Mas é preciso afastar essas ideias. Aposto como foi meu irmão quem...

Ela tapou-lhe a boca com a mão e a conversa não foi adiante. Fazia calor, e adivinhava-se o sol através das venezianas fechadas. Uma abelha zumbia num canto invisível do quarto. Dona Nina levantou-se, beijou o cunhado e retirou-se, sob pretexto de que ainda pretendia escrever uma carta para o Rio. Ficamos a sós, eu e o sr. Timóteo, e já me dispunha também a sair, quando ele me chamou.

— Venha cá, Betty. Você se lembra de Padre Justino? Quando minha mãe era viva, ele vinha à Chácara com frequência.

— Lembro-me perfeitamente, senhor Timóteo — e admirei-me que tivesse mudado tão bruscamente de tom, e que deixando o ar frívolo e zombeteiro, voltasse a adquirir o aspecto grave e reservado que eu habitualmente lhe conhecia.

— Padre Justino — continuou ele — costumava às vezes dizer umas verdades. Nada de muito sério, que padre da roça não sabe coisa alguma. Assim mesmo, um dia...

Hesitou um minuto como se procurasse no pensamento a expressão exata, e concluiu:

— Um dia, no jardim, disse-me que o pecado é quase sempre uma coisa ínfima, um grão de areia, um nada — mas que pode destruir a alma inteira. Ah, Betty, a alma é uma coisa forte, uma força que não se vê, indestrutível. Se uma minúscula parcela de pecado — um nada, um sonho, um desejo mau — pode destruí-la, que não fará uma dose maciça de veneno, uma culpa instilada gota a gota no coração que se quer destruir?

Não compreendi direito o que ele pretendia, mas olhei-o com evidente susto.

10. Carta de Valdo Meneses

Pós-escrito à margem do papel:

Não se engane, Nina, é um ambiente bem diferente que virá encontrar agora; já não tenho por você aquele antigo amor, nem poderá exigir de mim outra coisa além de uma frieza honesta e compreensiva. Irei esperá-la à estação e recomporemos o ambiente que nunca deveria se ter partido — mas que, ai! por infelicidade nossa, jaz inteiramente aniquilado. Se agora tomo esta atitude, lembre-se bem, é apenas em nome da dignidade dos Meneses ....
....

Sim, você pode vir, é verdade, ninguém poderá impedi-la de regressar a esta casa que você própria desdenhou outrora (quinze anos, quinze anos já, Nina!) com a sua inacreditável leviandade. Não tinha intenção de responder à sua carta, e nem de atender nunca a qualquer dos seus apelos...

No entanto, diante de suas últimas palavras, sei que você virá fatalmente, que terei de beber até o fim o meu cálice de fel, e que o silêncio já não adiantará a nenhum de nós dois: teremos ambos de enfrentar o olhar um do outro, e nem eu terei coragem para negar-lhe a minha proteção, nem você coragem suficiente para viver independente dela. Talvez tudo seja diferente agora: meu irmão, de quem você tanto se queixava outrora, está mais velho e mais irascível do que nunca — minha cunhada, mais silenciosa e mais triste do que sempre foi. A casa é a mesma, mas a ação do tempo é bem mais visível: há outras janelas que não se abrem mais, a pintura passou do verde ao tom escuro, as paredes gretaram-se pelo esforço da chuva e, no jardim, o mato misturou-se às flores. Não há como negar, Nina, houve aqui uma transformação desde que você partiu — como que um motor artificial, movido unicamente pelo seu ímpeto, cessou de bater — e a calma que se apossou da casa, trouxe também esse primeiro assomo da morte que tantas vezes reponta no âmago do próprio repouso; cessamos bruscamente no tempo, e o nosso lento progresso para a extinção é um clima a que você talvez não se adapte mais. Apesar de tudo, resta louvar o espírito da família Meneses, esse velho espírito que é nosso único ânimo e sustentáculo: este ainda é o mesmo, integral como um alicerce de ferro erguido entre a alvenaria que cede. Você nos encontrará imutáveis em nossos postos, e a Chácara instalada, a esse respeito, na sua latitude habitual. À medida que o tempo passa, se perdemos o respeito e a noção de carência de muita coisa, outras porém se avivam e se fortalecem em nosso íntimo: somos assim, por circunstância e por fatalidade, mais Meneses do que nunca — e você o compreenderá desde o primeiro momento em que pisar na Chácara.

Resta-nos, como essas ervas desesperadas que se agarram às paredes em ruínas, a nostalgia do que poderia ter sido, e que foi destruído, por fraqueza nossa ou por negligência. Não, Nina, não pense que a estou acusando, que ainda a culpo como de um crime, por tudo o que aconteceu. Há muito que desapareceu este meu rigor de antigamente. Acredito hoje que somos culpados em comum por tudo o que não soubemos levar avante — e se construímos a culpa, também fomos as vítimas.

(Lembro-me neste instante, de modo particular, da noite em que você veio à minha cabeceira para se despedir. Como eu a amava naquele instante, Nina, que perturbação e que dor indizível sua presença me causava! O médico acabara de sair e eu apenas convalescia daquele ato inútil de desvario — oh, não porque me parecesse especialmente difícil suportar a Chácara, Demétrio e tudo o mais que tanto lhe repugnava. Não. A razão do meu gesto era mais simples, apenas nada mais podia suportar sem a sua presença. Demétrio adaptara a luz por trás da minha cabeça, de modo que eu podia ver todo o quarto sem que me vissem direito. Vejo-a ainda, tal como entrou naquele momento, muito simples, trajando um costume escuro de viagem. Estávamos sós e você se deteve no limiar, sem dúvida procurando acostumar-se à claridade incômoda. Ah, lembro-me exatamente do silêncio deste minuto: enquanto durou ele, você nem sequer pode imaginar o quanto me senti ínfimo e desgraçado. Tudo o que não poderíamos dizer um ao outro, o indizível do vivido que pertence sem remissão à nossa tristeza e ao nosso isolamento, tudo o que tanto sabíamos, sem jamais poder nomear, todo esse dilacerado que é o quinhão mais vivo de qualquer espécie de amor, ali se achava presente, enorme e tangível, entre nós dois. Por esse minuto único, em que me foi dado o incrível tormento de poder avaliar a que ponto eu descera no seu conceito — e ao mesmo tempo, Nina, tive uma imediata certeza de todo o ridículo que havia cercado semanas antes meu gesto desesperado; você jamais poderia acreditar nele, e foi este sentimento, mais do que nenhum outro, e onde se misturavam tantas parcelas de vergonha e de humilhação, que me fez abandonar tudo, largá-la de mão, deixá-la partir... — pelo silêncio com que você me contemplou naquele instante, compreendi que a partida se achava irremediavelmente perdida.

— Vim dizer-lhe adeus — disse-me você friamente, avançando um passo.

Nada me doía, os dias no Pavilhão haviam sido benéficos, mas eu me achava muito fraco. Tentei sentar-me, não o consegui e deixei escapar um gemido. Você olhou-me de longe — a quilômetros de distância — e um sorriso gelado perpassou pelos seus lábios.

— Decerto você não morrerá deste ferimento, Valdo, nem esta comédia tola poderá me reter mais nesta casa.

— Nina! — bradei e, tentando segurar uma das suas mãos, procurava reviver o caminho antigo onde, espezinhado, ainda contava, apesar de tudo, com sua presença ao meu lado. Não o pude, e percebi que você procurava conter os sentimentos que tumultuavam na sua alma; voltando-me as costas, pareceu-me mais estranha e mais alta do que de costume. Quando se voltou, sua voz mostrava-se ainda mais calma e segura.

— Pretendia sair por bem, Valdo, sem deixar rancores. Mas esta acusação ridícula...

— Por favor, Nina — gemi. — Ninguém a detesta nesta casa, aqui você só conta amigos.

(Era verdade: um ou outro silêncio maior de meu irmão, certas recusas suas, uma frase mal interpretada — como pretender que estas coisas simples, e tão habituais no ritmo de vida de uma família, constituíssem signos irreparáveis de uma inimizade?)

— Amigos! — e um sorriso deslizou de novo pelos seus lábios. — Escuta, Valdo, ainda agora encontrei Demétrio no corredor: passou ao meu lado sem me dirigir palavra.

Do alto em que você se encontrava, e de pé ao meu lado, sem sequer abaixar a vista para o leito de ferido em que me achava, que temia, que complacência imaginava deparar no fundo do seu coração, caso me fitasse bem nos olhos, lealmente, como eu sempre fizera com você? Mas não, sua crueldade ultrapassava todos os limites, era a cegueira total que você elegia, e, naquela recusa formal, relegava ao abandono meu sofrimento e meu desespero.

— Não há dúvida — respondi — de que foram os estúpidos acontecimentos do Pavilhão...

Então, pela primeira vez eu a vi tremer diante de mim e abaixar-se como se fosse esmagar-me:

— É mentira, Valdo, é mentira! Você sabe muito bem que este homem mal roçou os lábios pela ponta dos meus dedos...

Guardei silêncio — que adiantava naquele momento de despedida reviver fatos tão pungentes? Foi aí que você começou a andar pelo quarto. A cada movimento que fazia, eu sentia o perfume desprender-se da sua pessoa, aquela espécie particular de perfume feminino e doce, e lembrava-me — com que intensidade! — do quanto havíamos vivido naqueles derradeiros tempos, a nossa vida em comum, o Pavilhão, todas as minúcias daquela vida ainda tão poderosa e já inteiramente morta. Você parou de caminhar repentinamente e abaixou-se junto a mim — foi esta a única vez, Nina, a única! — e murmurou quase ao meu ouvido:

— Você sabe, você sabe muito bem por que ele quer me expulsar daqui.

Sim, Nina, eu sabia, como ainda o sei agora. Essas coisas não se esquecem. Mas estão acima do nosso entendimento, e tudo o que podemos fazer é guardar a esse respeito um silêncio que nos dignifique. Como depois dessas palavras você se erguesse de novo, agarrei-a pela saia:

— Ainda que ele realmente a odiasse, ainda que desejasse vê-la expulsa daqui para sempre, corrida como uma cadela das ruas, você poderia contar comigo, Nina. Você sempre poderia contar comigo. Posso jurar que ninguém jamais ousaria tocar num só fio dos seus cabelos...

— Ah! — bradou você num assomo tão vivo que eu cheguei quase a me assustar. — É isto o que você pensa? Como é ingênuo, Valdo!

Percebi que você percorria o quarto com o olhar, evidentemente à procura de alguma coisa. Como eu a conhecia bem, Nina, precisamente nessas ocasiões em que a cólera a tomava, e em que seus olhos, brilhantes, giravam em torno, enigmáticos como os de um animal que se sente em perigo. Como eu a conhecia assim, e como a amava, toda fremente, prestes a se lançar sobre o primeiro objeto que pudesse lhe servir de arma. O objeto que procurava — e eu o sabia tão bem quanto você — era o revólver que me servira. Sim, Nina, o revólver com o qual tentara meu suicídio malogrado. Provavelmente você também percebeu que eu adivinhara tudo, e como instintivamente meu olhar se dirigisse para a gaveta da cômoda, você se precipitou, abriu-a, retirando a arma triunfalmente. Demétrio o enrolara num lenço, a fim de subtraí-lo às minhas vistas.

— Aqui está ele — bradou você — o revólver assassino. Só você, Valdo, só você pode tentar enganar-me a respeito de fatos tão estúpidos.

Naquela hora, confesso, temi pela sua razão. Estávamos num dos últimos aposentos da casa, uma dependência estreita que servia para despejo, e onde existia um velho divã sobre o qual haviam me deitado. Caso você realmente tivesse enlouquecido — que não poderíamos esperar, depois de tantos dias de secreta luta? — como poderia eu chamar alguém, como pediria auxílio? Atônito, observava sua excitação, seus modos bruscos, sua fala descontrolada e áspera.

— Não foi uma tentativa de suicídio — continuou você — e sim de assassinato. A quem pertence este revólver, Valdo, há quanto tempo se acha ele exposto a todos os olhares, ocupando o lugar mais visível, tentando-o, induzindo-o ao gesto daquela noite?

Interiormente senti um abalo, pois aquelas palavras continham um ressaibo de verdade. O revólver pertencia a Demétrio, que se aproximara de mim certa noite, dizendo: "É um modelo antigo, muito curioso. Seu Aurélio garantiu-me que não poderia encontrar melhor em toda a cidade". Tomei-o nas mãos, examinando o gatilho. "É antigo", concordei, "mas funciona bem." Durante algum tempo ele ainda fez a arma girar diante de mim, depois colocou-a sobre um aparador, em lugar bem visível. E na verdade eu o via sempre, desde que passasse defronte do móvel. A própria Ana, arrumando a sala um dia, perguntou: "Por que você não guarda este revólver, Demétrio?". Ele respondeu um tanto secamente: "Não. As armas devem ficar expostas para serem apanhadas no instante preciso". Não sei a que instante preciso se referia, provavelmente a nenhum, pois jamais poderia imaginar que eu chegasse a me utilizar daquela arma. Mas sob determinado ângulo, como não supor que você tivesse razão? Confesso que meu irmão sempre teve um espírito mais ou menos tortuoso, em cujos meandros nem eu e nem ninguém jamais conseguiu penetrar com facilidade. É possível que a tentativa de indução existisse, mas não creio que fosse eu o visado. Você própria, Nina, que não poderia fazer num momento de alucinação? Apesar de tudo, tentei dissuadi-la:

— Aparências, Nina. Talvez você se engane.

— Não! Não! — bradou você com firmeza. — Tenho certeza de que ele planejou assassiná-lo. Aliás, pensando bem, talvez não tivesse ele coragem para chegar ao gesto decisivo.

— Eu próprio é que tentei contra a vida — respondi.

Lembro-me que você examinou a arma com cuidado e, repentinamente, como se do lado de fora alguma coisa lhe chamasse a atenção, precipitou-se para a janela, debruçando-se sobre a escuridão. Nada se distinguia lá fora senão a copa das árvores que o vento agitava. Indaguei o que havia acontecido e você, sem se voltar, respondeu:

— Não sei, pareceu-me ter visto alguém ali.

Procurei convencê-la de que havia sido apenas uma sombra, um galho de árvore talvez, mas você continuou afirmando que não era a projeção de nenhum galho, mas um ser vivo, autêntico, que deslizara sob a ramada. Quando abandonou a janela, existia uma expressão nova em seu rosto. Calma, ainda rodou o revólver entre as mãos e, de súbito, como movida por uma inspiração — que ideia lhe ocorreu, Nina, por que seus olhos brilharam daquele modo? — você o atirou pela janela, dizendo:

— Que desapareça, que apodreça no jardim esta arma infernal.

O revólver descreveu uma curva única e nem sequer o ouvimos tombar entre as folhas do jardim. Um capítulo inteiro de nossa história parecia encerrar-se com aquela imprecação e aquele gesto. Senti o ar mais leve e fitei-a com um sorriso de contentamento. Agora você se achava junto a mim, quase ao alcance de minha mão. Uma pausa no entanto se adensava entre nós; olhando-a, compreendi que você apenas se achava prestes a proferir o último adeus.

— É para sempre, Nina? — murmurei.

— É para sempre, Valdo.

Alguns minutos mais — segundos, que digo eu, tão breve foi a ilusão de sua presença — e não existia em minhas mãos senão o perfume que você deixara. Um rastro apenas, e nada mais. Tentei levantar, pensei em procurar de novo o revólver, renovar o meu ato de desespero — mas ai, havia perdido muito sangue e, como tudo começasse a girar em torno de mim, deixei-me abater de novo sobre o divã. Desde aí não sei o que sucedeu; apesar da pouca gravidade do ferimento, creio que teria morrido se não fossem os cuidados excepcionais de Betty. E morrido de tristeza, de abandono, de enervamento. É verdade no entanto que não há mal com que a gente não se acostume e, quando pude abandonar o leito, sua ausência já me doía menos. Aprendi a calar-me ainda mais, a esconder dos outros o que se passa comigo, a alhear-me de tudo o que me faz sofrer. Essa foi a razão do meu silêncio durante todos esses anos, e teria continuado nele, caso sua volta não constituísse um fato iminente. Nem sei mais o que dizer, Nina: o que neste momento dói em mim é um ponto antigo, qualquer coisa em surdina como uma música que soasse muito ao longe, uma lembrança, um remorso talvez. Não posso adivinhar o que sucederá com seu regresso. De qualquer modo, esteja certa de que jamais ....
....
....

11. Terceira narrativa do farmacêutico

Depois da reforma da farmácia, empreendida graças ao auxílio do sr. Demétrio, confesso que o maior desejo da minha vida era possuir um cachorro. Não o imaginava de raça, com o pelo sedoso e bem aparado, nem um desses molossos que existem aí pelas chácaras dos arredores de Rio Espera e Queimados, não — mas um animal de tamanho médio, que fosse mesmo de sangue misturado, mas de aspecto forte e gentil, e atendesse sempre ao meu primeiro chamado. Poderão dizer, e eu não estarei longe de concordar com isto, que são sonhos de um velho celibatário. Para quem se acostumou, como eu, a conversas solitárias, é sempre bom encontrar um ouvinte, mesmo que não possa responder coisa alguma. Daria a esse cachorro o nome de Pastor, que me parece adequado e até mesmo poético. Vi-o em pensamento várias vezes, deitado ao meu lado, enquanto eu dizia: "A vida é assim, Pastor, cada um por sua vez". Não faz mal que ele não possa me responder, e apenas abane a cauda, olhando-me com ternos olhos de cachorro amigo. Terei assim certeza de que me ouve e de que jamais contradiz minhas ideias, o que poderia suceder, caso se tratasse de um dos meus semelhantes.

E não é só esta a razão que me faz suspirar pela vinda de Pastor: com o aumento do estoque da loja, e consequente valorização da mesma, não durmo nos fundos da casa com o coração tranquilo, principalmente quando tanta gente conta histórias de furtos e assaltos em nossa cidade (Vila Velha progride, não há dúvida…) e alguns quase à luz do dia. Ainda agora, por exemplo, para susto nosso, andam dizendo que o famigerado Chico Herrera está de volta, e já anda fazendo das suas lá para a serra do Baú. Assim é que, além de uma companhia fiel, durante a noite o cão montaria guarda à loja. Ouvi dizer que fora da cidade, para os lados do Fundão, havia um homem que pretendia vender um cachorro, paqueiro de qualidade, mas que dera ultimamente para perseguir as galinhas. Não hesitei: era o animal de que precisava, não tendo nenhuma criação no meu quintal. Esse paqueiro, confesso, não era nenhum cão famoso: magro, de ossos salientes, tinha o focinho crivado de cicatrizes deixadas em embates passados com ouriços e porcos-do-mato, latia pouco e vivia metido pelos cantos. Mas se bem que não fosse exatamente o que eu tivesse imaginado, servia para aquilo a que eu o destinava. Tratei-o com cuidado, e ele acostumou-se a dormir aos meus pés, enquanto faço contas e ponho em ordem o livro-caixa. Gosto de vê-lo erguer as orelhas ao menor sinal, de ouvi-lo rosnar ao mais imperceptível dos ruídos. É sempre o velho paqueiro que acorda nele, como se pressentisse a caça no recesso de matos invisíveis.

Foi este sinal de alerta que me despertou a atenção uma noite dessas, quando jorrava uma chuva forte e sem tréguas. Exatamente por causa desse rumor de água escorrendo das telhas é que não ouvi as pancadas que davam à minha porta, e foi necessário Pastor dar o sinal, pondo-se em pé de repente, as orelhas empinadas, para que eu compreendesse que havia alguém do lado de fora. Ora, a farmácia já se achava fechada, era tarde, quem poderia me procurar assim, afrontando o temporal? Quanto a uma coisa não havia dúvida: é que se tratava de um caso de urgência. Ergui-me, fechando o livro, e resmungando uma praga, para não perder o hábito de me queixar, fui até à janela e suspendi a vidraça:

— Quem é?

Vi um vulto mover-se na escuridão:

— É um chamado, doutor.

Diante daquela voz, imprecisa, e da figura que mais parecia desejosa de se esconder do que de se mostrar, hesitei:

— Mas você está enganado. O médico mora mais adiante, no quarteirão de baixo.

Então ele aproximou-se e pude vê-lo completamente: era um homem pardo, de meia-idade, que trazia sobre os ombros, como capa, um saco de pano grosseiro. Lembrei-me que algumas vezes já o vira transitar em direção à Chácara dos Meneses. Contou-me que já fora à procura do médico, mas que este se ausentara, a fim de atender um cliente no Fundão.

— Mas de que necessita você? — indaguei, não sem certa impaciência, olhando de relance a chuva que caía duramente.

— Foi o senhor Valdo que me mandou à sua procura. Disse que servia, no caso de não encontrar o médico.

— Ah, ele previu isto — constatei.

— Previu sim, mas disse que o senhor mesmo servia para uma consulta.

— É o senhor Valdo quem está doente?

— Não, é a patroa.

Sim, alguns doentes me procuravam, quando não encontravam o médico — aquele não era portanto o primeiro caso. Mas ainda assim duvidei, abanando a cabeça. Com aquele tempo, não era uma brincadeira ir até à Chácara. Imaginei o caminho cheio de lama, maltratado pelo gado solto e pelas carroças das vizinhanças. Indaguei outra vez se o sr. Valdo recomendara expressamente que ele batesse à minha porta — e como dissesse que sim, compreendi que não me sobrava nenhum subterfúgio, e que eu seria obrigado a acompanhá-lo de qualquer modo. Pedi que esperasse um pouco e fui vestir-me. Enquanto o fazia, Pastor rosnava ao meu lado, como se não estivesse muito satisfeito. "É isto", disse-lhe eu, "a gente é obrigado a afrontar um tempo destes, e no final ainda se ganha uma miséria." Ele concordou, e eu garanti que estaria de volta dentro em breve. E enfiando minha grossa capa de boiadeiro, pensei que em último caso ainda sobrava uma recompensa: o interesse que despertava a família Meneses. "Além do mais", continuei a dizer em voz alta, "são ossos do ofício. Quem me mandou ser farmacêutico numa pobre cidade de Minas Gerais? Devia ser funcionário público, e na capital, este é que era o negócio." Pastor ainda desta vez concordou comigo, e acompanhou-me abanando a cauda, enquanto eu reunia o material de consulta. Fechada a valise, despedi-me dele, e dentro em pouco achava-me ao lado do mulato, caminhando em direção à Chácara. Chegava-se a ela mais depressa tomando por um caminho estreito que irrompia da estrada principal, e que bordejava um antigo cemitério de pretos, coleando entre touceiras de açafrão que atapetavam os charcos laterais. Uma orquestra confusa de sapos soava tão próxima que parecia a cada instante vir ao nosso encontro. Poças de água rebrilhavam na escuridão, enquanto a chuva continuava a tombar, escorregando maciamente sobre as folhas. A fim de desfazer a monotonia da caminhada, perguntei:

— Que houve?

E ele:

— A patroa sentiu-se mal de repente. Estava ao piano, discutiu com o marido... não sei, acho que desmaiou.

Não pude deixar de exclamar reprovativamente:

— Ah, esta família!

E continuamos em silêncio, eu aconchegado sob minha capa, ele sob o saco que o cobria. Através da chuva, distingui algumas cruzes toscas, uns restos de túmulos caiados de branco que repontavam da escuridão: era o cemitério dos pretos. A Chácara, portanto, não se achava muito distante. Às vezes afundava os pés nalguma poça, procurando colocar-me de lado, pois não gostava da presença daquele homem às minhas costas — afinal, era um estranho para mim. Não tardou muito e desembocamos na estrada que conduzia ao portão central da Chácara. Confesso, ao me aproximar, suas aleias pareceram-me mais sombrias do que nunca. Muito ao fundo, num único traço negro, adivinhava-se o contorno da casa, com uma ou duas janelas iluminadas. Toda uma vida secreta, densa e reservada, inundava os limites em que ela se continha. "Estranhos Meneses", pensei de novo. E senti vir de toda a paisagem um frio que emanava menos da chuva do que da hostilidade que lhe era própria, e que pertencia àquela gente, sempre tão calada e austera.

No alto da escada, já com a luz acesa, esperava-nos o sr. Valdo. Assim que me viu, exclamou logo:

— Como o senhor demorou! Até pensei que não viesse mais...

— O senhor se esquece que sou apenas um manipulador de remédios — respondi com certa ironia.

— Em momentos como este — tornou ele — não podemos prescindir do seu auxílio.

Procurei me informar do que se tratava, enquanto depositava a valise e retirava a capa que escorria. Disse-me o sr. Valdo que dona Nina, logo após o jantar, sentara-se ao piano, sendo acometida de um mal súbito. Achava-se melhor naquele momento, graças a um chá de erva-cidreira que havia tomado, se bem que ainda continuasse muito fraca. Como habitualmente não gozasse de boa saúde, ele achara melhor mandar chamar alguém, pois nada entendia de medicina. Na ausência do doutor, a escolha recaíra sobre mim: não havia na cidade ninguém mais credenciado. E acrescentou que eu desculpasse o incômodo, mas que ele não seria avaro na recompensa. Evidentemente sabia com quem estava falando, e esta promessa me animou um pouco. Enquanto dava essas explicações, conduziu-me à sala, e mais uma vez, com a curiosidade e o prazer que sempre haviam me animado, e como se assistisse à demonstração de um espetáculo mágico, ia revendo aquele ambiente tão característico de família, com seus pesados móveis de vinhático ou de jacarandá, de qualidade antiga, e que denunciavam um passado ilustre, gerações de Meneses talvez mais singelos e mais calmos; agora, uma espécie de desordem, de relaxamento, abastardava aquelas qualidades primaciais. Mesmo assim era fácil perceber o que haviam sido, esses nobres da roça, com seus cristais que brilhavam mansamente na sombra, suas pratas semiempoeiradas que atestavam o esplendor esvanecido, seus marfins e suas opalinas — ah, respirava-se ali conforto, não havia dúvida, mas era apenas uma sobrevivência de coisas idas. Dir-se-ia, ante esse mundo que se ia desagregando, que um mal oculto o roía, como um tumor latente em suas entranhas.

Dona Nina achava-se estendida num divã (era uma espreguiçadeira esburacada, e sobre ela haviam estendido um xale vermelho) e naquele momento, com a testa molhada de suor, estava visivelmente pálida. Mas ainda assim forçoso era confessar que se tratava de uma criatura bela, de uma beleza mórbida e em declínio, como se vibrasse em uníssono com o espírito que presidia a casa toda. Sua respiração mostrava-se sem ritmo, e ela me acompanhava os movimentos, entre receosa e dubitativa. Não me disse nada, mas percebi que me examinava com atenção. Sentei-me ao seu lado, tomei-lhe o pulso: alterado. Indaguei o que sentia, e ela afirmou que não era a primeira vez que se sentia tomada de enjoos, com a vista escura, febril e assaltada por outros incidentes peculiares. Chamei o sr. Valdo de parte:

— Mas está grávida! — exclamei.

Ele arregalou os olhos:

— Grávida? — e fitou-me como se eu acabasse de dizer uma enormidade.

Assenti severamente com a cabeça, e voltei a completar meu exame: dona Nina, sem que eu nada precisasse dizer, tudo havia compreendido. A cabeça recostada à parede, mostrava-se ainda mais pálida, e apreensiva.

— Ah, meu Deus — disse — não estou preparada para isto.

Afirmei que ela precisava apenas de repouso. O sr. Valdo, compreendendo afinal, e voltando a si do choque que a notícia lhe causara, foi até à porta e chamou a cunhada:

— Ana, sabe o que está me dizendo o senhor Aurélio? Vamos ter uma criança nesta casa.

Dona Ana fitou-me com olhar indefinível — acreditei mesmo ter lido nele uma ligeira ponta de ironia — e disse apenas, com simplicidade:

— Já era tempo de haver um herdeiro dos Meneses.

O irmão também apareceu, mas não ultrapassou o umbral da porta. Uma sombra o envolvia, e dir-se-ia que o retinha uma inexplicável timidez. Como ouvisse o sr. Valdo repetir a novidade, balançou a cabeça:

— Neste caso é preciso levá-la ao Rio de Janeiro. Não temos recursos aqui para enfrentar uma circunstância dessas.

O sr. Valdo irrompeu, transportado:

— Não temos? Que bobagem, Demétrio. Nina ficará aqui mesmo. Está se dando muito bem no Pavilhão, e encontrará lá o repouso de que necessita.

Frio, o sr. Demétrio atalhou:

— O Pavilhão não é recomendável. É insalubre, e além do mais, distante da casa.

Era possível que ele tivesse razão, pois esse Pavilhão onde o casal morava agora, era apenas um quiosque abandonado há muito, e sem nenhuma espécie de comodidade. Mas o sr. Valdo não queria dar ouvidos a essas observações, entusiasmado com a ideia de ser pai: ali mesmo, e em voz alta, começou a planejar uma série de reformas, sustentando que transformaria completamente o Pavilhão, e faria dele uma magnífica residência, melhor até do que a própria casa da Chácara. O menino — afirmava que era um menino, que só poderia ser um menino — receberia lá todos os cuidados. Talvez até a própria Betty quisesse se encarregar dele, quem sabe? E ia de um lado a outro, esfregando as mãos, e sacudido por tão viril entusiasmo que até dava gosto vê-lo. Esse entusiasmo, no entanto, não era partilhado por ninguém: como que um silêncio estranho se estabelecera no quarto, e todos se haviam alheado do assunto, de modo que o arrebatamento do sr. Valdo parecia desproporcionado e fútil. Dona Nina, recostada no divã, tomara uma revista e fingia que a folheava: notei que suas mãos tremiam e que ela parecia irritada. Dona Ana estava ligeiramente de costas, e mostrava-se absorta num detalhe que ninguém poderia precisar qual fosse — e quanto ao sr. Demétrio, de cabeça baixa, as mãos cruzadas, aguardava apenas que a alegria do irmão arrefecesse. Como se nada disto tivesse importância para ele, ou como se até nem sequer houvesse reparado no que se passava, o sr. Valdo veio colocar-se junto à esposa:

— Você verá, Nina, como tudo sairá bem — e tomava-lhe uma das mãos, que ela deixava pender molemente entre as suas.

Só depois de ter ele repetido essas palavras uma ou duas vezes, é que ela fechou a revista e levantou para o marido os olhos calmos:

— Mas talvez Demétrio tenha razão, Valdo: em Vila Velha não há nenhuma espécie de recurso.

Ele não se deu por achado:

— Podemos ir a Queimados — você sabe que lá existe um hospital. Não é muito longe, e assim evitaríamos uma viagem longa.

Dona Nina apenas respondeu: "Queimados!" — mas via-se que não estava muito entusiasmada com a sugestão, talvez porque o pequeno hospital daquela cidade não fosse famoso pelos cuidados que prodigalizava aos doentes, e também porque já ouvira dizer que se tratava mais de uma casa de indigentes do que outra coisa qualquer. Mas decididamente o sr. Valdo não prestava atenção a coisa alguma, e continuava a elaborar uma série de planos. Voltando-se finalmente para mim, indagou de que espécie de cuidados devia cercar a gestante, o que necessitava, o que podia fazer e o que devia evitar. Eu ia respondendo essas coisas que toda gente sabe, e de que no fundo me admirava muito que os Meneses não soubessem. Ele me interrompeu uma ou duas vezes, a fim de esclarecer uma minúcia que não compreendera direito. E afinal, quando se cansou de proceder assim, e julgou esgotados todos os conselhos que eu poderia ministrar-lhe, sentou-se ao lado de dona Nina, e ali ficaram segredando coisas cujo significado eu não percebia. Não há dúvida de que naquele minuto, vendo-os tão próximos um ao outro, julguei-os unidos pela maior das harmonias. Comigo mesmo pensei que eram infundados os boatos que em determinada época haviam corrido na cidade — e não pude deixar de lamentar que gente tão decente, e que se portava no interior de suas residências de modo tão lhano e amistoso, ficasse exposta aos comentários levianos e indiscretos de meia dúzia de desocupados. Foi a esta altura que, devagar, o sr. Demétrio aproximou-se de mim.

Tomando-me pelo braço, com uma sem-cerimônia que me causou certo constrangimento, levou-me até junto à janela, dizendo que tinha também uma consulta a fazer. Antes mesmo que eu pudesse responder qualquer coisa, ou reafirmasse que em absoluto não era um clínico, disse que desejava o mais absoluto sigilo sobre a matéria de nossa conversação. Esta preliminar aguçou extraordinariamente a minha curiosidade, e destruiu todas as negativas que se achavam em germe no meu pensamento. Compreendendo meu silêncio, perguntou-me ele então se eu havia reparado em sua esposa, dona Ana. Afirmei que sim, e ele quis saber se eu não a achara um tanto pálida. Declarei que nada observara especialmente, mas que sempre achara dona Ana um tanto pálida. "Não, não", disse-me ele, "agora está muito mais do que de costume." Calou-se, como se estivesse procurando o modo exato de me informar do que estava se passando. "Bem", disse depois de algum tempo, "noto que ela não é mais a mesma, parece agitada, febril." Talvez esperasse ele que eu dissesse que isto eram sintomas de uma moléstia grave, mas limitei-me a erguer os ombros, esperando que ele completasse as informações. Observando meu silêncio, julgou melhor prosseguir, e garantiu que essas coisas muito o preocupavam, e que praticamente não via nenhuma solução à vista. "Por quê?", indaguei. Ele fez um gesto de desalento: "É uma pessoa muito reservada, e adoeceria gravemente, antes de se queixar a alguém". Continuei calado, mas desta vez examinava seriamente uma possibilidade de vir em seu auxílio. Mas era difícil, uma vez que não existia nenhuma moléstia caracterizada. Perguntei se era aquilo tudo o que ele sabia, se por acaso não existiam outros sintomas, algum detalhe esquecido, e que me auxiliasse a formular uma opinião justificável. Disse-me que não — tudo se passava num terreno de meras probabilidades. Então, e para finalizar o assunto, sugeri que ela talvez necessitasse mudar de ares. As mulheres, afinal de contas, são seres de natureza tão bizarra. Mostrou-se vivamente impressionado com as minhas palavras, concordando com repetidos meneios de cabeça: sim, as mulheres eram seres de natureza muito bizarra. Talvez fosse necessário que ele a enviasse em viagem, e o que lhe faltasse fosse exatamente uma mudança de ares. Achei estranho o modo imediato com que ele aceitou minha sugestão; dir-se-ia que não ouvia aquilo pela primeira vez e que, ao contrário, eu apenas corroborava um pensamento que já o trabalhara inúmeras vezes. De qualquer modo, e para não parecer indiscreto, não insisti no assunto. Ele agradeceu-me o interesse, e despediu-se com uma efusão que me pareceu suspeita.

De qualquer modo, pensei, era extraordinário o que estava acontecendo naquela casa. Aproximei-me do sr. Valdo a fim de me despedir, e ele, tomando-me familiarmente do braço, disse que ia me conduzir até a escada. "O senhor me trouxe uma boa notícia", disse. E no caminho, suspirando:

— Ah, será um menino, não tenho a mínima dúvida de que será um menino. E posso garantir que desta vez meu irmão nada obterá comigo: ele nascerá aqui mesmo, como nasceram todos os Meneses, e se chamará Antônio, como se chamou meu pai.

Chegamos à escada, e ele despediu-me com as mesmas demonstrações de contentamento. Tempos depois soube que dona Nina havia partido para o Rio de Janeiro, e que assim a criança não deveria ter nascido na Chácara. Mais tarde ainda, soube que realmente fora um menino, batizado não com o nome de Antônio, mas com o de André.

12. Diário de Betty (III)

13 — Hoje houve uma pequena correria em casa, porque dona Nina amanheceu doente, queixando-se de dores de cabeça e enjoos de estômago. O sr. Valdo queria ficar ao seu lado, o que não foi possível, pois logo hoje tinha ele necessidade de ir a Vila Velha, a fim de acertar contas com o Banco. (Ouvi dizer também que lá o esperava um fazendeiro de Mato Geral, disposto a comprar as terras da Benfica, que por serem ruins e desaguadas, até agora não haviam encontrado quem as quisesse.) Assim, pediu-me que ficasse no quarto, fazendo companhia à esposa. "Ela ainda não se acostumou à Chácara", disse-me, como se fosse esta a única explicação possível para os males de dona Nina. Fiquei imaginando comigo mesma que talvez ele tivesse mais razão do que supunha, pois afinal esta vida da roça, parada, sem nenhum atrativo, não poderia de modo algum agradar a quem estivesse acostumado ao movimento da cidade. Eu mesma, quando aqui cheguei, lutei muito — e custava a acreditar que seres normais pudessem viver tão completamente isolados do resto do mundo. Fui encontrar dona Nina deitada, uma toalha sobre os olhos.

— Ah, Betty — exclamou assim que me viu entrar — traga-me pelo amor de Deus um pouco de água e sal.

Fiz o que ela pedia e, embebendo a toalha no líquido, comecei a esfregar-lhe a testa, duvidando apesar de tudo de que aquilo a aliviasse. Esclareceu-me que costumava sofrer daquelas crises, e um pano molhado em água e sal era o único remédio que lhe minorava a dor.

— Não seria do clima? — perguntei eu.

Ela ergueu os ombros:

— Talvez.

— Devia sair mais — aconselhei — há bonitos passeios pelos arredores.

Sorriu:

— Betty, vou contar a você um segredo: detesto paisagens. Sinto-me muito melhor num quarto assim fechado.

— Por quê?

Ela suspirou:

— Não sei. — E depois de uma pausa: — É tudo sempre tão sozinho.

Enumerei, procurando convencê-la, os recantos mais pitorescos: o cemitério dos pretos (e por um momento, dançaram-me diante dos olhos os montes de terra, as cruzes toscas, muitas já tombadas, com datas antigas e nomes tão peculiares — Joana, Balbina, Casimiro — que mais pareciam evocar gente conhecida e amiga, esquecida há muito, do que pobres escravos envelhecidos no eito...), a cachoeira do Fundão e, se quisesse ir mais longe, as ruínas da fazenda da serra do Baú.

Escutou tudo isto em silêncio, desinteressada. Depois, comentou:

— É espaço demais, terra demais. Não posso não, Betty.

Pediu-me em seguida que abrisse a janela, pois às vezes gostava da vista do jardim. Os canteiros antigos, alinhados até o portão da entrada (muitos deles, cercados de garrafas vazias, emborcadas), eram a seu ver o que de melhor existia ali. "Depois", disse, "gosto de ver o jardineiro trabalhar." Quando o sol não era muito forte, ia passear sozinha, à horta, apanhava uma folha de hortelã, experimentava uma malva-de-cheiro. E pedia ao jardineiro que ensinasse o nome das plantas, queria saber quais as que serviam para remédios, as que eram apenas mato. De um dos lados da Chácara, por trás do Pavilhão de madeira, corria um regato, e ela ia até lá, tirava os sapatos, molhava os pés.

— Isto sim, isto é bom, Betty — dizia. — A água faz uma cocegazinha na planta dos pés da gente.

Sentindo que isto despertava afinal seu interesse, dizia-lhe que o córrego era o mesmo que alimentava o moinho de fubá da antiga fazenda do Baú — e ela, retirando o pano que lhe cobria os olhos, queria saber:

— Que fazenda é esta, Betty? Por que você não me conta a sua história?

— Era a antiga propriedade dos Meneses — esclareci.

Ela se ergueu a meio corpo, pedindo:

— Mostre-me onde fica.

— Daqui se vê apenas a ponta da serra — é aquela aba que vai azulando lá para o fundo. Por trás — está vendo um risco negro, mais afastado ainda? — é a serra dos Macacos. Dizem que há lá uma colônia de ciganos, mas nunca vi nenhum.

— E nunca ninguém vai daqueles lados?

Movi a cabeça:

— Quase nunca. Quando se fazia presépio em casa, e isto no tempo em que era viva a mãe do senhor Valdo, ia-se lá a cavalo, procurar musgo, parasitas e barbas-de-pau. Mas agora...

Aos poucos, fui contando o que sabia, o prestígio da velha fazenda no Município, seus senhores, que mantinham casa aberta nas cidades de Leopoldina, de Ubá, e outras mais próximas — e mais tarde o loteamento de suas terras, e a morte de Maria Sinhá. Ela indagou-me quase com ansiedade:

— Quem foi Maria Sinhá?

Ah, sobre isto eu também sabia tão pouco! Apenas escutara um ou outro comentário esparso, pois o sr. Demétrio não gostava que se tocasse no assunto. No porão, junto ao quarto da preta Anastácia, havia um retrato dela. Dona Nina entusiasmou-se:

— Quero vê-lo, este retrato!

Assentindo ao seu entusiasmo, e compreendendo que sua melancolia ia se dissolvendo com o assunto, prometi que iríamos juntas, numa expedição, assim que ficasse boa.

— Estou boa — garantiu ela — quero ir hoje mesmo.

— Mas, dona Nina...

— Betty! — e ela implorava quase. — Será que você não pode me fazer este favor?

— Posso. Poder, posso. Mas é que...

Fez-me um gesto imperioso — ah, como sabia ela comandar! — a fim de que eu não objetasse mais nada. Como que coisa alguma no mundo a interessava mais do que aquele retrato. Vendo que eu me submetia, perguntou se ninguém da casa sabia qualquer coisa sobre Maria Sinhá. Respondi que a velha

Anastácia, quando moça, havia visto Maria Sinhá, então já muito doente, acompanhada por uma escrava fiel.

— É fascinante — foi o seu comentário.

E afirmou que iria falar com Anastácia. Ri: a preta já estava tão caduca que não dizia mais coisa com coisa. Mesmo assim dona Nina insistiu, afirmando que saberia muito bem separar o real da fantasia. E acrescentou:

— Um pouco de fantasia, aliás, não faz mal a esta casa. Ela sofre de realidade demais.

Combinamos finalmente que, ao entardecer, eu viria buscá-la para irmos ao porão.

S.d. — Depois do café, como a casa mergulhasse em completo silêncio, fui à procura de dona Nina. De pé, ela já me esperava, olhando pela janela aberta. (Desde o casamento que o sr. Valdo morava naquele quarto, o penúltimo do corredor, junto ao do sr. Timóteo. Possuía uma janela gradeada, bastante larga, e que uma pessoa, do lado de fora, alcançaria perfeitamente com a mão. Explico por quê: construída sobre um declive, a Chácara, muito alta do lado da varanda, ia baixando até o quarto do sr. Timóteo, o último da escala, e que fazia parede-meia com a cozinha, naturalmente a parte menos elevada da construção. Anoto esses esclarecimentos para que mais tarde, se houver necessidade, possa me lembrar de tudo. Dona Nina, que se encostava sonhadoramente à janela, disse-me quase sem voltar o rosto: "Está vendo, Betty? Há poucos dias achei neste rebordo um ramo de violetas. Quem o teria posto aí?". "Um admirador", respondi, gracejando. Ela fitou-me séria: "Então, Betty, foi admiração que só durou um dia: a homenagem não se repetiu".)

Saímos, evitando qualquer rumor. Pela porta dos fundos, que se abre para a área do tanque, descemos ao jardim. O tempo estava nublado, mas não chovia ainda. Na arcada do porão encontramos a preta Anastácia, sentada no cimento e torcendo uma mecha de lã. Pedimos que nos abrisse a porta e ela se levantou, gemendo. Enquanto rodava a grossa chave na fechadura, dona Nina tentou obter qualquer coisa dela, mas nada conseguiu: a preta devia ter bebido, e engrolava as palavras, cuspindo de lado. Abriu finalmente a porta, e penetramos num lugar úmido e escuro, encimado por enormes traves, e cheirando a mofo.

— Ah, dona Nina — disse-lhe eu — a senhora não devia ter vindo. O ar deste porão não é respirável.

— Que mal há nisto, Betty?

Avançamos devagar, e Anastácia acendeu uma pequena lâmpada suspensa do teto. Na meia-claridade que se fez, vimos objetos amontoados pelos cantos, e eu reconheci alguns, entre eles os móveis que em vida haviam pertencido à mãe do sr. Valdo. Eram armários grandes, com portas despencadas, cômodas e tamboretes baixos. Havia também um genuflexório, com o veludo rasgado, deixando à mostra o enchimento de paina. Contra a parede, encostado, um enorme espelho rachado de ponta a ponta — em seu fundo, ainda límpido, moviam-se em silêncio as nossas figuras. E finalmente, um pouco ao lado, a face voltada para o muro, um retrato — poderia ter mais ou menos um metro de altura — ainda perfeito em seus caixilhos. Voltamo-lo, e vimos que ele se achava coberto por densa camada de pó. De um dos lados, arrebentado, pendia um laço de crepe — e sem saber por que nem de onde nos advinham aqueles sentimentos, sentimo-nos tristes e inquietas. Anastácia arrastou o quadro para debaixo da luz e esfregou um pano sobre sua superfície — devagar, como se emergisse do fundo parado de uma lagoa, a fisionomia foi surgindo, e à medida que os traços iam se revelando, mais fortemente batiam nossos corações, como se violássemos um segredo que para sempre devesse dormir na escuridão do passado. Era um rosto de mulher, não havia dúvida, mas tão severo, tão fechado sobre suas próprias emoções, tão definitivamente ausente de cogitações imediatas e mesquinhas, que mais se assemelhava ao rosto de um homem — e de um homem totalmente desiludido das vaidades deste mundo. Não se liam nele essas promessas de bonança, esses esverdeados e esses róseos que acobertam a explosão de um riso ou o cintilar de um súbito espírito de mocidade — não. Nele, tudo era denso e maduro. Os tons que compunham sua fisionomia, eram tons cinza de arrebatamentos domados, e ocre de violências contidas. Não se tratava propriamente de uma mulher velha, mas de uma mulher atirada ao limiar de si mesma, e sem outra vestimenta para cingi-la senão a da própria verdade, perigosa ou não em seus causticantes efeitos. Dessa pintura, só a cabeça sobressaía com nitidez, o que dificultava extraordinariamente a possibilidade de se ver o modo pelo qual trajava. Mas ainda assim era possível constatar que usava uma gargantilha de veludo, e penteava os cabelos amarrados no alto, sem nenhum enfeite. Ah, não nos era uma fisionomia desconhecida, ao contrário, e de imediato nos fez vir à lembrança alguém que conhecíamos muito — um nariz aquilino e forte, um rasgado de olhos, a linha do queixo — enfim, traços perdidos sobre o rosto de todos os Meneses, alterados aqui ou ali — e mais evidentes neste, menos precisos naquele — mas ainda assim Meneses, como fios de água descendentes da mesma fonte-mãe, célula única de todas as energias e de todos os característicos da família. Assim estivemos um bom momento, sondando em vão o que se poderia esconder por trás daqueles olhos — e o curioso era que, desse retrato feito provavelmente por um artista ambulante, desses que outrora percorriam as fazendas, emanasse uma tão grande autoridade, uma tão sóbria atmosfera masculina. Maria Sinhá, era mais do que evidente, devia ter sido acostumada a obedecer apenas à sua própria vontade — e o talhe certeiro, sem docilidade, que lhe desenhava a boca, lembrava o de alguém acostumado a dar ordens — e o olhar, sobranceiro, a vislumbrar apenas gestos de obediência. Ouvira dizer, não sabia mais quando, que mesmo sob a chuva ela percorria os pastos a cavalo, ajudando os vaqueiros em suas lidas — e ninguém lhe ultrapassava no dom de laçar um bezerro e deitá-lo por terra, ou no de domar um cavalo bravo, ainda não habituado à baia. O povo, de cabeça baixa, dizia que era uma mulher sem religião, e o provara no dia em que, agonizando uma das suas escravas, um padre infringira suas ordens a este respeito, violentando a porteira da fazenda, a fim de ministrar-lhe os últimos sacramentos. Então ela o apanhara pela batina e, arrastando-o pela estrada, com uma força incrível, fora atirá-lo fora dos limites da propriedade, rasgado e ferido. Contei essas coisas a dona Nina, e vi que ela se mostrava pensativa — e à medida que a figura daquela mulher ia para nós se reconstruindo no tempo, era como se uma música muito tênue que se ouvisse chegando de longe, e aos poucos se precisasse, vibrante e pura. Devia também ter sido isto o que escutara a velha Anastácia através da sua bruma, pois, voltando-me para ela, vi que diante do retrato exposto à luz, erguia a mão e fazia o sinal da cruz. Repondo o retrato no lugar, pensei comigo mesma: "Memória, apenas memória de tempos que não voltam mais".

S.d. — Ao regressarmos ao quarto, dona Nina, extenuada, pediu que eu lhe arranjasse uma xícara de café. Enquanto o tomava, conversamos, e ela me fez novas indagações. Era mais do que evidente que desejava ampliar seus conhecimentos da família, e que isto significava um movimento de boa vontade e uma tentativa de adaptar-se ao ambiente. Mas a certa altura, com um suspiro, queixou-se de que não levava ali uma vida fácil. E acrescentou em voz baixa: "É esta quietude, esta monotonia".

— A senhora devia se entreter com um trabalho material — sugeri. — Por exemplo, tratar da horta. Ou fazer um canteiro, plantar algumas flores.

A ideia pareceu interessá-la:

— Seria bom plantar algumas flores — concordou.

Mas logo, impetuosamente, colocando a xícara de lado:

— Não, Betty, aqui não há nada que me interesse.

— Nada? — e fiz uma pausa, com o fito de experimentá-la. — Pois olhe, até pensei que já tivesse por aqui alguns amigos.

Não sei o que ela compreendeu dessas minhas palavras, pois voltou-se com um movimento rápido, e assustada como se eu houvesse dito uma enormidade.

— Amigos? Que quer você dizer com isto?

E ao mesmo tempo, antes que eu pudesse esclarecer meu pensamento, seu rosto exprimiu um grande cansaço; olhando-a, não me comovi apenas, mas pude obter uma impressão justa, perfeita, do quanto devia lhe pesar o exílio naquela Chácara. Confesso que aquilo me inquietou: que não poderia acontecer a uma mulher bela, moça, sozinha com seus próprios pensamentos, e seguindo apenas os impulsos da própria imaginação? Lembrei-me de mim mesma, assim que chegara, sufocada pelo excesso de folhagem que havia em torno — e os dias que passei, procurando adaptar-me àquele sistema de vida, tão diferente do meu. E eu não tinha a instabilidade de dona Nina, sua febre, seus motivos particulares. Porque era fácil verificar que ela amava o sr. Valdo — mas não o suficiente para suportar a solidão em que vivia. Poderia enganar-me um minuto ou dois, e supor que seu entusiasmo transporia todos os obstáculos que aquela existência lhe impunha, mas voltaria sempre a si mesma, e acabaria reconhecendo, com que espécie de nervosismo, que não fora feita para semelhante placidez, nem era aquilo que imaginara como seu ideal definitivo.

— Decerto você não fala a seu próprio respeito — disse-me ela — pois sei que é minha amiga.

— Não — concordei — não é a meu respeito que falo.

De novo o susto ou a surpresa, não sei, estampou-se em seu olhar:

— De quem então? — E depois de um segundo: — Acaso ousará dizer...

— É ao senhor Timóteo que me refiro, dona Nina.

O nome não produziu nenhum efeito imediato; ela se conservou calada, como se avaliasse minhas palavras a fim de poder lhes dar a exata medida. Mas de súbito, como se cedesse à pressão de uma força interior, começou a rir — um riso nervoso e breve.

— Ah, Timóteo — disse.

Ainda sorrindo serviu-se de mais café, mas observei que suas mãos tremiam: era evidente que aquele nome não lhe era assim tão estranho.

— Timóteo não conta — falou depois de algum tempo.

— Por quê? Se é porque o acha um pouco extravagante...

Ela pousou a xícara, balançando a cabeça de modo negativo:

— Não, não é por isto. Na minha vida tenho conhecido muita gente extravagante.

Ergui os ombros, demonstrando claramente que não compreendia o que ela queria dizer. Dona Nina, então, tentou precisar:

— Não, Betty, não é por isto, não é pelo que todo o mundo diz. Que me importa o que o mundo pensa a respeito de coisas que eu mesma não me sinto com autoridade para julgar? Não, não é por isto. Mas acho que Timóteo tem um excesso, um acúmulo de personalidade. Fechou-se num quarto por acreditar que, fora dele, nada mais existe. Por dentro está cheio do seu problema pessoal que é: Timóteo.

Lembrei-me de tudo o que ele me dissera tempos antes — "A verdade, Betty, só a verdade importa" — e o assunto passou a me interessar duplamente.

— Acredita que...

— Há nele originalidade demais. — (Dona Nina falava procurando acentuar as palavras, reforçando-as em voz baixa.) — Originalidade no sentido de pureza: original demais.

— Não compreendo, dona Nina.

De novo ela riu, ante minha franqueza.

— Ah, Betty, é muito fácil dizer de outro modo.

— Qual então?

Olhou-me, maliciosa, a fim de verificar, provavelmente, se suas palavras não me assustariam.

— Quero dizer que ele não é normal, no significado corrente das coisas.

— Então ele é...
— Louco.

Eu havia, afinal, compreendido. Em torno de nós, docemente, a sombra ia se acumulando. Lá fora, na tarde que começava, os pássaros tombavam como folhas perdidas. Uma andorinha tonta, o peito branco arfando, pousou um minuto na grade de ferro da janela. E um cheiro bom de romãzeira em flor errou na atmosfera. Dona Nina falou ainda, e sua voz, quente, deixava escapar aquelas lembranças com o ímpeto de quem pela primeira vez deixava desnudar-se ante o olhar alheio. Era simples, mas ao mesmo tempo naquela sensação — com que outro nome denominar impressão tão fugidia? — encontrava-se o núcleo de tudo o que dissera sobre o sr. Timóteo. E aí estava: sempre que ia ao quarto dele, sentia-o debruçado sobre a sua alma. Literalmente debruçado, como alguém que do alto procura no fundo de um poço um objeto perdido. E ela podia afirmar que não era um movimento comum de curiosidade, mas uma atenção consciente, um exame demorado e frio. Não havia dúvida de que sondava as possibilidades de contar com ela para alguma coisa — e sem conseguir atinar com o que fosse, começava a ter medo, pois semelhante homem era capaz de todas as aventuras.

— Oh, Betty — e o grito escapou-lhe com estranha força — oh, Betty, ele tem certeza da minha morte!

Desta vez fui eu quem a fitou, atônita.

— Ele não a deseja — corrigiu — mas tem certeza de que é alguma coisa que já se acha a caminho.

Não continuamos a conversa, mas dona Nina, durante o resto daquele dia, manteve-se extremamente agitada. Pediu que eu lhe trouxesse papel e tinta, queria escrever uma carta. Mas desistiu da ideia e atirou-se chorando sobre a cama. Depois, abraçou-me com o rosto molhado e pediu-me "por tudo o que fosse de mais sagrado", que eu fosse para ela ao Rio de Janeiro. Perguntei: "Para quê?" — e ela, sacudindo-me, disse que seria para levar uma carta extremamente importante. Sem que eu nada perguntasse, acrescentou: "Mas não pense que é para um homem, é para uma mulher, uma enfermeira. Chama-se Castorina". A fim de acalmá-la, prometi tudo, e imaginando que fosse o excesso de café que houvesse causado tudo aquilo, cautelosamente levei o bule para a cozinha.

13. Segunda narrativa do médico

Não é do meu gosto remexer essas coisas que considero mortas, se bem que nem todas tenham sido convenientemente esclarecidas, e nem tudo signifique uma acusação aos entes que delas participaram. Além do mais, acredito que uma família, como a dos Meneses, que tanto lustre deram à história do nosso Município, tenha direito ao silêncio que vem buscando através dos anos, e que não consegue, pela violência dos fatos que viveu — e que no entanto só nos merecem compreensão e esquecimento. Pesa-me a consciência, no entanto, ocultar fatos que poderiam elucidar alguns daqueles mistérios que na época tanto abalaram nosso povoado. Pensando bem, este é o motivo por que me encontro aqui, reajustando sobre o passado essas lentes, que apesar de trêmulas só procuram servir à verdade. Naturalmente não me é fácil desenterrar essas figuras, pois elas se acham visceralmente presas ao que eu próprio fui, às minhas emoções daquele tempo. E apesar disto, o que se passou é tão vivo ainda, que parece recente: os cenários se erguem com facilidade e a casa reponta perfeita do sono que desde então a circunda.

Não me lembro mais se foi pela segunda ou terceira vez que um fato insólito me chamou à Chácara, e digo insólito porque já fora lá várias vezes, mas era realmente a primeira ou a segunda que ia a chamado daquilo que poderia chamar de ocorrência fora da órbita banal. Como já sucedera de outra vez, daquela não me admirei que viessem à minha procura, já que os acontecimentos da casa dos Meneses eram comentados cada vez com maior insistência. O que não se dizia — e livremente pelas ruas — como se se tratasse de um espetáculo ofertado à curiosidade de todos. Alguns, mais afoitos, e desejosos de se mostrarem mais bem informados do que os outros — seu Aurélio da farmácia, por exemplo — aventavam a possibilidade de um crime, e isto chegou a ser sugerido com tanta força, que de há muito teríamos solicitado a intervenção da polícia, caso não soubéssemos que na verdade se achavam todos eles vivos em seu reduto da Chácara.

Lembro-me bem de que foi logo após o pretenso acidente sofrido pelo sr. Valdo. Em Vila Velha e até mesmo em cidades mais distantes, como Mercês e Rio Espera, já se dizia abertamente que fora uma tentativa de suicídio, porque a mulher pretendia abandoná-lo. Esses mexericos da roça, esquentados à porta da farmácia ou no decurso de uma monótona viagem a cavalo, eram recebidos com grande prazer, como aliás todo fato desabonador para a gente da Chácara; essa notícia não tardou a tomar vulto, acrescendo-se de uma série de detalhes que tanto podiam ser falsos como verdadeiros — por exemplo, que dona Nina exigia da família uma fabulosa indenização, que o sr. Demétrio a ameaçara com uma ação judicial, que os papéis já se achavam mesmo em mãos do juiz de Rio Espera, que alguém, apaixonado por dona Nina, jurara a morte do sr. Valdo etc. — tudo isto, é claro, acompanhado de comentários e previsões altamente reprovativos. Outros, desses mais bem informados do que o resto do mundo, asseguravam que dona Nina fora apanhada em flagrante delito de adultério, que ela já se achava pronta para partir, e que atirara as piores à cara dos Meneses. Existiam mais ousados ainda, que não hesitavam em jurar que realmente tudo isto se dera, mas em presença do Barão, no momento em visita oficial à família. Tal fato causara grande escândalo, e o Barão havia declarado numa roda de amigos que nunca vira cena mais vergonhosa em toda a sua vida. Mas essas informações eram discutidas, pois sabia-se que o Barão, convidado com insistência, jamais pusera e nem poria os pés na casa dos Meneses. Assim fervilhavam os comentários e, certos ou errados, o único resultado prático que demonstravam era o de situar exatamente o clima dos acontecimentos desenrolados na Chácara. É claro que, diante dos outros, jamais me referi ao que eu próprio presenciara, e muito menos ao meu encontro no jardim com dona Nina, convicto, em primeiro lugar, que deturpariam o que fora testemunhado por mim, e em segundo, que apenas reteriam o que fosse passível de auxiliar à difamação dos Meneses, empreendida com tanta insistência e habilidade. De qualquer modo, e por uma dessas intuições que julgo diretamente ligadas à minha profissão, já me achava preparado para o apelo que recebi dias depois. Dias de que não sei precisar exatamente o número, após minha visita ao sr. Valdo — poucos, no entanto, já que aquele fato ainda servia de comentário principal às rodas desocupadas da cidade. Achava-me em casa, quando minha mulher, que um pouco mais vivamente do que de costume desempenhava tais incumbências, veio me avisar de que me chamavam à porta. Sem dúvida havia reconhecido o mensageiro, e também eu não tardei a divisar o preto que viera à minha procura da outra vez, e que aguardava de pé sobre a calçada.

— Que foi? — indaguei. — O senhor Valdo está pior?

Rodando o chapéu de palha nas mãos, respondeu-me ele que não, o sr. Valdo estava passando bem, mas havia outro doente na Chácara. Seu modo de falar era tão reticente, fitou-me tantas vezes de olhos atravessados, que não me foi muito difícil prever que ainda desta vez se desenrolara lá qualquer coisa de excepcional importância. Não me ficava bem tentar obter detalhes por intermédio de um empregado, e que pelo aspecto parecia dos mais humildes da Chácara, motivo por que voltei para dentro, apanhei os objetos de que necessitava, e despedi-me de minha mulher, que insistiu em acompanhar-me até a porta, sem dúvida na esperança de que os vizinhos vissem o que estava acontecendo. Mas a rua estava completamente sossegada, e ela foi obrigada a regressar para o interior da casa, não sem antes procurar reter-me com um sem-número de recomendações inúteis.

Não tardou muito e chegávamos à Chácara. Mais uma vez estranhei os costumes daquela gente, pensando que ninguém viera ao meu encontro, o que seria natural ante a presença de um médico. Como sempre também, a casa parecia deserta, e em torno dela não se ouvia o menor rumor. Este silêncio pareceu mais nítido ante a algazarra feita por um bando de periquitos que, vindo inesperadamente dos lados da serra, pousou num coqueiro próximo à varanda. Em toda esta pausa houve, é certo, um momento em que julguei divisar um rosto pálido, colado a uma vidraça, com sinais de evidente ansiedade. Não tive tempo para reconhecer a quem pertencia, mas pelo jeito, pelo rosto contraído e fugitivo, pareceu-me tratar-se da esposa do sr. Demétrio. Disto adquiri quase certeza, ao ver na varanda uma rede que se movia, e que ainda guardava impressa a forma de um corpo. Nossa chegada devia tê-la assustado e, da sala, por onde fugia, ainda tivera tempo de nos lançar uma rápida mirada. Perguntei ao meu guia onde se achava o doente, e ele me respondeu: "No Pavilhão!". "No Pavilhão!", repeti, aumentando minha estranheza ante esta afirmativa, pois não podia compreender que atirassem ao Pavilhão, que eu sabia distante e abandonado, um membro doente da família. Pediu-me ele que esperasse um instante na sala, pois iria avisar o sr. Demétrio da minha chegada. Fiquei sozinho, e aproveitei a oportunidade para examinar o que havia em torno de mim; distingui um aparador ao fundo, cheio de objetos de cristal, de opalina e de prata, que brilhavam docemente na obscuridade. Por cima, destacando-se nitidamente da parede, havia a marca de um lugar outrora ocupado por um quadro. Ia me aproximar quando o preto voltou: o sr. Demétrio pedia que eu fosse me adiantando, viria mais tarde ao meu encontro. Ergui os ombros e me dispus a acompanhar novamente o guia, imaginando quem seria este que abandonavam assim a tão recuadas dependências da casa. De novo atravessamos o jardim, e eu não pude deixar de reconhecer que havia dignidade naquele repouso, e uma grande poesia nas árvores altas e cheias de parasitas. Mas à medida que caminhava, também ia me convencendo mais e mais de que o Pavilhão dos Meneses não era o retiro ideal para um enfermo: as aleias se estreitavam, e em vez de flores, o mato começava a dominar com ímpeto. "Quem quer que seja", disse comigo mesmo, "deve ser de classe muito ínfima para ser abandonado assim neste lugar." Ah, não havia dúvida de que tudo aquilo no entanto conhecera melhores épocas, trato mais apurado — das touceiras onde vicejava livremente o melão-de-são-caetano, repontavam ângulos de canteiros ainda cercados de pedras brancas ou de bojos de garrafas emborcadas. Chegamos ao Pavilhão e, sem necessidade de procurar muito, pude verificar as fendas que se abriam nos alicerces da casa, gretando os esteios fortes e bem plantados, disjuntando as pedras da base, exibindo enfim um desmazelo que se originara através dos anos, e que sem dúvida ameaçava a construção de um acidente, remoto ainda, mas já bastante visível nos seus primeiros e acusadores sinais. Meu guia deteve-se diante da porta fechada, dizendo:

— É aqui.

Esperava sem dúvida que eu tomasse a iniciativa de entrar e, mais uma vez, como uma advertência, vi seu olhar deslizar sobre mim, desconfiado. Não hesitei mais, já que me haviam solicitado para ver um doente — empurrei a porta, meio disfarçada sob a folhagem, e achei-me não num local que pudesse chamar de quarto, mas numa dependência baixa, quadrada, com o teto dividido por grossas traves de madeira e que exibiam os mesmos traços de desgaste já observados lá fora. (Via-se bem que o Pavilhão não era uma casa cuidada, como a Chácara, mas uma construção feita às pressas, com madeiras nem sempre apropriadas, e acabamentos improvisados — como tantas que se fazem na roça, aproveitando o material local e os recursos mais rudimentares possíveis.) A luz era tão escassa que, apesar de ser dia ainda, haviam acendido uma lamparina. O pavio, fumegando melancolicamente, espraiava-se numa grande mancha preta sobre a parede pintada a cal.

Finalmente fui parar diante de uma porta baixa, que o preto abriu, introduzindo-me num compartimento estreito, cheio de instrumentos de jardinagem, e clareado por uma única abertura de forma circular, gradeada, e que deixava entrever um pouco do verde existente no exterior. Num catre, forrado apenas com uma esteira, e ao lado de um banco onde já estavam alguns vidros de remédios e rolos de gaze e de algodão, achava-se um homem. Nada denotava nele que existisse ainda — e realmente era difícil acreditar que houvesse alguém capaz de viver ali, tão grande era a falta de conforto. No entanto, os pertences de trabalho (fora as pás e os ancinhos, havia dois ou três regadores enfileirados num canto, além de um caixote com plantas que ainda não haviam sido utilizadas) não tardaram a me assegurar que eu me achava no quarto do jardineiro, ou pelo menos na dependência que lhe servia de depósito. Aproximei-me, e vi que o homem estendido tinha uma das mãos sob a cabeça, repousando nela como sobre um travesseiro, e a outra abandonada, roçando o chão. Devo adiantar desde logo: o que primeiro ressaltava à vista era que se tratava de alguém extremamente jovem. Imaginei que devesse dormir ou coisa semelhante, e como o guia me fizesse um sinal em sua direção — tão perplexo, que mais parecia apontar uma coisa nojenta e vergonhosa — tomei a lamparina que ardia ao seu lado e inclinei-me. Desde o primeiro olhar certifiquei-me de que o caso era mais grave do que parecia: o doente respirava mal, tinha os lábios roxos e sua cor era terrosa. Como me abaixasse mais, a fim de tomar-lhe o pulso, a colcha que o cobria repuxou-se de lado, e vi com espanto que se achava com a ilharga coberta de sangue. Não só a ilharga, mas o peito também, que a camisa rasgada deixava à mostra. Aliás, não demorei muito a verificar que ele se achava literalmente ensanguentado — o elemento escuro e pegajoso circundava-o de todos os lados, alastrando-se pela esteira descoberta, e escorrendo lento e inquietante até o chão empoeirado.

— De que se trata? — indaguei ao guia, enquanto tateava à procura do pulso do ferido.

— Acho que ele se feriu — e sua voz era tão incerta quanto seu olhar.

— Acidentalmente? — tornei a perguntar.

Desta vez ele apenas ergueu os ombros, sem responder coisa alguma. Observei que o pulso do ferido se achava extraordinariamente baixo — o fato devia se ter dado há bastante tempo, e ele perdido muito sangue. Observando melhor, notei que o próprio catre estava úmido, e que as manchas, recentes e vermelhas, alargavam-se pela parede, como se ele houvesse se debatido muito, ou alguém, por qualquer motivo, tentasse levantá-lo ou arrastá-lo à força. Ia levantar-me para apanhar uma injeção na valise, quando ele se agitou na cama, abriu os olhos e descerrou os lábios, como se quisesse falar alguma coisa. Mais por curiosidade do que por outro motivo qualquer, inclinei-me, tentando perceber o que aquela fala exangue soprava — e uma única palavra, dificultosamente, chegou a se formar, capaz de ser entendida: "perdão". Perdão de quê, perdão por quê? Naquela idade, e ainda mal modelado na sua carnadura de jovem, que pecado poderia ter cometido, que falta irremediável o teria arrastado àquele extremo? Atônito, eu contemplava o rapaz que já se esvaía nos últimos arquejos. Sua mão, num gesto mecânico, roçava aflita o peito coberto de sangue, tingia-se, erguia-se de novo no ar, tombando finalmente no vazio. Dos pés, como das raízes ocultas de uma árvore, o escuro avançava sinuoso e avassalador — não tardaria muito e aquele corpo ensanguentado entraria no repouso final. E eu repetia comigo mesmo, sentindo-me impotente para solver aquele drama onde pressentia pousada a mão de Deus — perdão, perdão de quê — e esta palavra ia crescendo, retumbando em meus ouvidos, como um gemido sem razão para o seu eco. Perdão por quê? Então, como uma resposta, vi a mão levantar-se uma derradeira vez, espalmada, num esforço para exprimir o que os lábios não diziam mais — e logo, inerte, descair pesadamente, reabrindo mais a camisa, e deixando à mostra um ferimento quase à altura do coração. Uma calma enorme alastrou-se pelo seu corpo — ele respirava ainda — mas já os membros se imobilizavam, libertos, como um feixe de ervas mortas estendido sobre a cama. Urgiam os primeiros cuidados — já que ele não tivera nenhum até agora. Voltei-me para o guia, que continuava aguardando de pé, um tanto afastado, encostado à porta, e disse a ele que me trouxesse depressa uma bacia de água fervendo. Hesitou — e eu ia gritar novamente a ordem, quando olhando o ferido compreendi que alcançava finalmente seus derradeiros transes, e que dentro de alguns minutos já não existiria.

— Não precisa mais — disse, enquanto o preto continuava a me fitar impassível. Debrucei-me sobre o rapaz, sondando-lhe os lábios — vi um sopro muito leve fazê-los estremecer, depois tudo se aquietou — e ele ali ficou, duro, anoitecido, como se o sono o tivesse apanhado de repente em meio àquela sangueira. À sua volta, como por uma espécie de milagre, recendia algum oculto perfume de sua infância perdida. Demorei-me um instante, admirando a paz que descera sobre seus traços — o poder, o silêncio, a magia das paisagens que os mortos subitamente levantam junto a nós... — e sem poder deixar de constatar que eu também vibrava — ah, de simpatia por aquele morto tão jovem, tão eloquente na sua simplicidade, tão acima de nós e de todas as miseráveis coisas terrenas.

— Não adianta — expliquei ao negro sempre imóvel. — O rapaz acaba de morrer.

Recebeu a notícia com a mesma indiferença com que me acompanhara até aquele momento — por insensibilidade, por motivo de uma ordem recebida? Não sei, mas foi como se eu tivesse acabado de anunciar o mais banal dos fatos, sobre o mais comum dos mortais.

— É o jardineiro — disse-me ele, como se pedisse desculpas pela categoria do morto.

— O jardineiro! — exclamei, afastando-me um pouco. E ao mesmo tempo, do alto, lancei um derradeiro olhar ao moço que dormia sobre o catre. — A quem devo comunicar o fato?

— Ao senhor Demétrio — disse o preto. — Ele está esperando o senhor lá em cima.

Saí, sem coragem para olhar mais o cadáver — aquele porão sufocava-me. À entrada, aspirei longamente o vento frio que percorria o jardim e, pela segunda vez, através das árvores, julguei distinguir olhos inquietos que me seguiam. Ao contornar uma quina da alameda, não pude deixar de reconhecer a quem pertenciam: imóvel junto a um tronco, dona Ana aguardava que eu passasse.

— Alguém está escondido ali atrás — disse ao guia, assim que me afastei um pouco mais. Também ele lançou um olhar na direção que eu indicava e, se percebeu de quem se tratava, disto não deu a menor demonstração. Quando atingi o topo da escada, olhei ainda uma vez o jardim e desta vez vi perfeitamente dona Ana que se afastava rapidamente em direção ao Pavilhão. (Ter-me-ia enganado ainda desta vez? Julguei ver acompanhá-la uma forma escura — uma mulher de preto, um padre talvez?) De qualquer modo imaginei que se fosse um padre, iria tratar dos derradeiros ofícios fúnebres — ergui pois os ombros, disposto a esquecer o que acabara de ver. Imóvel, as mãos apoiadas ao rebordo de uma cadeira, o sr. Demétrio aguardava-me na sala. Sua atitude, previamente estudada, era solene, e denunciava a vontade de não saber dos fatos senão o estritamente imprescindível. Pareceu-me também, não sei por quê, mais velho — aquele homem era dos que envelhecem de minuto a minuto, como um fruto que se deteriora — e apesar de sua aparência enérgica, notei em sua expressão um tom submisso e relaxado. Bolsas escuras circundavam-lhe os olhos; os lábios, flácidos, tombavam em duas comissuras sem vontade.

— Que tal está o rapaz? — indagou-me rápido, como se dispensasse os cumprimentos.

Fitei-o bem nos olhos, tentando surpreender o segredo que sem dúvida ele jamais diria:

— Acaba de morrer — respondi.

Vi que abaixava as pálpebras e que, por um momento, um único momento, que tanto podia significar pena como aborrecimento, seus lábios tremeram, sem que ele articulasse nenhuma palavra. Que imagem, neste minuto isolado, teria deslizado rápido pelo seu pensamento? Não podia duvidar de que existisse um segredo trancado no seu coração, tudo nele o dizia, desde o rosto fechado, as mãos pálidas, a roupa antiga, até o ser voluntarioso e contraído, que parecia se defender, na sombra daquela sala, contra qualquer ameaça à firmeza de sua dignidade — de pé, imemorial, diante dos espelhos que reproduziam infindavelmente a sua imagem — unicamente a sua imagem. Mas depois disto, como se viesse de muito longe, ouvi sua voz que dizia:

— É singular. Tão moço, não sei por que chegaria a um gesto desses.

Pareceu-me sincero em sua afirmativa — pelo menos sua voz vibrara de um modo um pouco diferente, e havia nela certa expressão atônita, como se nele, nesta zona íntima e secreta, alguma coisa se rendesse à evidência dos mistérios deste mundo.

— Matou-se? — indaguei.

— Matou-se — confirmou ele. — Estávamos na varanda, quando ouvimos o tiro. Minha mulher foi ver do que se tratava...

(Curioso, não me foi difícil imaginar a cena inteira: os Meneses dispersos pela varanda, o sr. Demétrio na rede, fingindo ler um livro que não lia, o sr. Valdo um pouco mais adiante, tamborilando com os dedos no peitoril da varanda, dona Ana debruçada sobre um bordado. Seria capaz até mesmo de descrever o minuto sucedido após o tiro — uma longa, uma ansiada pausa de um minuto, durante o qual todos, bruscamente arrancados à sua teia interior, entreolharam-se prevendo um inimaginável aborrecimento.)

— Pobre rapaz — exclamei, sem convicção. — Deve ter sofrido muito para chegar a tal extremo.

O sr. Demétrio olhou-me com evidente desaprovação, como se eu tivesse dito uma tolice, ou mesmo alguma coisa que de um modo ou outro atingisse o pundonor dos Meneses.

— Vai passar o atestado de óbito? — indagou.

Movi a cabeça:

— Não antes que o senhor comunique o fato às autoridades competentes.

Ergueu os olhos para mim, tão surpreendido que necessitei de toda a minha força para não titubear diante deles.

— Como?

Repeti o que dissera, e ele bloqueou-se de repente, numa reserva maior do que aquela em que eu já o encontrara.

— Será a primeira vez que a polícia penetra nesta casa — disse.

Mas apesar da sua atitude, e por um motivo que nem eu mesmo sabia qual fosse, já não havia em sua voz aquele rancor, aquele orgulho que eu lhe conhecera desde os velhos tempos — e sim tristeza, uma enorme tristeza, dessas que só produzem a consciência inevitável de uma desgraça. Por um momento, parado diante de mim, as mãos inalteravelmente apoiadas à borda da cadeira, tive a impressão de que já contemplava alguma coisa além de nós mesmos, uma visão que nos ultrapassava como um cenário descortinado pelo pressentimento e pela vergonha — talvez, quem sabe, as ruínas de sua própria casa. Mas nele, repito, já não existia revolta — apenas resignação, e este desinteresse final que assumem os mártires ante a iminência do sacrifício. Instantaneamente, e por um desses fenômenos que costumam me ocorrer, imaginei o que aquele homem já devia ter sofrido, o quanto devia ter pago pelo seu orgulho, para que assim chegasse ao fim de todos os seus sonhos, nu e pacificado. Porque havia uma certa paz na sua atitude, uma última e dramática distensão no seu gesto de renúncia e de aceitamento: ruía a casa dos Meneses, mas a sombra já o alcançava também, sepultando-o em seus escombros. Não era só à casa que ele renunciava, era a si próprio, pois não podia aceitar a casa sem a integridade do seu orgulho.

Dirão que isto talvez não passasse de impressão exagerada, mas a verdade é que de há muito eu pressentia um mal qualquer devorando os alicerces da Chácara. Aquele reduto, que desde a minha infância — há quanto tempo, quando a estrada principal ainda se apertava entre ricos vinháticos e pés de aroeira, tortuosa, cheia de brejos e de ciladas, um prêmio quase para quem se aventurasse tão longe... — eu aprendera a respeitar e a admirar como um monumento de tenacidade, agora surgia vulnerável aos meus olhos, frágil ante a destruição próxima, como um corpo gangrenado que se abre ao fluxo dos próprios venenos que traz no sangue. (Ah, esta imagem de gangrena, quantas vezes teria de voltar a ela — não agora, mais tarde — a fim de explicar o que eu sentia, e o drama que se desenrolava em torno de mim. Gangrena, carne desfeita, arroxeada e sem serventia, por onde o sangue já não circula, e a força se esvai, delatando a pobreza do tecido e essa eloquente miséria da carne humana. Veias em fúria, escravizadas à alucinação de um outro ser oculto e monstruoso que habita a composição final de nossa trama, famélico e desregrado, erguendo ao longo do terreno vencido os esteios escarlates de sua vitória mortal e purulenta.)

— O senhor não tem mais necessidade de mim? — perguntei, sentindo que o silêncio aumentava entre nós.

Ele fez um gesto como se acordasse:

— Não, não. Muito obrigado.

Cumprimentei-o e afastei-me, esperando a qualquer momento ver o rosto pálido que ao entrar divisara por duas vezes. Não sei se foi impressão minha ou se de fato havia nisto alguma realidade, o certo é que pensei ter visto, ainda sob uma árvore, e pela terceira vez, o mesmo rosto que já entrevira. Ah, desta vez não havia dúvida: uma voz íntima me prenunciava que a Chácara se achava nos seus últimos dias. Caminhava, o coração apertado por um sentimento esquisito — tudo me parecia ilusório e sem sentido. Dona Nina, onde estaria ela naquele instante? Por que não vinha ao meu encontro e se apoiava ao meu braço, como já o fizera da outra vez? Caminhava, e meus passos eram mais tardos do que eu desejava. Junto ao portão, voltei-me na esperança de que o milagre ainda se pudesse realizar, mas tudo se achava quieto e o sono que envolvia a casa era tão denso, tão significativo quanto aquele que no porão envolvia o suicida.

14. Segunda confissão de Ana

Ao deixar escritas estas memórias, minha intenção não é, como muitos poderão julgar, a de justificar-me — e nem de parecer melhor após a minha morte, não. Mesmo porque, se algum olhar humano pousar aqui após o meu desaparecimento, pouco ou nada adiantará o que se pensar a meu respeito, pois já estarei desfeita em cinzas, e talvez ninguém se lembre mais desta que agora se debruça sobre este papel. Antes de começar a redigir estas linhas, imaginei que devia entregá-las a Padre Justino, que há tanto tempo me segue — foi com ele que me confessei, por ocasião da minha primeira comunhão — e cujos conselhos não raro me têm sido úteis. Mas o meu fito é alcançar a verdade, uma verdade plena que não me assuste e nem me faça corar, mas que exprima com exatidão o ser calado e cheio de compromissos que represento. A verdade inicial, se quiser ser honesta para comigo mesma, é que ultimamente me afasto da Igreja e dos sacramentos, e talvez nem mesmo saiba ficar novamente de joelhos diante de um padre. E no entanto, aqui estou, e indago de mim mesma o que adiantará esse arrolamento indistinto de males, essa queixa contínua que não consigo reprimir no fundo do coração? Que Padre Justino me perdoe, pois talvez seja este o pior, o mais seco, o mais condenável dos sentimentos, mas nem eu mesma entendo o que se passa comigo, tão diferente me sinto. As coisas da Igreja parecem-me vãs e absurdas, como tudo mais neste mundo também me parece vão e absurdo. Vivia bem até o momento em que compreendi que me achava sufocada, em trevas, e essas trevas, que não me pesavam antes, agora me causam uma insuportável sensação de envenenamento. Sem ar, é como se me debatesse dentro de um elemento viscoso e mole; no fundo do meu espírito, uma força tenta em vão romper a camada habitual, revelar-se, impor a sua potência que eu desconheço e não sei de onde vem. Repito, ignoro o que esteja se passando comigo — surda, causticada, vagueio entre as pessoas sem coragem para expor o que se passa no meu íntimo, mas suficientemente lúcida para ter certeza de que um monstro existe dentro de mim, um ser fremente, apressado, que acabará por me engolir um dia. Ah, que voz é esta que rompe meus lábios, que é isto que me faz andar de cabeça erguida, que me atira inteira para a frente, como um ser ferido pelo aguilhão? Padre, não posso mais, é ao senhor mesmo a quem me dirijo, é à sua piedade, à sua compreensão de homem, de santo, que sei eu...

Compreenda agora por que venho fugindo da igreja, e evitando esse seu olhar, que calculo conhecedor de todas as fraquezas humanas. Várias vezes o vi seguir-me com expressão inquieta, e talvez devesse me ter detido, procurando expor o transe em que me debato. Mas, Padre, a danação é um fogo que arde solitário; às vezes ardemos um, ardemos dois, ardemos toda uma comunidade, mas isolados em nossa chama particular, donos únicos daquilo a que poderíamos chamar o nosso malefício e o nosso ultraje. Por isto é que eu não podia ajoelhar-me aos seus pés, nem compartilhar dessa combustão seca que me oprime — o sacrifício se achava acima das minhas possibilidades. Sei que iniciei esta confissão como uma carta destinada a sobreviver à minha morte; creio no entanto que este é o último, o mais desesperado dos esforços para reencontrar a mim mesma, e ser, apagada e fria, não feliz como poderia desejar, mas indiferente, como sempre o fui. Não ignoro que ultimamente o senhor se inquieta a meu respeito, notando minha ausência nas missas da madrugada — sei que fala sobre isto, com este ou aquele, indagando se estou doente; que se aproxima dos conhecidos, indagando se é o trabalho que me prende desde o amanhecer — ah, nada disto ignoro, e o resto imagino sem dúvida, o senhor aí fechado na sua pequena sacristia, o rosto entre as mãos, dizendo consigo mesmo o quanto é difícil conduzir por este mundo as ovelhas de Deus. Seria inútil tentar disfarçar, o senhor sabe o que se passa comigo, ainda que não possa caracterizar exatamente o nome do misterioso mal que me atinge. É possível que ainda se lembre da última vez em que me viu: era à tarde, eu saía da igreja, depois de esforços inúteis para recuperar a paz e rezar como tantas vezes já o fizera no passado. O coração porém se negara ao meu apelo, e eu mastigava palavras que na verdade não me diziam coisa alguma, quieta, sentindo bater aquele coração que parecia morto a qualquer espécie de esperança. O senhor se assusta? A Esperança é a mais vital das virtudes teologais: sem ela tudo se cresta, e não há que exista sem o seu apoio, nem caridade que nos aqueça o coração sem sua constante assistência. Muito alto, por trás de mim, o sino também batia, e seus dobres longos iam se espaçando sobre a cidade, e perdiam-se além, no rumo das estradas poeirentas. Levantei-me, esboçando o sinal da cruz — e foi neste instante que o vi, logo adiante de mim, encostado a uma das colunas, atendendo a uma paroquiana que devia marcar a data de um batizado ou de um casamento. Ah, o frêmito que me percorreu naquele minuto, hesitando se teria ou não forças para afrontar seu olhar pesquisador. Não tardou muito e vi que era inútil qualquer tentativa de fuga, pois o senhor me fitava exatamente como se estivesse aguardando ali a minha passagem. Aquilo aborreceu-me a tal ponto, que pensei esconder-me ou escapulir por uma das portas laterais — e foi este gesto, executado com um movimento esquerdo, que fez romper-se o cordão do escapulário que eu trazia ao pescoço. Há muitos anos que ele me acompanhava, aquele pequeno ágnus-dei de feltro branco, tão encardido que já não se distinguia mais a cor exata, e que me fora dado por minha mãe. Agora, ali estava ele entre nós dois, num grande coágulo de luz vermelha que vinha do alto do vitral, e alastrava-se pelo chão. Se eu me abaixasse para apanhá-lo, o senhor veria meu gesto, precipitar-se-ia, e estaria então entabulada a conversa. Num relance, imaginei todo o desgosto que isto me causaria. Então não sei o que se passou comigo, fingi que não havia visto a relíquia no chão e passei de cabeça erguida, como se nada tivesse acontecido. Enganava-me porém, pois o senhor tinha percebido o meu manejo. Dando dois ou três passos em minha direção, abaixou-se, apanhou o escapulário e estendeu-o para mim. Naquele momento, estávamos precisamente no centro do reflexo escarlate que tombava do vitral. Meio cega, fingi que não vira o gesto e, cumprimentando-o com frieza, segui meu caminho sem nem sequer fitar a mão estendida que me devolvia a relíquia.

Perdoe-me, Padre Justino, agora que a desgraça me devolveu a mim mesma..
....

Eram exatamente quatro horas da tarde, quando eu o vi, presa da maior agitação. Não sei se o senhor se lembra dele, o jardineiro, que a mãe de meu marido trouxera criança para a Chácara. (Contavam como chegara, de boina preta, as calças arregaçadas, ainda com o sotaque português...) Assim que o vi passar, olhando para os lados como se procurasse alguma coisa — aquilo, finalmente, como pude constatar mais tarde, era apenas nervoso, desorientação, mocidade demais... — imaginei que talvez fosse aquele o dia, e que não atingiríamos a noite sem grandes novidades. O que acontecia casava-se perfeitamente à atmosfera de pressentimento em que vivíamos, sacudidos não raro por essas correntes elétricas que atravessam o ar aparentemente calmo, como relâmpagos fulgindo na barra do horizonte, e que eram rápidos interlúdios neste falso ambiente de paz bucólica. Abandonei o bordado em que trabalhava — se é unicamente a verdade que importa, devo dizer desde já que realmente não fazia coisa alguma, e ocupava-me apenas em seguir o rapaz do alto da varanda, fingindo que me entretinha com a costura. Não queria que ele, nem ninguém, adivinhasse o que se passava comigo. Devagar, como quem tivesse somente a intenção de tomar ares, desci a escada e dirigi-me também para o jardim. Não muito adiante existia um oitizeiro de onde eu poderia facilmente ver o Pavilhão, pois continuava a vigiar Nina, e só me interessava o que ela poderia estar fazendo. Ah, nestes lugares fechados, nestas residências de província onde se constituem pequenos centros de vida, somos muito poucos, e os acontecimentos muito raros, para que deixemos escapar assim qualquer frêmito de existência que surja diante de nós. Já compreendera pela perturbação de Alberto — era assim que se chamava o jardineiro — que um fato importante deveria estar ocorrendo, ou até, quem sabe, estaria prestes a se consumar em drama. Toda a Chácara achava-se banhada numa atmosfera inquietante; longe os cães latiam como se farejassem um elemento estranho no ar, enquanto as árvores, imóveis, guardavam uma contenção que não lhes era habitual. Encostada ao tronco, confesso que sentia um pouco de vergonha: parecia-me naquele instante, vendo o céu ainda azul por cima de mim, e a tranquilidade centenária das coisas que me cercavam, estar deturpando ou exagerando os fatos. Talvez todo o tumulto que eu pressentisse existisse apenas dentro de mim —

talvez apenas fosse traída pelo sangue que corria tão ardentemente em minhas veias. Mas não — como uma resposta, dentro em pouco não tardaria a ter uma confirmação plena de tudo o que imaginava. Do lugar em que me postara, ouvi distintamente um tiro — um único, seco, rompendo o silêncio como uma espada vibrada no espaço — e Alberto passou correndo pela estrada. Não decorreu muito tempo e escutei o rumor de outra detonação. Em vez de sentir susto ou temor, um outro sentimento, desumano e frio, espalhou-se em minha consciência — o da alegria, ou melhor, o de apaziguamento, sabendo que finalmente se realizavam meus vaticínios. Não era muito difícil imaginar exatamente o que sucedera: melhor ainda, tinha quase certeza do que fora, tanto era lógico o encadeamento dos fatos. Padre, ao julgar minhas palavras, lembre-se com a indulgência que lhe for possível usar, que eu sofria muito, mais do que isto ainda, que eu me achava cansada daquela espécie de sofrimento. Não podia mais tolerar aquela mulher, vê-la absorver dia a dia o que existia de vivo em torno de nós, apoderar-se sem nenhum respeito, sem nenhum pudor, das graças que me eram negadas. Sim, eu pensava com satisfação que Alberto, arrastado pelo desespero, terminara por abatê-la com dois tiros. Podia dizer francamente que tremia sob o oitizeiro, e os cabelos de Nina, empastados de sangue, giravam ante meus olhos como uma correnteza sem descanso. Esperei ainda algum tempo, até que o vi passar diante de mim, a testa molhada de suor — então não hesitei em abandonar o abrigo em que me achava e segurei-o com força, tonta, indiferente ao sol que me cegava:

— Alberto! — bradei. — Onde vai você?

Ele empurrou-me, sem conseguir fazer-me abandoná-lo:

— Vou buscar um médico — articulou.

Era tal a minha convicção, que me lancei contra ele, disposta a interceptar-lhe a passagem de qualquer modo.

— Não, não, não tenha piedade, não recue. Ela precisa morrer!

Fitou-me, estupefato:

— Ela?

Então, no meu desvario, julguei que não tinha sido suficientemente incisiva, que ainda não conseguira demovê-lo dos seus propósitos, nem do susto em que ainda se encontrava.

— Nina, Alberto — expliquei com clareza.

Deixou as mãos penderem docilmente:

— Mas ela não fez nada... É ele, a senhora não compreende?

Abandonei-o finalmente, e recuei dois passos — ah, que estranha figura devia ser a minha, com os cabelos meio desfeitos, a luz vermelha inundando-me a face, os lábios entreabertos num grito que não chegava a soar.

— Ele? — e já em mim, como acordada a um toque longínquo de perigo, recompunha-se a alma avara que sempre me habitava.

— O patrão: feriu-se.

— Valdo?

Ele repetiu, sem nenhuma intenção na voz:

— Valdo.

Deixei-o ir, e continuei imóvel naquele lugar. Anoitecia com uma rapidez incrível, as flores pendiam desfalecidas, um vento inesperado soprava ao longe. Por cima de mim já se agitavam as folhas do oitizeiro. Então, devagar, voltei para casa.

Assim, pois, fora Valdo. Talvez houvesse tentado contra a vida. Talvez fosse a vítima, a vítima inesperada do crime que eu tanto aguardara. E se morresse, quem sabe Nina não cederia à paixão de Alberto, quem sabe não se entregaria a ele, arrostando todos os inconvenientes do ato? Tremi, tremi ainda mais do que tremera, só em supor que tais coisas pudessem acontecer. Não posso descrever, senhor Padre, que ser atormentado e exangue ia subindo apoiado ao corrimão da escada. Agora o vento era forte e eu o sentia bater em cheio no meu rosto, mas que importava, que importava mais para mim o que quer que fosse neste mundo? Foi como um animal ferido de morte que atingi a varanda. Havia gente, trafegavam de um lado para outro. Ainda uma vez fingi que de nada sabia, que nem sequer ouvira o tiro. A sorte de Valdo não me interessava. Dentro em pouco cessava todo movimento, dir-se-ia até mesmo que nada acontecera. Vi, é certo, mas como através de um véu, meu marido que parecia aguardar alguém ou alguma coisa. Dirigiu-me a palavra, mas não compreendi o que dizia. Irritou-se, gritou-me qualquer coisa, mas ainda desta vez eu não o entendi. Foi depois à varanda, voltou, e eu própria duvidava de que houvesse se passado um acontecimento de importância — que Valdo, quem sabe, agonizasse ferido por um tiro. Esperei, esperei durante horas na obscuridade, mergulhada naquela poltrona da sala, ouvindo o relógio estranhamente nítido, e olhando as velhas pratarias que luziam no aparador. Não podia ser, tudo aquilo fora apenas obra de um monstruoso engano, alguém voltaria a me dizer qualquer coisa, minha atenção seria recompensada. Já a noite caíra completamente, e o vento continuava a soprar — um vento único, lento, rodeando a casa em lufadas consecutivas e mortais. Mesmo assim, ouvi um som de passos que soava não muito longe, talvez junto à escada, talvez ainda mais perto. Apurei o ouvido e não me escapou que a pessoa, do lado de fora, andava devagar como se não desejasse atrair a atenção: levantei-me então e dirigi-me à varanda, encostando-me a uma das pilastras. Dali, dominava não só o que ocorresse dentro de casa como fora, o que se desenrolasse no jardim, até os limites do Pavilhão. Mas não era preciso tanto, pois logo abaixo, encostado exatamente à mesma pilastra junto da qual eu me debruçava, achava-se Alberto. Tinha o rosto colado à parede e parecia chorar. Desci, fui me aproximando da coluna, e então ele ergueu a cabeça — vendo-me, saiu quase correndo em direção ao centro do jardim. Bastara aquele segundo, no entanto, para que eu adivinhasse que alguma coisa de anormal estava se passando.

— Alberto — chamei — onde vai você?

Junto ao tanque ele se deteve automaticamente, de costas, como se não houvesse reconhecido minha voz. Repeti o chamado, ele se voltou, veio chegando devagar, as mãos caídas ao longo do corpo. Tive a impressão de que se achava adormecido ou sob algum poder hipnótico. Friso esta expressão — poder hipnótico — para que o senhor possa compreender desde já a que grau de submissão aquela mulher o colocara. Ah, ele poderia ainda tentar guardar avaramente o seu segredo, a mim é que não enganava mais.

— Que se passa, que é que você tem? — tornei a perguntar, sacudindo-o pelo braço, e sem conseguir refrear minha impaciência.

Ele então ocultou o rosto entre as mãos, enquanto o sacudia, único e violento, um soluço seco. Ao vê-lo naquele estado — e pela primeira vez, Padre, posso jurar — invadiu-me um sentimento mais forte do que a piedade, e tombou por terra, como uma armação inútil e gasta, todo o rigor daqueles anos de distância, daquelas mecânicas relações de patrão e empregado.

— Fale — bradei eu, sacudindo-o com mais intensidade ainda — fale, pelo amor de Deus! Se não foi ela, se está viva, por que se encontra neste estado? Não vê, Alberto, que eu sou sua amiga?

Era tal o estado em que se encontrava, que nem mesmo esta declaração inusitada despertou-lhe a atenção.

— Fale — continuei eu, sacudindo-o sempre, e era como se tentasse abalar um corpo de mármore, cuja alma um poder oculto arrebatara para longe dali. — Que foi, que aconteceu, que está se passando com você?

Ele não teve mais forças e falou — não porque o comovessem minhas invectivas, não porque cedesse à fúria silenciosa dos meus sentimentos — ah, eu também sabia calar! — mas simplesmente porque era jovem demais, e tudo o que se comprimia no seu coração tinha necessidade de romper os muros estreitos da cadeia em que se achava. Devagar ele ia se despojando do seu segredo — ou envolvendo-se noutro, mais denso e mais inapelável. Sua história era simples, ou pelo menos o que me deixou entender de sua história. Porque os seres como Alberto nunca se revelam inteiros — seria o mesmo que destruí-los. Eles se constituem do seu silêncio e da sua negativa, e forçá-los seria como atravessar paredes proibidas, avançando em terrenos que um pudor congênito defende para sempre dos olhos alheios. Nada me disse propriamente sobre o seu amor, senão aquilo que eu já surpreendera, mas durante todo o tempo, como um *leitmotif* fatal e cruciante, o nome daquela mulher borbulhou em seus lábios, e jamais, jamais vi nesta terra pronunciar-se o nome de alguém com tanto deleite e sofrimento.

Disse que Nina havia passado ao seu lado sem nem sequer dirigir-lhe um olhar — a ele, que para ela plantara nos fundos do Pavilhão todo um canteiro de violetas, e o regava pela manhã e à tarde, esperando que produzisse as mais belas flores... — e tudo porque ela exigira à sua janela, todos os dias, um ramo de violetas. "Quero ver, Alberto, se você não se esquecerá... Nem pode imaginar como eu adoro as violetas!" Depois, passara assim, como se ele não existisse. Junto ao tanque perguntara a Betty o que acontecera, e a governanta, que espanava algumas maletas, informara que a patroa partiria pela madrugada. Apenas isto. Aturdido, encostara-se à pilastra da varanda, esperando de novo deparar Nina, a fim de ver se ela ainda lhe dirigia a palavra. O canteiro florescia, as violetas recendiam em torno do Pavilhão, ele não esquecera a sua promessa — por que pois se ia ela, e demonstrava-lhe aquela frieza tão grande? Enquanto esperava, vira surgir não Nina, mas Demétrio. Estava pálido, e havia em seus modos uma contenção ameaçadora. "Você deve partir desta casa, Alberto, e o quanto antes." "Por quê?", indagara. Devia ter havido um ligeiro constrangimento, pois o rapaz me afirmou que Demétrio não respondera de pronto. Mas como ele aguardasse, sempre imóvel, e aquela intraduzível expressão de angústia no olhar, a explicação viera afinal, em voz baixa e incisiva: "Pelo que se passou no Pavilhão". A esta altura ele se calou, depois, como se estivesse rememorando a cena, não a que se desenrolara com Demétrio, que esta pouco lhe importava, mas a outra, a do Pavilhão, disse-me que meu marido o surpreendera beijando as mãos de Nina. As mãos, exclusivamente as mãos, não mais do que as mãos. Havia qualquer coisa indefinível em sua voz, como se esta narrativa lhe custasse muito — e eu comigo mesma imaginei, vendo o sofrimento oriundo dessa pequena e quase fictícia traição, o que não esconderia ele de exato, da grande e tormentosa paixão que o encadeava a Nina, dos encontros que já haviam tido, das palavras que já haviam trocado, de tudo enfim que eu jamais saberia, nem nesta vida e nem na outra — e escolhesse em seu pobre vocabulário as palavras exatas que não o levassem a cometer nenhum engano. "Por isto? Só por isto?", indagara a Demétrio, sem acreditar ainda. "Por isto", repetiu meu marido com voz firme. E então, a partir daí, as coisas ficaram completamente esclarecidas em seu pensamento: por isto, exatamente, é que ela partia, por isto é que lhe voltara o rosto à sua passagem. Apenas porque ousara tocar-lhe uma das mãos com os lábios, e o sr. Demétrio o surpreendera nesta posição. Ele podia ser sincero naquele momento, Padre Justino, e real a sua surpresa, mas a verdade é que o ciúme me corroía, era como um ácido mortal a escorrer dentro de mim, e eu fui cruel, cruel como só se pode ser para com os agonizantes a quem se recusa uma palavra de conforto.

— Ah — disse-lhe eu — você não conseguiu enganar meu marido, como não enganou a mim naquele dia do jardim, lembra-se? Dizer que a tocou apenas com a ponta dos lábios! Então que faziam juntos na clareira, e por que ela lhe bateu na cara?

Ele olhou-me com espanto, como se naquele momento somente tivesse consciência de que eu os surpreendera no jardim. Ofegávamos, um defronte do outro, olhos fixos nos olhos. E de repente ele recomeçou a falar depressa, em voz alta. Eu sabia que poderiam nos ouvir, que havia possibilidade de Demétrio surgir de um momento para outro, que assim o escândalo poderia ser maior — mas não tinha nem coragem e nem vontade de detê-lo. Fora à toa, e por causa das violetas, que ela lhe batera na cara. Ele punha cuidadosamente, todos os dias, o raminho à sua janela — e ela dizia que ele era um mentiroso, e não punha coisa alguma. Não compreendia, insistira que todas as manhãs, religiosamente, lá deixava as flores — e chegara a vigiar para ver se alguém as roubava, ou se eram simplesmente arrebatadas pelo vento. Não conseguira decifrar o mistério, e Nina se irritara, dizendo que ele queria fazê-la passar por tola, mas que esperasse, pois tomaria ela as providências necessárias a esse respeito. Como poderia supor aquilo, dele, precisamente dele que plantara todo um canteiro para satisfazer exclusivamente àquele seu capricho? Ah, e apesar disto, o prazer, a alegria que sentira, compreendendo que ela prezava sua dádiva, e que a reclamava, exatamente porque aos seus olhos tinha algum valor. Fora neste momento que, compreendendo o seu engano, e que fora demasiadamente longe, desvendando-se aos olhos daquele homem que a entendia, apesar da sua rusticidade, que ela erguera a mão, castigando-o com uma bofetada. Mas nada mais poderia fazer, pois aquelas violetas, existentes ou não, eram um laço que os unia — o primeiro e único laço talvez.

(Padre, foi um reflexo dessa felicidade que eu vislumbrei instantes depois. E era uma luz tão quente a que jorrava dos seus olhos, tão verdadeira, que me desnudou como se rompesse véus que me sepultassem de há muito. Como sob um relâmpago, eu me reconheci inteira diante dos seus olhos. Perdê-lo, sabê-lo já perdido para sempre, foi de modo rápido me constituindo, tornando-me pálida e definitiva, tal como o sou agora. Compreende por que nada mais me importa, nem Deus, nem meu marido, nem o escapulário? Compreende, Padre?)

Minha raiva, ao escutar aquele retrospecto, não teve limites. Comecei a esmurrar-lhe o peito (o senhor não sabe, nunca poderá saber que delírio era o meu, uma mulher madura, cuja carne jamais vibrara de amor...) enquanto meus olhos se enchiam de lágrimas:

— Você mente, você mente ainda, Alberto! Onde já se viu bater na cara de alguém, só por causa de simples violetas? Não foi por isto, e nem você botou nunca flor alguma naquela janela...

Imóvel, ele não me compreendia. As lágrimas sufocaram-me, e eu me abati afinal de encontro à pilastra, vencida. Ele aproximou-se um pouco, tentou explicar-me que não mentia — ah, que me importavam suas detestáveis violetas? — e que só lhe beijara a mão porque fora pedir a ela que o perdoasse. E perguntava o que era aquilo como culpa, como podiam condená-lo se não fizera mais do que isto, se estava disposto até mesmo a admitir que era relapso, e esquecera de colocar as violetas no rebordo da janela? E disse outras coisas, desculpas, ameaças, que sei eu, mas não respondi coisa alguma, e continuei a chorar, o rosto colado à parede fria. Ele devia permanecer constrangido, sem saber o que fizesse, e eu compreendia meu ridículo, apesar de não conseguir me dominar. Como ele me tocasse com a mão — tão tímido — implorei:

— Vá-se embora, vá-se embora, pelo amor de Deus!

E enquanto ele se afastava, continuei a soluçar frente à vastidão escura do jardim.

15. Continuação da segunda confissão de Ana

....

Não posso descrever-lhe, Padre Justino, o que foram os primeiros dias após a partida de Nina. Ouvi dizer que se murmurava na cidade que ela havia sido expulsa, e creio realmente que meu marido interveio de modo severo para que ela abandonasse a Chácara. Coisa estranha, assim que nos sentimos libertos de sua presença, não houve entre nós nenhuma sensação de alívio. Como que nos achávamos irremediavelmente acorrentados ao sortilégio daquela mulher. Meu marido não falava quase, e acho que tomava para si a responsabilidade de tudo o que sucedera. Pelo menos — e recordo-me quase perfeitamente de uma conversa que escutara certa noite, quando eles se demoravam à mesa — não titubeava em acusar Nina de adultério. Neste ponto, como afirmava batendo com o punho fechado sobre a mesa, era intransigente. Lembro-me da voz de Valdo: "Você está doido, não compreende...". E Demétrio: "Doido está você, Valdo, e se não fosse seu estado precário...". Não sei que afastada ameaça existia nessas palavras, mas era possível imaginar que ele tivesse quaisquer provas ocultas em seu poder, de fatos que provavelmente toda a família preferiria conservar em segredo. Valdo, que se levantara da cama mais cedo do que se esperava, teria provavelmente sucumbido à gravidade do seu ferimento — não simulara, como Demétrio deixava supor às vezes, mas tentara realmente o suicídio — se não fossem os cuidados de Betty. Sozinha, ela se encarregou de tudo como se fosse a própria dona da casa. E o era, na verdade, pois desinteressei-me por completo do que se passava em torno de mim; só de vez em quando tinha notícias do meu cunhado, e isto mesmo por ouvir dizer, sem interferir no assunto.

Em compensação, enquanto vivíamos esta vida tensa e silenciosa, eu não perdia Alberto de vista. Devo relatar-lhe aqui, Padre, para que um dia o senhor possa reconstruir a verdade, um fato que ocorreu exatamente na noite da tentativa frustrada de Valdo. Já contei como soluçara encostada à pilastra, frente às sombras do parque. Pois bem, foi neste mesmo parque, momentos mais tarde, que deslizando entre os tufos de verdura, fui deparar de novo com a figura de Alberto. Ele mal acabara de me deixar, eu mesma implorara que ele me abandonasse, escutara até seus passos ecoando no jardim — mas não podia abandoná-lo, era mais forte do que eu e, enxugando as lágrimas, esperei que ele se perdesse entre as árvores para descer também e acompanhá-lo. O que me impulsionava era o ímpeto de um ser fragmentado e tumultuoso, qualquer coisa rebelada que eu não podia mais conter, e que atuava como se fosse um tóxico. Esforçando-me para pisar de leve, a fim de impedir que a areia rangesse, internei-me por minha vez entre as sombras das árvores. Creio que havia chovido, de toda parte se elevava um cheiro de flores e de ervas machucadas. Não me foi difícil encontrá-lo — lá se achava ele, agachado atrás de uma moita de samambaias, à espreita de alguém que evidentemente se movia no interior da casa. Como a janela defronte estivesse iluminada, não me foi muito difícil saber de quem se tratava: Nina. Sua figura recortava-se claramente na moldura da janela, e conversava com alguém que nossos olhos não distinguiam. Talvez Alberto procurasse ouvir o que se passava no quarto, possivelmente chegara mesmo a entender parte da discussão — pelos gestos de Nina, que parecia extremamente irritada, não se podia ter dúvidas de que era de uma discussão que se tratava — mas quanto a mim, era impossível ouvir a menor palavra que fosse, apesar de meus esforços neste sentido, e de me aproximar do jardineiro tanto quanto possível. Mas retinha-me o temor de que algum galho seco estalasse sob meus pés, ou a areia rangesse, e assim Alberto viesse a saber que eu o espionava. Assim mesmo pude verificar que Nina se dirigia a uma pessoa deitada, e como aquele quarto fosse o do casal, podia-se afirmar que era Valdo o seu interlocutor. Em certo momento, como levantasse um pouco mais a cabeça, vi um objeto de metal reluzir em suas mãos. Aproximou-se ela rapidamente do peitoril da janela e, com um gesto brusco, atirou fora o que trazia — o objeto descreveu uma curva no ar e tombou sobre um dos canteiros. Alberto executou um salto de felino, e começou a procurar entre a verdura. Seus movimentos eram nervosos, como se o tempo urgisse. Mas de repente pareceu encontrar o que procurava, e que era o mesmo objeto que Nina atirara pela janela. Não tardaria muito em saber o que fosse, pois indiferente à folhagem que pisava, Alberto ganhou a alameda. Quando passou junto à luz, quase defronte de mim, percebi que tinha um revólver nas mãos — uma pequena arma niquelada, que desde algum tempo via sobre o grande aparador da sala. Agora Alberto virava-o e revirava-o nas mãos, como se examinasse uma coisa estranha, ou algo de cuja identidade não estivesse muito certo. Ah, provavelmente a ideia horrível ainda não penetrara no seu íntimo, provavelmente ele próprio estava longe de imaginar a que extremos chegaria, mas eu já sabia o que iria acontecer mais tarde e, mais do que isto, já compreendera que Nina vira o rapaz do lado de fora, e só atirara a arma para que ele a apanhasse. Essa descoberta causou-me tal emoção, que quase me traí, denunciando o esconderijo onde me achava. Alberto devia ter escutado qualquer rumor, pois ocultou rapidamente a arma dentro da camisa e voltou-se para trás, esperando deparar alguém. Esgueirei-me rente a um maciço de verdura, e tenho certeza de que se ele estivesse menos transtornado, não lhe teria escapado meu movimento. Observei que apressava o passo, que o apressava tanto, que agora quase corria em direção ao Pavilhão. Confesso que tive medo de que ele fosse se matar no porão, que executasse o ato naquele instante mesmo, sem mais delongas. Devagar, temendo desta vez despertar a atenção dos que se achavam no interior da casa, encaminhei-me em seu encalço, escondendo-me de vez em quando à sombra de alguma árvore, quando supunha que ele fosse parar ou voltar o rosto. Não o fez nunca, obsedado pela ideia que o conduzia. Assim, cheguei até o lugar onde ele entrara, uma porta baixa, meio escondida pela folhagem, e que era a única abertura do porão. Pela primeira vez imaginei que fosse ali a sua moradia, e isto me comoveu. Nunca havia pisado naquele sítio, que me parecia excessivamente inóspito, condenado ao abandono — e agora, diante da porta, admirava-me que ele, tão moço, pudesse viver em local de aparência tão lúgubre. Ao longo da parede, toda coberta de hera, existiam duas ou três janelinhas gradeadas, mas todas tinham as grades quebradas, deixando perceber que ainda assim a luz era escassa no interior, e que a umidade devia enegrecer-lhe as paredes. Dirigindo-me à porta que ficara aberta, olhei para o interior, e vi uma pequena luz de lamparina tremer no fundo de um dos quartos. Entrei, evitando tropeçar nos móveis e caixas velhas que ali se acumulavam, conseguindo atingir o lugar onde a luz se fazia mais forte. Ali também a porta se achava aberta, e eu pude esconder-me por detrás, espiando pela fresta iluminada. Alberto estava no meio do quarto, sem camisa, e ainda tinha o revólver nas mãos. Não sei, não posso mais saber se àquela altura ele já vislumbrara a possibilidade de se matar — se a ideia, sorrateira, já se apossara do seu pensamento, e começara a caminhar através do seu sangue, insubordinado pela saúde e pela mocidade. Creio que sim, pois com mão trêmula ergueu a arma à altura do coração, demorando, experimentando-a mais abaixo, mais acima, como quem ensaia uma cena. Havia uma grande atenção no seu gesto, como se medisse as possibilidades de um trabalho que em hipótese alguma deveria sair errado.

Padre, eu sabia que ele ainda não se mataria naquele instante, que muitas lutas ainda seriam travadas no seu íntimo, que a idade pesaria de um lado, contra os desatinos de um coração ingênuo. Mas foi naquela circunstância, precisamente, que resolvi não intervir, deixando que se cumprisse até o final o destino daquele rapaz. Ah, Padre, a única coisa que peço é que o senhor compreenda o que ia na minha alma. Bem sei que aquilo significava uma cumplicidade tácita, que podia estar comprometendo minha alma no estúpido silêncio daquele jogo. Podia intervir, é certo, podia impedir que ele, tão cedo ainda, desaparecesse aniquilado num ato de extremo desespero. Mas para que eu fizesse isto, era necessário que nada perturbasse meu espírito, que meu coração se achasse em repouso, que eu me sentisse de bem com os homens e as coisas deste mundo. Era esta a primeira das razões com que justificava meu silêncio. A segunda, e talvez a mais forte, é que eu desejava conservar para mim mesma aquela prova da perfídia de Nina. Não sabia para quê, nem quando a usaria; apenas um dia poderia lançar-lhe em rosto aquela horrível verdade, e chamá-la de assassina, demonstrando que era sua a culpa, e que eu a vira atirar o revólver no jardim. (No entanto, à medida que o tempo passa, desnorteio-me, não me sinto mais segura do meu direito: saberia ela realmente o que estava cometendo, quando lançara a arma fora? Ah, caso tivesse sido apenas um gesto inconsciente — e era, na verdade, praticamente impossível estabelecer o certo

— a culpa retombaria quase inteira sobre meus ombros, e eu seria a criminosa, e não ela. Mas naquele instante, como não ceder à volúpia de jogar e arriscar tudo? Era praticamente minha única oportunidade de destruí-la.) O prazer que eu sentia ao imaginar aquelas coisas, quase garantia a impunidade do meu ato. Depois, muito depois de abandoná-lo à sua sorte, meu coração turbou-se, e eu não soube mais o que pensar. Era horrível tê-lo diante de mim, tal como o tive, o corpo ensanguentado. Sim, ele não existe mais, nada houve no mundo que o impedisse de se matar — nem a beleza, nem a mocidade, nem a força de um coração quente e generoso. Agora que o silêncio para sempre se fez no seu pequeno quarto, onde seus vinte anos se queimaram sem possibilidade de fuga ou de remissão, acho-me convicta de que preferi perdê-lo porque sabia que ele jamais seria meu. Não poderia esconder isto, Padre, caso pretendesse ser sincera em minha confissão. Repito, repito enquanto as lágrimas me escorrem dos olhos: era o meu amor, era o meu desespero que o abandonavam à sua morte.

De longe, encostada à porta, eu ainda o fitava, e admirava-me o esplendor do seu corpo, o tórax nu, a que a luz da lamparina arrancava um reflexo intermitente e acobreado. Jamais havia visto assim um corpo de homem, e o do meu marido, que em certas noites se encostava ao meu para uma carícia amarga e passageira, eu o adivinhava disforme e sem vitalidade sob a roupa. Aquele não, era o corpo de um adolescente, com esse rosado seco da carnadura humana quando é pura, pronto para o grande salto no pecado; mal acabara de se tornar homem, e já se percebia claramente, como uma música voando, a vibração que o animava. Agora eu compreendia perfeitamente por que era impossível a Nina deixar de tê-lo visto, e eu a imaginava correndo os dedos experimentados através daquela carne tenra, dela arrancando seus primeiros estremecimentos de prazer, e devolvendo-o a si mesmo através da descoberta. Confesso, Padre, que eu me sentia meio cega de despeito. Não, não, repito, estava acima de mim mesma — antes perdê-lo para sempre, ele que nunca seria meu, do que sabê-lo em mãos de outra.

Alberto não se matou naquela noite, e muitas noites ainda se passaram, antes que ele consumasse o gesto decisivo. Eu não o perdia de vista, um minuto sequer não o deixava afastar-se de mim, sem acompanhá-lo — e certamente ele teria percebido a vigilância de que era objeto, caso estivesse realmente presente às coisas deste mundo. Mas desde a partida de Nina, levada a efeito logo após a discussão no quarto, que sua alma não mais se achava entre nós;

Alberto caminhava, ia de um lado a outro, fingia que arrumava a mala para abandonar a Chácara, tal como Demétrio exigira, aprontava um canteiro que sobrava — nós sabíamos que ele não tinha forças para executar coisa alguma, e o tempo ia passando, sem que meu marido, inexplicavelmente, insistisse mais em sua partida. (Pensaria ele acaso que o jardineiro acabaria por se matar? Sua expressão, fechada, não denunciava coisa alguma.) Um estranho torpor se apoderara de todos nós, como se nada pudéssemos fazer, antes que um desenlace súbito e dramático sobreviesse. Não sei se éramos todos conscientes dos sentimentos que sacudiam a alma do jardineiro — mas eu, que sabia da menor de suas oscilações, que raiva, que desespero por não poder completar o vazio que o dominava, por não ter poderes para anestesiar naquela mente envenenada a imagem da mulher que o obsedava! Ele ia, vinha, girava no jardim às voltas com suas violetas que ninguém mais reclamava. Eu o seguia da varanda, os bastidores de um bordado sobre os joelhos, acompanhando-o atentamente do canto dos olhos. Se ele desaparecia por trás de alguma moita, logo eu me punha de pé, atirando os braços, como se o bordado não me interessasse mais. Demétrio, que sempre se achava ao meu lado, embebido num livro — quantas vezes, também, surpreendi seu olhar flutuando no vago... — despertava a um desses movimentos bruscos.

— Que foi? — indagava.

Eu não tinha vergonha de mentir:

— Pareceu-me ouvir alguém...

Ele dizia:

— Não é nada, é o jardineiro — e voltava à sua leitura, demonstrando-se mais interessado do que nunca.

Sim, quantas e quantas vezes, cabeça baixa, o coração batendo surdamente, fiquei imóvel, procurando ouvir — e imaginava passos, corridas, gestos apressados de pessoas abaladas por um acontecimento grave, e que não existia senão no meu pensamento. "Quando será a hora?", indagava de mim mesma, sem descanso. E sem descanso olhava as aleias batidas de sol, onde, na quente luminosidade, as coisas de tão fixas pareciam eternas. Assim, os dias se arrastavam sem nenhuma novidade. No íntimo, chegava a rebelar-me: "Como pode ele, como tem coragem para demorar-se tanto assim?". E uma nova espécie de alegria, envenenada e surda, nascia desse longo solilóquio, e aflorava aos meus lábios na forma de um triste sorriso: "Talvez ele não a amasse tanto assim...".

E de novo me punha à escuta, mas nada perturbava a quietude do dia. Distante, ritmado e monótono, um pássaro desferia seu grito rouco — eu voltava ao bordado, com as mãos tremendo de impaciência. Mas após algum tempo, como não o visse mais, e a enxada lá estivesse abandonada à soalheira, levantava-me. Acostumara-me de tal modo à ideia daquele suicídio, que o rumor de um estampido não me causaria mais nenhum abalo. E apesar disto, bastava ele desaparecer da minha vista, para que eu logo me pusesse de pé.

— Que tem você? — indagava-me Demétrio, abaixando o livro.

— Estou cansada, tenho as pernas dormentes — alegava eu. — Vou dar uma volta por aí...

— Com este sol?

Procurava dar à minha fisionomia a expressão mais indiferente possível:

— Que é que tem? Há muita sombra debaixo das árvores.

Não sei, talvez se tratasse de simples impressão minha, mas sentia que ele me fitava um pouco mais longamente do que de costume, se bem que não traísse neste olhar o sentimento que o animava. Nestes instantes, eu chegava a odiá-lo decisivamente, mas também sabia esconder o que se passava no fundo da minha alma. Descia ao jardim e, ora parando diante de uma flor, ora consertando um arbusto — da varanda, era evidente, seu olhar me acompanhava — atingia a sombra protetora. Uma raiva calada fazia meu coração bater mais depressa: aquela calma que ele afetava, aquela horrível indiferença! E curvada, ia seguindo cada folha pisada, cada terra remexida que me indicava os traços da passagem de Alberto. E repetia comigo mesma: quando, quando será? O céu azul não me respondia, e só os pássaros, serenos, desferiam largos voos no horizonte. Imaginava então que talvez ele já estivesse no quarto, talvez se matasse dentro de minutos, de segundos. Atenta, esperava o ecoar do tiro. Continuava a caminhar, e insensivelmente apressava o passo. O suor inundava-me a testa, mas não me detinha: mesmo que meu marido me visse, mesmo que eu me comprometesse para sempre, que importava? Queria estar presente à sua morte. Corria — e quando me detinha, exausta, olhos escurecidos por ligeira vertigem, sentia a estranheza da minha situação. Nenhum tiro se ouvia, meus olhos se enchiam de lágrimas. Voltava então, e sentia vir baixando a tarde, envolta numa desesperadora calma.

Matou-se, mas num dia de serenidade tão grande que qualquer violência parecia impossível. Achávamo-nos à mesa, e eu pensava justamente nele, quando Betty veio nos dizer que havia acontecido alguma coisa, e que o jardineiro estava ferido no Pavilhão. Apesar de ter durante todo aquele tempo estudado o domínio sobre mim mesma, não pude me impedir de ficar violentamente de pé. Demétrio fitou-me de modo indefinível, tão longamente quanto já o fizera das outras vezes.

— Você vai? — indagou ele.

— Por que não? — respondia; e eu mesma não sabia por que dissera aquilo.

Tinha certeza de que devia estar pálida, e que não poderia mais um só minuto controlar minha emoção. Ah, de que valiam embustes e disfarces naquele minuto supremo? Demétrio continuava a me olhar como se me desafiasse — também o encarei pela última vez, como se o saudasse, como se me despedisse — sem rancor, sem desdém, apenas extraordinariamente ausente. Abandonei a sala sem me voltar, certa de que seus olhos, como sempre, acompanhar-me-iam até o extremo onde pudesse me vislumbrar. Desci a escada com firmeza, o coração apenas batendo um pouco mais forte, a vista um pouco turva. A verdade é que me achava de posse de um motivo para o que eu fazia, um motivo forte, aos olhos dos outros. Mas ainda que não me achasse, ainda que todos suspeitassem de mim e me apontassem como a última das pecadoras, ainda assim eu teria ido, e afrontando a calada energia de Demétrio, porque dentro de mim cessara de existir a mulher antiga, e aceitando aquela morte, eu aceitava o meu drama, a minha paixão, e a existência de tudo o que girava fora da órbita comum que orientava aquela casa. E ali estava eu, pisando os degraus que tantas vezes contemplara do alto com olhar sôfrego — ali estava eu pisando a areia daquele jardim que tanto sondara de longe, imaginando-o o parque de todas as delícias. Apenas, era muito tarde. O sol que o iluminava agora era frio e cor de chumbo.

Alberto não estava morto ainda, e eu pedi a Betty que mandasse imediatamente alguém à procura de um médico. Na minha impaciência, cheguei mesmo a empurrá-la, se bem que em meu coração houvesse paz, e em meu espírito a certeza de que ele já se achava condenado, e que o médico, ou quem quer que fosse, nada mais poderia fazer para salvá-lo. Sim, Alberto não morrera ainda, mas que adiantavam agora os lampejos de vida que lhe sobravam? De pé, paralisada, eu o fitava como se o visse pela primeira vez, tanto me habituara à sua forma apenas projetada em meu pensamento, tanto essa forma agora se chocava ante a realidade, e procurava moldar àquele corpo de carne a figura de um sonho... Estendido na cama, uma das mãos sob a cabeça, a outra roçando o chão, mostrava o tórax coberto de sangue. Era evidente que ele não podia me reconhecer mais, arquejava, olhos fechados — e ainda assim eu temia me aproximar, muda e cheia de respeito, os olhos sem uma única lágrima. Uma espuma cor-de-rosa ia se acumulando nos cantos de sua boca, inflando, enquanto um tom esverdeado ia ganhando aos poucos sua face: a morte se avizinhava. Foi esta ideia, creio, que me deu forças para precipitar-me, porque não podia, confesso que não podia mais e, abatendo-me aos seus pés, coloquei com violência meus lábios sobre aqueles lábios que a espuma tingia. O que eu disse naquele minuto, Padre, nem eu mesma poderia repetir, eram palavras desconexas, coisas insanas, que pareciam ditas por outra pessoa e que, lembradas mais tarde, causaram-me pânico e vergonha. Naquele minuto, era uma voz rouca que as pronunciava, enquanto me abraçava ao corpo ensanguentado, colando minha face nele, misturando minhas lágrimas, enfim libertas, ao seu sangue ainda morno. Ah, tocava-o finalmente, tocava-o ainda com vida, sentindo que cada estremecimento meu, pelo seu ímpeto, fazia diminuir a sua força, e que cada um dos meus beijos, pelo seu transporte, antecipava um pouco a sua morte. Houve um momento em que o vi abrir os olhos, fitar-me como se entendesse o que se passava. Um jato de esperança atravessou-me literalmente o ser, e eu julguei que, ainda que fosse unicamente por intermédio de uma palavra, ou de um sorriso, eu poderia ser redimida, e o ódio não habitaria mais para sempre o meu coração. Uma única palavra, um sorriso, repito, não de amor ou de conivência, mas apenas de entendimento — era tudo o que eu esperava. Seus lábios se moveram, ia dizer qualquer coisa, talvez uma palavra de adeus. Colei-me ainda mais ao seu corpo, esforçando-me para não perder aquela suprema mensagem — e então, distintamente, ouvi que ele pronunciava um nome — NINA. Ah, Padre, não sei que vento de loucura se apossou de mim, mas vendo-o fechar os olhos de novo, beijei-o ainda uma vez na boca, enquanto mentia: "É Nina, meu amor, é Nina quem está aqui ao seu lado". Não sei quantas vezes disse, roçando minha face pelos seus lábios cobertos de espuma — nada mais, no entanto, parecia ter o dom de arrancá-lo ao torpor em que mergulhava. Num último esforço, tentei levantar-lhe a cabeça, enquanto repetia: "Você não me ouve? É Nina, aqui estou ao seu lado". Mas a cabeça descaiu num movimento tão mole que eu não tive mais dúvidas, e novamente me uni a ele, dizendo: "Adeus, Alberto, adeus".

O corpo inteiriçou-se em minhas mãos, a cabeça pendeu de lado, e foi assim que momentos mais tarde o médico o encontrou.

16. Primeira narração de Padre Justino

Antes mesmo de terminar a bênção eu já a havia visto, meio resguardada por uma das colunas laterais da igreja. Como tenho a vista fraca, e seu vulto escuro se confundisse a tantos outros de mulheres que ali vão ter, procurei encontrá-la de novo com o olhar, e vi então que se esquivava de mim. Isto deu-me certeza de que se tratava dela, pois que outra mulher daquela paróquia poderia obedecer a sentimentos alternados, procurando-me e fugindo de mim ao mesmo tempo? Era ela — e se bem que tivesse vindo expressamente para se avistar comigo, evitava-me, sem coragem para revelar francamente sua intenção. Essa carência de naturalidade era um dos traços fundamentais de sua natureza; para mim, representava ela o que eu chamava de "espírito dos Meneses", sua vontade de permanecer nos limites de um sólido realismo, de jamais ultrapassar uma determinada esfera de bom senso, essencial ao manejo usual das coisas deste mundo. Assim que terminei de rezar o terço, e quando se calou por trás de mim o murmúrio das vozes acompanhantes, dirigi-me à sacristia, convicto de que ali iria ela me encontrar. De fato, ainda não tinha me desfeito completamente dos meus paramentos, quando percebi que uma pessoa havia aberto mansamente a porta, e ali se achava, à espera talvez de que eu me voltasse. Não seria difícil imaginar o quanto lhe custava aquele empreendimento, e foi para que recuperasse um pouco de calma, e pudesse manifestar sem constrangimento os motivos que a haviam conduzido até ali, que eu continuei de costas, dobrando a casula antes de guardá-la no gavetão da cômoda. Somente quando ouvi uma espécie de pigarro seco, denotando evidente impaciência, é que me voltei, disposto enfim a atendê-la.

— Oh, é a senhora — disse, esforçando-me por emprestar à minha voz a inflexão mais natural possível.

Dona Ana estava encostada ao umbral, um xale preto sobre a cabeça, e pareceu-me mais pálida do que habitualmente, se é que assim se poderia dizer — ou melhor, não propriamente pálida, mas escura, de um tom esverdeado e baço, como a pele de alguém submetido a um choque hepático. Não havia nela, ao contrário do que supusera, nenhum sinal de agitação; podia mesmo afirmar que nunca a vira tão calma, a cabeça erguida, os olhos francos. Respirava um único sentimento, o da decisão, e isto, sem que eu soubesse por quê, causou-me uma impressão desagradável. Imaginei que já não houvesse nela mais nenhuma luta, e o que a impulsionava agora, longe de ser o choque de forças antagônicas, era, ao contrário, a certeza de que havia chegado a um termo, como um nadador que enfim atinge a terra firme. O que fosse este termo, não importava saber — sua cor, precisamente, como a de um terreno devastado, dizia muito bem a que preço sucumbira, e que espécie de serenidade encontrara nesta pacificação. Às minhas palavras, que se esforçavam por ser cordiais e amigas, não se moveu, não fez nem mesmo a menor menção de avançar, antes apoiou-se mais fortemente à porta, como se se preparasse assim para reagir a qualquer espécie de convite que eu lhe formulasse. "Ah", pensei comigo mesmo, "ela vem apenas para me dizer que é tarde demais." E como procurasse em vão o que lhe dizer, compreendendo que qualquer palavra minha esbarraria fatalmente em sua atitude hostil, ouvi que dizia num tom justo e cheio de firmeza:

— Sou eu, Padre Justino.

Avancei um passo em sua direção:

— Não quer entrar? — e designando os paramentos: — Ainda tenho de arrumar essas coisas.

Moveu a cabeça:

— Não, obrigada, minha demora é pequena.

Não insisti, receoso de que ela se esquivasse ainda mais, ou, levada pelo constrangimento, desse à sua visita uma outra razão que não a verdadeira. Vendo meu silêncio, e possivelmente compreendendo que não me seria possível avançar sem o seu auxílio, caminhou também dois passos ao meu encontro. Mas não disse nada, e continuou parada, respirando de um modo um pouco mais forte do que o natural. Mais uma vez, e porque se colocasse quase defronte à luz que vinha de uma das janelas laterais, observei seu tom esverdeado, de quem estivesse sofrendo de qualquer moléstia biliar — nela, como sob o ímpeto de uma modelagem brusca e sem cautela, tudo era sombra, um excesso de sombra — a um ponto que, vendo acumulada naquela face o sinal de tantas iras e de tantas decepções reprimidas, não pude deixar de estremecer, e indaguei:

— Veio para se confessar?

Novamente fez um sinal negativo com a cabeça — e como eu, deixando de lado qualquer precaução, indagasse o que afinal a trazia ali, respondeu-me com voz perfeitamente natural, mas em tom baixo, que viera para pedir que eu a acompanhasse até a Chácara. Essas palavras surpreenderam-me, e ponderei que não me seria possível sair assim sem mais nem menos, e que pelo menos deveria esperar que o sacristão estivesse presente. Fora em casa jantar, e não deveria demorar-se muito. Aquilo pareceu desagradá-la, e murmurou repetidas vezes — "Ora esta!" — como se não pudesse haver para mim nenhuma alternativa senão acompanhá-la. E acrescentou que o que se passava era grave, extremamente grave mesmo, sugerindo assim que necessitavam de mim *in extremis*, sem no entanto precisar nenhum detalhe. A fim de ver se obtinha mais esclarecimentos, perguntei se não fora outra pessoa que a enviara à minha procura, e ela respondeu com simplicidade: "Não, ninguém". Mas pelo seu modo vi que não consentiria em me abandonar sem uma promessa formal, e então, com um suspiro, prometi que assim que terminasse de me vestir e de fechar a igreja, iria a seu encontro, no local que indicasse. Concordou, e disse que me aguardaria decorrido este tempo junto ao portão central da Chácara.

Lá, realmente, fui encontrá-la momentos mais tarde. Parecia aguardar-me com impaciência, apoiada à cerca, olhos fixos na estrada. Assim que me viu, dirigiu-se rapidamente ao meu encontro.

— Pensei que não vinha mais — disse. E havia certa irritação no seu modo de se exprimir.

— Por quê? — perguntei, bem-humorado, apeando-me do cavalo.

— É que está ficando tarde.

Olhei-a, e nela qualquer coisa acentuou um medo remoto que sempre me causava. Não respondi, e avançamos pela alameda, eu puxando o animal pela rédea. Não dizíamos nada, mas eu sabia perfeitamente que uma ideia qualquer a trabalhava. Já era noite, e atravessávamos zonas escuras, formadas pela copa aglutinada das árvores. Mas levantando a cabeça, víamos ainda grandes trechos de azul, rompendo aqui e ali, esfiapados pelo céu. Para surpresa minha, em vez de seguirmos pela alameda grande, derivamos por uma vereda lateral, marginada por uma sebe e acompanhando o curso de um regato que cantava docemente nas pedras. Acompanhando o eco seco dos cascos do animal, os sapos e os grilos começavam a encher de rumor a escuridão principiante. Caminhamos assim algum tempo, até que desembocamos diante de um pavilhão que se achava todo escuro, sem nenhum sinal de vida: os galhos baixos, despencando-se da varanda, cobriam-lhe toda a fachada. Pensei que fôssemos subir a escada, mas ainda desta vez me enganava: dona Ana contornou a frente e dirigiu-se para uma porta baixa, lateral, escassamente iluminada. (O que devia clarear lá dentro era a luz de uma lamparina — o revérbero não tinha nenhuma firmeza, e era baço como o que é próprio aos pavios fumarentos.) Dona Ana voltou-se finalmente para mim e indicou-me a porta:

— É aqui.

Confesso que naquele instante hesitei se devia entrar ou não, tanto me parecia estranha a aventura. Mas se já havia chegado até ali, como podia duvidar mais, sobretudo se haviam recorrido a mim como um ministro de Deus? Entrei, e desde o primeiro segundo o ambiente daquele porão, sufocante, causou-me penosa impressão. Dirigindo-se à esquerda, dona Ana conduziu-me a uma porta que se achava aberta, e de onde evidentemente vinha a luz que clareava todo o porão. Aí, sem dizer uma só palavra, postou-se de lado, fazendo-me um sinal para que entrasse. Obedeci, de tal modo era autoritário o seu olhar, e achei-me numa peça ainda mais baixa do que a anterior (as traves, numa queda brusca, quase poderiam ser alcançadas com a mão), mais estreita, e ventilada por uma única abertura, circular, que dava para o jardim. (Mais tarde, muito mais tarde, as circunstâncias me trariam de novo àquele ambiente irrespirável — e o mais extraordinário é que, tendo decorrido tantos anos, o novo acontecimento se prenderia ao velho, ao que eu vivia agora, e formava com ele um só corpo, como uma árvore única, dividida em duas partes. E nessa época que eu ainda estava por viver, como então, não era um acontecimento de Deus, mas de sua ausência, o que eu, trêmulo, iria presenciar.) Abaixando os olhos, vi um corpo estendido sobre um catre mais do que modesto: era o de um homem jovem, achava-se coberto de sangue e, aproximando-me, constatei que se achava morto. O que primeiro me acudiu foi um sentimento de perplexidade, quase de incerteza: morto por violência, não havia dúvida. Mas como? Aquele sangue que apenas acabara de se coagular, que enegrecia as paredes, e manchava o chão sobre que eu pisava, de que modo havia sido derramado? Voltei-me para dona Ana, sem poder conter minha emoção. Ela disse-me apenas:

— É ele.

Ele! E durante algum tempo, desesperadamente, procurei saber quem ela assim designava — e repassei todas as minhas lembranças, analisando pessoas que eu conhecera, casos que sabia, e até mesmo confissões que ouvira. Ela percebeu minha aflição, e exclamou desalentada:

— Ah, o senhor não leu minhas cartas, não sabe quem é!

Foi só a este grito que eu me lembrei de quem se tratava — e, com inesperada violência, aquela história sinuosa, obscura, projetou-se novamente em meu pensamento, causando-me o mal-estar que sempre me causava. Então era aquilo, aquele homem era o jardineiro, tratava-se dele. E voltando a fitá-la, pela primeira vez tive realmente medo, um medo incaracterístico mas franco, como o de alguém que aos poucos vai percebendo diante de que ameaça se encontra. Na verdade, que poderia significar a frieza daquela mulher, sua aparente contenção, seu conformismo diante de um drama que deveria atingi-la tão fundamente?

— Como aconteceu isto? — perguntei.

— Suicidou-se — respondeu-me.

Assim tudo se achava consumado — e o desespero perdera para sempre aquele que talvez fosse o mais inocente de todos, e a quem o destino mais cruelmente enredara em suas malhas. Mas, ai de nós, não há destino — existe somente a vontade de Deus. Aquele sangrento despojo, em sua muda e eloquente simplicidade, era exatamente o sinal da rebeldia e da descrença do homem na Providência Divina.

— Suicidou-se, Padre — repetiu dona Ana, num tom que me fez voltar imediatamente para o seu lado. E mais baixo, como se dissesse uma coisa inacreditável: — Suicidou-se.

De repente, como se não tivesse mais poder para esconder a verdadeira fisionomia do que ia dentro dela, exclamou:

— Suicidou-se, é o que dizem. Mas para mim, foi assassinado.

Esperei que ela própria me explicasse o motivo daquela estranha afirmativa. Avançando um pouco mais, sem no entanto desfitar os olhos do pobre corpo que jazia sobre o catre, narrou-me que fora dona Nina quem causara tudo. Ela é quem atirara o revólver pela janela, e criara, por assim dizer, a oportunidade do suicídio. Ah, sabia muito bem por quê: dona Nina ia partir, era obrigada a partir, e sabia que o jardineiro se destruiria no momento em que não lhe sobrasse mais nenhuma esperança. E ali estava a prova de tudo quanto dizia: o morto. Apoderando-se do revólver que fora cair no jardim, ele o usara como se fosse uma ordem recebida. Ninguém poderia imaginar jamais até onde ia a lealdade dessas almas simples. (À proporção que ela falava, ia se esboçando para mim essa angustiosa pergunta que desde aí nunca mais me abandonou: dona Nina seria realmente consciente do seu gesto? Saberia assim tão cruamente que estava decretando a morte do jardineiro? Até onde se estenderia sua responsabilidade, até onde iria a dos outros? A este respeito nada sei, nunca o soube, aliás. Por mais que investigasse — e muito o fiz no decorrer do tempo — jamais pude situar exatamente a posição daquela mulher em tão triste ocorrência. Nunca me foi possível discernir se ela agira por simples maldade — coisa em que não creio — ou se fora levada pelo ciúme, pelo receio de deixá-lo após si, tendo de partir, o que era apenas mais provável. E ainda sobrava o mais plausível, que seria encarar aquele gesto como um movimento irrefletido, brusco, desses que eram tão comuns, pelo que eu ouvira dizer, no temperamento daquela mulher. Esta era, não sei por quê, a possibilidade que me parecia mais natural. De qualquer modo, é forçoso convir, entre tantas sombras que se acumulavam na esteira dessa personagem, tratava-se de mais uma, e grave, a acrescentar ao seu retrato definitivo, estranho e insubstituível — enigma de Deus.)

O ímpeto com que dissera aquilo, esvaneceu-se no entanto, e dona Ana, com um gemido, abateu-se aos pés da cama. Durante algum tempo ali ficou, a cabeça apoiada à borda do catre, menos chorando do que gemendo, um gemido seco, longo e único, que se assemelhava ao brado de um animal agonizante, e era apenas o sinal de uma alma arrebentada e sem meios para os grandes transportes.

— Morreu — disse ainda, entre um gemido e outro; e fiquei imaginando o número de vezes que, sozinha, devia ter repetido aquilo — morreu, está morto. Que é que eu vou fazer de mim agora?

— Filha — e eu me aproximei dela, procurando auxiliá-la a levantar-se do chão — tudo o que acontece é pela vontade de Deus.

— De Deus — exclamou ela. E levantou a cabeça, mostrando os olhos que cintilaram de fria zombaria. — De Deus! Ah, Padre, como pode ser que entre tantos seres no mundo, Deus tenha escolhido precisamente *este*?

— Nunca sabemos o que Ele pretende de nós — respondi.

Ela voltou a se abater sobre a cama, gemendo. Durante algum tempo, todo o cubículo vibrou ao esforço daquele pranto que ecoava monótono como um aboio — depois, mais calma, voltou-se para mim:

— Foi-se, foi-se para sempre. Não está mais aqui. — E ao dizer isto, havia uma tão grande tristeza em sua voz, uma tão pungente melancolia, que era impossível deixar de reconhecer ali o cerne de todos os seus males: uma constante, uma funda e desoladora falta de Esperança. Aquela morte não significava para ela nem um ato da vontade de Deus, nem o começo de uma outra existência, nem uma possibilidade de vida futura — era única e simplesmente a morte, como uma parede nua contra a qual era inútil se atirar. (Não era precisamente esta falta de Esperança, e a contínua visão da precariedade das coisas deste mundo, o sentimento que desde há muito alimentava seu pobre espírito transido? Sim, aquela mulher, eu tornei a vê-la mais tarde, e em oportunidade identicamente dramática — e então nesse minuto posterior, como agora, ela representaria para mim o desespero de qualquer socorro divino, a consciência exata e miserável deste mundo, sem nenhuma possibilidade de resgate ou de socorro. O mundo, com suas limitações, enchia-a totalmente: nela, não havia mais espaço onde pudesse crescer uma folha sequer da erva do júbilo ou da fraternidade.)

Não sei se foi a pena, ou a simples necessidade de dizer alguma coisa, o que me moveu: sei que me aproximei, coloquei a mão sobre sua cabeça e disse, num tom onde procurava fazer vibrar um pouco de alegria:

— Não para sempre. Está escrito que ressuscitaremos um dia — e tão mais moços e mais belos, quanto menor for a extensão de nossos pecados.

— Moços! Belos! — e ela exclamou isto com profundo assombro.

— Não acredita? A imortalidade existe.

— Oh, Padre! — e de novo ela voltou a chorar, não mais do modo seco, cortante, como o vinha fazendo até agora, mas francamente, como se alguma coisa houvesse rebentado em seu peito, e as lágrimas borbulhassem livremente ao comprido de suas faces. — Oh, Padre, o senhor não compreende? — balbuciava através do seu pranto. — Era agora que eu o queria, neste instante mesmo, vivo diante de mim, e no entanto, aí está, duro, sem movimento.

Que poderia eu responder àquele grito onde ressoava toda a sua incompreensão da misericórdia divina? Abaixei a cabeça, implorando apenas a Deus que iluminasse aquela triste alma prisioneira de si mesma — e enquanto assim o fazia, senti que uma visão se impunha ao meu pensamento, uma visão daquilo que lhe faltava, que faltava a todos nós, ao mundo inteiro — e cuja carência devia ser motivo de um combate cotidiano e áspero: a presença de Cristo. Ou melhor, sua ausência. Uma ausência tão decisiva, tão presente e tangível, que à nossa volta era quase como se formasse um vácuo de intensa e acusadora lembrança. A verdade veio espontaneamente aos meus lábios:

— É preciso que compreenda. Deus quis que a senhora o perdesse.

Havia sustado o choro, e riu baixinho — um riso tão singular que me fez estremecer. Depois foi se erguendo, e eram tão bizarros seus movimentos, que eu a contemplava estupefato — levantava-se devagar, um tanto distorcida, como se aquele esforço lhe custasse uma alteração violenta dos músculos — e apoiava-se primeiro à borda da cama, depois à parede onde se viam estrias de sangue, e finalmente pôs-se de pé, a cabeça voltada para mim. Agora ali estava, encostada como se fosse cair, os olhos brilhando.

— Não, não foi Deus, fui eu mesma quem quis perdê-lo. E o pior, Padre, é que mesmo se fosse meu, se fosse inteiramente meu, talvez ainda quisesse perdê-lo. Era demais para mim, era forte demais para as minhas forças.

Caminhou dois passos em minha direção:

— Depois que ele se matou, compreendi tudo, finalmente: viver sem ele ainda era pior do que viver com ele. Mil vezes pior. É ir e vir, e saber o vagar dos dias, e o desinteresse de tudo... Agora que ele já não me escuta, e nem responde mais às minhas palavras, tenho horror do que aconteceu. Não sei fazer nada, nem caminhar, nem comer, nem falar com os outros. Ah! por isto é que fui buscá-lo, Padre.

— Por isto?

Ela aproximou-se ainda mais de mim:

— Por isto. — (Fez uma ligeira pausa e examinou-me com curiosidade. Aquele olhar, de tão incisivo, causou-me uma repentina turbação.) — Sabe o que dizem aí a seu respeito, Padre? Que o senhor é santo.

Não riu, e fitou-me de novo, como se me experimentasse. "Ah", pensei comigo mesmo, "que não pretenderia ela, e até onde não ousaria chegar?" Ergui os ombros, significando que o mundo andava cheio de tolices correntes. Então vi sua voz tremer, apesar de adquirir singular ardência:

— Não acredita? Pois todos dizem isto, Padre, não só aqui em Vila Velha, mas até mais longe, em cidades como Rio Espera, Mercês e Ubá! Todos dizem que o senhor é santo. E eu acredito, Padre, eu acredito que o senhor seja santo.

Não sei que forças encontrei em mim para afrontá-la:

— Há uma coisa mais importante do que acreditar nisto ou naquilo. A senhora acredita em Deus?

Pela terceira vez ela fitou-me, e desta vez com olhos instantaneamente vagos, onde não se lia nenhum medo, mas apenas um enorme cansaço, uma fadiga total e sem remissão.

— Não sei — disse. — Não sei mais em que acredito. Será isto importante? Olhe — e sua voz retiniu com aspereza — acredito naquilo que vejo.

— Não é acreditar em Deus — respondi.

— Que importa? — E voltou-se para mim com um gesto violento, desnudando-se afinal, numa impaciência que desvendava até o próprio centro do seu espírito: — Se o senhor fizer um milagre em minha presença, acreditarei em Deus.

— A senhora está doida! — exclamei.

Então ela voltou a rir do mesmo modo estranho e baixo com que já havia rido antes.

— Não, não estou doida. Sei que o senhor pode muito bem fazer um milagre. É só estender a mão...

Recuei um passo, e pela primeira vez ocorreu-me que o que sucedia àquela mulher era mais grave do que eu pensava. Na penumbra daquele porão mal clareado pela luz de uma lamparina, fitei-a — e ela também me fitou — e pude ver então que uma mudança havia se operado nela, e que já não parecia mais a criatura que eu conhecia, e sim um outro ser, alto, magro, e estranhamente calmo em seu desígnio. Não sei quanto durou este olhar, mas tenho certeza de que me pareceu ocupar um tempo infindo, durante o qual, como num jogo de prestidigitação, houve um extraordinário trabalho de recomposição em sua personalidade. (Foi aí, foi neste instante, que eu descobri que os seres mudam, não são arquiteturas fixas, mas forças em propulsão a caminho do seu estado definitivo.) Do lugar em que me achava, e que era um pouco abaixo do centro do quarto, mais próximo portanto da porta de saída, eu a vi rodear o catre devagar — seu próprio modo de caminhar era diferente — e postar-se do lado de lá, quase à cabeceira do morto, de onde dominou o espaço que agora nos separava, numa atitude ereta e cheia de firmeza. Havia nisto, e esta foi a constatação que mais me impressionou, um tom profundamente masculino, e até mesmo sua fisionomia, que comumente o desespero tornava maleável, adquirira um tom de escultura esverdeado e duro, com olhos claros por onde espiava uma presença que me era inteiramente desconhecida.

— Não é a mim — disse sem deixar de encará-la — mas à misericórdia de Deus que deve recorrer.

A voz que soou no quarto era arquejante, como tocada pela premência do tempo e, se bem que ainda fosse uma voz humana, não era mais uma voz de mulher, e muito menos da mulher cuja representação humana ali se encontrava diante de mim — era a de um homem, e a de um homem que tivesse corrido muito antes de chegar até ali:

— Não acredito em Deus. Quem é Deus, que é que Ele pode fazer por mim? E no entanto, o senhor...

Senti uma vertigem, e temi cair redondamente no chão. A voz ofegante continuou do outro extremo:

— Só o senhor, só o senhor pode fazer alguma coisa por mim. Padre, ele era bonito, era jovem, gracioso. Veja só como descansa, como parece um menino adormecido. Veja, Padre, se este rosto não lhe causa nenhuma pena.

— Bem vejo — respondi — mas Cristo disse que deixássemos os mortos enterrar seus mortos. Nada mais posso fazer, nem eu, nem ninguém.

Ela apenas implorou, como se o tempo urgisse:

— Um milagre, Padre, faça um milagre.

E de súbito, abandonando sua posição estática, avançou um passo e gritou quase:

— Ressuscite-o. Ressuscite-o, e eu acreditarei em Deus, em tudo.

— Como posso... — bradei, recuando.

Ela indicou-me o cadáver com mão trêmula:

— Se o senhor mandar, ele se levanta. É só dizer: levante-se desta cama, limpe este sangue e caminhe.

Ergui a mão, não para realizar o que ela me pedia, mas para traçar em sua direção o sinal da cruz. Nem sequer prestou atenção no meu gesto e, caminhando um pouco mais em minha direção, continuou a falar atropeladamente:

— Um homem que veio de Mercês disse que o senhor havia feito um milagre. Eu acredito no que este homem disse, Padre. Eu acredito nele. Era gordo e baixo, usava botas, vinha a cavalo, coberto de pó.

— Que lhe disse ele?

— Eu estava na varanda, ele nem se apeou, olhou-me só e foi dizendo: "Acabo de ver grandes coisas, dona". Perguntei: "Onde?". E ele apontou para a estrada: "No rumo do Fundão". Quis saber ainda o que ele tinha visto, e o viajante me disse: "Um padre fez um milagre".

— A senhora acredita nisto?

— Acredito. Tornei a perguntar: "Que milagre?". E ele respondeu: "Ressuscitou um morto, um homem que já estava fedendo".

— É mentira, não houve nenhum milagre.

— Nenhum?

— Não.

— Nem esse homem...

— Não conheço esse homem.

Então ela atirou-se sobre mim e começou a sacudir-me, com tal violência que eu quase tombei no chão:

— Que importa quem seja? Que importa que o senhor o conheça? Talvez não existisse homem algum, e eu apenas houvesse inventado esta história a fim de comovê-lo.

Em silêncio, com um gesto largo, tracei no ar o sinal da cruz. Ela recuou, recuou, dir-se-ia que se tinha tornado menor, mas não desistira ainda. A força de sua voz esmoreceu, mas ofegava ainda, como se estivesse prestes a partir:

— Ressuscite-o, Padre. Dirão que o senhor é santo, seu nome percorrerá todo o Estado, encherá o país inteiro. "Um santo, um santo do Brasil!" E nós, aqui da roça, diremos com orgulho: "É um padre de Vila Velha que está fazendo tais milagres".

Sem poder mais refrear minha emoção, e ante o patético daquela voz que parecia escorrer e rodear-me como um regato de sombra, escondi o rosto entre as mãos e comecei a rezar — nem sei o quê, trechos de orações esparsas que me vinham aos lábios, e que eu ia dizendo às tontas, enquanto no fundo do coração formulava um pedido a Deus por aquele pobre ser atormentado. Vendo-me naquela atitude, ela balançou a cabeça:

— Não, não é a santidade que o interessa.

— Não esta espécie de santidade — murmurei.

Ela dirigiu-se a mim uma última vez, os olhos já completamente nublados:

— Talvez — quem sabe? — o senhor também não acredite em Deus. Há dessas coisas, eu sei, sacerdotes falsos que enganam a boa-fé dos outros.

— Deus a defenda... — comecei eu.

Ela olhou-me com um resto de escárnio:

— De quê?

Insensivelmente baixei o tom de minha voz:

— Deus se compadeça da senhora.

Ela ergueu os ombros, e de repente pareceu distanciar-se e esquecer completamente a minha presença. A atitude indiferente que eu tanto lhe conhecia, voltou a apossar-se dela. Sentou-se aos pés do catre e contemplou melancolicamente o cadáver. O sangue, sobre aquele peito, alargava-se numa única mancha negra. Ela aconchegou-se sob o xale, como se tivesse frio. A lamparina ia esmorecendo. Senti que era o momento de me afastar, que já nada mais tinha a fazer ali. Mas iria com a certeza de que jamais poderia esquecer aquela imagem, a da mulher miúda sentada aos pés do cadáver — pois nenhuma outra, que eu tivesse visto em minha vida, conseguiria me transmitir mais fundo e mais atormentador sentimento da solidão humana.

17. Diário de André (II)

15 — Era evidente que eu não a esperava mais, julgando que ela tinha esquecido sua promessa. Esquecera, não havia dúvida possível, repetia eu comigo mesmo, uma, duas, inúmeras vezes, e aquilo, à força de ser repetido e mastigado como uma humilhação que não se deseja esquecer, tornava-me pálido de raiva. Ah, ela havia me enganado, escarnecera da minha esperança, dos meus sentimentos, da minha amizade, de tudo enfim — e o mais doloroso é que não havia necessidade daquilo. Por que prometer que viria me visitar, quando nem por um momento, antes de suas palavras, esperava eu que ela se dignasse bater à porta do meu quarto? Agora era impossível não reconhecer que ela me tratava simplesmente como uma criança. Seu próprio movimento, que antes me parecera revelador de tão inequívoca simpatia, desnudava-se aos meus olhos como um gesto vulgar e sem intenção. (No entanto, era fácil constatar que ela transfigurava tudo, desde uma simples risada até ao olhar mais distante e fugidio…) Esse gesto, quantas vezes eu o revivera em pensamento, o coração batendo como o de um colegial! As horas deslizavam, eu permanecia sentado em minha cama, olhos abertos na obscuridade. Lembrava-me bem, certamente me lembraria para o resto da vida: ela se achava encostada ao piano — o piano da Chácara, que quase nunca se abria — e folheava umas músicas, enquanto meu pai tocava. Não posso dizer exatamente o que fosse, nem quais

eram os títulos das páginas, pois só a figura dela me interessava. Sua posição de abandono, assim apoiada ao instrumento, pareceu-me tão impressionante, numa solidão tão viva, que jamais consegui afastá-la da memória. Que são os fatos de que nos lembramos, senão a consciência de uma fugitiva luz pairando oculta sobre a verdade das coisas? Oh, sem nenhuma dúvida ela era bela, singularmente bela, assim displicentemente inclinada sobre a música, cotovelos sobre a tampa do piano, possivelmente lendo, talvez esquecida de tudo, absorvida nesse pensamento contínuo e febril em que tantas vezes iria surpreendê-la mais tarde. De longe, eu imaginava como todos diziam que sua beleza já não era a mesma, que regressara envelhecida, bem diferente do que havia sido. Dificultosamente, como quem avança através de planos escuros e sem firmeza, tentava vislumbrar o que fora esse tempo, quando todos se inclinavam à sua passagem, saudando-a como uma das mulheres mais belas da época. Talvez mais moça, mais despreocupada, sem a marca no entanto que agora lhe transmitia ao rosto uma tão severa maturidade, como o encanto das verdades fixas e irremediáveis, do segredo adivinhado e aceito como um signo de eleição.

 A emoção trazia-me lágrimas aos olhos, e eu voltava a cabeça, a fim de não me trair. Devia ter sido um desses movimentos, possivelmente mais brusco do que os outros, que fez o olhar dela incidir sobre mim. Julgo neste momento, sozinho no meu quarto, que talvez não me tivesse visto, que apenas me olhasse com essas pupilas vazias dos indiferentes — mas naquela hora, transportado pelo meu entusiasmo, julguei que ela realmente me divisasse e, pior do que isto, que descobrisse meu segredo. Tornei-me mais pálido, tremi ainda mais e, sem poder conter mais tempo minha inquietação, ergui-me, a testa molhada de suor. Desta vez não podia haver nenhuma dúvida: ela havia me visto, completamente, até esse âmago que eu tanto me esforçava por esconder. (Por quê? Que espécie de culpa carregava comigo, que já me fazia solitário e diferente dos outros?) Vi que um sorriso repontava em seus lábios — e era um sorriso ao mesmo tempo manso, consciente e dominador. Meu pai continuava a tocar — uma seleção da "Princesa das czardas". Ela se aproximou de mim e murmurou meu nome:

 — André!

 Momentos antes eu me colocara de costas, a fim de fugir ao seu olhar — devagar, voltei-me como se o seu chamado me tivesse arrancado a uma funda distração.

— André — repetiu ela, descobrindo meu artifício — que tem você, que está sentindo?

Oh, não havia dúvida possível, eu me achava muito pálido, o suor molhava-me a testa.

— Nada — exclamei num tom que procurava fingir admiração — não sinto nada — e minha fisionomia devia desmentir completamente as palavras que meus lábios pronunciavam.

— Nada? — e seu olhar devassou-me com a força de uma luz dourada e rápida.

— Nada — repeti ainda, com uma expressão deplorável. Mas o esforço havia sido muito grande para mim e meus olhos se encheram de lágrimas. Desta vez não poderia enganá-la. Seu rosto se obscureceu de repente, e, tomando-me as mãos, num gesto cheio de carinho e de intimidade, disse-me num alvoroço, numa pressa de quem exibe um segredo:

— Hoje à noite, antes de sair, irei ao seu quarto. Temos muito o que conversar...

Um frêmito de amor apossou-se de mim àquelas simples palavras. Apertei sua mão mais fortemente ainda, como se temesse vê-la escapar à promessa que acabara de fazer. Ela sorriu, olhando ao mesmo tempo para o lado do piano.

— Não deixe de ir — implorei. E mais baixo, olhos cravados nos seus: — Ficarei toda a noite à sua espera.

Ela desprendeu-se de mim, dando-me um ligeiro tapa no rosto, e aquele gesto, pela sua grande intimidade, pelo jeito infantil com que parecia me considerar, arrastou-me de novo ao mau humor que me dominava desde a sua chegada. Mas não era mais tempo de replicar, meu pai terminara a música e voltava-se para nós.

— Ah, Valdo — disse ela — como você ainda toca bem! Essas coisas me lembram um tempo inesquecível.

Seu tom de voz era tão significativo, tão intencional, que não pude deixar de estremecer — mentira ou não, de que estranhos recursos de malícia e fingimento aquela mulher era dotada, como sabia de um simples detalhe, de um olhar, de uma palavra sem importância, compor a atmosfera precisa de um engano! Não havia dúvida de que meu pai se achava contente, levantou-se, tomou-a nos braços, beijou-a:

— Você tem boa memória, Nina.

Ergui-me: por cima dos ombros dele, vi que ela ainda me fitava, como se procurasse uma aprovação às suas palavras. E de novo, sem saber por quê, invadiu-me um sentimento inesperado de vergonha.

15 — Não pude dormir, levantei-me, tateando a escuridão em busca deste caderno. Podia ainda ver alguma coisa, pois um raio de luar atravessava a vidraça e vinha abater-se aos pés da cama. Encontrei a cômoda e ia abrir uma de suas gavetas, quando ouvi vozes. O tom não me pareceu natural; estaquei, imóvel, procurando perceber o que se passava. Não deviam se achar muito distante, mas a porta fechada me impedia de saber exatamente do que se tratava. Mas se a abrisse, poderiam me ver, e neste caso seria inútil o meu esforço. Continuei de pé alguns momentos e, compreendendo afinal que nem as vozes se achavam muito próximas e nem os que se empenhavam na discussão poderiam perceber a minha presença, abri a porta e ganhei o corredor, felizmente completamente mergulhado em trevas. Vi logo que a discussão era no quarto de meu pai, se bem que o outro interlocutor não fosse Nina, mas meu tio Demétrio. Isto me decepcionou, e já ia regressar ao meu quarto, quando ouvi distintamente pronunciado o nome de Nina. Assim, se bem que ela não estivesse presente, era dela que tratavam. Isto reanimou instantaneamente o meu interesse e, pé ante pé, como um criminoso que se oculta, valendo-me da sombra que se tornava mais densa pelos cantos, esgueirei-me em direção à única fresta iluminada que se via no corredor. Ali, não tive pejo em colar o ouvido junto à madeira. Ouvi então a voz fria e espaçada de meu tio, que falava:

— Você está doido de vez, não há remédio.

E a voz de meu pai, mais alta, menos segura porém:

— Por quê? Que imagina você...

Meu tio Demétrio devia caminhar de um lado para outro, pois sua voz ora se alteava, ora se abaixava:

— Você esquece o que já se passou, Valdo. Mas eu, felizmente, tenho boa memória.

— De que serve lembrar essas coisas? — gemeu meu pai. — Nina está aqui outra vez, e onde eu for, ela irá comigo. Não tenho nada que desabone...

A voz do meu tio explodiu como se acabasse de ouvir o derradeiro dos insultos:

— E o Barão?

Meu pai respondeu qualquer coisa confusa, que provavelmente o Barão não lhe importava, ou coisa parecida — e as vozes se encaminharam em direção à janela. Também eu não necessitava ouvir mais coisa alguma, aquilo me bastava. Durante o jantar ouvira comentários sobre o mesmo assunto e portanto já me achava perfeitamente inteirado do que se passava. Era aniversário do Barão; como todos os anos, meu pai e meu tio deviam comparecer à recepção que o mesmo dava em sua casa. Daquela vez, no entanto, discutiam em torno da ida de Nina, meu pai queria levá-la também, e meu tio, temendo sem dúvida a repercussão de antigos acontecimentos, opunha-se a que ela fosse. Não sei quem ganhou a questão, pois retirei-me logo para o meu quarto. Ah, como me eram indiferentes as querelas familiares! Por um instante, no escuro, imaginei o quanto me achava distante de tudo, e o quanto me eram estranhas as pessoas que conviviam comigo. Nada nos identificava senão o teto que nos cobria. Pensei que não muito longe, na outra extremidade do corredor, dormia esse outro tio que eu nunca via, Timóteo, e sobre quem guardavam um tão obstinado silêncio. Aquele também, que me importava? Eram outros, e bem diferentes, os motivos que me conservavam desperto até aquela hora. Inutilmente procurava refazer a trama daqueles acontecimentos que me obsedavam — acontecimentos verificados há tanto tempo e que cercavam meu nascimento como uma bruma indevassável. Apesar dos meus esforços, só conseguia entrever, no centro dessa nebulosa, a figura dessa que eu hoje conheço como minha mãe.

16 — Ela veio. Contudo eu não a esperava mais e, estendido na cama, fixava a obscuridade, o pensamento atravessado de ideias confusas e extravagantes. (Por exemplo, se ela não fosse minha mãe, talvez tivéssemos nos encontrado num outro lugar e numa outra situação. Ou então, se não existisse ninguém naquela casa, e fôssemos somente eu e ela.) Foi a esta altura — não poderia precisar exatamente a hora — que ouvi a porta se mover e, voltando a cabeça, deparei com um vulto imóvel no limiar. Se bem que não pudesse distinguir de quem se tratava, meu coração pôs-se a bater com força — era ela, só podia ser ela. Antes que qualquer palavra fosse pronunciada, veio até mim, como através de uma janela subitamente aberta para um pátio cheio de flores,

o cheiro do seu perfume predileto. No entanto, continuava parada, imaginando sem dúvida se deveria avançar ou não, se eu já não estaria dormindo, se não viria me incomodar — enquanto que na minha impaciência, eu a adivinhava nos mínimos detalhes, desde a seda do vestido, tão diferente dos de tia Ana, à curva dos seios, batendo num fluxo calmo e ritmado. Tudo o que imaginara antes, os recuos, os empecilhos, como que naufragavam diante daquela presença: acima do mundo, como num terreno de eleição, pairávamos agora distantes de toda intervenção humana.

— Mãe! — chamei; e aquela palavra me pareceu inconsistente e vazia de sentido.

— Ah, você está acordado! — disse ela aproximando-se, enquanto eu escutava a seda ranger e ela evoluía em direção a mim, deslocando no ar o perfume que se tornou mais forte.

— Não disse que viria me ver? Esperava pela senhora.

Ela sentou-se ao meu lado e tomou-me as mãos — senti o peso do corpo que tocava o meu, a carícia da seda contra minha carne, o calor que vinha dos seus seios. Por quanto tempo poderia eu permanecer assim, as mãos febris entre as suas, enquanto nossos olhos, brilhantes, procuravam-se nas trevas?

— Esteve me esperando este tempo todo! — exclamou ela quase junto à minha face. — Coitado! Se eu soubesse...

— Não tem importância — desculpei. — Sabia que iria primeiro à casa do Barão.

Sua voz tremeu ligeiramente:

— À casa do Barão? Quem disse a você que eu ia à casa dele?

A resposta custou a vir aos meus lábios:

— Escutei no corredor, junto à porta do quarto de meu pai.

Ela abandonou-me as mãos:

— Ah, você escuta às portas! — disse com secura.

Quis explicar que não, que fora tudo acidentalmente, por ter percebido que pronunciavam o seu nome. Mas que adiantava? Ela jamais poderia compreender o que se passava no meu íntimo. Calei-me, e entre nós, pelo espaço de um segundo, reinou certo constrangimento. E apesar de tudo ela se achava tão próxima a mim, que eu quase ouvia seu coração bater. Apesar dos meus dezesseis anos, confesso que era a primeira vez que uma mulher chegava tão próximo à minha pessoa. Já sabia tudo a respeito das mulheres, quer porque os livros mo ensinassem, quer porque o percebesse através do silêncio dos mais velhos. E muitas vezes, quando fora à cidade pela mão de Betty, ou sentado na boleia da charrete de tio Demétrio, seguira com olhos vagabundos e sonhadores as mocinhas que via transitando pela rua. Mas não passava disto, e eu não podia deixar de encarar com certa ansiedade o momento que meu tio anunciara, um pouco gravemente, surpreendendo um desses meus olhares em direção às furtivas passantes: "Ah, você já repara nas mulheres! Um dia desses será preciso conhecê-las de perto...". Ao meu lado achava-se aquela que até o momento eu conhecera de mais perto, já que não poderia considerar nem tia Ana e nem Betty propriamente como mulheres, mas apenas como seres familiares, formas domésticas e sem brilho que viviam em minha companhia. Sim, ali se achava, e embriagadoramente próxima, aquela mãe que era uma estranha para mim, e que sozinha, como um fato inédito, assumia aos meus olhos todo o inebriante fascínio das mulheres. Era sobre isto que eu meditava, enquanto ela guardava silêncio — e de súbito, com um suspiro, ela reatou o assunto interrompido.

— Não, não fui à casa do Barão — disse.

— Por quê? — e minha pergunta não tinha nenhum caráter especial, apenas a fizera para não deixar que novamente o silêncio pesasse sobre nós. Vi então que um soluço a sacudia, único e prolongado, enquanto ela ocultava o rosto entre as mãos. Assustou-me a emoção que aquela simples pergunta lhe causara e sentei-me na cama, as pernas pendentes do lado de fora, imaginando um meio qualquer de vir em seu socorro. Foi ela própria quem descobriu o rosto — já agora eu podia vislumbrá-lo na sombra, pálido, olhos ardentes — e voltou a colocar sobre as minhas as mãos molhadas de lágrimas.

— Meu pobre filho... Se soubesse de tudo o que me acontece... as injustiças que me têm sido feitas!

Eu sabia sobre que se referia ela: mais uma vez, pela simples sugestão daquelas palavras, os fatos antigos e brumosos voltavam a circular em torno da minha pessoa. Mas por mais que me esforçasse, não conseguia encontrar as palavras exatas e nem ministrar-lhe o consolo de que necessitava. Ah, essas coisas de outros tempos, como eu as odiava! Eram exatamente as que significavam minha ausência, o vácuo da minha presença e do meu calor — e por uma singular ironia, eram elas, precisamente elas, que comandavam toda a vida e todo acontecimento atual daquela casa! E mais do que esta repulsa concentrada, perturbava-me naquele instante a obscuridade, sua presença, suas mãos entre as minhas. Numa outra situação, talvez soubesse deparar o caminho que levava a um gesto de consolo, mas agora, paralisado, nada podia fazer senão acompanhar com angústia os gemidos que lhe subiam aos lábios. Ela se aquietara, somente um ou dois soluços a sacudiram ainda. Afinal emudeceu completamente e, na escuridão, senti apenas que suas mãos se moviam, desprendiam-se das minhas, alongavam-se e começavam a percorrer-me o corpo numa terrível e inesperada carícia. Naquele minuto mesmo achavam-se, macias e ternas, sobre os meus ombros, afagavam-me a nuca, os cabelos, a ponta das orelhas, os lábios quase. Ah, podia ser que não houvesse nisto nenhuma intenção, que fossem simples gestos mecânicos, possivelmente a lembrança de uma mãe carinhosa — que sabia eu das mães e dos seus costumes! — mas a verdade é que não podia refrear meus sentimentos e estremecia até o fundo do ser, desperto por uma agônica e espasmódica sensação de gozo e de aniquilamento. Não, por mais que eu repetisse "é minha mãe, não devo fazer isto", e imaginasse que era assim que todas elas procediam com os filhos, não podia fugir à embriaguez do seu perfume, nem à força da sua presença feminina. Era eu, eram os meus dezesseis anos em fúria que acordavam àqueles simples gestos de mulher. Tudo o que eu podia supor como atributo de uma fêmea, sua irradiação morna, seu contato macio e atraente, seu cheiro de carne e de segredos conjugados, ali se encontrava junto a mim, e a mãe que durante dezesseis anos eu não conhecera, em vão invocava naquele instante, em vão repetia o seu nome, e dizia-lhe a responsabilidade e o respeito, a ternura e a veneração — cego, perdido, tudo se aniquilava no fundo do meu ser arrepiado e em confusão. Os dedos iam e vinham e eu, tenso, esforçava-me ao seu lado para não submergir definitivamente, quando ela, atraindo-me, colocou minha cabeça sobre o seu seio.

— Aqui — disse — bem junto ao coração, quero que jure uma coisa.

Ah, eu bem sabia sobre que reportava aquele juramento, mas que me importava? Que traição poderia valer ainda, junto do fato insofismável de sua presença?

— Juro, juro tudo o que quiser! — exclamei.

Ela premiu ainda mais minha cabeça, enquanto seu hálito me roçava as faces:

— Jure como nunca será contra sua mãe. Jure... em situação... em hipótese alguma!

Jurei baixo, ofegante, sobre o que ela me pedia, mas nada existia em mim naquele instante senão uma atenção aguda pelo corpo onde repousava a cabeça e, mais do que aquele corpo, os seios vivos, que se torneavam quase junto aos meus lábios secos, e que se elevavam ao sopro de uma respiração nitidamente calma.

— Então, nada, nada nos separará! — afirmou ela.

E eu repeti, de olhos fechados:

— Nada!

Foi a esta palavra que ela me comprimiu com tal força, com tão grande ímpeto, que tive medo de perder o equilíbrio e arrastá-la numa queda. Dir-se-ia que pretendia arrancar-me alguma coisa interior, fundamental como o hálito que eu respirasse. (*Escrito à margem do diário, com letra diferente*: Só muito tempo depois pude compreender todo o ímpeto que havia naquele gesto: era como um ato de feitiçaria, e o seu esforço, menos para subjugar-me o corpo, era à alma que se dirigia. Pobre Nina, ainda aqui não havia em sua personalidade senão instinto: no esforço de submeter — o que era para ela como a própria vida — atravessava fronteiras e atingia em cheio o proibido.) Não sei então o que se passou, mas uma total obscuridade se fez em meu pensamento e, levado por uma força que não conseguia reprimir, ergui a cabeça e beijei-a entre os seios — não um simples beijo, mas uma mordida quase, um beijo furioso, perdido, mortal, como só o podem dar os adolescentes feridos de improviso pela descoberta do amor. Ela o aceitou e não fez nenhum movimento, como se se tratasse apenas da homenagem um pouco mais ardente de um filho. Apenas, como o beijo parecesse demorar um pouco mais do que o costumam essas simples manifestações de afeto filial — ah, diria ela consigo mesma, esse jeito esquerdo, esses transbordamentos, esses excessos de um coração fechado e tímido! — segurou minha cabeça e ergueu-a, enquanto dizia:

— Estamos combinados, André. Era este o juramento que eu queria que você fizesse. Depois de tanto tempo, é como se finalmente me restituíssem o filho.

Não eram aquelas, certamente, as palavras que eu esperava ouvir, e a decepção gerou o meu silêncio. Havia alguma coisa que se achava acima do meu entendimento: teria ela percebido o significado do meu beijo? Ou tudo se teria passado apenas em minha consciência? Representaria ela uma farsa, ou aceitaria realmente a paixão que começava a nascer em mim? Agora nos achávamos distanciados, e tudo parecia dito, definitivamente dito entre nós, como acontece aos amantes após um balanço feito em comum. Talvez eu nunca conseguisse solucionar o seu mistério; talvez ela jamais compreendesse o meu segredo. Vi que se levantava e que ficava imóvel diante de mim. Naquilo, pelo menos, não havia engano possível: era o momento do adeus, do beijo casto de despedida, e já todo o meu ser, confrangido e inútil, transportava-se a uma zona de completo abandono. No entanto, ela não se afastava: de pé, aguardava, como se a última palavra não tivesse sido pronunciada.

— Ainda não pude enxergá-lo — disse-me com voz um pouco insegura e que não era comum às atitudes sem dubiedade. — Acenda a luz, quero vê-lo no claro.

Girei o comutador, sem grande entusiasmo. Eu não precisava de luz para senti-la, que importava o que entrevisse no meu rosto? A claridade inundou o quarto e, bem mais do que ela poderia me ver, pois as cobertas quase me ocultavam, eu a vi, completa, sorrindo, magnífica na sua revelação. Mais do que isto: agora eu compreendia por que ela me quisera ver. Pelo seu simples olhar — um jeito turvo, uma expressão de oferta — percebi que ela sabia tudo, e que ambos enveredávamos por um caminho que não era mais o da inocência.

17 — Não posso fechar este diário sem acabar de descrever o que houve ontem à noite. Ela se achava de pé, imóvel, e eu a contemplava com uma admiração que atingia os limites do embevecimento. Jamais vira ser tão belo, e não era uma beleza isolada, uma soma de seus traços e perfeições — era um conjunto formado de tudo o que participava dela, desde os cabelos, os olhos, a pele, até a menor vibração que escapava do seu ser. Apesar de não ter ido à casa do Barão, devia se achar preparada para a festa, artifício que sem dúvida acrescia a sua fabulosa beleza. (*Escrito com letra diferente à margem do caderno*: Não hesito em descrever esse vestido, ele se acha incorporado à minha memória e sei que sua impressão me acompanhará para sempre. Devo ir mais longe: sempre que pretendo reviver o que foram os primeiros anos da minha adolescência, reencontro algo caótico, perturbador, mas de onde sobressai, nítido e alado, esse estranho vestido de baile — uma obra-prima de futilidade, de graça, desse nada íntimo e fascinante que estrutura a presença exterior da mulher.

Era vermelho, escuro e encorpado, tão agradável ao tato quanto o cetim. Sua linha era simples, envolvia-a apenas como uma túnica que deixasse livre o nascimento dos seios, para desaguar depois, numa só vaga, extensa e cheia de melodia. Cobrindo essa túnica, um véu de gaze preta, recoberto de vidrilhos, que cintilavam assim que ela se movia — e que consciência do seu encanto possuía ela, ora estacando, ora movendo-se com estudada lentidão, infalível como as mulheres que sabem aquilo que vestem. Eu a via do lugar em que me achava, e seguindo com o olhar a gaze preta que pendia dos seus braços brancos, sentia compor-se o quadro, tornar-se óleo, e converter-se afinal, através dessas cores fundamentais, em pintura imemorial e definitiva.) Encaminhou-se em direção à porta, e eu já imaginava que ela fosse partir sem nada mais dizer, quando estacou, e de lá se voltou para mim, os olhos quase cerrados:

— Quando eu me fui daqui pela primeira vez, André, você não existia ainda. Não sei que lembranças, ou que sentimentos poderá guardar da época em que vivi ao seu lado...

Abandonou o trinco que já segurava, aproximou-se de novo, inclinou-se sobre mim:

— Diga-me, você não se lembra de nada... de nada?

E se bem que seu olhar se aprofundasse no meu, e ela emprestasse a máxima gravidade à sua pergunta, eu sentia que havia nela um tom falso, e que dizia aquilo como se representasse uma comédia estudada de antemão. Era evidente que um segredo dependia das minhas palavras, mas o que eu dissesse, em si apenas, não teria importância e nem significaria coisa alguma. A mim mesmo indagava de que necessitava ela — de que palavra, ou gesto de ternura, ou reconhecimento efetivo daquela época em que parecia ter sofrido tanto? Então, como se consultasse apenas ao silêncio que me habitava, menti:

— Lembro-me.

E compreendi que ela fremia, e uma música nova havia se interposto entre nós dois.

— Onde? Como? — e ela tocou no meu ombro.

— Onde, não sei... — e imaginando, com mais verdade talvez do que suspeitava: — Num jardim. Havia uma árvore, grande, a cuja sombra eu me sentava. Mas tudo é tão confuso, e foi há tanto tempo!

— Ah, num jardim! — exclamou ela, e havia evidente decepção em sua voz.

E depois de algum tempo de silêncio, com palavras tão frias que pareciam rolar inertes no vácuo que nos cercava:

— Você quer se referir ao Pavilhão em que morávamos.

Só isto, e eu compreendi que ela não acreditava em minhas palavras. Uma espécie de soluço assomou aos meus lábios:

— Não é possível esquecer, nunca?

Ela me olhou como se não me visse mais:

— Adeus, André. Durma, que amanhã conversaremos.

Foram as últimas palavras que disse, e era evidente que havíamos atingido o fim do caminho. A pergunta causticante, apesar de tudo, ainda permanecia no ar. Ouvi a porta bater, girei o comutador e achei-me de novo na obscuridade. Mas já não estava tão sozinho, pois dos quatro cantos do quarto, não mais como uma mentira, mas como uma construção sentida e material, erguia-se a imagem desse Pavilhão, onde eu talvez, quem sabe, houvesse sido concebido.

18. Carta de Nina ao Coronel

... Tudo o que aconteceu após minha saída. Imagino bem o choque que deve ter tido, com este seu coração paternal. Vejo-o até retirando um lenço do bolso e enxugando furtivamente os olhos, sem uma palavra de queixa contra mim. Ah, Coronel, eu própria não posso impedir que o pranto me suba aos olhos. No entanto, não é difícil adivinhar o motivo do meu procedimento, não podia mais viver assim, a imagem do meu filho não me saía do pensamento. Sentia-me culpada, tinha horror de morrer sem tê-lo visto, e ajoelhada aos seus pés, pedindo perdão. Talvez o senhor não saiba o que seja um coração de mãe, mas nada existe no mundo mais poderoso do que a lembrança deste ser que nasceu de nossa carne. Também não sei se o senhor se lembra que eu havia escrito ao meu marido reclamando um dinheiro que havia prometido e não mandava nunca. As tardes que passei naquela moradia estreita, sozinha, sem ninguém para me socorrer. A perversidade do mundo, dos seres indiferentes que enchiam a rua, e eu via transitar do alto da janela. Ah, creio que teria sucumbido se não fosse a sua generosidade. Lembro-me em particular daquela noite em que fomos ao cassino e em que eu ganhei uma soma importante, fato decisivo, já que me achava definitivamente disposta a morrer. Havia mesmo adquirido certa dose de veneno e conservava-o sempre ao meu alcance, para o instante em que me decidisse. Naquela madrugada, ao regressar para casa, abri a gaveta da mesinha de cabeceira, retirei de dentro o envelope de veneno, atirei-o fora e guardei ali o dinheiro, dizendo comigo mesma: "Deus decidiu por você, Nina, ainda não é chegada a hora de sua morte". Foi a esta altura, girando pelo quarto com certa euforia — há quanto tempo não conhecia aquele sentimento de liberdade! — que imaginei reformar o apartamento e substituir a mobília velha por outra. O senhor me animou em minhas intenções e, rompendo afinal um silêncio de anos, escrevi ao meu marido, pedindo que me auxiliasse com algum dinheiro. Confesso a minha ingenuidade, mas quando Valdo me encontrara eu nada sabia do mundo, vivia fechada naquela casa de cômodos onde o senhor ia visitar meu pai, lembra-se? Foi pois através dele que aprendi o que era de bom gosto, o que convinha ou não se usar. Assim, Coronel, pensando num apartamento elegante, era com o auxílio de Valdo e os seus conselhos que eu o via mobiliado, com trastes idênticos aos que haviam povoado o único período realmente feliz da minha vida. Durante dias e dias aguardei a resposta, e nunca o lugar em que eu morava me pareceu menor, nem mais triste, nem mais acanhado. Debruçada à janela, olhava o horizonte, e minha vida desfilava inteira em meu pensamento, e sem querer, aquilo que já se achava morto há tanto tempo, subia de novo à tona, e eu sofria mais uma vez, e com uma intensidade nova, com a injustiça de que fora vítima. Nem por um momento podia esquecer mais que meu marido vivia tranquila e fartamente na Chácara, enquanto eu penava naquela moradia nua e sem conforto. Aí é que se manifestou em mim uma estranha doença, sob forma de paralisia, que o médico diagnosticou como de origem nervosa. Ah, Coronel, como o senhor foi incansável durante este período! Jamais pessoa alguma teve melhor anjo tutelar. Não houve um só dia em que não surgisse com doces e flores, e mais do que isto, que deixasse de se manifestar por meio dessas pequenas bondades ocultas, tais como somas que depositava por baixo das toalhas, trocos que esquecia propositadamente, cheques que metia disfarçado em minha bolsa. Nunca falamos sobre isto, o pudor me tolhia, mas agora é chegado o instante de lhe confessar que minha alma se sentia penhorada até a morte. Quando o senhor saía, desfazia-me em lágrimas. Ah, Coronel, no entanto, bem esquisito e ingrato é o coração humano. Enquanto assim o senhor me cumulava de obséquios, meu pensamento todo inteiro se voltava para o lar que eu perdera. Não conseguia mais dormir, não tinha sossego, a Chácara, como um remanso, não me saía do pensamento. É que durante anos e anos aquilo caminhara no meu íntimo, lento e seguro, até manifestar-se através de uma inibição física: a paralisia que me retinha ao quarto. Porque eu estava certa de que todo o meu mal era nostalgia, e que de modo algum poderia sobreviver, caso não satisfizesse aquela ânsia da minha natureza. (Hoje, conversei com meu marido sobre esses tempos, e o mal que me reteve imóvel na cadeira de rodas. Vi que ele esboçava um sorriso, acreditando sem dúvida que se tratava de uma doença inventada. Na verdade, assim à distância, e na quietude que nos cerca, parece tão fantástica, que mais se assemelha a uma mentira inconsciente, uma cilada íntima, do que um mal positivo. Seus olhos pareciam me dizer: "Ah, Nina, que estranhas coisas é capaz você de inventar!". E eu concordava, abaixando a cabeça.) Por essa época, cansada de sofrer, escrevi ao meu marido uma segunda carta, e nela expus com franqueza tudo o que se passava comigo. Queria partir, e partiria de qualquer modo, mesmo que ele não desse seu consentimento. Talvez, ao ler estas linhas, o senhor me acuse de duplicidade, considerando-me um ser manhoso e traidor. Pensar em partir, em abandoná-lo talvez para sempre, quando diariamente aceitava seus presentes e suas flores. No entanto, estará sem razão, senhor Coronel, se bem que apesar de aceitar suas gentilezas, eu estivesse ao mesmo tempo certa de que não poderia continuar a viver naquele apartamento. Seria aceitar a minha morte, suicidar-me de um modo mais seguro do que com o veneno. Aí está por que, quieta, imobilizada em minha cadeira, comecei a sentir um ódio fino e penetrante, e que ia aumentando até quase à náusea, por aqueles móveis, aqueles quadros, aquelas coisas todas que compunham o triste ambiente em que arrastava a existência. Ah, estava impregnada pela Chácara e pelo seu luxo até a medula dos ossos. Não era o senhor que me irritava, Coronel, mas apenas a atmosfera que me cercava, como se irritam certos doentes atacados pelo enjoo da febre. Dormia, e apesar dos meus sonhos, acordava no centro daqueles objetos detestados. Sozinha, chorava, invectivava aquelas paredes frias, aquele mundo sem vida para mim.

    Lembro-me bem do instante em que decidi, de uma vez por todas, que iria partir. O senhor acabara de fechar a porta e deixara uma soma importante sobre a cama. A tarde esmorecia, tudo era silêncio e aniquilamento. Compreendi que havia chegado a minha hora e, atirando de lado as cobertas que me envolviam — tinha ainda nos ouvidos, suas últimas palavras: "Agasalhe-se bem, querida, estas noites são frias" — tentei levantar-me. Admirar-se-á o senhor, após tão insidiosa moléstia, que eu ainda tivesse forças para me colocar de pé. Posso garantir, Coronel, que só o desejo de rever meu filho, minha casa, as árvores da Chácara, impulsionava-me naquele instante decisivo. Só este sentimento, repito, possuía forças para me trazer de novo à vida. Não posso descrever o que sucedeu a partir deste momento, a febre com que arrumei minhas coisas, a partida para a estação, a viagem. Tremia, e vergava meu pobre corpo ao esforço da minha vontade.

Apesar do meu aviso, ninguém me esperava na estação. Os Meneses perdoam dificilmente, e eu temia que o acolhimento que me dispensassem não fosse dos mais calorosos. Acrescia isto um certo sentimento de vergonha, pois sabia que eu me achava malvestida, e que além do mais a doença me empalidecera e me debilitara. Em qualquer situação, sempre fora uma mulher que se destacara pela elegância; agora, numa circunstância em que necessitava de toda a força dos meus atrativos, surgia naquele estado, denunciando as maiores privações. Sei que o senhor Coronel poderá se admirar dessas afirmações, lembrando-se que sempre se esforçara para não me deixar faltar coisa alguma. Mas vou mais longe, confesso que fabriquei, que modelei com perícia aquele exterior modesto, a fim de tocar o coração de meu marido. Queria vê-lo perturbar-se e dizer no íntimo: "Como, esta é a pobre Nina que eu tanto maltratei?". Eu não diria nada, mas seria bastante eloquente no meu silêncio, vestida de preto, uma joia barata no colo. Não, não proteste, Coronel, sei quais são os vestidos e as joias que tenho. Mas ao arrumar as poucas malas que trouxe, escolhi exatamente o que era mais usado e de qualidade mais vulgar. (Talvez, quem sabe, porque no fundo não me achasse mais com direito de usar todos os seus presentes.) De qualquer modo, quando desci na estação, compreendi que eu não era exatamente a mais bem-vinda das pessoas. Ninguém me esperava, e eu teria de caminhar sozinha até à Chácara. Uma ou duas pessoas de Vila Velha já me haviam visto, um grupo se formava na farmácia, diante da estação. Dentro em pouco, os comentários ferveriam. Que importava, no entanto? Chamei um carro e pedi que me levasse à Chácara. Durante todo o percurso senti que me olhavam, e apesar de saber que aquilo era apenas uma ridícula cidade do interior, sofria, porque naqueles olhos brilhava uma curiosidade vizinha da maldade. Mais do que a minha própria palidez, o que se achava colado a mim era o nome dos Meneses.

Apenas Valdo me esperava no jardim e estendeu-me as mãos, de um modo mais cordial do que eu esperava. Antes que meus lábios pudessem dizer qualquer coisa, já meus olhos imploravam: "André?". Ele me disse baixinho: "Sossegue, você não tardará em ver seu filho". E podia ter sido ilusão minha, mas julguei distinguir em sua voz um trêmulo abafado de ciúme. Afastou-me um pouco:

— Mas você não mudou nada!

Era tão sincero o tom de sua voz, que julguei inúteis as cautelas que tivera. Esforcei-me por sorrir:

— Oh, Valdo, mudei muito, sei que sou outra mulher. Depois da minha doença...

Respondeu-me um tanto vivamente, e com um gesto onde julguei perceber certa ironia:

— Ao contrário, seu aspecto nunca foi melhor do que agora.

Foram essas as únicas palavras que trocamos. Subi a escada — aquela usada escada de pedra, através de cujas fendas repontava uma erva renitente, e que desde há muito eu conhecia degrau por degrau — calculando como os outros me receberiam. Era este o problema mais grave, e durante todo o tempo eu pensara enfrentá-lo de cabeça erguida. "Ah", dizia comigo mesma, "esses Meneses verão que eu também tenho fibra." Ao chegar à sala, no entanto, as forças me faltaram. Ao fundo, junto ao aparador onde descansavam as pratas da família, achavam-se Demétrio e Ana; um tanto separados, compunham um grupo solene e hostil. Como fora tola em imaginar que teria força para enfrentá-los: jamais estaria à altura de sua terrível dignidade. Sobretudo Ana, que eu via incrustada àquele ambiente como se também fosse uma peça ou um detalhe dos móveis, tão firme como se representasse um juiz consciente da mais inapelável das sentenças. Simulei uma tonteira, gritei: "Valdo!" — e deixei-me cair inanimada em seus braços. Ouvi-o dizer aos outros:

— A pobre! Como deve estar esgotada...

Então escutei pela primeira vez a voz de Demétrio, provavelmente já bem mais próximo de mim:

— Mas não é nada... está apenas um pouco pálida!

— Não — protestou Valdo; e eu notei, com prazer, que havia calor em sua voz. — Ela acaba de passar por grave moléstia, ainda não se acha inteiramente curada. Creio mesmo que o médico...

Não ouvi o resto do que diziam porque se afastaram em direção aos fundos da casa. Reabri os olhos e dei com o vulto de Ana, não muito distante, e que me fitava sempre com uma expressão dura. (Essa expressão, que poder tinha de arrastar-me a um clima antigo, que eu não podia precisar qual fosse, e no qual sofríamos como se estivéssemos encadeadas uma à outra...) Fitei-a também: alguma coisa havia se passado com ela, não havia a menor dúvida. Ao partir, eu deixara apenas uma mulher tristonha e sem graça; agora, tinha diante de mim um ser envelhecido precocemente, enrugado, batido, modelado como sob a fúria de um incêndio interior. Durante algum tempo contemplei aquela visão, estupefata — e então, devagar, julguei que um sorriso — indefinível, pois não sei se havia nele desdém ou acusação — clareava aquela fisionomia com uma luz vagarosa e baça.

Neste momento Valdo retornou com uma xícara de caldo e obrigou-me a tomá-lo, alegando que era apenas fraqueza o que eu sentia. O próprio Demétrio aproximou-se e tomou-me o pulso. Não sei, pode ter sido um engano meu, mas julguei que sua mão tremia. O frio, o inacessível Demétrio! Procurei seus olhos e ele fugiu, voltando a cabeça. Estaria arrependido do que fizera comigo? Recolhi-me ao quarto desde esse primeiro momento, sob pretexto de que não me achava bem; na verdade apenas queria ganhar tempo, analisar a situação, gozar, quem sabe, o meu triunfo. Pois estava certa de que vencera, e aquela vitória me era o mais caro dos prazeres. Foi aí, nessa quietude do meu quarto — a mesma janela, as mesmas grades, a mesma paisagem... e de fora, como um hausto contínuo, aquele sopro de violeta e malva que impregnava todo o jardim — que Betty me surpreendeu, apesar de minhas recomendações para que ninguém me perturbasse. Era a velha Betty de sempre, com o avental muito limpo e aquela touca de arrumadeira que lhe escondia os cabelos não de todo desbotados ainda, aquele ar próprio e sossegado, que a tornava não uma governanta superior, mas um ser distinto, acanhado e polido, para quem as misérias deste mundo não contam mais.

— É um prazer tornar a vê-la, Betty — disse-lhe eu.

Ela suspirou, moveu a cabeça:

— E eu ainda me alegro mais em vê-la nesta casa, patroa. Nem pode imaginar a falta que tem feito...

Exatamente as palavras necessárias. Ajoelhei-me na cama:

— Oh, Betty, que falta pode fazer uma velha como eu?

Ela riu e afirmou que certamente eu exagerava — ainda era a mesma criatura bonita que tanta admiração causava. Contou-me então, como quem desvenda um segredo, que desde a minha partida nunca mais se ouvira um único riso naquela casa. E mesmo André, que mal me conhecera... Ouvindo aquele nome, estremeci, sem coragem para indagar pelo meu filho. Ela percebeu a minha hesitação, repetiu: "André...". Abracei-a pela cintura, inundando-a com as minhas lágrimas. Onde estava ele, que não o vira no jardim, nem na sala, nem em lugar algum? Por que não viera ao meu encontro? Alguém o proibira? Betty silenciava diante daquela cascata de perguntas. Afinal, cedendo à minha instância, respondeu:

— Tranquilize-se, ele foi apenas a uma caçada na serra do Baú.
— Mas não sabia que eu estava para chegar?
Mentiu:
— Não sabia. Desde ontem que está para aqueles lados.

E através da janela, mostrou-me um ponto vago no horizonte. Minha curiosidade não tinha limites, forcei-a a sentar-se ao meu lado, enquanto indagava como era ele, com quem parecia, se apreciava aqueles esportes brutos. Respondeu-me apenas à última pergunta:

— É o senhor Valdo quem o obriga. Mas não creio que tenha uma predileção pelos esportes violentos.

— Ah! — exclamei; e aquilo mal estancava a minha sede.

Ela quis levantar-se, mas ainda uma vez eu a retive, indagando o que fazia, quais eram seus sentimentos e preferências — e ela respondeu-me que era um temperamento reservado e taciturno. Não muito alto, e nem muito forte. Gostava de ler e furtava os livros que ela, Betty, possuía no quarto. Houve um silêncio entre nós — e a medo, baixando os olhos, perguntei se ele falava a meu respeito, se tinha notícia da minha existência, se sabia da minha chegada. Vi que Betty hesitou, enquanto uma sombra deslizava pelo seu rosto.

— Sim, sabe, o senhor Valdo avisou-o de que a senhora chegaria hoje. Mas nunca o ouvi comentar nada a este respeito, mesmo porque acredito que o assunto fosse proibido.

— Mas particularmente... com você... nunca? — insisti, ansiosa.

Ela olhou-me quase escandalizada:

— Mas para ele não passo de uma empregada... uma velha!

Não pude ocultar a minha decepção:

— Quer dizer... é inteiramente um Meneses?

Ela meditou, depois disse:

— Não, ao contrário, não se parece com um Meneses.

Pousei minha mão sobre a dela:

— Obrigada, Betty, você nem pode imaginar o alívio que me deu.

Apesar dessas palavras, ela compreendeu a minha melancolia.

— No entanto — continuou como se procurasse consolar-me — há uma outra pessoa que fala constantemente na senhora.

— Quem? — e a chama esmorecida reacendeu-se em meu coração.

— O senhor Timóteo. Aliás, é ele quem me envia à sua procura.

Fiz um movimento com a cabeça, sem grande interesse. Betty, que fingia não me ver, mas que na verdade não perdia um único dos meus gestos, continuou: ele queria que eu fosse ao seu quarto, tinha muito o que me dizer. Certamente o senhor Coronel, que há tanto acompanha minhas histórias de família, por curiosidade ou desvelo à minha ingrata pessoa, não estará lembrado de quem é Timóteo, nem saberá o motivo por que seu chamado surgira antes de qualquer outro. Será difícil explicar, sobretudo porque Timóteo não era, na família Meneses, nem o mais apagado e nem o menos extraordinário dos seres. Ao contrário. Mas para delinear sua personalidade seria preciso recorrer menos ao desenho de suas ações ou de seus sentimentos, do que à atmosfera que o cercava — densa, carregada de eletricidade, instável como a que flutua no fundo de certos bares fumarentos. Ações ou sentimentos, caso o retratassem, seriam como esteios daquele nevoento mundo em que habitava. Luxuoso, profundo, ele navegava na sua habitação como um peixe no reduto marítimo de seu aquário. Suas frases poderiam ser entrecortadas, desconexas para quem o ouvia apenas; mas para quem o pressentia, havia coerência entre os seus ditos e o fundo causticado do seu pensamento.

No entanto, senhor Coronel, é tarde, devo deixar para amanhã a continuação desta carta e a consequente visita a Timóteo. Não quero me queixar, pois sou a responsável pelo que me acontece, mas o senhor ainda se acha longe de poder avaliar o que tem sido a minha vida.......

19. Continuação da carta de Nina ao Coronel

... Uma melancolia que não consigo disfarçar. Continuo esta carta, mas sei que o senhor não a receberá nunca. Jamais ela sairá desta casa, porque coisa alguma do que me pertence consegue atravessar suas fronteiras. Ah, foi sempre este o mal daqui: fazer-me sentir prisioneira, sozinha e sem possibilidades. Sabia disto desde o primeiro instante, desde que pisei a beira daquela escada de pedra, e em que me envolveu, mortal, como um suspiro que se eleva da terra, o odor familiar das violetas. E no entanto vim — e no entanto transpus as portas do meu cárcere, porque há uma força superior que me impele, e eu vim ao encontro do meu destino, como quem abre espontaneamente as portas de sua prisão. Sim, o senhor jamais receberá esta carta, mas ainda assim continuarei a escrever, porque só assim terei a impressão de que ainda converso com o senhor, o senhor, meu único amigo, o outro lado da minha vida. Prosseguirei narrando as intermináveis histórias a respeito de Valdo, de Timóteo, da família Meneses — e espero que me escute com a mesma antiga complacência, até que eu possa ouvir, através de uma ou outra frase mal lançada, um conselho dito como um sopro ao meu ouvido. Ah, Coronel, se eu tivesse coragem, confessaria que já começo a me arrepender deste novo passo que dei, mas estou certa de que a sorte de alguns é errar, até que um dia, não sei quando e nem onde, tenhamos a explicação última desses erros que nos tornam tão incertos e desgraçados.

Voltando ao que lhe dizia anteriormente, resolvi que devia visitar logo Timóteo, já que entre todos fora ele o único que no passado me testemunhara alguma amizade. Logo, não — pensei um minuto depois, pois poderiam duvidar da realidade de minha doença. Mais tarde, um pouco mais tarde, quando pudesse dizer que me sentia melhor, e ninguém mais tivesse razão para suspeitar de mim. Como eu me tornava cautelosa, e como o era sem que isto me trouxesse nenhum sentimento de vergonha! E como Betty parecesse aguardar sempre a minha resposta, decidi-me de súbito a ir naquele instante mesmo, sem mais delongas. Concertando o cabelo com as mãos, dirigi-me ao quarto que eu já conhecia tão bem. A porta já se achava aberta, Timóteo parecia esperar-me. Como sempre, reinava a obscuridade. Assim que avancei, procurando habituar-me à sombra, vi surgir por trás dos móveis acumulados uns sobre os outros — que desordem havia agora naquele aposento que eu conhecera tão escrupulosamente arrumado! — um vulto enorme, desproporcionado, em que não reconheci de pronto o meu antigo amigo. Como estacasse, ele precipitou-se sobre mim, e só aí reconheci sua voz quente, estrangulada:

— Oh, Nina, eu sabia, eu sabia que você haveria de voltar!

Arrastou-me para junto da janela e então pude vê-lo claramente: seu aspecto era tão estranho que me senti paralisada. Não era mais aquele que eu conhecera, mas o que se poderia chamar de um exagero daquele, um excesso de exagero, uma caricatura. Monstruosa talvez, não havia nenhuma dúvida, mas extraordinariamente patética. Os olhos, sempre vivos, haviam desaparecido sob uma massa flácida, de cor amarela, que lhe tombava sobre o rosto em duas dilatadas vagas. Os lábios, pequenos, estreitos, mal deixavam extravasar as palavras, num sopro, ou melhor, num assovio idêntico ao do ar que irrompe de um fole. Naturalmente ainda conservava seu aspecto feminino, mas de há muito deixara de ser a grande dama, magnífica e soberana. Era um rebotalho humano, decrépito e enxundioso, que mal conseguia se mover e que já atingira esse grau extremo em que as semelhanças animais se sobrepõem às humanas. Essa impressão de decadência era acrescida pela roupa que vestia, restos do que haviam sido pomposos vestidos, hoje trapos esgarçados, que se esforçavam para cobrir não o corpo de uma senhora ainda nessa meia-idade capaz de ofuscar certos olhos juvenis, mas o de uma velha dama derrotada pelo desleixo e pela hidropisia.

— Meu pobre Timóteo — balbuciei, sem conseguir encontrar direito as palavras que deveria usar.

— Como me sinto feliz, Nina, como sua presença me reanima! — silvou naquele estranho tom de voz, enquanto tomava minha mão entre as suas, mãos moles, sem peso, úmidas como a de certos animais que vivem na obscuridade.

Não sei por quê, aquelas palavras me comoveram além do imaginável, aquele homem tinha o dom de fazer-me sucumbir sob um clima de exasperado sentimentalismo. Deixei-me abater sobre uma poltrona, enquanto as lágrimas me vinham aos olhos, lágrimas francas que eu nem sequer tinha coragem para interceptar. Timóteo, um tanto chocado talvez, aproximou-se, colocou a mão sobre a minha cabeça, dizendo:

— Como eu a compreendo, como sei bem tudo o que sente! — e também em sua voz havia o eco de um soluço. — Sabe? Muitas vezes, aí mesmo nesta cadeira, imaginei tornar a vê-la a fim de dizer as coisas que trago sobre o coração. Calculava comigo mesmo se teria mudado, ou se seria a mesma Nina de antigamente, com os mesmos olhos, os mesmos cabelos. Ah, Nina, quando começamos uma coisa, é preciso ir até o fim. E nós começamos, você não se lembra? Nós começamos, Nina, e você era toda a minha esperança. Desde que se foi, os Meneses cresceram de novo, tornaram-se únicos, formidáveis. Nina, é preciso destruir esta casa. Ouça-me bem, Nina, é preciso liquidar os Meneses. É preciso que não sobre pedra sobre pedra. Quando você se foi, chorei de pura raiva: nunca veria minha obra realizada, nunca. Eles eram mais fortes do que eu, mais fiéis, mais firmes do que a minha inteligência. Acabariam por me sepultar neste quarto. Ah, Nina, as vezes que me odiei, que odiei a minha feiura, a minha indignidade. As vezes que maldisse a mim mesmo e ao meu sangue sem forças! Como chorei sobre esta poltrona onde agora você descansa o braço, alto, inutilmente, avaliando o tempo de que dispunha e os recursos que me sobravam! Junto desta janela, à pouca luz que entrava, apalpei meus braços inchados, minhas pernas, meu rosto deformado. Sabia que estava doente, e que todo eu era apenas feno adocicado e podre. O próprio húmus que escorria de mim era uma mistura de perfume e sal corrompido. Sim, tinha meus dias contados, e sobre minha derrota, que era a derrota da minha vontade, elevar-se-ia para sempre a onipotência dos Meneses. (A verdade, Nina, era apenas uma questão da verdade.)

Calou-se, ofegante. Depois, puxando uma banqueta e sentando-se ao meu lado, continuou:

— Eu sabia o que me devorava. Sabia que era a pusilanimidade, o cheiro de jasmim que decompunha este quarto. Era a ausência de febre, o coração impune. Era todo eu, branco e sem serventia. Olhava minhas mãos brancas, meus pés brancos, minha carne branca — e toda uma náusea, impiedosa e fria, sacudia-me o fundo do ser. Ah, que coisa terrível é a castidade. A castidade, eis o que me devorava. Mãos castas, pés castos, carne mansa e casta. E eu chorava, Nina, porque nada mais me conseguiria fazer arder o sangue, e era sobre esta ruína mole que os Meneses erguiam o indestrutível império de sua mentira. Compreende agora por que eu a desejava, por que imaginava sua volta, por que, daquele canto, tantas vezes conversei com seu vulto ausente?

Não, eu não poderia dizer que compreendia, pois na verdade aquilo apenas me parecia o fruto de um delírio. Havia um eco, um estremecimento que me denunciava uma origem antiga e, quem sabe, real — mas como traduzir exatamente aquele monólogo que ia se prender às nossas conversas do passado, e que, menos do que um fato lógico, exprimia um estado de assentimento que me unia a ele, não pelo entendimento, mas por uma repulsa comum que vagava em zonas opacas do meu conhecimento? Através das minhas lágrimas — ai, porque eu chorava sempre — afirmei que estava de acordo, e ele, num repentino entusiasmo, beijou-me a testa e as mãos. Talvez eu não devesse mentir-lhe, pois ele contava comigo para aquilo a que chamava o "nosso pacto" — talvez eu devesse dizer-lhe que suas palavras eram para mim obscuras e sem sentido. Mas, repito, mesmo sem entender, havia em meu espírito uma aquiescência, compreendia-o sem compreender, sentia-me ao seu lado, sem saber que lado fosse esse.

Timóteo ainda falou algum tempo, exigindo que eu recapitulasse toda a minha vida. E, não sei por quê, Coronel, foi ele a primeira, a única pessoa aliás, com quem falei sobre nossa amizade. Acho que havia ternura em minhas palavras, pois ele se comoveu. "Como você é boa, Nina, e como é bom termos um amigo!", dizia às vezes. Quando terminei, puxou-me para junto da janela, suspendendo uma ponta da cortina, a fim de que a luz do dia incidisse em cheio sobre o meu rosto.

— Ah! — exclamou — este raro ser por quem se apaixonam os ministros e os coronéis! Quero vê-la, quero vê-la de perto, tocá-la com minhas mãos, para ter certeza de que realmente se acha aqui ao meu lado.

Com uma das mãos segurava a ponta da cortina, com a outra alisava-me a face. Não havia neste gesto nenhuma sensualidade, mas a minúcia, o carinho de um artista pela sua obra. Deste modo acariciou-me as pálpebras, a curva do queixo, o pescoço — e devagar sua mão desceu até a curva do meu colo.

— É bela, é bela ainda, é muito bela — disse, com a satisfação e a gravidade de um cego que já não teme nenhuma traição da realidade.

Diante de mim eu via apenas aquele rosto tumefato, que deveria ser sem expressão, e que apesar de tudo, àquela hora, iluminava-se à luz de um fogo concentrado. Abandonou-me com um suspiro, deixando ao mesmo tempo tombar a cortina:

— Assim você deve se conservar, Nina, para desespero dos homens. Ah, o que eles devem amargar com a sua beleza!

Na obscuridade, uma última vez, passou docemente a mão sobre meus olhos:

— Mas vamos, enxugue estas lágrimas; que lhe adiantam elas? As lágrimas não têm grande cotação neste mundo; e depois, uma pessoa da sua força não deve chorar nunca.

Dizendo isto, afastou-se. Vi seu vulto submergir na penumbra, enquanto uma vaga cheirando a jasmim flutuava em sua esteira. Continuei sentada e, inexplicavelmente, tive a impressão de que mergulhara numa escuridão maior do que aquela em que estivera antes.

20. Diário de André (III)

4 — Eu sabia que não poderia indagar a seu respeito, que ninguém me diria coisa alguma, e ainda assim nenhum assunto me interessava mais do que aquele. Podia muito facilmente fingir-me distraído, ou contar pela trigésima vez uma daquelas histórias de caça que tanto pareciam agradar a meu pai. (Escutava-me, com maior boa vontade do que de costume, mas era evidente que seu pensamento se achava muito longe dali.) Comigo mesmo sentia que não podia mentir, e que nenhuma outra coisa, nem as caçadas, nem meu pai, nem meus estudos, tinham para mim a importância daquilo que se referia à minha mãe. Quantas vezes não passei a noite acordado, o cotovelo apoiado ao travesseiro, imaginando como teria sido — alta, gorda, loura ou morena. Nunca vira retrato seu, nem pessoa alguma me falara a esse respeito. E que importava afinal como tivesse sido? — a única coisa importante é que um mistério pairava sobre sua vida. Em vão dissimulavam diante de mim, e mentiam, e mudavam de assunto assim que eu me aproximava da sala. Sabia que o segredo existia, e era isto o que tornava a minha curiosidade mais aguda. Pois apesar desse silêncio e de seu nome constar como uma coisa morta em nossa casa, tudo o que eu tocava, os lugares por onde transitava, o jardim e a varanda, falavam a seu respeito. Ela existira, vivera naquele mesmo ambiente, e tudo o que ali se achava testemunhava a sua passagem. Inúmeras vezes, debruçado à grade da varan-

da, olhei o céu e pensei comigo mesmo que em outras épocas — quando, não sei — ela devia ter feito o mesmo, e fitado o azul com a mesma emoção com que eu o fitava agora.

Lembro-me que, pequeno ainda, ao abrir um dia certo armário que todos consideravam tacitamente vedado, fui envolvido por um perfume doce, estranho, que não tardou muito em impregnar todo o quarto. Abaixei-me e comecei a remexer as coisas que o entulhavam; trouxe para fora várias roupas desconhecidas, fora de uso, e que sem dúvida haviam sido atiradas ali como restos sem serventia. Meu primeiro pensamento, lembrando-me do que contavam em voz baixa sobre tio Timóteo, foi que aquelas coisas lhe pertenciam. Curvado, procedia calmamente ao meu exame, quando meu pai entrou no quarto. Antes de poder constatar o que quer que fosse, devia ter sentido o perfume que vagava no quarto. Apoiou-se a uma cômoda e, como eu ouvisse rumor, voltei-me, deparando com ele intensamente pálido, encostado ao móvel como se fosse desmaiar. Julguei tratar-se de uma tonteira passageira, ia acudi-lo, quando ele me fez um gesto. Então fiquei imóvel no meio do quarto, os trapos nas mãos, contemplando-o, já agora com uma alegria onde havia uma nítida dose de perversidade. Lembrava-me de tudo o que haviam me ocultado, e percebi, diante daquele homem prostrado, que tocara finalmente a essência do segredo. Ergui as mãos lentamente, mostrando a minha presa: se todos fugiam às recordações, ali estavam elas, bem patentes, e mais do que a ressurreição do perfume de um morto, o que eu exibia eram os signos inelutáveis de uma vida. Ele não suportou aquela visão e ocultou o rosto entre as mãos. Assim, durante algum tempo, pareceu entregar-se ao mar de recordações que lhe chegavam — e todas deviam ser cruéis, sangravam ainda, vívidas, no fundo calado do seu peito. Abaixou devagar as mãos, e o rosto contraído denunciava sofrimento, enquanto ele continuava alheio, como se o resto do mundo não existisse mais naquele instante. Com a atenção de quem observa o desenrolar de um acontecimento estranho, avancei dois passos, e só aí ele ergueu a cabeça, enquanto um gemido surdo escapava-se de seus lábios.

— Oh, você, desde quando se achava aí?

Ia responder, mas apenas levantei o braço e mostrei a ele os vestidos que arrastava. Fitou-os de novo, sem compreender no primeiro momento, mas logo o atravessou qualquer coisa como um estremecimento de susto, e indagou como se eu estendesse para ele um objeto repelente:

— Onde achou *isto*?

— No fundo do guarda-roupa — respondi.

— Ponha lá tudo de novo — ordenou. — E não mexa mais nestas coisas... — hesitou, e sua voz se fez mais firme — se não quiser que eu o castigue.

Raras vezes me falara com tal severidade. Voltei ao armário, atirei a roupa dentro, fechei-o — mas não me afastei, fiquei parado, e em todo meu ser rebelado ardia uma única questão: por quê, por quê? Assim permanecemos algum tempo, até que eu verifiquei que ele se tornara mais calmo. De pé, parecia menor, mais desamparado. Já não havia entre nós aquela raiva calada, mas um imenso desconsolo. Qualquer palavra seria inútil, pois seriam inúteis todas as que não fossem a única que me interessava — e ele sabia disto. Pela primeira vez jogávamos franco, e eu deixara de ser aos seus olhos o pequeno ignorante, para me transformar, quem sabe, num possível juiz. Ainda o fitei uma vez, para que ele nunca mais esquecesse aquele instante. Aos seus olhos, e sem perder um só dos seus movimentos, levei minha mão às narinas, aspirando com força os restos de perfume que haviam sobrado nela. Assim, ele teria certeza de que minha mãe continuava existindo, e que sua presença permanecia total entre nós dois. Era isto o que devia ter compreendido, pois deixou-me passar em silêncio ao seu lado, e em silêncio ganhei o corredor, e finalmente a sala.

Não sei quanto tempo ainda vaguei pela casa, unido àquela presença que eu não conhecia. Os lugares, os objetos, as próprias pessoas como que haviam se tornado mais próximas. Quando se acenderam as primeiras luzes, eu ainda lutava para fazer subsistir o sortilégio daquele perfume, que já ia desaparecendo, como uma cor sugada pela noite. De novo, real, eu caminhava sozinho.

7 — Hoje estávamos no quarto, Betty e eu; olhávamos pela janela, e o céu era mais belo do que nunca. O luar clareava o jardim, e a silhueta da casa projetava-se até o meio da alameda. Com esta paz, esta luz feita para os acontecimentos serenos, meu pensamento fixava-se nela, somente nela, como quem se afunda num amor ausente. Esquecido de tudo, procurei reviver o tempo em que havia caminhado naquelas aleias cobertas de areia, entregue Deus sabe a que sonhos, a que esperanças. Essa impressão foi tão forte, que julguei pressentir um vulto destacar-se do maciço dos canteiros. Meu coração pôs-se a bater com mais força, enquanto lágrimas quentes me subiam aos olhos. Voltei-me impetuoso para Betty, indagando com voz cerrada:

— Por que ninguém me fala, por que ninguém diz nada a seu respeito? Que houve, que fez ela, por que me escondem tudo?

Betty perturbou-se, fugindo ao meu olhar. Por um momento, vendo-a estremecer ao meu lado, olhos também fixos no jardim, imaginei que talvez seu pensamento não andasse tão longe assim do meu.

— Fale, Betty — continuei, sacudindo-a. — Você não pode, não tem o direito de me esconder o que se passou!

Era a primeira vez que eu a interpelava de modo tão direto; até agora, se bem que exasperado, contentara-me com o silêncio e as fugas que ela me servia. Devia haver qualquer coisa em minha atitude que lhe denunciava uma ruptura definitiva daquela situação. Ou, quem sabe, por um desses movimentos incontrolados de justiça, tão peculiares às pessoas de natureza generosa, e que se processam quase a despeito de sua vontade, não teria ela chegado à conclusão de que afinal a verdade me era realmente devida? Não sei; apenas, naquele minuto, ante minha veemência, percebi que a costumeira rigidez se desfazia, e que a pobre Betty tremia ante mim como se tivesse sido surpreendida numa falta. Ao compreender isto, mudei de tom, abaixei a voz, sem diminuir a autoridade que havia nela:

— Conta, Betty. Um dia eu terei mesmo de saber tudo.

Mais uma vez ela desviou o olhar, balbuciando:

— Não posso, não posso, André.

— Por quê?

Sua voz tornou-se mais tênue do que um sopro:

— Prometi... jurei... há muito tempo.

— A quem, Betty, a quem você jurou?

— Ao seu pai — e suas mãos tombaram vencidas ao longo do corpo.

Houve uma pausa, durante a qual, em vão, tentei encontrar-lhe os olhos. Betty fugia, mais por um dever, pela obrigação do juramento feito, do que propriamente para conter as atropeladas recordações que lhe chegavam. Sem que eu insistisse agora, começou a falar, e sua voz, macia, ia desvendando finalmente aquele panorama com que eu tanto sonhara.

Nem mais se lembrava de quando minha mãe já havia partido. Uma tarde achava-se ela no quarto, junto à minha cama, quando meu pai entrara, fechando a porta por trás dele.

— Ah, é o senhor Valdo! — dissera ela.

Ele emagrecera muito e, de pé, ao seu lado, fitava o berço sem dizer coisa alguma. Depois de algum tempo, suspirando, fizera um gesto:

— Preciso falar com você, Betty.

Saíra, e logo no corredor ele a encostara contra a parede. O que pretendia era muito grave, e precisava de toda a sua atenção. Betty concordara com a cabeça. Então, um tanto envergonhado, perguntara se ela não ouvira falar, ou se até mesmo não presenciara certos fatos estranhos acontecidos ali na Chácara. Sim, ouvira falar, e até mesmo surpreendera uma ou duas atitudes que não lhe pareciam comuns. O sr. Valdo colocara a mão sobre seu ombro: era isto. Precisava que ela jurasse, e jurasse sobre o que havia de mais sagrado, que nunca, nunca, em hipótese alguma, falaria no nome daquela que fora sua mulher à criança que dormia no quarto. Queria que o menino a ignorasse para sempre, que nem sequer soubesse que existira. Betty jurara então pelo que de mais sagrado havia — a memória de sua mãe. E não quebrara o juramento nunca: se falava agora naquilo, que a morta a perdoasse, pois André já não era mais uma criança.

Assim que terminou a narrativa, voltou para mim os olhos cheios de lágrimas:

— Compreendeu agora que eu não posso... que é impossível?

Sim, eu compreendera, e nem por isto era menor a dor que me avassalava. Afastei-me da janela, deixei-me cair sobre a cama. Inútil esconder, inútil afogar o rosto no travesseiro: lá se achava ela, a questão obsedante. Quem fora, onde estava, que grande falta fora a sua? Ninguém me respondia coisa alguma; fora, ao luar, a areia reluzia. Meu único consolo era pensar que ela também poderia ter caminhado ali um dia, não distraída, não ausente, mas com o coração tão pesado quanto o meu naquele instante.

9 — Tive hoje uma das grandes surpresas da minha vida. Limpava na varanda o cano de uma espingarda, quando meu pai se aproximou de mim.

(Sempre houve entre nós uma certa rigidez, um certo mal-estar, cujas razões jamais consegui esclarecer. Pouco expansivo, ele nunca se aproximou muito de mim — e eu, pelo meu lado, nunca simpatizei com ele o bastante para transformá-lo em amigo. Obedecia às suas ordens, é certo, e até mesmo, por que não dizer, satisfazia a alguns dos seus caprichos. Nessa questão de esportes, por exemplo, seguia suas indicações, se bem que as achasse em desacordo com minha natureza. Colecionei todos os fuzis e espingardas com que me presenteou, sem no entanto jamais me apaixonar pela ideia da caça. Aceitava os presentes para satisfazê-lo, porque ele me dizia sempre — primeiro, que um rapaz da linhagem dos Meneses devia praticar algum esporte — segundo, que a um adolescente eram necessários jogos violentos, a fim de que não se transformasse num ser desfibrado como tio Timóteo. Mas a verdade é que, chegando a ser um razoável atirador, nunca tive entusiasmo pelas caçadas, o que desgosta bastante meu pai, eu sei.)

— Gosto de vê-lo ocupado nesses trabalhos — disse-me.

— De vez em quando é preciso olear isto — respondi, pensando que o assunto, como de outras vezes, morreria com a troca banal daquelas frases. Mas enganava-me, ele não se afastou e continuou observando a minha tarefa, como se aquilo o interessasse sumamente. Perturbado com aquela insistência, retirei a vareta do cano e ia guardar tudo, quando ele continuou:

— Você me poderia dar um minuto de atenção?

Só aí compreendi que ele não viera simplesmente inspecionar minha lida com as armas. Depus a espingarda no rebordo da varanda e olhei-o: pareceu-me mais pálido do que habitualmente. Seu rosto, quase sempre carrancudo, traduzia agora uma secreta apreensão.

— É para um triste assunto, meu filho — disse-me, com um suspiro.

Com um gesto indicou-me as cadeiras de vime, convidando-me a sentar ao seu lado. Eu o obedeci, o coração batendo, como certos sinais atmosféricos revelam a tempestade próxima. Sentamo-nos, e os olhos dele perderam-se no vago, como se revivesse em pensamento algum fato, ou procurasse um meio para iniciar a conversa. Tão próximo dele que nossos joelhos quase se tocavam, pude examiná-lo em detalhe, e realmente me pareceu mais velho, com rugas acumuladas em torno dos olhos. "Meu pai", pensava eu comigo mesmo, escavando o pensamento para ver se encontrava no fundo um resquício de ternura. Não sentia coisa alguma, meu coração permanecia calado e indiferente. Oh, decerto estava longe de me considerar um monstro, mas não podia esquecer como fora criado, longe de qualquer manifestação de carinho, entregue apenas à solicitude de Betty. Ana, com quem conversei um dia, contou-me vagamente que eu não nascera na Chácara, e que ela, a mando de meu pai, é quem fora me buscar no Rio de Janeiro. Estranhei o fato, quis saber pormenores, mas como se arrependesse daquela intempestiva confissão, ela fechou-se no seu habitual mutismo. Assim, nem mesmo meu nascimento despertara nele algum interesse; viera para a Chácara por intermédio de mãos alheias, e deplorava agora esses acontecimentos que me tinham feito — não, ver a luz do dia longe dali, mas ter regressado em vez de permanecer ao lado de minha mãe. Teria ele percebido isto àquela altura, estaria procurando reparar o engano, tentaria uma aproximação comigo? De antemão eu já imaginava como seria em vão, e como este esforço, caso se concretizasse, ainda nos tornaria mais estrangeiros um ao outro.

— Vejo que você tem uma caçada em vista — começou ele, como quem se resolve afinal a um lance difícil.

— Não, não tenho — respondi. — Estava apenas limpando o cano dessa arma.

— Pois é pena — tornou. — Uma caçada agora me agradaria de modo particular.

— Por quê? — indaguei, fixando-o a fim de ver se descobria seu verdadeiro sentimento.

— Porque...

Estacou, e vi que ele lutava intimamente. Durante algum tempo conservou-se de olhos baixos, procurando talvez a fórmula exata de exprimir suas razões — as razões de um homem orgulhoso, que nunca as tinha para suas preferências e seus desejos.

— Porque... é preciso, André, é preciso — concluiu de modo abrupto. — Não me pergunte as razões, que eu não as posso dar agora, mas tenho necessidade que você se afaste desta casa um ou dois dias.

Era a primeira vez que me falava naquele tom quase suplicante. Era a primeira vez que eu o via assim, quase humilde diante de um motivo que possivelmente não fosse inteiramente justo. Então um raio de intuição penetrou-me o pensamento, e aquilo foi tão rápido, tão fulgurante, que eu me coloquei de pé sem querer:

— É ela? — perguntei.

E, veemente, sem esperar resposta:

— É ela, tenho certeza, é dela que se trata.

Ele encarou-me com surpresa, e por um momento temi ver reapossar-se dele a costumeira reserva. Mas, ao contrário, desta vez moveu a cabeça devagar:

— Sim, é dela que se trata.

Que outras palavras seriam necessárias entre nós, que outras explicações, que entendimentos seriam possíveis? Tornei-me de repente estranhamente calmo:

— Então não parto, meu pai, não vou a caçada alguma.

Continuava a me examinar como se dissesse: "Então é assim? Tanto lhe preocupa ela?" — e não demonstrou nenhuma surpresa. Por sua vez levantou-se e caminhou alguns passos pela varanda, as mãos atrás das costas. A ruga cavada na testa parecia indicar que ele procurava um meio de solucionar a questão. Afinal, voltou-se para mim, que continuava de pé, aguardando.

— Se pensa que eu quero impedir que você a veja, está enganado. Estou pedindo apenas um prazo.

— Então ela vai chegar? — e minha voz morria na garganta.

— Vai.

Hesitou e concluiu:

— Creio mesmo que ficará para sempre.

Ah, que me importava pois um prazo, dois, três dias, um mês que fosse, se já aguardara durante aqueles anos todos? E como eu fizesse um gesto, incapaz sem dúvida de conter os sentimentos que tumultuavam no meu íntimo, ordenou-me que ficasse quieto, pois iria explicar tudo. De fato, um pouco aos arrancos, procurando as palavras e sem conseguir fixá-las de acordo com suas intenções, disse que havia perdoado todo um passado de erros, e que dentro em pouco ela estaria de volta a casa. Temia somente o nosso encontro, porque todas essas emoções se dariam ao mesmo tempo, e, pelo que sabia, ela estava fraca e doente. Este era o motivo por que as coisas deviam vir em doses reguladas. Disse ainda que, segundo a carta que recebera, a moléstia era grave — motivo que o levara finalmente a perdoá-la. Queria um dia de prazo para que Nina — e ao pronunciar este nome, sua voz esmaeceu singularmente — pudesse se readaptar ao lar e às circunstâncias. Se eu estivesse de acordo, iria a uma caçada, onde demoraria o suficiente para que ela pudesse chegar. Contava com o meu juízo, o meu entendimento, a fim de evitar a uma pessoa combalida, a sucessão de choques emocionais.

Foram estas as suas palavras, e que me importavam elas? Que importava, aliás, o que quer que fosse, desde que ela afinal estivesse para chegar? Aproximava-se a hora em que não haveria mais nenhuma barreira, nenhum juramento, e eu poderia satisfazer completamente a minha curiosidade. Que digo eu? A minha paixão. Quando estivéssemos a sós, e sem dúvida chegaria este momento inefável, diria como a conhecia há muito, e como sempre percebera sua presença circular em torno de mim. Nunca me enganara com o silêncio dos outros, e sabia também que eles tinham o pensamento povoado de sua lembrança, e que aquela própria casa, com suas pedras e colunas, mantinha-se de pé apenas porque fora o cenário onde ela vivera um dia. Meu pai devia ter compreendido os sentimentos que me agitavam, pois inquietos, atônitos, seus olhos acompanhavam as transformações de minha fisionomia.

— O senhor jura... jura como nunca mais ela irá nos abandonar?

Respondeu simplesmente, num gesto total de abandono:

— Juro.

Então não me importava sair, nem esquecê-la por algumas horas, já que ao regresso ela estaria eternamente ao alcance de minha sede.

— Irei à caça, não há dúvida — respondi.

Ele estendeu-me a mão:

— Obrigado.

Pôs-se de pé, e eu senti que ele não podia perdoar a alegria que meus olhos estampavam, e que a despeito meu, com inesperada intensidade, exibiam eles sentimentos que ocultamente, durante tanto tempo, haviam nascido e se ramificado no fundo do meu ser.

10 — Saí pela madrugada, depois de renunciar à companhia do empregado. Informando-se dessa dispensa, Betty veio ao pátio recomendar que eu tivesse cuidado com a arma — e que não fosse me arriscar muito longe, e nem me embrenhasse pelo mato cerrado. Garanti que ia apenas a um passeio, e toquei o cavalo, sem olhar para trás, numa fuga quase. Queria estar só com meus próprios pensamentos. Tomei o caminho que se dirige ao Fundão, deixando o cavalo seguir de rédeas soltas. Era cedo ainda, a sombra não desertara completamente das touceiras mais cerradas, se bem que aqui ou ali, à superfície das águas empoçadas, já flutuasse a claridade rósea da manhã. Acima de mim, num céu ainda noturno, Vênus guiava-me com seu azul de seda antiga. "É a última vez que esta estrela resplandece sobre mim em sua ausência", pensei. E isto me fez retomar as rédeas e cavalgar mais depressa, como se deste modo auxiliasse o tempo a se esgotar.

Da neblina surgiram dois ou três casebres de taipa, vozes conhecidas me cumprimentaram. Tantas vezes eu passara ali, e em nenhuma delas sentira aquele sentimento palpitar no meu peito, como se fosse a primeira vez que visse a realidade da paisagem, e sua áspera vida se apoderasse do meu coração. (*Escrito à margem do diário*: Tudo já se passou há muito, os casebres não existem mais, o vale é ressecado e triste. Deste alto onde posso contemplar todo o Campo da Cruz Vazia, procuro através da bruma, que esta sim, é a mesma, os traços do adolescente que fui — e nada sinto, nada ouço, nada vejo, porque meu coração já não é leve, e nem a pureza, que outrora foi minha, renova mais a música daquele momento.)

Caminhando, eu via repontarem diante de mim as árvores carregadas de flores, as parasitas pendentes, os lírios-do-brejo — e imaginava que de tudo isto faria uma braçada e iria depositar aos seus pés, como uma homenagem de toda a campina. Provavelmente gostaria de flores, e em certas madrugadas eu viria assim, batendo os grotões e as escarpas, para encontrar-lhe espécimes raros. Ou então não — viríamos os dois, e ela cavalgaria à minha frente, enquanto cheio de orgulho eu olharia para os passantes como quem dissesse: "É minha mãe".

Felizes, os periquitos e as saracuras podiam voar livremente e atordoar o mato com o frêmito de suas asas. Feliz, toda aquela vida que ainda fervia noturna no seio do brejo. Contra ela eu não levantaria a minha arma, não porque a respeitasse, mas porque tudo o mais me era indiferente ante a chegada de minha mãe. Não sei, ignoro se é deste modo que os outros amam, se em relação a todas as mães o sentimento é o mesmo, mas comigo era algo devorante, único, que me absorvia todo o calor e toda a vontade. E mesmo que não fosse assim, que me importavam os outros? Em relação a ela, o que sempre me impulsionara fora aquela sede, se bem que só agora estivesse certo de que não fora em vão, que não desperdiçara meu amor com um fantasma. Que valia o resto, em que pesavam os arrazoados alheios?

Sabia-me cheio de força, sabia que o mundo me esperava, todo o meu ser vibrava como se através dele repercutisse um toque de clarim. Nada mais existia, nada mais contava além da minha febre — e eu tocava o cavalo, depressa, cada vez mais depressa, vencendo estradas e estradas, e planícies brancas de orvalho, e trilhas, e cumes que ao longe iam amanhecendo, enquanto em mim tudo amanhecia também, e o dia se fazia a cada instante mais preciso, resvalando, espraiando-se no meu íntimo — e eu seguia mais veloz ainda, o cavalo molhado de suor, crinas ao vento, certo de que não havia grande diferença entre o meu sol e o que iluminava a paisagem.

....

Eu a vi, finalmente. Já era noite, no dia seguinte, quando regressei para casa. Desde longe, ao atingir o jardim, percebi, através do enredado da folhagem, que havia luz na varanda. Uma luz baça, insuficiente, e que nunca se acendia, mesmo nas ocasiões mais importantes. "É ela", imaginei comigo mesmo, avançando em meio às folhas, com a cautela de quem persegue um rastro. Mais adiante percebi que a porta da sala grande se achava aberta, se bem que não houvesse ninguém na varanda. Subi a escada pé ante pé, e de repente deparei com ela, estendida na rede, imóvel. Tinha o rosto apoiado a um dos braços, os olhos fechados — mas era evidente que não dormia. De longe, encostado à coluna, detive-me a fitá-la. Não era bem a criatura que eu imaginara, mais flácida, mais pálida, e mesmo mais velha de aspecto do que eu supunha. Impulsionou a rede num certo instante, retirando o braço e deixando a cabeça pender para trás. Então a claridade bateu em cheio na sua garganta e na curva dos seios — uma emoção me assaltou, encostei-me à pilastra. Ah, que estranha pena era aquela que agora me pungia? Fixei a vista, procurando ver melhor — e senti que não dependia propriamente daquilo que eu tinha diante dos olhos, mas do que a cercava, aquela piedade que súbito me alcançara. Uma mulher bela, sem dúvida, uma mulher que sobretudo fora bela — mas que nos dava a impressão de carregar uma secreta culpa. Ali se achava ela, e um estigma parecia interditar-lhe qualquer convívio humano. (*Anotado à margem do diário*: Só mais tarde vim a compreender; naquele minuto, eu a via isolada como uma ilha, completa e fechada, varrida por ventos que não eram os do nosso mundo. Podia erguer-se, conversar, rir até como toda gente ria — mas um poder qualquer separava-a dos outros, incentivando-lhe esse clarão particular, atormentado, de onde incessantemente estendia as mãos para os que passavam.) Recuei, o coração batendo forte. Jamais vira ser tão solitário, que ansiasse mais por um carinho ou um esforço dos homens. Essa impressão foi tão poderosa que me paralisou durante algum tempo — em torno, a noite ruía com suas miríades de estrelas.

Quando ousei avançar, ela fez um movimento, abriu os olhos, acabou sentando-se na rede. A atmosfera desfez-se devagar, como uma ameaça que recuasse para a sombra.

— Quem está aí? — disse.
Avancei, sem coragem para responder. Ela veio ao meu encontro:
— Você é André, não é?
— Sim, sou André.
— Eu sabia — tornou a dizer, e havia uma tal firmeza em sua voz, que a olhei estupefato.
Do seu mundo, ela me fitava como se desejasse diminuir a distância que nos separava. E sem dizer mais nada, levou-me, obrigando-me a sentar ao seu lado.

21. Diário de André (IV)

10 — Passei toda a noite em claro, ainda sob o efeito do nosso primeiro encontro. Encostado junto à janela, olhos bem abertos na obscuridade, repassava uma a uma as palavras que ouvira, relembrando o som de sua voz, o brilho dos seus olhos, seus gestos, tudo o que enfim constituía integralmente sua presença. Indubitavelmente não eram as mesmas frases que eu esperava ouvir, nem aquelas com que eu sonhara tanto durante o tempo em que a aguardara, mas traziam o calor imaginado por mim, a mesma ternura e a mesma compreensão. Havia também, é certo, uma nuança de angústia, inexplicável, e por vezes eu chegava mesmo a sentir certo esforço de sua parte em vir à tona, em dirigir aos outros as palavras banais que servem às relações humanas, como se a retivesse, num esforço constante de atração e densidade, o que existia de mais fundo em sua natureza. Por um momento, única pessoa acordada em toda a casa, passei e repassei mentalmente o que ela me dissera — e era pouco, muito pouco, sem dúvida, simples palavras de afeto, uma ou outra pergunta mais íntima, uma observação mais terna. Não era o que eu esperara naquele tempo de ansiedade, e que julgara condizer com o esboço forjado pela minha imaginação e pelas informações alheias. Não. Mas que importava isto, já que existia realmente e estivera sentada ao meu lado, e eu pudera tocá-la, como se tocam as coisas mais sensíveis e próximas? Talvez viesse um dia em que pronunciaria

as palavras que eu aguardara; talvez chegasse o minuto em que eu deveria compreender, inteiro, o mistério que flutuava em sua consciência. Até lá, bastava-me sabê-la distante apenas alguns passos. Se me erguesse e fosse até sua porta, e colasse o ouvido à madeira, possivelmente ouviria seu ressonado — e se chamasse, ela me atenderia, admirada, segurando com uma das mãos os cabelos desfeitos. Que outra recompensa poderia desejar um coração apaixonado como o meu?

No escuro, prestava atenção ao ruído do relógio, e aquilo me parecia diferente, como se marcasse os momentos de uma vida nova. Lembrava-me de que, no jardim, rompendo seu aparente alheamento, ela tomara de súbito minha cabeça entre suas mãos, e dissera, olhos mergulhados nos meus, um indizível frêmito na voz: "Meu filho, meu filho!". E apesar de parecer estranho, era como se me dissesse uma palavra de amor, não igual às que as mães dizem comumente aos filhos, mas às que as mulheres dizem ao objeto de sua paixão. Não me treme a mão, nenhum remorso obscurece minha consciência ao confessar isto; nem sequer, de longe, posso imaginar que poderiam ser outros os sentimentos que nos uniam naquele abraço. É que havia na sua expressão um enorme tormento, e sua palavra era como o gemido de um animal ferido e sem recursos. Não sei por quê, insensivelmente, as lágrimas me vieram aos olhos.

11 — Tornei a vê-la, e de repente, quase sem esperar que isto acontecesse. Digo "quase" porque vivo em constante expectativa desde que ela penetrou nesta casa. Assim, não seria exato dizer que estava longe de esperar encontrá-la, ao contrário, procurava-a por toda a casa, seguindo o eco das vozes que não conseguia reconhecer, espiando pelas frestas e até mesmo o rastro do perfume que ela deixava pelos aposentos. Estranho perfume, não sei se já falei sobre ele — lembra um pouco o da violeta, mas misturado a não sei que essência humana, que o torna diluído e menos banal. Comigo mesmo, e com o pouco que eu conhecia dessas coisas, imaginava que representasse ele um verdadeiro perfume feminino, desses que tantas vezes deparei assinalado em romances, como característico de heroínas românticas e amorosas. Talvez fosse um pouco livresca a imagem que em meu interior eu esculpia daquela que o usava, mas gostava que assim o fosse, e que ela possuísse aquele signo, tão cálido, para diferenciá-la das outras mulheres que eu conhecia. Era nisto que eu ia pensando,

quando a vi diante de mim, na sala, de pé e imóvel, como se estivesse à espera de alguém. Apoiava-se ao aparador de vinhático, onde Demétrio dispusera o que sobrara das riquezas de família, e ali, vagamente perdida, examinava aqueles objetos sem emoção e sem estima, como se eles nada lhe dissessem, fora do aspecto doméstico que ostentavam. Assim que me viu, exclamou:

— André! — e era impossível não perceber o quanto de alegria existia em sua voz.

Perturbei-me ante aquele encontro inesperado, e ao mesmo tempo tão procurado; difíceis, as palavras se engrolaram em minha boca. Ela adivinhou o que se passava comigo e arrastou-me para o sofá:

— André — repetiu com ternura — onde é que andou metido durante este tempo todo?

— Procurava-a — respondi, e uma imagem rápida atravessou-me o pensamento: ela, também à minha procura, enquanto eu, desconsolado, girava em seu encalço. E extraordinário, não havia nenhum mal que uma mãe assim andasse à procura do filho, e que um filho procurasse se avistar com a mãe — e apesar disto, ali nos achávamos sob o domínio de um certo enleio, como se houvesse em nossa atitude alguma coisa reprovável.

— Procurava-me! — e como se me agradecesse aquilo, tomou minha mão entre as suas e apertou-a. — Ah, você é bom, André. Se soubesse o quanto lhe quero bem...

(*Escrito à margem do diário, com tinta diferente*: Que havia de falso em suas palavras, que existia em seu fervor que não conseguia me comunicar nenhum entusiasmo, e que visava ela, precisamente, ao dizer aquilo? Não sei hoje, como não sabia naquele tempo. Apenas uma coisa me parece certa: é que então lutava ela para se adaptar a um ritmo de vida que havia perdido, e qualquer coisa, qualquer amizade, servia-lhe como tábua de salvação. Não importava que fosse eu, era até melhor que fosse eu. Necessitava de uma âncora, de uma amarra em terra firme, já que tudo lhe fugia diante dos olhos, hostil, desde aquela monotonia que não conseguia suportar, apesar dos seus esforços, até a lembrança de fatos antigos, que pensara sufocar no fundo da consciência, e que a cada minuto, poderosos, ressurgiam em seu pensamento e até mesmo — por que não dizer? — em sua carne.)

— Não me deixe — implorou de repente em voz baixa, e fitando-me pela primeira vez e pela primeira vez dando-me a sensação de que se dirigia não a um fantasma, mas a mim mesmo, sentado e ali presente. — Não me abandone. Se soubesse de tudo o que se passa...

Creio que foi este sentimento de insegurança, que ela transmitia de modo tão agudo, o que primeiro atuou no sistema de relações que ia se estabelecer entre nós — creio mesmo que, a partir deste momento exato, começou a atuar em mim, como uma névoa sempre permanente, um fundo de piedade que eu não conseguia mais dissimular. Ah, pobre e estranha mulher, que culpa era a sua, que assim a fazia tremer diante de inimigos cuja face não ousava revelar? E nem precisava eu que ela assim o fizesse, para hipotecar-lhe toda a minha solidariedade e todo o meu amor.

Sempre com minha mão presa entre as suas, continuou a falar:

— Agora ninguém mais poderá furtá-lo de mim. Já nos conhecemos, já sabemos quem somos. E é preciso que você me diga o que tem feito, onde tem andado. Quero saber de tudo, está ouvindo? de tudo. Um filho nunca deve ter segredos para a mãe.

Achei extraordinário o tom que ela empregava para dizer-me aquelas palavras, tão simples — era como se fizesse uma violência para consigo mesma, e exprimisse uma ternura, um cuidado, ou que não sentia realmente, ou que conservava sob um excessivo clima de pudor. Depois dessas frases, calou-se, de modo tão repentino quanto começara a falar. (Não sei se já disse que estávamos sentados no sofá da sala; a luz não era muita, interceptada pela cortina da janela que fora corrida. Mesmo assim, divisei seus olhos que me examinavam, e descobri neles uma ânsia tão grande, uma tão autêntica aflição, que me senti chocado, e o sangue subiu-me às faces. Positivamente, havia em tudo aquilo alguma coisa que ultrapassava o senso comum — não era assim, não podia ser assim que as mães habitualmente se dirigem aos filhos.)

— Não me olhe deste modo — supliquei.

— Por quê? — e abandonando-me a mão, ela se esforçou para atingir um clima de naturalidade.

Ergui os ombros, e durante algum tempo ficamos calados, sem conseguirmos nos libertar do constrangimento que nos enleava. Aos poucos, a obscuridade ia aumentando na sala. Sobre o aparador, as pratas luziam amortecidas. De repente, como se houvesse tomado uma decisão, ela passou a mão pelo meu pescoço, atraiu-me, enquanto dizia com singular expressão de ternura:

— Tolo! Tolo! Você sempre deve ter sido tolo...

Procurei fugir à sua pressão, sem compreender o que aquele gesto significava — e como continuasse ela a me reter, e com a mão livre afagasse meus cabelos, tive medo, e pela primeira vez pensei que talvez eu me achasse diante de uma mulher que não fosse inteiramente sã do juízo. Ela sentiu meu movimento de recuo, mas em vez de abandonar-me, intensificou a pressão, dizendo ao mesmo tempo:

— Não se afaste de mim, não tenha medo.

— Não tenho medo — respondi, se bem que interiormente todo o meu ser se achasse profundamente tenso.

Então ela inclinou-se, beijou-me a testa e as faces:

— Quero que me faça uma promessa. Quero que jure...

Eu ainda sentia no rosto o úmido ardente dos lábios que haviam me roçado:

— Juro — balbuciei, atônito diante daquele transporte.

— Não, não jure nada. Pelo menos, não jure agora.

Abandonou-me, e como movesse a cabeça, vi que tinha os olhos cheios de lágrimas. Desta vez fui eu quem lhe tomou as mãos — e no íntimo, admirei-me da audácia do meu gesto.

— Se é algum aborrecimento... se precisa de mim...

— Uma noite dessas — respondeu ela — irei ao seu quarto. Lá, se quiser, conversaremos.

Ao dizer estas últimas palavras, já se achava de pé. Pensei em dizer alguma coisa, em retê-la ainda, mas vi que seria completamente inútil: ela não me vira, não me reconhecera senão pelo espaço de um minuto, e já havia se distanciado novamente, e mergulhado nessa distância que eu não conhecia, e que brilhava em seus olhos como a lembrança de um mundo submerso. Qualquer esforço no sentido de uma aproximação maior, seria completamente inútil. Sem um gesto de adeus, afastou-se como tinha vindo.

Eu continuei sentado, e minha sensação era a de quem houvesse sido abandonado para sempre, ou como se algum elemento que me fosse muito caro, essencial mesmo, houvesse se diluído em meu coração. Algum tempo ainda, suportei a obscuridade — depois, debruçando-me sobre o sofá, comecei a chorar. Em toda a minha vida, jamais me sentira tão infeliz quanto naquele instante.

* * *

12 — De novo, minuciosamente, a cena de ontem repassa inteira em meu pensamento. Não sei que foi aquilo que me tomou, nem que espécie de raiva foi aquela, ou de súbito e estranho desconhecimento das coisas. Sei apenas que solucei durante algum tempo, estirado, molhando o sofá com minhas lágrimas, sem conseguir mais dominar a confusão que se apossara de mim. Digo confusão, porque no meu íntimo não havia nada mais certo; nem eu sabia o que desejava, nem o que pretendia dos outros — com o rosto escondido entre os braços, sentia que alguma coisa se despedia de mim, rolava como um rio oculto e sem barreiras, tornando-me um ser diferente, marcado por contradições que ainda não sabia avaliar quais fossem. Amadurecia talvez, ou somente substituía em mim o ser pueril que fora até aquela data. De qualquer modo, a vida pareceu-me tocada de um sentido mais denso e mais obscuro: o rapaz que ali se compunha, assumia seu novo aspecto com uma consciência que era inédita na figuração do seu caráter. Não havia nisto vaidade, mas a certeza de que devia afrontar os obstáculos que me aguardavam, de peito descoberto — como um homem, experimentando seu duro ofício de viver e de continuar através das pequenas mortes sucedidas ao embate dos fatos. Só voltei a mim desses pensamentos, quando senti que havia alguém a mais na sala. Mesmo assim, e no fundo com a secreta esperança de que não me vissem, continuei na posição em que me encontrava, a cabeça entre os braços. Mas esse alguém que havia entrado, aproximara-se e colocara a mão sobre meu ombro. Voltei-me: era Betty. Procurei afastá-la com um gesto de enfado, e mergulhei ainda mais o rosto, mas ela me obrigou a erguer a cabeça e examinou-me com inquietação:

— Mas então — disse — um rapaz como você, chorando deste modo!

Apenas pude exclamar:

— Oh, Betty!

E escondendo o rosto no seu colo, recomecei a chorar, como se em vez de conforto, aquelas palavras houvessem aumentado meu desespero. Em silêncio, ela alisou-me os cabelos. Aquela carícia exasperou-me ainda mais os nervos — como detestava ser, ou ter sido criança... — e se bem que meu pranto fosse diminuindo, longos estremecimentos ainda me percorriam. Achava-me tão aniquilado, que nem tinha coragem para levantar a cabeça. Assim permanecemos durante algum tempo, e já a noite baixara completamente, e a sombra se fazia mais impenetrável, quando me ergui, deixando escapar um suspiro.

— Um moço como você! — repetiu Betty, e parecia não encontrar outra expressão para manifestar seu descontentamento, balançando a cabeça e olhando-me com significativa reprovação.

Agora que a obscuridade se tinha feito de um modo quase total, ela não podia ver em minha face o rastro das lágrimas, nem aquilatar da fraqueza que me dominava. E confesso: meu sofrimento era tão grande, via-me tão só e tão desamparado diante daquele problema que começava a avultar diante de mim, que nada mais me importava — nem o bem, nem o mal, nem que ela me visse ou não, e me achasse pusilânime diante de fatos de que sem dúvida ignorava qual fosse a verdadeira extensão. A única coisa certa para mim, é que acabara de fazer uma descoberta, e julgava-a tão grave, tão cheia de consequências para meu destino, que não podia me conter — e era o transbordamento dessa descoberta retida em meu espírito que assim vinha à tona, mostrando um terreno de que eu não suspeitava, mas que poderia servir de ponto de partida aos piores sentimentos. Foi a visão disto, talvez, que de novo me fez precipitar sobre o colo de Betty — e ela, calada, voltou a alisar meus cabelos. De súbito, em voz muito baixa, indagou:

— Foi *ela*, não foi?

Fiz com a cabeça um sinal de assentimento. Provavelmente havia compreendido, pois eu a ouvi suspirar:

— Não se importe — continuou. — Tudo passa.

Ia ainda pronunciar outras palavras, esboçar um consolo qualquer, quando cedendo à força daquilo que pesava sobre meu coração, exclamei:

— Estranho, Betty: ela falava comigo, e olhava-me como se não me visse. Nem sequer entendi direito o que dizia — era como se um outro estivesse em meu lugar, ou ela conversasse com alguém que não fosse eu.

— E foi isto que o impressionou tanto?

Ergui os ombros, sem encontrar nenhuma expressão que traduzisse meu sentimento:

— Foi isto, Betty.

Como explicar a angústia que aquela atitude me causara, o modo repentino com que ela se afastara de mim, e mergulhara nessa distância que a absorvia de um modo tão completo — vivendo que reminiscência, que saudade, ou que imagem pungente que jamais lhe abandonava o coração… Compreendendo meu silêncio, Betty pareceu imaginar um minuto, e também seus olhos se perderam no espaço, como se procurasse descobrir os motivos que eu não encontrava, que jamais poderia encontrar — e contra os quais eu sempre lutaria, com a ânsia e a impossibilidade de quem se atira contra impalpáveis e movediços muros de neblina. Depois de algum tempo, retirando a mão de meus cabelos, suspirou mais uma vez e disse:

— Não adianta pensar nessas coisas, André. Quem sabe não terá sido tudo um efeito da sua imaginação? Sua mãe sempre foi assim: se você a tivesse conhecido no passado, não a estranharia tanto agora. Esqueça isto, é o melhor que pode fazer.

Levantou-se, dando nossa conversa como encerrada depois dessas sensatas palavras. Eu continuei sentado, sem conseguir de modo algum apaziguar meu pensamento. Uma única ideia me habitava, e era a de que ela havia prometido visitar-me no quarto uma noite dessas.

22. Carta de Valdo a Padre Justino

...A liberdade desta carta, mas quem a escreve é uma pessoa que se acha na mais extrema perplexidade. Nunca fui dado às coisas da Igreja, se bem que saiba que nem um médico, nem mesmo um amigo, possa me ser útil na circunstância atual. Sobra ainda o fato de que o senhor, não sendo exatamente um médico, está no entanto bastante acostumado a lidar com todas as mazelas humanas — e além do mais é um velho amigo de nossa família, sobre quem minha falecida mãe depositava a mais cega das confianças. Mas ainda que falecesse tudo isto, restaria o inestimável privilégio da caridade cristã, que o faria voltar os olhos com simpatia, para as misérias que desfilo..........................
....
....
não sei se alguma vez o senhor já teve oportunidade de se avistar com minha mulher, também ela arredia dos sacramentos e da Igreja. Ausente de casa durante muitos anos, devido a lamentáveis incidentes que em absoluto não dependeram nem da minha vontade e nem do meu controle, regressou agora, sob pretexto de que se achava gravemente doente. Após quinze anos era esta a única razão que poderia me comover. Desde sua chegada, no entanto, verifiquei que não se achava tão doente assim, e que fora ligeiros sinais de decadência, oriundos do tempo ou provavelmente do gênero de vida que levara (nunca

foi uma pessoa de hábitos por assim dizer morigerados...) nada observei que pudesse justificar um regresso dessa natureza. Meu irmão, que teve papel preponderante na sua partida, tachou o seu regresso de fraqueza da minha parte. Discordei a princípio, mas começo a desconfiar que, como sempre, é do seu lado que assiste a razão. Apesar disto, se o senhor quisesse averiguar a origem exata dessa minha impressão, encontrar-me-ia em extrema perplexidade. Nada posso dizer à minha mulher até este instante, que desabone sua conduta. Porta-se como todo o mundo, conversa, passeia — e no entanto, senhor Padre, há nela qualquer coisa dúbia, e por que não dizer, perigosa. Não poderia apontar o que fosse, porque não consiste em elementos precisos. É como se estivesse pronta a uma revolução ou a um assalto, que pressentíssemos isto, sem poder indicar a data precisa. Adivinhamos a atmosfera subversiva, mas não existe nenhuma prova que possa condená-la. Certos silêncios, sim, certos esquecimentos, uma ou outra ausência em momentos decisivos — e que é isto para uma acusação tão grave quanto a que faço, como desmascará-la sem correr o risco de denunciar uma violência e uma suspeita que podem existir somente em mim mesmo? E a verdade é que de há muito verifiquei que era ela portadora de certos elementos de mal-estar, ou melhor, atuava sobre os outros (e sempre atuou) de um modo arbitrário, cínico e até mesmo, para ir mais longe, criminoso. Creio hoje, sem esforço, que o ambiente passional que atravessamos há quinze anos atrás, tenha sido um exclusivo produto dessa sua irradiação pessoal. Não sei se estas coisas se dizem, se é possível acusar alguém por elementos tão imponderáveis. Mas se o faço agora, e contra minha vontade, revolvendo em mim mesmo velhas feridas cicatrizadas há muito, é que prevejo situações mais graves, e possivelmente de consequências mais dramáticas do que as do passado. Essa mulher não se deterá nunca, pela simples razão de que ela não sabe se deter; é um elemento desencadeado, uma força em ação, e decerto terminaria seus dias atada a uma fogueira, se ainda vivêssemos nos dias sombrios da Inquisição. Sim, Padre Justino, há uma tormenta que se acumula de novo sobre esta Chácara, e é o acorde desses sentimentos perversos e sem rumo que vejo se estabelecer de novo sobre a cabeça de seres inocentes .... e uma das minhas dúvidas, antes de admitir plenamente a sua volta, foi a existência de meu filho. Este, tenho certeza de que o senhor o conhece, e portanto me será mais fácil falar a seu respeito. Talvez, por desgraça, tenha herdado muito do caráter da mãe, pois nele também há qualquer coisa de irreprimível e de fantástico. É um sensitivo, para quem os dados da fantasia valem mais do que os da realidade. Muitas vezes, ao constatar isto, predisse o quanto terá de sofrer, caso não venham em seu socorro os dons da inteligência. Limitei-me, é claro, a simples predições, pois como todo indivíduo de sua espécie, ele é voluntarioso e extremamente irritável. Conhecendo sua origem, e sabendo que certos males são de natureza irremediável, procurei conduzi-lo sem ferir-lhe a sensibilidade e nem deformar-lhe a espontaneidade das tendências. "Mas é um selvagem que você está criando", disse meu irmão muitas vezes, e temo ser obrigado, para vergonha minha, a reconhecer que novamente a razão se acha do seu lado.

A verdade é que desde que anunciei ao rapaz a volta de sua mãe, observei nele uma bizarra mudança de atitude. Desde o primeiro momento, escutando-me, pareceu-me mais nervoso — quase febril. Havia um brilho inesperado nos seus olhos, e durante todo o tempo, suspensas de seus lábios, perguntas que não ousava formular. Quais, por quê, se ele nunca ouvira falar naquela criatura? Que sortilégio era aquele que atuava assim de longe? Meu espanto era maior porque, desde a partida de Nina — permita que eu a chame assim — proibi terminantemente que falassem a ele sobre o assunto. Recolhi-me ao meu espanto, se bem que já começasse a pensar seriamente nos resultados daquele regresso.

Não os vi no momento culminante do encontro, mas supus tudo o que houvesse se passado, sabendo que minha mulher, apesar de um temperamento patético, nunca foi muito dada a certo gênero de arroubos. Apesar disto, avaliei perfeitamente a extensão do acontecido, assim que deparei meu filho pela primeira vez desde a chegada de Nina. Ah, senhor Padre, a mudança era extraordinária. Não havia mais nele aquela contenção, aquele brio que eu tanto admirava como uma demonstração da superioridade do seu controle sobre os nervos: hesitante, pálido, os olhos rodeados de escuro, assemelhava-se à imagem exata de alguém que houvesse assumido a responsabilidade de uma grande culpa. Estávamos no corredor, e como ele me visse avançar, encostou-se à parede, esperando. Não o tinha visto ainda esboçar um gesto desta natureza. Apressei o passo e estaquei diante dele. Durante um minuto fitamo-nos bem nos olhos — e os meus, em vez de acusarem, queriam compreender e perdoar, enquanto os dele, esquivos e atemorizados, pareciam levar a efeito um esforço imenso para não traírem a posse de um segredo, possivelmente criminoso. Poderá objetar o senhor, e com justiça, que eu talvez esteja exagerando os fatos, e que não só era cedo para supor uma ação tão extensa, quanto tudo poderia ser fruto apenas de uma circunstância ocasional. Certo, e eu também pensei nisto, mas detalhes posteriores, e o que pude observar mais longamente, deram-me o direito de afirmar tudo o que vem contido nesta carta.

Já Nina se achava entre nós há algum tempo, e eu verificava que não só sua atitude se modificava, que ela se tornava ao mesmo tempo mais calada e mais inquieta, exatamente como certos animais ante uma ameaça que se aproxima, como também meu filho se mostrava mais rebelde e mais estranho. Julguei do meu dever intervir, e chamei-lhe a atenção — respondeu-me de modo evasivo e fugiu da sala. Numa outra vez tentei segurá-lo pelo braço e ele, que nunca tivera coragem para responder-me diretamente, afrontou-me com o olhar cintilante. "Com que direito?" E eu o abandonei, movido por certo sentimento de vergonha, como se realmente nem o fato de ser pai me permitisse um gesto mais rude. Na verdade sentia-me um estranho (sei o que ela pensaria se lesse estas linhas: "Ciúme, Valdo, o seu eterno ciúme". Talvez fosse também esta, a acusação vislumbrada no olhar de meu filho. Mas, senhor Padre, que é o ciúme, senão um zelo angustiado pelo que mais se ama? Poderia abandonar André ante a sanha que suspeitava iminente?) e se nunca fora positivamente o que se chama um pai muito amoroso, pelo menos conseguira estabelecer com meu filho relações viris de estima e franqueza. Agora, inesperadamente, via-me relegado ao papel de inimigo. Achava-me fora da órbita de suas ocupações, era pouco mais do que um estrangeiro. Procurei em vão a solução do mistério, ou melhor, se bem que minha intuição já o houvesse aclarado, no íntimo procurava fugir dele, como quem foge ao tocar certos males secretos. Mas não me era possível tergiversar durante muito tempo, e assim não tardei em descobrir totalmente qual era a origem daqueles acontecimentos. Tratava-se de Nina, e era a influência corruptora de sua personalidade que começava a atuar em roda de mim — essa mesma influência que, outrora, vira estender-se de modo tão capcioso e cheio de fascínio. Ah, senhor Padre, foi nesta hora que eu tremi da cabeça aos pés, compreendendo o perigo que ameaçava meu filho. Foi nesta hora que vislumbrei todo o erro que cometera. Pois já não havia mais dúvida, houvera erro, e erro tremendo. Nina jamais deveria ter voltado. Poderá o senhor suspeitar que era outra a origem daquelas descontroladas batidas do meu coração; que eu me perturbava por um motivo que nem sequer ousava confessar a mim próprio; que, finalmente, nem tudo estava morto e que eu ainda a amava, talvez tanto quanto a amara nos primeiros tempos. E eu responderei que não, que realmente só temia pela segurança do adolescente que tenho em casa. Nina não é culpada, eu sei, talvez não seja consciente dos atos que pratica, mas o mal está irremediavelmente argamassado à sua natureza, e tudo o que vem dela respira um insuportável ar de decomposição. De que modo brutal não amei eu esta criatura, no tempo em que a amava, para reconhecer e aceitar assim os signos da minha própria morte, e as possibilidades da minha destruição? Ou — e aqui não ouso mais do que sugerir, sem ter coragem para ir muito longe — não terá sido precisamente isto, a imagem da minha morte, o que nela me arrebatou de modo tão decisivo? E no entanto, apesar de tudo isto, achava-me sem o direito de fazer um gesto, imóvel, aniquilado. Teria novamente de assistir ao desentendimento criado pela sua presença — e mais uma vez veria o drama rondando a minha porta, sem que nada pudesse fazer para impedi-lo, inerme como uma vítima que houvesse atraído sua própria desgraça.

Creio que foi o sentimento agudo desta situação que me levou a interpelar Nina. Era noite, e ela estava se preparando para dormir, um roupão escuro atado à cintura, o que fazia sobressair o tom pálido de sua pele. (Ah, Padre, é inútil, devo lhe confessar finalmente, já que escrevo como quem se confessa, que apesar de tudo, e para grande desgraça da minha vida, essa mulher sempre exerceu uma nefasta influência sobre os meus sentidos. Nunca pude vê-la perfeitamente calmo. Agora, depois de quinze anos de ausência, durante os quais a imaginava conspurcada por mãos alheias, esgotada e sem chama, ainda não posso fitá-la sem emoção, tanto é o prestígio de sua beleza, e a graça feminina de seus movimentos, ainda que disfarçados sob o peso de um roupão masculino.) Depois de contemplá-la em silêncio, aproximei-me:

— Nina — disse-lhe — quero conversar com você.

Levantou os olhos para mim, e sua fisionomia continuou perfeitamente impassível. Lembrar-se-ia ela de outras situações semelhantes, e ante aquelas palavras iniciais, compreenderia o que já se passava comigo? De qualquer modo, só ao imaginar isto paralisou-me certo embaraço. Ela esperava, olhos sempre fixos em mim. Reagindo, sentei-me ao seu lado, procurando dar ao tom de minha voz a entonação mais sincera e mais compreensiva possível.

— Nina, o que tenho a dizer-lhe é difícil. Mesmo porque, não é uma coisa que se exprima de modo positivo.

Evidentemente eu hesitava, e vendo minha perturbação, ela sorriu, não como qualquer pessoa sorriria em idêntica circunstância, mas de modo amplo e cínico, como se me desafiasse. Esta atitude fez-me arder o sangue instantaneamente — a nossa fraqueza, senhor Padre! — e as palavras começaram a sair de meus lábios sem que eu pudesse contê-las:

— Não brinque, porque é sério. Desta vez estou disposto a não permitir que se renove em minha casa o que se passou antigamente.

Vi seu rosto alterar-se, tornar-se grave, enquanto ela me olhava com dureza.

— De que me acusa? — indagou. — Qual é a minha culpa agora?

Hesitei de novo, sem saber como expressar o que tinha no pensamento. Assim de pronto, e de um modo direto, era quase impossível dizer-lhe do que a acusava.

— Não se trata propriamente de uma acusação.

Seus olhos me examinaram com cautela.

— Da sua parte, só pode ser acusação. Vamos, aqui estou para tudo, Valdo.

Abaixei a vista e, através do roupão entreaberto, vi os seios dela que oscilavam tangidos pela emoção. Aquilo perturbou-me ainda mais e, de repente, não só as palavras fugiram dos meus lábios, mas a própria razão pareceu desertar do meu pensamento, e eu não reconheci mais os motivos que me haviam levado à sua presença. Ela continuava a esperar e, calma, não perdia a mais ligeira contração da minha face. Então, penosamente, percebendo o ridículo a que me entregava, balbuciei:

— Meu filho...

A essas palavras, como se tivesse sido tocada por uma corrente elétrica, ela pôs-se de pé. Ergui a cabeça e vi que seus olhos brilhavam, que toda ela parecia contraída como pronta para um movimento de defesa.

— Até onde, Valdo, não ousará você chegar?

E eu pude apenas dizer em voz mais baixa:

— E você... até onde não ousará?

Puxou o roupão, endireitou o busto, num gesto de cólera ou de orgulho — e isto, executado de modo simples, ofendeu-me mais do que qualquer palavra. Fora quase um ato de pudor — e eu a supunha à mercê de todos os impudores.

— Quinze anos não bastaram para sufocar o seu ciúme — disse com ironia amarga. — E depois de me ter feito todo o mal que podia, não é ao "seu" filho, mas ao "nosso" filho que...

Aquilo que supunha era muito forte para repeti-lo sem escrúpulo e, cedendo à pressão da revolta que justa ou injustamente a sacudia, deu-me as costas e, debruçando-se sobre uma cômoda alta, começou a chorar. Da cama, onde continuava sentado, eu via suas costas sacudidas pelos soluços, e a verdade é que aquilo não me emocionava tanto quanto seria de se esperar; assistindo-a, eu indagava a mim mesmo se tudo não passaria de mais uma das suas habituais comédias.

— Não a acuso exatamente, Nina — tornei eu depois de algum tempo. — Somente quero que se acautele. André é uma criança ainda.

Ela voltou-se para mim, os olhos cheios de lágrimas:

— Mas que sugere você afinal? Não, Valdo, não posso supô-lo capaz de tal monstruosidade.

Com este movimento, ela de novo se desnudara um pouco, e a curva dos seios reaparecia através da gola entreaberta. Dir-se-ia que ela tentava vencer-me por esse meio, num último e desesperado recurso.

— E no entanto... — acrescentei com frieza.

— Não — e ela investiu para mim — é ainda o seu ciúme, seu horrível ciúme. É ele quem o move e o faz suspeitar até do próprio filho. Ah, se eu soubesse!

E tombou sobre a cama, soluçando. Coisa bizarra, suas unhas arranhavam a colcha amarfanhada e, naquele estertor, não parecia entregue ao esforço do pranto, mas a um descontrolado acesso de prazer. Depois foi se aquietando, o sono ganhou-a. Uma última vez olhei o corpo estendido, o pensamento perturbado por ideias de ordens diversas: não conseguia odiá-la, tão indefesa me parecia. Pé ante pé abandonei o quarto, indo estender-me na rede da varanda.

Terminou assim, Padre, a conversa que tivemos naquela noite. Também se acaba aí tudo o que eu sei. No entanto, nem aquele pranto e nem aquela atitude, passada minha momentânea perturbação, convenceram-me de coisa alguma. Noto meu filho mais inquieto e mais arredio do que nunca — e dela não consigo apreender nenhum fato acusador. Talvez seja realmente apenas um joguete da minha imaginação — talvez ainda padeça pelos resíduos envenenados que me sobraram. Neste caso como no outro, só o senhor poderá me valer com seus conselhos, ninguém mais. Atingi a um ponto em que não posso mais solucionar por mim mesmo nenhuma dessas questões; não tenho nem lucidez e nem isenção de ânimo suficientes. Até que o senhor resolva a escrever-me ou a visitar a Chácara, aguardarei com o coração cheio de ansiedade. Meu tormento maior é precisamente esta incerteza, e um dos poderes desta mulher é fazer-nos duvidar de tudo, até mesmo da realidade.

23. Diário de Betty (IV)

26 — Como ontem houvessem matado um porco, e as pretas preparassem linguiças na cozinha, para lá me dirigi a fim de apressá-las nesta tarefa, pois o sr. Demétrio, sempre que assim sucede, queixa-se de que o cheiro do toucinho frito causa-lhe dores de cabeça. Diante de três grandes gamelas de barro, as empregadas trabalhavam com as mãos enterradas na carne macia — e a cozinha, ordinariamente quieta, fervilhava de risadas e comentários, enquanto Anastácia, já com a vista bastante baixa, limpava tripas, sentada num tamborete e diante de uma tina cheia de água morna. Foi aí, e quando me achava entregue a esse mister, que recebi recado de que o sr. Valdo se achava à minha procura. Como nunca me procurasse, e eu não precisasse de ordens para executar aquela espécie de serviço, estranhei o fato — e aquilo, sem que eu soubesse o motivo, causou-me certo aborrecimento. No entanto, já ia partir à sua procura, quando ele surgiu à porta da cozinha. Vendo as pretas entregues à sua faina, hesitou, e julguei perceber nele certo embaraço, como se estivesse cometendo uma falta que merecesse reprimendas. Mas ante minha expectativa, e vendo que eu me achava realmente ocupada, aproximou-se, olhando de modo furtivo para os lados.

— Betty, não viu meu irmão passar por aqui?
— O senhor Demétrio nunca vem à cozinha — respondi.

— Ah — disse ele, e ficou no mesmo lugar, a cabeça baixa, enquanto as negras, percebendo sua presença, diminuíam insensivelmente o tom de voz.

— O senhor queria falar alguma coisa comigo? — indaguei.

— Queria — e seu olhar quase exprimia uma súplica.

— Então, espere — e já me dispunha a retirar o avental, quando ele fez um movimento:

— Não, não, Betty, não precisa disto. Aqui mesmo poderemos conversar.

Circunvagou o olhar em torno, detendo-o afinal sobre a grande mesa de pinho que, um tanto à parte, servia para as refeições dos empregados.

— Ali é melhor — disse, apontando a mesa.

Imaginei os comentários que semelhante gesto provocaria:

— Senhor Valdo! — exclamei.

— Que é que tem? Pelo menos aqui ninguém nos surpreenderá.

A razão era válida, e encaminhamo-nos em direção à mesa. Ficava mais afastado das pretas e mais próximo ao fogão, àquela hora com grossas toras de lenha fumegando e chiando.

— A fumaça não incomoda ao senhor? — perguntei, sentando na ponta de um dos bancos.

— Não — respondeu-me ele — não me incomoda. Depois, o que tenho a tratar é rápido.

Ele também sentou-se no estreito banco já gasto pelo uso de tantos empregados que por ali haviam passado, o que elevava sua tosca construção a um teor humano capaz de conferir-lhe uma dignidade que não possuía originalmente — e como se mantivesse em silêncio, tamborilando com os dedos sobre a madeira gretada da mesa, comecei a falar, procurando vencer o constrangimento que sua atitude, naturalmente, impunha entre nós. Disse que o sr. Demétrio andava um tanto ausente naqueles últimos tempos, que não só não o vira na cozinha, como também não o vira no corredor, nem na sala, nem em nenhuma das dependências da casa. (Para mim mesma, no entanto, conservei a maior parte do que sabia, isto é, que desde alguns dias o sr. Demétrio mostrava-se mais agreste, mais nervoso. Havia cavada em sua testa uma ruga permanente, e mostrava-se desgostoso com tudo, como se tudo fosse mal em casa, a partir dos últimos tempos. Algumas vezes mesmo, havia-o visto farejando o ar, como se pressentisse a chegada de iminentes desgraças — e coisa curiosa, que me parecia bem sintomática das alterações que enumerei, ele, que comumente tanto se afastava da esposa, a ponto de nunca serem vistos juntos, agora como que haviam descoberto um motivo de união, e solidarizavam-se ambos, encontrando apoio um no outro, como se buscassem forças para lutar contra um inimigo comum. Para mim, não era difícil perceber de que inimigo se tratava — e foi portanto sem surpresa que um dia eu o ouvi dizer no corredor: "Ana, de agora em diante quero que você mande minha comida ao quarto". Ela aquiescera com um movimento de cabeça, sem indagar coisa alguma. Fora ele próprio quem, com um suspiro, acrescentara: "Estamos vivendo tempos duros. Não sei como é que isto vai acabar...". Se dona Ana não respondera nada, nem por isto sua atitude era menos eloquente. Era impossível assisti-la, sem imaginar que concentrava em sua reserva toda a reprovação e todo o sentimento das tradições da Chácara. Isto era o que eu poderia ter dito ao sr. Valdo, mas julguei que seria antecipar as coisas e calei-me, à espera de melhor oportunidade.)

Quando acabei de falar, ele balançou a cabeça de modo pensativo:

— Então você não o viu, Betty? — exclamou. E num outro tom, passando a mão pelo queixo: — Não é bom, quando meu irmão desaparece.

— Por que o senhor não bate à porta dele?

Em vez de responder, fitou-me, e percebi através desse olhar que ele procurava ganhar a minha confiança. Comoveu-me aquele esforço da sua parte, ele, que em geral era tão orgulhoso, e mal me cumprimentava, apesar de estar eu há tantos anos naquela casa.

— Pode dizer o que precisa, senhor Valdo — e ao mesmo tempo, como garantia, olhei as pretas que trabalhavam afastadas de nós.

— O fato, Betty — começou ele — é que talvez não seja exatamente sobre Demétrio que eu deseje falar.

— Sobre quem é então?

Ele olhou-me de novo, e desta vez tive a impressão de que lutava contra a falta de ar. Ah, se eu pudesse ir ao encontro, e, tateando o assunto que o paralisava, auxiliá-lo a depor essa difícil carga, e assim aliviar um pouco sua pobre alma atribulada. O que ia comigo não lhe devia ter passado despercebido, pois aproximando-se de repente, colocou de modo familiar a mão sobre meus joelhos:

— Betty, preciso tanto da sua ajuda. Se soubesse o que neste momento sua palavra significa para mim...

— Senhor Valdo! — exclamei, e meus olhos se encheram de lágrimas.

Ele inclinou a cabeça, como se procurasse por onde começar — e era tão grande sua emoção, que ofegava. (Lembrei-me, instintivamente, de uma outra vez, há muitos anos, quando também me chamara, a fim de pedir segredo sobre coisas da família — e comparava agora as duas atitudes, achando que da outra vez ele tremera menos, e fora mais direto ao assunto que lhe interessava. Talvez porque tivesse envelhecido, e fosse isto o que eu achasse diferente agora, tendo-o diante dos olhos, turvo como se deblaterasse consigo mesmo vergonhosas questões. Mas naquela época, como hoje, eu não podia vir em seu auxílio, e de qualquer espécie que fosse a revelação, teria de chegar por um esforço de sua própria vontade, e jamais por um movimento de compaixão minha.)

— Ah, Betty! Betty! — e com este grito eu o vi voltar-se para mim como um grande céu uno e indiviso que um relâmpago fende e faz desmoronar. — Betty! Que posso eu dizer? Preciso que me ajude, *ela* está aqui, é terrível!

Era aquilo, então. Era aquilo que o fazia mover e sofrer tanto, e se não me arrebatava nenhuma surpresa, é que desde o começo, quando ele entrara na cozinha, já eu sabia do que se tratava. Mas jamais poderia supor o mal tão adiantado, e nem poderia imaginar que ele se mantivesse tão inerme ante o perigo, nem tão perdido em sua indecisão. Se realmente existia o perigo, como tantas vezes lhe fizera ver o sr. Demétrio, já não devia ter ele tomado uma atitude qualquer, a fim de salvaguardar não sua própria felicidade, que esta não valia nenhum esforço, mas a pureza e a intocabilidade de outros seres que viviam à sua volta? E o que eu assistia era simplesmente o grito de desespero de um homem entregue à fatalidade das coisas. E se assim era, se assim ele não tinha forças para condená-la inteiramente, é que suas suspeitas não se corporificavam, nem as sementes más lançadas pelo seu irmão frutificavam no ato de justiça que deveria destruí-la para sempre. Como se podiam pensar então coisas tão horríveis a respeito de uma pessoa? Já uma outra vez, e em circunstância diferente, ele me experimentara — e não conseguira obter de mim senão o que a verdade me ditara. E agora, do mesmo modo, tinha de ousar dizer o que pensava.

— Acho, senhor Valdo, que há grande exagero no que se diz a respeito dela. De que modo a pobre...

Ele cortou-me a palavra com violência, e só assim eu pude verificar o quanto já se achava ele indisposto contra dona Nina:

— De que modo? Não me diga, Betty, que já está do lado dela.

Movi a cabeça devagar:

— Não, não me acho do lado dela. Nem do dela, nem do de ninguém.

Vi seus olhos se apartarem de mim, e durante um instante vagarem em torno com um brilho de insensatez — e dir-se-ia que perdia pé nas coisas, e desconhecia o que o cercava, como sob o efeito de uma súbita tonteira. Mas como o silêncio atuasse, e a vontade agisse, ele se acalmou e acrescentou:

— Não me leve a mal, Betty. Mas preciso saber... Perdoe-me, é que minha situação é deveras penosa.

— Compreendo, senhor Valdo.

Ele lançou-me um olhar agradecido.

— Preciso saber de várias coisas que suspeito. Nada positivo, mas que seriam horríveis se realmente acontecessem.

— Posso saber do que se trata?

Ele voltou-se para mim com um gesto tão brusco, que a pesada mesa chegou a estremecer:

— Betty, que se passa, que há com meu filho?

Havíamos atingido o ponto justo, e aquilo que existia dentro de mim, sem nome ainda, mas flutuando esparso como uma nuvem aos pedaços, concentrou-se de repente, adquiriu forma, nome, e eu estremeci, sem ousar encarar de frente aquela suspeita que se confirmava. Por um momento pensei em fugir, em escapar à intolerável pressão daqueles sentimentos que não me pertenciam, pois afinal quem era eu naquela casa, e por que deveria imiscuir-me em coisas que deveriam pesar tão decisivamente sobre o destino de pessoas sobre quem jamais deveria sequer elevar a vista? Mas o sr. Valdo, adivinhando o que se passava comigo, tocou-me no braço, sacudiu-me:

— Betty! Betty!

Então ocultei o rosto entre as mãos e assim fiquei durante algum tempo, voltada para mim mesma, para o meu pudor, para o desenfreio com que batia meu coração. Suspeitas, sim — mas que valem suspeitas, que significam simples desconfianças num julgamento irremissível? O sr. Valdo, no entanto, devia ter compreendido o que significava minha atitude, pois em voz baixa, como quem deixa escapar um gemido, repetiu ainda:

— Oh, Betty...

Deixei as mãos escorregarem ao longo do corpo e, vagarosamente, afrontando a vergonha que me queimava as faces, ousei mentir pela primeira vez em minha vida:

— Não se passa nada, senhor Valdo, nada existe em relação a seu filho.

27 — Passei esta última noite sob a mais indescritível agitação. Ontem, mal acabara de afirmar ao sr. Valdo que não se passava nada — e era, note-se bem, a segunda vez nestes últimos tempos que ele me fazia uma pergunta desta natureza — e todo um afluxo de lembranças subiu ao meu pensamento. Dir-se-ia mesmo que apenas aguardavam que eu pronunciasse aquelas palavras, a fim de surgirem e revelarem o verdadeiro sentido de que se achavam revestidas. Voltei a trabalhar, a ajudar as pretas na lavagem e enchimento das tripas, mas perturbada, as mãos trêmulas, completamente ausente daquilo que fazia. Ah, aquilo de que eu me lembrava não eram palavras, nem simples gestos como vira e adivinhara tantos pelos corredores e cantos daquela casa, mas cenas autênticas, fatos que haviam se desenrolado em minha presença, e que agora me causavam uma tão funda perturbação. Um dia antes — exatamente um dia — havia eu encontrado André de bruços sobre o sofá da sala, num pranto que parecia dilacerá-lo. Nunca o havia visto chorar, se bem que soubesse ser ele nervoso e extremamente sensível. E à minha surpresa daquele momento, acrescia o fato de encontrá-lo sozinho, atirado sobre o sofá. Sentei-me ao seu lado, alisei-lhe os cabelos — ele não demonstrou reação alguma. Sua dor era tão positiva, que eu não pude deixar de sentir uma ponta de animosidade contra "ela": antes da sua vinda, não havia lágrimas naquela casa. Sempre alisando-lhe os cabelos, e no tom de voz o mais indiferente possível, perguntei se não era "ela" realmente a culpada. Vi que ele estremecia sob minhas mãos e que, voltando a cabeça, olhava-me com olhos úmidos de pranto. Não sei o que o moveu naquele instante, mas a verdade é que, em vez da negativa pura e simples que eu esperava, começou a falar, e eu percebi que de positivo nada acontecera, e que aquilo que o pungia, não passava de uma impressão íntima. Impressão, aliás, tão forte, que o levava a abrir-se comigo, tão grande era sua necessidade de defesa e de compreensão. Ah, digam o que disserem, mas eu o compreendi, e senti perfeitamente a veracidade que havia em tudo o que ele me dizia. E não se tratava de uma coisa coerente e palpável, era antes a carac-

terização de um sentimento de vazio e de impossibilidade — uma insuficiência, que ele não sabia como remover nem completar. A falar verdade, aquilo começara desde a primeira vez em que a vira: sempre que Nina se dirigia a ele, era ausente, como se cumprisse uma obrigação, mas não visse ao certo quem se achava diante dela. "Sinto", disse-me ele, "que eu poderia começar qualquer assunto, e ela me responderia do mesmo modo, sem nem ao menos saber o que dizia, pois a verdade é que nunca está presente quando fala." Sim, eu compreendia, porque eu própria já notara essas fugas, esse espaço onde as palavras escorregam, sem forças para fixarem um assunto. Ela seria assim, estaria representando, ou verdadeiramente trafegava num mundo onde jamais teríamos acesso? Era isto o que tanto o perturbava, e detalhando-me a sua mágoa, eu ia pressentindo ao mesmo tempo a necessidade de existir que o movia, o desejo de ser real e participar das emoções que ela significava. Sentia-se anulado, e pior do que isto ainda, estava certo de que nenhum poder deste mundo o faria corporificar-se em sua presença. Houve um momento em que, estraçalhado pela sua sensação de impotência, ele se precipitou sobre mim e sacudiu-me: "Betty, esta mulher é realmente minha mãe? Não haveria possibilidade de um engano, de um monstruoso engano?". "Não, não há nenhum engano." E eu sentia que assim fosse, e não pudesse lhe administrar o mínimo consolo. Para onde quer que se voltasse, encontraria sempre as quatro paredes daquela realidade, e tocaria os limites do seu mundo de prisioneiro. E agora, enquanto ia sentindo crescer como um mato escuro os alicerces daquele drama, imaginava comigo mesma que mundo seria este onde somente ela penetrava — e lembrava-me, com que insistência, do que diziam a seu respeito, do seu passado, da sua vida agitada no Rio de Janeiro. Quando falava, que imagens estariam presentes por trás de suas palavras, que nomes de homens, ou de lugares, ou de culposas situações, flutuariam por trás do esforço que ela despendia diante de nós? Eu própria, enquanto continuava a afagar os cabelos de André — meu Deus, tão criança, tão inexperiente ainda — voguei um pouco ao sabor desses dias longínquos — exatamente aqueles sobre que jurara segredo ao sr. Valdo — medindo, compondo, recompondo, aclarando um ou outro vulto esquecido, ou uma expressão cuja chave já havia perdido, e que no entanto, à luz dos novos acontecimentos, podiam adquirir uma face nova, e até mesmo um significado mais explícito. Aquelas cenas de sangue, a atitude de dona Ana, o que ouvira nas poucas vezes em que fora a Vila Velha ou a Queimados — e que afastara de mim, com a veemência de quem rasga um enredado de espinhos — não voltavam a surgir em meu pensamento, sinuosas, indestrutíveis? Mas não, não era possível. Recusava-me a acreditar que aquele ser tão belo, e que tão carinhosamente me chamava de sua amiga, fosse uma mulher baixa, de sentimentos infrenes e despudorados. Não. Se assim fosse, o mundo assumiria um terrível significado. Mas o melhor não seria ainda daquela vez contemporizar a situação, e deixar que o tempo se encarregasse de esclarecer o que no momento parecia tão obscuro? Foi o que fiz, dizendo a André que ele talvez tivesse se enganado; que dona Nina sempre fora assim, um tanto vaga, e que ele não estranharia isto, caso a conhecesse há tanto tempo quanto eu. André moveu a cabeça e não respondeu coisa alguma, mas percebi nitidamente que minhas palavras não o haviam convencido. De qualquer modo, fazendo-o deixar de chorar, eu já obtivera um resultado mais do que satisfatório. O resto, aplacar-se-ia por si mesmo, caso houvesse possibilidade disto.

Ao abandoná-lo, no entanto, passou-se comigo um fato curioso: qualquer coisa começou a pesar em minha consciência, e não era o silêncio que havia guardado quando o sr. Valdo me falara, nem o fato de ter ocultado o que sabia. Não. Pela primeira vez, e de um modo insistente, insinuante, eu sentia o que realmente era a presença daquela mulher — um fermento atuando e decompondo. Possivelmente nem ela própria teria consciência disto, limitava-se a existir, com a exuberância e o capricho de certas plantas venenosas; mas pelo simples fato de que existia, um elemento a mais, dissociador, infiltrava-se na atmosfera e devagar ia destruindo o que em torno constituía qualquer demonstração de vitalidade. E precisamente como essas plantas, que num terreno árido se levantam ardentes e belas, viria mais tarde a florescer sozinha, mas num terreno seco e esgrouvinhado pela faina da morte. E era inútil esconder: tudo o que existia ali naquela casa, achava-se impregnado pela sua presença — os móveis, os acontecimentos, a sucessão das horas e dos minutos, o próprio ar. O ritmo da Chácara, que eu sempre conhecera calmo e sem contratempos, achava-se desvirtuado: não havia mais um horário comum, nem ninguém se achava submetido à força de uma lei geral. A qualquer momento poderia sobrevir um acontecimento extraordinário, pois vivíamos sob um regime de ameaça. Na quietude do meu quarto, onde me refugiara a fim de poder pensar livremente nessas coisas, percebia que o espírito da casa já não era o mesmo. E apesar de procurar justificar dona Nina, e tentar encontrar razões para o que ela representava, sentia que este esforço permanecia nulo, e que ela continuava fora de qualquer justificativa, como um escândalo. E para mim, até aquele momento, nada existia pior do que o escândalo — era sob esta forma que se configurava todo o mal. Pelo menos assim eu aprendera de minha mãe, também ela criada dentro dos mais severos ditames puritanos. Mas ao mesmo tempo, revendo a figura de dona Nina, tão graciosa, movia a cabeça com incredulidade e, cheia de susto, perguntava então a mim mesma se o demônio já não me atingira, e se já não estaria eu também tocada pelo inacreditável poder do seu fascínio.

28 — Há dois dias que penso e repenso nessas coisas, e uma ideia única me obseda: em tudo o que acontecesse, não há dúvida de que a maior vítima seria André. Se ao menos eu encontrasse um modo de obrigá-lo a falar, e assim poder influir em sua conduta... Não consigo me esquecer de que foi criado por mim, e que deste modo minha responsabilidade sobre ele é maior e mais direta. Tudo o que lhe acontecesse, seria um resultado dos meus ensinamentos. E no entanto eu me justificava: é fácil falar assim, mas como coibir uma planta de crescer e de ramificar-se livremente? Poderia eu sequer imaginar os germes em função no fundo da sua natureza, os venenos que nele atuariam, e o disporiam a esta ou aquela coisa? Meu dever, indubitavelmente, eu sabia qual era — mas o resto, ele próprio, as consequências de sua inexperiência? Deus do céu, como tudo era difícil e intrincado. Sem saber ao certo o que lhe diria, saí à sua procura — e fui encontrá-lo no quarto, deitado, um travesseiro no rosto. Sentei-me ao seu lado:

— André — disse-lhe eu — que é que você tem?

Ele afastou o travesseiro e fitou-me, os cabelos despenteados:

— Não tenho nada, por quê?

— Aquilo que você me disse... — comecei. E calei-me, imaginando as dificuldades que teria de atravessar para recomeçar tal conversação.

Ele reagiu imediatamente, e com inesperada brutalidade:

— Que é que você tem com isto? Por que é que se mete na minha vida?

Era a primeira vez que se dirigia a mim naquele tom, e instintivamente lembrei-me do sr. Valdo, e da sua pergunta no dia em que estivera na cozinha. Provavelmente, quem lhe chamara a atenção sobre a mudança do rapaz fora o sr. Demétrio, sempre mais atento a esse gênero de coisas. Neste caso, acertara, pois era indubitável que alguma coisa, e grave, transtornava André.

— Não sou eu — disse depois de algum tempo — são os outros que estranham sua atitude.

— Quem, por exemplo? — e seus olhos me desafiavam.

— Seu tio, seu pai.

Por um segundo se obscureceu a luz dos seus olhos, e sua voz revelou-se menos firme, mais sentida:

— Oh, Betty, é possível que você já esteja do lado deles?

Assim, pois, era verdade. Os lados existiam. Aquelas palavras só confirmavam, e plenamente, tudo aquilo de que eu suspeitava. Existia uma ação corrosiva, a família cindia-se em partidos. De repente, em meio ao estupor que aquela constatação me causava, lembrei-me do sr. Timóteo — de que modo estaria ele envolvido naquilo? Pois a verdade é que para mim já não havia dúvida: se existiam partidos, se os lados se acham definitivamente delineados, o sr. Timóteo jamais poderia se encontrar ao lado dos irmãos, a quem sempre detestara, e sim do outro, como um dos seus esteios mais fortes. Levantei-me, gelada:

— Não, André, você se engana. Não estou de lado algum, uma empregada não pode escolher partidos. Porque, no fundo, tenha certeza, não passo de uma empregada.

Ele apenas ergueu os ombros:

— Mas para que diabo você veio então...

— Vim para ajudá-lo. — Percebi que ele estremecia. — Mas não desse modo... não desse modo.

Afastei-me, sentindo que não poderia dizer mais nada. Mas a imagem da casa lacerada, como se fosse um corpo vivo, não me saía mais do pensamento. E eu sabia, ai de mim, de que lado partia a agressão.

24. Terceira narrativa do médico

... E finalmente concordo em narrar o que presenciei naquela época, apesar de serem fatos tão antigos que provavelmente já não existe mais nenhum dos personagens que neles tomaram parte. Bem pensado, é talvez este o motivo que me leva a usar a pena, e se a letra parece aqui ou ali um pouco mais tremida, é que a idade não me permite escrever com a facilidade de outros tempos, e nem a memória é tão pronta a acudir ao meu chamado. No entanto, creio poder precisar exatamente o dia a que o senhor se refere. Neste ponto, suas indagações são úteis, pois obrigam-me a situar lembranças que flutuam desamparadas ao sabor da memória.

Foi logo após a volta daquela a que todos conhecíamos como dona Nina, e se tudo ainda pode ser lembrado detalhe por detalhe, é que, apesar de ser eu o médico da família, e chamado muitas vezes para atender a gente da Chácara, já não ia lá há muito, nem ninguém recorria aos meus préstimos, como se a vida e os seus males houvessem feito uma trégua daqueles lados. Assim, o súbito chamado do sr. Valdo causou-me admiração e, pela força das circunstâncias que acabo de apontar, essa visita isolou-se entre quantas durante minha existência fiz à família dos Meneses.

Lembro-me de que era uma manhã chuvosa, e que eu olhava através da vidraça descida as árvores batidas pelo vento. O sr. Valdo surgiu ante o portão da minha casa conduzindo uma charrete e, desde o primeiro momento notei que se achava extremamente nervoso. Sempre o conhecera calmo e trajando de modo irrepreensível — nele, o aspecto exterior casava-se perfeitamente aos sentimentos que lhe iam na alma. Daquela vez, no entanto, seus gestos eram desabridos, o cabelo despenteado caía-lhe sobre a testa, e — detalhe único, que por si apenas bastaria para denunciar tudo o que se passava no seu íntimo — nem sequer trazia gravata. Poderia compreender tudo, confesso, menos um Meneses sem gravata. Saí rapidamente ao seu encontro, sem me incomodar com a chuva, prevendo já graves ocorrências na Chácara. Fui encontrá-lo com a mão ainda na campainha.

— Ah! — exclamou com alívio — pensei que o senhor não estivesse em casa.

— Mas nem chegou a tocar! — respondi.

— Não sei — tornou ele — a gente sempre imagina que o senhor tenha saído para atender a um cliente.

Aquela introdução como que me assegurou que não era tão grave assim o motivo que o trazia, por isto pilheriei:

— Os clientes rareiam, ninguém adoece nesta cidade.

Ele suspirou, e como a chuva recrudescesse, convidei-o a entrar. Aceitou e, enquanto nos ajeitávamos na pequena sala da entrada, notei que ele procurava um meio de me expor o motivo que o trouxera ali. Voltou-se de repente, como quem se decide, e observei que seus lábios tremiam, evidentemente num esforço nervoso para se desincumbir de sua missão.

— O senhor já nos valeu em vários momentos difíceis — disse.

E fez uma nova pausa, enquanto seus olhos se perdiam no vago. Dir-se-ia que se lembrava das vezes que eu fora à Chácara — tantas! — desde que ali pisara pela primeira vez, a fim de atender sua mãe, já falecida. Eu próprio, por um momento, cedi à força daquela divagação — calados, ficamos um diante do outro, como se víssemos agitar em torno de nós sombras mais antigas e mais poderosas. Foi ele quem rompeu o sortilégio, aproximando-se de mim e colocando a mão sobre o meu braço:

— Venha comigo — disse. — Temos necessidade de um médico na Chácara.

Pelo modo de se exprimir, não parecia referir-se diretamente a uma "doença", mas à possibilidade de um acontecimento qualquer, que necessitasse amparo e conselho, e que pelas suas proporções assumisse o caráter de uma doença. Seria inútil referir aqui todas as palavras que trocamos — e nem creio que isto possa auxiliá-lo em seu objetivo. Além do mais, não me lembraria de todas, tanto elas já se misturaram em minha memória ao eco de outras, e tanto o tempo já escoou sobre a época em que foram ditas. Lembro-me apenas que tentei precisar o motivo por que necessitavam de meu auxílio, e ele me fez uma exposição confusa, onde surgia um súbito mal que atacara alguém da família, e uma necessidade mais do que imperiosa de socorro. Não hesitei em acompanhá-lo e tomei lugar ao seu lado, na charrete. Assim rumamos em direção à Chácara, aquela velha Chácara que sempre fora a lenda e o motivo de orgulho da pequena cidade em que vivíamos. Querelas, notícias de violências e de rivalidades me vinham ao pensamento — a lembrança do Barão, por exemplo, mais ilustre, mais rico e mais nobre do que os Meneses, morando numa fazenda distante da cidade, mas cujo nome e cuja casa, apesar de tudo, não conseguiam ter em nosso pensamento o prestígio romântico da casa dos Meneses. E de onde vinha esse prestígio, que poder garantia a essa mansão em decadência o seu fascínio, ainda intato como uma herança poética que não fora roída pelo tempo? Seu passado, exclusivamente seu passado, feito de senhores e sinhazinhas que haviam sido tios, primos e avós daquele sr. Valdo que agora ia ao meu lado — Meneses todos, que através de lendas, fugas e romances, de uniões e histórias famosas, tinham criado a "alma" da residência, aquilo que incólume e como suspenso no espaço, sobreviveria, ainda que seus representantes mergulhassem para sempre na obscuridade. Era o que eu sentia, enquanto o carro atravessava o portão central e ia deslizando pela areia empapada do jardim; ah, lamentava eu ainda, reconhecendo mesmo sob a chuva o perfume peculiar aos jardins da Chácara, esses Meneses não sabiam o que significavam para a imaginação alheia, o valor da legenda que lhes cercava o nome, sua força dramática e misteriosa, a poesia que os iluminava com uma luz frouxa e azulada. Sim, essas velhas casas mantinham vivo um espírito identificável, capaz de orgulho, de sofrimento e, por que não, de morte também, quando arrastadas à mediocridade e ao chão dos seres comuns. E não era isto o que acontecia, com a escória última daqueles Meneses que já não chegavam mais ao tope do prestígio mantido pelos seus antecessores? E de dentro da chuva cerrada quase sentia procurar-me da distância o olhar do velho prédio sacrificado, com estrias de sangue que escorressem ao longo de suas pedras mártires.

O sr. Valdo fez o carro se deter, não diante da escada que conduzia ao corpo principal da casa, mas defronte de uma construção separada, com largas janelas de vidro fosco, que chamavam de Pavilhão. Nunca entrara ali, e confesso que o fazia naquele instante com certa curiosidade, pois, por bem ou por mal, o que se referisse aos Meneses era para mim objeto de extremo interesse. Devia estar abandonado há muito, pois galhos vicejavam até o meio da escada, empoçando nos buracos a água da chuva. Também as paredes se ressentiam com a ação do tempo, vigas rebeldes, um tanto fora do rumo, repontavam do teto de telhas quebradas. Antes de penetrarmos no seu interior, o sr. Valdo voltou-se e segurou-me o braço com certa vivacidade.

— Não sei de que modo deva lhe dizer... mas trata-se do meu filho.

Pareceu hesitar um minuto ainda — vi seus olhos, não propriamente vagos, mas dúbios, desviarem-se de mim, procurando um apoio exterior — e neles se refletia todo o sentimento desarvorado que lhe ia na alma — e depois, como quem se decide a um passo perigoso, acrescentou:

— Eu mesmo não compreendo, não sei. Necessito do senhor como médico e, talvez, como amigo. Se eu lhe dissesse tudo...

Arrastou-me para um canto da varanda, onde havia cadeiras de vime dispostas umas sobre as outras. Retirou duas, obrigou-me a sentar numa, deixando-se cair sobre a outra. A chuva, incansável, martelava as telhas. Com um suspiro, olhos semicerrados, um leve tremor numa das pálpebras, iniciou sua narração, enquanto que a curiosidade, mais do que o interesse clínico, mantinha-me preso à vibração de sua voz.

Começou dizendo que, infelizmente, vinha notando naqueles últimos tempos, da parte de seu filho André, uma conduta anormal. A princípio, nada que o assustasse de modo positivo, apenas certas esquisitices, um estado de excitação, um... — calou-se um momento, procurando a expressão certa —... um ar irritado, sonso, de quem pretende esconder forte perturbação interior. Coisas de adolescência, talvez. Notara, no entanto, que os primeiros sintomas coincidiam com a volta da mãe — e neste ponto ele estacou de novo, olhou-me, depois baixou os olhos, como envergonhado — que estivera ausente de casa durante quinze anos. Devido a acontecimentos familiares — e de novo, inquietos, seus olhos me procuraram, como se implorassem auxílio — nunca haviam tocado no nome daquela que se fora e, possivelmente, o choque ao descobrir tudo seria o principal motivo do transtorno por que passava. Como silenciasse um instante, sem dúvida recompondo suas impressões, aproveitei a oportunidade para indagar se o rapaz sempre manifestara aquelas tendências... por assim dizer nervosas. Afirmou que sim, e acrescentou que era mesmo uma natureza enigmática, cheia de bruscos reveses que ele não compreendia. Pedi então detalhes desses reveses e dessas esquisitices que se tinham manifestado ultimamente. Mais uma vez, entre tantas vezes que ele hesitara durante o nosso encontro, eu o vi silenciar, inquieto, olhando-me como se temesse que não me fosse possível compreender perfeitamente bem o que se passava. Perguntou-me em seguida, de modo um tanto bizarro, se eu conhecia seu irmão Demétrio. "Certamente", respondi, "há anos que conheço o sr. Demétrio. Creio mesmo que em certa época já tratei de uma doença sua." Narrou então que fora o sr. Demétrio quem descobrira tudo. Há muito, é verdade, ele o vinha avisando do que se passava com o rapaz. "É extraordinário", dizia. "Não tem nada de um rapaz normal." Nunca percebera exatamente o que ele queria dizer com aquilo, mas no fundo tinha medo, pois todas as previsões e desconfianças de seu irmão sempre haviam dado certo. Poderia lembrar uma ou duas circunstâncias — e por um momento, levado pela afirmativa, as palavras quase vieram aos seus lábios, mas recuou, deixando apenas escapar um suspiro. Depois, continuou: — mas era preferível calar, já que acontecimentos do passado em nada influíam nos fatos do presente. A verdade é que passara a observar André (ao dizer este nome, notei um ligeiro frêmito em sua voz, uma dissonância, como as que se notam nas pessoas que pronunciam alguma coisa a contragosto, temerosas talvez de denunciarem uma intimidade que não existe, ou deixarem a descoberto a força de paixões que não desejam permitir que venha à tona — e depois de me lembrar que ele sempre se referira ao rapaz como "meu filho", não podia deixar de imaginar, um pouco preocupado, que aquele ligeiro esforço, antes de mais nada, era uma tentativa para vencer uma repugnância secreta) com olhos mais cautelosos, e verificara então como o mesmo parecia transtornado. Resolvera intervir e mais de uma vez falara com o rapaz — os resultados haviam sido completamente nulos. Como fora criado com inteira liberdade, agora não se submetia mais a nenhum controle. Terrível engano, o daquela educação! Premido pelo irmão, que pressentia claramente uma situação inquietante, tencionara agir de modo mais decisivo. Dois dias antes, como o rapaz se recusasse a ingerir qualquer espécie de alimento, reunira toda sua coragem e resolvera visitá-lo no próprio quarto. Notara desde o início o ambiente mórbido, luzes apagadas, travesseiros atirados pelo chão, uma desordem completa. André (notei que o tom já era mais seguro, o nome pronunciado com firmeza, como quem reconhece a si próprio a força de uma obrigação) estava encolhido a um canto, junto à cômoda e, mesmo no escuro, seus olhos brilhavam. "Não é possível, meu filho", dissera ele, "ou você está muito doente, ou então..." Ele se levantara devagar, as mãos apoiadas sobre a cômoda. "Ou então", repetiu numa voz que eu mal reconhecia. Não tivera coragem para levar a frase até o fim e mudara subitamente de tática, tornando-se manso e afetuoso. Tinha necessidade de ganhar aquele coração rebelde. "Se não está doente, é preciso sair, respirar o ar livre. Não pode viver à parte, como um condenado." André deixou escapar uma breve risada: "Será que eu não posso viver como quiser?". E desde aí ele compreendera que era completamente inútil sua tentativa, que para obter alguma coisa, era preciso possuir sobre aquela criatura uma influência maior do que a de um simples pai. (Desta vez o tom se abaixara singularmente, e eu não pude evitar um certo sentimento de piedade, ao ver aquela cabeça curva, aquela inesperada humildade em quem sempre tanto primara pelo orgulho.) Dissera apenas, balançando a cabeça: "Você ainda é muito criança. Ninguém, na sua idade, vive assim como quer...". Então qualquer coisa se rompera dentro dele e, atônito, assistira-o precipitar-se num verdadeiro assomo de furor: Que importavam seus conselhos? Que importava o que pensasse? Que importava que o julgasse criança? Que importava qualquer coisa? E empurrava-o para fora, esmurrando-o no peito, como um demente. Não, positivamente alguma coisa muito grave devia estar acontecendo, para que ele se irritasse assim à simples menção de sua idade. Abandonando-o, André fora se refugiar num dos cantos do quarto, repetindo com raiva: "Criança! Criança!". Ele não tivera intenção de ofendê-lo, e aquele insucesso paralisava-o. Ah, como compreendia agora o que seu irmão sempre lhe dizia: "Você não sabe criar seu filho, e para ambos está preparando um péssimo futuro". Aproximara-se de novo, a fim de tentar uma conciliação, a última, quem sabe. "Você não me compreende. É para o seu bem que eu falo." Ele ainda tremia de cólera. "Que sabe a respeito do que é o bem para mim? Que sabe a meu próprio respeito?" E explodira novamente: "Oh, saia, pelo amor de Deus, saia deste quarto... Não quero vê-lo, não quero ver ninguém". E empurrava-o com tal ímpeto que, temendo tropeçar e cair, ele realmente se retirara. Fora a partir deste instante que pensara seriamente numa atitude a tomar.

(Um novo esmaecimento na voz: Mas que atitude? Recursos espirituais? Escrevera uma carta a Padre Justino, mas nem sequer obtivera resposta. Também, Deus não tinha muito o que fazer neste caso. Um médico, era o necessário.) Minuto a minuto, desde aquela hora, fora sentindo crescer no seu íntimo a noção de responsabilidade — urgia tomar providências, e quanto mais severas fossem, melhor seriam. Encontrara o irmão no corredor e decidira narrar-lhe tudo o que acontecera. Demétrio recebera friamente suas confidências. "Que vai fazer agora?" Confessara sua hesitação, e o irmão movera a cabeça. "Talvez seja demasiado tarde", sentenciara. Ele sentira um arrepio percorrer-lhe a espinha ante aquelas palavras que soavam como um dobre de finados. "Não pode ser muito tarde, não pode ser — devemos tentar alguma coisa." Então Demétrio, quase displicente, propusera: "Deixe-me pensar um pouco. Direi depois qual a minha opinião". (Outra síncope na voz: "No entanto", e era como se constatasse apenas para si mesmo, "tive a impressão de que essa opinião ele já a possuía, mais até, que já sabia de todos aqueles fatos antes de mim, e já os pesara longamente. Terei errado? De pé, Demétrio parecia defender-se de qualquer avanço neste sentido".) "Antes que ele se manifestasse, porém, conforme prometera, havíamos tido uma inesperada e decisiva confirmação do desvario do rapaz." (Mais uma vez, durante aquela acidentada narração, ele pareceu titubear — não como titubeara das outras vezes, mas com maior profundidade, de um modo mais franco, se me é possível exprimir assim. Era uma hesitação negativa, e o seu ser se achava concentrado e firme sobre aquele silêncio que parecia trazer em si o fel de toda negação humana.) "Não sei se o senhor conhece", rompeu ele de repente com decisão, "meu outro irmão, por nome Timóteo. É um ser extravagante, um demente. É mais do que isto…" (Curioso, talvez a idade, ou o costume de ouvir de olhos baixos, sem fitar o interlocutor, tenha aguçado essa minha propensão a perceber as mais esquivas nuanças da voz de uma pessoa. Talvez seja um dom que a experiência apenas tenha apurado, não sei — o certo, no entanto, é que ainda daquela vez não me escapou a ligeira transformação de sua fala, e eu percebi com grande nitidez, não uma mágoa, uma diferença ou uma nostalgia, como seria lícito esperar numa referência de irmão para irmão, e que tão visivelmente transparecia em relação a seu filho, mas um ódio decidido e firme, além dos limites do desprezo, e que em última análise era o que alimentava seu sentimento. Verificava-se isto até na certeza com que se exprimia àquele respeito — sentença quase, veredicto sem apelo, ignomínia consumada — e eu, que já ouvira muitas vezes histórias a respeito daquele rebento espúrio dos Meneses, sentia o exagero, se bem que tivesse plena convicção de que era ele a vergonha da família.) "É pior ainda", afirmara o sr. Valdo, "é um ser doente e maldoso, uma alma intratável. Não sei por que lhe digo isto agora... É como se, afinal, deixasse escapar tudo o que existe no fundo do meu coração." Fiquei sabendo então que tudo partira desse irmão infame. Há muitos anos que Timóteo não saía do quarto e nem se avistava com os irmãos. Só a criada entrava lá, informando depois ao sr. Demétrio o que se passava. André fora criado inteiramente à parte desses acontecimentos, sem tomar conhecimento daquele tio. Uma ou outra vez tentara atravessar os muros daquele mistério e avistar-se com o prisioneiro voluntário. O sr. Valdo interceptara-lhe os passos no último instante e, como o rapaz insistisse em entrar, não hesitara em recorrer a uma mentira. "Não pode", dissera, "o médico não permite que ninguém entre neste quarto." Atônito, André perguntara: "Por quê?". E ele respondera: "Moléstia contagiosa". André olhara para o quarto quase com terror — e desde então não tocara mais no assunto. Ultimamente, porém, a criada informara que Timóteo não estava passando muito bem. E fora sem dúvida devido a isto que Nina (nova e ligeira pausa) deliberara visitar o cunhado. O sr. Valdo esclarecera que a mulher sempre o visitara, que parecia mesmo encontrar um secreto encanto naquela convivência — o que, desde a primeira vez, quinze anos antes, já fora entre eles um forte motivo de dissensão. No fundo, estava convencido de que não era apenas uma fútil atração de Nina pelas conversas açucaradas do irmão — havia nela um propósito de irritá-lo, de ferir-lhe a vaidade, já que naquela casa nada poderia fazê-lo sofrer mais do que a sua intimidade com aquele indivíduo de hábitos anormais.

Daquela vez, no entanto, não vira o momento em que ela se dirigira ao quarto de Timóteo. Alguns momentos mais tarde, toda a casa fora sacudida pelos gritos de André, que esmurrava a porta do quarto de Timóteo, abalando-a ao mesmo tempo com violentos pontapés, enquanto dizia: "Também quero vê-lo, também quero vê-lo!". E mais alto, redobrando as pancadas: "Que é que ela foi fazer aí dentro?". Oh, decerto fora ele, Valdo, o culpado de tudo, incutindo tão grande terror em seu espírito, com a ideia de moléstia contagiosa. Durante anos e anos fizera-o evitar aquela porta como a de um autêntico leproso. E eis que ao ver a mãe penetrar naquele reduto amaldiçoado, toda a sua curiosidade, todo o seu instinto, toda a sua desconfiança, haviam acordado — e cego, desatinado, sentindo talvez aquele ser a quem já adorava escapar-se franqueando a porta proibida — e sabe lá que ameaças ele imaginava pairar sobre a cabeça de Nina! — atirara-se como um demente contra o quarto, tentando violar o seu segredo. Fora isto o que ele pensara no primeiro momento, mas outra fora a impressão do sr. Demétrio, e mesmo de sua esposa, dona Ana, ao surgirem atraídos pelos gritos. O estado de André era realmente indescritível: desalinhado, banhado em pranto, esmurrava a porta, insensível a qualquer esforço para afastá-lo dali. Como um refrão único, repetia: "Quero vê-lo também — que é que ela foi fazer aí?". O sr. Demétrio, com auxílio da mulher, havia conseguido dominá-lo. "Este menino está completamente louco", disse ele. "Urgem providências severas." O sr. Valdo não ousava intervir, convicto de que realmente marchavam para uma desgraça. André parecia presa de um ataque epiléptico e, controlado finalmente depois de infinitos esforços, fora conduzido para este Pavilhão — e o sr. Valdo apontou os ladrilhos desbotados da varanda — e encerrado num dos seus quartos. Assim decidira o irmão, e ele deixara fazê-lo, sob condição de que teria licença para procurar um médico, a quem consultaria sobre o caso, a fim de submeter André a um tratamento conveniente. Demétrio escolhera o Pavilhão por ser afastado da casa, e assim colocar o rapaz ao abrigo de influências que considerava perniciosas. (Difícil dizer em que consistiam essas influências: sempre que se referia a isto, Demétrio era exageradamente reticencioso.) A princípio o doente reagira com violência, mas pouco a pouco fora esgotando as forças e acabara tombando numa extrema prostração. Há várias horas que não reagia e não aceitava também nenhum alimento, e este fora o motivo que o levara a apressar a consulta. Queria um exame circunstanciado, pois do meu diagnóstico dependia a possibilidade de afastar ou não o rapaz da Chácara. Não queria medir sacrifícios, e estava disposto a mandá-lo para o Rio de Janeiro, tentar uma estação de banhos de mar. Era isto o que tinha a me dizer, e terminava declarando que considerava inútil esclarecer o quanto esperava da minha clarividência e do meu conhecimento das coisas — para ele, era quase como a única esperança de ver o filho regressar ao estado normal.

Assim terminou o sr. Valdo sua explicação. Continuei sentado após suas últimas palavras, de cabeça baixa. Se bem que muitas coisas permanecessem obscuras para mim, agora compreendia por que fora chamado, e o que aguardavam da minha visita. Era preciso pisar com cautela, pois andava por cima de um terreno minado. O sr. Valdo devia se ter impacientado com o meu silêncio, pois pigarreou e levantou-se de repente, dando duas ou três passadas pela varanda. Monótono, o ruído da chuva se fazia ouvir escorrendo das calhas. Como eu continuasse mudo, estacou diante de mim: "Que acha o senhor de tudo isto?". Só aí ergui a cabeça e fitei-o — a expressão de seu rosto era de ansiedade. "Gostaria de saber outras coisas", respondi. "Quais?", e ele fitou-me, sem procurar disfarçar o ligeiro tom de desafio que havia em sua voz. "Por exemplo, durante toda aquela cena a porta não se abriu? Nem por curiosidade atenderam aos apelos do rapaz?" Sua resposta veio pronta: "Não. Meu irmão se considera uma espécie de inimigo do mundo". Movi a cabeça, em sinal de que compreendia. E depois: "Quando o senhor falou com ele no quarto, foram aquelas todas as palavras que trocaram?". Desta vez ele não me respondeu tão prontamente. Examinei-o de novo e, pode ter sido apenas uma impressão minha, mas julguei vê-lo empalidecer. As palavras custavam a assomar-lhe aos lábios. Levantei-me também e encarei-o bem nos olhos: ele fugiu ao exame, voltando a cabeça, mas não teve coragem para mentir: "Não foi somente aquilo — ele me disse outra coisa". Insisti: "Poderia me dizer o que foi?". Sua voz abaixou-se singularmente, e ele pareceu de súbito um homem velho e cansado. "Não sei que estranha ideia, que obsessão o habita. Disse-me que eu só fora lá por ciúme, que não tolerava vê-lo unido à mãe, que minha intenção", e eu mal conseguia perceber o que ele dizia, "… que minha intenção era destruir os dois."

Devagar, imóvel naquela varanda, eu ia penetrando na senda escura que formava aquelas vidas.

25. Diário de André (v)

S.d. — Se bem que não tivesse nenhuma certeza de que ela houvesse recebido meu bilhete, pois não o colocara em lugar muito visível, temendo que fosse cair em outras mãos, assim que me livrei do jantar corri ao local do encontro. (Seria talvez mais fácil falar com ela diretamente, no momento em que houvesse uma pausa nas insuportáveis conversas travadas à mesa, mas sempre receoso de que o olhar alheio nos descobrisse, escolhi este estratagema, difícil e ingênuo.)

Sim, já não há em mim nenhuma dúvida — sei exatamente o que quero. Não me empenho às cegas numa luta cujo resultado poderia ser para mim uma surpresa; já pesei todas as possibilidades e estou absolutamente consciente dos resultados que desejo obter. O que os outros pensem, e que habitualmente estão acostumados a pensar — que é que isto importa? O meu sentimento é o de uma extraordinária liberdade: ruíram os muros que aprisionavam meu antigo modo de ser. Como um homem adormecido durante muito tempo no fundo de um poço, acordei e agora posso contemplar face a face a luz do sol. Não é amadurecimento, como supus antes, a sensação que me invade — é de plenitude. Oh, meu Deus, este calor nas faces, esta inquietação que me leva de um lugar a outro, este coração que tantas vezes bate descompassado — tudo isto não é a prova de que começo realmente a viver, de que existo, e de que a vida deixou para mim de ser uma ficção adivinhada através dos livros?

O que mais me assusta, do que primeiro vi em torno de mim, é a pobreza da existência alheia. Admira-me que até agora pudesse ter vivido apenas em companhia de meu pai, de Betty, de tia Ana. Há neles uma tão grande falta de compreensão, são tão estreitos seus pontos de vista, limitam-se a uma tão estrita economia de sensações, que passam a simbolizar para mim tudo o que espontaneamente acabo de deixar. E foi preciso que ela chegasse, para que eu pudesse enxergar e perceber o engano que ia cometendo. Comparo-a às pessoas que enumerei acima, e não posso deixar de notar a flagrante diferença, o ar de espaço largo e venturoso que ela parece respirar, em comparação ao clima fechado que me rodeou até agora. Uma onda de entusiasmo, sucedendo àquele período de depressão em que comecei a caminhar através das minhas descobertas, varreu-me o ser como uma lufada de primavera: cheguei a rodopiar pelo meu quarto, ensaiando uns passos de valsa. Debrucei-me à janela, aspirei o ar seco que vinha dos pastos, e examinei demoradamente o recorte da serra do Baú que ao longe ia se azulando — e como a vida me pareceu de repente terrivelmente grave e bela, com um sentido que eu ainda não adivinhara até aquele momento, mas que existia, e dava cor às árvores e às folhas, às nuvens, ao céu, a tudo enfim o que resplandecia e palpitava de infinito amor. Senti-me grato por existir, e cheguei mesmo a pensar em ajoelhar-me, e agradecer a Deus, qualquer que Ele fosse, a graça de me ter feito presente a todas essas maravilhas. De instantes assim, eu sei, é que são feitos, os transportes de certas loucuras.

Depois deste entusiasmo, decidi mudar todos os meus hábitos. Comecei por ajuntar os livros que Betty me emprestava — umas histórias ingênuas, sempre de autores ingleses — e fui entregar tudo a ela. Estava no quarto e espanava justamente sua pequena biblioteca, empilhando cuidadosamente os livros forrados com papel marrom. "Por quê?", indagou assim que depositei ao seu lado a pequena pilha. E supondo, sem dúvida, que eram os autores que não me interessavam mais: "Tenho aqui um romance muito bom, de José de Alencar". "Não, Betty", respondi docemente, "não quero mais ler dessas coisas." "Mas este é ótimo!", — insistiu. E estendendo o volume: "*As minas de prata*, você já leu?". Movi a cabeça negativamente. Ela abaixou o braço, devagar. "Ah", disse. E como eu a sentisse inquieta, procurando sondar-me o pensamento, adiantei: "Não sou mais criança". Deixei-a ao lado dos livros, enquanto em silêncio ela me acompanhava com um olhar onde se lia a mágoa que eu lhe causava.

À noite, no entanto, custei a conciliar o sono, perturbado, como se em minha consciência pesasse a noção indistinta de haver traído alguém. Quem, um amigo talvez, cuja lembrança girasse, dorida e sem descanso, dentro de mim — e nesses escuros, onde ainda não conseguira penetrar a luz do meu entendimento, tentasse reviver, inutilmente, o eco das promessas que eu pisara aos pés. Levantei-me várias vezes, fui à janela, aspirei o ar da noite — voltei, abri a gaveta, retirei este caderno, procurando traçar nele alguma palavra que me aliviasse. Mas acabei desistindo e voltei a estender-me na cama. E no entanto, antigamente, quando eu assim me sentia inquieto, esses recursos me satisfaziam: o ar da noite trazia o consolo que agora em vão eu procurava, e este caderno, fiel companheiro de tanto tempo, acolhia sem hostilidade as confissões que me vinham ao pensamento.

Era dela que eu me lembrava. Não de agora, mas do outro tempo em que vivera ali. O jardim era o mesmo, e a luz da lua esbatida sobre as árvores, tal como sempre eu a vira, desde que nascera. Naquela paisagem, que se teria passado então, quem teria ido ao seu encontro naquelas mesmas alamedas, e que acontecimento ou imagem humana, a partir dessa época, iluminava as profundezas do seu pensamento? Lentamente, e como se fosse procurar do lado de fora o rastro desses passeios, voltava à janela, e sondava os tufos sombrios das árvores, as partes claras onde a areia brilhava, o matagal mais escuro ainda, espremido na distância, de onde vinha um hausto surdo, como se ali respirasse o próprio espírito da treva. Não poderia explicar meu sofrimento, nem as causas estranhas e múltiplas que se chocavam em meu íntimo, mas de uma coisa eu me achava certo — de que vivia, de um modo um tanto diferente para o meu conhecimento, mas vivia — com que dor, com que mísera e sufocante voluptuosidade.

S.d. — Ela veio, ela veio finalmente ao meu encontro, no momento exato em que eu começava a desanimar. A noite era bastante fria, e eu lançara sobre os ombros uma pelerine antiga, já posta de lado porque não servia mais com o meu crescimento. Sempre que julgava ouvir passos — ventava, bruscas rajadas que estalavam os galhos — retirava apressadamente a capa, atirando-a sobre o banco. Apesar de tremer de frio, não queria que ela deparasse com coisa alguma que lembrasse o menino que eu já considerava extinto em mim. Chegava a ensaiar as frases que lhe diria, e onde ela não deixaria de perceber por certo a maturidade que as impregnava. E escolhia mesmo um tom pausado, um tanto indiferente, como me lembrava de ter visto em meu pai, e que me parecia condizer melhor com a situação que atravessávamos. Apesar dessas precauções, creio que foi exatamente esse resquício de infantilidade o que ela observou em mim, ao me defrontar naquele canto retirado. Apesar de vigiar a alameda, e de investigar o escuro a cada instante, não a vi quando ela chegou, pois uma rajada mais forte sacudia aquela parte erma do jardim. Sei apenas que, ao me voltar em determinado instante, eu a vi, alta, parada, aguardando sem dúvida que eu notasse sua presença, instantaneamente, e, pelo simples efeito de sua proximidade, senti-me ridículo com todos os meus cuidados, e atormentou-me a lembrança dos inúteis manejos a que me submetera anteriormente. Ah, que não daria eu para superar minha timidez, e aparecer franco e destemido naquele nosso primeiro contato. Porque, por bem ou por mal, era aquele o "nosso" primeiro contato, o minuto inicial daquilo que se passaria mais tarde, quase um compromisso assumido — e um laço oculto, por que não, existente entre nós dois, já que aceitara vir, e assim consentia em ser cúmplice no caso que começava a se desenrolar. Fora de minhas previsões, foi ela quem falou primeiro:

— Aqui estou — disse avançando um passo. E num tom de significativa reprovação: — Que doidice foi esta de me enviar aquele bilhete?

Ao mesmo tempo, enquanto dizia isto, manifestava-se nela uma tão viva tristeza, que meu coração pareceu despedaçar-se. Ah, como eu a adivinhava solitária, presa a um mundo de sentimentos mortos, esvaído de qualquer esperança — e como tudo aquilo, por um singular efeito, punha-se em consonância com o que se passava comigo próprio, como se fosse um eco dos sentimentos que me habitavam. Essa identidade, pressentida assim com tanta veemência, deu-me forças para responder:

— Precisava vê-la, de qualquer modo que fosse... — e a dubiedade que eu tanto imaginara evitar, patenteava-se no tom inseguro, ofegante, com que pronunciara aquela frase.

Ela moveu a cabeça:

— É absurdo expor-se deste modo. Já pensou no que seu pai...
— Meu pai! — exclamei com desprezo.
Ela pareceu não dar conta da interrupção e continuou a exprobrar-me:
— Se queria me ver, se era tão importante assim o que tinha a dizer, por que não foi à sala, ou me procurou dentro de casa?
— Não, não — exclamei de novo, com energia.
E mais baixo, como se tivesse vergonha das minhas palavras:
— Lá dentro seria impossível.
Ela fitou-me de modo indefinível:
— Por quê?
Ergui os braços, sem encontrar palavras que justificassem meu gesto. Então ela se aproximou um pouco mais e fitou-me bem no fundo dos olhos:
— Detesto esses subterfúgios. Lá dentro, nada há contra você. Além do mais, essas coisas não se explicam senão... entre namorados.

Tinha dito aquilo com uma expressão quase displicente, e, no entanto, como se meu segredo houvesse sido aflorado, senti a vergonha queimar-me as faces. Não, talvez não devesse dizer que fora como se ela houvesse aflorado o meu segredo, e sim como se o revelasse inteiro, como se o desnudasse implacavelmente aos meus olhos. Agora eu via, eu compreendia tudo — eu é quem fora longe demais, e ousara supor o que jamais deveria ter existido nem sequer em meu pensamento. Ah, que leviandade, e como aquilo me caracterizava bem, infantil e cheio de absurdas presunções... Como tinha ela o direito de me infligir uma bofetada, ou um outro castigo qualquer, e amesquinhar-me ao lugar de onde nunca devera ter saído... Atordoado, como quem repete uma lição sem encontrar nela grande ressonância, eu dizia que aquela mulher diante de mim era minha mãe, e ainda que todo o horror dessa verdade triturasse o fundo do meu ser, a ela não poderia fugir, se não quisesse voltar sempre à situação dúbia e comprometedora em que me achava. Sem dúvida ela percebera minha confusão, e examinava-me em silêncio, avaliando a pelerine que eu não tivera tempo de lançar fora, e que me emprestava um ar tão acanhado como o de um colegial surpreendido numa falta grave. Via-me quase, através do seu silêncio: magro, trêmulo, esforçando-me em vão por ocultar a própria fragilidade. Já me achava prestes a correr, abandonando precipitadamente aquele local, quando ela aproximou-se ainda mais, e colocou uma das mãos sobre meu ombro:

— Escuta, André, você não passa ainda de uma criança. Eu sei, eu compreendo essas coisas — e de novo, como uma neblina que envolvesse o que ela me dizia, percebi em sua voz aquela inflexão de cumplicidade que antes já me chamara a atenção — mas é preciso que isto se acabe. Que estará pensando a meu respeito? Apesar da sua idade, deve se portar como um homem.

Mais do que suas palavras, que em pouco tempo haviam percorrido uma gama de emoções tão diferentes, creio que foi o seu gesto que me decidiu a tudo. Sua mão continuava pousada sobre meu ombro, e o que ela dizia, era, na verdade, exatamente o que deveria dizer numa situação daquelas, mas em vez de afastar-me ou de impor sua autoridade, subira a mão até meu rosto, e afagava-me, de modo lento, passando os dedos pelo meu queixo, pelos meus lábios, premindo-os, numa carícia tão evidente que me fazia arder inteiramente o sangue.

— Como um homem, sim — repeti, cego, aqueles dedos de fogo a me roçarem a face. E tomado por uma súbita e diabólica fúria, segurando-lhe desesperadamente a mão que me afagava, bradei: — Mas isto não se acabará nunca, e bem sabe por quê! É a senhora quem quer, quem me chama. Ah, se soubesse...

Ousara afinal romper meu mutismo, e erguera a cabeça, afrontando seu olhar. Notei então que aquele rosto pálido, de tão frágil e envenenada beleza, transformara-se às minhas palavras, como se diante dele houvesse se rompido um véu: seus olhos se cerraram, um estremecimento percorreu-lhe o corpo, enquanto dizia:

— Eu? Oh, André... — e seria impossível dizer se ela representava ou não aquele espanto.

Abandonei a mão, e ela recuou um passo, mas aquele movimento, longe de repelir-me, me atraiu ainda mais, como se constituísse, não um sinal de recusa, mas de incentivo à minha audácia.

— A senhora sim — tornei a dizer. — A senhora. Por que é que brinca assim comigo, se me considera uma criança? Por que me acolhe, e vem a um encontro marcado no fundo do jardim?

Decerto era a febre que me ditava aquelas expressões, e eu nem sequer tinha consciência da minha injustiça, já que qualquer mãe assim atenderia ao apelo de um filho. Mas achava-me num desses instantes decisivos em que a verdade subterrânea, ainda sem forma constituída para afrontar a luz do dia, explode como um movimento de águas aprisionadas que remontam à superfície das marés. Era o que ela também devia ter compreendido — e mais ainda, que jamais sairíamos os mesmos daquele minuto que atravessávamos, que minhas palavras haviam rompido violentamente o mundo de fantasia que ela pretendia nos impor, e instalava-nos, sozinhos e nus, no centro da verdade inapelável. Também devia ter sentido que só um grande esforço, um gesto rápido e brutal, poderia testemunhar da sua reação ou da sua revolta. Foi o que fez, erguendo a mão e desferindo-me uma bofetada. Oh, naquela hora tudo girou em torno de mim, o jardim, a casa, o próprio céu — e era tão poderosa a minha calma, tão funda a minha decisão e a minha certeza, que poderia contar uma a uma as pancadas do meu coração, e distinguir no vento o perfume errante desta ou daquela flor, e até mesmo contar as estrelas que circulavam no firmamento. E nenhuma palavra mais precisava ser dita, todo o mistério estava para sempre esclarecido — uma alegria selvagem transbordou de meu peito, uma alegria de vitória e de maturidade, como só a podem sentir os condenados que descobrem que a morte não é o duro ato de sacrifício e de consumação, mas de realização e de liberdade. Pois naquela simples bofetada eu vira não a injúria, mas a confirmação — e sentindo-a enfim atingida em seu reduto negativo, arrastava-me à beira da redenção, se bem que isto me perdesse para sempre.

S.d. — Não me disse nem mais uma palavra, mas como me fitava, e que olhar intenso e devorador era o seu! Ah, eu descobria várias coisas vendo-a tão pusilânime, e inebriava-me a satisfação do macho, sentindo que tudo o mais era nuvem e fantasia, diante da minha força e da minha vontade. Como me desvendava ela, até que fundo extremo e novo, até que visão dinâmica e irredutível do meu ser! Como me fitava, todo o seu ser ameaçado implorando clemência. Não tenho pudor em dizer, porque tenho certeza de que em toda a minha vida jamais voltarei a deparar visão mais pura — mas era como se toda a sua vestimenta houvesse tombado de repente, e ela surgisse, nua e feminina, em plena escuridão do parque. De um só golpe alucinante e mecânico, eu desvendava aquilo que constituía a diferença entre um corpo de homem e um corpo de mulher, e a sentia, franzina e delicada, como um vaso aberto à espera que eu vertesse nele meu sangue e minha impaciência. Fitava-me, e à medida que assim o fazia, por um estranho processo cuja razão eu não chegava ainda a entender, sentia aumentar-me aos seus olhos, amadurecer-me e cristalizar-me numa forma definida: alguém. É que pela primeira vez ela me *via*, e não a um outro qualquer por trás da minha personalidade, um eco, a sombra de um passado. Naquele segundo, quem existia era eu mesmo, e ela escutava minha aparição, atenta, seguindo em meu rosto os sinais dessa metamorfose, e os traços desse processo que me esculpia total. Esta impressão, no entanto, não durou muito, mas ainda assim subsistiu o suficiente para inflar o mundo inteiro de uma poderosa magia, transbordando-o dos limites habituais, materializando-se e escorrendo em torno de nós como uma matéria absurda e luminosa — depois tudo regressou à estreiteza habitual, como se a realidade única, a verdade fundamental daquela transfiguração, fosse apenas um relâmpago chispando, forte demais para a nossa natureza, deixando-nos de novo abandonados à obscuridade e à mentira.

A mentira ali se achava, e era eu, a minha triste pelerine, o vulto feminino que recomeçava a crescer diante de mim. Devagar, ela readquiria forças. Um imenso girassol, secreto e envenenado, alimentava-se na sombra. Senti que ela ia me abandonar, que a decisão desta fuga já se cristalizava no ar, desentranhado do ceticismo e da incompreensão. Não posso dizer qual foi a minha angústia, vendo esvair-se o sonho que durante um minuto brilhara em minhas mãos. Ela deu-me as costas, e começou a andar apressadamente em direção à aleia principal do jardim. Era como se uma força exterior arrancasse do meu ser fibras que lhe fossem vitais, deixando-me naquele lugar, agora totalmente escuro, desvitalizado e inútil. Foi tão grande este sentimento, que avancei alguns passos e bradei, sufocado, é verdade, mas ainda assim suficientemente alto para que ela me ouvisse:

— Mãe!

A surpresa daquele nome, o eco do sofrimento que apesar dos meus esforços devia ter transparecido nele, fizeram-na imobilizar-se — e então, pela segunda vez o milagre se operou, e eu consegui anular a atmosfera existente, sobrepondo ao mundo comum o da verdade que nos habitava. Baixinho, para que ela também sentisse a exorbitância e a irrealidade que o compunha, repeti o nome:

— Mãe...

E vi então que, imóvel, de costas, ela parecia esperar. Demorei-me, imaginando o que seria sua luta íntima, o que calcularia conceder, caso retrocedesse ou aceitasse a insinuação contida em meu chamado. Mas a verdade é que ali se achava, parada, e seu gesto estava longe de formular uma recusa. Através das árvores errava um cheiro forte de limoeiros em flor — ela ergueu a cabeça, como se aspirasse o perfume que vinha no vento. Depois, devagar, tão devagar que eu mal percebi que havia se voltado, encaminhou-se na minha direção. Agora, achava-se novamente diante de mim. Meu ímpeto era lançar-me em seus braços, cobri-la de beijos, acorrentá-la para sempre à força da minha paixão. Contive-me, no entanto, e esperei, sabendo que ela seria a primeira a falar.

— Criança! — exclamou numa voz sem timbre. — Criança. Que espera de mim, que imagina que eu possa fazer?

Ah, bem tolo seria eu, se vislumbrasse no tom com que me falava, a menor perspectiva de rancor ou de revolta. Antes era com infinita meiguice que dissera aquilo, entregando-se quase, sem forças para se defender contra a fúria do desejo que sentia crescendo em mim. Mas vendo-a nessa atitude de abandono, um outro sentimento já fermentava em meu espírito, e eu calculava quantas vezes já teria ela dito aquilo, em que situações idênticas, e diante de quantos homens diferentes... Como sabê-lo inteiramente, e possuí-la sem nenhum vislumbre de memória, sem nenhuma intromissão dos seres que já havia amado e que provavelmente haviam lacerado sua alma com fundas marcas? E foi só a este sentimento de ciúme, total na sua força e na sua masculinidade, que eu compreendi que se achava definitivamente extinto o que em mim existia de infantil. Outro ser começava a se erguer no meu íntimo, agressivo, imperioso, cheio de fome e de sede de absoluto, como um animal que repontasse de selvas primitivas.

— Que espero, que quero? — disse, enquanto me sentia vibrar da cabeça aos pés. — Mas eu a amo, eu a adoro, eu a quero para mim, inteiramente!

E precipitei-me, tomando-a nos braços. Apesar de tudo, apesar da minha febre, observei que ela não tremia, que não se recusava ao meu contato, como seria plausível. (Não, não quero acusá-la: de que me serviria, que atenuante encontraria para a minha *falta*, caso considerasse aquilo uma falta?)

Deixamo-nos cair sobre um banco de pedra, enquanto ela murmurava invocando um testemunho invisível: "Que posso fazer, que adianta, meu Deus?". Todo o meu impulso, como um fogo que me devorasse, era para esmagar aquela possível dúvida, aquela última defesa, e inutilizar o resto de temor que ainda parecia retê-la. Eu já sabia que ela não teria mais forças para recuar, nem para me recusar nenhuma oferta, mas demorava a minha vitória porque a queria inteira, sem nenhum resquício de remorso ou de dúvida. Mas já as palavras não nos serviam mais, e não conseguíamos nos identificar novamente através de nenhum outro meio que não fosse a atração que nos impelia para os braços um do outro, e que afinal uniu nossos lábios, no primeiro e no mais desesperado dos beijos de amor.

26. Diário de André (v)
(continuação)

....

S.d. — Não preciso ir muito longe. Foi dali mesmo, foi a partir daquele beijo, que tudo se transformou. Eu acreditava ter obtido uma vitória definitiva, mas não tardaria a verificar que fora apenas uma coisa passageira, um desses instantes de fraqueza, tão comuns em determinado tipo de mulheres. (*Escrito à margem do caderno, com letra diferente*: Não conhecia, visionava as mulheres. Nina, no entanto, e com assombrosa rapidez, deu-me a súmula de todas elas.) Não que a partir dali os fatos deixassem de ocorrer como eu havia previsto, como supunha que ocorreriam em relação a qualquer mulher, desde que certas barreiras fossem ultrapassadas — mas porque uma transformação se operou nela, e precisamente aquilo pelo qual eu julgava retê-la, foi o que se alterou, e arrastou-a para longe de mim. Aquele beijo, como um toque mágico, percorreu-a da cabeça aos pés, e ela cerrou os olhos, como se não resistisse à força do que se passava. O choque devia ter sido tão forte que ela procurou lutar, e tomando-me a mão, apertou-a, como se temesse submergir.

— Oh, André! — exclamou num tom estranho.

E o meu nome, assim pronunciado, pareceu-me designar um ser ausente, desconhecido de mim mesmo, e que as circunstâncias, inesperadamente, houvessem reinstalado diante de nós. O banco, a noite, o jardim seriam os mesmos

— mas aquele sentimento, vivificado com tão grande rapidez, não nos pertencia, pelo menos não pertencia a mim, eu não o conhecia, e saturava-me de uma presença que me despersonalizava. Tive ímpeto de sacudi-la e perguntar: "Sim, André sou eu, mas não é a mim que sua voz reclama, nem seus olhos me veem, aqui onde estou parado. Por quê?" — enquanto ao mesmo tempo ia compreendendo a inutilidade dessas palavras, e avaliando o quanto aquele beijo, unindo, havia nos separado. Porque para ela não havia outro beijo que não fosse memória daquele beijo que devia ter trocado, quem sabe ali mesmo, ao sopro de uma noite idêntica, e que evaporando agora a realidade presente, criava essa magia capaz de substituí-la por um tempo escoado, destruído em seus limites, e no entanto suficientemente forte para regressar de seu desterro. Pelo meu silêncio, pela minha figura imóvel, que toda ela delatava a funda emoção de que me achava possuído, devia ter avaliado o que ocorria, e levando minha mão ao seu rosto, cobriu-a de beijos, úmidos e demorados, enquanto dizia:

— Ah, que será de nós? Que loucura estamos fazendo, que não sucederá depois? — e nesse modo de se exprimir, nesse gesto aflito de roçar a face em minha mão, havia certa frieza que não me enganava e que, para me exprimir literalmente, repugnava-me. O que ela dizia, e era isto que me impressionava tanto, não tinha raízes autênticas, não provinha de uma perplexidade do seu caráter — era somente um esforço para se adaptar às linhas do acontecido, e não me transmitia nenhuma noção de embate interior, e sim a de uma intenção de equilibrar os fatos e conduzir-me novamente, sem choques, a uma atmosfera de naturalidade. O que era um erro seu, que me causava repulsa e escândalo, pois estava longe de vir a julgar aquilo como uma aventura idêntica às que se tem com as criadas fáceis, e apertando-a nos braços, ou tocando-lhe nos lábios, aceitava pisar a área de um mundo que jamais seria aceito, onde eu sozinho teria de transitar, que me tornaria não o filho amado e bem-sucedido, mas o mais culpado e o mais consciente dos amantes.

À sua frieza ou ao seu engano, tentei opor a minha aceitação, e enlaçando-a com firmeza, exclamei:

— Agora, que importa o que possa suceder? Que poderão os outros, contra o que nos sucede? Nós existimos.

Ela deixou escapar um gemido e fitou-me com assombro:

— Ah, meu pobre André... que sabe você...

Tapei-lhe os lábios com a mão, temendo que ela pronunciasse alguma palavra irremediável.

— Deixe-me falar, André — implorou ela, fugindo.

— Não, não! Não fale coisa alguma…

E na luta para dominar o ambiente fantasmagórico que ela havia criado — esse homem, o outro, quando havia existido ele? — sentia despedaçarem-se aos meus pés não somente os fragmentos dessa lembrança viva, mas até mesmo a figuração total do que representávamos — e que não existia ainda. Talvez minha mão a premisse fortemente demais, talvez — e isto era toda a minha esperança — ela houvesse sentido a ameaça que eu representava — o certo é que ficou de pé, enquanto um soluço verdadeiro, uma explosão sobre cuja veracidade não era possível manter dúvidas, sacudia-lhe o corpo. Como se quisesse furtar à minha vista o que se passava, deu-me as costas, e durante algum tempo, sem ousar interrompê-la, vi suas costas sacudidas pelo pranto. E agora, já não me seria possível dizer por quem chorava ela — se por mim, que não existia ainda, se pelo outro, que já não existia mais. Neste instante, literalmente, compreendi a sua solidão, e foi como se houvesse entrevisto, ao esforço de uma luz moribunda, uma paisagem povoada de sombras desatadas. Levantei-me, e devagar abracei-a pela cintura, colocando o rosto sobre seu ombro:

— Nina — disse. E mais baixo: — Meu amor.

No momento em que esperava obter o triunfo, e em que veria banido para sempre, pela minha ternura e minha compreensão, o espectro daquele ser ausente, é que ele abandonou todo subterfúgio e, através da expressão dela, apresentou-se formidável diante de mim:

— Chama-me assim… de Nina… bem devagar.

Ah, como seu rosto havia se transformado, e até mesmo rejuvenescido de um modo assustador, como se a expressão do seu tormento, em viagem durante tantos anos de agonia e de luta, afinal regressasse ao seu ponto de origem, e esplendesse, magnífica, no triunfo de sua insubmissão. Aquela mulher que eu tinha diante de mim não era a mesma que eu conhecia, se bem que em seu olhar brilhasse ainda o traço de uma lágrima — era uma outra mulher sendo a mesma, e o que se sobrepunha à sua confrangida imagem atual, era o calor de uma paixão inteiramente entrevista e compartilhada, modelando essa expressão de prazer e de paz que é a dos amantes em sua suprema revelação. Como toda ela parecia vibrar de uma emoção ainda recente, e renovar-se, como uma rosa tocada pelo orvalho, e já pendida, que toda se entreabre e se ergue num último assomo de vida — como revelava assim a oculta energia que lhe vitalizava o ser, e o entusiasmo de que era dotada para todas as febres e todas as loucuras do amor. Paralisado, eu não ousava dizer coisa alguma, se bem que sentisse se irradiando dela uma força que me queimava e me atraía. Percebendo o que se passava, tomou-me pela mão e começou a arrastar-me: deixei-me levar, sem saber para onde nos dirigíamos.

    Atingimos assim o fim daquela aleia e penetramos numa outra, mais escura ainda. Tratava-se de uma das partes menos frequentadas do jardim, e que desembocava lateralmente sobre o Pavilhão, espraiando-se numa clareira que antigamente fora limitada pelas estátuas das quatro estações, e de que hoje só restava intata a do Verão. Foi nesta clareira, exatamente, que ela parou e, sem abandonar-me a mão, olhou em torno como se procurasse alguém. Era tão forte a impressão dessa outra presença que cheguei a estremecer — e nas suas pupilas vagas, onde ainda ardia um brilho intenso, passou qualquer coisa como um reflexo desse tempo perdido, e tão insistente, que através dele quase chegou a se constituir uma figura de homem, e por meio dessa figura, um nome, que eu sentia que jamais devia ser pronunciado. Em determinado momento essa pesquisa tornou-se tão evidente que chegou a iludir-me, e também olhei em torno, esperando ver aparecer alguém do recesso da folhagem. Mas não vi ninguém, e voltando a fitá-la, percebi que agia automaticamente, sob o império de uma obsessão. Mais uma vez tive o sentimento de que eu não existia, e apesar de deixar minha mão presa entre as suas, sabia que era numa outra fase do tempo que ela caminhava, sem dúvida alguma no mesmo local, mas dentro de acontecimentos que já se tinham desfeito há muito. Não sei quanto tempo ela ficou parada ali, olhando a paisagem que a luz da lua banhava. A estátua do Verão sobressaía serena de um maciço escuro, um tufo de samambaias brotando do seu interior como de dentro de um vaso. Ela puxou-me de novo, encostou-se ao pé da estátua, e dir-se-ia que escutava coisas que ali tinham sido ditas no passado, pois seus olhos brilhavam àquele esforço visionário, e de toda ela, como uma vaga azul, desprendia-se uma intensa impressão de felicidade. Foi isto que me obrigou a ficar em silêncio, se bem que eu intimamente sofresse, e pouco entendesse do que estava acontecendo.

    — Torne a me chamar de Nina — pediu ela em voz baixa.

    E eu repeti:

    — Nina.

Não sei por que aquilo me fez sentir como se fosse a repetição de uma cena antiga, e outra boca soprasse através da minha o som daquela voz. O vento tornava-se mais frio, as estrelas iam desmaiando — quantas horas seriam? — enquanto as árvores começavam a mover-se numa cadência ritmada e surda. Então um arrepio perpassou-me o corpo e, desprendendo-me, comecei a sacudi-la:

— Não, isto não! Nina, precisamos viver, mas *agora*, você não compreende? — e nem eu próprio sabia quem ditava as palavras que eu pronunciava, nem que força as arrancava do fundo do meu ser.

De qualquer modo ela despertou do seu perigoso alheamento, puxou-me novamente pela mão e, com passo mais rápido do que eu supunha que ela fosse capaz, encaminhou-se em direção ao Pavilhão. Confesso que me sentia fortemente intrigado, pois o Pavilhão, uma velha construção de madeira, achava-se condenado há muito tempo, e ao que eu soubesse, ninguém mais ousava penetrar em seu interior, dominado pelos ratos e pelas baratas. Lembrava-me de que eu próprio poucas vezes viera daquele lado, achando que aquela parte do jardim, pelo excesso de mato, pelo desleixo em que sempre vivia, não era o trecho mais recomendável e nem o mais pitoresco da Chácara. Nina, no entanto, avançava com segurança, como se se tratasse de um itinerário que não lhe reservasse nenhuma surpresa, e que já houvesse palmilhado inúmeras vezes, em épocas e provavelmente em situações diferentes. (Quando? No tempo em que ali vivera com meu pai? Mas o mato crescera, e a situação se tornara quase irreconhecível. Depois? Neste caso, em que circunstâncias? Por que viria ela ao Pavilhão, que assunto ou que lembrança a arrastaria até aqueles lados praticamente proibidos? Mas por mais que me fizesse essas perguntas, não sabia como respondê-las, e aceitava o que acontecia, convicto de que mais cedo ou mais tarde, pelos meus esforços ou pela simples passagem do tempo, acabaria sabendo da verdade.)

Assim chegamos diante de uma porta estreita, baixa, evidentemente uma saída de serviço e que, no interior, devia comunicar com as salas do alto por meio de uma escada. Ela experimentou a porta e viu que a mesma se encontrava fechada. (Teria sido ilusão minha? Precisamente neste instante, enquanto a lua se desvendava por trás de uma nuvem esfiapada, voltei a cabeça e julguei perceber que a folhagem se movia, não muito distante de nós. A primeira ideia que me ocorreu foi a de que estariam nos espreitando, mas logo isto se desfez, pois a folhagem não mais se moveu — imaginei então que se tratasse de uma simples sugestão do ambiente, e que o luar, tão forte, provavelmente auxiliara a criar a mobilidade dessas sombras ilusórias.) Depois de hesitar um pouco — um minuto só, como quem toma uma decisão — Nina dirigiu-se ao rebordo de uma das janelas laterais e, tateando nervosamente com as mãos, procurou um objeto que ali devia se achar depositado. Não o encontrou, evidentemente, e depois de remexer algum tempo, deixou escapar um suspiro de enfado. Não percebi de pronto do que se tratava, mas como voltasse a passar a mão pelo rebordo de cimento, compreendi que procurava uma chave. Ainda desta vez, sua busca foi infrutífera — perdendo então a paciência, voltou-se em direção à porta e empurrou-a, primeiro com as mãos, depois com o ombro, procurando forçá-la. A fechadura perra não tardou a ceder, e devagar, com um surdo gemido que longamente ecoou pelo jardim, girou nas dobradiças, desvendando o porão escuro que vedava. Ainda naquele movimento, onde havia uma singular destreza, julguei vislumbrar sinais de uma experiência antiga. Aproximando-me, senti vir até meu rosto um bafio de mofo e de umidade. Ela segurou-me pelo braço, dizendo:

— Vamos.

Acompanhei-a, sempre obediente ao som de sua voz, se bem que não visse coisa alguma, e meu coração batesse mais forte do que nunca. Para que mentir, seria inútil, num caderno que destino exclusivamente à descrição de minhas próprias emoções — mas a verdade é que me sentia não propriamente em insegurança, mas sob a iminência de acontecimentos graves e decisivos, de que iria participar um tanto inconsciente, talvez. Durante alguns segundos erramos através de objetos e ferramentas empilhadas, sobre que tropeçávamos, e que tombavam ao peso de nossos esbarros, até que atingimos um ponto que eu ainda não poderia averiguar qual fosse, mas que ela devia calcular como sendo aquele que procurava. Estacou, passou a mão pela parede, num gesto circular, e devia ter achado o trinco, pois uma porta, com rangido idêntico à primeira — há quanto tempo não se azeitavam aquelas dobradiças — abriu-se aos nossos olhos. Ah, no fundo do meu pensamento eu não podia deixar de admirar aquela ciência da obscuridade, e um sorriso, que não era de mofa, desenhava-se em meus lábios. Estendendo-me a mão, continuou a arrastar-me, evitando obstáculos cuja posição parecia conhecer perfeitamente, e guiada por um faro, ou sexto sentido, que não me despertava apenas surpresa, mas também um sentimento agudo e inesperado de ciúme. Assim foi, até que, pouco adiante, se deixou cair sentada com um "uf" de imenso alívio. Acompanhei-a neste gesto, e senti que tombava sobre um velho divã esfiapado, atirado ali como um traste inútil, e recoberto com um velho xale cheirando a mofo. Baratas e ratos transitavam sofregamente pela escuridão — e durante um minuto, imóvel, ouvi todo aquele prodigioso concerto, e pressenti, ao vivo, o poderoso hálito de morte que vagava naquele lugar. Devia ser um quarto de empregado, estreito e sujo — numa das paredes havia uma única janela gradeada, e era através dela que se via uma nesga do céu, como nas celas dos prisioneiros.

— Em que é que você pensa? — indagou-me ela, enquanto sua respiração roçava-me a nuca. — Agora é que é preciso viver — e eu compreendi que ela imitava as minhas palavras, e não havia nisto nenhum desdém ou intuito de ofensa.

Inclinando-me, senti que ela se achava tão junto a mim que bastava voltar a cabeça para tocar-lhe o rosto. Foi o que fiz, e nossos lábios se uniram de novo. Decerto um lado da minha consciência permanecia em sombra, se bem que eu o sentisse como uma carga presente, mas intocável — e de que valiam naquele momento os restos de consciência que me sobravam, se pela primeira vez tinha diante de mim, palpitante e submisso, aquele corpo que em segredo eu tanto desejara? Ela se dobrara para trás, caí sobre seu colo, rolamos sobre o velho divã — e por mais que viva, jamais poderei esquecer a sensação transmitida pela forma dos seus seios entre minhas mãos, da garganta macia onde meus lábios passeavam, do perfume quente, adocicado, que se desprendia dela, como de um canteiro de violetas machucadas. Ah, e nem posso dizer que não tremesse e não suasse ante a extensão do meu pecado, pois repetindo mil e mil vezes que afagava e mordia a carne que me concebera, ao mesmo tempo encontrava nisto um prazer estranho e mortal, e era como se debruçasse sobre mim mesmo, e tendo sido o mais solitário dos seres, agora me desfizesse sobre um enredado de perfume e de nervos que era eu mesmo, minha imagem mais fiel, minha consciência e meu inferno.

Docemente escorreguei a mão ao longo do seu tronco, sentindo encrespar-me a macieza de sua pele — e como se fosse um caminho sabido de há muito, e ali devessem desaguar, unidas, as dissonâncias do mundo, coloquei-a sobre seu sexo, que palpitou a esse contato como uma ventosa de lã. Ela estremeceu, ondulou como à chegada de um espasmo — e sob meus dedos que se faziam mais duros, e mais precisos no seu afago, senti abrir-se aquela flor oculta, e desnudar-se o mistério de sua natureza, exposta e franca, como uma boca que dissesse, não o seu nome, mas o nome do seu convite. Subi a mão, voltei a afagar-lhe o talhe, dobrei-a, venci-a ao poder do meu carinho — e afinal como um grito rompeu-se o encanto, e entreabriu-se a fenda escura e vermelha daquele corpo, num riso tão moço e tão vibrátil, que através dele parecia ressoar toda a música existente.

Dizer que a amei, será dizer pouco; deixando-me absorver, tentei absorvê-la, e dessa fusão retirei minha primeira noção do amor, do seu abismo. Quantas vezes a amei, será difícil dizer, tanto misturei o amá-la com o transporte que me comovia. Incentivava-me o ser sacrílego; imaginando uma afronta às leis humanas e divinas, deliciava-me em estreitá-la contra mim, em machucar-lhe os seios, em mordê-los, reinventando o gosto de ser criança, e imaginando a via estreita e funda, hoje minha, que independente de mim, a este mundo me havia conduzido. Eu, nós mesmos, que outro delírio maior do que o dessas carnes sôfregas que se uniam, e criavam temporadas extras em seus desvios de amor?

Até que sobreveio o cansaço, e abati-me ao seu lado, coberto de suor. (O suor, adivinhei-o nesta noite, aquela espécie de suor — elemento pegajoso, não morno, mas frio como o gelo, e que eu reencontraria mais tarde — ai de mim — nas paredes do seu quarto de morte, absorvendo seu último perfume e sua derradeira vibração — sua exalação final de ser vivo. O suor — denominador comum desses dois tempos de espanto, criador da barreira de separação, óleo e vento, contra a qual comecei a me debater, desde que me levantei, e ela, isolada, começou a respirar longe de mim, sozinha em sua constituição, isolada de nossa fuga, apenas mulher — e adormeceu, exausta, como uma anêmona que se fecha, uma recusa ou uma condenação formulada.)

Não sei quanto tempo demoramos sobre o divã, mas já era bem tarde, quando ouvimos um ruído, provavelmente uma enxada ou uma pá que houvesse caído no escuro. Ora, poderia muito bem ser apenas o efeito de um rato em fuga desordenada, mas não sei por quê, lembrei-me exatamente da folhagem que vira mover-se do lado de fora, e imaginei que realmente nos seguiam. Foi aí que me traí, denunciando minha pusilanimidade:

— Acho que alguém nos espia — exclamei, sentando-me no divã.

Ela riu baixinho:

— Você tem medo?

Hesitei:

— E se for meu pai?

A resposta não veio prontamente — ela devia avaliar o quanto ainda existia em mim de covardia. Depois, com extraordinária calma, disse:

— Quem quer que seja, é melhor você partir. Não devem encontrá-lo comigo.

Confesso, e ao escrever isto o rubor me sobe às faces: só esperava aquelas palavras para poder fugir. Queria estar só comigo mesmo, a fim de poder avaliar a extensão e a profundidade das experiências por que acabava de atravessar. Saí, tropeçando na ferramenta velha que juncava o caminho. O suor inundava-me a testa, empapava-me a camisa contra o corpo, e foi com um suspiro de alívio que revi o céu e senti de novo o vento da noite soprar em meu rosto.

27. Terceira confissão de Ana

Eu, Ana Meneses, escrevo estas coisas e não sei a quem as dirijo. Sei que são inúteis e refletem mais um hábito do que mesmo uma necessidade, mas encontro-me de tal modo desesperada que recorro a este meio para não sucumbir totalmente ao meu desamparo. Bem sei, antigamente escrevia a Padre Justino, e se confissões como esta nem sempre chegaram às suas mãos, pelo menos serviram muitas vezes para me tranquilizar. Falando, como que uma serenidade postiça aplacava o meu íntimo. E agora, talvez seja ainda isto que eu procuro: um esquecimento, um letargo que me faça não diferente do que sou, mas esquecida de mim mesma, como sob o efeito de um entorpecente. Mas a verdade é que eu não sei a quem escrevo e nem a quem poderiam interessar essas linhas simétricas e cheias de compostura que vou traçando laboriosamente sobre o papel. Sei apenas que sinto o quanto em torno de mim as coisas são inóspitas e o quanto eu mesma me converti num ser gelado e triste. Ah, como é difícil reunir essas duas palavras — "gelado" e "triste" — compreendendo que elas correspondem exatamente ao que existe dentro de nós, a essa coisa pesada, insensível, em que se converteu nosso coração. Muitas vezes sucede-me parar diante de um espelho, e olhar de um modo quase brusco a minha figura. Sou eu mesma, não há nenhuma dúvida, porque o vulto se movimenta assim que eu me movimento, e traja antigas roupas sem graça que eu conheço tão bem, e que são invariavelmente as minhas, com as minhas mãos, meus olhos, minha boca. Apesar de tudo, no primeiro instante não posso deixar de indagar com certa curiosidade: de quem é aquele rosto? E aos poucos, com uma lentidão onde há visível crueldade, vou recompondo a fisionomia que conheço tão bem, e que, é inútil dizer, tanta repulsa me causa. Ah, como me detesto, como me desprezo, que tremenda hostilidade interna delineia minha figura exterior. Aquela saia cor de rapé, aquela blusa desbotada e sem nenhum enfeite, aquele modo relaxado de pentear os cabelos, são as provas do quanto considero minha pessoa mesquinha e vil. Não existe, ai de mim, nenhum sentimento cristão nesta afirmativa. Eu me detesto inutilmente, como se detesta uma víbora ou um sapo, mas também não implica isto nenhuma condescendência com o resto do mundo, pois detesto igualmente os outros, não porque os sinta melhores do que eu, mas porque também a meu ver são ridículos e desprezíveis. Detesto tudo e todos, e é em momentos assim, imóvel diante do espelho, que compreendo exatamente qual é a extensão da frieza que me habita — qualquer coisa funda e sem consolo, opressiva, estagnada, tal como se no meu íntimo tudo houvesse se crestado, e, com a força dessa queima, houvesse se perdido qualquer possibilidade que existisse em minha alma, de ternura e de perdão. Não sei dizer por que sou assim, talvez alguém o soubesse dizer em meu lugar — Padre Justino, quem sabe, caso chegasse um dia às suas mãos o que agora escrevo aqui. Mas também não creio mais em Padre Justino — nunca acreditei, aliás, e o que ele poderia dizer, já não me interessa. O que sobra, afinal, é este ser no fundo do espelho: move-se de um lado para outro, pisca, sorri, mas está morto há muito, e o que está morto não ressuscita mais nem do lodo e nem da infecundidade.

Foi por isto que me prendi aos restos da única coisa que para mim representou a existência. Foi por isto que passei a defender estes restos, como quem defende a imagem da única possibilidade de ser feliz neste mundo. Ouço, não sei quando, a voz de Padre Justino que me diz: "Você não pode saber o que é o sangue, a revolta, a negação das almas feitas para o amor, e que são traídas no seu destino". Não foi a esperança que me fez debruçar tão avaramente sobre este túmulo, pois a esperança não existe para mim. (Ah, eu sou talvez o único ser totalmente sem esperança. Não há tempo para mim, nem passado e nem futuro, tudo é feito de irremediável permanência. O inferno é assim — um espaço branco sem fronteiras no tempo.) Repito, não foi a esperança que me fez tão ciosa desses pobres restos: foi a avidez de me justificar, de reter entre as mãos as provas mais ineludíveis de que houve um instante em que existi realmente.

Por isto, unicamente por isto é que me detive diante dela, imóvel, disposta a barrar-lhe para sempre aquele caminho. Ela não me viu a princípio, e sua surpresa devia ter sido grande, tanta era a minha imobilidade e a minha calma. Ah, eu própria me vejo neste instante, totalmente escura (poderia dizer que, de tão imóvel, até meu próprio coração cessara suas batidas), apoiada à parede carcomida do porão. Vi quando ela se aproximou, e então fiz um movimento — um único, mal delineado na obscuridade, mas o suficiente para demonstrar-lhe que a passagem se achava vedada. Ela estacou, de fato, e eu percebi que sua respiração se acelerava. Não tínhamos muito o que dizer uma à outra, o silêncio nos bastava. Ficamos quietas, e eu sentia o quanto ela se esforçava para restringir sua emoção. Foi então que sua voz vibrou cheia de sarcasmo:

— Eu sei quem está aí — disse. E num outro tom: — Eu sei que você me segue há muito tempo.

Era irrisório que ela dissesse aquilo, sobretudo porque depois de quinze anos, eram as primeiras palavras que trocávamos. Torno a repetir, o silêncio nos bastava, porque tudo o que contém a morte, até mesmo uma morte fundida e refundida durante quinze anos, não necessita mais do que um minuto ou um olhar para fazer sentir a sua presença. Por isto contentei-me em rir — e talvez meu riso fosse excessivamente breve ou feroz — mas foi através desta fenda que começou a escapar todo o meu esforço daqueles anos.

— De que é que você se ri? — bradou ela. — De que é?

Não respondi logo — queria que ela ficasse um pouco mais à minha mercê, que se estorcesse ante meus olhos como um réptil ferido. Depois, aquela sombra pouco familiar em que se debatia — devia tê-la esquecido, como esquecera o jardim, as árvores e todo o ambiente que cercara o seu pecado — era para mim o único elemento que eu conhecia e aspirava diariamente.

— De quê? De quê? — e ela investiu contra mim, aproximando-se de tal modo que eu senti vir até meu rosto o sopro raivoso de sua respiração.

— Não há motivo — respondi — senão um, o único. Sim, eu a sigo, mas não é por sua causa.

— Então?

— É por causa dele.

— Oh! — e desta vez sua voz também mais se assemelhava a um riso — quer defendê-lo também... quer...

A surpresa crispou-se nos meus lábios:

— Quem?

Ela conteve-se, recuando um passo. Provavelmente avaliava em que terreno poderia me ferir, agora que nos achávamos defronte uma da outra; mais do que isto, provavelmente media quanto tempo havíamos esperado aquele minuto e, quem sabe, o número de vezes que havíamos imaginado o cenário daquele encontro — aquele, precisamente aquele, único entre tantos cenários do mundo. Logo, como se o seu pensamento tivesse finalmente atingido um fim determinado, ergueu os ombros, envolvendo-se numa deliberada frieza. Vi o quanto me desdenhava, o quanto julgava saber a meu próprio respeito, para fitar-me assim como quem julga de longe um ser tocado pelo desvario.

— Já sei de quem se trata — disse ela. — É do garoto, meu filho.

Ergui a cabeça, tocada pelo inesperado daquela afirmativa, enquanto o riso subia aos meus lábios com a rapidez de uma chispa.

— Tolice — exclamei. — Como pode supor uma tolice dessas? Seu filho não me interessa em coisa alguma.

Ela pareceu perturbar-se, afastou-se um pouco, examinando-me da cabeça aos pés. Ah, com que prazer eu me sentia superior a ela, defendida em meu segredo e em minha astúcia. Dir-se-ia que não entendia mais quem tinha diante de si e, cautelosa, farejava que ameaça eu trazia oculta comigo. Não, não percebera coisa alguma, nem agora, nem em outro tempo. Tudo o que eu imaginara não passava de um sentimento meu, do capricho de uma pobre imaginação entregue aos próprios devaneios. Não existia a rival, não se pronunciava a inimiga, nada existia senão uma vida que eu acreditara real e de que na verdade ninguém participara — um ludíbrio, em última instância, da minha desesperada vaidade. Cega, avancei um pouco, enquanto as palavras vinham rápidas aos meus lábios:

— Está enganada. André não me interessa em coisa alguma. Sei do que se passa, porque nesta casa não posso me livrar do castigo de saber tudo. Mas que me importa que role com ele pelos cantos escuros, como uma cachorra no cio? O inferno é seu, a miséria é sua.

Estava dito, e ela aguardava ainda, um pouco afastada de mim. Esperei vê-la crispar-se, lançar-se sobre mim, cometer um ato de desespero. Mas em voz baixa, num tom singularmente calmo, indagou:

— Então por que me segue? Que me quer?

A sensação de vitória desvaneceu-se em mim como um fumo: senti-me perdida. Tão frágil era tudo o que subsistia no meu íntimo, que bastava uma palavra, um recuo, uma demonstração de serenidade, para me abalar e expor a nu a minha fraqueza.

— Ah, você! — balbuciei sem coragem para ir mais longe.

Era difícil dizer — era quase como trair a mim mesma e entregar-me de pés e mãos atadas à minha inimiga. Não fora para isto que eu mentira durante tantos anos, que amargurara o frio daquelas paredes sem caridade, que dialogara com minha triste alma transida e sem esperança? Falar, seria conceder a esmola de uma explicação — e ela devia ter compreendido isto pois sua voz retiniu com um acento de triunfo:

— Responda, por que me segue? Que me quer? Acaso estará apaixonada também pelo meu filho? É isto o que deseja? Se tiver coragem...

E revelou-se de súbito, descendo às supremas baixezas:

— Se soubesse como ele tem a pele macia... como sabe beijar e afagar... Um homem-feito não faria melhor.

Calou-se. Da sombra, senti que ela aguardava uma resposta. A provocação ainda vibrava no ar. Meu silêncio, no entanto, devia tê-la assustado. Recuou ainda mais, apoiou-se à parede, escondendo o rosto entre as mãos. Pensei que chorasse, mas não escutei o rumor de nenhum soluço. Afinal, ergueu os olhos enxutos para mim:

— Que digo eu! — exclamou. — Que horror! Devo estar louca.

E mais baixo, como se experimentasse sobre si mesma o efeito da palavra:

— Meu filho.

Corrigi friamente:

— Seu amante.

Não respondeu coisa alguma, mas vi que seus olhos brilhavam na obscuridade. Depois de algum tempo, como se readquirisse forças, tornou:

— Se não é ele, por que me segue então?

Desta vez sorri apenas para mim mesma — ah, se ela nem sequer compreendia! Que poderia eu supor, tratava-se de uma comédia no gênero daquelas em que ela era perita, ou realmente se achava assim distante de tudo o que se passara? Não, eu não podia perdoá-la, e muito menos entendê-la. Para mim, de qualquer modo, teria sempre de ser a mulher que eu imaginara. Não a queria descuidada e leviana, ignorante e de coração leve — tinha necessidade dela dura e feroz, defendendo palmo a palmo o seu terreno, com a avidez dos seres acorrentados para sempre a uma paixão culpada. Foi com uma calma infinita que eu comecei a falar:

— Porque prometi a mim mesma uma coisa… desde aquele tempo, lembra-se? — (E era a primeira vez que eu falava assim; dizendo-o, sentia tudo de um modo tão estranho, que mal podia acreditar que "aquele tempo" assim de repente se interpusesse entre nós duas, nítido, palpável, como um terreno de presente desvendado ante nossos passos sem ousadia.) — Você poderia voltar quando quisesse, poderia destruir de novo como destrói ainda, mas a mim já tinha feito todo o mal que era possível. Assusta-se? Não. Decerto representa para mim, como representa para todos os outros. Mas eu conheço o seu segredo. A mim mesma, está ouvindo? — e eu avancei quase ameaçadora em direção a ela — a mim mesma jurei que fecharia este quarto — precisamente este quarto do qual acaba de sair — e que ninguém jamais voltaria a penetrar nele. Só eu, está compreendendo? Só eu teria este direito. Só eu, quando, em certos dias, a saudade fosse muito funda — e muito poderoso o desgosto do mundo. — (Ah, esse desgosto do mundo ela jamais entenderia… Tão imenso era o meu sentimento ao dizer essas palavras, que contra a minha vontade um soluço se escapou do meu peito.) — Temi, ao vê-la regressar, que você se lembrasse deste cubículo… a única coisa que me pertence, o único bem que possuo.

Não era mais possível reter a emoção, e os soluços afogaram minha voz. No entanto, pude observar que ela não se afastava e que, ao contrário, seguia atentamente o que se passava comigo. Ah, tudo, tudo eu suportaria, menos a piedade daquela mulher. Dominei-me, enxuguei as lágrimas, depois continuei:

— Foi para aqui exatamente que você se dirigiu… para este quarto, para o "meu" cubículo. Compreende agora que não me importa que você se deite com seu filho, que o degrade, que o faça gozar prazeres imundos? Não, não me importa, juro como não me importa. Sei que são feitos de matéria ordinária, por isto devem se entender às mil maravilhas. Mas não quero que frequentem este quarto, está ouvindo? Não quero que seus risos e seus gemidos acordem o eco de um morto. Entregue-se em todas as camas que encontrar, menos nesta… — insensivelmente minha voz baixou de tom — … que ainda conserva as manchas de sangue daquele que você assassinou.

Ela não me respondeu coisa alguma, mas pela sua respiração, cada vez mais acelerada, percebi que se emocionara — e quem sabe o quanto aquelas palavras a haviam reconduzido à sua realidade permanente, aos sentimentos e recordações que agora lhe enchiam o pensamento. Talvez não fosse necessário imaginá-la completamente destituída de alma — possuiria uma alma fria, egoísta, mas ainda assim uma alma capaz de vibrar e de sofrer, mesmo que esses sofrimentos fossem injustos e até criminosos em sua origem.

— Como você é cruel — disse ela. — Acredite que eu poderia destruir com uma única palavra tudo o que me disse. Essa sua segurança...

E de repente começou a rir, e vi que seus olhos brilhavam intensamente na obscuridade. Perturbou-me sua tranquilidade, o modo como reagia diante de minhas ofensas. Sei apenas que falou, e durante muito tempo, não como se recordasse fatos acontecidos há muito, mas com a vivacidade, o calor com que se cede à pressão de coisas atuais. Eu calculava o seu remorso, a tristeza dos pensamentos que de vez em quando deviam lhe vir à consciência (ah, meu Deus, eu o tinha visto no começo, quando chegara para tratar do jardim, uma criança ainda, quase como André. Em torno dele existia essa aura intraduzível dos seres votados à inocência. E fora eu quem apertara contra o seio sua cabeça desfalecida, e sentira paralisar-se naquele peito cheio de mocidade o coração varado por uma bala) e até mesmo, em momentos de maior calma, conseguiria imaginar o que seria um dos seus vislumbres de ternura — um sorriso talvez endereçado ao pobre morto. Para mim, era assim que ela deveria imaginar o amor, uma esmola dada ao acaso, um gesto esboçado sem nenhuma conivência íntima, uma dádiva destituída de graça. Estava longe, bem longe de idealizar aquela fúria contida, aquele borbotão quente e soterrado que subia aos seus lábios. Ela falou — e apesar de não me dizer uma só palavra que constituísse fato inédito, era como se revelasse pela primeira vez o que se dera outrora. Imóvel, sentia transpor-se no meu ser uma nova figura, apesar da certeza com que através dos anos permanecera a mesma em meu ciúme.

— Se quer saber... se ainda não sabe de tudo o que se passou... então tenha certeza de que o amei, de que o amei perdidamente, e nesta mesma cama que agora me diz manchada de sangue. Era criança, mas eu fiz dele um homem. Marquei-o, para que nunca mais se esquecesse de mim. Ah, os que imaginam o amor à distância, como um fruto sem experiência. Estão longe de saber o que é a delícia deste sofrimento, porque é sofrimento, terrível e doce ao mesmo tempo. Como pode falar em amor, você, que durante toda a sua vida só conheceu um homem repugnante? Como ousa encarar-me e cobrar os juros de um pecado de que não sabe o preço? Ah, como ele chorava em meus joelhos, como implorava um beijo meu, uma carícia, e eu fingia negar-lhe tudo para entregar-me depois inteiramente. É estranho pronunciar o seu nome, sobretudo porque desde aquela época nunca mais o disse em voz alta: Alberto. E repito-o — Alberto, Alberto — e você não pode arrancar este nome dos meus lábios, porque está tão preso a mim como se fosse meu próprio sangue. Pensa que ele a viu alguma vez, que deu acordo de sua presença? Nunca. Mas eu sabia, eu tinha certeza, espionava-a, sabia que você também me seguia. Com que volúpia eu a fiz sofrer, como acompanhei em seu rosto, dia a dia, hora a hora, minuto a minuto, os sinais dessa triste paixão. Houve um dia em que esperei que você tocasse nele. Sabe de uma coisa? Queria vê-lo manchado por uma outra mulher. Durante muito tempo andei armada com uma faca, imaginando como matá-la. Caso você tocasse nele, eu não hesitaria — teria chegado ao crime. Mas não existia nos olhos dele nenhuma outra imagem que não fosse a minha. Era um cego consciente. Também eu o acompanhava quando não o via ao meu lado, ameaçava-o, prometia denunciar tudo para que ele fosse expulso da Chácara. Como tremia nesses momentos, e dizia que iria morrer do lado de fora, como um cachorro abandonado. Tudo isto, no entanto, servia apenas para aumentar o nosso amor. As tardes que passamos juntos, rosto colado contra rosto, forjando planos que na verdade nunca se realizaram, mas que embriagavam só de serem imaginados. Era bom ficar assim, eu bebia sua respiração, e palpitávamos como se fôssemos o mesmo corpo. Quando voltava a mim, lembrava-me de que estava ligada aos Meneses, que pertencia a esta casa, que existia uma realidade. Foi isto o que me perdeu, o que nos perdeu. Hoje...

Calou-se um minuto. Dir-se-ia que concentrava o pensamento, que já não falava para que eu a ouvisse, mas respondia somente ao diálogo interior que há muitos anos devia se travar no seu íntimo. Foi em tom visivelmente diferente, como se o calor da paixão arrefecesse em sua voz, que continuou:

— Não soube assumir o meu pecado, se pecado houve. Por isto, quando hoje André me aperta em seus braços, eu peço a ele: "André, não renegue, assuma o seu pecado, envolva-se nele. Não deixe que os outros o transformem num tormento, não deixe que o destruam pela suposição de que é um pusilânime, um homem que não sabe viver por si próprio. Nada existe de mais autêntico na sua pessoa do que o pecado — sem ele, você seria um morto. Jura, André, jura como assumirá inteiramente a responsabilidade do mal que está praticando". E ele jura, e cada dia que se passa, eu o vejo mais consciente da sua vitória.

Havia nela, a essas últimas palavras, um fervor diabólico. Solitária, distanciava-se de mim, dos meus problemas, do que eu sabia e sempre havia visto como inerente à natureza humana. Aquela mulher, evidentemente, trazia em si alguma coisa que transcendia minhas possibilidades. Diante dela, não a reconhecia, era como se a visse pela primeira vez — e não pude deixar de reconhecer que era bela, muito bela ainda, com aquelas palavras singulares ardendo em seus lábios, de tão poderoso efeito que pareciam banhá-la numa luz já oriunda do inferno.

— De qualquer modo — disse eu como uma última explicação — não voltará mais a este quarto. — (Apontei para o peito, como se ali estivesse todo o motivo da minha força.) — A chave está aqui dentro: de agora em diante esta porta não se abrirá mais aos seus passos.

Ela riu, enquanto se afastava:

— Não preciso de chave — disse. — Estas velhas portas se abrem com um simples empurrão. Depois, este quarto já não me diz mais nada.

Estas últimas palavras já foram ditas na distância. Em breve achei-me sozinha e vi que a escuridão me cercava.

28. Segunda narração de Padre Justino

Minha intenção não era subir, já que viera apenas para recolher uma esmola. Segurando a mula pela rédea, apoiava-me à pilastra da escada, esperando que a empregada me anunciasse. Era mais ou menos meio-dia, e o sol reverberava intensamente sobre a areia ainda úmida do jardim. Não tardou muito e surgiu o sr. Valdo. Vi pelo modo como se inclinou sobre a balaustrada, que a minha visita era para ele mais do que uma simples surpresa — um fato quase auspicioso. "Ah, senhor Padre", disse-me, "que prazer, há muito não o víamos por estes lados…" E parecia esperar que eu subisse. Esclareci que viera buscar uma esmola de auxílio às festas próximas. Exclamou: "Pois não, Padre Justino" — e insistiu para que eu subisse. Teríamos tempo para conversar, queria saber notícias da construção da matriz nova. Notei que seus movimentos eram nervosos e que toda a sua atitude denotava certa preocupação. Na verdade há muito não vinha à Chácara, se bem que outrora ali tivesse passado muitas vezes, a fim de assistir minha boa amiga, a mãe do sr. Valdo, imobilizada pela paralisia numa cadeira de rodas. Desde que ela morrera — numa tarde escura, que parecia pressagiar a atual decadência da casa — eu nunca mais voltara, primeiro porque de toda a família era a única pessoa que me demonstrava real interesse, segundo porque infelizmente meu trabalho cessara, e outros deveres me chamavam a pontos diferentes da paróquia. Assim, até aquele momento, meu contato com o sr. Valdo fora bastante restrito; podia mesmo dizer que não o conhecia direito e, vendo sua expressão abatida e seu aspecto envelhecido, perguntava a mim mesmo se ele teria sido sempre daquele modo, se era constante a angústia com que me fitava. Não havia dúvida, alguma coisa corroía aquele homem no seu íntimo. Amarrei a mula à pilastra e subi — a cada degrau ia me esforçando para conter as recordações que me assaltavam (Dona Malvina, na cadeira de rodas, uma manta sobre os joelhos, o rosto alterado pelos tiques da paralisia: "Ah, Padre Justino, tenho medo do que aconteça depois da minha morte. Esta casa…".) e que pareciam vir em ondas à medida que eu avançava. Se não podia afirmar que houvera uma grande transformação nas fisionomias (é estranho como o sofrimento, modelando sua máscara particular, cola-a ao rosto dos outros. Não me era possível, naquele momento, imaginar como o sr. Valdo tinha sido, mas olhando-o percebia que uma outra fisionomia se estampara sobre a sua, e que esta de agora, por um esquisito capricho, era perfeitamente idêntica à de dona Malvina. O homem que se achava diante de mim possuía a ânsia, o brilho inquisitivo do olhar e até mesmo os tiques e repuxados que haviam caracterizado minha amiga nos seus últimos anos de vida. Só que, aquilo que nela era autêntico, nele como que viera de empréstimo, por um cambalacho cujas razões eu desconhecia, mas que o instauravam naquele ambiente para mim tão carregado de lembranças, com a precisão e a leveza de um impostor bem-sucedido) podia pelo menos garantir que se dera na casa uma transformação quase radical. A varanda, por exemplo, circundada no alto por uma barra de vidros de cor, parecia maior porque dela haviam retirado grande número de móveis que eu ali conhecera. As colunas estavam quebradas nas bordas e as árvores do jardim, nessa intimidade própria do abandono, agarravam-se à rampa e ameaçavam invadir o interior onde nos achávamos. Um galho de jasmineiro, florido e audacioso, despencava-se até quase o centro da varanda. Ah, via-se bem que a voz de dona Malvina não mais escoava naquele mundo: a desagregação apoderava-se dele e aos poucos ia devorando a graça austera e sólida de seu renome.

O sr. Valdo continuava sempre diante de mim, e assim ficamos diante um do outro, enleados, até que ele próprio resolveu romper o silêncio. "Sente-se um pouco, senhor Padre, esta casa ainda é sua. Gostaria de conversar um pouco com o senhor…" Sentei-me. (E no entanto, aos meus olhos, tudo parecia agora rolar dentro de certa ordem: equilibrava-se o galho do jasmineiro, as pilastras arruinadas adquiriam um ar familiar, o próprio ambiente aquietava-se. Ao sol do meio-dia, como que uma vida comum e sem esforço paralisava na mesma atmosfera morna tudo o que nos cercava.) "Não sei como deva falar sobre essas coisas...", começou, e sua voz, interrompendo meu pensamento, assustou-me quase, "... a verdade é que nunca frequentei a igreja e sempre me mantive bem sem o auxílio dos sacramentos." Indaguei: "Que coisas?". Ele balançou a cabeça, perplexo: "Não sei como o senhor diria que são...". Procurei ser o menos dogmático possível: "Para mim existem as que são matéria de confissão e as outras". Fez um movimento negativo: "Não, não são as que são matéria de confissão". "Gostaria de me perguntar alguma coisa?", insinuei. Calado, vi que fazia um esforço para concentrar o pensamento. Dir-se-ia que rebuscava no mais íntimo de suas cogitações, ou que sondava a maneira exata de me dizer o que pretendia. Continuou: "Por exemplo...". E rompendo todas as amarras, exclamou de súbito, numa voz firme e baixa: "Padre, que é o inferno?". Não, evidentemente não era aquela a pergunta que eu esperava, e fiquei calado por alguns momentos, olhando a varanda e o sol que batia sobre os ladrilhos. E como se fosse inspirado por uma força superior a mim, veio-me uma enorme vontade de responder, apontando com um simples gesto: "O inferno é isto, esta casa, esta varanda, este sol que uniformiza tudo". Contive-me, no entanto, e volvi a cabeça para ele: "Ah, filho. O inferno é por sua essência a mais mutável das coisas. Em última análise, é a representação de todas as paixões dos homens". Ele pareceu não compreender logo e repetiu baixinho: "Paixões?". Fiz um gesto afirmativo com a cabeça: "Paixões, tendências profundas. O repouso, por exemplo". E ao dizer isto, senti que possivelmente de um modo um pouco arbitrário havia nomeado aquela casa, a varanda e o próprio brilho do sol. O sr. Valdo abaixou a cabeça, pensando — em torno de nós tudo silenciou, houve uma grande pausa na pausa já larga do meio-dia, um cheiro ameno de rosas subiu na atmosfera; ao longe, desferindo o voo, um pássaro deixou tombar seu grito áspero. Seria difícil vencer aquele ambiente iluminado, e apesar disto, como um ímpeto incontido que se elevasse de todas as formas estáveis, senti palpitar uma presença cega, um movimento infrene e sinuoso, que girou em torno de nós como uma grande aura libertada. Aquilo me fez estremecer e voltei a cabeça para o lado do sr. Valdo, ao mesmo tempo que ele erguia a sua e recomeçava a falar: "Esta casa, senhor Padre, é a esta casa que o senhor quer se referir?". E um rápido riso de mofa deslizou pelos seus lábios:

"Não há nenhum repouso nesta casa, ao contrário". Estacou, olhou-me intensamente e concluiu, cortante: "Se o poder do diabo existe, foi ele quem destruiu o sossego desta casa". Talvez esperasse um movimento de protesto ou de surpresa da minha parte. Contentei-me em erguer os ombros: "O alheamento, quer o senhor dizer…". Encarou-me novamente com um espanto que não se disfarçava: "De que nos acusa, Padre?". Olhei mais uma vez, e com infinito cansaço, tudo aquilo que me cercava. Devia ter compreendido meu olhar, pois também circunvagou a vista em torno e deixou escapar um suspiro. "É preciso…", retornou num tom de voz de quem fosse perdendo a força aos poucos, "é preciso acreditar em Deus… para saber que o diabo existe?" Novamente ele me colocava numa posição falsa, e eu procurava as palavras com certa ansiedade. Poderia responder logo, e liquidar de vez a questão, mas não iria suprimir assim a possibilidade de ouvir o que ele tinha a me dizer? Não me era custoso afirmar, por exemplo, que os sinais da presença do demônio — não é este mundo o seu principado? — costumavam ser infinitamente mais positivos do que os da presença de Deus. Pelo menos mais audaciosos, mais grosseiros. No entanto, limitei-me a perguntar aquilo que eu já sabia de antemão: "O senhor não acredita em Deus, não é mesmo?". Como acreditar, na quente placidez daquela varanda? Ele riu de novo, e havia no seu riso um tom velhaco que me desagradou. "Não, não acredito", disse. De novo circulou em torno de mim a aura fantástica e cega. Imaginei dizer: "Aí está, este é o repouso", mas limitei-me a fixar o ladrilho e a escutar a voz dos pássaros que cantavam lá fora. (De novo uma lembrança de dona Malvina, rodando a cadeira pelas alamedas do jardim e bradando com a bengala erguida: "Deixem os passarinhos em paz, meninos, não quero arapucas em meu jardim!".) Quando dei por mim, o sr. Valdo fitava-me com olhos onde se lia indisfarçável curiosidade. Era preciso dizer qualquer coisa e então, abandonando o sortilégio à hora luminosa e cheia de carícia que nos envolvia, indaguei: "E no demônio, o senhor acredita?". Eu o vi tremer, tremer, e olhar para o fundo da varanda como se adivinhasse a presença de alguém. "Acredito", respondeu numa voz tão apagada que mal pude ouvi-lo. Levantei por minha vez a cabeça, como se obedecesse a uma ordem sua — e foi aí que eu a vi, modestamente vestida, encostada à porta da sala e contrastando estranhamente com o ar radioso do meio-dia.

29. Continuação da terceira confissão de Ana

Não tinha nenhuma intenção de segui-los, nem me importava o que fizessem, até que um simples acaso me fez senhora de todo o segredo. Já tinha errado pela casa inteira, já escutara a conversa fútil das empregadas, e em vão examinava os ponteiros lentos do relógio, quando fui dar à sala, àquela hora de janelas fechadas e cortinas cerradas. Foi então que vi André — há três dias não o via, pois Valdo, assustado com uma das suas crises de nervos, havia-o encerrado num dos quartos do Pavilhão — quando vi André, repito, esgueirar-se em direção à varanda, com toda a cautela de quem comete alguma coisa proibida. Reafirmo, o que me levou a segui-lo foi apenas essa imensa ociosidade que paira numa casa como a nossa. Tudo se acha tão definitivamente nos lugares, que o menor incidente é um motivo de atração. Sim, André nunca fora um personagem que entrasse em minhas cogitações. Nem mesmo para avaliar seus defeitos ou situá-lo no âmbito reles de suas paixões, como já o fizera em relação ao pai, mas era evidente que o assistia transitar de um lado para outro, sabia que existia e respirava junto a mim, chegava mesmo a imaginar quem fosse ele realmente — um ser solitário como os outros encerrado em suas deficiências e seus erros — mas jamais conseguira interessar-me a ponto de me debruçar sobre sua natureza autêntica. Naquela tarde, porém, teria uma ligeira surpresa: ao me aproximar da janela, do modo furtivo e silencioso que adotara desde que Nina ressurgira — dirão talvez que eu espionava, que eu farejava como um animal à cata do desastre... — notei que André colocava uma coisa qualquer, um bilhete talvez, debaixo de um dos tijolos soltos do rebordo da varanda. Entardecia, e de todo o jardim, até o alto, até os vidros coloridos que sustentavam o teto, projetava-se uma sombra roxa e difusa. André, possivelmente por causa do frio, trazia sobre os ombros uma velha pelerine dos seus tempos de criança. Sua figura recortava-se em negro contra a luz do jardim — demorou um minuto, olhou em torno e desapareceu em seguida. Pareceu-me tê-lo visto fazer um gesto na direção de alguém que eu não podia ver, mas em todo caso eu não podia ter nenhuma certeza, dada a posição em que me encontrava, demasiadamente distante. Já me achava resolvida a abandonar meu esconderijo e ir até à varanda, quando vi Nina aproximar-se — vinha devagar, também olhando para os lados, como se temesse ser surpreendida. Estacou diante do lugar em que André estivera e, num gesto decidido, ergueu o tijolo, tomou o bilhete e desdobrou-o. Vi que procurava o lugar mais favorável a fim de se inteirar do seu conteúdo. Não demorou neste manejo mais de um minuto, depois amassou o bilhete e atirou-o fora — observei o lugar exato em que caiu a bola de papel. Fez tudo isto com evidentes sinais de impaciência. Não se afastou logo, pensou ainda um pouco, e vi que a expressão do seu rosto se tornara sonhadora. Podia ser apenas um efeito do crepúsculo, mas uma vez mais notei o quanto ainda era bela. Apoiada ao rebordo, dobrou a cabeça e encostou-a à pilastra, entreabrindo os lábios como se absorvesse o ar frio da noite que começava a descer. Que pensaria ela, que choques se debateriam no seu íntimo? Não sei, jamais poderia sabê-lo. Mas enquanto ia fugindo a luz da tarde, continuei a examiná-la, revendo um a um, com absoluta clarividência, os detalhes de tudo o que nos havia sucedido outrora. Eu compreendia, sobretudo vendo-a ainda tão moça e dotada de tanto encanto — mas como perdoá-la, a menos que admitisse a flagrante injustiça de Deus? Vi que um suspiro fundo se desfazia em seus lábios — depois, com o mesmo passo cauteloso de felino, abandonou a varanda. Esperei mais algum tempo, temendo que ela regressasse, mas como a noite já invadisse completamente a varanda — um último vidro, no alto, teimava em luzir vermelho como uma pupila fosforescente — abandonei meu esconderijo e dirigi-me para fora. Lá estava a bola de papel e confesso que foi com mãos sôfregas que me apoderei dela. Era inútil tentar ler naquela escuridão e, além do mais, poderia ser surpreendida por alguém.

Corri ao meu quarto, tranquei a porta, acendi a luz. Meu coração batia forte — finalmente me achava a salvo para descobrir a chave do segredo. Desamassei o papel e observei que as letras eram pálidas e tremidas, como as que se traçam sob grande emoção. A luz era fraca — sempre foi um dos defeitos fundamentais da Chácara — por isto encaminhei-me ao oratório que ficava ao fundo do quarto e retirei de dentro a lamparina que iluminava permanentemente a imagem de Nossa Senhora das Graças. À sua claridade li então o que se segue: "... soltaram-me hoje, e preciso encontrá-la imediatamente a sós. Como pode ser má assim comigo? Espero-a, dentro de meia hora, na clareira junto ao Pavilhão". Aquelas palavras, lidas à trêmula luz da candeia, não me causaram nenhuma surpresa. Nada que viesse de Nina poderia causar-me surpresa. Imaginei apenas: então era isto, um incesto! Uma espessa tranquilidade espalhou-se em meu espírito. Evidentemente ela era capaz de tudo, já o disse repetidas vezes, e uma mulher com tão desesperadas forças concentradas no espírito, que poderia fazer senão lançar-se contra o ambiente em torno, antes que esse ambiente a despedaçasse? Ah, eu quase a invejava, aquele ímpeto bruto, aquela cegueira na conquista de seus apetites. O que me admirava, era a rapidez com que tudo ocorrera — e agora, sentando-me na cama, o papel de novo amassado entre as mãos, calculava que as coisas já deviam estar preparadas, e que eu assistia somente à eclosão de acontecimentos fermentados no âmago dos seres que de há muito participavam deles. Não acredito propriamente numa fatalidade, o que seria tolo — o fatal é a tendência da natureza humana para o abismo e a desordem. A solidão, que é um húmus de poderosa fecundidade, adubara aqueles terrenos pouco defendidos. Nina amaria qualquer coisa, qualquer pessoa — seria impossível para ela viver como uma planta isolada em seu canteiro. Ramificar-se-ia, cresceria ao vento, até debruçar-se do outro lado, onde florescesse qualquer arbusto indefeso e sem vontade. (*Escrito à margem da confissão*: Só mais tarde, muito mais tarde, pude compreender que não era exatamente assim: Nina reagia. Contra quê, contra quem? Mal ouso supô-lo. Mas a planta que imaginei inerme e solitária, era um cacto, a meu ver, severo e cheio de espinhos. Contra esse amor selvagem é que ela reagia — para não morrer, para não ser despedaçada também.) Ergui-me, dizendo a meia-voz: "Tal como outrora, tal como sempre" — e não podia esconder a minha amargura. De pé, repeti mais uma vez: "Tal como outrora". Então a lembrança do Pavilhão me veio de um jato, e aos meus ouvidos ressoaram as palavras que lera no bilhete: "Espero-a, dentro de meia hora, na clareira junto ao Pavilhão". Isto é que era exatamente idêntico ao que acontecera antigamente. Também existia o Pavilhão, e junto dele é que Nina o esperava, possivelmente à noite, e com os mesmos odores errando no ar. Só que atualmente tudo havia se transformado, e eu prometera a mim mesma que ninguém — ninguém — jamais penetraria naquele quarto onde ele exalara o último suspiro. Muitas vezes, naqueles tempos, eu a vira esgueirar-se em direção ao Pavilhão e tinha certeza para onde ia: ao quarto, ao pobre aposento acanhado e escuro que servia de cenário aos seus amores escusos. (Lembro-me do peito coberto de sangue, da boca de onde borbulhava uma espuma cor-de-rosa, dos instrumentos de jardinagem amontoados pelos cantos, daquela hora precisa, e particularmente da qualidade com que era feito o meu sofrimento. Lembro-me tão bem como se tudo tivesse acontecido ontem. Lembro-me, para tormento meu, que seus lábios pronunciaram um único nome — e o que eu disse, o que eu fiz, perde-se para sempre na correnteza desses fatos que exemplificam a inutilidade do esforço humano.) Mas hoje tudo era diferente, e a chave que abria aquela porta achava-se comigo, bem sobre o meu coração. Não era uma medalha, nem um escapulário, o que batia ali contra meu peito — era apenas a chave do quarto onde Deus me havia tão cruelmente ferido. Decerto o problema supremo é este, Deus e o homem, mas por mais que faça, não posso imaginar Deus afastado do amor, de qualquer amor que seja, mesmo o mais pecaminoso, porque não posso imaginar o homem sem o amor, e nem o homem sem Deus. Talvez por isto é que, em última análise, Nina não me assuste — o que odeio nela é ter interferido em meu caminho. Ela poderia manchar o que quisesse, destruir tudo o que lhe passasse ao alcance das mãos — somente naquele quarto, onde eu fizera o meu altar, não mais poderia entrar, ainda que isto custasse a minha vida. (Sei que as vozes se erguerão contra mim — para servir a Deus é preciso renunciar ao amor humano. Neste caso prefiro não servir a Deus, porque ele me fez humana, e não posso, e nem quero espontaneamente renunciar àquilo que me constitui e umedece minha própria essência. Que Deus é este que exige a renúncia à nossa própria personalidade, em troca de um mirífico reino que não podemos ver nem vislumbrar através da névoa? Eu sei, a Graça, mas para pobres seres terrenos e limitados como eu, como supor a renúncia e a santidade, como supor o bem e a paz, senão como uma violência criminosa ao espírito que me habita?)

Não hesitei um minuto mais: cobri a cabeça por causa do frio e encaminhei-me ao jardim. Entregue aos meus próprios pensamentos, orientei meus passos em direção à velha alameda que conduzia à clareira. Havia como que uma total imobilidade no ar e, apesar do frio, percebiam-se as rosas atentas erguidas na escuridão. Quando cheguei, ainda não havia ninguém, e pude procurar à vontade um lugar onde me escondesse. Não era a primeira vez que eu assim procedia a fim de seguir os passos de Nina, e aquele gesto, repetido tantos anos depois, fazia bater meu coração com a mesma força de tempos passados. Ah, comigo mesma eu apenas indagava se não seria o hábito que me movia. E fatalmente, ao verificar aquelas mãos geladas, aqueles lábios secos, apertados, aquele peso que eu trazia sobre o peito, compreendia que mais do que os tristes sinais de um hábito, eram evidências de um outro sentimento mais forte que me fazia viver. (Escuto os que me repetem — o amor de Deus. Mas que podem saber do amor de Deus, aqueles que já não sabem mais expressar o amor dos homens?) Se não fossem as plantas que haviam crescido excessivamente, poderia dizer que meu posto de observação ainda era o mesmo. Ajeitava-me por trás das samambaias, quando ouvi passos. Aquietei-me e vi que alguém se dirigia para a clareira, se bem que ainda não pudesse distinguir de quem se tratava. De vez em quando, no ar calmo, soprava uma rajada — então, no alto, as nuvens se amontoavam, cobriam a lua e tudo submergia numa densa escuridão. Depois, repentinamente o vento se aquietava e a luz rompia de novo através das nuvens. Foi num desses momentos que divisei meu sobrinho André. Confesso que ao constatar que o vulto era dele, fui tomada de uma curiosidade da qual não me julgava capaz. Para mim, praticamente, era a primeira vez que reparava nele. Curioso, pareceu-me maior, mais estranho do que imaginava. Magro, cabelos lisos tombando sobre o rosto, a pelerine atirada aos ombros, podia ser infantil, mas já trazia alguma coisa profundamente madura nos gestos — uma certeza, uma decisão de que eu estava longe de supô-lo capaz. É preciso esclarecer que não havia nenhuma piedade em mim e, friamente, eu pensava: então era aquele o pecador, a presa mais recentemente tombada nas garras de Nina. Como se manteria ele? Estaria à altura do papel que lhe estava reservado?

    Não posso dizer quanto tempo esperamos, ele no seu banco, inquieto, atento ao menor ruído, eu no meu esconderijo, por trás do tufo de samambaias. Afinal ela apareceu, vi seu vulto negro crescer no fundo da alameda e encaminhar-se lentamente em direção ao banco. Pela rapidez com que ele se pôs de pé, calculei sua emoção. Mas por mais que me esforçasse, não pude ouvir o que diziam. Houve um momento em que ela pareceu se retirar, mas voltou sobre seus passos e continuou a conversar com ele. Que poderiam dizer, que assunto tratariam que pudesse despertar minha atenção? Só podia ser uma série dessas coisas imbecis, sem nexo, que os namorados dizem entre si. No caso, não se podia imaginar isto sem ridículo. Ele, talvez, que nunca ouvira e nem pronunciara dessas coisas — mas aquela mulher, com que direito o ludibriava, depois de haver manchado seus lábios com todos os juramentos falsos deste mundo? O tempo, do lugar em que me achava, assemelhava-se a uma eternidade, e eu levantava a cabeça, olhando a lua alta que vagava no céu. Finalmente percebi que eles se dirigiam para o Pavilhão — ah, ela tinha cedido — e pensei comigo mesma: "É a hora". Trazia comigo uma pequena lâmpada de bolso, mas não julguei oportuno acendê-la. Se acaso ela entrasse, então não hesitaria em usá-la. Apesar de tudo, esperava que Nina, encontrando a porta fechada, desistisse do seu intento. Mas não podia supor a que estado de debilidade chegara aquela construção. Devia ter bastado um simples empurrão dela ou mesmo de André, para que a porta se abrisse. (Torno mais precisa minha observação: estava convicta, como ainda o estou, de que era ela quem dirigia todo o movimento.) Do lugar em que me achava, ouvi a porta ceder com um rangido cansado. A cólera subiu num só impulso ao meu coração e pareceu cegar-me — avancei para o meio da estrada, a lâmpada apertada entre as mãos. Não me foi custoso atingir o ponto exato onde eles haviam desaparecido. Diante da porta aberta, tremi, sentindo o hálito de mofo que vinha daquela escuridão, tal como se acabassem de romper brutalmente a integridade de um túmulo.

30. Continuação da segunda narração de Padre Justino

Não tardou muito e eu percebi que me equivocara: o sr. Valdo não sabia que uma terceira pessoa acabara de chegar à varanda. Possivelmente ainda ia falar alguma coisa, mas notando meu olhar fixo à porta, voltou-se e deparou com a cunhada, indecisa ainda sobre que atitude tomar, se avançaria ou se recuaria para a sala. Era muito tarde, porém, e ela encaminhou-se, gelada, em minha direção. (Sim, ao me levantar, compreendi por que viera àquela casa — um fator mais decisivo e mais imperioso me chamara, e esse fator, eu não tinha mais a mínima dúvida, achava-se ali diante de mim. E como mudara, como ardiam seus olhos, no entanto baixos e cautelosos, desde aquele dia afastado em que me chamara ao pé do suicida do Pavilhão. Meu primeiro movimento — e isto eu já sabia há muito tempo — seria o de lhe dizer: "Não se preocupe, não tem importância", mas logo ao primeiro contato senti que ela se achava literalmente resguardada, e que qualquer palavra minha neste caminho, teria sido um erro.)

— Padre Justino — disse-me — como vai o senhor?

Não havia nada em sua voz que me indicasse qualquer espécie de emoção, ao contrário, via-se de modo claro que era uma saudação banal, tão banal quanto a que seria dirigida a outra pessoa qualquer. Estendi a mão e, sem saber por quê, confesso que tremia. O sr. Valdo devia provavelmente ter percebido a minha confusão, pois vi que inclinava um pouco a cabeça e parecia meditar.

— O senhor... — começou, fitando ora a mim, ora à cunhada.

Esta compreendeu sua intenção e exclamou com ardor:

— Não! Não! — e já esboçava um gesto de partida.

Não sei que força interior impulsionou-me a intervir:

— Senhor Valdo, queria dizer duas palavras a dona Ana.

Reparei que ela deixava pender os braços num movimento desalentado e que mordia os lábios. O sr. Valdo fez com a cabeça um sinal de que compreendia e disse:

— Neste caso, vou lá dentro apanhar a esmola prometida.

Ficamos a sós, e a intensidade da luz do dia pareceu crescer na varanda. Ela se achava perto de mim, mas todo o seu ser denotava tal hostilidade que voltara a cabeça e quase se colocara de costas. Poderia dizer que se interessava por algo que ocorresse lá fora, mas verificando bem, era fácil constatar que tinha os olhos semicerrados, ofuscada sem dúvida pelo azul intenso que reverberava diante dela.

— Filha... — comecei eu.

(Ah, nós, padres, como nos sentimos ridículos às vezes! Tinha certeza de que ela sabia quais as palavras que eu iria pronunciar, e assaltava-me a consciência de minha impossibilidade — mas de que modo me exprimir, como atingir o cerne daquele coração? Se as palavras pareciam usadas, se os meios eram pobres para comovê-la, é que eu necessitava de gestos, e os gestos de amor são difíceis e perigosos. Era como padre que eu devia falar — e as mesmas verdades tão velhas, as mesmas repetidas revelações, quando o que se tornava necessário era um ímpeto forte, um impulso de todo o meu ser em direção àquela alma desmantelada, um único e definitivo gesto de ternura e de compaixão. E apesar de tudo, miserável, ali me achava eu — e antes de começar já sabia que estava perdido tudo o que eu dissesse, como sementes lançadas num terreno sáfaro. "Mas um padre tem a sua missão", dizia eu a mim mesmo à guisa de consolo, "e devo ser padre, ainda que não creia na eficácia da minha ação.")

— Filha — repeti, e ela devia ter notado a insegurança de minha voz.

Voltou-se para mim num movimento tão rápido que cheguei a me assustar:

— Padre Justino! — exclamou — ouvi tudo o que o senhor disse ao meu cunhado. Há muito tempo que é esta minha única ocupação: escutar às portas.

Calou-se, e eu já me achava pronto para intervir novamente — oh, o orgulho inútil dessas revoltas, o pobre coração que se lacera numa confissão pretensamente aviltante — quando mais uma vez ela me atalhou num movimento imperioso:

— Se inferno existe, Padre Justino, é aqui nesta casa. O senhor nem pode conceber em que desordem...

E de repente, como por uma graça divina, eu achei o meio de me encaminhar ao seu coração. Nada mais do que a verdade — apenas a verdade — porque no bem como no mal, é a única coisa que satisfaz a essas almas sequiosas de absoluto.

— Eu sei — interrompi com uma voz que já readquirira todo o domínio sobre si mesma — eu sei, e mais do que você pensa. Ao entrar aqui, trazia um grande segredo. Ei-lo: não é de hoje que o diabo tomou conta desta Chácara.

Vi que levava uma das mãos à boca, como para conter uma exclamação — depois, ante o meu silêncio, abaixou-a, e compreendi que somente ocultara um sorriso desdenhoso.

— Não é um grande segredo, senhor Padre — disse.

Então, erguendo a cabeça — apesar de continuar a me sentir, talvez pelo efeito do sol, pequeno e mesquinho como me sentia desde que pisara naquela varanda — continuei:

— O diabo, minha filha, não é como você imagina. Não significa a desordem, mas a certeza e a calma.

Agora, ditas as primeiras palavras, era fácil continuar. Sem dúvida ela permanecia quase de costas para mim — o desgosto, a náusea que eu devia lhe causar — mas isto já não me importava mais. Ela me ouvia, e era o que bastava. O que eu escamoteara ao sr. Valdo, ou melhor, o que não ousara lhe dizer, agora vinha aos meus lábios com extraordinária força:

— Que é que você imagina como uma casa dominada pelo poder do mal? — (Essas palavras, tão vulgares — o poder do mal — e sobre que eu escorregava, indiferente ao seu manuseio e à pobreza que patenteavam...) — É uma construção assim, firme nos seus alicerces, segura de suas tradições, consciente da responsabilidade do seu nome. Não é a tradição que se arraiga nela, mas a tradição transformada no único escudo da verdade.

Hesitei — mas um instante apenas — enquanto a réstia de sol mais uma vez fulgurava aos meus olhos.

— É o que poderíamos chamar de um lar solidamente erguido neste mundo. — (Impossível a mim mesmo não observar que minha voz havia se tornado singularmente calma.) — Não há nele, de tão definitivo, nenhuma fenda por onde se desvende o céu.

Devagar ela havia se voltado afinal para o meu lado, e, como uma nuvem que se desfaz, julguei observar que a repulsa havia desaparecido de sua face. Arfava apenas — e isto denotava sua emoção, sua entrega total às palavras que eu enunciava.

— Muitas vezes — e agora era eu quem confessava — em dias passados, imaginei o que poderia tornar esta casa tão fria, tão sem alma. E foi aí que descobri a terrível imutabilidade de suas paredes, a gelada tranquilidade das pessoas que habitam nela. Ah, minha amiga, pode acreditar em mim, nada existe de mais diabólico do que a certeza. Não há nela nenhum lugar para o amor. Tudo o que é firme e positivo é uma negação do amor.

Procurou um apoio, deixou-se abater sobre a cadeira que o sr. Valdo ocupara momentos antes. Dir-se-ia que já nada mais nos separava, e que dentro do mesmo abismo, discutíamos paixões idênticas.

— Não compreendo, senhor Padre — balbuciou.

Sentei-me também, procurando precisar ainda mais minhas palavras:

— É que talvez lhe seja difícil aceitar sua própria realidade. No fundo, temos horror do que realmente somos. Imagine, para facilitar as coisas, que o céu não deva ser nada tranquilo, que o contrário de uma mansão de repouso, seja um terreno de querela e de angústia. Imaginemos, se puder, um céu diferente de nossas limitadas possibilidades. Porque se ele fosse assim, que iriam lá fazer os que a vida inteira desfrutaram o repouso do bem?

Ela estava muito pálida, e apenas balançou a cabeça:

— Repito, senhor Padre, não compreendo.

Então inclinei-me e coloquei a mão sobre seu braço:

— Minha filha, falo sobre o pecado. — (Eu sabia o quanto era difícil dizer aquilo — mas de que modo atingir aquela alma empedernida, como arrastá-la na esteira dos meus interesses? Torno a dizer, a verdade brutal, a revelação decisiva é a única chave para certos seres.) — Quero reinstalar o pecado na sua consciência, pois há muito que você o baniu do seu espírito, que o trocou definitivamente pela certeza — que aos seus olhos é a única representação do bem. Não há caos, nem luta e nem temor no fundo do seu ser. Quero reinstalar nele a consciência do pecado, torno a dizer, não pelo terror dele, mas pelo terror do céu. Imaginemos o céu a tal altura, que a simples lembrança da morte do Filho de Deus nos arrebate o sossego para sempre. Minha filha, o abismo dos santos não é um abismo de harmonia, mas uma caverna de paixões em luta.

Calei-me, ofegante. Não sei se havia me explicado com inteira clareza, mas era autêntico o movimento que me dominava. Talvez não o tivesse desejado no início, mas acabara me entregando à violência do meu próprio pensamento. Baixei a cabeça e esperei que minha comoção se atenuasse. Ela devia ter compreendido o que se passava comigo, pois solicitou-me quase humilde:

— O senhor quer dizer...

O raio de sol tinha se alargado diante de mim, transformara-se num grande coágulo de luz. Nele, a poeira dançava. Foi fitando-a que eu continuei:

— Quero dizer que nossa essência é deste mundo mesmo, e imaginarmos toda a salvação com nossos pobres olhos, é diminuir a grandeza de Deus. Calculemos primeiro nossa derrota, que é a parte do homem, depois o triunfo, que é a parte de Deus. Pois não pode haver triunfo sobre a inexistência — que é a virtude sem luta, a conquista sem fermentação? — e sem a existência do pecado não há triunfo. Compreende agora?

Não me respondeu de pronto. Inclinou a cabeça, como eu próprio fizera momentos antes, depois, erguendo-a, disse com simplicidade:

— Padre...

Aí estava, o momento era chegado: como que um muro interior se abatera dentro dela, e as palavras começavam a chegar, vindas não sei de onde, com esse retinido e essa sombria eloquência das expressões durante muito tempo subjugadas no fundo do ser. Não me lembro mais exatamente do que disse, nem posso repetir o que ouvi, mas sei que se tratava do que existia nela de mais intenso e mais duradouro, possivelmente a expressão de sua própria alma, crucificada entre suas inibições e seus anseios. Seria inútil tornar a falar em Deus como o fizera um dia — era o mundo que se exprimia pelos seus lábios, o que de mais violento existe neste mundo — o ímpeto da paixão. Talvez paixão da carne, que de todas é a mais feroz, pois lavra calada no interior como um câncer maligno. Não me lembro do nome, nem sei mais do que se tratava, se bem que tudo pudesse revelar aqui, já que não a ouvia em segredo de confissão. Mas fatos como este não têm valia, o importante é sua repercussão. Também, provavelmente o auditor não a interessava, pois falava de um modo automático, como se o seu único interesse fosse se livrar do peso daquele silêncio. Ouvindo-a, pensava comigo mesmo que realmente devia ser assim, pois quem a escutaria melhor senão esse outro lado de sua pessoa, esse constante combatente que fora talvez o maior antagonista de sua vida. Os detalhes eram comuns, excepcionais decerto para quem os narra, mas eu já me achava acostumado a presenciar sentimentos desgovernados e não me impressionava o que ouvia. Lembro-me, no momento em que redijo estas linhas, de um rapaz como outro qualquer (se não me engano, tratava-se de um jardineiro) morto, estendido no cubículo de um porão, e diante do qual ela exigia que eu lhe restituísse a vida, num assomo inútil de desespero. Estarei certo? Que importa? Nada existe de mais patético do que essa sede de mocidade, pois muitas vezes é no seu fulgor, dúctil e aliciante, que a morte esconde suas armas mais perfeitas. Recordo-me que a essa altura sua voz se tornou mais velada, até que esmaeceu e cessou completamente — como uma fonte estanca o ímpeto do seu primeiro borbotão. Fitei-a: vi que ela elevava a mão à altura do seio e apalpava uma forma escondida, que adivinhei ser a de um revólver. Erguendo-se, proferiu com os olhos molhados:

— E "ela", Padre, que castigo merece ela agora?

31. Continuação da terceira confissão de Ana

... E assim voltei em direção à Chácara, seguindo mais ou menos o mesmo itinerário que ela havia seguido. Agora, não tinha mais dúvida sobre coisa alguma, e era a certeza que me conduzia, uma certeza fria, calculada. Não ouvira tudo de seus próprios lábios, não tivera a descrição daqueles amores em seus mínimos detalhes? As palavras ainda ressoavam aos meus ouvidos, ou melhor, não propriamente as palavras, que estas não me importavam, mas o som daquela voz, seu transporte ao falar em Alberto. Ah, como muito mais do que todos os detalhes, pressentira eu a paixão e o crime através do calor de suas frases. Amar talvez não fosse aquilo, mas que importava se aquela chama queimava do mesmo modo? Só havia um castigo para a falta daquela mulher: a morte. A morte pura e simples. No meu íntimo, como marés que se acalmassem, a raiva antiga se desfazia — chegava finalmente ao limite de uma espera que se prolongara indefinidamente ao longo do tempo. Era tão simples compreender, e eu necessitara desse extenso período para adivinhar a verdade: Nina devia desaparecer, e a execução devia partir de mim. Minhas mãos é que deveriam agir, e assim como arrancara ela o prazer ante a visão do meu tormento, da sua agonia eu extrairia a minha paz. Não, ao imaginar essas coisas nenhuma febre me aquecia; posso afirmar que uma grande quietude me ocupava e a única diferença que poderia notar, é que o mundo me parecia mais nítido, e eu olhava à minha volta com maior acuidade. Afinara-se minha sensibilidade, eu sentia uma melodia íntima percorrer-me o sangue, e admirava-me de que tudo existisse, sem que eu até agora tivesse me apercebido disto. Por exemplo, caminhando, constatava que aquela alameda era longa demais, que os canteiros não tinham nenhum trato, que além, entre as folhas, a Chácara repontava suja e triste. Desde quando, em que momento exato ela se petrificara, qual o motivo que a tornara muda, ela, que sempre primara pela vivacidade em meio às suas flores? Lembrava-me ainda dos tempos de dona Malvina, desde cedo com a tesoura de podar nas mãos, um preto empurrando a cadeira de rodas na areia que fulgia ao sol da manhã. Ainda havia vitalidade, ainda havia saúde percorrendo os alicerces agora podres. A presença de dona Malvina vitalizava toda uma geração de Meneses condenada à morte. Naquele momento, eu sentia que tinha direito a tudo: qualquer atentado apenas arrastaria ao pó a arquitetura de uma família já meio desaparecida.

Enquanto estas ideias se reforçavam no meu pensamento, imaginava ao mesmo tempo que guardava comigo o revólver que servira naquela noite trágica. Era uma arma antiga, de cano azulado e cabo incrustado de pequenas aplicações de madrepérola. Já verificara que funcionava bem, e que o seu primeiro dono, talvez enamorado daquele pequeno instrumento de morte, tivera com ele cuidados muito especiais. Outra coisa que me vinha ao pensamento, diretamente ligada a esta arma, era o modo por que a vira esquecida outrora sobre um móvel, à espera de quem a usasse. (Como tudo se fazia claro naquele minuto, como aos meus olhos se projetava sem segredo a imagem do revólver abandonado, à espera, quem sabe, de um ímpeto de raiva. Alguém o colocara ali, visando determinadas mãos. A quem poderiam visar, que outro objeto merecia ser destruído naquela casa? A sentença de então ainda era válida agora. Nina devia desaparecer, e desde aquela época que se achava condenada. Pergunto agora, e tremo sem ousar aprofundar a minha suspeita: quem a odiaria tanto, para desejar assim a sua morte? Quem naquela casa preferia vê-la morta, a vê-la como existia todos os dias? O nome vinha-me aos lábios, mas eu me recusava a pronunciá-lo. Pobre Alberto, fora apenas a vítima de um equívoco.)

Cheguei em casa ainda sob o domínio dessas ideias. Com grande alívio verifiquei que todos já se achavam recolhidos e que assim eu poderia facilmente atravessar a casa. Mas no instante em que atingia o corredor, Betty entreabriu a porta do quarto onde dormia:

— A senhora precisa de alguma coisa? — perguntou-me.

— Não, obrigada — respondi. E parando, com fingida displicência:

— Estão todos em casa?

— Não, o senhor Valdo foi à cidade.

Era precisamente esta a informação de que eu necessitava. Agradeci e continuei o meu caminho. Ao chegar diante do meu quarto, oposto ao de Valdo, verifiquei que havia luz por baixo da porta deste último. "Nina deve estar acordada." E sacudiu-me um assomo de alegria: ela não perdia por esperar. Rodei o trinco da minha porta, acendi a luz e verifiquei que meu marido dormia. Estranho, como ultimamente era tomado de uma sonolência irresistível, ele, que sempre fora um homem de grande atividade, o que o levara a ser considerado como chefe da família. Nunca abandonava os livros, as contas, os empregados. Agora, era visível que qualquer coisa nele não ia bem — dir-se-ia que ruía ao esforço de um trabalho íntimo. Debrucei-me sobre a cama, examinando com certa curiosidade aquele rosto pálido, de linhas fortemente desenhadas pela idade. Que cansaço respirava, e como parecia desfazer-se rapidamente ante as imposições do tempo. Quase que se poderia dizer que não viveria muitos anos, de tal modo vinha se modificando sua expressão. Inclinei-me mais, e não saberia explicar a razão da minha curiosidade. Observei ainda que o suor lhe molhava a testa e que sua respiração era curta e difícil. Não sei se foi verdade ou um efeito da minha imaginação — senti que me achava diante de um moribundo.

Pé ante pé dirigi-me à cômoda, abri a gaveta e retirei de sob a roupa dobrada o pequeno revólver. Verifiquei se a arma estava carregada — das cinco balas que comportava, três haviam sido usadas, duas por ocasião do acidente de Valdo, a outra... As que sobravam estavam destinadas a completar uma sequência de morte. Fechei a cômoda devagar e ganhei silenciosamente o corredor. A luz do quarto de Nina ainda continuava acesa e eu perguntei a mim mesma o que faria sozinha uma mulher daquelas. Rezaria, pensaria em Deus ou apenas desfiaria o rosário de suas faltas? O que quer que fosse, não me importava. Empurrei a porta, que se achava apenas cerrada, e vi Nina de costas, sentada sobre a cama, ainda vestida como estivera no jardim. No princípio não pude enxergar mais coisa alguma, devido à luz excessivamente forte que se achava junto dela. Mas como avançasse um pouco, vi que suas espáduas tremiam, e verifiquei com espanto que ela chorava. Minha surpresa não durou mais do que um minuto — decerto, imaginei comigo mesma, amargava o remorso dos seus horríveis pecados. Mesmo assim, imóvel, contemplava a cena e teria cedido à piedade, tão patética me parecia aquela dor numa natureza fútil como a de Nina, se a lembrança de Alberto, do quarto em que agonizara, do revólver oculto na mão que eu mantinha dentro do bolso, não anestesiasse minha capacidade de emoção. Aproximei-me, fria; sentindo provavelmente a presença de alguém no quarto, Nina ergueu a cabeça num movimento rápido.

— Ah, é você! — disse num tom forte, mas quase sem surpresa. Eu me mantinha parada diante dela e não dizia coisa alguma. — É você — disse de novo, e, coisa estranha, havia uma espécie de recriminação em sua voz.

— Sou eu — disse finalmente. — Vim porque ainda não terminamos nossa conversa.

Ela esboçou um sorriso desdenhoso:

— Mas que é que você ainda tem para me dizer?

— Nina — respondi, e foi a primeira vez em minha vida que a chamei diretamente pelo nome. Uma espécie de cumplicidade, que talvez fosse apenas o pressentimento da violência próxima, nos unia naquele instante. — Nina — repeti — fiz comigo mesma um juramento.

Depois das palavras que havíamos trocado no jardim — e sobretudo depois de tudo o que ela me revelara — aquele tom pareceu finalmente surpreendê-la. Levantou-se, e seus olhos pousaram sobre mim — ah, seus olhos, e eu, quase esquecida de meus propósitos, examinava neles a claridade agressiva e cambiante que havia seduzido tantos homens. Nunca os tinha visto assim tão frente a frente, tão próximos, esses olhos que em meus calados ciúmes havia imaginado vorazes e cheios de perfídia. Verificava agora que eram olhos comuns, quase infantis, possivelmente um tanto assustados diante dos mistérios deste mundo.

— Por que me diz... que vem fazer em meu quarto? — e ela se esforçava também para fitar-me no fundo das pupilas.

Esperei um pouco, para que entre nós se estabelecesse uma zona de calma. O que tinha a fazer, não admitia nem choque e nem hesitação. Queria que sobre essas últimas palavras pairasse já a serenidade das coisas consumadas.

— Jurei a mim mesma — continuei afinal — que mataria quem quer que entrasse naquele quarto. Não posso esquecer, não posso perdoar, por isto estou aqui.

Meu tom era o mais pausado possível. No entanto, os olhos infantis continuavam fixos sobre mim. E de repente sua voz tornou-se quase doce:

— Amava-o tanto assim?

Foi a minha vez de sorrir:

— Que lhe importa como eu o amasse?

Ela continuava sempre a me fitar, e confesso que aquela insistência começou a perturbar-me. Nunca em minha vida desvendara tanto de mim mesma, e era diante de outra mulher, precisamente daquela mulher, que eu o fazia.

— Eu sei — tornou ela — mas queria ouvir a confissão de sua própria boca.

— Por quê?

— Uma vez ao menos gostaria de imaginá-la mais humana.

— Então já sabe — e voltei a cabeça, a fim de fugir àqueles olhos implacáveis.

Ela aproximou-se por trás dos meus ombros:

— Pena que tivéssemos amado o mesmo homem.

Voltei-me, e toda a cólera havia retornado ao meu coração:

— Você! — bradei com um desprezo indizível.

Deixou pender os braços e sorriu tristemente:

— Eu sim, que é que tem? — E com uma expressão onde eu reconhecia a antiga Nina: — Pensa que eu também não posso amar um jardineiro?

Ah! como a verdade, mesmo aquela com que se convive a vida inteira, mesmo a que é argamassada minuto a minuto no fundo do pensamento, e ensopada de lágrimas ocultas, e umedecida de sangue sacrificado e inútil, como nos parece diferente, como nos surge brutal e cínica, quando revelada por lábios alheios! No jardim ela falara, e gemera relembrando seus instantes de gozo, mas só agora eu *via* que eles haviam se amado. Por quê? Que me deixara indiferente à revelação de momentos antes? Não sei, nunca o poderia explicar. Mas naquele minuto, pelo sortilégio de uma frase banal, eu compreendia não só o amor que os havia unido, mas o próprio amor, o amor que eu nunca tivera. Deus do céu, fora um momento, mas que importância tinha, se este momento ainda iluminava a vida daquela mulher? Não, não poderia suportar a brutalidade daquela coisa dita entre nós, como se até agora, ai de mim, apenas me tivesse mentido, supondo um sentimento em que eu própria era a primeira a não acreditar. Ela devia ter percebido a minha confusão, pois debruçou-se ainda mais sobre meus ombros:

— Amei — repetiu num tom baixo, e calmo. — Amei e ele também me amou, que é que você quer mais? A este respeito já não nos dissemos tudo? Que procura ouvir ainda? Quer ser espezinhada, quer que eu diga que os lábios dele eram grossos e esmagavam os meus, que ele introduzia a língua no céu da minha boca, que me mordia os seios? É isto?

E naquela voz sussurrada, contida, ainda daquela vez eu sentia vibrar, não as palavras que ela exprimia, mas os festejos secretos, as loucuras a dois, os delírios que nunca haviam sido meus — tudo o que eu tão longamente imaginara, pelo qual padecera uma inveja tão lancinante, e que se convertera num acúmulo de todas as suspeitas, mas jamais de certezas — e que agora, pela magia de algumas simples frases, ressuscitavam a verdade que eu nunca conhecera integral, povoada pelo espectro de jardins, de escuridões e de beijos por onde havia se espraiado todo o ímpeto de um amor compartilhado, ai, que não era o meu, que não era o meu!

Aquilo me causou uma dor tal que levei as mãos ao rosto e deixei-me abater sobre a cama, junto ao lugar onde Nina estivera sentada. O próprio calor da colcha fazia crescer em mim as imagens terríveis, obscenas: de todos os lados, como fungos que brotassem da sombra, eu sentia crescerem mãos, dedos que se enlaçavam, contatos, suspiros, noivados fulgurantes. Quieta, o rosto sempre oculto, eu esperava que meu sangue se apaziguasse. Ah, de pé, Nina devia gozar sem dúvida a sua vitória. No entanto, quando voltou a falar parecia haver um pouco de piedade em sua voz.

— Quando você falou lá no Pavilhão sobre ele... sobre...

Sempre na mesma posição, esperei que ela dissesse de novo o nome como uma última bofetada. Ela compreendeu, deixou escorregar docemente:

— ... sobre André.

— André não me importa, já disse — e minhas mãos penderam sem coragem.

Houve de novo uma curta pausa, como se ela não tivesse muita coragem para prosseguir, ou porque as palavras fossem demasiadamente penosas, ou porque ela temesse atingir um fito que não desejava.

— Apesar de tudo — continuou depois de algum tempo — apesar de tudo... se você reparasse bem...

Não, aquele não era o tom que eu esperava: Nina falava como se sonhasse, como se dissesse para si mesma, coisas de que duvidava, que nunca ousara dizer antes a ninguém. Levantei-me, atraída, aproximei-me dela, e de tal modo parecia absorta em seu pensamento que não percebeu o meu gesto, nem se voltou, e continuou a falar de modo bastante lento:

— ... se você reparasse... veria que há certa semelhança. Os lábios grossos, os dedos finos e fortes, o cheiro dos cabelos. — (Aos poucos, a imagem do homem se erguia inteira: através dela, por um milagre de transposição, eu ia revendo Alberto, um Alberto novo, que eu não conhecera, mas que palpitava como se ainda estivesse vivo, ao meu alcance quase, um Alberto de amor e de cumplicidade. Nina avançara um pouco, eu avançara com ela, e nestes dois passos estávamos reunidas, convertíamo-nos no mesmo ser, e eu a sugava, eu a fazia minha, porque queria arrancar de seus lábios a presença daquele amante, eterno, formidável na sua eloquência.)

— André...

Aquele nome me trouxe bruscamente à realidade. Afastei-me um pouco, procurei a calma que me havia fugido.

— Que quer você dizer?

Ela também pareceu acordar, sorriu, balançou a cabeça:

— Nada. Apenas há certas semelhanças. Os olhos, os lábios. Você nunca notou coisa alguma?

Ela havia se colocado defronte de mim e mais uma vez seus olhos me perquiriam desconfiados. Certamente não era pelo que representávamos, míseras mulheres encerradas num quarto, mas pelas lembranças que o passado trazia ao nosso rosto, pelo que havíamos sido e agora nos convertia em espectros. E era verdade então que aquela mulher o havia amado, que possuía um coração como outra pessoa qualquer. Todas as suas traições, todas as suas misérias poderiam ser resgatadas por esse único sentimento verdadeiro — e era ele, a sua sombra, o que nos unia agora, uma defronte da outra, tão idênticas como se fôssemos irmãs.

— Acaso você sugere... — comecei eu, e prevendo o que iria se passar, estaquei, sem forças para ir adiante.

— Que André é filho de Alberto, que nunca foi um Meneses.

Lentamente, enquanto o eco daquelas palavras ainda vibrava no ar, retirei o revólver e apontei-o em sua direção.

— Foi para isto que eu vim — disse. — Foi para matá-la.

O rosto de Nina não traiu a menor emoção — apenas seus olhos iam da arma para a minha face e vice-versa e dir-se-ia que outros sentimentos, que não o medo, agitavam-na naquele minuto — sentimentos ou lembranças, quem sabe, de coisas antigas, de que também participara aquele pequeno revólver, desaparecido há muito, e que agora ressuscitava, brilhando duro e eloquente à luz da lâmpada.

— Esta arma... — disse ela com simplicidade.

— É a mesma — concluí eu. — Sobraram ainda duas balas. Creio que agora...

Então um sorriso glacial alastrou-se pela sua fisionomia:

— Quer matar-me?

— Jurei — exclamei com decisão.

Houve uma curta pausa, e se bem que eu ainda esperasse uma reação violenta da sua parte, no seu rosto nada se alterou, e toda ela, numa grande placidez, aguardava como se eu não tivesse dito coisa alguma.

— Que me importa? — exclamou de repente, dando-me as costas. — Nem por isto André deixará de ser filho de quem é. Nenhum sangue derramado — nem mesmo o do pai, está ouvindo? — poderá fazer desaparecer a lembrança do gozo com que foi gerado. Ah, em que noite de febre...

— Cale-se! — bradei num tom menos imperativo do que súplice.

De novo ela se voltou para mim, e seus olhos brilhavam:

— Que é que você pensa que eu procuro nele? Quando nos atiramos à cama, que espécie de satisfação imagina que eu encontro?

— É seu filho — murmurei, sentindo que apesar de tudo ela jamais compreenderia a exorbitância do seu crime, que não se achava em seu poder e nem em sua natureza entender a gravidade daquele incesto, e que sua paixão era somente uma das mil formas de loucura, sem possibilidade de esclarecimento ou de cura.

— É meu filho — continuou ela — mas é filho de um pai que não existe mais. Como amei aquele homem, como me lançaria aos seus pés, e beijaria o chão em que pisasse, caso ainda existisse. Se me deito com André, é para ver se o reencontro, se descubro nos seus traços, nos seus ombros, na sua posse enfim, a criatura que já desapareceu.

Agora eu compreendia — e a surpresa, que subia em mim como uma grande chama subitamente batida pelo vento, fez-me baixar o revólver. Eu compreendia, e imaginava com um cruel prazer, o esforço pecaminoso daquela ressurreição. Ah, eu ousara rogar a um padre que lhe desse vida de novo, eu tivera coragem para caminhar até os limites da heresia e da blasfêmia, sacudindo um corpo sem vida e a que nenhuma força humana poderia mais insuflar o sopro da existência — mas aquela mulher fora mais longe e inventara um substituto, erigindo seu próprio filho como uma estátua do pecado que não conseguia esquecer. Como me visse aturdida, a mão estirada ao longo do corpo, ela riu:

— Veio para matar-me... por que não o faz agora?

Respondi:

— Não posso.

Então ela investiu contra mim e, sem dúvida percebendo que eu tudo vira do seu crime e do seu sofrimento, ergueu o punho como se me ameaçasse:

— Não pode, não pode, e eu vou lhe dizer por quê. Porque é uma Meneses, porque o sangue dos Meneses, que não é o seu, contaminou-a como de uma doença. Porque você não quebraria nunca a quietude desta casa com um tiro — a paz, a sacrossanta paz desta família — nem cometeria um incesto, nem um assassinato, nada que manchasse a honra que eles reclamam.

— Não é verdade — murmurei.

E apesar de tudo, possivelmente acionada pelas expressões que acabara de ouvir, a lembrança de meu marido adormecido repontou em meu pensamento, e com curiosa nitidez. Meneses, para mim, era ele — e naquele momento não poderia esquecer seu rosto pálido, sua testa molhada de suor, sua expressão desvitalizada e decadente. Condená-lo, no entanto, seria condenar a mim mesma, que desde menina quase, pelas suas mãos, havia me transformado em Meneses. Ah, ela estava com a razão, não havia dúvida — e de que modo humilhante para mim! Ali, com o revólver ainda nas mãos, só poderia reconhecer que me vencera — a mim, a todos nós escravos de um hábito, de uma verdade, de um ensinamento que não ousamos destruir e nem ultrapassar.

Não sei como me dirigi à porta — apenas, quando lá chegava, ainda ouvi a voz de Nina, singularmente calma, que dizia:

— E não se iluda, você nunca amou Alberto. O que a aprisiona agora à imagem do que ele foi, não é o amor, mas o remorso.

Detive-me, de costas. Não ousara fitá-la, não tinha forças para isto, pelo menos enquanto não me soubesse capaz de todos os crimes, de todos os pecados. Ela se aproximou um pouco e concluiu por trás de mim, num ímpeto tão ardente, que ao seu esforço se desfazia a própria crueldade que o ditava:

— Não o remorso de ter sido dele — uma única vez — mas que importa? De ter sido tão pouco, de não ter sabido ser mais. Não era ele o que a interessava — como podia uma Meneses interessar-se por um jardineiro? — mas a sua liberdade. Ou pelo menos aquilo que imaginava que fosse a sua liberdade.

Sem poder conter-me mais, abri a porta e ganhei rapidamente o corredor.

32. Fim da narração de Padre Justino

Olhei-a intensamente, sem dar resposta à sua pergunta. Ela sustentou meu exame — depois, como se reafirmasse o desafio, fez o revólver girar em suas mãos.

— Quis matá-la — disse — mas não tive coragem.

Contou-me então, detalhadamente, o que se dera com a cunhada. Seu tom era ofegante, sem ritmo, denotando bem que espécie de sentimentos se chocavam no seu íntimo. Não posso dizer que exprimisse raiva — não. Na raiva existe certo calor, certo ímpeto que sempre denuncia a qualidade da alma onde ela se alastra. O que eu percebia na mulher que falava diante de mim, um pouco curva, a cabeça ligeiramente voltada de lado, era qualquer coisa estagnada, desumana, que lhe emprestava, desgraçadamente, um ar de irreprimível singularidade. Como devia ter caminhado para que chegasse àquele ponto, como devia ter circulado dentro de sua própria solidão, para que de repente não soubesse se conter mais, e deixasse desaguar ante meus olhos atônitos a correnteza do seu despeito. Não era difícil surpreender o pensamento que a conduzia: ela imaginava apenas que a outra não merecesse senão a destruição. A destruição pura e simples, sem pecado nem injustiça. Achava-se absolutamente convicta de que não cometeria um ato de violência, mas de defesa. "Que fazemos nós com os animais venenosos?" — era o que sua voz parecia me dizer. E insensivelmente ela me arrastava; não sei durante quanto tempo falou — lembro-me unicamente de que o sol ia tombando e que uma atmosfera rarefeita, avermelhada, insinuava-se sob as árvores. Assim, banhadas nesta luz, as colunas da varanda perdiam um pouco de sua firmeza, enquanto o galho do jasmineiro se agasalhava na sombra. Ela silenciou afinal, e eu toquei-a com a mão:

— Já imaginou — perguntei — se essa mulher fosse um ser diferente, não má e caprichosa como supõe, mas humana, tão capaz de sofrer como qualquer um de nós?

— Ah, Padre! — exclamou. — Como pode ser, como pode sofrer, sendo como é feita? A beleza é uma coisa cruel.

Desta vez ela expressava temor, sua voz tornara-se insegura, mas não era a rival que a assustava — era a beleza, o secreto poder da beleza.

— Filha — tornei eu, fazendo um último esforço para romper os limites que nos separavam — os sofrimentos são diferentes. Que sabe você, por exemplo, sobre o que Deus lhe reserva?

Então ela disse baixinho, fixando um ponto ao longe:

— Deus é injusto, nega tudo a um, para acumular outros de graça.

Ao ouvir aquela palavra, confesso que estremeci. Ela falava de graça humana, desse poder que se confundia com a beleza, e que era mortal e passageiro. Quanto a mim, o que importava era a Graça divina. E de qualquer dos modos a que me referisse, podia jurar que jamais havia visto em minha vida um ser tão destituído de Graça — da de Deus como de todas as outras. O que eu via era uma criatura emurada, surda a qualquer apelo de ternura, como se uma lei a distinguisse — uma lei perversa e sem sentido. Tudo nela, sob qualquer ângulo que a examinasse, era fosco, plúmbeo.

— A senhora sempre fala em Deus como se Ele não existisse.

Ela voltou-se com rapidez:

— Se Deus existe, por quê... por quê...

E sua voz esmaeceu.

— Deus existe — respondi com firmeza. — Falta-lhe apenas...

Ia dizer-lhe a palavra, mas também me interrompi, sentindo que fatalmente iria feri-la. Ela pareceu compreender no entanto e completou a frase:

— Sua Graça, não é? Acaso... — e um fundo suspiro soergueu-lhe o peito — ... acaso existe também a Graça?

(Não, não havia ironia em sua voz. Tremi de novo, não sei por quê. Singular poder o da rebelião! A mim mesmo, um pouco perdido, indaguei o que era realmente a Graça. Um prêmio? Neste caso, quais seriam os contemplados? A quem dirige Deus sua voz primeira? Sim, Deus existe. Mas se formos eternamente esperar de joelhos que Ele distribua seus dons — ah, eu, um sacerdote! Não estava ali o núcleo de todas as minhas lutas do passado, de combates entre teorias e doutores da Igreja? — então nada mais nos resta senão contemplarmos a longa fila de seres que não conseguiram entender Sua voz.)

— A Graça existe — respondi. — Mas menos do que um dom de Deus, é um esforço dos homens. Deus espera, e cheio de ansiedade. Mas não temos o direito de supô-lo um juiz distribuindo bens. Seu papel é maior: é o último e supremo reduto onde os homens vão desaguar suas desesperanças. Porque, eu lhe confesso, seu pecado máximo é este — a falta de esperança. Deus me defenda de não acreditar em nada — o nada é apenas o outro lado do absoluto dos que poderiam acreditar em Deus.

Estaria dizendo certo? Errado? Que me importava, se conseguisse atingir o centro recluso daquela alma. Que me importava se Deus não fosse assim, e sim um ser de onipotência e criação, de onde emanasse a injustiça como um contínuo rio de sangue. Ela voltou-se para mim quase com doçura:

— Padre, vamos que eu acredite em Deus. Quem sou eu, para arvorar despudoradamente as minhas dúvidas? Não, imaginei sim, imaginei muitas vezes que essa mulher fosse humana, que sofresse também, cega, girando em sua órbita como qualquer um de nós. Chegaria até a esquecê-la, se ela estivesse ausente. Mas como perdoá-la, como supor a justiça de Deus, vendo-a existir ante nós, e destruir, e fomentar toda espécie de mal? Então não sei, as palavras se misturam em meus lábios, e rezo de um modo por que não desejaria rezar. "Tenha pena dessa mulher" — digo, e logo recomeço a sofrer e me rebelo, batendo com os punhos no peito: "Meu Deus, castigue esta mulher, prove que existe, fulminando-a". Não me ensinaram desde cedo que Ele existia, e atendia misericordiosamente aos nossos rogos? Espero que a tarde desça, imaginando comigo: "Ela ainda não apareceu, deve estar morta lá no meio da estrada". E assim que começa a escurecer saio correndo, abro o portão, caminho, investigo — e não a vejo estendida em lugar algum.

— Que espera? — bradei com aspereza. — Que Deus sirva de instrumento às suas paixões?

Ela ergueu-se, muito pálida. Vi que se esforçava para conter a cólera:

— E se ela fosse humana, como o senhor quer que eu suponha... se sofresse como qualquer um de nós... se fosse boa... acaso isto alteraria os fatos?

Ergui os ombros:

— Neste caso, não sei de que fala. Não posso compreender que mal a oprime.

Senti que havia cavado ainda mais a distância existente entre nós dois; agora, era quase possível apalpar o mal-estar que se estabelecera no ambiente após minhas palavras. Não havia dúvida, eu havia fracassado no meu intento, não encontrara a expressão exata que atingisse aquele coração aparentemente empedernido. Porque eu tinha absoluta convicção de que não há mal irremediável — eu é que não tivera forças para encontrar meu caminho e estivera aquém da minha missão de sacerdote. Desanimado, os braços pendentes, examinava minha sotaina esgarçada nalguns pontos. Como tudo era inútil, como era poderosa a lei do mundo e de seus amargos impulsos. Ergui-me, certo de que não poderia ir mais longe. Então ela voltou-se e avançou um passo em minha direção, como para me deter.

— Sou eu, senhor Padre, só isto. Trata-se pura e simplesmente da minha pessoa.

Aí estava: ela não cederia nunca, ancorada em seu despeito como nos inabaláveis ferros de um porto. A outra não significava apenas uma rival, uma inimiga: era a própria imagem do mundo, desse mesmo mundo que ainda um minuto antes eu lamentava, de suas pompas, de tudo enfim de que ela se julgava injustamente privada. A lógica dos seres, ainda mesmo aquela que nos parece mais absurda, tem muitas vezes no íntimo sua secreta consonância. Movi a cabeça e também ela, por um rápido piscar de olhos que não me passou despercebido, compreendeu que havíamos chegado ao fim. Então, devagar, sem conter o gesto nervoso que se apoderara dela, e que consistia num inusitado mover dos cílios, guardou o revólver no seio e fitou-me uma última vez:

— Pode ser, Padre, mas nada me abala. Sou incapaz de ter medo. E nada posso fazer, acredite-me, senão aceitar-me exatamente como sou.

— Tenha certeza de que pedirei a Deus em seu favor.

Ela ergueu os ombros, uma espécie de sorriso deslizou pela sua face. Depois, em silêncio, saudou-me e afastou-se. Parado, eu a vi ganhar a porta e desaparecer nas profundezas da casa. E eu não ousava partir, com os olhos sempre fixos na porta por onde desaparecera. Sua voz ainda soava junto a mim: "Pode ser, mas nada me abala". Olhei as colunas, formidáveis, perfeitas dentro da sombra. E pensei que, afinal, todas as casas, na sua fixidez, são estacas do mal. O amor de Deus, quem sabe, mora nos descampados e nas zonas inquietas de instabilidade.

33. Fim da terceira confissão de Ana

Assim que Nina me abandonou, compreendi que em vez de perturbá-la, era a mim mesma que conseguira haver atingido. Suas palavras, que eu sentia repassadas de intenções venenosas, como que iam se infiltrando vagarosamente em mim, penetrando-me no sangue, e assim reavivando aquele angustioso estado de espírito que fora o meu em outros tempos. Revi, particularmente, certa vez que chamei Padre Justino — Alberto, morto, ainda jazia estendido no porão — e pedi que ele o ressuscitasse, que o fizesse viver de novo aos meus olhos, por meio de um milagre. Nunca havia descido tão fundo em meu desespero — e mais tarde, à medida que fui me acalmando, e encontrando a mim mesma nesse mar de despojos que me compunha, tomei horror pela secura daquela época turbada e estéril, em que cheguei ao ponto de desconhecer minha própria personalidade. Este retorno de um sofrimento tão antigo deu-me uma espécie de terror, e sentindo mais uma vez que meu coração se comprimia ao peso dessas recordações, corri ao banheiro, molhei a testa com água fria, umedeci as têmporas com álcool, imaginando que tudo aquilo fosse apenas um efeito de febre, e aquilo de que eu sofria não passasse de uma alucinação passageira. Alberto estava morto, e bem morto; se bem que eu tivesse custado a aceitar tão horrível ideia, fora obrigada a me submeter, porque não havia mais nenhuma possibilidade de ele voltar ao mundo, nem de vislumbrar eu uma nova imagem sua. No princípio dissera comigo mesma, e inúmeras vezes, que ele estava morto, sabendo que só repetia uma palavra oca, vazia de sentido — morto, sim, mas era como se designasse uma árvore sobre que nunca pousara os olhos, ou um lugar do mundo onde jamais pusera os pés. Não penetrava a realidade dessa morte, nem assimilava a verdade do seu desaparecimento. Caminhava à toa pela casa, percorria as alamedas do jardim, visitava os lugares onde o havia visto antigamente. Supunha assim que talvez pudesse depará-lo de um momento para outro, e acenar-lhe com a mão, pensando — não disse? ele aí está, vivo como sempre o foi. Alberto é imortal. Não sei que orgulho era este, e nem que sentimento de revolta era o que me encaminhava — mas supô-lo morto, acabado para sempre, era um disparate cuja compreensão estava acima das minhas forças.

Alberto foi morrendo aos poucos para mim, minuto a minuto, hora a hora, dia a dia, e eu acompanhava, calada e lúcida, essa agonia que se estendeu ao longo de anos. Sim, ele morreu em mim de infindáveis mortes; ora através de um tronco em que se encostara, e que perdia seu aspecto de magia para transformar-se simplesmente em tronco; ora através de um caminho do jardim que esmorecia o seu encanto — quantas vezes eu o trilhara! — para converter-se numa vereda sem importância, que não me atraía mais, e que na verdade nunca mais atravessei. Assim, tudo o que o rodeara, que vivera com ele, dele, ou servira de testemunho à sua passagem por este mundo, fora perdendo o efeito, enrijecendo-se, e incorporando-se ao resto anônimo e sem interesse das coisas. Tal foi o modo como morreu Alberto, de sua longa morte, de sua morte maior do que sua própria existência. O que sobrou dele, era precisamente o que sobra de um morto — um túmulo. Se o corpo ali não se encontrava, não fazia mal: para mim, de há muito sua forma humana convertera-se em mito. Mas seu túmulo, a meu ver, era o Pavilhão, onde exalara o último suspiro. Aquelas paredes manchadas de sangue, que depois tantas vezes eu fui afagar com mãos trêmulas, eram os contornos do único espaço onde podia velar sua lembrança. Ali eu chorava e revivia — ali eu aceitava que ele tivesse morrido, e muitas vezes, perdida no meu pranto, indaguei se tudo não teria sido um sonho, se Alberto fora realmente um ser de carne e osso, se existira como todo mundo. Não lhe conhecia a alma, nem os arroubos, nem sabia se era generoso, egoísta ou puro — não sabia de que forma retinia o seu riso, nem se ria, nem por que motivo ria — se chorava, ou se alimentava planos para o futuro. Jovem, ele cristalizara num certo espaço de tempo, tão pequeno, a própria imagem da mocidade — e como todas as imagens que se convertem em emblema, adquirira fixidez e distância, e hoje era mais um hálito errante, brilhante à superfície das coisas belas e ternas, do que a figuração de um ser que tivesse sido positivo e vivo, amado, idealizado e sonhado como todos os outros. Tudo isto, é claro, eu havia imaginado por mim mesma, e criara um Alberto mais de ficção do que de verdade. Mas não é o amor uma série de probabilidades que emprestamos aos outros? A vitalidade de Alberto vinha exatamente desses dons que eu lhe atribuía — e se o imaginava alegre, sadio e cheio de intenções nobres, era que desse modo se comprazia minha fantasia, e era desse Alberto, unicamente dele, que tinha necessidade a minha paixão. Decerto esses sentimentos se esgotavam, e dia chegava em que eu me mostrava fatigada de imaginá-lo bom ou terno; então substituía essas qualidades esgotadas por outras que inventava, por gostos e situações que nunca haviam existido, mas que momentaneamente enchiam sua carnadura vazia, e davam-me do seu ser essa certeza, esse gosto, essa verossimilhança que a verdade me proibia. Imaginava-o, por exemplo, em atitudes diurnas e humildes — trabalhando em seu mister, ou debruçado no regato lavando suas grossas camisas de sarja estampada. Ou então, junto à cerca que contornava a Chácara, cuidando das roseiras que haviam sido plantadas pela mãe de meu marido. Isto era o bastante para levar-me também junto ao regato, e contemplar longamente suas águas que já não serviam mais para coisa alguma, ou caminhar até à cerca, e desprender do enredado de cipós uma última corola que o vento não desmanchara, enquanto pensava — era isto o que ele fazia, era disto que cuidava. Mas quando não me socorria mais a imaginação, escavava a lembrança, e escavava-a com tal fúria e tal necessidade de encontrar um indício qualquer de sua vida, que o revia, inteiramente, indistinto como através da projeção de um sonho, mas ainda assim presente — em tal ou tal caminho, ou debruçado sobre aquele canteiro da horta onde havia uma plantação de malvas. "Ah", dizia comigo mesma, "era aquele o seu caminho, era aquele canteiro o seu recanto predileto." Passava a frequentá-los com assiduidade, esforçando-me por encontrar o tom exato com que ali penetrara ele, e assim imbuir-me mais uma vez, como de um tóxico, da sua presença e da sua lembrança. Ah, bem sei que esta elaboração era um triste consolo, e na verdade assisti chegar o dia em que não podia imaginá-lo mais nem ardente ou audacioso, nem deste ou daquele modo, porque tudo se confundia, e a tal ponto que eu perdia de vista sua identidade, e o próprio nome de Alberto convertia-se num nome idêntico a todos os nomes de homem. Nesse momento, um pânico me tomava: Alberto, quem era Alberto, que ser humano e autêntico representava ele? E verificava tristemente que esse Alberto que eu tanto amara, por quem tanto sacrificara, a ponto de esquecer de mim mesma e dos meus deveres, já não possuía olhos, nem mãos, nem face, nem nenhum outro traço físico que o caracterizasse — era apenas uma reminiscência sem forma definida. Lamentava então que não possuísse um retrato, um desenho, nada que houvesse fixado com segurança sua figuração de gente — e em vão, sentada longas horas ao abrigo das investigações alheias, esforçava-me pacientemente para recompô-lo tal qual fora, e restituir ao pobre espectro que agora povoava meus sonhos, seu nariz exato, a cor da pele, o rasgado dos olhos. De quantas mortes constatava assim que morria aquele que eu amara, de quantas mortes, até chegar a esta, definitiva e sem consolo, que deixava apenas um nome sobrenadando à tona da memória. Somente um nome, não — que outra coisa sobrava de Alberto. O quarto do porão, a parede ainda manchada com o seu sangue, e aquele catre forrado com uma esteira velha, onde agonizara, e que o representava, esplêndido, real, no seu derradeiro transe, naquele que para mim o fixaria na eternidade. (Algumas vezes, vencido pela umidade ou simplesmente pelo tempo, uma parte desse reboco desprendia-se, ameaçava cair — e eu, cuidadosamente, o recompunha, colando-o, reajustando-o ao seu primitivo lugar, tal como se recompusesse uma imagem pronta a se esfacelar, um corpo a que faltariam pedaços, e cuja integridade através do tempo só sobreviveria assim pelo meu esforço e minha paciência.) Isto era o que me conduzia habitualmente ao porão, e me fizera vedá-lo a qualquer olhar estranho, como um altar que devesse permanecer imune da curiosidade profana. Só eu poderia ali penetrar, e tocar o desenho daquela mancha, continente preto alargando-se na cal, abrindo-se como uma teia num dos seus extremos, alongando-se, subindo mais num único traço agudo e rebentando, afinal, como um fogo de artifício que se desfizesse mudo e sem luz. (Lembro-me — e esta lembrança renova sempre o calor da minha paixão — lembro-me, quando sozinha com ele, compreendi que havia morrido, e me abalei até o fundo, revoltada, pensando arrancar-lhe do corpo o último sopro que supunha existir ainda no seu coração despedaçado. Como me agarrei ao que sobrava dele, e tentei erguê-lo, suplicando, chorando, injuriando, debatendo-me com o seu peso de encontro à parede, e marcando a cal com aqueles sinais cujo sentido mais tarde eu tanto procuraria decifrar...)

Pois bem, foi a este ser sem carnação que as palavras de Nina devolveram um pouco à realidade. "André. Certas semelhanças. Os olhos, os lábios. Você nunca notou coisa alguma?" Era por isto que ela amava André, que se entregava ao próprio filho. Então, pasma, era a minha vez de perguntar: teria ela amado Alberto tanto assim, para romper com todas as conveniências, e espezinhar todas as leis morais, e afrontar o próprio Deus, unindo-se ao filho? Ah, aquela mulher devia se conhecer, e conhecer de que espécie era feito o seu amor. "Cadela das ruas", dizia eu comigo mesma, "prostituta da mais baixa espécie, ser amoral e monstruoso" — e no entanto, que importava? mulher, e terrivelmente mulher no seu desvario. Como devia ter palmilhado as trilhas daquele amor culpado, os meandros daquela carne rica e moça, os assomos daquela ternura exacerbada pela idade e pelo desejo. Tonta, a visão daquele itinerário subia implacavelmente aos meus olhos, a pele de Alberto, seu cheiro de homem, sua pujança. Como deviam se ter amado, e pelos quatro cantos daquela Chácara, como no enredado silvestre de um novo Paraíso. E se ela repetia a aventura com André, com o próprio filho, era que nele encontrava ressonâncias muito fortes, semelhanças que lhe substituíam o gozo antigo e inesquecível. Não, não era um Alberto de mito o que agora surgia diante dos meus olhos — era um fantasma que finalmente se revestia de carne. E as palavras de Nina, força era convir, é que lhe haviam dado essa identidade tão perigosa. Não mais necessitava eu de emprestar-lhe traços esquivos, linhas azuladas e sem contextura humana: ali estava André, e cega que eu fora, jamais olhara para ele, nem vira o milagre que acontecia mesmo diante de mim. A razão era fácil de perceber: nunca me passara pela cabeça que André pudesse não ser filho de Valdo. Agora, e brutalmente, adquiria a certeza de que ele descendia do jardineiro. Ah, se Valdo soubesse, se os Meneses conseguissem apurar a verdade! Sozinha, ri a esta suposição, imaginando a família reunida para tratar do problema, o ar de quem houvesse sido apanhado de surpresa — eles, Meneses, sempre vítimas. Que dinheirão não gastaria Demétrio, que emissários não usaria, para que aclarassem tudo, para que tudo investigassem. E no entanto, a chave do segredo estava comigo. Só eu poderia dizer, e dizer com certeza, se era ao jardineiro que André se assemelhava. Esta ideia me fez ferver o sangue — e imaginei logo sair e procurar André. Mas como abordá-lo, que palavras dizer-lhe? Eu, que nunca me aproximava dele, como justificar agora meu interesse? Mesquinhas considerações, não havia dúvida — já que a verdade importava acima de tudo. (Neste minuto eu mentia a mim mesma: não era a verdade que me interessava, mas André. Não era André, mas Alberto. Que me importava que André fosse ou não fosse filho de Valdo? Eram os ecos, eram as reminiscências de Nina que eu queria surpreender na sua face.)

Apresso-me, confesso tudo: não hesitei mais um só minuto. Estava no meu quarto, abri a porta e ganhei o corredor. Todos dormiam, e a casa se achava afundada no mais absoluto silêncio. Encaminhei-me ao quarto de André e bati — com surpresa vi a porta se abrir mansamente, e de dentro a voz do meu sobrinho perguntar baixinho:

— É você?

Quem supunha ele que fosse, quem esperaria àquela hora da noite? Ah, se eu alimentasse alguma dúvida sobre aquele espúrio romance, agora veria confirmadas as minhas suposições. Empurrei a porta que se entreabrira e, no escuro, pois ele não acendera a luz, senti sua respiração ardente junto a mim.

— Você veio! — exclamou com voz trêmula de emoção.

Aproximei-me sem responder, e nossos rostos quase se tocaram. Ele balbuciou ainda qualquer coisa, provavelmente um novo "você veio" que a emoção não deixava soar claro e, de repente, com uma palavra abafada, afastou-se. Devia ter reconhecido que não se tratava de Nina, pelo ofegante da minha respiração, pelo cheiro dos meus cabelos, ou simplesmente por efeito deste fluido secreto que os amantes emitem e percebem entre si.

— Ah, pensei que fosse... — disse, assustado.

— Pensou que fosse Nina — respondi eu. — Não, não se trata de Nina.

Ele murmurou, sufocado:

— Tia Ana!

Creio que não poderia demonstrar maior surpresa e, possivelmente, imaginava que eu o estivesse espionando, e que tivera vindo apenas para repreendê-lo. Ah, como se enganava. Se eu quisesse saber o que tinha vindo ali surpreender, se eu quisesse medir os traços deixados por Nina, era aquele o momento exato, enquanto o enleamento ainda o dominava, e o susto paralisava-lhe qualquer possibilidade de reação.

— Que importa que eu seja tia Ana? — e ao dizer isto, senti que havia certo prazer no meu despudor. — Não era uma mulher que você esperava?

Ele repetiu, mais atônito ainda:

— Tia Ana!

Avancei, procurando-o nas trevas, e guiando-me somente pelo som de sua voz:

— Não sou tia Ana. Não represento coisa alguma. Sou apenas uma mulher como qualquer outra.

Toquei-o, e o senti fremente, fascinado diante de mim. Num movimento, de cuja violência eu própria me admirei, enlacei-o com os braços:

— Sou Ana, simplesmente Ana. Se você se deita com sua mãe, por que não poderá fazê-lo com sua tia?

— Está doida! — exclamou. — Minha tia...

Apertei-o mais:

— Uma tia postiça.

Desta vez ele não disse coisa alguma, mas eu escutava sua respiração vibrando cada vez mais forte na sombra. Provavelmente estaria voltando a si do seu primeiro movimento de assombro, e consideraria que atitude deveria tomar, se recuaria, ou se me deixaria prosseguir naquilo que devia considerar o último dos desatinos. Foi esta pausa que me deu forças para avançar ainda mais — e de súbito enlacei-o novamente, como uma serpente que se apodera de sua presa, e procurei-lhe os lábios com meus lábios cheios de sede, tateando-o, premindo-o, avaliando através do pano de sua roupa, o calor de seu sangue e sua vibratilidade de homem.

— Ah, não faça isto! — suplicou ele.

Mas já eu o levara até a parede e com a mão roçava-lhe as faces, os lábios, o queixo, o ouvido, enquanto murmurava cega e surda a tudo o que não fosse o impulso que me movia:

— Quero ver como é feito. Se soubesse como preciso disto... Quero sentir a linha do seu nariz, a força dos seus lábios. Beije-me, André, beije-me como beija sua mãe, como beija uma mulher qualquer, uma vagabunda da rua.

Enquanto falava, continuava a afagar aquele rosto que fugia, sentindo-o escaldar sob meus dedos, forçando-o a aceitar minhas carícias — ele tinha medo, não se refizera ainda, não ousava me empurrar — e dominando-o pelo jugo da surpresa e do assombro.

— Você não é mais criança, André, não dirá nada a ninguém, não trairá o meu segredo. Olhe, é um beijo só, para que eu sinta o arqueado de sua boca...

E como esfregasse minha mão sobre seus lábios, senti de repente que ele me mordia, e a dor aguda obrigou-me a abandoná-lo.

— Estúpido! — bradei.

Ele ainda resfolegava na sombra, mas já interpusera a distância entre nós dois e, na obscuridade, pressenti que desta vez ele se achava pronto para a defesa. Mas com a mão dobrada sobre o peito, ainda tentei alcançá-lo — que me importava o que ele pensasse ou dissesse! — mas André, como se houvesse readquirido forças, correu em direção à porta, abriu-a, e deixou-me sozinha, parada no meio do quarto.

34. Diário de Betty (v)

3 — Há muitos dias eu não via a patroa, ocupada em restabelecer certa ordem na despensa, úmida e assaltada pelos ratos. Ontem, no entanto, passando pelo corredor, escutei que ela me chamava do quarto. Deixei de lado as ratoeiras e os objetos que trazia e apressei-me a atendê-la: dona Nina achava-se sentada na cama, uma porção de roupas dispersas em volta dela. Era eu, conforme já disse, a encarregada de orientar a limpeza da casa, e julguei no primeiro instante, vendo-a com as portas do guarda-roupa abertas, que fosse reclamar de mim algum descuido. Mas não, apenas me apontou o que se achava sobre a cama. Eram seus famosos vestidos, todos feitos no Rio de Janeiro e que, ali na Chácara, não tinham grande serventia. No amontoado, distingui dois ou três que não me eram estranhos — não a vira usá-los em determinado jantar, quando lhe assaltava o capricho de vestir-se segundo a "gente do Rio", ou em determinada manhã de satisfação, quando se exibia em passeio pelas alamedas do jardim? — mas confesso que via a maior parte pela primeira vez. Nunca entendi de modas, encerrada como sempre estive a atender as necessidades desta casa, mas era impossível deixar de reconhecer que eram vestidos bonitos e caros, com enfeites que brilhavam à luz do sol. Calada, ela sacudia a poeira de um ou de outro, erguendo-os — e logo sua mão tombava, num gesto de evidente desânimo.

— Não valem mais nada, Betty, estão completamente fora da moda. Está vendo este? — e erguia um, azul, com bordados que rebrilhavam — custou-me uma pequena fortuna. Posso garantir que no primeiro baile em que apareci com ele...

— Também a patroa não tem necessidade dessas coisas aqui — atalhei.

Ela olhou-me quase escandalizada:

— Para que é que você pensa que são os vestidos, Betty? Uma pessoa deve sempre se vestir bem. No dia em que não usasse mais desses trapos, garanto que não me sentiria mais eu mesma.

— Mas eu a vejo usá-los tão pouco...

— É que já nada disto importa — afirmou, e havia uma singular tristeza em sua voz.

— Não devia falar assim — disse eu. — Ainda é moça, e bonita. Não existe mesmo por estes lados quem lhe leve a palma.

Ela sorriu, abraçou-se ao vestido num gesto de inesperado ardor:

— Se fosse verdade, Betty... Ah, se fosse verdade!

Não, nunca a ouvira falar daquele modo. É verdade que muitas vezes me dissera coisas graves, e recordava naquele instante uma ou outra conversa anotada neste diário, mas sempre em tom desprevenido, como quem zomba das coisas. Agora, no entanto, havia um tom inédito e pungente em sua voz. Ela não brincava mais, lamentava-se apenas, e aquilo me surpreendia desagradavelmente.

— Se gosta assim de se vestir, por que...

Havia me inclinado sobre a borda da cama, procurando estabelecer entre nós uma intimidade que garantisse a força do conselho. Vendo-me tão próxima, atirou longe o vestido, pôs-se de pé com um suspiro:

— Há um tempo para tudo, Betty. Creio que a minha época de vestidos bonitos já passou.

Neste instante, ouvindo-a falar com certa entonação de pretensa frialdade, imaginei que não houvesse sinceridade no que acabara de dizer. Talvez quisesse apenas ouvir a minha opinião — talvez, quem sabe, o que nela era bastante comum, conservasse no íntimo uma intenção que eu ainda não percebera. Quieta, eu a vi afastar-se em direção à janela, suspender a cortina, voltar-se — e era como se preparasse o terreno para dizer-me alguma coisa muito importante, e não ousasse ainda, esperando aquecer a atmosfera existente entre nós. Devia realmente julgar o momento inoportuno, pois voltou a tomar um dos vestidos, cobriu-se com ele, enquanto dizia:

— Veja este vermelho como era bonito. Lembro-me muito bem da primeira vez em que o vesti. A costureira já o mandara entregar há vários dias, mas eu não podia vesti-lo porque me achava doente. Foi quando o Coronel apareceu — eu já lhe falei sobre o Coronel, não? Um homem extraordinário, um grande amigo que eu tenho nesta vida — e me levou para ir a um cassino. Quando entrei, os homens quase se ajoelharam. Ele me disse, enciumado: "Nina, você é adorada!". E era, Betty, era adorada por todos os homens.

Eu gostava de ouvi-la falar assim, pois irradiava calor e entusiasmo. Momentaneamente seus olhos adquiriam um brilho particular — e quase que se poderia dizer que era feliz. Evidentemente era a primeira vez que eu a ouvia referir-se a um coronel, mas isto não tinha importância, pois encaixava-se perfeitamente na cena que ela rememorava.

Devagar, como se as boas recordações fossem vencidas pela consciência de sua situação atual, deixou pender os braços, a fímbria do vestido vermelho arrastando-se no chão.

— Como o tempo passa, como tudo muda! Naquela época eu era quase feliz. Existia o Coronel, existiam outros amigos. Tudo poderia ter sido diferente se eu...

Um soluço instantâneo rompeu-lhe a garganta — ela levou o vestido ao rosto e correu a abater-se sobre a cama. Atônita, eu não sabia que atitude tomar — devia consolá-la, devia esperar, a fim de não interromper a onda de lembranças que lhe arrancara aquele soluço? Venceu o egoísmo, primeiro porque eu não sabia que palavras dizer, que espécie de consolo ministrar a uma pessoa cujo mal se ignora — depois porque, como quase todo o mundo, interessava-me vivamente em saber detalhes daquele passado obscuro. Quantas e quantas vezes, absorvida num afazer mecânico, pensara no mistério dessa existência, aventura e conjeturas que só poderiam ser absurdas. Diziam tanta coisa, sussurrava-se ainda mais e, ao certo, sabia-se tão pouco a respeito daquela bizarra criatura! Graças ao papel privilegiado que representava junto à família, pude perceber muitas coisas, e adaptá-las ao que supunha. Assim, cheguei a formar uma figura mais ou menos inteira, mas que, colocada sobre o modelo vivo, denunciava um recorte que se achava longe de corresponder à realidade. Dona Nina escapava sempre a qualquer conjetura, do mesmo modo como em sua presença jamais se encontrava o que fosse firme e francamente delineado. Seria um bem, seria um mal? O certo é que ela sempre despertava interesse, e não raras vezes paixão. Agora, vendo-a chorar, de um modo tão desamparado, lembrava-me de que nunca conseguira imaginar sua vida senão de um modo brilhante e pomposo, assim como deve ser a de uma artista ou de uma cantora célebre. E ali estava, sem nenhum brilho, sem nenhuma pompa. Devagar, como o silêncio persistisse, voltou a erguer a cabeça. Um resto de lágrimas ainda cintilava em seu olhar.

— Que coisa estranha é a vida — disse. — Nunca sabemos ao certo quando somos felizes. Tal época nos parecia desventurada — e mais tarde vamos compreender que era nela que existia alguma possibilidade de sossego. De qualquer modo...

Ergueu-se, atirou o vestido sobre a cama, voltou a caminhar:

— De qualquer modo, nunca fui tão infeliz quanto agora. — (Ah, ela falava, e como não entender, diante de sua extrema agitação, que a felicidade para ela se confundisse com o sossego?) — Eu sei, eu sei — exclamou a um gesto meu — tenho tudo o que quero, casa, família, vivo ao lado de meu marido. Mas a felicidade, Betty, é uma condição íntima. Eu não nasci para ser feliz como todo o mundo.

Que quereria ela dizer com aquilo? Provavelmente apenas que não lhe bastavam os bens materiais, o que era justo. Mas o marido, o conforto daquela presença constante? Não ouvira eu dizer, e inumeráveis vezes, que fora ela quem tentara a reconciliação? Se era venturosa nos tempos do Coronel, por que rompera com tudo para vir exilar-se na Chácara? Não, o que ela deveria ter dito é que não possuía natureza para ser feliz; que, ao contrário dos outros, tudo nela aspirava a uma contínua e insaciável desgraça. Nunca os vira de perto, mas eu sabia que existiam seres assim: a infelicidade para eles era tão necessária quanto o ar que respiravam. Naquele minuto, vendo-a caminhar de um lado para outro, presa às engrenagens de sua própria vida como entre as grades de uma jaula, como entendia que ela jamais houvesse amado o marido, que provavelmente jamais houvesse amado quem quer que fosse! Pois o característico desses seres ávidos de desgraça é uma secura de alma, uma inquietante carência de amor. Entendendo-a, entendia sua miséria, e não podia deixar de ter o coração confrangido, ante aquilo que me parecia depender menos dela do que da influência de um astro de energia contrária.

Mais alguns passos e ela voltou a se colocar diante de mim:

— Você talvez imagine que eu seja uma criatura má. Quase todo o mundo imagina isto. É sempre fácil julgar os outros. Mas posso lhe garantir, Betty, que as aparências sempre estiveram contra mim, nesta vida só tenho sido má por inconsciência ou impossibilidade. — Calou-se um minuto, como se pesasse as próprias palavras. — É verdade que nunca me preocupei em ser exatamente boa, mas...

Então, a mim, que nunca havia pensado naquelas coisas, nem me detido ante problemas de tão grande profundidade, ocorreu um pensamento que quase subiu aos meus lábios na forma de um grito: que é a bondade? Como julgá-la, como aquilatar do seu valor diante de um ser impulsivo e cego como aquele que se achava ante a mim? Podia me enganar, podia apenas estar cedendo ao sortilégio que a impregnava, mas não era isto o que a redimia e a tornava diferente de todas as criaturas que eu conhecia?

E de repente sua voz fez-se extraordinariamente calma:

— Somos sempre cruéis quando queremos ser nós mesmos. — (Olhei-a: ela estava de costas para mim, uma sombra recortada contra o fundo ainda claro da janela.) — Mas os outros, os que nos impedem, os que nos tolhem o caminho... que dizer deles?

Voltou-se, e fixou-me com olhar intenso:

— Não, nunca fui má. De tudo o que me lembro é que talvez tenha sido um tanto fraca. — (Dentro de mim o pensamento continuava: fraca, quando toda ela só respirava decisão e ousadia? Sim, talvez fraca por não ter tido coragem de ser absolutamente o seu impulso: uma vaga de voracidade e de morte.) — Certas coisas poderiam ter sido feitas de outro modo... ou evitadas... Mas quem realmente pode se vangloriar de nunca ter pecado?

Aproximou-se devagar, retomou os vestidos que se achavam atirados sobre a cama:

— No tempo em que eu vestia isto, acreditava neles, supunha-me bela.

— A senhora ainda é bela — protestei.

Ela ergueu os ombros com impaciência:

— Hoje sei que estou ferida, e estas roupas não me servem mais.

— Ferida? — não pude deixar de exclamar ante a estranheza daquela expressão.

Deixou pender os braços tristemente:

— Quem vestia esses trajes, Betty, já não existe.

— Dona Nina! — exclamei.

E tudo em mim protestava contra aquela espécie de atentado. Não, aos meus olhos ela não era um simples ser humano, mas uma coisa construída, uma obra de arte. Não tinha o direito de se ferir, nem de apodrecer, nem de se acabar como os outros — era intangível na sua majestade. Uni as mãos, apertei-as contra o peito, como se desejasse reprimir os sentimentos que borbulhavam no meu coração. Ela viu o meu gesto e devia ter compreendido o que se passava: um ímpeto novo como que lhe percorreu o corpo, ela endireitou o busto, levantou a cabeça, enquanto o vento que soprava pela janela agitava-lhe os cabelos. Dirigiu-se para o meu lado e seus olhos brilhavam de decisão:

— Betty, não posso me resignar a ser outra criatura. Tenho de seguir o meu caminho até o fim, tenho de ser eu mesma, contra tudo e contra todos. Foi Timóteo quem disse: "Nina, você é quem nos vingará". Como posso traí-lo agora, submetendo-me?

Decerto eu não compreendia totalmente o que ela falava — estava mesmo muito longe de imaginar o que designava como "submeter-se". Mas sabia que me achava disposta a tudo, que a defenderia em quaisquer circunstâncias, e que ela poderia contar integralmente com o meu auxílio. Em silêncio, como se tivesse adivinhado perfeitamente o que se passava comigo, indicou-me as roupas sobre a cama — depois, enquanto eu as ajuntava, foi ao guarda-roupa, apanhou outras e, sempre em silêncio, encaminhou-se para a porta. Não sabia aonde íamos, mas acompanhei-a, levando a minha parte. Tivemos a felicidade de não encontrar ninguém durante o trajeto. Na cozinha, ela tomou uma caixa de fósforos. Os empregados olhavam-nos com evidente curiosidade. Descemos a escada que leva ao porão e dirigimo-nos para o jardim. Lá, no pátio que fica ao fundo, junto ao tanque, ela depositou as roupas. Como fossem muitas, e a pilha se espalhasse pelo chão, reuniu-as novamente com o pé. Imóvel, ao seu lado, eu a contemplava, fascinada. Sem hesitar riscou um fósforo e ateou fogo aos vestidos — então não pude conter um grito abafado. Ela me fitou como se desejasse transmitir-me coragem, e eu abaixei a cabeça, envergonhada. A chama elevou-se com rapidez. Durante algum tempo, sucedendo aos grossos rolos de fumaça, as roupas arderam — e eu via cintilar uma ou outra fivela, crispada como um animal, luzir aqui ou ali o olho agateado de um bordado a miçangas. Folhos, babados, apanhados de renda ou de cetim consu-

miam-se com decisão — e o monte ia desaparecendo. Dentro em pouco não restou no cimento mais do que um punhado de cinza negra — tudo o que sobrava daqueles belos vestidos que tanto haviam agitado a Chácara e nossa cidade, que haviam brilhado outrora em tantos jantares famosos e reuniões de família. Sem coragem para me afastar, eu me lembrava das caixas e das malas chegando da estação, dos empregados enfileirados para apanhá-las, da própria dona Nina, tão moça ainda, olhando para os lados, hesitante, um crepe esvoaçando sobre o rosto. Sem saber por quê, como se assistisse ao fim de um período, não tinha coragem para afastar os olhos da cinza, e sentia o coração singularmente pesado. Foi aí que a mão da patroa pousou-me sobre o ombro.
— Vamos.
Ergui a cabeça e vi que um sorriso deslizava em sua face. Acompanhei-a, sem ter forças para dizer coisa alguma. No entanto, ela caminhava com passo decidido, como se pretendesse começar tudo de novo.

S.d. — Desde que a patroa queimou os vestidos que tenho andado preocupada, imaginando qual o significado exato que teria o seu gesto. Nunca havia me falado com tanta espontaneidade, e à medida que o tempo vai passando sobre os acontecimentos do pátio — já decorreram sete dias — eu me surpreendo ainda abalada com o que assisti. E apesar de tudo, não se desfez a impressão de tristeza que ela havia me provocado; ao contrário, com o tempo, ia se adensando em torno dela aquela atmosfera que eu havia sentido desde o primeiro momento, e que parecia acioná-la não sei a que destino previamente marcado.

35. Segunda carta de Nina ao Coronel

Bem sei, Coronel, que o senhor está longe de esperar esta carta. Nem sequer saberá o que ela contém, nem o poderá imaginar, ao apanhar desprevenidamente o envelope na caixa do correio. No entanto, desde as primeiras linhas suas mãos hão de tremer, as frases se tornarão embaralhadas — e correrá a ler o nome de quem a assina, incrédulo ainda, o coração batendo forte.

Sim, sou eu mesma. Confesso que, a mim, o fato não parece tão sensacional: sempre imaginei que um dia voltaria a escrever-lhe, não para relembrar o modo indigno como o tratei, minha fuga e outras coisas que já pertencem ao passado, mas para conversarmos no tom sério de dois velhos amigos que, após a passagem de períodos tempestuosos, encontram afinal terreno — o único — em que podem se entender. Vejo-o suspirar: "Essa Nina sempre encontra meio de desenterrar o velho Coronel!". Ah, meu caro, é necessário que a idade chegue para que se compreendam determinadas verdades. Ou melhor, para que elas tenham realidade dentro de nós, pois realidade significa tempo, e não podemos acreditar naquilo que a idade não nos permite. E falo francamente, falo com o coração nas mãos: eu, por exemplo, que nunca medi ou sequer aquilatei a que extensão poderia chegar o eco dos meus atos, eu, que tantas vezes fui cruel e injusta com você, como me arrependo agora, no momento exato em que tanto necessito do amparo de um amigo... (Ao escrever isto, lembro-me de cenas, de acontecimentos antigos — naquela tarde, por exemplo, num bar da praia, em que você me ofereceu um relógio-pulseira... Havia um outro amigo perto de nós, e era dele, não sei por que louco capricho, que eu esperava aquela amabilidade. Creio mesmo que havia me referido, dias antes, em sua presença, à necessidade de um relógio. Então você se apressou e trouxe o presente. Isto, precisamente isto, foi o que me irritou. Eu nem sequer podia demonstrar um simples desejo, e você corria a satisfazê-lo. E não era da sua parte, precisamente, que eu queria pressa e decisão. Desdenhosa, fechei o estojo onde se achava o presente e, num gesto incontrolado, atirei-o ao meio da rua. O estojo se abriu, e lá ficou a joia faiscando sobre o asfalto. Você quis levantar-se, eu o impedi. "Se tocar *naquilo*, eu irei embora", afirmei. Você ficou quieto, mas — ah! — seus olhos encheram-se de lágrimas. O outro, também sentado ao meu lado, assistia à cena em silêncio. A joia permaneceu no chão até que um vagabundo se apoderou dela, examinou-a, e desapareceu rapidamente atrás de uma esquina. Não sei o que aconteceu depois, Coronel, mas o que quer que tenha sido, posso garantir que foi aquela a última vez em que vi o homem que se achava sentado ao meu lado. Assustado ou não, desapareceu para nunca mais voltar.)

 Repito, sempre calculei que um dia voltaria a escrever-lhe, e se o faço agora, com olhos enevoados, é que tenho a alma transida pelo que me acontece, e, nesses dias decisivos para mim, é mortalmente nítida em minha consciência a imagem dos seres que me amaram — que verdadeiramente me amaram. Pois para onde quer que me volte, e ainda que viva cem acontecimentos diferentes, jamais me esquecerei daquele período que vivemos juntos — e tudo, tudo está inteiramente presente neste instante: sua bondade, o interesse que dedicou ao meu falecido pai, seus conselhos quando ele se foi, e até mesmo — por que não dizer? — sua voz, que tanto me irritou naquela época, e que hoje, ai de mim, tanta falta me faz. Não, não me esqueci dessas coisas, e nem posso calar a saudade deste período que me foi tão caro. Sempre soube, Coronel, e isto é uma confissão que faço como uma homenagem à sua amizade, sempre soube do sentimento que alimentou por mim. (Acredite, é a hora de falarmos inteiramente às claras.) Nunca me passou despercebido que frequentasse nossa casa exclusivamente por minha causa. Dirá você que fui leviana, que aceitei demais não tendo intenção de retribuir coisa alguma. Neste caso é porque você não conhece o coração das mulheres, e nem sabe o que sacrificamos dos outros para satisfazer nossa vaidade. (Ah, enquanto escrevo, de quantas coisas me lembro! O modesto quarto em que vivíamos, com a janela que dava para o morro. O barulho das crianças, à tarde, brincando na calçada fronteira. A tosse de meu pai. Seu invariável: "Nina, o Coronel já chegou?". E mais tarde, quando já não se jogava mais, o ar acabrunhado com que me disse: "Nina, o Coronel não voltará mais para as partidas". Definhou desde essa época, até morrer. Revejo o enterro, com o corpo estendido no meio do quarto, um lençol cobrindo-o. Foi aí que você reapareceu, e tomou-me as mãos: "É uma pena, Nina, que você esteja nesta situação". E ao sair, depois de fitar longamente o amigo morto, deixou sobre meu travesseiro determinada importância. Naquele momento, confesso, pensei em procurá-lo, em casar-me com você. Chegamos mesmo a nos encontrar uma ou duas vezes, lembra-se? Mas foi aí que conheci aquele que devia se tornar meu marido, e então abandonei tudo para vir morar na Chácara. Tenho ainda presente na memória nossa última conversa, quando lhe anunciei minha decisão. Você não escondeu seu espanto: "Vila Velha? Mas é a roça, é o fim do mundo!". Ainda levaria alguns anos até me certificar que, ainda desta vez, a razão se achava do seu lado. Assim somos feitos, nunca sabemos ao certo quando, com quem e nem onde poderemos ser felizes. Você pensará consigo mesmo que é uma reflexão banal, mas como é diferente, quando este banal se incrusta em experiência na nossa própria carne.) Sinto que devo ser mais explícita: nas raras vezes em que me pressionava a mão — oh, de modo tão delicado… — ou em que me olhava, assim que meu pai adormecia, ou em que me seguia à rua, sob pretexto de oferecer-me um presente qualquer, em nenhuma dessas vezes, reafirmo, deixei de saber que espécie de sentimento era o seu. Mas naquela época, em que eu andava tão confusa, como poderia demonstrar-lhe minha gratidão, ou corresponder à profundeza de sentimentos de um coração já maduro para o afeto? Deixei que tudo escoasse, e a correnteza que me levou, abandonou-me hoje no triste lugar em que me encontro.

Do que sucedeu depois, você conhece os menores detalhes. Não quero relembrar aqui o que foi a luta daqueles tempos, durante a qual, e por mais de uma vez, julguei-me destruída para sempre. (E o teria sido, caso alguém não me chamasse: "Nina, façamos um pacto. É terrível, o poder dos Meneses".) No momento em que, exausta, resolvi abandonar a Chácara, o único amparo que ainda encontrei foi o seu. Chovia, e na estação deserta pensei por um instante que não houvesse recebido minha carta. Como sofri naqueles dois segundos, desse sofrimento acumulado e sem saída, imaginando-me abandonada, até que o vi, ansioso, sondando os vagões à minha procura. Minha cunhada Ana viera comigo, e eu o apresentei a ela: "Aqui está o meu melhor amigo". Lembro-me até hoje da expressão do seu rosto. Quando anunciei que não voltaria à Chácara, e que iria tentar a vida por mim mesma, ali na cidade, ela disse simplesmente: "Eu sei, aquele seu amigo". E o pior é que não havia nenhuma ironia em sua voz.

Atingimos, Coronel, o ponto a que eu desejava chegar. Ana partiu para a Chácara, cumprindo sua missão, que era a de levar meu filho. Fiquei sozinha. Desarvorada, não houve então recompensa que eu não lhe prometesse — não por meio de palavras, que nunca chegamos a usar palavras desse gênero entre nós, mas por meio de silêncios e compromissos tácitos. Sei que mais tarde me acusou, dizendo que eu aceitara tudo, já que não recusara nada. Sim, é verdade, aceitei sua mão estendida, e não podia agir de outro modo. Sabia dos sentimentos que o alimentavam, e consciente disto, não podia ignorar que me comprometia a retribuir de outro modo seus rasgos de bondade. Talvez tenha sido leviana, mas não fui cruel intencionalmente. Foi durante esse período que adoeci, se não me engano, e pensei seriamente pela primeira vez em desertar da vida. A imagem ainda se acha bem nítida no meu pensamento: eu, sentada numa cadeira de braços, você de pé junto à janela. Não dizíamos nada, e deixávamos o tempo passar. Às vezes você me oferecia um copo de água, um refresco. Propunha-me cozinhar, esquentava chás esquecidos no fundo dos bules, comprava biscoitos amanteigados. E uma tarde não pude mais, fugi. Regressei noite alta, cabelos desfeitos, embriagada. Atirei-me à cama, sacudida pelos vômitos. Você então, sem uma palavra, cuidou de mim como se eu fosse uma criança. No fundo, eu gostava de que me tratassem assim. Outras noites iguais se sucederam, e nunca ouvi uma expressão irritada da sua parte. Ao contrário, dir-se-ia que cuidar de mim trazia-lhe certa calma, que o exercer o anjo de caridade correspondia a determinados lados de sua natureza. Houve culpa minha, é certo, de que tivéssemos ficado apenas neste terreno — mas a verdade é que você também nunca fez nada em prol de uma aproximação maior. Limitava-se, terminado o auxílio, a contemplar-me de longe, e aquilo escaldava-me o sangue. Sempre me irritaram os homens indecisos, e creio que este foi o fator principal que fez fracassar também meu casamento. (Porque eu fracassei, é inútil esconder, e fracassei não uma, mas duas vezes. E fracassei por senti-lo tão submisso ao espírito restrito da família, por sentir que para ele havia alguma coisa que contava mais, ou que pelo menos era tão forte quanto eu. No instante em que ele, Valdo, poderia também fugir e abandonar a Chácara, optando por uma vida nova ao meu lado, escolheu o caminho oposto, e tentou um suicídio ridículo.) Voltando à sua atuação, não poderá ter esquecido que se limitava ela a presentes, flores, tudo enfim que representasse uma atenção constante, mas apenas uma atenção. Algumas vezes chegou a emprestar-me somas importantes. Bem sei que, em troca de favores tão fundamentais, eu própria poderia romper aquela algidez, e abraçá-lo ou beijá-lo, demonstrando assim uma vez ou outra que eu era capaz de entusiasmo. Mas não sei por quê, sua presença me compelia a ser estranhamente fria. Não raro havia comigo outras pessoas, e eu me divertia, ria, contava casos — em suma, ostentava toda a aparência de um ser feliz. Mal você surgia, porém, o riso desaparecia do meu rosto, esmorecia meu entusiasmo, e eu começava a queixar-me de dores de cabeça, de falta de ar, de mil e um incômodos imaginários. Uma noite cheguei a dizer-lhe: "Ah, não posso ver o seu rosto, você me desagrada". Circundavam-me outras pessoas, era num bar, e comemorávamos um aniversário qualquer. Você não me disse nada, rolando o olhar em torno, detendo-o na toalha manchada de vinho. Então a impaciência me subiu de um só jato: "Que está olhando, que está esperando?", gritei. E como você continuasse de cabeça baixa: "Saia, saia agora mesmo da minha frente". Mas não, você não ousava mover-se, parecia atarraxado ao chão. Esperei um, dois minutos — em torno, o silêncio era absoluto. Tive então coragem para me levantar e, erguendo o copo, atirei o conteúdo ao seu rosto. O vinho escorreu lentamente, alargando-se sobre a camisa branca como uma grande mancha de sangue. Só aí você deu as costas e saiu do bar quase correndo. (Perdoe-me: não ferimos aqueles que nos são indiferentes, mas exatamente os que, por um motivo ou outro, sacodem as fibras mais íntimas do nosso coração.)

Assim, durante alguns dias estive livre da sua presença. Mas acabou voltando, o capote dobrado sobre o braço, duas poças de água no lugar onde havia se detido. "Que está fazendo aí?", gritei. Você sorriu, havia perdoado.

Repito, tudo o mais foi assim — uma questão de pirraça. Se estava contente, esforçava-me para não demonstrar tal coisa. Se estava triste, fingia-me pior ainda. Desagradava-me o perfume que você usava, seco, cheirando a gavetas antigas, suas maneiras cortantes, bruscas, que lembravam o aprendizado de quartel, suas lembranças, que eu considerava mesquinhas, suas predileções, que me pareciam vulgares. Se escolhia um passeio, ou um lugar aonde ir, eu sugeria exatamente o contrário — e com que precipitação! — para sublinhar eficientemente o quanto havia de errado em sua pretensão. A ponto que você já não ousava dizer mais nada, e me seguia apenas, dócil, com olhos tristes e fiéis. Repito, não sei que demônio de egoísmo me levava a tomar tal atitude...

Mas estamos chegando ao fim, e evidentemente essas recordações são inúteis. Através delas, e depois desse tempo, você já terá decerto aprendido quem sou eu na realidade. Um ser fantástico e sem sentido, mas cujos gritos fingidos, às vezes, confundem-se com os gemidos da verdade. Não duvide, Coronel, apesar de tudo o que via, e de tudo o que acontecia, nunca existiu no fundo do meu peito senão calor e gratidão; seria capaz de abraçá-lo, de atirar-me aos seus pés, de matar-me, se assim o exigisse. Duvida? Então posso lhe dizer que muito do que se passou, já trazia em si a previsão da carta que ora escrevo. Mais cedo ou mais tarde, acabaria provando qual era a verdadeira face dos meus sentimentos.

O dia chegou, Coronel. Aqui estou, e despida de qualquer artifício. Não ignoro que sem sua ajuda teria perecido. E talvez o que me irritasse tanto fosse sabê-lo tão importante, tão insubstituível em minha vida. Mas comigo mesma, e em época que já vai longe, jurei que lhe diria tudo. Seria no momento exato em que pudesse acrescentar: de novo estou farta, e não tenho a quem recorrer. Os horizontes que limitam esta casa me sufocam. Seu auxílio me é mais precioso do que nunca — principalmente agora, em que talvez seja a última vez que bata à sua porta. Meu tom causa-lhe espécie? Não se assuste, não pense que novamente tenho intenção de me suicidar. Não. Nem pode imaginar com que ardor hoje me prendo à vida, eu, que um dia tentei fugir dela por motivos fúteis e que, agora, minuto a minuto, considero seu valor, e empalideço, e tremo só de imaginar que um dia não mais estarei presente à sua claridade. Mas apesar desse meu recente enlevo, sinto que tenho a hora marcada, e que o momento se aproxima em que eu devo pagar as minhas dívidas. (Vejo-o sorrir a esta altura, murmurando: "É sempre a mesma" — e relembrará conversas antigas, em que também falei de morte e de arrependimento.) Mas afirmo, Coronel, não inventamos nada, quase sempre apenas antecipamos uma cena que mais tarde seremos obrigados a representar de fato. E eu sentirei que falta alguma coisa à veracidade do meu papel, se não estiver quite com algumas pessoas — sendo você a primeira delas.

Esta carta é, pois, uma declaração. Acho-me livre, Coronel. Uma vez ao menos na vida, quero provar-lhe que sei amar. Naquele tempo eu era uma criança, não podia corresponder ao ardor de sua paixão. Que minha mão não trema ao ousar escrever esta palavra, e nem desperte ela no seu coração o ímpeto de recordações muito cruéis — sejamos humanos e simples dentro de nossos próprios limites, e procuremos acertar depois de tanto ter errado, convictos de que há uma outra espécie de alegria em levar a termo, na idade madura, aquilo que em vão tentamos desperdiçar em estação menos esclarecida. Juro como encontrará em mim, mil vezes frutificada, a semente que então não germinou. Diferente do que talvez imagina, serei sua, completamente sua, e de um modo tal e tão definitivo que, enquanto estiver vivo, a lembrança da minha pessoa será a única coisa a iluminar seu pensamento.

36. Diário de André (VI)

S.d. — É indubitável que existe entre nós qualquer coisa que eu não compreendo, pois sinto que já não somos mais os mesmos. Há vários dias que venho observando isto: primeiro, um certo relaxo, um vago nas palavras, como se ela não se interessasse muito pelo que tem a dizer, e o fizesse apenas para cumprir uma obrigação; segundo, uma ausência real do que dizer, um calado entrecortado de suspiros, um esmorecimento que em absoluto não condiz com sua maneira de ser habitual. Outros talvez não notassem essas modificações, ou as atribuíssem a uma indisposição do momento, mas não eu, que estou habituado a sondá-la, e a conhecer a menor de suas manifestações. E confesso que tremo, sem saber o que fazer — teria ela se cansado de mim? Desapareceram as confidências habituais, as promessas e os risos — e até mesmo aqueles sinais secretos, aquelas demonstrações de conivência feitas por trás das pessoas, afrontando o perigo e ao mesmo tempo evidenciando o estabelecido entre nós. Seu espírito de zombaria desapareceu, ou vai desaparecendo — ainda fica junto a mim, mas sinto-a preocupada, até mesmo triste, com o pensamento constantemente ausente. Numa dessas tardes, no corredor, eu a surpreendi com uma carta nas mãos. "Que é isto?", indaguei. Ela mergulhou o papel precipitadamente no seio. "Que é?", insisti. Tentou então fugir à minha pressão: "Nada". Mas cortando-lhe o passo, impedi que ela atingisse a sala. "Você anda diferente", disse. Fez um gesto de enfado: "Meu Deus!". Uma porta bateu não muito longe, tive medo de que alguém chegasse, e disse rapidamente: "Quero ver esta carta". Ela foi peremptória: "Nunca". Avancei para retirar o papel à força, e ela empurrou-me: "Ah, você não passa de uma criança". Abandonando-me, ganhou a sala. Sozinho, senti-me dominado pelo despeito. E em represália, resolvi não comparecer aquele dia à mesa, e tranquei-me no quarto. Betty bateu à minha porta. "Não quero jantar", respondi. E ela: "Está sentindo alguma coisa?". Fui brutal, berrei: "Não!". Mas durante todo o tempo em que durou a refeição, com o ouvido colado à porta, a luz apagada, tentei adivinhar o que se passava na sala. Ah, como me custara aquele sacrifício. Em outras ocasiões ela já me dissera aquela mesma frase — "Você é uma criança" — mas com entonações diferentes, carinhosas, tão carinhosas mesmo que até aquele instante, em que ela as pronunciou com tão evidente enfado, eu julgava que o fato de ser criança — e julgar a possibilidade nunca havia me interessado — fosse em mim o que mais interessasse a ela. Abandonando a porta, através da qual não conseguia perceber senão um rumor confuso de falas e talheres, lembrava a mim mesmo que já ouvira dizer que as mulheres são caprichosas, fantásticas. No caso, não estaria ela sendo vítima de uma dessas fases? E meditava tristemente que, de qualquer modo, era necessário dar a ela um descanso, evitá-la, fazer-me notado não pela constância e pela solicitude, mas ao contrário, pela ausência. Jurei a mim mesmo adotar esse sistema — porque o ser é limitado, e de tudo se cansa, até mesmo do amor — e cheguei a idealizar os dias que permaneceria afastado e os afazeres a que me entregaria. Minhas espingardas já estavam se enferrujando, e necessitavam limpeza urgente. E mesmo poderia chegar até à cidade, observar o que ia indo pelo comércio, comprar algum livro que visse exposto na vitrina. Mas tais veleidades só duravam um momento — logo a realidade voltava a me atingir e, consternado, eu rememorava tudo o que havia se dado nestes últimos tempos, sem encontrar explicação para o que agora se passava. Mil possibilidades surgiam em meu pensamento, inclusive a de um rompimento definitivo, de um regresso ao ponto de partida, motivado por fadiga ou pelo desabrochar de um remorso tardio. Mas recompunha-me, inventava razões, redimia-a de todos os seus atos. Afinal, que obrigação tinha de mostrar-me suas cartas? Não poderia eu controlar meu ciúme, e imaginar que o fato de amá-la não significava que ela me pertencesse de corpo e alma? Ia mais longe, idealizava que a crise já havia passado e que, exatamente naquele instante, ela se achava à minha espera e, quem sabe, pronta a revelar-me a razão do seu procedimento. Levado por essa esperança, abandonei o quarto e comecei a vagar, na esperança de encontrá-la. Salvava-se assim pelo menos metade da minha dignidade: se a visse, seria sob o aspecto de um encontro acidental, e jamais porque tivesse partido à sua procura. A casa, mergulhada em sua quietude habitual, não me revelava e nem me proporcionava coisa alguma. Como aqueles aposentos, aqueles corredores, aquelas salas me pareciam enormes e sem utilidade. Deus! o que os homens inventam. Todas aquelas paredes me pareciam suadas de um hábito e de uma continuidade de vida que eu ignorava qual fosse. Fui até à varanda, estirei-me na rede, balancei-me um pouco, olhando o céu repleto de estrelas. Uma estria única, leitosa, varava o espaço de lado a lado. Um resto de vermelho denunciava ao fundo a proximidade do verão. Enquanto isto, imaginava que aquele mesmo céu, numa outra época, refulgiria de idêntico modo, quando talvez ela já não estivesse mais ao meu lado; então sentia penetrar-me o coração uma dor fina e intensa e dizia comigo mesmo que ela estava muito longe de imaginar o quanto eu verdadeiramente a amava. Esquecera tudo o mais, quem era ela, o que fora, o que representava para mim e para os outros, a fim de concentrar-me exclusivamente no episódio extraordinário que vivíamos. Perdê-la, seria como perder a própria luz do mundo. E por mais que procurasse me rever antes do seu aparecimento, não conseguia localizar nada que fosse consciente ou intencional — evocava apenas um ser obscuro e sem vontade. Fora ela quem me criara, e me dera o poder de analisar as coisas, e dizer o que preferia; que instituíra a minha identidade, tornando-me homem e fazendo-me capaz de desdenhar tudo o que não concorresse diretamente para avolumar ou esclarecer o sentimento que me habitava. Devagar, enquanto a rede rangia nos punhos, procurava rememorar, com infinita cautela, para que não se alterassem ou não se poluíssem com parcelas engendradas pela fantasia, detalhes que nela me encantavam, como o acetinado da pele, certo modo de rir, ou o inimitável contorno dos seios — e perguntava a mim mesmo, sem encontrar jamais uma resposta que me satisfizesse, se todas as mulheres seriam assim tão raras e perfeitas. Havia nela um requinte no acabamento, um toque misterioso em sua estrutura humana que a faziam completamente diferente de todas as criaturas que eu pudesse imaginar. Nenhuma delas tinha aquele tom veludoso e firme, nem aquela claridade aprisionada em sua pele, que parecia iluminá-la do interior, e que tantas vezes me fizera vê-la como um astro fulgindo doce e pacífico na obscuridade do quarto. Admirava-me, por exemplo, sua impressionante falta de pudor — colocava-se nua diante de mim sem o menor esforço, com a liberdade e a ligeireza de um animal acostumado à vida isenta de malícia e de pecado. O modo como andava, deixando ondular livremente as ancas, certa de sua graça e de sua feminilidade. Ocorriam-me detalhes: num dos nossos encontros no porão, fui encontrá-la já despida, de bruços sobre o colchão. Não se deitara simplesmente, como qualquer pessoa o faria, mas literalmente se abraçara à palha, entregando-se, como se quisesse fundir-se ao recheio antigo e já mofado. Nela, não havia nenhum ato superficial, fazia tudo integralmente, com uma espécie de paixão que garantia a profundeza do seu impulso e a qualidade dignificante da vida que era a sua. Assim, durante um minuto, contendo a respiração como se temesse despertá-la, contemplei a magnificência livre daquelas formas. Mas afinal fiz um movimento, aproximei-me e ela, fingindo que dormia, fechou os olhos, o que era uma outra maneira de se prestar à minha contemplação.

Tão poderosa, tão incisiva era a ação da sua presença, que mesmo quando já não se achava comigo, sentia-me ligado a ela; ando, e meus passos como que correspondem a uma música oculta que nos une, e então sei que ela me pertence, como eu a ela, e que isto é uma lei a que nenhuma força poderia nos subtrair. Ah, como éramos fortes, como éramos poderosos em nosso entendimento! E no entanto, coisa curiosa, não posso designá-la como "aquela mulher", e muito menos como "minha mãe". Não é nem uma coisa e nem outra. Não é nem a mulher exterior a mim, que possa ser designada "esta" ou "aquela", nem o ser que me deu nascimento, alimentando-me com seu sangue e sua seiva. Talvez a qualquer outra mulher não me sentisse tão identificado assim. Não somos pessoas diferentes, esta é a razão, somos uma única e a mesma pessoa. (Porque o deus do amor é um deus hermafrodita — reunindo na mesma criação dois sexos diferentes, esculpiu a imagem do ente de sabedoria e conhecimento que da sua dualidade faz o paradigma da perfeição.) Mulher e mãe, que outro ser híbrido poderia condensar melhor a força do nosso sentimento? Amá-la é reintegrar-me no que fui, sem susto e sem dificuldade. É a volta ao país de origem. Amando-a como homem, sinto que deixo de ser eu mesmo para completar esta criatura total que deveríamos ter sido antes do meu nascimento. Nesta fome de conjunção não pode haver pejo, porque não há imoralidade. Quando ela me falta, ou parece desinteressar-se de mim, sinto-me furtado numa parte do que sou, carecente, incompleto. Está cega toda uma parte daquilo que me forma. As estrelas podem despencar do céu, e as cores desatarem no alto promessas de novas estações — são míopes os olhos meus que assistem a esses fenômenos. Este é o motivo por que vagueio, e apalpo sem reconhecer os objetos que me cercam, como um homem que houvesse perdido a própria sombra.

 Na última vez em que nos vimos ("ver", para mim, é estar a sós no porão) percebi claramente que ela era movida por correntes alternadas de entusiasmo e de abatimento. Poder-se-ia dizer que procurava ser como sempre o fora, mas que independente disto uma preocupação qualquer, íntima e poderosa, dominava-lhe o pensamento. Por exemplo, questionada por mim sobre seu desinteresse, ria até às lágrimas, para depois tombar num fundo mutismo. Em vão eu me desdobrava, incitando-a a voltar à tona — ela pendia a cabeça e continuava quieta, olhos fixos no chão. "Que é, pelo amor de Deus?", implorava eu. Não respondia, levantava-se e ia se colocar junto à estreita janela que dava para o jardim. Que ideias, que lembranças flutuavam em seu espírito? Sua fisionomia não transmitia nesses instantes nenhuma sensação de repouso, ao contrário, transformava-se, modelando-se sob o influxo de imagens provavelmente esvaídas há muito no tempo, e cuja volta produzia nela uma tão viva expressão de dor. Aquilo me parecia intolerável e, por trás, beijava-lhe a nuca, esforçando-me por atraí-la à vida. Ela deixava fazê-lo, como se estivesse morta. Numa dessas vezes excedi-me, e beijei-a, beijei-a, colando prolongadamente meus lábios à sua pele, disposto a não abandoná-la sem que um pouco de calor descesse à sua carne gelada. Num transporte, fiz meus lábios descerem do ombro até à curva dos seios. Vencida, ela tomou afinal minha cabeça entre suas mãos — estávamos sentados sobre o colchão — e fitou-me, mas como se não me reconhecesse. Insisti: "Mas o que é, o que é que se passa?". Então ela falou, e em sua voz vibrou uma nota de saudade em que era impossível não reconhecer a pungência: "Aqui mesmo, há muitos anos…". E eu vi, tão claramente como se houvesse sido exposta ante meus olhos, uma cena idêntica à nossa, uma cena de amor, com outro homem que ocupava o meu lugar. Ele devia beijá-la assim como eu o fizera, e era isto que trouxera à sua fisionomia aquela expressão de ausência. (*Escrito à margem do caderno*: Tantos anos decorridos, e ainda hoje me assaltam dúvidas: teria ela realmente me amado, ou procuraria em mim apenas a reminiscência de alguém? Ah, o modo como me tateava às vezes, como se tentasse reconhecer por um sinal perdido a face amiga, as palavras que me dirigia nos momentos de entrega, e que eram restos de palavras, fins de frases que pertenciam não ao meu diálogo, mas ao diálogo interrompido com outro, sua insistência em certa espécie de carinhos, em certas expressões de amor, que revelavam uma intimidade, um aprendizado adquirido com alguém que não era eu — e quem então, em que época? Que outro era esse, como vislumbrá-lo através da discrição que ela mantinha sempre? Repito, até hoje não sei ao certo se foi a mim ou se foi a um espectro que ela amou — de qualquer modo, e disto tenho certeza, foi ela a única mulher que eu amei.) Não pude conter o despeito, afastei-me e, vendo-a ainda mergulhada em seus pensamentos, ergui a mão, esbofeteei-a. Ela somente deu um gemido abafado, e voltou a cabeça para mim, mas seu olhar não exprimia nenhuma surpresa. "Que desprezo você tem por mim", exclamei. "Nem sequer me vê, nem sente que eu estou ao seu lado!" E vendo-a afinal com os olhos cheios de lágrimas, tomava-a nos braços. Ela obrigava-me a pender a cabeça sobre seu ombro, e afagava-me como se faz a uma criança. "Não se importe, André, nem tudo está perdido ainda." "Ainda?" — e de novo, como uma sombra que voltasse a adejar sem repouso, eu sentia pairar entre nós aquela ameaça que não compreendia. "Ainda", e apertou-me de tal modo que cheguei a sentir o ar faltar-me, "ainda. Tudo tem o seu tempo marcado, André." Pela primeira vez, confesso, tive o pressentimento de que ela realmente não me amava. Não me amava e nem poderia me amar nunca, havia nela um veneno que a impossibilitava disto. Talvez, até agora tudo não tivesse passado de simples dissimulação. E meu terror foi tão grande, vi-me de súbito perdido em tal silêncio, que a cobri de beijos, enquanto dizia: "Não, nunca, entre nós jamais deixará de existir o que existe, pois seria o meu fim, a minha morte". Ela compreendeu que eu não mentia e, passando com ternura a mão em meus cabelos, disse: "Não tenha medo". E num outro tom, em que eu a reencontrava inteiramente: "De agora em diante serei sua como nunca o fui". Eu fechava os olhos, sentindo as ameaças esconjuradas, e certo de que daquela vez não havia em suas palavras nenhuma dissimulação.

S.d. — Ela não apareceu mais, desde aquele dia, e isto aumenta minha inquietação. Nada ouso perguntar a quem quer que seja, e também não consigo surpreender coisa alguma nas conversas que escuto. Cheguei mesmo a ir até à cozinha, na esperança de obter uma luz através do comentário das empregadas. Mas estas, contra toda expectativa, mostravam-se caladas e nem sequer prestavam atenção à minha presença. Enfureço-me, digo a mim mesmo que é melhor não pensar mais no assunto e, a fim de enganar o tempo, monto a cavalo e percorro algumas estradas em torno da Chácara. Por toda parte o milharal mostra as espigas pendoadas de vermelho; anus, atraídos pelo milho que já reponta através da palha, desferem voos silenciosos contra o céu azul. Passo alguns casebres de taipa, um poço, uma ponte sobre um córrego. De longe, uma filha de colono olha-me com curiosidade; observo que é bonita e loura, mas isto sem nenhum interesse. Agora ganho estradas ermas que conduzem ao campo, e o único rumor é do meu cavalo ferindo a areia grossa do chão. À medida que me afasto de casa, e os sinais familiares vão desaparecendo, sinto-me mais só e mais desesperado. Não, nada existe nesta paisagem que me atraia, a própria amplidão como que me oprime e me furta todo prazer de viver e de respirar. Atingindo uma curva onde floresce um ipê-roxo, volto a galope sobre meus próprios passos. Lá está a filha do colono, de pé, uma bacia de roupa lavada à cintura. O córrego espuma aos pés ligeiros do cavalo. E dentro em breve, com alívio, distingo o teto encardido da Chácara, sobressaindo dentre as velhas árvores da minha infância. Pode ser o inferno, que importa, mas aí é que eu vivo, aí é que a existência me interessa. Desço do cavalo, amarro as rédeas à pilastra, disposto a chamar um dos empregados para recolher o animal. E ia subir, quando deparei com ela imóvel no alto da escada. Estaquei, e meu coração pôs-se a bater com força. Não havia dúvida de que ela me acompanhava com os olhos desde que ultrapassara o portão da Chácara. Ah — e agora era eu quem me felicitava interiormente — ter-se-ia inquietado, teria sofrido imaginando que eu conseguira esquecê-la por momentos, e que me divertia longe da sua presença? Como era bom ser cruel, e como aquilo dissipava metade da minha angústia. Desfeito o choque do encontro, subi mais alguns degraus, enquanto exclamava num tom em que a surpresa se misturava à reprovação:

— Afinal!

Ela não respondeu coisa alguma, mas desceu alguns degraus ao meu encontro. Esperei, apoiando-me ao corrimão de cimento. Um pouco abaixo, com as rédeas bambas, o cavalo bufava. Quando ela atingiu o lugar em que me achava, segurei-a pelo pulso:

— Onde é que você vai, onde tem andado?

Ela fez um esforço para libertar-se:

— Tenha cuidado, André, seu pai está na varanda.

— Que me importa? — e eu tinha os dentes cerrados. — Esses dias todos... não podia me dizer alguma coisa?

— André...

Era tão suplicante a expressão do seu olhar, que abandonei-lhe o pulso. A brisa começou a soprar, e desmanchou-lhe os cabelos sobre a testa. Afagando o pulso dorido, tanto fora o ímpeto com que eu a segurara, ela fitou-me cheia de mágoa:

— Você não era assim... não me tratava deste modo.

Voltei a cabeça de lado, a fim de evitar que ela visse a minha perturbação.

— Estou ficando doido.

Ela balançou a cabeça:

— É preciso ter calma. Deste modo, você estragará tudo.

Aquilo era quase como se me pedisse que a deixasse em paz. De repente, com aquela manhã de sol, e ali em meio à escada, um abismo se cavou entre nós dois. Eu não esperava aquilo, e só percebi o fato quando senti que estávamos mais distanciados do que nunca. E o que quer que eu fizesse, a palavra que tentasse, o gemido ou a injúria, só poderia nos separar ainda mais. Deixei pender as mãos, e meu desânimo era total. Vendo-me assim ela não insistiu, mas em silêncio, como se aceitasse o irremediável da situação, desceu mais alguns degraus. Então a raiva se apoderou de mim, como se este simples movimento significasse uma grande ofensa, e eu gritei por trás dela:

— Onde é que você vai?

Voltou-se, e fitou-me com serenidade:

— Por aí, dar uma volta.

— Sozinha?

Hesitou em responder.

— Sozinha — disse finalmente, e seus lábios tremeram.

Alcancei-a de novo, segurei-a pelo braço:

— Sozinha por quê?

Levantou a cabeça e vi perpassar nos seus olhos aquele brilho de cólera, de desafio ou de simples certeza que, em tantas outras ocasiões mais ou menos semelhantes, já surpreendera neles. E disse:

— Porque quero, André.

Não pude mais conter-me e comecei a sacudi-la pelos ombros:

— Foi assim que prometeu me amar... de um modo como nunca o tinha feito antes?

E meu gesto era tão violento, toda minha atitude demonstrava um tal descontrole, que ela deixou escapar um gemido e encostou-me à parede.

— Contenha-se, pelo amor de Deus, que está me fazendo mal.

Abandonei-a, percebendo como se tinha tornado pálida. Ofegante, a cabeça ainda apoiada ao muro, passava a mão pelo braço. Vendo-a, percebi que havia nela uma tal fragilidade, um tão fundo e inexplicável desamparo, que me senti aturdido:

— Ah — murmurei — você nem sabe a vontade que eu tenho!

E ao mesmo tempo em que me julgava um bruto, a irritação desfazia-se em mim para ceder lugar, afinal, à ternura que nunca me abandonara totalmente. As palavras fugiram-me dos lábios e, por alguns segundos, de pé diante dela, não encontrei o modo como expressar o que se passava comigo. Também ela não dizia nada, continuava a esfregar o braço, num movimento maquinal. Eu suportaria tudo, menos aquela passividade, aquela falta de vontade num ser ordinariamente tão impulsivo. Não, não a compreendia, não sabia por que agia assim, nem por que se escondia sob aquela atitude evasiva. Estaria cansada ou — ela, que tanto me apregoara a necessidade de assumir o pecado, ou pelo menos aquilo que assim denominava — agora se entregaria à ação corrosiva do remorso? A expressão do seu rosto não era habitual, mas a de quem realmente luta contra uma dor física e intensa. Encostada à parede, dir-se-ia que ouvia não a ressonância do que se passava no mundo exterior, mas o secreto embate daquilo que surdia e se desenlaçava no âmago de suas entranhas. De súbito, tudo aquilo que eu ainda não conseguira ver, obscurecido pelo ciúme e pela desconfiança, desvendou-se aos meus olhos, e pude verificar como emagrecera naqueles últimos tempos, como seus traços haviam se alterado, mais agudos, reforçados pelas reentrâncias, como tremia diante de mim, pobre e sem defesa. Sua modificação era tão extraordinária que eu chegava a perguntar a mim mesmo se na verdade aquela mulher fora bela algum dia, se o fascínio que ela exercia sobre meus sentidos não seria da minha parte um diabólico equívoco. Não se trataria de uma mulher comum, igual a todas as outras? Ali, sob a luz plena do sol, poderia encontrar facilmente uma resposta a todas essas questões. E comprazia-me em examiná-la, em ser cruel, demonstrando que o fazia, e que me era agradável supô-la mesquinha e cruel. Cheguei a tomar um ar superior, de quem afinal percebe toda a maquinação de que foi vítima. Mas isto não durou senão um minuto, o tempo exato de voltar a reconhecê-la, de supor, com visão aguda e decisiva, o mal que a corroía, e que talvez por piedade escondesse de mim. Enlacei-a, sem que ela oferecesse resistência.

— Que se passa, que tem você?

Ela descansou em meus braços, como se não tivesse forças para tomar outra atitude. Depois, lançando um furtivo olhar para cima, disse:

— Cuidado. Esta noite nos veremos.

E desprendendo-se, desceu em direção ao jardim.

S.d. — Na obscuridade esperei longos momentos que ela viesse. Meus olhos haviam se acostumado à escuridão e eu me comprazia em adivinhar a forma das velhas ferramentas amontoadas pelos cantos, caixotes, e outros objetos sem linhas definidas. Tudo aquilo tinha servido, tivera o seu momento; mãos habilidosas haviam utilizado aqueles instrumentos na elaboração de jardins que hoje iam sendo sepultados pelo descaso. Que época fora aquela, quem existia então na Chácara, como se constituíra sua vida? A essas questões, coisa alguma me respondia; um silêncio hostil descansava sobre esses testemunhos abandonados. Foi então que uma ideia me ocorreu, um pensamento estranho, nascido sem dúvida das circunstâncias e do momento que eu atravessava. Ocorreu-me que aquela parte da Chácara — o Pavilhão — sempre me parecera um lugar condenado, a que ninguém se referia; se por acaso alguém a isto era obrigado, munia-se de uma série de precauções e nunca dizia abertamente o nome pelo qual a construção era conhecida, mas designava-a apenas como "lá", ou "lá embaixo", tal como já ouvira, por mais de uma vez, falar tia Ana. Também eu nunca indagara o motivo por que o local suportava o peso de tal condenação. Menino, sempre soubera que ali se guardavam ferramentas velhas, e se lá ia alguma vez, era para surpreender o sono das lagartixas, ou à procura de uma fruta do mato. Mas apesar de tudo, sem que ninguém me informasse, sabia que o Pavilhão se achava estreitamente vinculado ao drama que havia acontecido outrora — aquele mesmo drama de que todas as pessoas teimavam em subtrair-me os detalhes. Pois bem, ali naquela atmosfera carregada, úmida e cheirando a mofo, senti que aquele odor já fazia parte da minha pessoa, impregnava-me, era o cheiro, por assim dizer, do que me acontecia — do meu amor, digamos logo. Onde quer que o sentisse, mais tarde, evocaria fatalmente os sentimentos que agora me habitavam. E não só o cheiro, mas o tato, a espessura de certos objetos que meus dedos tocavam — o colchão de palha, por exemplo, sobre que me achava deitado, e que recendia a uma erva especial, suada e fria, incorporava-se àquilo que dentro de mim já se constituía em recordação. Curiosa perspectiva aberta sobre o tempo, a daquelas coisas vindas do passado e que, sendo presentes ainda, para mim já desenhavam o fulcro do futuro. Na obscuridade, palpitavam de uma secreta vida íntima. E eu me sentia enredado naquela trama sem eco, sem ter meios para imaginar que partisse deles a imposição daquele sentimento. Digo sentimento, se bem que não possa discerni-lo com firmeza; antes, nessa penumbra que me envolve, é uma sensação difusa de poder, de estar participando de alguma coisa oculta e violenta (o acontecimento de sangue — em que época, com quem?) e que pelo seu sabor não se podia intitular senão de — o mal. A atmosfera do mal. E a esta atmosfera, era impossível deixar de reconhecer, pertencia o ser que eu amava. Não por isto a que ela chamava de pecado, mas pelo próprio fato de existir, de respirar, de ser enfim ela mesma, com essa essência esponjosa e morna das anêmonas-do-mar. Porque a verdade é que só ali Nina se realizava integralmente, florescia, recendia e brilhava, como um objeto sempre novo entre aquelas coisas carcomidas pelo tempo. Era a ela que designava o odor subterrâneo e mofado. Então era preciso reconhecer que aquela criatura frágil encarnava o mal, o mal humano, de modo simples e sem artifício. Enquanto assim pensava, essa ideia causou-me terror, não um terror definitivo, que se abatesse sobre mim e me envolvesse impotente em suas dobras, mas um terror que ia aumentando devagar, formigando na sola dos pés e daí avançando, como um bloqueio que me visasse o coração. Mas, pobre coração, por bem poucas coisas neste mundo ele ainda reagia. O mal, sim, mas que importava que assim o fosse? A quem quer que me acusasse, poderia responder que nada mais queria, e que só o mal me interessava sobre a terra.

    Ela encontrou-me trêmulo, bloqueado na escuridão. Não me levantei, não fui ao seu encontro, como o teria feito de outras vezes. Ela notaria a diferença, e pensaria que provavelmente eu já não a amava tanto quanto antes, quando exatamente naquele momento eu julgava ter alcançado o cimo do meu amor, e vislumbrar, em torno dele, o resto existente como simples detalhe sem existência real. Com as pernas estendidas, dormentes, eu não sentia mais o sangue circular-me nas veias e comprazia-me em imaginar que estivesse sendo vítima de um envenenamento qualquer. Realmente Nina notou a diferença, pois abaixou-se e tocou-me a face com as mãos:

— Que é que você tem? — indagou.

— Nada — respondi. E mais do que tudo que eu poderia temer, estremecia, porque havia adivinhado o quanto poderíamos ser sozinhos. O contato de sua mão em minha pele trouxe-me a sensação nítida de que resvalava, e me perdia no acontecimento de um outro ser cuja vontade não era a minha.

— Mas está tremendo — falou ainda, e a mão continuava a adivinhar-me, naquele jogo cheio de intimidade.

— Apenas frio. Estou aqui deitado há muito tempo.

— Desculpe-me — disse — não pude vir mais cedo.

Como se tivesse intuição dos pensamentos que haviam me ocorrido momentos antes, sua voz adquiria um timbre mais doce e mais insinuante. Estendeu-se ao meu lado, aconchegou-se contra meu peito, enquanto um calor novo se irradiava sobre mim, escorria ao longo do meu corpo, envolvia-me. Chegávamos ao instante em que as palavras eram desnecessárias, escutávamos apenas, e os menores sons se transformavam em monstruosos ruídos, discordantes, animais, porque um único movimento nos interessava, e era a mecânica assombrada, medieval, que nos unia, e nos fazia de encontro um ao outro, não como seres diferentes, mas como o mesmo ser, conjugados na mesma carne e no mesmo sangue. Com o ouvido colado aos seus seios, não me importava saber se era meu ou dela aquele coração que batia; era nosso, e eu me sentia partir, ramificar-me do seu tronco, como se naquela obscuridade houvéssemos nos transformado numa árvore, e perdêssemos todo aspecto humano, vegetais e pagãos, ardendo sob aquele fogo que a noite e o desejo nos transmitiam. De repente, em meio ao silêncio, ela disse:

— Você nunca pensou, André, que fosse meu filho? Nunca lembrou que eu o trouxe comigo antes de nascer, e que um dia já fomos mais unidos do que o somos agora?

— Nunca — murmurei — nunca pensei que pudéssemos ser mais unidos do que agora.

— Podemos — disse ela, e sua voz era quase um sopro.

— Como?

— Mortos.

Então eu me ergui, e o encanto se desfez:

— Que nos adiantava, mortos?

Ela arrastou-me de novo, colou os lábios aos meus — e naquela ânsia havia um convite que não se expressava mais com os termos da dúvida, mas que surgia decisivo, marcando seu lugar como uma ordem ditada sem pudor. Não era simplesmente o amor que ela desejava, mas a fusão, o aniquilamento. E eu aceitava morrer, fechava os olhos, atirava-me ao desconhecido — nossos corpos se fundiam. O tempo cessava de contar, as formas desapareciam no exterior sem barreiras. Num ou noutro momento, é verdade, sentia voltar a mim a consciência, e com ela insinuar-se em meu espírito a hesitação e o temor. Mas isto não durava senão um segundo e, voltando a afogar-me nas trevas, eu dizia a mim mesmo que se houvesse possibilidade de atravessar a barreira que cada um representa para o outro, nós o havíamos feito naquela hora.

37. Depoimento de Valdo

Ela estava diante de mim com a carta, e suas mãos tremiam. Minha dificuldade era explicar como eu a havia surpreendido, pois jamais acreditaria em mim — e a verdade é que fora tudo uma simples obra do acaso. Passava pelo corredor, quando ouvi um ruído, pouco distinto no princípio, mas que lembrava o esforço de uma pessoa movimentando-se entre móveis, num ambiente apertado. A porta estava trancada, e confesso que não vi de pronto nenhum motivo para forçá-la. Foi preciso que o rumor se repetisse, desta vez acompanhado de um outro som que me pareceu ser o de um gemido — como vindo de uma pessoa que se lamenta — para que eu me decidisse a investigar o que se passava. Não, a porta não estava trancada e eu rodei o trinco sem grande dificuldade. Devo explicar de início que essa porta era a de uma pequena câmara contígua ao meu quarto de dormir, e que sempre estivera mais ou menos abandonada. Minha cunhada Ana ali ia algumas vezes, empilhando nela roupas ou objetos sem uso ou de uso não imediato. Nela, minha mãe havia também armado outrora um oratório de Nossa Senhora das Dores, e era esta a peça que ocupava o centro do quarto, com uma banqueta forrada de veludo, já muito gasto, para os que quisessem se ajoelhar. Sabia que era ali também que se achavam recolhidos alguns objetos de seu uso particular, que Demétrio não permitira que fossem distribuídos entre os empregados, e que formavam o acúmulo de todas as lembranças deixadas após sua morte.

Assim que abri a porta, não distingui de pronto quem lá se achava, mas vi que havia um vulto debruçado sobre a cômoda que suportava o oratório, e que se voltou para mim assim que percebeu por detrás a claridade da porta aberta. Mas não tardou muito que se exprimisse:

— Quem é? — indagou, e pela voz eu reconheci que se tratava de Nina.

Juro que se desde o instante inicial eu soubesse que se tratava dela, jamais teria entrado. Mas agora, mesmo que não o quisesse, era difícil convencê-la de que surgira ali por mero acaso, e que não era movido por intenção alguma. Pensei em retroceder, mas isto também não me seria fácil: minha silhueta devia recortar-se com clareza no espaço da porta aberta. Então, do fundo onde se achava, ela investiu contra mim:

— É você? Por que está me espionando?

Nossas relações, há muito, haviam se estabelecido num plano de simples cordialidade. Eu havia deixado de procurar entendê-la, convicto de que não havia para o seu temperamento uma explicação racional. Não me importava mais que fizesse isto ou aquilo, e se bem que muitas vezes me surpreendesse acompanhando seus movimentos, ou tentando adivinhar-lhe a razão de um dos gestos, limitava-me agora a desejar que não sobreviesse entre nós nenhum aborrecimento profundo. E eis que de repente, inadvertidamente, vinha tombar em cheio num daqueles problemas cujo conhecimento tanto me desgostava.

— Você está enganada, Nina. Juro como nem sequer sabia de quem se tratava. Não teria entrado...

Ela atalhou, com voz onde era fácil perceber um ressaibo de cólera:

— Se não soubesse que eu estava aqui.

Esperou que eu me defendesse ou que apresentasse uma razão em contrário, e como isto me parecesse supérfluo, convicto como eu me achava de que jamais chegaríamos a um entendimento, ergueu os ombros e concluiu:

— Sou eu. Há alguma coisa de mais nisto?

Sua atitude, como sempre, era de desafio. E no entanto, havia nela alguma coisa que fez com que eu não me afastasse logo. Em outra qualquer ocasião, se realmente minha presença fosse importuna, teria abandonado o quarto, batido a porta, que sei eu. Agora, apesar de suas palavras, e do tom irritado com que as pronunciara, havia certa humildade em sua voz, não uma humildade perceptível a quem não a conhecesse intimamente, mas uma fissura, uma nuança furtiva e desesperada, de alguém que se esforça para esconder um segredo que já não está mais em suas mãos. Direi melhor: a Nina que surpreendi era, não a Nina que se fora revelando aos poucos ali na Chácara, mas a outra, a antiga, a que me parecera tão necessitada de proteção quando a vira pela primeira vez na rua. Eu sei, para rememorá-la com tanta precisão, era preciso que eu a amasse ainda — esta ou a outra, que importa. Mas, que eu viva cem anos, e que aprenda a calar e a conter meus sentimentos, não posso imaginar que venha a conhecer outra mulher que possa me impressionar tanto. Ela não era para mim a aventura, mas o acontecimento decisivo.

— Você se engana, Nina. Mas já que estou aqui...

— Não sairá mais. É isto?

— Pelo menos, não antes de saber o que tanto a preocupa.

Ao acabar de pronunciar essas palavras, percebi um barulho de papel amassado e vi que ela escondia rapidamente a carta no seio. Depois, na penumbra, moveu-se em minha direção.

— Que quer dizer com isto? — e senti que suas mãos me tocavam.

Tomei-as, apertei-as entre as minhas, enquanto dizia:

— Você está chorando, Nina. Por quê?

Vi que ela estremecia e procurava escapar: não, ainda não era daquela vez que ela cederia à minha complacência. Mas forcei-a a permanecer, enquanto procurava dar às minhas palavras maior calor:

— Por que é que você não tem confiança em mim? — e ousando pela primeira vez tocar diretamente no assunto, avançando num terreno onde a sua possível fraqueza era a única coisa que me garantia a marcha — foi para isto que veio... que voltou? Ah, Nina, antes não tivesse me procurado de novo.

Mais uma vez, com uma surpresa que se renovava, percebi que minhas palavras não a irritavam; não procurou fugir, nem reagiu de qualquer modo. Frias, suas mãos continuavam entre as minhas. Creio que foi esta aceitação, real ou não, que me levou a ir mais longe; senti o gelo fundir-se entre nós, enquanto ressuscitava um ambiente de confiança desaparecido há muito. No mesmo minuto, à triste realidade cotidiana que vivíamos, superpôs-se um afluxo de imagens, de possibilidades e de conquistas decididas. Ah, eu me julgava um homem maduro, livre dessas vagas de esperança e de otimismo. Entretanto, apertando-a contra mim, exclamei:

— Como poderíamos ter sido felizes, Nina!

Ainda desta vez, seu silêncio assumiu o aspecto de uma cumplicidade. Ao estreitá-la, no entanto, escutei o barulho da carta amarfanhada. Imediatamente precipitei-me do sonho em que me achava, ao centro de uma plena e dura realidade. De quem era, por que ocultara aquela carta? Comumente depositavam o correio sobre a mesa da sala de jantar, e ali cada um apanhava o que lhe fosse destinado. Mas aquela, eu não vira em que dia chegara, nem quem a depositara sobre a mesa. Por um momento hesitei em tocar no assunto, receoso de romper a atmosfera que tão imprevistamente se tinha estabelecido. Mas a curiosidade, o ciúme latente, foram mais fortes do que eu:

— De quem é, que carta é esta?

Ela desprendeu-se devagar e, ainda daquela vez, sua reação não foi a que eu esperava.

— Valdo, preciso conversar com você. Mas é melhor que saiamos daqui, este quarto apertado não me faz bem.

O que quer que estivesse acontecendo, compreendi que havíamos chegado a um instante decisivo. Havia nela uma calma, uma lassidão, um abandono, que não me pareceram bons indícios. Ao mesmo tempo várias ideias me passaram pela cabeça — coisas que eu vira, outras de que apenas suspeitara, este ou aquele detalhe concreto — e a tudo isto superpuseram-se imagens, traduzindo todas elas uma expressão sua em momentos diferentes, misteriosa aqui no minuto da descoberta, mas que à luz das palavras que acabava de pronunciar, adquiririam uma vitalidade renovada e denunciadora. Não sei se por influência de Demétrio, que desde o início prognosticara coisas sombrias, a figura de Nina estava para mim ligada à de um desastre que deveria acontecer — quando? — não sei, mas como todos os desastres, na ocasião em que estivéssemos menos prevenidos. Ora, ao se expressar assim, de novo o medo antigo flamejava a essa ameaça, e eu via cristalizar-se rapidamente no horizonte este mal cujo nome ou forma eu ignorava qual fosse.

Abandonamos o quarto e sentamo-nos na sala. No início eu não disse coisa alguma, esperando que ela tomasse a deliberação de falar. Assim ficamos quietos durante algum tempo, não mergulhados propriamente naquilo a que se poderia chamar de mal-estar, mas nessa indecisão peculiar às pessoas que temem afrontar um assunto importante, o que longe de lhes diminuir o alcance, aumenta-o de singular gravidade. Mas não demorou muito e ela começou a falar — e sua voz tinha o mesmo timbre da que eu escutara no quarto, era surda, pausada, mas denunciando não sei que fissura em seu enunciamento. Temor? Indecisão? À proporção que falava, o problema ia se revelando. Disse-me que estava doente, e supunha que seu mal fosse grave. (Antes de prosseguir, devo confessar: nos primeiros instantes, apesar de tudo, não acreditei no que dizia. Lembrava-me que Betty revelara dias antes que ela havia queimado os vestidos. Achei singular a atitude, fui ao guarda-roupa comum que usávamos, esperando que a informação não passasse de um engano. Não, não havia engano — o guarda-roupa se achava realmente vazio. Ora, poderia estar doente, e gravemente doente, uma mulher que se preocupava a este ponto com suas roupas? Que desejava ela, senão *toilettes* novas?) Mas ao mesmo tempo que ouvia e duvidava, dois fatores importantes pesavam na balança, e a favor do que ela me dizia: primeiro, o som de sua voz, segundo, sua alteração física. Tentei então investigar em que, ou de que modo caracterizava ela essa doença. Calou-se um momento, como se procurasse a resposta que iria dar. Depois perguntou-me se não era possível aceitar o que ela dizia sem maiores detalhes. Respondi que era uma crueldade, e que deste modo apenas conseguiria arrebatar-me qualquer possibilidade de sossego. "Não é esta minha intenção", disse-me; "é que eu não tenho certeza do que se passa comigo." Pelo que avançou então, cheguei à conclusão de que apenas "suspeitava" que estivesse doente. Objetei que isto não era motivo para se desesperar, e nem para chorar escondido. Em outra época, em outra circunstância, essa observação da minha parte só poderia tê-la irritado. Agora, o que equivalia a um positivo sinal dos tempos, não demonstrou nenhum sentimento mais forte e, mais do que isto, não reagiu de modo algum. Apenas teve um leve erguer de ombros e declamou: "É que ando um tanto cansada de tudo". Por que não dizer? A desconfiança insinuou-se novamente em meu espírito. Nada lhe faltava, tinha tudo o que desejava, vivia uma vida descansada e sem problemas — cansada então de quê? A ideia de uma vida secreta percorreu-me como um calafrio. Perguntei-lhe se não podia precisar, fornecer um dado qualquer sobre esta hipotética moléstia. Respondeu-me calmamente que não se tratava de uma hipotética moléstia. Aturdi-me, e durante certo espaço de tempo fiquei sem saber o que pensar. Foi ela própria quem veio em meu auxílio: se fosse o pior, indagou-me, que importava? Estranho destino, o da verdade. Escutando essas últimas palavras, tive a fugidia percepção de que ela não me enganava. Alguma coisa séria estava acontecendo. Mas de tal modo achava-me habituado aos seus subterfúgios, que isto não durou mais do que um momento. Voltei a fitá-la — e tive certeza de que mentia. Mas deveria haver naquela conversa um objetivo, um ponto oculto a ser alcançado. O melhor seria conter minha impaciência e esperar que atingíssemos naturalmente o alvo. Ela recomeçou a falar — e desde que me sentara, foi a primeira vez que senti vergonha pelos sentimentos que alimentara enquanto havíamos estado no recesso da câmara. Sua narrativa não era nem banal e nem extraordinária — era apenas idêntica à de alguém que desejasse mentir, e acreditasse totalmente na ingenuidade do seu interlocutor. Mentiu — e como não podia deixar de ser, já que acreditava no meu amor sem restrições — não teria tanta audácia se assim não julgasse — e supunha desse amor a possibilidade de todas as fraquezas, até mesmo a de não acreditar, e aceitar a mentira como uma possibilidade de verdade, exagerou — e pintou de sua doença um quadro que me pareceu bem distante de ser sincero. Não era propriamente dramática ao se exprimir — era veemente. E a veemência naquela mulher, pelo menos em determinadas circunstâncias, tinha raras oportunidades. Podia supô-la morta — ou moribunda, o que vinha a dar no mesmo — mas jamais uma mulher submetida às aflições, às agonias da doença. O que ela dizia — e nem eu tenho coragem para me lembrar de tudo — amesquinhava-a. E enquanto ela falava, e sua palavra escorria livremente, não era no sentido do que dizia que eu prestava atenção, mas na sua proximidade, no seu perfume. Experimentava-me: vendo-a diminuir-se pelo seu esforço em se tornar mesquinha, indagava de mim mesmo se o seu contato ainda me perturbaria tanto. Creio que ainda daquela vez, a vitória lhe pertencia. Cerrei os olhos, sem ouvir, apenas sentindo que todo eu me crispava. Foi a esta altura, possivelmente adivinhando o que se passava, que ela disse:

— Devo partir. Tenho de partir — e era evidente que havia adquirido sobre si mesma uma absoluta calma.

— Por quê?

— É necessário que eu veja um médico do Rio.

Aí estava: havíamos chegado ao ponto decisivo. De novo se renovava o clima antigo: partir, afrontar o mundo, esquecer — e eu me admirava. Ah, com que persistência se é o mesmo indivíduo, de que maneira idêntica o sofrimento se impõe, como se a dor fosse catalogada, e por desgraça nos tombasse em cima sempre do mesmo modo. E era tão absolutamente igual ao que sempre fora, que levantei a cabeça, surpreso de que tivesse me surpreendido.

— Nunca esperei outra coisa — disse. — Sabia que sua estada aqui seria apenas uma resolução passageira.

— Perdoemo-nos os insultos e as incriminações — disse ela com vivacidade.

Sorri:

— E depois, que há de mais nisto? O erro foi ter recomeçado, mas a esta altura esteja certa de que já me conformei com tudo.

Ela pareceu admirar-se do que eu dizia, e colocou a mão sobre meus joelhos:

— É preciso que você acredite em mim.

— Por que "é preciso"? Você iria de qualquer modo, não?

— Iria.

Ficamos em silêncio. Depois, como sentisse aplacar-se no meu íntimo qualquer vontade de discussão ou de represália, indaguei quando partia, se queria que eu a acompanhasse. Se o caso fosse realmente doença, por que não iria eu com ela? Poderia ter necessidade de alguém ao seu lado. Respondeu-me que preferia ir sozinha e — mais do que isto — tinha necessidade que eu permitisse que ela fosse sozinha. Aquela insistência pareceu-me esconder uma intenção mais profunda. Lembrei-me das roupas queimadas e não resisti — indaguei o motivo daquele gesto que me parecia tão insólito. Pela primeira vez, desde que havíamos iniciado a conversação, compreendi que havia conseguido irritá-la. "Oh, as roupas...", exclamou, e pelo tom com que o fizera, via-se que considerava o fato inteiramente destituído de importância. No entanto, e como explicação, declarou-me que já estavam muito velhas e haviam passado da moda. "Mas queimá-las!", insisti. "Poderia ter feito presente delas às empregadas." Desafiou-me com o olhar, respondendo, um tanto maliciosamente, que seu mal podia ser contagioso. Afirmei que não acreditava, e ela ergueu os ombros, simplesmente. Terminou dizendo que, por um motivo ou outro, havia queimado tudo. E num tom um pouco mais baixo: "Lembravam-me uma época de que eu não gostava". Esta explicação pareceu-me mais plausível. Finalmente indaguei se tinha intenção de comprar outras na viagem. (Esta última pergunta não era inteiramente destituída de senso; sabia que o dinheiro de que dispúnhamos se achava cada vez mais reduzido e que Demétrio, com o livro de contas nas mãos, vivia anotando despesas supérfluas e inventando excessos que poderiam redundar em economias.) A isto, respondeu-me secamente: "Não". E nossas explicações terminaram aí.

Praticamente não tínhamos chegado a acordo algum, nem eu dera meu consentimento. Mas à medida que ia analisando a situação, compreendia que ela agiria a seu modo e que interpretaria meu silêncio como uma aquiescência. Não voltamos a tratar do assunto, se bem que eu tivesse certeza, nos dias que se sucederam, que ela não cuidava de outra coisa senão da sua partida. Assim é que, um dia, aproximou-se de mim:

— Parto amanhã, Valdo.

Concordei com a cabeça, imaginando o que diria desta vez meu irmão.

38. Diário de André (VII)

5 — Está consumado: ela partiu. Não a vi quando saiu de casa, mas corri até um desvio da estrada e coloquei-me à espreita por trás de uma árvore. Ventava, um vento morno, pesado, que arrastava de longe uma enorme quantidade de folhas secas; o céu, escuro, prenunciava uma tempestade que provavelmente nunca chegaria a desabar. Assim que ouvi o barulho das rodas da charrete, meu coração pôs-se a bater tão forte que fui obrigado a levar as mãos ao peito. Lá ia ela, sozinha, ao lado do cocheiro; trazia um xale que lhe cobria quase metade do rosto, o que lhe dava um aspecto estranho. E tão pálida, tão pálida, meu Deus, que mais parecia um espectro do que um ser humano. Não suportei muito tempo aquela visão, meus olhos se enevoaram, vi tudo trêmulo e ocultei o rosto entre as mãos. Mesmo assim ainda escutava o barulho das rodas, que ia diminuindo — e aquilo me causou uma dor tão forte que era como se separassem uma metade de mim mesmo, e a outra metade, atirada ao incerto e ao obscuro, ali permanecesse e chorasse. Porque eu chorava, soluços secos e dilacerados, que me sacudiam o corpo inteiro. Como eu compreendia que o preço de toda afeição humana fosse essa dor crua e sem remédio; como eu dizia a mim mesmo, cegamente, que pouco me importava que esse afeto fosse pecaminoso ou não; e que bastava que eu me sentisse assim esfacelado, para saber que aquilo que me tocava era alguma coisa de puro e de vital — ah,

não soubesse eu ainda que toda forma de amor é um meio de suplantar-se a si próprio. Eu chorava, e no entanto aquelas lágrimas não me traziam nenhum alívio. Deixei-me escorregar ao chão, encostando o rosto ao tronco da árvore, os olhos fechados. (Enquanto em mim procurava fazer calar o tumulto desencadeado, enquanto em vão eu buscava o silêncio, ouvia as árvores batidas pelo vento, o pio dos pássaros sem abrigo, um rumor de água escorrendo — e admirava-me que o mundo pudesse conter tal sonoridade.) Não sei quanto tempo assim fiquei, sei apenas que ao reabrir os olhos, vi que era noite, e as estrelas brilhavam. Nuvens céleres, negras, corriam arrastadas pelo vento. Nunca estrelas haviam brilhado mais inutilmente. Levantei-me, olhos já secos, e comecei a caminhar — porém não era eu quem caminhava, nem possuía uma vontade consciente, nem era uma força íntima que me impulsionava, mas qualquer coisa exterior a mim, ou um simples impulso animal, incontrolável — ou finalmente esse não sei quê, que empurra os animais feridos e agonizantes para a beira da água. Sim, as estrelas brilhavam — mas era como se o mundo não existisse mais para mim, e as coisas que eu via e me cercavam, fossem apenas coisas desenhadas e vãs, sem nenhuma realidade positiva. Quem não conhece a tristeza, não pode saber o que era esse esvaziamento do ser, essa ausência de si mesmo, esse quieto que não significa a paz, mas o sossego de regiões condenadas, e que apesar de tudo ainda não conhecem a morte.

(A tristeza, como durante essas longas horas pude pensar no seu significado — não um sentimento, nem um impulso, nem sequer uma emoção — mas um estado permanente, uma natureza, um modo de ser. Decerto a casa é a mesma, com sua varanda, suas colunas, seus quartos e todo o poderoso mundo vegetal que a rodeia. E se dela subtraíram alguma coisa essencial — a alma, talvez — nem por isto se modificou sua fria estrutura de pedra e de cimento. Eu é que vago pelas suas salas vazias, sentindo que o ar se tornou irrespirável, e digo a mim mesmo que não importa nem que me vejam, nem que pensem coisa alguma a meu respeito. Importa fugir, salvar-me, pois tudo o que me cerca traduz um naufrágio, e tudo o que ainda subsiste em mim de instintivo, refugia-se na única coisa que não me deixa soçobrar: a recordação.)

Foi num dos primeiros dias, logo que nos conhecemos. Poder-se-ia dizer que o encontro se dera ocasionalmente, caso o lugar não possuísse uma característica perfeitamente estranha: tratava-se de um pequeno descampado junto ao muro da primitiva herdade, de que só restavam algumas pedras, e o capim alto cercando o espaço como uma cerca ondulante. Alguém, em data recente, deveria ter pensado em plantar ali uma horta ou qualquer coisa que fosse, pois um quadrado regular fora limpo, algumas árvores abatidas e as toras empilhadas de lado. Não prosseguira a tarefa, pois além do espaço limpo e das toras empilhadas, sobravam espalhados alguns torrões secos e trabalhados pelas formigas. Sentamo-nos num dos troncos, ela à sombra, eu um pouco mais ao sol.

— É bom para você — disse. — Está muito pálido. Por que não abre a camisa?

Obedeci, abrindo um dos botões, um tanto contrafeito.

— Oh, assim não — e ela riu.

Puxou-me, abriu-me de um só golpe toda a camisa.

— Assim.

Eu ofegava de emoção, envergonhado por exibir aquele tórax que sabia magro e quase infantil ainda. Ela olhou-me com atenção:

— Não se pode dizer que seja mais uma criança. Já é quase um homem.

Sua voz era calma, sem vibração. Apanhou um graveto no chão, encostou a ponta ao meu peito, abrindo ainda mais a camisa.

— Você precisa de sol, muito sol. Como pode passar todo o seu tempo nesta casa velha? Não há ninguém que cuide da sua saúde? — e expunha-me o tórax nu, como se avaliasse com desgosto e precisão os inumeráveis aleives que esse descuido havia me causado.

Quis explicar que praticava esportes, que gostava de andar a cavalo, de caçadas — e que o fato de ser franzino era da minha própria constituição, mas este reparo, no momento em que ia enunciá-lo, pareceu-me tolo e inoportuno. Também ela não me deixou falar, fez um gesto com o graveto e prosseguiu com volubilidade:

— Se você estivesse na capital, seria diferente. Lá os rapazes frequentam clubes, nadam, vivem livremente.

Àquela palavra "capital", alguma coisa iluminou-se dentro de mim, e durante alguns segundos alimentei a esperança de que ela fosse discorrer sobre a cidade, o Rio ou São Paulo, que eu conhecia apenas de revistas e fotografias, e que francamente nunca haviam me interessado, apesar de meu pai que insistia sempre: "Você precisa saber o que existe além dos muros desta Chácara". Mas apesar do inesperado encanto de que o assunto se revestia — ouvi-la, conhecer sua vida, que outra coisa me importava? — ela não reparou em minha expectativa e continuou a falar a meu respeito:

— Admira-me, com tal falta de exercício, que você ainda tenha esta constituição. (Examinava-me meticulosamente, com ar frio, passeando o olhar sobre meu peito — as costelas, arqueadas, repontavam sob a pele — detendo-se ora aqui (uma cicatriz) ora ali, exatamente no lugar do coração, que batia forte e descompassado.) E assim, através dos seus olhos, eu descobria meu próprio corpo, e aquilo que até aquela data não tinha tido realidade para mim, minhas costelas, o pelo ralo, os ombros pouco desenvolvidos, tornaram-se ombros, pelos, costelas, com a responsabilidade e o peso de um ente vivo, adquirindo forma no mundo em que vivíamos. Coisa curiosa, não era eu, era um mapa o que ela ia investigando — e o que mais temor me causava, é que também visse por dentro e adivinhasse aquele coração que batia descompassado. O exame prosseguia, enquanto eu obedecia automaticamente à sua ordem:

— Mas vamos, fique de pé, quero vê-lo inteiro.

Achava-me de pé, e era como se estivesse nu. Não podia dizer que tremesse, mas dentro de mim havia um insopitável pânico. No entanto, sua voz pausada, mais do que seus olhos semivelados, retransmitiram-me o equilíbrio. Devagar fui perdendo aquela sensação de que me achava nu, e o sol, que antes não me causara nenhum efeito, agora escorregava ao longo do meu corpo, insinuando-se morno e carinhoso como um óleo doce que se derramasse sobre minha pele.

— Muito bem, muito bem — disse ela afinal. — Não é em nada inferior aos rapazes da cidade. Estimo muito que seja assim. — (Tocou-me novamente com a vara.) — Há neste corpo uma energia contida que muito me agrada.

Não sei se por esquecimento ou intenção, a vara escorregou até meus joelhos.

— Pernas rijas — disse ainda — e músculos novos.

E de repente, com os lábios apertados, vibrou-me uma pancada forte sobre as pernas — um arrepio percorreu-me o corpo e abaixei-me, passando a mão pelo local onde devia ter ficado marcado o vergão, e que não se via, por causa do pano das calças. Uma emoção obscura, impetuosa, começava a subir pelo meu ser — meus olhos se turbaram. Levantei-me de novo e consertei a camisa. Já agora o sol escaldava-me a pele.

— Sente-se — disse ela num tom autoritário.

Deixei-me abater sobre o tronco vencido por um tremor que me sacudia todo e que em vão eu esforçava por dominar. Houve entre nós um silêncio embaraçoso; as palavras como que fugiam, inadequadas à emoção que, semelhante a uma bebida forte, ia se apoderando de nosso espírito. Em torno o mato fulgurava ao sol quente, enquanto uma espécie de vapor metálico desprendia-se das coisas. Para os lados do córrego retiniu o grito de uma araponga e, numa pedra não muito distante, moveu-se uma lagartixa adormecida até aquele instante. Esses detalhes, sem nenhuma importância, incrustaram-se com força ao meu pensamento. A pancada ainda ardia em minha perna e eu voltei a passar a mão devagar pelo lugar marcado. No fundo, eu era grato ao que ela me fizera, pois, desvendando-me o tórax, depois obrigando-me a ficar de pé diante dela, não o fizera no entanto como se faz a uma criança apanhada em falta, mas havia no seu gesto um tom perverso que me fascinava, e no seu olhar um tom severo e grave. De repente, e com uma simples pancada, ela me fizera ver a minha dignidade, e do menino que encontrara sentado naquela clareira, fizera de repente um homem um tanto surpreendido ainda, mas já pronto a trilhar o seu caminho. Muitos anos mais tarde, ao lembrar-me desse gesto, sentiria na carne um gosto fremente e voluptuoso — e não raras outras, sem conter a sensualidade atuante no meu ser, era sob a forma brusca e crispada de uma vergastada que ela surgiria, como se um eco longínquo, vindo da infância, repetisse o gosto acre de sua extraordinária descoberta. Olhando-me como a um homem, ela ultrapassara talvez sua intenção, e me fizera um homem.

Agora voltara a falar, um comentário qualquer sobre o calor, ou a vida na Chácara, mas o que falava, como fatos acontecidos numa outra época ou em margem diferente àquela em que nos achávamos, não tinha eco e carecia estranhamente de qualquer realidade.

Algumas noites mais tarde — lembra-me, e com que amarga e deliciosa clareza — sucedeu uma outra cena que bem podia ser narrada como o complemento daquela. Havia anoitecido há muito, e um luar franco, desatado sobre o jardim, não conseguia amenizar o calor que reinava. Como me debruçasse à varanda — num gesto mais do que habitual, mas que naquela noite, não sei por quê, pareceu-me diferente e intencional, uma data a ser marcada entre as outras — vi um vulto sentado junto ao pequeno lago de pedra existente no centro do jardim. (Era uma fonte comum, circular, com bordas cravadas de conchinhas; o repuxo, dividido numa série de jatos, perpetuamente avariado, tinha ao centro uma cegonha triste a que já faltava uma das pernas.) Não foi preciso muito para que eu me certificasse de que era Nina quem se achava à borda da água. Como sempre, reinava completa tranquilidade na casa: meu pai ressonava na rede, e esta era, possivelmente, a única nota desigual no concerto uniforme de todos os dias. É que ele nunca se estendia na varanda após as refeições, e se o fizera daquela vez, fora sem dúvida por causa do calor, e a fim de aproveitar a brisa que soprava do jardim. O restante dos moradores devia andar pelos quartos e não havia nenhum perigo de encontrá-los em meu caminho. Assim, desci devagar e, já pisando a areia do jardim, tomei um rumo incerto, como se estivesse apenas procurando o benefício do luar. Ora, para os lados do tanque é que ele se mostrava mais forte, e varando as folhas que formavam um dossel mal fechado, escorria até a água numa única e imensa coluna cor de leite. Encaminhei-me em sua direção, assoviando uma música qualquer. É possível que ela já tivesse me visto desde o princípio, desde o momento em que me debruçara à varanda, mas assim mesmo, deparando minha silhueta recortar-se de súbito diante dela, fingiu um pequeno susto:

— Ah! — disse.

— Que foi? — e eu dirigi francamente meus passos ao seu encontro.

— Nada — disse ela — estava distraída.

— Assustou-se?

— Um pouco — e fez um gesto indicando-me o rebordo do tanque: — Por que não se senta também?

Sentei-me ao seu lado, tão próximo que nossos joelhos se tocavam.

— Como a lua está bonita hoje — sugeri, num começo de conversa. E ante a luz que oscilava batida pelo vento, esta observação banal não me pareceu descabida e nem inoportuna.

Ela levantou a cabeça e eu observei o torneado macio de sua garganta, onde não luzia nenhum adorno, mas que nem por isto deixava de ressaltar sua linha de clássica pureza.

— É. Na cidade a gente não repara no luar.

E riu, um riso breve e contido.

— Gosta?

— Gosto.

Olhou a luz que branquejava o cimo das árvores, e eu pude reparar, nesta atitude onde se expandia uma invencível melancolia, o recorte grave de seu perfil. Naquela posição, o nariz pareceu-me ligeiramente aquilino, e isto em vez de emprestar à sua fisionomia um tom exótico, acrescentava-lhe, ao contrário, em força e plasticidade, muito do que nesse terreno ela perdia à luz difusa do sol. Voltou afinal a cabeça com um suspiro, estendeu a mão e mergulhou-a displicentemente no tanque.

— Apesar de tudo — comentou — a água está fria. Também mal saímos do inverno.

(Inverno, verão, como podiam existir para ela esses fatores? Julgava-a inútil e gloriosa como uma planta indiferente às manifestações do tempo. Ouvindo-a, imaginava que para mim só existia antes e depois da sua presença.)

Brincou com a água, fazendo a mão resvalar de um lado para outro, e formando pequenas vagas. No líquido escuro, sob a claridade da lua, eu via sua aliança que flamejava — e mais do que isto, a mão fina e pálida, indo e vindo ao sabor da água. Como um eco retardado, mas poderoso ainda, eu sentia a mesma emoção densa que me assaltara no dia em que ela me batera com a vara nas pernas. Suas formas femininas, como uma droga que começasse a atuar sobre meus sentidos, enchiam-me inteiramente os olhos. Lentamente, através de sua personalidade, eu me encaminhava à minha descoberta. Ela devia ter notado meu silêncio, pois ergueu a cabeça.

— Que é? — perguntou, e percebendo talvez o que se passava comigo, seus olhos brilharam com a mesma intensidade do anel debaixo da água. Movi a cabeça, deixando escapar um suspiro. Num repente, retirando a mão do tanque, ela exclamou:

— Veja só como está fria.

E espalmou-a contra meus lábios. Mais do que a frialdade, que era real, senti o perfume que se desprendia dela — e um esmorecimento, como uma vaga que se rompesse no meu corpo, tomou-me todo. Isto não durou mais do que um segundo — e ela retirou lentamente a mão.

— Lábios secos — disse. — Até parece que você tem febre.

Voltou a brincar com a água, sem no entanto afastar os olhos do meu rosto. Quieto, eu escutava a música do líquido roçando a borda do tanque, e era como se já tivesse ouvido aquilo há muito tempo, numa época esquecida de mim mesmo e dos meus sentidos, e o som apenas se repetisse, subitamente refeito, mas como um eco também prestes a se desfazer no vento.

— Escute, André — e a voz dela, agora, era mais baixa e mais cariciosa — queria perguntar-lhe uma coisa.

— Que é?

E ela, sempre movimentando a água:

— Você nunca beijou uma mulher... os lábios de uma mulher?

Tive vontade de mentir — por que não? — de fazer-me mais forte, e dominá-la com o meu conhecimento, inventando mulheres, experiências perdidas à sombra daquele jardim, atrocidades, entregas e rompimentos, mas a verdade veio impiedosamente aos meus lábios:

— Nunca.

Então ela se inclinou para mim — sinto-a ainda, se fechar os olhos, os seios tocando meus braços, o perfume do seu corpo subindo-me ao rosto — sinto-a ainda, tão viva como se ainda guardasse na pele a pressão do seu contato — e colocou de novo a mão sobre meus lábios, não como o fizera antes, mas premindo-os, entreabrindo-os numa ligeira violência, roçando neles os dedos, vagarosamente, de um lado para outro.

— Pois é assim... assim... deste modo frio... está vendo?

Depois, sem que eu ousasse dizer ou fazer qualquer coisa — dir-se-ia que a emoção me paralisara — ela pôs-se de pé.

— É tarde — disse — preciso ir para dentro.

Fitava-me do alto, e eu sentia a rapidez com que o encanto ia se desfazendo. Ainda esperou um minuto e, afinal, lentamente, afastou-se em direção a casa. Vi o vulto nítido recortar-se à luz da lua. Devagar, ela atingiu a escada, subiu, estacou um minuto — olharia para o meu lado? — e desapareceu dentro de casa. O deserto cercou-me brutalmente. À superfície da água, agora imóvel, deslizava um inseto de asas furta-cor. E no entanto meu coração ainda batia, e bateria por longos momentos em que ali haveria de permanecer, sem forças para me levantar. O inseto rastejou sobre o tanque em dois ou três voos rápidos, criando uma série de círculos concêntricos, depois ergueu voo e desapareceu com um zumbido entre a sombra das mangueiras. Durante algum tempo qualquer coisa ainda pareceu tremer no ar — e finalmente tudo se aquietou. Fascinado, num gesto incontrolável, mergulhei as mãos na água, molhando o rosto uma, duas, três vezes. Mas por mais que o fizesse, e repassasse os dedos sobre os lábios, não encontrava mais a origem da emoção que ainda me subjugava.

* * *

    Sentado sob a árvore, ou noutro lugar que supunha isento de qualquer espécie de memória, revivi essas e outras cenas, incansavelmente. Que adianta narrá-las neste caderno? Nenhuma delas, por mais forte que seja, fará reviver o bem que eu perdi. (*Escrito à margem*: Naquele dia, ao traçar essas linhas, imaginava que a houvesse perdido para sempre. Ainda não estava a par do que se passava. Mas não tardaria muito em comprovar que significado exato tem o "para sempre", quando dito de um modo onde não sobra nenhum lugar para a esperança, nem mesmo a mais remota, se não for esta outra esperança, tão mais desesperada, que é aquela feita pela obstinação dos santos e dos loucos.)

    E apesar de tudo, basta fechar os olhos, para reviver tal ou tal passagem — um dia, na escada, em que me deu a mão a beijar — um outro, em que foi passear a cavalo comigo e atolou-se num pântano (lembro-me de seu vulto de amazona improvisada, gritando e rindo dentre as touceiras de açafrão e tabebuia…) — e outro ainda, em que se desnudou num brusco gesto de liberdade, a fim de experimentar a água de um rio que se arredondava em remanso — ou aquele, mais recente, em que fingiu estar zangada comigo, e passou o dia inteiro — que suplício! — sem levantar a vista para mim — e mais este em que a surpreendi remexendo meus papéis — "Que é isto? Um romance? Um diário?" — e finalmente aquele em que, lamuriosa, queixava-se de dores, pontadas de lado e, para que eu observasse bem o seu mal, premiu minha mão com força sobre o seu seio, e esfregou-a de leve, até que eu o sentisse alçar-se túrgido ao meu contato…

    Adianta no entanto pensar, rever? À força de repisar esses fatos, perdi deles a noção real, misturei uns aos outros, confundi tudo — e mal ou bem, sob o esforço de uma verdade ou de uma fantasia — o nome não importa — fui vivendo as horas que me eram dadas, aprendendo que há modos e modos de ser homem — e o menos digno deles não era, por certo, o que nos faz viver calados e sozinhos em meio aos escombros de todos os sonhos que criamos.

    (*Escrito com a mesma letra à margem do caderno, tinta diferente*: Tantos anos passados, e eu ainda não esqueci. Amar, amei outras vezes, mas como se fosse um eco desse primeiro amor. Não são pessoas diferentes as que amamos ao longo da vida, mas a mesma imagem em seres diferentes. Também me desesperei de outras vezes, até que me desesperasse não mais do amor, mas do fato humano. E agora que este pobre caderno veio novamente ter às minhas mãos, entre outros restos dessa casa que não existe mais, digo a mim mesmo que realmente não há grande diferença entre aquele que fui e o que sou hoje — só que, com o tempo, aprendi a domar aquilo que no moço ainda era puro desespero; hoje, calado, sofro ainda, mas sem aquela escuridão que tantas vezes me atirou contra as quatro paredes de mim mesmo, enfurecido — e que no seu desvario era apenas a tradução adolescente desse fundo terror humano de perder e ser traído, que nos acompanha, ai de nós, durante a existência inteira.)

39. Depoimento do Coronel

Quando cheguei, ela já se achava lá, o que sucedia pela primeira vez desde que nos conhecíamos. Estava lá, sentada diante de uma pequena mesa ao fundo do bar, e era visível a inquietação de que se achava possuída, pois remexia-se na cadeira, abria a bolsa, fitava-se ao espelho, tornava a fechar a bolsa, olhava a porta, suspirava — dava enfim todos os sinais de impaciência de uma pessoa que espera, estando acostumada a se fazer esperar. Desde o primeiro relance de olhos observei o quanto ela se achava transformada, mais velha, visivelmente mais magra, mais pálida. Quase que poderia dizer que lembrava extraordinariamente uma outra pessoa que tinha a mesma estatura e os mesmos traços — mas que não era ela. Devo também esclarecer desde já que não dera inteiro crédito aos termos mais do que amistosos de sua carta — havia nela, implicitamente, uma proposta — mas estava longe de esperar da sua parte uma atitude tão oposta ao modo com que me escrevera. Recebeu-me por assim dizer com uma verdadeira explosão de cólera: assim que me viu, pôs-se de pé, e amassava a bolsa entre as mãos, com incontida fúria.

— Ah, é assim que me trata? Pretende me humilhar a este ponto?

E sem esperar resposta, abandonou o lugar em que se achava, pondo-se a caminhar de um lado para outro:

— Escrevi aquela carta, mas não quero que pense que estou morrendo à míngua. Isto não. Ainda tenho o meu marido e não deixarei que pisem assim por cima de mim.

Esta cena provocou muito naturalmente a curiosidade dos garçons, que se enfileiravam junto à caixa e seguiam tudo com olhares maliciosos.

— Mas que houve, que tem você? — perguntei, finalmente.

Ela estacou diante de mim, as mãos na cintura:

— Que é que eu tenho? Ainda me pergunta?

— Mas, minha filha, se eu mal acabo de chegar!

(Mais tarde, rememorando comigo mesmo a cena, cheguei a compreender que tudo aquilo era apenas uma defesa de mulher, uma das defesas de Nina — ou melhor, pelo fato de ter escrito a carta, e porque julgasse que aquilo a humilhava, via-se compelida àquela recepção tempestuosa.)

— Por isto mesmo — e sua voz vibrava ainda — por isto mesmo. Onde já se viu deixar uma mulher como eu abandonada num bar desta espécie?

Não era um bar nem melhor e nem pior do que qualquer bar comum de uma cidade grande, com a particularidade de ser tão fechado quanto o de um hotel, com suas portas de vidro fosco e seus reservados divididos por tabiques de madeira. Além disto eu o escolhera por ser no centro da cidade, e poupá-la assim de qualquer inútil caminhada. Haveria outros mais luxuosos, mais requintados — nenhum mais adequado à nossa espécie de encontro. Aquela irritação, ao meu ver inusitada, quase me fez sorrir — ah, como o tempo altera pouco as pessoas, como Nina era idêntica ao que ela sempre fora — e assim, sem grande esforço, apenas por conhecê-la bem, é que encontrei logo o melhor meio de acalmá-la:

— Minha querida, vê-se que você está afastada dos hábitos cariocas. Este bar, apesar de modesto, é atualmente o bar da moda. Muita gente da sociedade vem aqui. E até artistas, gente de teatro.

Expiraram em seus lábios as palavras que ela já ia pronunciar e, circunvagando o olhar pelas paredes — curioso, dir-se-ia que só o fizera naquele instante, que nem sequer era capaz de imaginar em que lugar se achava — mudou de tom e disse:

— Está na moda? É claro que não conheço mais nada, você tem razão.

Sentou-se, afastando-se um pouco para que eu tomasse lugar ao seu lado. Encomendei dois aperitivos ao garçom, enquanto ela continuava a falar:

— Se você soubesse o que tem sido minha vida...

E detalhou uma série de privações e dificuldades. Enquanto falava, eu a ia examinando — e como não acreditar que dizia a verdade? Vestia-se mal, tão mal como nunca eu a vira, nem mesmo nos seus tempos de solteira. Podia supor, é verdade, que ainda fosse um daqueles truques, nos quais era tão fértil — mas força era convir que não se tratava de um truque sua palidez e seu ar abatido. Mais do que isto, certa rudeza na expressão, como se estivesse queimando cartas decisivas, e um tom desgarrado no olhar, que completava inteiramente aquele retrato de mulher desorientada e ferida por um fundo aborrecimento íntimo. Ouvindo-a, eu me condoía — e a antiga ternura, a ternura que eu nunca deixara de experimentar em relação a ela, mesmo quando só a tinha em pensamento, voltava a perturbar-me, e eu não distinguia mais em suas palavras o que era o bem e o que era o mal. Mentir, decerto que ela mentia, sem que eu soubesse por quê e nem de que modo — mas em outras épocas, e por causa daquela mesma ternura, não aceitara dela todas as ofensas e todos os desdéns? E eu a desejava naquela época, e seria capaz de todas as loucuras pelo menor dos seus sorrisos. Agora que não a desejava mais — ou pelo menos já aprendera a viver sacrificando a minha sede — por que não sofrer calado de novo suas mentiras, suas prováveis ofensas, não pelo que ela representava neste instante, mas em memória do que tinha sido? A piedade é um sentimento que agasta as mulheres, principalmente as mulheres como Nina, e eu sabia que ela jamais me perdoaria se percebesse que eu já não a amava mais do mesmo modo. Havia, é certo, a alegria de revê-la, o prazer de ouvir de novo sua voz, o calor de sua presença, que era sempre eficaz e atuante — por que pois não fechar os olhos e confundir tudo isto com o amor, não o velho amor, mas um outro, mais compreensivo e mais calmo?

— Nina — disse-lhe eu — disponha de mim como sempre o fez. Acredite que entre nós não mudou coisa alguma.

Ela fitou-me com olhos úmidos:

— Tinha certeza disto — disse. — Não poderia morrer sem ter escrito aquela carta.

— Trago-a sobre o coração — afirmei, apontando o peito.

Ela suspirou e voltou a cabeça de lado. Nesta posição, assemelhava-se bastante ao que tinha sido. E vendo-a tão idêntica ao que fora no passado, só podia constatar, com melancolia, que realmente eu é quem envelhecera, pois se ainda sabia como admirá-la, perdera no entanto o segredo da minha adoração.

— Vim para ficar — disse, e olhou-me de lado, rapidamente — para sempre.

A afirmação vibrou gravemente no silêncio. Ela deixou escoar certo tempo sobre esta última palavra, depois acrescentou:

— Sei que não acredita em mim, mas posso jurar que desta vez sou sincera.

Era o mesmo tom antigo, o mesmo artifício, a mesma coisa de sempre — e como poderia eu dizer a ela que tudo aquilo já não era necessário, que eu a ajudaria do mesmo modo, que teria de mim tudo o que quisesse, se tivesse necessidade de desconhecer tanto a lucidez do meu sentimento? Mas se eu não podia elucidar coisa alguma, pelo menos podia perceber no seu jogo de cena a intromissão de um fator até aquela data inédito para mim: uma pressa, uma ânsia, quase um excesso em patentear seus últimos e mais conhecidos recursos. Foi isto que, por um momento, prendeu-me mais longamente às suas palavras. Que se passava, que havia nela que assim justificasse aquela premência? Deixei-a falar com liberdade — e à medida que ela se exprimia, e revelava ao mesmo tempo a urgência de que se achava possuída, eu ia compreendendo o quanto realmente mudara, e o quanto nela, atualmente, era diferença essencial. A pressa não era uma causa, era uma consequência — ela apressava-se por alguma coisa. E essa alguma coisa, força era convir, ia desenhando aos poucos diante de mim não uma realidade que se pudesse chamar de viva, mas ao contrário, esmaecida, apenas como um prenúncio da verdade inteira que flutuava por trás de sua face. As ligeiras rugas em torno dos olhos, um desfalecimento no canto dos lábios, a pele já sem o atraente acetinado — como não ver, como não sentir que sua beleza atingia o fim? Uma piedade enorme encheu-me o coração — era apenas uma mulher que perdia o encanto e sabia que o estava perdendo. Não o perdera completamente ainda, mas um terço pelo menos, e este terço ausente, que ela devia medir e tornar a medir diante do espelho, espaçando as rugas e examinando os olhos, substituía-o agora por uma ficção, que era o emblema do que já não possuía mais. Bem? Mal? Que importa — jamais suficientemente bem para enganar um homem que fora escravo precisamente da totalidade desse encanto. Ah, como eu me felicitava por não lhe ter demonstrado desde o início a minha piedade. Como eu me louvava, como me achava disposto a permanecer bloqueado naquele silêncio passível de todas as concessões! Ela sorveu com acentuado gosto dois ou três goles do seu aperitivo, depois voltou os olhos para mim:

— Iremos de novo àqueles belos lugares, não?
— Onde você quiser.
Rememorou:
— Ao cassino... lembra-se? E a teatros, cinemas, bailes!
À medida que ela enumerava, eu ia concordando com a cabeça, se bem que sentisse, não sabia por quê, que tudo aquilo se achava inexplicavelmente distante, talvez irrecuperável.
— Mas — continuou ela abaixando a cabeça — não tenho roupa, não me visto mais como antigamente.
Ela própria vinha ao meu encontro e facilitava minha curiosidade:
— Que houve, que aconteceu aos seus belos vestidos?
Pousou a mão sobre a minha, como se desde o início houvesse necessitado de minha aprovação, e só o demonstrasse naquele minuto:
— Desfiz-me deles, queimei-os. Pesavam-me — era visível que havia um tremor em sua voz — e representavam demais uma época passada.
Tomou o copo entre as mãos e apertou-o, como se formulasse um voto:
— E eu quero viver uma vida nova, ter outras roupas. Se continuar fechada naquela Chácara, apodrecerei de tristeza. Foi por isto que eu lhe escrevi.
— E eu respondi; não recebeu a carta?
Ela riu — e foi a primeira vez que o fez, readquirindo, por um rápido milagre, um pouco da mocidade que perdera:
— Ah, o esforço que "ele" fez a fim de saber com quem eu me correspondia!
— "Ele"?
— Sim, Valdo.
Era evidente que sentia um prazer moleque em ter enganado o marido. Em momentos como aquele, eu não podia deixar de admirá-la.
— Ele nunca soube? — perguntei.
— Não. — E depois de um momento: — Nunca.
Envolveu-me num olhar que respondia em definitivo a todas as minhas dúvidas. Comigo mesmo pensei: ah, que também nela o pudor se esvaía com o tempo. Repentinamente senti uma grande saudade da Nina que eu conhecera, e que se me afigurava tão diferente daquela que agora tinha diante dos olhos. Mesmo assim, afirmei:
— Você terá todos os vestidos de que necessitar.

— Eu sabia — disse ela — eu sabia que me diria isto. Obrigada. Ah, como é bom saber que se vai viver de novo, que os belos dias voltarão!

Talvez houvesse entusiasmo no seu modo de se expressar, ou qualquer coisa que se assemelhasse ao entusiasmo, não sei, mas posso garantir que apesar disto reconhecia-se no tom com que se exprimia uma indisfarçável tristeza, como se ao falar estivesse designando somente um objeto ausente e perdido, e não uma possibilidade de existência nova, que realmente lhe causasse prazer. Isto transmitiu ao resto do nosso almoço uma invencível melancolia — e foi com um suspiro de alívio da minha parte que o terminamos, ela quase sem tocar nos pratos que pedira. (Outro traço significativo: hesitava na escolha, indagava sobre um e outro, para se decidir afinal por vários, que mal provava.)

Levantamo-nos, dispostos a aproveitar o fim do dia a fim de efetuar algumas compras. Eu percebia de modo bastante claro que este era o maior desejo dela e, se bem que não fosse rico, achava-me disposto no entanto a queimar em seu favor algumas das minhas economias de solteirão. Ela deu-me o braço, familiarmente — e este gesto, que antigamente me teria causado enorme perturbação, hoje era causa apenas de uma certa nostalgia — agradável, é claro — ao constatar que sempre obtemos, se bem que algumas vezes tarde demais, aquilo pelo qual batalhamos a vida inteira. Via-se que ela havia perdido um pouco o contato com a vida da cidade, pois andava com cautela, como se a multidão a assustasse.

— Sente-se mal? — perguntei.

— Não — respondeu-me. E com um gesto vago: — Esta gente toda...

Não sei a quantas lojas fomos — lojas de sapatos, de vestidos, de bugigangas e até de joias. No princípio ela escolhia com temor, mirando e remirando o objeto, as mãos ainda tímidas. Mas com o tempo foi se animando e, já no fim, escolhia a esmo, um tanto frenética, a testa molhada de suor.

— Calma — disse-lhe eu, observando sua crescente palidez — temos tempo. Amanhã escolheremos mais.

Ela me fitou com olhos severos:

— Amanhã? — e inclinou a cabeça para trás, um riso afetado nos lábios. — Já sei, tem medo de que eu vá embora, não é? Não disse a você que vim para ficar — que é para sempre, para sempre?

(Estranho: à medida que aquelas palavras soavam, eu sentia perfeitamente o quanto de falso existia nelas. Agora que tudo já passou, e que redijo este depoimento, sem outro intuito senão o de restabelecer a verdade e eximir de certas culpas uma memória caluniada, indago de mim mesmo se não teria sido eu o culpado, se desde o princípio, inconscientemente, não demonstrara a minha descrença no seu possível gesto. Porque, nos meus atos, na minha falta de reação, no meu silêncio, havia implícita uma recusa. Talvez eu é que a estivesse recusando, na única vez em que ela realmente se ofereceu — e quem sabe, apesar do tom falso, não teria ela vindo de fato para ficar, e de modo definitivo como apregoava?)

De qualquer modo senti que era vão naquele momento tentar fazê-la compreender o que quer que fosse — toda a sua pessoa, sua ambição e sua vontade, achavam-se impulsionadas para determinado objeto e eu perderia meu tempo se tentasse desviá-la de sua meta. Assim, limitei-me a assisti-la no seu pequeno delírio: comprou sedas que nem chegava a apalpar, flores, veludos, roupões próprios para a noite, cintos e fivelas — e ainda mais um chapéu que se achava no rigor da moda, e luvas de pelica, e uma pele apropriada ao inverno mais rigoroso — despendendo com isto, posso afirmar, uma pequena fortuna. Lá se ia não parte, mas quase que a totalidade de minhas famosas economias. Ela ensaiava, experimentava, exibia-se diante dos espelhos e, por mais que fizesse, que erguesse os ombros e ensaiasse os decotes, e pedisse para mandar apertar determinadas pregas, eu percebia, com estupor, que tudo aquilo era feito mais ou menos automaticamente, e que ela nem sequer dava conta de sua própria imagem refletida nos vidros.

Quando terminamos, ou que pelo menos ela julgou chegado o momento de encerrar as atividades daquele dia, já era tarde, o céu escurecera. Ao longo das ruas as luzes haviam se acendido, os cafés e as calçadas regurgitavam. Havia por toda parte esse ar estival, morno, acariciante e comunicativo que se nota no Rio à entrada do verão.

— Vamos tomar alguma coisa gelada? — propus.

— Oh! — disse ela levando a mão à boca — e eu que ia me esquecendo!

— Posso saber de que se trata?

— Uma coisa importante — esclareceu. — Você decerto — e olhou-me desconfiada — você decerto não se incomoda de esperar um pouco?

— Não, não me incomodo.

— Sentado num bar, enquanto faço uma visita?

— Sentado num bar — concordei.

Então, bruscamente, deteve-se no meio da rua, indiferente às pessoas que passavam, e obrigou-me a fitá-la. Pela intensidade do seu olhar, era possível supor que fosse aquela a primeira vez que me via.

— Mas você não gosta mais de mim, não gosta mais de mim! — exclamou, sufocada.

Nunca havíamos empregado entre nós a palavra "amor", nem mesmo sequer a de "amizade" e nem nos aproximado de qualquer expressão ou símbolo que se assemelhasse a qualquer desses sentimentos, num recurso tão comum àqueles que por pudor ou fidelidade à verdade não ousam empregar palavras tão carregadas de sentido; assim, diante daquilo dito de modo tão inesperado, como uma exclamação de surpresa ou de desolação, senti uma súbita vergonha, como se acabasse de ser apanhado numa falta grave. E dizer que durante anos e anos eu não esperara senão um vislumbre daquele grito, um reflexo, por mais distante que fosse, e que pudesse se assemelhar, não ao amor, nem à amizade, mas a um pouco dessa ternura fugidia que se gasta com animais ou objetos que encontramos à nossa passagem — ou ainda a menos do que isto, a um simples gesto de condescendência, que não se recusa nem mesmo ao pobre que nos estende a mão. Havíamos portanto evoluído até àquela confissão nua, largada sem esforço, e eu me atrapalhava, porque já não sabia o que fazer dela, nem que caminho dar ao que exprimia. Devagar, quase triste, afirmei:

— Você se engana, Nina.

Ela se apoiou em mim como se o chão lhe faltasse debaixo dos pés — e durante algum tempo, olhos cerrados, vi que procurava vencer a própria emoção, reunindo todas as forças que lhe sobravam.

— Nina! — exclamei em voz baixa.

Ela desprendeu-se de mim e ergueu a cabeça, como se tivesse voltado à calma.

— Espere-me naquele café — e apontou-me uma casa perto. — Voltarei logo.

— É assim urgente o que tem a fazer?

— É urgente.

Levantei os ombros e deixei-a partir. Mas enquanto pude, acompanhei-a com os olhos: ela tentava romper a multidão e caminhava um pouco pensa para o lado, como se estivesse ferida. Não sei que impulso, que ideia ou pressentimento — ou tudo isto junto — percorreu-me naquele minuto, sei apenas que saí atrás dela, esbarrando nuns, empurrando outros, esforçando-me para não perdê-la de vista. Lá ia ela no mesmo andar apressado e curvo. Cheguei a temer aproximar-me demais, pois caso ela se virasse, poderia deparar imediatamente comigo, mas coloquei a ideia de lado, convicto de que a força cega que a impulsionava jamais permitiria que ela se voltasse para trás. Deste modo, quase pude novamente tocá-la. De vez em quando, como retardasse o passo, podia ver-lhe o rosto contraído, duro, como sob o efeito de uma vontade implacável. Caminhou mais um pouco, até que estacou diante de uma porta onde havia uma placa de médico. Imobilizei-me também, sem que aquilo me causasse grande surpresa: aquela pressa, aquela ânsia, só poderiam encobrir coisa semelhante. Mas de que mal sofreria ela, qual a doença que parecia tê-la atingido de modo tão fundo? Vi que subia a escada e desaparecia lá em cima. Decidi-me a esperá-la, encostado a uma árvore.

Não transcorreu mais do que um quarto de hora e ela reapareceu, o mesmo aspecto resoluto. Resoluto? Que sei eu — com qualquer coisa de fixo, de fatal, impresso em sua fisionomia. Vendo-a, cheguei a estremecer: agora, era inteiramente uma outra mulher que eu tinha diante de mim. Se passasse ao seu lado na rua, sem ter notícia de que havia regressado, talvez não a reconhecesse. E não eram somente as circunstâncias do tempo, os aleives da idade que haviam trabalhado sua fisionomia: era um fator íntimo e obsedante de que eu ainda não sabia a origem, que sempre devera ter existido nela, mas que só agora vinha à tona, como esses detritos que repousam no fundo de um poço e um dia sobem, graças ao esforço da água remexida. "Terrível, estranha mulher", pensei comigo mesmo. E era a primeira vez que o pensava. Perturbado, deixei-a afastar-se primeiro, depois voltei ao bar onde havíamos marcado encontro. Será inútil dizer que esperei durante mais de duas horas, e que ela lá não apareceu. Daquela vez, não havia dúvida, revelava-se em toda a sua complexa engrenagem.

No dia seguinte, ao amanhecer, dirigi-me ao consultório do médico. Era uma sala pequena, acanhada, e via-se logo que não se tratava de um consultório importante. Se ela gastava tanto dinheiro em roupas e coisas fúteis, e se realmente estivesse doente, por que não procurava um médico de fama, alguém que lhe pudesse ser útil? (Ali, naquela pequena sala mal mobiliada e com adornos de mau gosto, eu ainda não podia compreender que a doença, para as mulheres que a vida inteira foram cortejadas, assume o aspecto de uma vergonha íntima, de um pecado horrível que é necessário esconder. Não poderia imaginar quem lhe dera aquele endereço, talvez tivesse seguido apenas a indicação de um anúncio de jornal, mas era evidente que viera de modo clandestino, e que escondia a consulta como um ato que a humilhasse.)

O tipo que surgiu à minha frente assim que toquei a campainha, não concorreu em nada para aumentar minha confiança.

— Que é que o senhor deseja? — perguntou-me.

Era um homem baixo, calvo, de óculos com lentes grossas. Por trás dessas lentes espiavam olhos duros e agressivos. Vestia um avental branco, com duas letras vermelhas entrelaçadas sobre o bolso esquerdo: R. M. Suas mãos pequenas, roliças e bem tratadas, pareciam frias e destituídas de qualquer piedade. Expliquei a que vinha, do melhor modo que me era possível. À medida que falava, sentia que me comprometia irremediavelmente aos seus olhos: julgava-me com severidade, enquanto eu tropeçava nas desculpas. Quando terminei, declarando que desejava me informar do estado de saúde da senhora que ali estivera no dia anterior, atalhou-me com um gesto:

— Mas, e o segredo profissional?

Procurei convencê-lo:

— O senhor deve compreender a situação em que me acho. Depois — e não hesitei em mentir — sou o marido.

Encarou-me, tentando talvez descobrir por onde poderia surpreender-me em flagrante de mentira.

— Ah, é o senhor... — disse simplesmente, já agora convicto de que não poderia acusar-me de coisa alguma. — Neste caso, que deseja saber?

— Se... — minha voz tremeu e não tive coragem para ir adiante. Parecia-me que ia violar um segredo que, afinal de contas, não me pertencia.

Esta hesitação foi o que acabou de me salvar aos seus olhos: viu, pelo meu sentimento, que, se não era o marido, seria pelo menos alguém muito próximo.

— Sim, é um caso irremediável — disse. (Dizia aquilo como se louvasse uma bela pintura, com certa ênfase e um orgulho mais do que evidente.)

E num gesto de desalento:

— Tarde demais, infelizmente.

Abaixei a cabeça, enquanto um turbilhão de pensamentos, de lembranças, de ecos, agitava-se em mim: tardes antigas, o quarto onde eu jogava com o pai — e onde o torturava, tantas vezes, calando o que ele mais ansiava por ouvir, e tudo isto por estar sendo arrastado pela paixão que dia a dia se tornava mais exigente em mim — ela, o seu rosto de então, o de agora. Mas aquilo não durou mais do que um minuto. O homenzinho calvo me contemplava sempre:

— O senhor quer um copo de água? — perguntou.

— Não, obrigado.

E num último esforço:

— O senhor disse tudo a ela?

Moveu a cabeça:

— Não foi preciso. Ela sabe de tudo.

— Mas... de repente? — insisti, sem no entanto ter coragem para enfrentar a pergunta de frente.

Olhou-me com surpresa:

— De repente? Há quinze dias que ela frequenta este consultório.

Quinze dias! Há quinze dias ela se achava no Rio e só agora me procurara, no dia anterior. Que fizera durante este tempo, com quem andara? Ah, como era vão o esforço para dissolver o mistério que cerca a vida de certos seres. Desceremos sempre mais em nossas descobertas, como num poço sem fundo. Ganhei a escada devagar, apoiando-me ao corrimão. A rua pareceu-me clara, as pessoas insólitas. Que estranha e absurda coisa era a vida. E com o coração pesado, comecei a caminhar sem destino. Os passos levaram-me ao hotel onde ela me dissera se achar hospedada — e por que não? Àquela altura não existiam mais nem ofensas e nem represálias. Indaguei ao porteiro. Ele foi explícito:

— Madame? Partiu ontem à noite. — (Calculei: poucas horas depois de ter estado comigo.) — E que quantidade de bagagem levou! — exclamou ele, concluindo.

Agradeci e saí. Era assim, teria de ser sempre assim. Que me importava julgá-la? Eu a aceitava tal qual ela era, assim eu a tinha amado. E sentia, dolorosamente, que na tarde anterior fora talvez a última oportunidade na vida em que eu a vira. E fora melhor assim, pois regressava para mim ao altar de onde nunca devia ter baixado.

40. Quarta confissão de Ana

Sou eu, ainda. Neste quarto onde não penetra nenhum rumor vindo de fora, escrevo, como sempre sem saber a quem, e isto, que no princípio me causava tanto mal, agora me traz uma certa tranquilidade. Quando não sei a quem me dirijo, digo as coisas melhor, não há peias nem embaraços, e o que rememoro sai desataviado e sem fantasia.

Há vento, e daqui vejo as árvores do jardim sacudidas sem descanso; no entanto, o tempo permanece seco e, ao longe, na estrada, rodopia incessante uma nuvem de poeira. Tudo isto é sem novidade, como se fosse a repetição de uma cena já vista muitas vezes. Pedaços antigos do meu ser se recompõem, numa ligeira harmonia, de que em breve lamentarei o malogro. Eu mesma, Ana Meneses, sou uma repetição de mim mesma. Não há originalidade no meu ciúme — que outro nome dar ao sentimento que continuamente me fere — e nem na minha revolta contra os outros. Sou monotonamente igual a quem não sei que tenha padecido dos mesmos males. Assim, não me irrito nem com o vento e nem com a nuvem de poeira, pois completam no seu desinteresse a minha paisagem, são parcelas de mim mesma, do desalento que me forma. Continuo pois — e sobre este instante exato em que vivo e seguro a pena, arrumando ideias para dispô-las sobre o papel, sinto que a ele vêm se superpor outros instantes futuros, iguais, possivelmente, e nos quais a mesma

Ana, sendo outra, repetirá estas mesmas palavras, misteriosas para os outros, e comigo tão cheias de identidade. Porque, convenhamos, e nisto serei rápida para não enfastiar meu provável leitor: o que me interessa é exprimir o terrível desinteresse de viver, isto a que alguém, num momento de assomo de lucidez, chamou muito sensatamente de tarefa para medíocres.

Confesso: senti isto, e de modo mais agudo, no dia em que "ela" tomou o carro e partiu. Foi como se de repente eu houvesse sido relegada ao silêncio, ao abandono, ao exílio de qualquer manifestação de vida. Não me deviam ter feito aquilo, pois o sentimento que me alimentava, negativo ou não, era tão forte, tão preponderante, quanto um sentimento de amizade ou qualquer outro que comportasse entusiasmo. Era, pelo menos, o único que me fazia viver. Mas já não especifiquei demoradamente tudo isto, já não fiz e refiz, noutras circunstâncias, a trama íntima que me compõe? Sobram os fatos, e são eles que alinho neste papel, no esforço mecânico de palmilhar, mais uma vez, a estrada que culmina neste instante de agora.

Eu não estava preparada, não ouvira falar naquela partida, e o acontecimento me apanhou em cheio. Demétrio, que naquela manhã se queixara de não estar passando bem — dormira mal a noite, agitado, queixando-se às vezes de dores de cabeça, de sufocamento e outras perturbações que ultimamente se vinham dando cada vez com maior frequência — Demétrio me pediu que fosse lhe preparar um chá com certas ervas bastante aconselhadas para os rins.

— Forte? — indaguei eu.

— Não muito forte — respondeu-me ele — e com o mínimo de açúcar possível.

Tomei o maço nas mãos e ia sair, pensando que naquela família tudo era questão de hábito — a tisana era a mesma que a mãe dele usara, e ele a usaria também, indefinidamente, ainda que sua falta de valor estivesse comprovada — quando percebi vozes no corredor que dava para a sala. Falavam alto, como se discutissem um problema importante. O fato era tão insólito que voltei a olhar meu marido.

— Que há? — perguntei.

Ele lia ou fingia ler um livro e levantou para mim olhos distraídos:

— Não sabe? Nina parte hoje.

— Parte? — e era quase um grito que viera aos meus lábios.

Demétrio cerrou o livro e encarou-me como se minha reação muito o admirasse — ah! — esse ar calmo, essa fisionomia fechada e sem expressão, esse modo de parecer perpetuamente admirado do excesso e do distúrbio dos outros — como eu o conhecia bem, como era apenas uma demonstração do quanto ia desarvorado o seu eu mais profundo, como estava farta dele, sabendo que só exprimia escândalo hipócrita e calculado! Amassando o pacote de ervas nas mãos, lancei a ele um último olhar e abandonei o quarto. Tremia, e meu coração batia forte. Ela ia partir, ela ia partir de novo. Com que fito, por que abandonava assim a casa que tão dificultosamente conseguira reconquistar? Por mais que investigasse, não conseguia vislumbrar nenhuma possibilidade de drama, nenhum enredo oculto (os que existiam pareciam tão praticamente aceitos!) que motivasse aquele gesto desesperado. Para mim não havia dúvida, era um gesto desesperado. E enquanto me debatia entre essas questões sem solução, surpreendia-me ao mesmo tempo o fato de que ela tivesse escapado tão habilmente à minha vigilância. Estaria apenas cansada, tomaria umas férias ou partiria para sempre? Era necessário que eu investigasse, e recompusesse a trama toda, a fim de poder julgar o significado exato de ato tão insólito.

Fui à cozinha preparar o remédio. Duas ou três empregadas rodeavam o grande fogão de ferro, e comentavam alguma coisa em voz baixa. Assim que eu entrei, silenciaram. Uma delas, que tinha uma pá e um balde nas mãos, começou a raspar a cinza acumulada sob a grelha. Fui à pia, desembrulhei as ervas.

— Que há, que se passa? — indaguei do modo mais indiferente possível.

A cozinheira destacou-se do fundo:

— Ah, dona Ana, estamos falando... Dizem que dona Nina está tão doente... é verdade?

Continuei a sacudir as ervas dentro da pia. Doente! Então era isto. Mas de que doença, como surgira? Em todo o caso, e como a cozinheira aguardasse minha opinião, pedi que me trouxesse um bule e, depois, como quem reata naturalmente uma conversa, disse:

— Oh, não é nada grave.

— Mas, dona Ana!

Comecei a amassar a erva no fundo do bule, preparando a infusão.

— Que dizem por aí? — indaguei.

— Exatamente o contrário. Que está muito mal e vai ver um médico na cidade.

Curvada sobre minha tarefa, esforçava-me por não parecer surpreendida. Queria que me supusessem toda entregue ao meu trabalho, e foi certamente imaginando isto, que a cozinheira se abaixou para ajudar a outra a raspar as cinzas.

— Pobre dona Nina — suspirou depois de uma pausa, pouco conformada com o que eu lhe dissera.

— Ela ficará boa — afirmei.

Continuou seu trabalho devagar, como se imaginasse que este mundo está povoado de enganos e fraquezas, de ciladas e mentiras. Depois de alguns momentos, retendo no ar a pá cheia de cinza, disse:

— Outro dia ela queimou os vestidos. Isto não é bom agouro.

— Queimou os vestidos? — e desta vez eu pousei o bule e voltei-me para ela, sem ocultar minha admiração.

— Sim, a senhora não viu? Foi ali no pátio, por detrás da casa. Fez tanta fumaça que nem se podia respirar nesta cozinha. Queimou tudo — concluiu com um suspiro.

Continuei a trabalhar, mas apenas meus dedos se moviam — o pensamento se achava longe. Coisa estranha: por que queimara ela os vestidos, exatamente quando pretendia partir? No meu espírito se avolumava uma densa sensação de ter sido ludibriada.

— E quando é que ela vai embora? — inquiri, fingindo sempre o mesmo desinteresse.

A cozinheira demonstrou claramente o seu assombro:

— Mas a senhora não sabe? Hoje, agora mesmo, a charrete já está pronta lá embaixo.

Então não pude mais, entreguei a ela o bule, as ervas, tudo.

— Ponha isto para ferver. Vou lá embaixo e volto já.

Não fui lá embaixo como havia dito, mas escondi-me por trás de uma pilastra da varanda; o vento auxiliava-me, vergando os galhos do jasmineiro — assim, do lugar em que me achava, podia ver tudo sem ser vista. Realmente a charrete lá se achava, e o cocheiro José parecia dormir, apesar do vento que soprava e fazia soar os cincerros pendurados ao pescoço das mulas. Melancolicamente aquele som vibrava amortecido através do vento, e era como um espaçado dobre longínquo, muito distante dali, anunciando um enterro qualquer. Talvez fosse impressão minha, mas naquele momento senti o coração confrangido; olhei o céu, e nenhuma nesga de azul se via, só um tom cinza cobria a abóbada, adensando-se na fímbria do horizonte até quase ao negro. Pairando acima do vento, alguns urubus voavam em círculo. Pensei comigo mesma que aquilo era apenas sinal de chuva próxima, mas apesar disto meu coração não cessava de se sentir pesado. Vozes se aproximavam, e acheguei-me mais por trás da coluna, tanto que um galho rebelde me roçou o rosto. Não tardou muito e Nina apareceu: como se detivesse no patamar a fim de trocar duas ou três palavras com Valdo, notei, admirada, que ele parecia não ter intenção de acompanhá-la, pois estava vestido com um paletó de pijama. Pude, então, examiná-la mais à vontade. Doente? Talvez, mas nada indicava que estivesse sofrendo de um mal grave. Diferente, sim, mas exteriormente: não usava nenhuma pintura e tinha os cabelos puxados para trás, amarrados em coque. De qualquer modo, força era convir que não se tratava mais da Nina triunfante e bela que eu sempre conhecera, e apesar disto, mais uma vez eu experimentava aquele sentimento de rancor, de intolerância e de ciúme, que sempre havia me assaltado em sua presença. Não podia, não queria reconhecê-la decaída e vencida, tinha necessidade de sua força, de sua beleza, de sua onipotência, para poder viver. Mesmo aquela falta de vaidade, aquela modéstia no se apresentar, pareciam a mim uma traição. Que não inventaria ela para atrair a piedade dos outros?

A cena não durou mais do que alguns segundos: Valdo apertou-a nos braços e ela o deixou fazer, fria, indiferente, estendendo depois a face para um beijo morno, convencional, como eu sempre supusera que ela se portasse nessas ocasiões. Depois, sozinha, desceu a escada. De cima, ele acenou com a mão, num adeus amistoso. Ela subiu na charrete, uma única valise nas mãos. Não, não tinha intenção de demorar-se muito. Reparei que trajava um vestido preto, excessivamente modesto, bem inferior a muitos outros que já dera de presente a Betty. Por causa do vento, ou para se esconder das pessoas do povoado, colocara um xale sobre a cabeça, o que fazia destacar ainda mais sua palidez. Não pude deixar de sorrir, tudo me parecia tão perfeitamente imaginado! Era mais uma de suas extraordinárias comédias, e o pior é que as vítimas ainda eram as mesmas. Calculei que desaparecesse mantendo a atitude hirta com que se sentara ao lado do cocheiro, mas antes de atingir o tanque, e quase ao centro do jardim, voltou-se para trás, lançou sobre a casa um olhar demorado e fez um último gesto de adeus em direção a Valdo. Ele continuou de pé, distanciado alguns passos da coluna por trás da qual eu me achava escondida, e acompanhou o carro até que ele se perdeu além do portão grande da Chácara. Mas os cincerros, tristemente, soaram ainda durante algum tempo, vibrando através do vento que não cessava de soprar.

 Quinze dias depois, quando ela voltou, o vento diminuíra de intensidade, mas soprava ainda, com essa intermitência de determinadas regiões secas que se estiolam à beira do verão. Não havia caído uma única gota de chuva, mas vagarosas, grossas nuvens negras deslocavam-se para os lados do sul. A cor escura, no fundo do horizonte, fora substituída por uma barra cor de bronze, insistente, e que já fazia pensar na chegada do calor. Andorinhas retardatárias cortavam o ar em nítidos voos agudos. Como eu descesse ao jardim, a fim de recolher os frutos sacrificados pelo vento nas mangueiras, vi a charrete aparecer de novo em frente ao portão, não a nossa, que era dirigida pelo preto José, mas a de aluguel que servia em Vila Velha. Atravessou o portão, subiu a alameda principal, rodeou o tanque e foi estacar junto à escada da varanda. Da posição em que me achava, reconheci Nina imediatamente, se bem que ela escondesse o rosto não mais sob o xale com que partira, mas sob um desses capuzes de viagem que pelas revistas eu sabia se acharem no rigor da moda. Hesitei em vir ao seu encontro, mas depois de verificar que sob a umbela formada pela copa das mangueiras eu poderia muito bem não ser vista, decidi permanecer onde me achava. Estranhei que ela regressasse tão de pronto — pouco mais de quinze dias! — e novamente não pude deixar de sorrir, lembrando-me de que aquela viagem, em torno da qual se levantavam razões tão graves, não se escondia mais do que um frívolo desejo de comprar roupas novas. Observei também, assim que a charrete passou diante de mim, que ia cheia de caixas e malas. Fora por isto, sem nenhuma dúvida, que queimara seus vestidos antigos. Valdo, os Meneses, que arcassem com as responsabilidades daquelas pesadas contas — ela não queria saber se estavam arruinados ou não, se os avisos do Banco se acumulavam sobre a mesa de trabalho de Demétrio, se aquele luxo era ou não inútil na vida mais do que pacata da Chácara. E que desejava ela, que pretendia com semelhante demonstração? Impressionar a quem, seduzir que sombra ou que fantasma vagando nos corredores daquela casa? Um, dois minutos a mais — e Valdo apareceu no alto da escada. Recuei um pouco mais para o fundo, disposta a não perder nada do que se passasse. Não, não poderia esconder que havia felicidade no rosto dele, um clarão, como uma espécie de alívio. Não havia dúvida — e depois de tantos anos — ele amava ainda aquela mulher. (Ele — e eu constatava isto agora — que possivelmente era o melhor, o mais amável dos Meneses — em quem o silêncio encobria não um frio egoísmo, mas certa distinção de caráter — e cujo único pecado, em toda a sua vida, decorrera unicamente de sua fraqueza, ao ter conhecido e amado aquela mulher... Vendo-o, e o prazer com que a acolhia novamente, era impossível não supô-lo responsável — a casa, que só por milagre ainda se mantinha de pé, projetava sobre ele a sua sombra, e parecia condená-lo, acompanhando-o até o limite onde a charrete estacara.) O encontro foi tão rápido e tão sem formalidades quanto a partida: ele beijou-a na testa — os Meneses só sabiam amar ou demonstrar carinho, de modo paternal — sem grande efusão, depois trocaram algumas palavras, provavelmente banais também. Esperei que notasse as caixas e os embrulhos, mas não o fez senão de modo distraído, como se cumprisse uma formalidade e, tomando-a pela cintura, subiram em direção à sala. Ah, que não aprendera ele a calar e a suportar, para conservá-la assim ao seu lado. Esse aprendizado do amor, consciente e humilhado, quantas derrotas, quantos recuos não significavam ao longo da sua vida.

    André, que descera pouco depois do pai, tomou conta das bagagens. Abandonei então o esconderijo e dirigi-me ao local onde se encontrava a charrete; os arreios já haviam sido reparados pelo cocheiro — um italiano do povoado.

    — Oh! — disse eu com o ar mais ingênuo possível — ela trouxe tudo isto?

    — Tudo isto? — respondeu ele rindo. — Ainda há mais na estação. Tenho de fazer uma segunda viagem.

    Subiu à boleia, estalou o chicote e rumou para o portão. Sozinhos, eu e André nos fitamos, ou melhor, surpreendi seu olhar fixo sobre minha pessoa, como se estivesse à espera de que eu dissesse alguma coisa. Desviei a vista e olhei as caixas e malas empilhadas — todas com rótulos de casas e lojas importantes do Rio de Janeiro. Não pude deixar de repetir a pergunta, ela se impunha — onde Valdo arranjaria dinheiro para atender àqueles gastos? Sem voltar a olhar meu sobrinho, subi a escada a fim de ganhar o interior da casa, mas senti, durante todo o tempo em que subia, que ele me examinava, examinava a bagagem e era tocado por pensamentos idênticos aos meus.

    O jantar daquele dia foi um pouco mais solene do que de costume. Nina, afrontando a expectativa geral, apareceu de verde-escuro, um vestido decotado. Era fácil perceber que ela pretendia reviver os primeiros tempos de sua vida ali na Chácara, quando ostentava *toilettes* que causavam a todo o mundo um misto de admiração e pasmo. Mas, ah, já não podia mais exibir com tanto despudor suas belas espáduas — seus ossos agora se mostravam salientes, e somente isto dava a perceber o quanto se transformara. Além do mais, para quem se achava como eu habituada aos longos exames, não era difícil chegar à conclusão de que havia chorado, pois trazia os olhos vermelhos e as pálpebras inchadas. Por este ou aquele motivo, sua palidez destacava-se extrema — e no canto dos lábios, que outrora se ofereciam tão sedutores, vincavam-se duas rugas que naquela época não existiam. Curioso trabalho do tempo — havia ali uma pressa, uma fome de destruir que parecia ser o secreto signo da Providência. Lembrei-me das palavras de Padre Justino: "Que sabe você dos males que Deus reserva a ela?". Olhei-a de novo, fixa, intensamente, enquanto uma inesperada claridade me inundava: pela primeira vez acreditei naquela doença. Deus manifestava-se, e eu obtinha a graça que de novo me faria acreditar na sua existência. E no entanto, bastavam aqueles sinais aparentes para garantirem minha convicção? Não, havia outra coisa, e era isto, possivelmente, o que estruturava minha certeza. Ela entrara na sala com uma decisão que parecia longamente estudada, era visível que se armara, e que tentava, por um esforço de vontade, readquirir o aprumo antigo. E conseguira, a chama ardia de novo nela, mas ai, era apenas uma chama de empréstimo. Poderia enganar aos outros, não a mim, que conhecia dela cada detalhe, como se fosse um terreno pessoal — não a mim, que poderia me enganar com tudo, menos com sua extraordinária capacidade de mentir e de dissimular. E era isto, precisamente, o que me levava à certeza de sua doença: sua precisão de mentir, de disfarçar. Assim, pois, não havia dúvida, era grave o que se passava com ela. Vi como se sentou, como se produzia semelhante a um fenômeno artificial e tanto ou quanto estranho: à força de querer ser bela, quase conseguia resplandecer como antigamente. Mas sua luz era incerta, e não havia espontaneidade e nem segurança nos seus movimentos. Demétrio acolheu-a sem transportes:

— Como vai de saúde?

Há anos que não dirigia a ninguém uma pergunta que supusesse tal grau de intimidade. Via-se que levava em consideração o fato dela se achar doente, e que se esforçava por se conduzir como um homem bem-educado. Nina apenas ergueu os ombros:

— O médico disse que eu não tenho nada — e depois de avaliar um minuto, como se estivesse medindo a importância do que ia pronunciar: — Necessito apenas de repouso.

Ele foi rápido na resposta:

— É o que não lhe faltará aqui na Chácara.

Nina, que enchia um copo de vinho, depositou o jarro sobre a mesa, a fim de evitar talvez que lhe percebessem o tremor das mãos.

— Mas também necessito distrair-me. O médico disse...

Demétrio, vagarosamente, elevou o olhar da mesa para a interlocutora — ah, como esses Meneses sabiam ser frios quando desejavam! — mas não para ela, propriamente, mas para o seu decote e os enfeites que ostentava. Ela sustentou bravamente aquele olhar onde a censura mal se velava:

— Quero sair, divertir-me.

Valdo veio em seu auxílio, um tanto contrafeito:

— Sim, Nina precisa divertir-se, por que não? É moça e, convenhamos que nós...

— Somos uns velhos — concluiu Demétrio, e sorriu.

Valdo baixou a cabeça, enquanto esfriava a sopa. Demétrio, sem dar à sua voz o menor tom de ironia, continuou:

— Mas há gente moça aqui — e apontou: — André, por exemplo.

Levei o guardanapo à boca, asfixiada — ah, desta vez ele tinha ido demasiado longe. Aos meus olhos, como através de um jogo mágico, fulguraram os cristais coloridos dos copos. Não se poderia imaginar Demétrio ingênuo a ponto de ferir sem querer um assunto daquela natureza. Abaixei o guardanapo e examinei-o, sem que ele percebesse o meu manejo. Distraído, tomava sua sopa como se não tivesse dito coisa alguma. Só ergueu a cabeça — e seus olhos brilharam — quando ouviu a voz de Nina:

— Sim, poderei sair com André. — (Havia uma singular calma no tom com que se exprimia; de tal modo o jogo parecia natural e simples, aceitava-o ela num pé de tanta igualdade, que por um momento, aturdida, julguei que fosse eu a vítima de uma ilusão; devia estar enganada, não existia nenhuma malevolência por trás daquelas palavras, e tudo o que eu sabia, não passava de uma simples traição da minha fantasia.) — Será uma boa companhia — concluiu.

— Você não gosta de caçar? — insistiu Demétrio. — Pelo que ouço dizer, André é exímio caçador.

— Não tenho prática — retomou ela — mas poderei exercitar-me. É fácil, André? — e ela dirigiu-se diretamente ao filho, o garfo parado na mão.

(Não me lembrava de tê-la visto fazer a mesma coisa muitas vezes apesar dessas palavras terem sido ditas num tom tão banal que se poderiam confundir com quaisquer outras, para quem a conhecia, havia nessa própria falta de interesse um velado tom de desafio.)

A voz de André soou com dificuldade:

— Sim, é fácil.

Evidentemente ele não se achava à altura da partida em que os outros se empenhavam. Sucedeu uma certa pausa, durante a qual só se ouviu o rumor dos pratos que eram trocados. Até mesmo o jantar, naquela noite, era diferente. Talvez por ordem de Valdo, que desejaria festejar o regresso, ou dela própria, quem sabe, haviam desenterrado da velha arca o aparelho de porcelana que viera da Europa e que ostentava entre festões de folhas douradas, o M do sobrenome familiar; a toalha de linho, repicada de rendas, despencava-se até o chão; e as travessas se sucediam, assados e saladas, mais ou menos sob a égide do improviso, mas ainda assim numa exuberância que lembrava com certo brilho épocas de maior abastança. André não bebia, Demétrio mal provara o vinho, enquanto Valdo e Nina abusavam francamente dele. Tudo isto, e a evidente desproporção entre aquele gesto e nossos hábitos cotidianos, impregnavam a atmosfera de um constrangimento que a cada minuto se tornava mais visível. Foi neste clima, e precisamente no instante em que ele começava a se tornar irrespirável, que Valdo tomou a palavra, pretendendo sem dúvida atenuá-lo; nunca, tanto como naquele momento, ele parecera mais do lado de Nina, mais desejoso de encobrir ou pelo menos de passar por cima de suas incorreções e fraquezas — a um ponto que eu, testemunha de sua constante reticência em relação a ela, ou de sua atitude sempre vibrante de reprovações caladas, e que nisto aprendera a perceber não um sintoma de repulsa, mas da força do sentimento que o unia a ela, agora perguntava a mim mesma se não haveria um relaxo, uma pausa, ou quem sabe mesmo uma completa estagnação do seu amor. Pois em sua defesa havia menos interesse pela pessoa dela, do que necessidade de se opor e combater Demétrio. Não era, da parte dele, um ato de proteção, e sim de resistência. Ou acaso a doença de que ela sofria havia modificado em seu espírito sua maneira de ser? Enquanto assim pensava, prometia a mim mesma que não perderia um só detalhe do que ocorresse à mesa.

Valdo falava, e era visível que se esforçava para emprestar à própria voz a maior naturalidade possível. O assunto ainda era a caça, e, fato extraordinário, a caça noturna. O assunto derivou, e ele afirmou que os córregos e brejos vizinhos estavam cheios de peixes — sobretudo traíras, que eram peixes pequenos, mas de ótimo sabor. Ao escurecer elas se recolhem à margem para dormir; esta é a melhor hora para apanhá-las, pois cegas a qualquer luz, elas não se afastam quando o pescador se aproxima. Discrimino esta conversa, para acentuar a futilidade de que ela era constituída. Ora, era precisamente esta futilidade o que mais acentuava a pressão da atmosfera. Ele desenrolava seu assunto e nós, que nunca conversávamos à mesa, mal ouvíamos o que dizia, preocupados em averiguar a razão daquele procedimento extraordinário. Como seria de se esperar, ele acabou cansando-se e o jantar terminou em silêncio, como empurrado aos seus limites habituais por uma força que nos transcendia. Levantamo-nos para esperar o café na varanda. Certa de que tudo havia terminado, debrucei-me ao parapeito: ventava ainda, com menos intensidade, em haustos que se elevavam de repente, encrespando as árvores, e iam morrer ao longe, como uma vaga que se desfaz. Foi então que Demétrio, tocado não sei por que malévola inspiração (acredito que ele imaginasse dar ao tom artificial da noite seu máximo brilho) encaminhou-se para o fundo da sala e abriu o piano que fora de sua mãe, grande pianista nos seus tempos de moça. Abriu-o, e seus dedos deslizaram displicentemente pelas teclas. O som apanhou-me ainda inclinada à borda da varanda, e eu me voltei, admirada. Ah, que estranho efeito o daquela música ecoando gravemente no ambiente severo dos Meneses. Percebia-se que as cordas, há tanto tempo sem uso, achavam-se desafinadas umas, sem timbre outras — mas que importava? A mão que as percorria conseguia arrancar delas um canto que enchia toda a casa. Nina, que já havia se estendido na rede, como sempre o fazia depois das refeições, levantou-se e, atraída, veio se aproximando do piano.

— Ah! — disse, e eu ouvi distintamente sua voz — não me lembrava mais que você tocava. Há tantos anos!

E desta vez, na sua voz não havia simulação e nem ironia, ao contrário, o tom era caloroso e exprimia um visível desejo de aproximação. Demétrio não respondeu, mas como eu também me aproximasse da porta, e do fundo do corredor já assomassem alguns empregados, surpreendi da sua parte um olhar cheio de intenção.

— Quer que eu toque "Sobre as ondas"? — indagou. — Era a valsa predileta de minha mãe.

— Seria ótimo — afirmou Nina.

Seduzida pelo tom afetivo da pergunta, encostou-se ao piano, curvando o busto sobre o teclado. Via-se que estava emocionada, seus seios arfavam. Do outro lado, sentado no canapé forrado de fustão branco, André contemplava a cena, também evidentemente admirado. E Valdo, que parecia resplandecer à felicidade daquela noite, também veio chegando, e sentou-se ao lado do filho. Do lado de fora, isolada daquele quadro harmonioso, pensei comigo mesma que eles tinham toda a aparência de uma família feliz. Aparência apenas, porque em todos eles havia um elemento destrutor que os corroía. Ah, podiam gozar daquela felicidade de se encontrarem juntos — sozinha eu assistiria a tudo como a um espetáculo que me houvesse sido vedado. E ainda daquela vez o ciúme encheu-me o coração e, como tantas vezes já o fizera no decorrer da vida, contemplei minha cunhada com inveja — ela era a vitoriosa, e o seria sempre. Até mesmo seu próprio mal, essa doença que a corroía, transformava-se num motivo de preponderância e de domínio. Que Deus viesse em meu socorro, e atribuísse o castigo que ela merecia. Que demonstrasse o quanto havia de injusto e de pecaminoso na sua vitória. Que me salvasse, aniquilando-a. Por trás da vidraça eu rezava baixinho o padre-nosso, concentrando todo o esforço da minha vontade nesse desejo de justiça. Foi a esta altura que a vi encaminhar-se para André e dizer:

— Mas é uma vergonha, você nunca dançou em sua vida! Quer experimentar?

Ele não queria, e deu uma desculpa que não cheguei a ouvir. Mas Nina, exuberante, animada pela música e pelo sucesso que julgava obter — enfim rompia a rudeza dos Meneses — insistiu:

— É fácil, vamos! É só contar um, dois, três... está vendo?

E ele começou então a acompanhá-la, mas via-se que estava extremamente perturbado. Tropeçava, tentava desistir, mas a mãe o retinha. "Que selvagem!", exclamava de vez em quando, no momento em que sua falta de jeito se tornava mais evidente. Do meu canto eu quase jurava que os antigos tempos da Chácara haviam voltado — e não compreendia aquilo, sentindo que por um motivo ou outro todos me haviam traído. Já os empregados, cheios de enlevo, amontoavam-se na porta da sala, sorrindo para aquele espetáculo inteiramente inédito. Foi quando, inesperadamente, a música cessou — Demétrio bateu a tampa do piano, e o som violento vibrou longamente através da sala. Nina abandonou o par enquanto Demétrio deixava o recinto em passadas largas e decididas. Só, entre André e o marido, ela fitava ora um, ora outro, e seus olhos se enchiam de lágrimas. Ah, Demétrio não representara senão uma comédia. Via-se que não acreditava na doença de Nina, nem nos motivos da sua viagem, nem em coisa alguma que viesse dela. Foi o que compreendemos todos — Nina, não resistindo à pressão dos olhares tão diferentes, em cujo centro se colocara, levou as mãos ao rosto e começou a chorar — um choro que lhe dobrava o corpo inteiro e que a obrigou a procurar apoio junto ao piano. Valdo encaminhou-se em sua direção, enquanto André se deixava abater sobre o sofá. E era como se toda a cena da valsa, tão cruelmente arquitetada, não tivesse sido levada a efeito senão para tornar mais vivo o contraste de agora. Num movimento espontâneo, Valdo quis abraçá-la — ela empurrou-o, e saiu da sala, caminhando com firmeza. Só, na varanda, olhei o vento que se aplacava — no céu repontava uma estrela indecisa. "Ah", disse comigo mesma, "que não saberia Demétrio sobre o segredo do porão?" Tranquila, debrucei-me sobre a vastidão da noite, enquanto dizia: "Obrigada, meu Deus".

41. Diário de André (VIII)

2 — Finalmente estávamos a sós na sala. Durante todo o jantar devorei-a com os olhos, a ponto de sentir em determinado momento que os outros também me fitavam. Corei, abaixando a cabeça sobre o prato em que não tocara. Mas, insensivelmente, percebendo a tensão diminuir sobre mim (sobre mim, repito, não a tensão existente na sala) voltei a examiná-la, incrédulo ante o que meus olhos viam. Era ela, havia voltado, e nada me dissera, nem sobre sua partida, nem sobre sua volta. Eu estava no quarto, tentando em vão folhear um livro, quando ouvi o rumor de um carro na areia do jardim. Corri à janela, tomado por um pressentimento: realmente era ela quem voltava. Era ela, e de alegria minhas mãos se fecharam desesperadas sobre o rebordo da madeira, enquanto minha testa se inundava de suor. Já o verão começava a repontar, se bem que continuassem os pés de vento, um vento morno, rápido, carregado pelo cheiro ácido das frutas que começavam a amadurecer. Todo o peso daqueles dias rompeu-se no meu coração — e caminhando de um lado para outro, nesta agitação que sucedia ao meu extremo abatimento, indagava de mim mesmo como pudera caluniá-la àquele ponto, supondo que ela tivesse partido para sempre, que houvesse me abandonado? — e sem transição, sentia-me de repente não mais o último dos seres, mas o mais agraciado, o mais feliz dos mortais. Que me importava o acontecido, sua possível traição, os motivos de

sua viagem? Que me importava qualquer coisa que não fosse sua presença? Estava de volta, repetia, e isto no momento era quanto bastava. Voltava à janela de novo, olhava o carro ainda parado lá embaixo, rodopiava pelo quarto, assoviava. Obsedante, o céu diluía-se em vermelho na distância, as primeiras cigarras chiavam. De fora, das ameixeiras carregadas de cachos amarelos, vinha um odor acre e excitante. Abri então a porta, corri à varanda, disposto a ajudá-la a retirar as malas — ótimo pretexto — caso ainda houvesse alguma coisa por fazer. Havia, pois jamais vira alguém chegar à Chácara com bagagem tão extensa. E confesso que, executando o trabalho, minhas mãos tremiam, minha vista se tornava escura, só de senti-la ao meu lado, não muito distante, parada, talvez me examinando com um olhar furtivo. Erguia a cabeça, contemplava o mundo que me cercava, sentindo que, pelo simples fato dela estar de novo presente, a Chácara regressava ao seu aspecto familiar. Meu pai também veio ao seu encontro, e beijou-a na testa. Que me importava que se beijassem — ela havia voltado, ali estava. Depois, enlaçados, dirigiram-se para cima. Enquanto empilhava os embrulhos, eu não a perdia de vista: via-a subir os degraus, o passo incerto, os tornozelos finos, toda ela tão delgada que mais se assemelhava ao corpo de uma criança do que ao de uma mulher-feita. Quando chegou a certa altura da escada, chamou-me: "André, esqueci-me daquele embrulho...". Corri a levá-lo e ela, inclinando-se, segredou-me: "Mais tarde... preciso muito falar com você". Foi o único sinal que deu de que tomara conhecimento da minha existência, mas tão rápido que eu nem sequer pudera responder. Mesmo assim, quem poderia ter duvidado de que houvesse sido proposital o fato de esquecer o embrulho? E isto havia renovado instantaneamente nosso antigo ambiente de intimidade. Respirei, desafogado.

Algumas horas depois, achávamo-nos sentados à mesa, um defronte do outro. Ela trazia um belo vestido verde-escuro, com um decote que a muitos pareceria exagerado, mas que a mim surgia como dotado de um encanto todo especial. Admirei sua elegância e fiquei imaginando-a entre outras senhoras da cidade; provavelmente seriam todas mais gordas e mais vulgares do que ela. Não teriam aquela naturalidade em exibir o colo, nem se prestariam com tanta graça ao exame indiscreto dos olhares alheios. E apesar de tudo, esquadrinhando-a, constatava que alguma coisa se modificara nela, e não era nem o acetinado da pele, tão meu conhecido, nem sua tonalidade, mais surda agora, como sob o efeito de um precoce entardecer. E examino-a em vão, pois não consigo encontrar o que nela se tornou diferente. Não sei, apenas não é mais a mesma. Sinto uma piedade cuja origem eu mesmo não posso explicar — e é uma piedade misturada a uma sensação de perigo, como se ela se modificasse, ou sofresse, não por um motivo peculiar e próprio, mas por um fator que nos atingisse a ambos. É verdade que há nela, pelo menos neste instante, uma animação, uma vibratilidade, um desejo de se expandir e de gozar a vida que se poderia confundir com um impulso natural, mas a um exame mais atento, é impossível não discernir o quanto há nisto de esforço e de construção artificial. Sim, é verdade, há nela um vácuo, uma carência que procura ingentemente suprir. E penso que jamais em minha vida poderia eu me encontrar de novo ante um ser que me desse tal impressão de ter sido traído, ou melhor, surpreendido em sua natureza mais íntima pela violência de um golpe vibrado às escondidas. Nina estaria lutando pela posse de um equilíbrio perdido, e se não o alcançava, ai dela, é porque quase sempre essas perdas são definitivas. Enquanto tomo minha sopa, imagino que esta análise poderia levar-me mais longe ainda, caso tivesse liberdade para dedicar-me a ela. Mas o ambiente em que o jantar decorre não parece fácil, e noto, sem surpresa, que os arranjos feitos em sua intenção são mais cuidados do que habitualmente. Há uma verdadeira exuberância de pratos, e entre os copos e talheres circulam terrinas com fumegante molho pardo, que é a especialidade sabida da velha Anastácia; e numa travessa cercada de alface, um lombo mineiro, certamente preparado com o carinho que a iguaria requer; e chouriços negros, feitos à moda da casa, que meu tio Demétrio aprecia acima de tudo. Observo, e em minhas retinas, momentaneamente turbadas, a luz cintila no facetado dos cristais. Ah, vê-se bem que meu pai se alegra e que, contra a habitual sisudez dos Meneses, deseja festejar o regresso de uma pessoa que lhe é cara. Quanto a mim, confesso que mal escutava o que se dizia à mesa, contando os minutos a fim de poder levantar-me. A única coisa que interessa, a meu ver, é fugir dali. Isto significa precipitar o tempo, aproximar-me do instante em que finalmente poderei contemplá-la sozinho. A conversa soa cortada de largos hiatos, e as palavras ligeiras mal encobrem a extensão do que se pretende ocultar. Em certo momento, porém, o assunto retém minha atenção: fala-se em diversões, e ela afirma que de agora em diante se dedicará aos esportes, que irá comigo a passeios e caçadas. Só eu serei capaz de avaliar a tristeza que existia em tudo aquilo — passeios, caçadas, ela sempre os tivera, desde que se dispusesse a sair comigo. Por que manifestar portanto tal opinião? Mas não era para mim, era para os outros que ela falava. Por isto é que eu concordava sem grande entusiasmo, pesando o efeito que aquelas palavras provocavam no ambiente. Teriam percebido, teriam descoberto alguma coisa? (Refiro-me ao que existia entre nós: como um círculo escuro, invisível, era a única coisa que girava em torno da mesa iluminada.) Sim, era provável que houvessem percebido, e eu me lembrava naquele instante, particularmente, de certos cochichos surpreendidos entre os empregados, uma ou outra palavra de Ana, inequívocos silêncios — mas de que valia tudo isto? Que me importava que o mundo inteiro ardesse, e que o escândalo tisnasse a face daqueles que me cercavam? Quando estivéssemos a sós, eu e ela, diria: "Lembra-se do que você me disse? Que eu assumisse, que tivesse coragem para ser responsável pelo meu pecado? Pois sou eu quem propõe agora: fujamos, saiamos desta Chácara, afrontemos com o nosso amor os olhos do mundo. Que valem os outros, diante do que nos une?". E essas palavras, pela força com que subiam ao meu pensamento, quase explodiam em meus lábios; custei a dominar-me, e foi com extraordinário alívio que vi o jantar atingir o fim.

Não sei o que houve, mas uma atmosfera elétrica parecia percorrer a sala. Lá fora o vento soprava, e as lufadas impregnavam toda a casa de um cheiro de pêssegos maduros. Meu tio foi ao piano, rememorou músicas antigas. Sempre sob o impulso daquela excitação fictícia, ela me admoestou porque eu não sabia dançar, insistindo comigo para que aprendesse, e eu obedeci, sem que no entanto aquilo me causasse a menor alegria. Um fluido de decomposição errava no ar e, apesar do vento, eu sentia a respiração faltar-me. Não tardou muito e meu tio fechou brutalmente o piano; como se este gesto a atingisse em cheio, ela desfez-se em lágrimas. Amparada por meu pai, que não ousava dizer uma palavra ante aquela cena, abandonou finalmente a sala. Fiquei sozinho, escutando o rumor do relógio ao fundo. Com as luzes acesas, os cristais que ainda brilhavam sobre a mesa, e esse odor ácido de frutas amadurecendo, o ambiente assemelhava-se ao de uma festa bruscamente interrompida. Fui até à mesa, servi-me de um copo de vinho, bebi tudo de uma só vez: o líquido escorreu-me pela garganta, queimando-a. Ouvi de novo o vento soprar, e parecia que ele arrastava após si a própria essência do jardim apodrecendo. Então enchi novo copo e, pela primeira vez na vida, pensei em embriagar-me. Mas tive medo, pois não sei que teimosia me obrigava a ficar ali, atento. Não dissera ela que precisava conversar comigo? Eu acreditava, e essa promessa é que me retinha. Abandonei o copo e a garrafa e fui estender-me no sofá. O tique-taque do relógio fez-se mais próximo, perfurando o ar denso da sala. A Chácara, através de minhas pálpebras semicerradas, resplandecia e, pelas janelas abertas, pareceria de longe queimar os fogos de uma festa proibida. Foi a esta altura que tia Ana, até aquele momento na varanda, recolheu-se: um minuto, toda de escuro, estacou ante a mesa desarrumada. Daí, paralisante, seu olhar pousou sobre mim — e era impossível a quem quer que fosse duvidar da horrível linguagem que transmitia. Mas isto não durou mais do que uma fração mínima de tempo, e ela também desapareceu. Mais alguns minutos escoaram — o vento, o tique-taque — e de repente Nina se achou diante de mim. Abaixara-se, e eu via não só a forma de seus seios arfando sob o decote, como os olhos úmidos, vermelhos, como os de quem tivesse acabado de chorar.

— André — disse.

Sua fisionomia mostrava-se tão alterada, sua respiração era tão cálida, que imaginei que ela não tivesse forças para se levantar. Sentei-me no sofá, obrigando-a a acompanhar-me. Ela o fez com um suspiro, como se representasse aquilo um enorme sacrifício.

— Mas que é isto, meu Deus, que é que você tem?

Nina começou a chorar de novo e apoiou-se ao meu ombro; suas lágrimas molhavam-me a camisa, e confesso que jamais a vira num transporte daqueles, tão completamente entregue à sua dor. Ruíam as barreiras criadas durante o jantar, e agora, sem defesa, ela mostrava a essência apavorada que a constituía.

— Nina — disse-lhe eu, e sentia um cruel prazer em chamá-la assim, como se aquilo nos relegasse a um plano comum e sem possibilidade de fuga. — Nina — repeti.

Ela não respondeu, mas levantou a cabeça e enxugou as lágrimas. Achava-se deste modo tão próxima de mim que eu via o traço seco, estirado, que elas haviam deixado ao longo de suas faces. Seus lábios, que não guardavam dos meus maior distância do que a de um palmo, entreabriam-se no esforço da respiração. Senti uma vertigem, inclinei-me, e durante algum tempo, confundidos, beijamo-nos com uma violência que eu desconhecia até aquela data. Sufocada, ela procurou fugir afinal, mas eu a retive, minha mão obrigou sua cintura a vergar e novamente nossos lábios se juntaram, enquanto eu sentia espalhar-se em minha boca, aberta e ávida do seu relento feminino, o gosto que a impregnava de sal e de febre. Afinal, gemendo, conseguiu desprender-se, mas continuamos com as cabeças unidas, os olhos cerrados, surdos a tudo o que não fosse a impetuosa força que nos atirava um contra o outro. Eu acariciava-a, como se faz a uma criança, e minha mão molhava-se de um suor morno que lhe empapava todo o corpo. E isto, no entanto, não era a minha descoberta mais importante: afagando-a, eu descia a mão ao longo de suas espáduas — e adivinhava assim, com eloquente nudez, o quanto emagrecera. O que não soubera ver desde o início, ou vira mal durante o jantar, patenteava-se inexorável ao meu tato.

— Mas, Nina, você está doente! — e minha voz tremia, apesar do meu esforço.

Devagar, como se com aquelas palavras eu despertasse sombras que deveriam permanecer adormecidas, ela colocou uma das mãos sobre meus lábios:

— Não fale.

— Mas eu não soube de nada! Por que não avisou, por que nunca disse coisa alguma?

— Não podia, não tinha coragem.

Ousei apostrofá-la, cingindo-a ainda mais contra mim a fim de que ela, percebendo a irritação de minha voz, ao mesmo tempo não procurasse fugir.

— Os momentos que eu passei! Quase morri, pensando que se tinha ido para sempre... Como pôde, como teve coragem?

Sua mão afagou novamente meus lábios:

— Não fale. Não fale assim. Agora estou de volta — e mais baixo, num tom que concentrava toda a solenidade e toda a certeza existentes em seu espírito: — Para sempre.

Estranhei aquele timbre, e, mais do que qualquer outra coisa, senti vibrar nele uma espécie de invocação. Não eram simples palavras, mas uma confluência, um congestionamento de todas as fibras de sua vontade, como sob o toque de apelo encantatório. Onde, quando, para quem já repetira ela aquela expressão funda e decidida, que não constituía mais uma promessa, mas uma manifestação inteira do seu ser, um modo especial de sentir e de compreender o mundo? "Para sempre." E aquilo ecoou de tal modo em mim que, aliviado, ousei propor:

— Por que não fugimos, por que não nos vamos daqui? De que espécie de pecado me falou um dia, se este pecado não obtiver a reprovação do mundo?

Ela deixou escapar um suspiro:

— André, não fale assim. O que eu disse um dia...

— Não vale agora?

— Vale — confirmou. — Mas que sei eu do amor ou do pecado?

— Que importa que seja isto ou aquilo? Que importa qualquer coisa?

— Ah! — e de novo sua voz me parecia estranha — talvez eu não o tenha amado. Talvez não seja amor...

Arrastei-a de novo para mim, antes que ela terminasse a blasfêmia.

— Se não tiver sido amor, foi pecado, ou danação. Mas é isto o que eu quero, e não outra coisa. Que o demônio tome conta de mim, contanto que seja ao seu lado. Fujamos, Nina, fujamos daqui. Você ficará boa, vai ver...

Ela protestou, e foi a única vez durante a noite em que se tornou veemente:

— Mas não estou doente, não tenho nada. Apenas aborrecimento, falta de apetite. Iremos para onde você quiser, para longe daqui. Frequentaremos festas, faremos longos passeios. Se Deus quiser, levaremos de agora em diante uma outra vida, André. Trouxe comigo roupas, vestidos, tudo o que é necessário para uma longa viagem.

Ela falava, e eu imaginava comigo mesmo que era impossível que não acreditasse naquilo que estava dizendo. Em outra época, vendo-a tão contraditória em seus movimentos, perguntava a mim mesmo se realmente aquilo seria amor, até que deixei de fazer semelhante pergunta, porque com ou sem amor sua presença era insubstituível. Agora discorria sobre o pecado — e a mim, que importava que fosse pecado ou não, desde que eu estivesse a seu lado? Não fora ela própria quem me ensinara que era preciso submeter-se, e aceitar também o pecado, aceitá-lo acima de tudo? Como iam longe os tempos em que o remorso, ou qualquer coisa parecida, fazia-me ficar acordado durante a noite — em que sentia aflorar-me à garganta as garras do terror, e em vão procurava aplacar meu coração aflito na obscuridade do quarto. Não, tudo mudara, tínhamos chegado a um estágio de livre entendimento, e ela não podia representar uma comédia. Seu ardor era real, suas palavras representavam um impulso de vida. Não via eu como seus olhos brilhavam, como juntava as mãos numa atitude cheia de unção, como se rezasse? Aquilo era sagrado, e eu juraria que havia em nosso rito o testemunho de um deus desconhecido. Obstinado, repetia para mim mesmo que ela não poderia mentir, era impossível. A mentira não cabe em determinado clima de aquecimento humano. Assim, apesar do instinto que me advertia que alguma coisa grave estava se passando, apesar da dúvida e do enleio que eu adivinhava sob aquela capa de decisão, eu me entregava às suas palavras, certo de que, na sua aquiescência, achava-se enfim minha razão de ser e, quem sabe, a própria razão de ser do mundo. Agora ela já não precisava jurar e nem protestar coisa alguma — bastava que estivesse ao meu lado e me deixasse cobri-la de afagos e de beijos. Havíamos finalmente atravessado o limite, e caminhávamos sós, sob este silêncio das coisas definitivamente pacificadas. Com um gesto cheio de cuidado, obriguei-a a estender-se no sofá — ela obedeceu, se bem que muito pálida. Quando me inclinei, ela amparou meu corpo, implorando:

— Não, não, André. Aqui não. Pode vir gente. Cuidado...

— Mas há tantos dias — implorei.

— Não, hoje não.

E esforçando-se para fugir ao peso do meu abraço:

— De agora em diante estaremos sempre juntos. Espere. Você verá como serei inteiramente sua...

....

42. Última narração do médico

Não, não. Coragem para dizer tudo, como eu a encontraria em mim? Médico há tantos anos, e desses pobres médicos do interior que à sina de esculápio são obrigados a misturar as de conselheiro, protetor e amigo — não, jamais o diria, com a calma ferocidade que o assunto exige. Mas declaro que um estremecimento me percorria o corpo, que uma neblina me turbava os olhos e que, de termômetro em punho, eu repetia: nunca dizer, esconder tudo, à custa da própria vida. Poderão me perguntar agora: era tão grave? E eu direi da minha parte: que sei eu? Morre-se de quê? da doença, que existe, do descuido, que acontece, ou simplesmente dessa coisa imponderável que se chama vontade de morrer? Acredito que se morra sobretudo do tempo previsto. Ante meus olhos, aquela mulher bela, por assim dizer lendária, exibia seu segredo como se desnudasse. Foi a primeira vez que tive medo em toda a minha carreira — não do diagnóstico: a mim que importava se tivesse errado — mas dessa lei oculta que rege o destino humano, que não sabemos designar com um nome certo, mas que sempre se ajusta a um, e a ele responde — a vontade de Deus.

Aí estava a causa do meu terror: por todo o quarto, transcendendo a simples doença, pairava como a sombra de uma existência sobrenatural. Não era uma enfermidade comum, mas um fato marcante, um diálogo de consequências imprevisíveis, porque não era travado em torno de dados pertencentes apenas a este mundo. De pé, quantos minutos ousei permanecer olhando-a, ela, agasalhada no seu conforto e — quem sabe — na sua renúncia, no desejo elaborado e lento de se extinguir, de ceder à vazão de uma vontade mais forte, mais alta do que a sua, e que já escrevia em sua carne, em letras putrescíveis, a história da sua condenação. Ou ter-me-ia enganado, e fosse aquilo apenas o resultado de uma luta, e ela não encarnasse, no instante em que eu a fitava, mais do que o destroço de uma campanha já vencida a meio? Não sei, não me interessa saber, nem o poderia jamais porque, renúncia ou não, todas as desagregações têm o aspecto de derrota. Bastava saber que eu ali me achava, e uma piedade funda me consumia. "Pobre figura de sonho", pensava eu comigo mesmo, "como reconhecê-la agora, depois de tê-la visto passar tantas vezes, absoluta na sua perfeição e na sua harmonia? Como era tosco nosso poder, e inúteis nossas mãos sem ciência, como eu a deplorava, àquela mulher ali estirada, a 'dona' da Chácara, e que, segundo voz corrente, os Meneses jamais haviam compreendido?"

E nem morta, nem viva; encostada à pilha de travesseiros, respirava com dificuldade, olhos fechados. E eu, a mim mesmo, incansavelmente, dizia enquanto contemplava aquela beleza impassível: "Por que me chamaram, que esperavam que eu dissesse?". Olhava-a, e não me sentia com forças para romper o véu daquele mistério. Haviam fechado a porta, estávamos sós, um diante do outro. Em torno de nós, cruéis como se na estranheza da atmosfera fizessem questão de patentear suas formas agressivas, os objetos, mudos testemunhos da cena. Aproximei-me dois passos:

— Dona Nina?

O corpo permaneceu imóvel. Mas dele, como um testemunho de que não se afastara ainda a última manifestação de vida, vinha esse alento suado e morno, próprio dos doentes longamente habituados à cama. Emagrecera muito, e os cabelos, de um tom avermelhado de cobre, que eu sempre vira tão cuidadosamente penteados, desfaziam-se em duas ondas emaranhadas sobre os ombros. Debrucei-me sobre a cama, tomei-lhe o pulso, sem que lhe viesse nenhuma reação. Mas não estava morta, era evidente, apenas mergulhada nesta espécie de sono cuja profundeza tantas vezes se assemelha à morte. Morta não — adormecida — desse pesado sono daqueles a quem o descanso final já se antecipa como uma data marcada no calendário. Terei errado? Neste caso, meu Deus, quem sou eu, senão um pobre homem que procura acertar — e que tantas vezes viu a morte profunda, sem fantasia, mas ainda assim uma morte diferente desta que eu vislumbro agora? E nem mesmo posso dizer de onde vinha minha impressão, pois ainda não a examinara, se bem que, por uma espécie de intuição, eu já soubesse qual fosse seu mal; é que, em torno, eu encontrava essa passividade de uma espera ainda organizada e atenta, e não esse tumulto, vibrante, surdo, dos lugares já ocupados pela morte. Repeti em voz alta: "Dona Nina" — e então ela abriu os olhos.

— Ah, é o senhor — disse.

— Como tem passado? — perguntei, sentando-me ao seu lado.

Ela sorriu e ergueu os ombros:

— Acho que desta vez...

— Há jeito para tudo — tornei eu, abrindo a valise e dispondo sobre a cama os objetos necessários ao exame — por que não o teríamos agora?

— Já consultei outros médicos — disse ela com simplicidade.

— Mas não a mim, que sou seu médico há tantos anos — e procurei, com esta frase, exprimir mais do que ela realmente significava, isto é, minha devoção, meu sentimento de respeito e de fidelidade a toda a família Meneses.

Ela suspirou, endireitando um pouco o busto. Pedi que se inclinasse, exatamente o bastante para que eu pudesse examinar-lhe o tórax. Acedendo ao meu pedido, curvou-se sem exagero — notei que não possuía essa simplicidade dos doentes que se entregam confiantes às mãos do médico, e que executava o gesto como se defendesse o próprio corpo e eu, em vez de um simples exame, pretendesse levar a efeito algum ritual importante ou arrancar-lhe sub-repticiamente um segredo. Ah, doente ela se achava, e para comprovar isto não necessitava eu dos atestados de um laboratório — não. Assim que toquei com o dedo em sua espádua, levantou a cabeça e seus olhos brilharam tanto que eu me detive. Não havia neles, propriamente, o que se pudesse chamar de uma pergunta formulada, pois toda ela, atenta, aguardava minha palavra. Curiosidade? Esperança? O que quer que fosse, que poderia eu dizer ainda? Já não soubera de tudo no Rio, já não ouvira os médicos de lá, já não conhecia cabalmente o diagnóstico? Resisti pois ao seu olhar, abaixei a cabeça e continuei a apalpar a espádua nua — junto ao seio direito, um pouco mais abaixo, dirigindo-me para o centro, até aquele lugar exato em que se concentrava o núcleo nervoso de sua sensibilidade. Mas ao tocar aí, ela deixou escapar um grito — não um grito comum de dor — mas algo mais fundo e mais forte, não como se meus dedos tivessem aflorado uma sede de vida, mas o local decisivo onde a morte houvesse colocado seus lábios e aí impresso seu vulnerável selo de dor. Abandonei-a, e ela se abateu sobre o travesseiro, enquanto a porta se abria e o sr. Valdo surgia no limiar.

— Alguma coisa? — indagou ele sem ousar aproximar-se até a beira da cama.

Levantei os ombros:

— Não. Apenas toquei num ponto doloroso.

De longe, ele parecia não ter coragem para avançar. A verdade, que possivelmente tanto evitara encontrar, vinha ao seu encontro, apanhava-o em cheio — e era a primeira vez que isto acontecia. Via-se que não tinha forças para fugir e, de braços pendentes, apresentava-se pusilânime e sem defesa diante do inelutável. Fez-me então um gesto, e fui obrigado a obedecer-lhe. Juntos, dirigimo-nos para um canto da janela.

— É grave? — perguntou-me com expressão de ansiedade infantil. (O mistério dos homens: mesmo o mais forte, o mais equilibrado — mesmo um Meneses — tornava-se pueril ante o ímpeto de um inimigo embuçado no desconhecido.)

Fiz um movimento afirmativo com a cabeça, e ele deixou pender a sua. Depois, recuperando-se, voltou a indagar:

— Nenhuma possibilidade?

— Não sei — respondi. — Meu exame foi mais do que superficial. Talvez tenhamos de recorrer ao laboratório.

— Se for necessário — sugeriu ele.

Atalhei:

— Preciso vê-la mais vezes. E, quem sabe, consultar outros colegas.

Sua mão pousou tímida sobre meu braço:

— Acredita...

Aquela fraqueza enervou-me. Fui implacável:

— Pelo que pude ver, já se acha bastante ramificado. Ela devia ter comunicado antes...

Uma onda violácea espalhou-se sobre o seu rosto, dir-se-ia uma paisagem subitamente encoberta por uma nuvem de tempestade. Notando que eu o observava, fez um esforço sobre si mesmo e, com essa obscura repugnância da moléstia, que provavelmente tinha a mesma origem no motivo que levara Nina a silenciar sobre o seu estado, e a fingir que não reconhecia o mal, quando o mal, indiferente, ia se alastrando pela sua carne, e abrindo pequenas ilhas róseas, e canais escuros, e veias que se levantavam intumescidas, e roxas áreas de longos e caprichosos desenhos, toda uma geografia enfim da destruição lenta e sem remédio — ele perguntou:

— É câncer?

Confirmei:

— É câncer.

— E... — a palavra não chegou a se formar nos seus lábios.

— Bastante ramificado — acrescentei.

— Meu Deus! — e sua voz retiniu abafada — onde foi ela arranjar isto?

Resignando-me, já que nada mais me era dado fazer, e mesmo porque fora ele quem me trouxera àquela casa, aprestei-me a fornecer-lhe alguns dados sobre a moléstia. A penumbra, suavemente, invadia o quarto. Como ele permanecesse quieto, adivinhava-se que todo o seu ser se achava contraído, se bem que nada o indicasse, senão um estremecer dos cílios e um repuxado nervoso que uma ou duas vezes se manifestou no canto dos seus lábios. O que eu expliquei a ele foram essas coisas banais, que todos nós sabemos, isto é, que o câncer é uma doença de origem desconhecida e que, apesar da certeza com que se pode estabelecer seu diagnóstico, ainda não possui no entanto uma terapêutica que se possa considerar absolutamente eficiente. (Passado tanto tempo, ao rever essas declarações abandonadas no fundo da gaveta, repito — não existia naquela época como não existe ainda. A única diferença é que aumentou hoje o terreno das probabilidades, e o processo cirúrgico evoluiu; atualmente ninguém mais dá o aparecimento do câncer como sinal de inflexível condenação, tal como sucedia naquela época. Hoje, já surgem casos que se podem considerar como fáceis, curas mais do que prováveis, mas a verdade é que então qualquer prognóstico era circunscrito ao terreno da aventura. Quase sempre se via o aproximar da morte sem que se pudesse fazer coisa alguma; o médico, simplesmente, deixava o doente entregue à vontade de Deus.) Esclareci ainda que se tratava de um mal insidioso: podia desaparecer momentaneamente, mas para reaparecer mais longe, ativo e triunfante. À medida que eu falava, ele alongava mais e mais o queixo sobre o peito — de tal modo pareceu-me abatido que não pude deixar de lamentá-lo, pensando a que se reduzia o fantasma de tão longo e persistente orgulho humano. Bati-lhe nas costas.

— Não desanime. Mais do que nossos pobres recursos, existe a vontade de Deus, que tudo pode.

— Ah! — replicou ele molemente — a vontade de Deus... — E depois de uma pausa: — O senhor quer examiná-la novamente?

— É necessário — afirmei. — Preciso estabelecer o diagnóstico definitivo.

— Neste caso, retiro-me. Deixo-o à vontade.

Era indubitável que havia certo alívio em sua voz. Afastou-se e eu voltei à cabeceira da doente. Não tinha ela mais os olhos fechados e até mesmo parecia aguardar que eu voltasse ao seu encontro.

— O senhor disse a ele? — perguntou-me indicando a porta por onde acabara de sair o marido.

Sentei-me novamente ao seu lado, sem saber o que responder: mentir? Mas, provavelmente, ela própria já sabia de tudo, pelos médicos do Rio. Mentir seria acirrar-lhe a desconfiança.

— Disse a ele — respondi, sentindo que a doente não perdia a menor contração de minha fisionomia.

— Oh! — exclamou, e como que se libertou de um peso de repente. E depois de um ligeiro descanso, colocando a mão sobre meu joelho: — Agora, diga-me: quanto tempo de vida acha que eu ainda tenho? — e seus olhos aprofundavam-se nos meus — quanto? Não minta, quero a verdade, a verdade toda. Quanto tempo acha que a moléstia me permitirá viver?

Eu não me enganava com aquele timbre, e sabia que somente o desespero a movia, ou um sentimento pior do que o desespero, agudo e sem descanso, fermentando em seu coração como uma dor concentrada, tão idêntica e tão feroz quanto aquela que lhe corroía o corpo. E era fácil saber-se por que assim se debruçava sobre aquela questão — porque fora bela, porque ainda o era, porque amara e fora amada. Que outros fatores poderiam subjugá-la mais à força da existência? Não o via eu, não o sentia, menos em suas palavras do que naquela mão que do fundo dos lençóis se agarrava aos meus joelhos como a de um náufrago? Então menti, ousei mentir, convicto de que qualquer um o faria também, porque afinal a verdade tem os seus limites, e desfalece no terreno exato onde se faz necessária a caridade:

— Que sei eu? — disse. — A moléstia pode regredir, e a senhora viver ainda muitos anos. Pelo menos tantos quanto desejar. Há casos assim, os livros citam exemplos.

Minha afirmação devia ter soado estranhamente na quietude do quarto. Ela, que bebia minhas palavras, não devia se ter enganado, e deixou a cabeça pender para trás:

— Não! — exclamou. — Sei muito bem que tudo é inútil. Mas ainda assim... — e voltando à primitiva posição, num tom surdo, quase veemente — queria só um ou dois meses.

Protestei solenemente:

— Terá muito mais, afirmo-lhe. Mas se um ou dois meses é o que realmente lhe interessa, posso garantir que os terá, sob palavra.

— Obrigada — disse ela, e suspirou, parecendo-me mais tranquila.

Recomecei o exame — e à medida que ia tomando conhecimento do terreno, comecei a indagar de mim mesmo se não fora um pouco apressado ao empenhar minha palavra. Também podia ser efeito da obscuridade, e pedi a ela que acendesse a luz. Indicou-me uma pequena lâmpada vermelha presa à cabeceira da cama. Era o suficiente; liguei o comutador e continuei meu trabalho. Mas não me enganara: sob a luz, o efeito ainda era mais desanimador. Dona Nina achava-se realmente em muito mau estado: da borda do seio, que era de onde partia o filamento principal, e que já se mostrava quase que inteiramente de uma cor roxo-escura, sucedia-se uma série de manchas que ia finalizar nas costas, o que indicava no interior uma série de tumores bastante difíceis de serem extirpados. A zona afetada era extensa demais, e qualquer esforço operatório resultava praticamente inútil. Também não devia ela se achar com o organismo em muito boas condições, pois reagia mal, sem nenhuma vitalidade específica — a pele, nas costas, já se esgarçava aqui e ali, mostrando lábios entrepartidos como os de um fruto já muito maduro. Até onde iria aquilo, não o poderia avaliar — mas literalmente, e para que compreendam bem minha impressão, ela parecia estar se decompondo em vida.

Abandonei o exame, perplexo.

— A senhora devia ter dito antes — falei. — É um absurdo, quase um crime o que fez.

Com a cabeça pendida, os cabelos escorridos para a frente como se não tivesse coragem para voltar à posição antiga, e nem para fitar-me face a face, disse:

— Eu não sentia nada, não tinha dor alguma. Ainda agora não sinto nada, senão um repuxamento, como se alguém esticasse minha pele.

Havia qualquer coisa infantil — mais do que isto, confrangida, em sua voz. Através dela insinuava-se agora o medo. Perguntei, num tom em que, contra minha vontade, já ia muito de confessional:

— Desde quando?

— Oh! — ela ergueu a cabeça, seus olhos brilharam — Há muito tempo. Acho mesmo que há mais de um ano.

Contou-me, num esforço que uma ou outra vez se detinha, como os feridos que se arrastam e se apoiam a um muro a fim de readquirir forças, que possuía um grão sobre o seio, não maior do que uma pitanga, incolor. Não sabia como, machucara um dia este grão, e ele inchara, enquanto ela o tratava com compressas e remédios caseiros. Até o momento em que descobriu, abaixo do seio, uma mancha escura, como uma equimose. Olhando-se ao espelho, vira outras que desciam em direção às costas. Experimentara com o dedo — não doíam. Mesmo assim começara a ter medo, e silenciara. A verdade é que jamais poderia supor que fosse... (Dizendo isto, calou-se: não tinha coragem para pronunciar o nome. No entanto, cercada no seu núcleo de receio, a designação fremiu dentro do quarto, como se tivesse sido cruelmente desvendada por um espírito da sombra.) Continuou vivendo, e tudo o que nela existia de racional esforçava-se por esquecer a doença. Mas numa certa manhã, levantando-se, vira o lençol tinto de sangue. Trêmula, viera até ao espelho, apalpara as costas e retirara os dedos sujos de uma matéria purulenta. Só aí dissera que necessitava ir ao Rio, procurando o médico em segredo, sem dizer nada a ninguém. Nem sequer esclarecera a natureza de sua moléstia, afirmando apenas que necessitava ir sozinha. Que eu compreendesse essas precauções, e ao dizer isto uma inesperada humildade repontava em sua voz, que eu compreendesse que, para ela, adoecer sempre constituíra uma espécie de vergonha. Vira seu próprio pai agonizar sentado, teimando em não se recolher à cama, sem uma única queixa contra os males que sofria. E, finalmente, era grata, infinitamente grata por eu lhe ter poupado o trabalho de informar ao marido. Estava certa de que, até aquele instante, ele interpretara de modo muito diferente o silêncio em que ela se mantinha.

Concordei com a cabeça, demonstrando que compreendia. Ela se calou e, entre nós, de repente, fez-se este silêncio que sucede sempre ao momento em que tudo já foi dito, e no qual sentimos, diante do interlocutor, também sensível, que o assunto por si mesmo já se acha esgotado. Levantei-me.

— O senhor vai receitar? — e dir-se-ia que me suplicava.
— Naturalmente.

Fui a uma mesinha, retirei o bloco do bolso, a caneta, certo de que qualquer esforço seria completamente inútil. Mesmo assim, rabisquei algumas linhas — paliativos. Voltei, depositei o papel junto dela.

— Volto mais tarde — disse.

Ela sorriu-me tristemente. E eu, saindo, tive a impressão de que vira aquela mulher pela última vez.

43. Continuação do diário de André (ix)

....

Esperei — o dia seguinte, o outro, vários dias enfim. Esperei uma semana, duas — esperei um mês inteiro. Desde que esteve na sala, nunca mais pude vê-la a sós. Meu desespero, se bem que intenso, era atenuado por duas circunstâncias preponderantes: primeiro, tinha certeza de que ela não se achava distante de mim — segundo, era impossível deixar de compreender que aquela ausência não dependia de sua vontade. Estava doente, eu sabia. Que espécie de moléstia fosse, não me era possível supor. E depois, que me adiantava estar a par disto, quando qualquer doença, fosse de que espécie fosse, era o bastante para interromper o curso de nossas relações? Bastava que eu soubesse apenas que o caso era grave; e para isto era suficiente que eu observasse o aspecto da casa, o ar concentrado das pessoas, as idas e vindas do médico. Também não me era difícil ouvir comentários pelos corredores, já que, de posse dessa liberdade que um acontecimento extraordinário concede, os empregados rompiam os limites sempre bem demarcados da cozinha, e avançavam pelo interior da casa. Se esses detalhes não bastassem, era suficiente então auscultar a mim mesmo — e teria certeza de tudo, através do meu próprio terror de saber a verdade. Durante o dia inteiro, procurando encher as horas com as ocupações mais mecânicas e mais destituídas de razão, eu pressentia que finalmente ia me achar diante de um muro intransponível, e isto, em vez de aplacar a sede que me queimava, aumentava-a. Nada mais fazia declinar o meu desejo, e impotente para me libertar daquela imagem que enchia todo o meu ser, compreendia que aquilo que fora no princípio um capricho, depois um amor, agora pelo seu processo natural, e exacerbado pelos acontecimentos, convertia-se numa obsessão. Somente de uma vantagem eu gozava durante aquelas horas em que a expectativa se adensava — da total liberdade de ir e vir, sem que ninguém prestasse atenção à minha pessoa, ou me importunasse. Para os outros, eu não existia — curioso estado — se bem que o drama, no seu desenrolar, mantivesse-me implacavelmente aprisionado ao seu vórtice. Mas, ao certo, de que sabia eu? De nada, exceto que havia diante de mim uma porta fechada. Diante dela passava várias vezes ao dia, e quando adquiria certeza de que não havia ninguém no corredor, ousava tocá-la, e até mesmo alisá-la com dedos tardos de febre e de desejo. Outras vezes procurava iludir-me, atirava-me na rede, balançava-me, fechando os olhos à luz forte do dia — ou então tomava um livro, papel, pena, tinta e procurava mergulhar em estudos que já devia ter levado a termo, e que adiava continuamente. (Meu pai dizia de vez em quando, sem grande convicção: "É preciso que você se dedique a alguma coisa". Mas naquela casa, onde nada acontecia normalmente, quem de fato se importava com meu futuro, essa coisa hipotética, quem imaginava o que eu devesse ou que não devesse ser, calculando o que agora ou mais tarde poderia vir a prejudicar-me?) Durante esses dias eu sentia já, e com bastante intensidade, a presença do fenômeno, mas só depois, no entanto, viria a caracterizar o que realmente era a rusticidade e a falta de previsão da família Meneses. Vivíamos à espera de alguma coisa que talvez não tardasse, o clima era carregado de eletricidade contida e prestes a detonar, e isto nos bastava, como se fosse o motivo de que dependesse toda ação a despender.

Essa inatividade exacerbava-me o pensamento. Não vendo Nina, sentia-a mais presente. Seus atos passados, em vez de se distanciarem, aproximavam-se. E à medida que o tempo corria, mais e mais essas imagens se multiplicavam. O livro tombava-me das mãos, interrompia a tarefa apenas começada, fechava os olhos: via-a, e com que indescritível nitidez! Ora inclinava-se sobre mim, e eu sentia seu hálito roçar-me as faces, ora o corpo emergia da bruma, e eu podia então rever detalhe por detalhe a forma dos quadris, o arredondado do busto ou a curva elegante das pernas. O sangue esquentava-se em minhas veias e, cego, um travo na garganta, eu corria a molhar o rosto com água fria, esperando assim afugentar o sortilégio.

O verão ia alto, nenhuma brisa movia as folhas, só o sol ardia e crestava as folhas inanimadas. Como que toda aquela luz se transfundia no meu ser e, de súbito, tonto, eu me sentia atacado por uma quentura que nenhum remédio aplacava. Caminhava então pelo jardim, sem destino, a testa coberta de suor, o sangue latejando. Das umbelas formadas pelas laranjeiras baixas, chovia uma infinidade de flores amadurecidas pelo verão — e abelhas em ronda, atraídas pelo cheiro acidulado, enchiam a sombra de um zumbido persistente e monótono. Aquilo me irritava ainda mais, fugia e, no meu desatino, decepava uma flor, levava-a brutalmente às narinas: a corola, sentida, não tardava em murchar entre meus dedos. De longe, olhava a janela do quarto em que ela se achava, julgando perceber um movimento fora do comum — e voltava correndo, a tempo de verificar, já no corredor, que nada sucedera e que as coisas continuavam no marasmo habitual. Só a porta, diante de mim, conservava-se inexoravelmente fechada. Desesperava-me, maldizia a mim mesmo, aos outros, a Deus — e o tempo, indiferente aos meus clamores, continuava a estirar-se ao longo das horas vazias. Refugiava-me no quarto, e lá, atirando-me à cama, abraçava os travesseiros: as imagens obsedantes se recompunham, uma perna nua, a garganta, os lábios entreabertos — e por que não dizer, o próprio sexo descoberto e sem pejo, que me atraía e me causava horror, exposto sobre o lençol como uma linfa que destilasse um estranho composto de mel e de sangue. Ah, sobrevinham então momentos em que eu era capaz de tudo; aquele cheiro de mulher, que eu conhecera tão bem, e onde o doce se misturava ao acre, como nas flores de laranjeira, acompanhava-me, diluía-se à sombra dos meus gestos, e ressurgia onde quer que eu estivesse, adormecido ou não, para impor seu irrefreável domínio. Exausto, eu escutava girar sobre minha cabeça um zumbido continuado de abelhas invisíveis.

Hoje, finalmente, a oportunidade se apresentou. Estávamos na sala — ultimamente meu tio Demétrio permanece na sala com mais constância do que de costume — quando surgiu meu pai e anunciou que iria ao Rio de Janeiro. Parecia bastante nervoso, e explicou que a viagem se destinava à consulta de um especialista, pois não queria ver a mulher morrer à míngua. (Curioso: esta morte, tratada assim pela sua boca, não tinha para mim a mínima realidade. Era como se falasse a respeito de um acontecimento qualquer, referente a outra pessoa que não aquela a quem ele se referia. A morte, que eu temia e suspeitava, pertencia a mim, e só poderia ser revelada pelos meus lábios.) Acrescentou que dentro de dois ou três dias estaria de volta. A notícia não pareceu agradar particularmente a tio Demétrio, vi que conversavam um pouco afastados e que ambos gesticulavam. Que me importava o que dissessem! Meu pai, no entanto, não era homem que voltasse atrás com suas intenções, e declarou que partiria de qualquer modo. Quieto no meu lugar, esforcei-me por conter o atropelo que me ia no coração, pois adivinhava que era aquela, afinal, a oportunidade que eu tanto desejava. Pelas idas e vindas que se efetuaram ao quarto, compreendi que as coisas não iam muito bem; e em breve, graças aos esforços de Betty, meu pai estava pronto para partir. Ainda ouvi, do lugar em que me achava (a morna cumplicidade deste canto de sala, com sua cadeira de balanço, sua sombra, sua paisagem rasgada pela janela aberta...) as últimas ordens que ele dava. Os empregados amontoavam-se à porta, aturdidos, ora fitando o corredor, ora o jardim por onde devia chegar o carro. Não levou muito tempo, e este apareceu; meu pai despediu-se de todos e foi ao seu encontro, levando consigo apenas uma valise. E quando o som das rodas desapareceu finalmente na distância, e a casa voltou ao seu primitivo repouso, como se nada de anormal houvesse acontecido, levantei-me do lugar em que me achava. Nenhuma fala, nenhuma porta batendo, nenhum som de objeto caindo — a Chácara, por um esforço do habitual, reintegrava-se em sua antiga atmosfera. Caminhei, disposto a enfrentar os limites que até agora havia respeitado. Ah, que me importavam os obstáculos e as possíveis proibições? Uma última vez fui até à janela, olhei para fora, examinei o corredor, escutei — e afinal, contendo a emoção tanto quanto me era possível, encaminhei-me em direção à porta fechada.

Assim que girei o trinco, estonteou-me o ar que vinha lá de dentro, rançoso, misturado a um vago alento de flores ou de maçãs apodrecidas. (Apesar de ser um odor de evidente repugnância, não era igual ao que sobreveio mais tarde, durante sua agonia, e em que se fazia sentir, quase palpável, o trabalho de dissolução do tecido humano. Um trabalho ingente, prematuro, como se mãos ciumentas tivessem pressa de desfazer na obscuridade o complicado amálgama que compunha a forma daquela mulher. Não. No instante em que penetrei no quarto, ainda se sentia a presença de um ser intato; no fundo da cama, perfeita na sua existência e no seu conteúdo, jazia a única criatura que me importava, e por quem eu me consumia durante todos aqueles dias. Talvez isto dito assim, não seja muito, pois as palavras nos traem e as expressões criam apenas aparências de verdade, mas de que modo traduzir o sentimento que me arrastava à borda daquela cama? Explico, se me for possível: *eu* não existia, era apenas o componente de uma aliança esfacelada e sem sentido. E quem jazia estendida sobre aquelas cobertas, não era *ela*, era *eu*, um eu difuso, separado, em luta contra a escuridão e o terror, mas que ainda assim representava o mais vivo e o mais importante de mim mesmo. Blasfêmia? Escandalizar-se-ão os ouvidos que me ouvem, os olhos que me veem? Pois eu sentia que não havia espaço livre entre nós dois, que o vento não circulava entre nossos corpos disjuntos, e que amalgamados ou não um ao outro, neste ato de amor que é como um sacramento, constituíamos peças seccionadas da mesma paisagem, e que se procuravam para cumprir a existência una a que haviam sido destinadas.)

 De pé, não ousava avançar, porque todo o meu ser se achava sob o domínio de uma espécie de paralisia. Sei como é difícil falar sobre o amor, mas ainda que o faça de um modo tosco, não haverá alguém que me entenda? Queria somente dizer que não me constituía, nem me julgava vivo longe da sua presença. Tudo o que existia em mim como chama, se dela estivesse apartado era apenas como um punhado de cinza fria. E no entanto toda aspiração era arder de novo, arder incansavelmente, para que no mesmo fogo ardesse aquela que havia me inspirado — e se acaso ela fosse destruída, já que uma lei cruel preside nossa vontade, que eu também o fosse, pois que valeríamos no mundo se acaso um de nós não existisse?

 Afinal avancei na obscuridade, tateando. Lá se achava ela, a cabeça apoiada a uma pilha de travesseiros, os cabelos desfeitos, os olhos abertos. (Foi a primeira coisa que eu observei: os olhos bem abertos.) Estava enrolada num lençol branco, talvez por causa do calor e, vendo-a do alto, pareceu-me mais longa do que realmente o era. Ternura? Emoção? Estaria mentindo se dissesse que os sentia. Havia sofrido de tal modo naqueles últimos tempos, que não tinha mais tempo para me emocionar e nem para sentir ternura. O que existia em mim era apenas um sentimento seco de revolta e de impotência, uma raiva diante de minha impossibilidade em controlar aquilo que eu considerava uma fuga ou uma deserção. (*Escrito à margem do diário*: Outras vezes amei, ou vi amar de um modo violento. E sempre vi alguém se despedir, por temor ou fastio, ou por qualquer desses motivos que, nos casos de amor, sempre cria o ponto-final. Mas quantas vezes também vi, ante o calor de um sentimento que ainda não esmoreceu, devorar-se um ser numa doença ou numa agonia de que ninguém sabe a origem, mas cuja razão latente está na impossibilidade da entrega total? A fuga, a deserção existem. São fatores inerentes ao medo humano.) Diante do corpo estendido, e dos olhos que já agora me procuravam — o silêncio, a compreensão daqueles olhos, a que uma sutil diferença no ar, o perpassar de uma sombra ou uma densidade maior na atmosfera em torno, denunciava a presença de outro ser, e mais do que isto, a presença do ser amado — não resisti mais e abati-me com um gemido aos pés da cama. Disse "gemido", e terei mentido por pudor. Durante alguns segundos, cego, atravessado por essa dor enorme de me sentir espoliado, e brutalmente, da única atmosfera onde podia respirar, rolei a cabeça contra a trave da cama, chorando, mordendo a colcha a fim de abafar meu próprio ímpeto, revolvendo o lençol entre os dedos, numa desesperada tentativa de carícia. Tudo o que eu calara durante aqueles longos dias, tudo o que conservara sufocado dentro de mim, o respeito às circunstâncias, a tolerância para com as pessoas, a piedade por mim mesmo, a esperança, o abatimento, a lembrança e até mesmo o próprio desconhecimento das coisas, tudo isto extravasava-se, e eu não tinha forças para conter o ímpeto daquela arrebentação, se bem que percebesse que era necessário que eu me contivesse, e até me esforçasse para isto, cobrindo o rosto com a colcha que amarrotava. Tornara-me extraordinariamente sensível, e cada canto do meu corpo, cada junta ou cada espaço da pele vibrava à lembrança dos inumeráveis beijos, dos contatos esvaídos, dos conchegos e ternuras improvisadas, como se todo eu, de súbito, deixando romper a crosta aparente, ressurgisse afinal naquele que laboriosamente fora modelado pela sua volúpia e pela sua concessão. Foi a única vez em que, totalmente desgraçado, ousei maldizer o amor que me queimava. As palavras subiam irreprimíveis aos meus lábios, enquanto eu rolava a cabeça, amarfanhando a colcha.

— Ah, você me prometeu, por que foi que fez isto? Você disse que voltava, que seria minha de novo! Que seria sempre minha! Por que foi que você me deixou? Infeliz de mim que fui me apaixonar por uma mulher sem piedade, sem coração, sem nada! Que espécie de criatura é você, uma à toa, uma ordinária? Então não pense que me importo que esteja aí morrendo, e que seja a sua a pior das agonias... não! Não me importo, vou-me embora daqui, vou-me embora para longe, não volto mais. Nunca mais torno a pôr os pés nesta casa.

Chorava, sentindo minhas próprias lágrimas escorrerem pelo rosto. Foi então que sua mão pousou sobre minha cabeça, tão de leve que eu mal cheguei a senti-la. Pobre mão, uma aparência de mão, que me fez lembrar os dedos quentes e autoritários que em outros tempos ela havia colocado sobre meus lábios. Não sei por quê, foi esta a única parte daquele corpo que me trouxe a impressão de que já estivesse extinta.

— Que loucura, André — e sua voz, vagarosa, era apenas um sopro sobre minha cabeça. Ela tinha feito um esforço, abandonado os travesseiros e inclinara o busto sobre mim. — Que loucura. Posso lhe garantir, posso jurar que... não valho isto. Sou má, André, não presto.

Ah, que importava naquela altura que ela fosse boa ou má? Quem jamais lhe perguntara o que quer que ela fosse? Fora dela, que representavam esses conceitos para mim? Ela, somente ela tinha importância, e era o peso e a medida do que para mim fosse o bem e o mal. Levantei-me, sentei-me sobre a cama:

— Isto não quer dizer nada — disse. — É você o que eu quero, Nina.

Ouvi se elevar dos seus lábios um estertor:

— André!

Então fui cruel, fiquei de pé, fiz menção de afastar-me:

— Você quer que eu vá embora... que não apareça nunca mais?

E caminhei dois passos — ela soergueu-se completamente, os cabelos emaranhados caindo sobre os ombros.

— Não, não, André; tudo, menos isto.

E tombou de novo, sem forças, ao mesmo tempo que me estendia uma das mãos. Precipitei-me:

— Ah, você me quer, você me quer, ainda gosta de mim!

Não poderia dizer se o seu gesto me repudiava ou me atraía; um estremecimento contínuo percorria-lhe o corpo, e toda a vitalidade que se continha nele parecia concentrar-se nos olhos, na luz desapiedada e funda daqueles olhos que me contemplavam de outra distância, onde eu já não estava, mas onde possivelmente florescia, numa diabólica fragrância, a memória do que eu fora e do prazer que lhe proporcionara.

— André...

E ela nem me chamava e nem me repelia, contentava-se em ser apenas a coisa amada, amante e exposta, trêmula e humilde, orgulhosa e subjugada, no último transe de sua inerme condição humana. Sentei-me novamente, tomei-a nos braços sem que ela fizesse o menor esforço:

— Minha querida.

Apenas gemeu:

— Não faça assim que me machuca, não faça assim.

De toda ela, de toda aquela desfalecente matéria suada e vibrátil, desprendia-se com força o mesmo cheiro morno, intolerante, que sentira à minha entrada. Mas para mim, no pouco tempo em que me achava ao seu lado, aquele odor já fazia parte dela, e pelo fenômeno da transposição que nos unia, agora se incorporava a mim, e era também o odor do meu suor e do meu sangue.

— Minha querida, minha pobre querida — repeti, beijando-a sobre os olhos, nas faces, na boca; e ela fugiu, os lábios entreabertos, secos. Para mim, no entanto, ela era muito mais bela naquela fuga do que numa atitude submissa de oferta.

Voltei a roçar meus lábios pelas suas têmporas, que latejavam surdas sob a carícia; e assim abraçados, que não disse eu naquele instante, que palavras ousei empregar, que rogos, para que ela cedesse à minha fome? O lençol descaíra de um lado, e deixara à mostra um dos seios — o intato — e isto me bastava. Com mãos conduzidas por uma força que parecia exterior a mim, fui baixando a coberta, e vi surgir o tronco inteiro. Desfalecida, a cabeça pendia para trás. Eu sentia o volume sobre meu braço, mas não podia distinguir-lhe os traços, porque a escuridão do quarto já era quase absoluta. Em torno, flutuando, aumentava aquele alento, aquele ar viscoso e repulsivo, em baforadas, como se remexessem detritos mornos numa tina. Deixei-a tombar sobre a cama e ergui-me, sentindo que o momento supremo havia chegado. Sobre o monte de travesseiros, sem ritmo, ela respirava e gemia baixinho, contorcendo-se como sob o impulso de um dínamo invisível.

— Nina — chamei, e minha voz, sem eco, retiniu de modo estranho no silêncio do quarto.

Àquele apelo, cujo significado ela não podia deixar de entender, e que longamente repercutiu através dos filamentos de sua carne sofrida, ela exclamou de modo bastante audível:

— Oh, por quê, por que você veio?

— Nina — repeti — não há ninguém, só nós dois.

O eco fez daquelas palavras "só nós dois" um som cavo como a nota grave de um órgão que vibrasse na sombra que nos estreitava.

— Por quê... — disse ela ainda, e de repente, inteiriçando-se, sentou-se na cama, os cabelos empapados de suor grudados na testa, no pescoço e nos ombros.

— Uma vez ainda, Nina — implorei.

Não me respondeu, mas um grande estremecimento percorreu-a, como uma corrente elétrica que lhe atuasse da ponta dos pés à cabeça. Ao mesmo tempo seus olhos me fixaram — azulados à força de uma profundeza, de uma intensidade que eu jamais saberia exprimir — e depois de demorarem sobre mim o espaço de tempo exato para contornarem minha figura e do seu todo extraírem a última revelação de sua existência à parte, apagaram-se, e o corpo voltou à sua primitiva posição. Mas naquele olhar, como elementos em luta, eu percebera não só a consciência do local em que nos achávamos (um miserável quarto, uma prisão, como todos os quartos do homem) mas também a lembrança das nossas horas de amor, das nossas promessas, de tudo enfim o que constituía o laço cálido e penumbroso de nossa união. Agora, o corpo esperava alongado sobre a colcha, como se antes da verdadeira morte, que não tardaria a sobrevir, uma outra morte lhe fosse outorgada. Deitei-me ao seu lado — que me perdoem a exuberância de minúcias, mas prometi a mim mesmo, a fim de conservar na memória uma imagem perfeita, fazer subsistir do acontecido tudo o que me fosse possível — e imóvel, prestei atenção durante algum tempo ao modo intermitente como respirava. Mas logo, sob o lençol, sua mão me procurou, ansiosa, fria, até que me atingiu, primeiro o flanco, e foi deslizando ao longo do meu talhe, até o ventre — e pousou no local exato para onde afluía toda a força existente no meu corpo. Mais do que um toque, foi uma pressão o que ela exerceu — e esta pressão, não havia dúvida, significava um convite.

Inclinei-me e, cego, colei meus lábios àqueles lábios já isentos de qualquer vibração. No princípio, quando eles tocaram a membrana dos seus, ainda senti aquele afago, aquele morno de fruta madura que são o íntimo de todos os beijos; mas à medida que lhe forçava a boca, e com a língua atingia-lhe o paladar, não era mais essa descoberta do húmus alheio o que me transportava, mas um odor rançoso, indefinível, que sobrevinha do seu âmago como um excesso do óleo que fizesse andar as escuras profundezas daquele engenho humano. Dirão aqueles em cujas mãos tombar um dia este caderno: delírio, mocidade. Delírio ou mocidade, que importa, era o meu único encontro com a morte, com o seu subterrâneo trabalho de desagregar e confundir a harmonia interna de que se compõe cada ser vivo. A imagem da porta fechada não me abandonava o pensamento. No entanto, naquele momento, não era a fruição da vida o que me interessava, mas a da morte. Agi, e como agi, não sei — era um terror, uma ânsia de me completar em sua agonia. Ela própria não me incitara, não me dissera que era preciso atravessar o muro, possuir, romper e anexar os seres que amamos? Amei. Amei como nunca, sem saber ao certo o que amava — o que possuía. Não era um interior, nem uma mulher, nem coisa alguma identificável — era uma monstruosa absorção a que me entregava, uma queda, um esfacelamento. Sobre minha cabeça sentia girar a própria força do escuro, e como se estivesse no vórtice de uma vertiginosa água, meu ser ameaçava fender-se no embate contra um poder que me fazia rodar sem descanso, sem no entanto atingir qualquer coisa que em mim permanecia imune ao frenesi dessa espantosa viagem. Até o instante em que ouvi um grito romper o ar — e acordei. Desfalecida em meus braços, ela arquejava. E pelos meus punhos, pelos meus dedos, escorria um líquido que não era sangue e nem pus, mas uma matéria espessa, ardente, que descia até meus cotovelos e exalava insuportável mau cheiro. Abandonei-a, e ela afundou-se na massa mole dos travesseiros. O líquido, vagaroso, ainda escorria pelos meus braços. Morta? Viva? A questão era inútil. Vivo era eu, ante as sobras da minha louca experiência. Vivo era eu, e esta consciência me fez ficar de pé, transido, olhando a coisa sensível que ainda ofegava sobre a cama. De todos os lados, como um rio invisível que fosse crescendo, e esbatesse suas ondas de fúria contra os limites opostos que representávamos, o sentimento do fracasso se interpunha entre nós; passo a passo fui recuando, recuando, até o fundo da parede, como se deixasse espaço para que aquele mar fervesse, e subisse até nossos peitos impotentes, e nos atordoasse com seu cheiro de sal e de sacrifício. Rapidamente o mundo recompunha-se no seu mutismo. Pela primeira vez então, ergui o punho contra o céu: ah, que Deus, se existisse, levasse a melhor parte, e dela arrancasse seu sopro naquele minuto mesmo, e estabelecesse sua lei de opressão e tirania. Que até nos diluísse em matéria de nojo, e vivos, para maior divertimento seu, exibisse o atestado de nossa podridão e de nossa essência de lágrimas e de fezes — nada mais me importava. Literalmente nada mais me importava. Um vácuo fez-se em mim, tão duro como se fosse de pedra. Senti-me sorvendo o ar, caminhando, existindo, como se a matéria que me constituísse houvesse repentinamente se oxidado. E nunca soubera com tanta certeza como naquele instante que, enquanto existisse, proclamaria de pé que o gênero humano é desgraçado, e que a única coisa que se concede a ele, em qualquer terreno que seja, é a porta fechada. O resto, ai de nós, é quimera, é delírio, é fraqueza. Tudo o que eu representava, como uma ilha cercada pelas encapeladas ondas daquele mar de morte, admitia que a raça era desgraçada, condenada para todo o sempre a uma clamorosa e opressiva solidão. A ponte não existe, jamais existiu: quem nos responde é um Juiz de fala oposta à nossa. E sendo assim, desgraçada também a potência que nos inventou, pois inventou também ao mesmo tempo a ânsia inútil, o furor do escravo, e a perpétua vigília por trás desse cárcere de que só escapamos pelo esforço da demência, do mistério ou da confusão.

44. Segundo depoimento de Valdo (1)

Não sei bem como consegui realizar aquela viagem ao Rio de Janeiro. Sei apenas que, entrando um dia em nosso quarto, espantei-me de tal modo com o aspecto físico que ela apresentava que decidi partir imediatamente. Abeirei-me da cama, tomei-lhe o pulso, vi que era irregular e que o rosto, tão conhecido meu, cujos traços tanto haviam alimentado minha ternura, já ia adquirindo esse aspecto deformado e triste que lhe empresta o coma. Seria exagero meu? Desde que conversara com o médico, e ele constatara a metástase, vivia num perpétuo estado de sobressalto. Mas se na minha descoberta ia muito do susto em que andava, era indubitável que naqueles últimos dias a doença acelerara extraordinariamente a sua marcha. Fui à sala procurar Demétrio, disposto a discutir os detalhes da partida. Encontrei-o sentado numa cadeira de balanço, aparentemente absorvido na leitura de um livro. Não muito distante André dormitava sobre o sofá.

— É tão grave assim? — perguntou Demétrio sem se levantar, e imprimindo ligeiro impulso à cadeira.

— Grave? — e minha voz tremeu. — É mais do que grave, acredito mesmo que não tenha muitos dias de vida.

Fitou-me como se eu acabasse de dizer uma exorbitância. Ah, que pensaria ele, que os Meneses estivessem isentos das condições de vida e de morte? E no ligeiro silêncio que se seguiu, fui eu quem o examinou com curiosidade: ele abaixou os olhos e folheou com indiferença o livro que se achava em suas mãos. Curioso tipo de homem, curioso Meneses — há anos e anos que eu conhecia seus hábitos e o que significava um rompimento neles. E não podia dizer, ali diante dele, que agora estivesse se defendendo — não — e como prova disto, podia apontar sua presença mais ou menos constante na sala naqueles últimos tempos. Sabia ele da doença de Nina, não ignorava nem mesmo sua gravidade, mas era mais do que provável que jamais tivesse pensado na possibilidade de um desenlace próximo. Ao examiná-lo, eu percebia, apesar do costume e do hábito da vida em comum, o que nele era elemento estranho, inassimilável — um silêncio, uma reticência diante dos fatos e que, apesar da sua presença na sala, por exemplo, era repulsa simples e constante por tudo o que acontecia. Então era impossível não adivinhá-lo no seu elemento imponderável e secreto: ele não acreditava no drama. Sua natureza como que repelia todo fato anormal, e até mesmo a morte, que para os outros era um fator decisivo e sem remissão, para ele era uma violência, um atentado, contra que se opunha calado, mas com toda a energia de que dispunha. Poder-se-ia supor que aquilo o ferisse na sua sensibilidade, mas instintivamente eu compreendia que, menos do que um refinamento, o que existia nele era uma autêntica ojeriza a ser molestado, não nos seus hábitos diuturnos e caseiros, mas no centro mesmo dos princípios rígidos e solitários em que se acastelara. A morte não era um golpe vibrado por força superior e inelutável — era desafio de igual para igual, a que era necessário responder com a luta, ele, Meneses, também acrescido, mas, como todo ser humano, incerto do valor de suas armas. Sentando-se na sala, demonstrava simplesmente que não fugia e, se bem que atordoado, estava pronto a entrar em combate — a colaborar, se assim se poderia dizer. Apenas, e isto era o que sua atitude demonstrava, não acreditava que a cidadela estivesse sob tão iminente ameaça. Depois de algum tempo, como meu exame o incomodasse, e visse que o silêncio entre nós se prolongava, observou:

— É preciso cuidado, Valdo, não estamos em época de fazer gastos.

Aquele tom reavivava uma atmosfera em que eu me debatera durante toda a minha vida: investimentos fracassados, operações bancárias mal alicerçadas, empréstimos que jamais eram reembolsados, enfim toda uma série de desastres financeiros que fizera a família chegar à situação em que agora se encontrava. Assim, respondi no tom mais seco possível:

— Eu sei.

Sem dar grande atenção à minha resposta, ele continuou:

— Considere que depois da morte de nossa mãe, nada fizemos para aumentar o dinheiro que nos deixou — ou melhor, só fizemos negócios errados. E temos vivido unicamente de rendas que já se acham praticamente esgotadas.

— Sei disto — repeti com calma.

Então ele fechou definitivamente o livro e levantou a cabeça para mim:

— Não seria possível evitar esses excessos?

Considerei-o friamente — a hora não comportava disputas.

— Não queria que faltasse a ela coisa alguma.

— Você acredita mesmo... — e ainda uma vez seus olhos desconfiados me examinaram.

— Acredito — respondi com firmeza.

Ele suspirou:

— Então o caso é diferente. Você pode fazer o que quiser.

Já dava eu o caso como encerrado, e ia retirar-me da sala, quando ouvi novamente sua voz:

— Você trará alguém consigo?

— Alguém? — repeti, sem entender logo o que ele queria dizer.

— Sim, um médico.

— Decerto — e depois de ligeira pausa: — Vou exatamente à procura de um especialista.

Vi uma sombra mover-se em sua fisionomia, alterando-a de leve como sob uma pressão interna — ah, dir-se-ia que o seu mecanismo interior se punha em movimento, e o resultado desse trabalho, como óleo que escorresse e azeitasse peças emperradas há muito, movimentava partes anquilosadas, dando àquele rosto velho uma expressão nova, onde se surpreendia até mesmo um toque de patético.

— Adianta? — e sua própria voz parecia vibrar diferente.

— Que importa? — e também minha resposta, neste curto diálogo tão pejado de sentido, tinha sido dita num tom que não me era o habitual.

Ele compreendeu, com essa perspicácia que só pertence aos seres dura e longamente fechados sobre si mesmos, que havia ultrapassado determinados limites com aquelas simples palavras — tão férrea era sua disciplina emocional, e tão pouco se achava acostumado a fazer concessões às simples contingências humanas. Assim é que, voltando à sua atitude habitual, respondeu-me apenas com um aceno de cabeça. A entrevista entre nós se achava terminada. Deu-se então um fato que eu estava longe de imaginar que acontecesse. Ia afastar-me, pela segunda vez, quando sua voz me atingiu:

— E no caso... no caso de...

Voltei-me: ele estava de pé, um pouco inclinado para a frente, e pareceu-me singularmente mais pálido, talvez pelo esforço que empreendia. Não respondi prontamente porque uma curiosa alteração se processava em meu espírito; do lugar em que me achava — a uns dez passos de distância — examinei meu interlocutor e, pela primeira vez na vida, senti o quanto nele existia de frágil e de insustentável. Não, ele não era homem que vivesse através da piedade explorando a complacência alheia; não tinha necessidade dela, e nunca mostrava em sua natureza qualquer fissura que nos levasse a um gesto de comiseração. Ao contrário, sempre se ocultara, dúbio e fechado em seu mutismo, como por detrás de sólidas paredes; nunca tivera uma expressão, um movimento que servisse de ponte ao interesse ou à ternura de seus semelhantes; ignorava o que fosse comunicação, e para não conceder coisa alguma neste terreno, também não recebia nada, e sua existência, pelo menos aquela de que eu tinha notícia, era idêntica à de certas plantas, isoladas e avaras, que vivem do ar — mistérios que a Natureza impõe. Mas agora não — e a instantaneidade daquilo fazia-me supor o artifício de todo o resto — erguera-se ele para um grito que ainda era pouco, mas que já o diminuía, já o tornava vulnerável à minha caridade, e fazia incidir sobre ele, brutalmente, uma luz que o decepava — duas metades de homem — uma, densa e secreta, outra composta e fria, ambas exibindo a estrutura interna como um edifício que subitamente se abre aos nossos olhos. Achei-o menor, mais degradante, mais humilhado em sua roupa escura e sem brilho; sua auréola desfazia-se como por encanto e, indefensável ante mim, surgia finalmente o verdadeiro Demétrio, necessitado de piedade, de tanta piedade quanto qualquer ser humano colhido pela engrenagem do drama e do imprevisto.

— No caso de... — repeti, sem querer avançar, e esperando que ele se rendesse.

Vi que seus lábios tremiam, e deixou escapar um suspiro fundo:

— No caso de um desenlace, de um acidente qualquer.

Contornava o perigo, não ousara dizer a palavra, sofria como qualquer um de nós. Meu contentamento a esta descoberta foi tão forte que eu me dominei, antes de responder com fingida displicência:

— Betty e Ana estão lá dentro. Além do mais, André estará sempre rondando aí por perto.

A informação não pareceu contentá-lo muito — continuou de pé, a mão apoiada ao espaldar da cadeira, como se tivesse necessidade de um apoio. Assim mesmo, erguendo os ombros, mostrou-se afinal disposto a deixar-me partir. Antes de abandonar a sala, porém, e já no limiar da porta que se abria para o corredor, voltei-me a fim de vê-lo uma última vez: ele também me fitou, como se aguardasse um gesto meu, uma palavra de solidariedade, o que quer que fosse que o salvasse de si mesmo, que não o permitisse ficar ali abandonado, à mercê de acontecimentos que ignorava e que o deprimiam. Sim, contemplamo-nos durante um minuto e posso garantir que, como uma conspiração cujos motivos viessem finalmente à luz do sol, compreendi o seu silêncio, a hostilidade de que se cercava, sua inquebrável aura de Meneses, as origens da possível superioridade que sempre manifestara em relação a mim e a todos — ele, Demétrio, aquele homem pequeno, cujo coração por certo já não funcionava normalmente, e que agora regressava ao seu lugar, sem coragem, atassalhado pela timidez e pela incapacidade. Ah, confesso que descobrir tudo isto causou-me um arrepio de prazer, e eu sorri. Era a primeira vez que sorria assim, e não havia triunfo, nem desdém naquele sorriso, apenas a certeza de que havíamos chegado à fronteira que ele tanto temia, e onde finalmente se esboroava não ele, nem eu, mas todo o monumento de uma família despótica, erigido pelo orgulho do bem, da posição e do dinheiro. Ele compreendeu o que se passava comigo, pois a cólera fê-lo empalidecer ainda mais, e vi sua mão, nervosa, apertar o espaldar da cadeira como se fosse triturá-lo. Mas a verdade é que, naquele minuto, ele necessitava mais de mim do que eu dele. Por quê? A pergunta, sem ser formulada, vibrou no ar nítida e luminosa como se fosse de cristal. Eu ainda não conhecia os motivos, se motivos havia, mas naquele minuto, indubitavelmente, sozinhos e defronte um do outro naquela sala que também parecia desconhecê-lo — a ele, o chefe, o patrão, o irmão mais velho — poderia jurar que não poderia haver termo de comparação entre nós dois, e que ele era bem mais infeliz do que eu.

A porta fechou-se por trás de mim e achei-me no corredor. Mal dera alguns passos quando vi o vulto de Ana que se aproximava. Não posso explicar o motivo, e possivelmente não haveria nenhum, mas nunca deparei minha cunhada sem experimentar certo mal-estar. Não havia dúvida de que ela era discreta, calada, e via-se até que se esforçava por todos os modos possíveis para ocupar um espaço mínimo; mesmo assim, no entanto, não podia me furtar à impressão de que ela vivia sob a injunção de um pensamento oculto e que todos os seus gestos, mesmo os mais banais e os mais desprovidos de intenção, obedeciam a um móvel calado que ela não tinha coragem para expor a ninguém. Naquele corredor, infelizmente, não era possível evitar o encontro.

— Está dormindo? — perguntei assim que atingimos a altura um do outro.

Ela lançou-me um olhar que parecia não exprimir coisa alguma. Insisti na pergunta.

— Não está dormindo — declarou ela — mas parece mais aliviada.

Certamente não diria mais do que isto, e parecia mesmo disposta a se afastar, quando eu a interceptei:

— Vou viajar, Ana.

Ela fitou-me um tanto admirada, esperando contudo que eu acabasse de falar. Esclareci que ia à procura de um especialista, e que a viagem talvez não durasse mais de dois ou três dias — o suficiente para que encontrasse alguém, de senso e responsabilidade, que se dispusesse a acompanhar-me à Chácara. Ela me encarava sempre, e havia uma expressão dubitativa em seu olhar, como se pusesse em dúvida não as minhas palavras, mas o alcance do meu gesto. E realmente, à medida que eu falava, como que a razão desertava dos meus motivos e a viagem parecia subitamente inoportuna e sem significado. Quando acabei de falar, ela disse-me apenas:

— Está bem.

Mas vendo que eu não me afastava, acrescentou:

— Eu e Betty cuidaremos de tudo. Pode ir descansado.

Esta afirmativa encerrava tudo o que tínhamos a dizer um ao outro. Ela afastou-se, e durante um momento acompanhei-a com o olhar, até que desapareceu na sala. Ah, imaginava eu comigo mesmo, como Ana havia assimilado o sistema dos Meneses; como se incorporara à austeridade da Chácara, e aprendera a ser calada e parcimoniosa de gestos. Nina, ao contrário, jamais se adaptara, vivia no ambiente como uma perpétua excrescência, sempre pronta a partir, voltando sempre. Ainda agora Ana demonstrava o quanto se integrara no espírito da família, aceitando sem discussão a situação que se delineava, prestando calada o seu apoio, sem que para isto alguém a solicitasse ou lembrasse o dever a cumprir. Talvez houvesse nela realmente um mistério, mas o que quer que fosse, tinha eu certeza de que jamais viria à tona, porque ela preferiria morrer, a partilhar com alguém a razão de seus sentimentos. Enquanto assim pensava, dirigi-me para o jardim — queria ficar só antes de partir, a fim de coordenar minhas ideias e pensar no que iria fazer. Na obscuridade, enquanto caminhava, vi a casa acesa, de janelas abertas, com uma ou outra sombra transitando em seus corredores; a Chácara, sempre mergulhada em sua calma, surgia diferente para quem conhecia seus hábitos. Era curioso de se ver, e havia certo encanto nisto — um sopro novo parecia alimentá-la e ela se erguia atenta, como na previsão de acontecimentos importantes. Não me lembrava de tê-la visto assim tão preparada, e possivelmente me orgulharia de sua nova atitude, se não trouxesse o coração pesado e não pressentisse que, como certos doentes graves, ela só abrisse os olhos para celebrar o próprio fim.

45. Última confissão de Ana (1)

Fui eu quem descobriu o mau cheiro. Estava sentada junto a Demétrio, pois a doença que se processava em casa havia nos aproximado um pouco mais naqueles últimos tempos. Ele abandonara o quarto, e um tanto do seu modo reservado: transitava, olhava os outros, parecia até mesmo esperar deles um esclarecimento. Uma vez cheguei a surpreendê-lo descendo a escada do jardim, devagar, a mão sobre os olhos por causa do sol que ainda brilhava: sua cabeça branca, de finos cabelos que o vento leve fazia ondular, pareceu-me insólita. A verdade é que tinha qualquer coisa de uma relíquia que abandonasse o estojo. Vendo-o disposto a afrontar a luz da tarde, cheguei a pensar que tivesse medo — sentiria a morte rondando no âmbito em que vivia? Caso contrário, que motivo o faria abandonar seus terrenos comuns e aventurar-se assim por zonas onde nunca pisara antes?

Como permanecêssemos sozinhos durante longas horas, a expectativa nos unia. Trocávamos algumas palavras de vez em quando, sem no entanto jamais nos referirmos diretamente ao fato. Mas nem por nos mantermos neste silêncio, ele se achava menos presente entre nós. De qualquer lado para que nos voltássemos, lá estava o quarto em torno de cuja porta fechada a morte rondava. Muitas vezes, em silêncio, eu examinava meu marido e, de momento a momento, sua decrepitude tornava-se mais evidente aos meus olhos. Esta constatação insuflava-me ventos de rebeldia, e eu que sempre andara colada à sua sombra em outras épocas, agora tomava liberdades, afastava-me, deixava propositadamente de responder às suas perguntas, fingindo que dormia — e ele tolerava tudo. Com o olhar implorava-me que eu lhe dissesse alguma coisa, que decerto eu pressentia, sem saber o que fosse.

Como daquela vez ainda nos mantivéssemos ao lado um do outro, num sono postiço que era a nossa defesa comum, levantei a cabeça e indaguei:

— Não está sentindo?

Ele abriu os olhos pressuroso:

— Não; que é?

— Repare.

Moveu a cabeça, aspirando o ar, depois se voltou para mim:

— Não estou sentindo nada.

— Um cheiro que vem do corredor...

Aspirou de novo o ar, e desta vez concedeu:

— Um cheiro de remédio, talvez.

— De remédio — concordei — misturado porém a outra coisa.

Essa "outra coisa" que eu sentia, não tive coragem no entanto para enunciá-la. Continuamos sentados na mesma posição em que nos achávamos, eu elaborando um paciente tricô, ele com olhos perdidos no vago — mas entre nós, astuta e fria, transitava agora a imagem daquilo que não ousávamos denunciar. De vez em quando, erguendo novamente a cabeça, ele voltava a aspirar o ar com força, procurando sem dúvida verificar se o mau cheiro permanecia ou se havia desaparecido com a brisa. Não, não havia, e enquanto eu fazia a agulha ir e vir, distinguia perfeitamente, sem necessidade de me forçar, que ele aumentava, ou melhor, estabilizava-se, enchendo todo o espaço vazio da casa. Assim, não era uma onda passageira, um simples odor que a brisa arranca de um dejeto ou de um animal morto à beira de um canteiro. Agora, provavelmente, Demétrio já havia percebido do que se tratava.

— É melhor ir lá dentro — disse ele, remexendo-se na cadeira.

— Para quê?

— Verificar o que está acontecendo.

Parei o trabalho, dobrei as duas grandes agulhas sobre a almofada, ergui-me e dirigi-me ao quarto sem dizer mais palavra. À medida que avançava, o cheiro tornava-se mais persistente, revelando o laboratório onde se processava sua morna composição. E aquele ainda não era, devo esclarecer desde já, o mau cheiro contínuo, insinuante, que durante muitos e muitos dias nos perseguiu, impregnando roupas, copos, móveis e utensílios, tudo enfim, com seu açucarado alento de agonia. Naquele instante, dirigindo-me ao quarto da doente, ainda podia suportá-lo, considerando-o um simples mau cheiro, se bem que ele me revolvesse as entranhas — mas não tardaria muito em chegar a hora em que só poderia caminhar pela casa com um lenço colado ao nariz. Já havia visto mortes se escoarem melancólicas, secas e sem cheiro — minha própria mãe, por exemplo, vitimada por um ataque cerebral — mas era a primeira vez que via alguém assim se decompor como sob o esforço de violenta combustão interna.

Entrei, e na obscuridade percebi Betty que ajeitava os travesseiros. Nada parecia incomodá-la naquele ambiente saturado de odores estranhos. Aproximei-me e, assim que me viu, ela levou um dedo aos lábios:

— Está dormindo — murmurou.

Dirigimo-nos para um canto e, mostrando o lenço que eu usava, indaguei se ela sabia a origem daquilo. Perturbou-se:

— Não sei, há qualquer coisa que não vai bem. Ela própria já percebeu isto.

— Que foi que disse? — indaguei com uma ponta de curiosidade malsã.

Primeiro olhou receosa para a cama, depois puxou-me um pouco mais para o lado, como se temesse que a doente ouvisse a indiscrição que ia cometer:

— Pobrezinha! — murmurou. — Como eu estivesse mudando a roupa da cama, falou: "Acho que estou apodrecendo, Betty". Disse a ela que não, que o cheiro era por causa do calor, que andava muito forte. Abanou a cabeça: "Não é não. Se você não tivesse nojo, queria que me fizesse um favor". Indaguei qual era. E ela: "Que me esfregasse o corpo com água-de-colônia".

— E você esfregou?

Ela me olhou, escandalizada:

— É claro, esfreguei sim. Se visse a pobre como tem as costas...

— Como?

— Numa chaga.

— Mas como — insisti eu, admirada com o que escutava — se não havia disto o menor sinal?

Betty mostrou-me um monte de lençóis atirados num canto:

— Está vendo?

— Que é aquilo?

— Roupa suja de sangue.

Ficamos em silêncio, ouvindo a respiração entrecortada que vinha da cama. Betty, talvez desejando aproveitar minha presença, abaixou-se para apanhar a roupa. Veio-me então um súbito terror de ficar ali, sozinha com aquela presença que se decompunha.

— Não, não. Deixa isto que eu faço. É melhor você ficar aqui, Betty.

E tomei-lhe o embrulho das mãos. O mau cheiro desprendia-se dele com muito maior intensidade, e era fácil perceber agora do que se tratava: uma emanação de sangue ruim, de mistura a não sei que matéria decomposta e esverdeada. Colei novamente o lenço ao nariz e abandonei o quarto, sobraçando minha carga. No corredor encontrei Demétrio, que não tivera paciência para me esperar na sala e passeava de um lado para outro no corredor. Assim que o vi, temi que fosse necessário dizer-lhe alguma coisa, mas pelo simples olhar que lançou à roupa, percebi que já havia compreendido tudo.

Desci ao pátio, a fim de atirar no tanque a roupa usada. No crepúsculo que já inteiro se difundia na atmosfera, a Chácara sobressaía com extraordinária nitidez: olhei-a de longe, com todas as janelas abertas e as luzes acesas. Ah, não restava a menor dúvida de que nem eu e nem ninguém se achava acostumado àquele aspecto. Quem quer que a visse de longe, estranharia seu aspecto de coisa invadida e violada. No entanto, na metamorfose que a alterava, e isto desde o cimo até sua mais secreta estrutura, havia um silêncio, uma espera que lhe emprestava um dignificante tom humano. Vendo-a, era impossível não reconhecer a importância do momento: como que em sua estática atenção, ela aguardava que a rajada passasse. Por cima, nos altos espaços que o céu azulava, percebia-se o estrondar da correnteza invisível, o vento, e era decerto a essa refrega que ela prestava atenção, com seus ouvidos de pedra, seus nervos de pedra, sua alma de pedra, silente e evocadora, como um instrumento de música morto na vastidão do campo. Eu própria, por que negar, sentia em mim mesma uma transformação: como que minha essência habitual se dissolvia, decompondo-se, integrando o ar de doença que a tudo impregnava, e criando para mim, no vazio, uma situação inteiramente nova. Sim, por mais que fizesse, e debatesse no meu íntimo, e arrazoasse os fatos, a verdade é que não esperava que ela morresse, e morresse daquele modo. Não era para mim um acabar normal, uma solução para tantos pontos confrangidos e dolorosos — não desaguávamos ali naturalmente, como uma coisa que se esvai, aparando as arestas, consumindo as dissonâncias, e afinal atirando tudo ao insondável do tempo — não, era um castigo abrupto e sem sentido que sobrevinha, uma agressão, o sinal da vontade e da cólera de um Deus provocado em sua justiça. Ah, e então, por muito que estranhasse o efeito daquela morte, não podia deixar de compreender que realmente há uma Providência divina que vela por todos nós, e ninguém poderia me dizer o contrário, nem mesmo Padre Justino. Ali estava a prova, naquele montão de roupa ensanguentada, e eu não tinha a mínima dúvida de que constituísse um testemunho solene de que meus apelos haviam sido atendidos. Pensando isto, eu abraçava a trouxa, como se retém junto ao coração um penhor de amizade. Que me importava o seu mau cheiro, que me importava sua umidade de suor, seu bafo de agonia: afogando-me neles, era como se eu estreitasse um ramalhete das mais frescas rosas, e sentisse através do seu bolo ensanguentado, não a vingança que exprimiam, mas um odor carnal e excitante de sangue e primavera. Chegava a rodar, a ensaiar um passo de valsa; acordes invisíveis faziam soar acima da minha cabeça uma música de vitória, e eu girava como se estivesse embriagada, e comigo girava a paisagem naquela primeira e única dança em que deixava extravasar toda a alegria do meu ser. Se alguém me visse, pensaria por certo que eu tivesse enlouquecido — e não estaria longe da verdade, pois a alegria do solitário é como uma taça de champanha brutalmente sorvida: altera de imediato os sentidos, e produz uma efervescência que muito se assemelha à dos que não controlam mais o próprio espírito. Não sei quanto tempo girei assim no escuro, abraçada àquele fantasma elaborado com os lençóis amarfanhados — sei apenas que rodei, rodei, enquanto sentia subir-me às narinas um odor forte de violetas e heliotrópios esmagados, como o que se desprende de uma gaveta onde existem guardadas velhas roupas de baile. Finalmente, esfalfada, abati-me junto à coluna do tanque, ofegante, a testa molhada de suor. A trouxa escorregou-me das mãos. Durante algum tempo, imóvel, permaneci com o rosto colado junto ao cimento frio. Deus existia, repetia comigo mesma, pelo menos o Deus inflexível e capaz de desferir o raio, mesmo sobre os mais diletos objetos de sua criação — mesmo sobre aqueles que, como Nina, houvessem no seu acúmulo de graça infringido as severas leis a que são submetidos todos os seres humanos. Agora poderia vagar tranquila, pois tinha certeza de que Deus me ouvia e não se desinteressava da pobreza dos meus gestos. Meu espanto nada tinha a ver com a ferocidade do decreto. E isto me transmitia — afinal — uma paz seca, sem nuanças e também sem alegria. Sobre aquele último passo de dança, o que eu gozava era o sossego da missão terminada.

(Sim, que posso eu dizer mais senão que realmente termino aqui? Aberta a porta do porão, cuja chave guardei ciosamente durante tanto tempo, devassado o quarto onde o vira agonizar, a ele, Alberto, o peito coberto de sangue, já nada mais tenho a esconder, e nem a fazer aqui. Nenhum ciúme me alimenta, nenhum sentimento positivo ou negativo. Vejo a casa se abalar, tremerem seus alicerces, ruírem os próprios Meneses — repito, nada disto me importa. O que eu tinha de viver, o que considero como meu quinhão nesta vida, termina aqui. Pelo menos se depender da minha vontade. Sinto-me assimilada a esta paisagem como um detalhe sem significação. Um dia desses, quando a caliça morta deixar repontar sobre a casa a primeira erva de ruína, irei por estes campos afora, até tocar com o pé um monte de terra encimado por algumas flores secas. Em torno não haverá cerca, nem muro, nem nada — um jequitibá apenas, não muito longe, cobrirá com suas folhas negras um terço daquela área de cemitério mineiro, onde os bois e os cavalos pastam livremente. Direi comigo: "É aqui que ela descansa. Ou, quem sabe, remói a memória dos seus crimes". Por cima, imenso e sem fulgor, estender-se-á um pesado céu de outono. Sentar-me-ei então à sombra do jequitibá e, tomando do chão um galho seco, traçarei o nome dela sobre a terra. Será, por um minuto, a única coisa que dela ainda haverá de sobreviver ao esquecimento. Depois virá de longe um vento solto, desses que rodam à toa pelas várzeas, e apagará o nome — e então só ficará o monte de terra, até que outro vento espalhe a terra, essa terra se confunda a todas as terras, e o próprio cemitério desapareça, e as cruzes também, e a área volte novamente a ser apenas campo livre, onde pastem outros bois, que em meio à erva tenra encontrem, uma vez ou outra, um taco de madeira onde ainda sobre uma data ou o resto de um nome gasto pelas intempéries. Aí, então, ninguém se lembrará mais de que ela existiu. Só eu, só eu talvez ainda viva, e de pé à sombra de outro jequitibá, moço e de folhas novas, só eu esmagarei com o pé o capim bravo, procurando o lugar onde ela foi enterrada, indo além, separando com os braços as grossas touceiras de canafístula, voltando, evitando os charcos, até que me detenha junto ao lugar onde inesperadamente acabe de se abrir uma flor vermelha — uma flor de cacto — única e cheia de espinhos. Direi "foi aqui", e durante muito tempo ficarei olhando o céu, até que a tarde desça e eu ouça, como um aviso, o som dos cincerros que os bois fazem tanger a caminho do curral.)

Foi perturbada pelas ideias mais contraditórias, que deixei o tanque e vagarosamente voltei para casa.

46. Segundo depoimento de Valdo (II)

....

Quando voltei da minha viagem, encontrei um ambiente idêntico ao que deixara no momento da partida. A doente continuava mal, via-se desde o primeiro instante, e a mesma expectativa dominava todos os semblantes, expressivos e calados. Desta vez, porém, havia uma diferença: acompanhava-me o médico, moço da cidade pouco afeito ao ambiente da roça, mas provido de uma boa vontade que desde o primeiro minuto o tornara simpático aos meus olhos. Examinava tudo com expressão curiosa, onde não seria difícil vislumbrar uma ponta de malícia — no fundo, como os Meneses deviam lhe parecer uma gente estranha, guardando, sob uma aparente liberalidade, as dificuldades e os complexos de certa classe outrora rica, e agora sobrando no retardo da província. Tive consciência disto ainda mais nitidamente quando Ana veio ao nosso encontro, vestida de escuro, fechada no mutismo e na austeridade com que sempre pautara sua vida, trazendo um lenço dobrado na mão que, de vez em quando, discretamente, levava ao nariz.

— Desculpe-me — disse com um gesto lasso. — Este cheiro me dá dor de cabeça.

Apresentei-lhe o médico e ela estendeu-lhe a mão, mas de modo tão rígido e cerimonioso, que mais parecia conceder uma bênção à distância do que cumprimentar um hóspede.

— De que se trata, Ana? — perguntei.

— Oh! — disse ela simplesmente — nada. — Mas como um desmentido, apontou-me a porta do quarto.

Abandonei aos seus cuidados a valise do recém-chegado e propus a ele que fosse imediatamente ver a doente. "O senhor compreende", esclareci, "já perdemos muito tempo." Sugeriu que talvez não fosse de bom alvitre penetrar no quarto assim de chofre, e que preferia ouvir de alguém que ali tivesse estado durante aqueles últimos dias, o relato do que estivesse se passando. Providencialmente, foi Betty quem prestou essas informações. Saía do quarto com uma xícara nas mãos, exatamente quando atingíamos o corredor.

— É ótimo que você esteja aqui, Betty — e puxei-a de parte, pedindo que ela informasse o médico do que se passara durante a minha ausência.

— Não creio que tenha boas notícias — disse ela, meneando a cabeça. — Dona Nina tem andado realmente muito mal.

E enquanto ela falava ao médico, eu, a fim de não ouvir aqueles detalhes que me causavam tão penosa impressão, afastei-me alguns passos. (Ainda tenho o grupo bem presente na memória: ela, pequena, severa nos seus trajes limpos e modestos, ele, o médico da cidade, alto, bem-vestido, inclinado, a ouvi-la atentamente. Por trás, a alguns passos de distância, a porta fechada do quarto onde se encontrava Nina. Ah, como apesar de tudo era difícil não ter esperança; escolhera um médico moço, diferente daquele a que estávamos habituados, dotado de outro método e de outra experiência — como pois não confiar, retirando da lei imutável que nos aflige, uma parcela de luz para iluminar o caminho do futuro? Eu esperava, acreditava, e à medida que o tempo ia passando, em vez de desesperar-me, acreditava mais e esperava mais ainda.) Deixei-os entregues um ao outro, convicto de que nada poderia fazer melhor do que ela própria o fizesse, Betty. (Uma imagem subia à tona, antiga, e por momentos, como um grande jato claro, ocupava-me o espírito inteiro: Betty, moça ainda, quando minha mãe a chamara, a fim de ensinar inglês ao meu irmão Timóteo, um menino naquela época. Sua figura de então, miúda, estrangeira, com a maleta na mão e o guarda-chuva debaixo do braço, respondendo com dificuldade às perguntas que lhe eram feitas. A partir daí, fora se incorporando à família, tornando-se inestimável. Agora, deixando-a com o médico, sentia-me quase tranquilizado, pois sabia que tudo estaria um pouco a salvo, se estivesse sob seus cuidados.)

Devagar, e pela primeira vez, desde que chegara, aliviando meu espírito da sua pesada carga de preocupações, fui me readaptando aos objetos familiares, cautelosamente, como se apalpasse com a satisfação e a incerteza de um cego, um mundo onde vivia tão bem, e a que forças obscuras haviam tentado arrebatar-me. Ah, a província — jamais me acostumaria noutro lugar que não fosse ela. Foi a esta altura que, tranquilo e mudo, divisei na obscuridade da sala a figura de Padre Justino. Não sei se velava ou se havia adormecido, mas tinha um livro aberto sobre os joelhos, e um terço trançado nas mãos. Dormia, provavelmente. Ao seu lado, de pé, um pouco inclinado sobre a cadeira em que o padre se achava sentado, o sacristão, moço ainda, um menino da vila, a quem a gravidade do momento não havia conseguido extinguir o brilho curioso e brincalhão do olhar.

— Como vai, Padre Justino?

Ele estremeceu, despertando:

— Ah, é o senhor Valdo! Vamos como Deus é servido — disse.

Contou em seguida que viera sem ser chamado, apenas porque soubera da doença e imaginara que, no caso de um desenlace fatal, não era justo que alguém se fosse sem a assistência de Deus. Concordei com ele, imaginando que nunca vira Nina se interessar pelas coisas da Igreja. Deus existiria para ela? Invocaria Seu nome algumas vezes? E chocou-me a ideia de que tantas coisas importantes existam para indagarmos às pessoas — algumas, primaciais — e que deslizamos a vida inteira ao lado delas, sem que nossos lábios jamais se descerrem para obter a verdade. Ante meu silêncio, Padre Justino estendeu-se em explicações, alegando que a extrema-unção estava longe de ser um sacramento de morte, como quase todo o mundo considerava, e que ao contrário, continha exatamente uma esperança, um apelo por assim dizer à vida. Enquanto ele falava, e aquela palavra "esperança" soava em sua boca como o dobre solene e fundo de um carrilhão, eu sentia chegar até mim, sub-reptício, colando-se às paredes, denso e invisível, um cheiro que não percebera ainda e que denunciava naquela casa, não a presença do que quer que fosse que corroborasse na existência de uma esperança, mas que se estatelava como um testemunho nu de toda a fraqueza, e de toda a impossibilidade humana. Houve um momento em que o senti tão forte que, estonteado, voltei a cabeça em direção ao corredor.

— Meu Deus — disse — que mau cheiro é este?

— Ah! — disse o padre, e sua voz era singularmente doce — o senhor também sente? — E num dilacerante tom de resignação cristã: — É ela.

— Nina? — e voltei a olhar o corredor, estupefato.

Quase podia divisar, em ondas, o odor que se evolava do quarto, errava na sala, na varanda, e lá fora erraria pela noite até perder-se no espaço livre — e que ali, junto a nós, como que umedecia os muros, suado e doce — um verdadeiro ranço de moribundo. Naquele momento, confesso, solapado totalmente o pequeno fiapo de esperança em que me apoiara, tive medo — não um simples medo do que pudesse acontecer, nem do que viesse a presenciar, mas um medo imperioso e agudo, que subia de escuras regiões onde havia se instalado o primeiro terror do homem. Padre Justino, que sem dúvida acompanhava a transformação por que passava minha fisionomia, tocou-me o ombro:

— Não seria tempo de ver como está ela passando?

— O médico está lá dentro — respondi, e havia certa evasiva na minha voz.

— Mesmo assim... — e seu olhar atingiu-me, repreensivo.

Concordei, mas na verdade sem nenhum ânimo para atravessar a fronteira de onde se irradiava o mau cheiro. Neste momento, como se obedecesse a um sinal combinado, tanta era a sua exatidão, Ana atravessou a sala e, por cima do lenço que lhe cobria exageradamente quase metade do rosto, percebi dois olhos secos e brilhantes que longe de exprimirem consternação, demonstravam apenas uma consciência fria e calculada do que se desenrolava em torno. Aquela atitude me fez envergonhar da hesitação que revelara minutos antes, e toquei no braço de Padre Justino, impulsionando-o, e como se desejasse penitenciar-me da ligeira falta que cometera. Ele também devia ter percebido o que se passava, pois vendo Ana, abaixou a cabeça como se não desejasse importuná-la. Encaminhamo-nos para o quarto, eu um pouco à frente, depois o padre e finalmente o sacristão. Quando abria a porta, divisei novamente o vulto de Ana: havia estacado na sala e, abaixando a mão que mantinha o lenço contra o rosto, parecia hesitar se voltaria ou não sobre seus próprios passos, a fim de nos seguir ao quarto. Decidiu-se afinal e, antes que tivéssemos entrado, já se encaminhava ao nosso encontro. "É melhor assim", pensei.

Quando a porta se abriu, sentimo-nos estonteados com o ranço morno que impregnava o ambiente, mas desta vez não era como simples vaga que evoluísse acima de nossas cabeças, e sim como um elemento próprio, atual e presente, em que mergulhássemos esquecidos de qualquer resguardo. Essa primeira impressão paralisou-me e, imóvel, do lugar em que me achava, procurei a cama — lá estava ela Nina, inteiramente enrolada num lençol. Nenhum movimento, nenhum som denunciava sua existência tão próxima: a doente como que entrara num desses períodos de repouso, que em geral antecedem as grandes crises. Além de Betty e do médico — únicos que não usavam lenços contra o rosto — duas ou três pessoas a mais se achavam em torno da cama, uma vizinha, que não reconheci prontamente (soube mais tarde que se tratava de Donana de Lara), uma empregada e finalmente uma quarta pessoa, impossível de ser identificada, porque se ocultava a meio por trás da cortina pendente da janela. Eu devia avançar, as pessoas assim aguardavam que eu procedesse, com os olhos fixos sobre mim, mas o cheiro crispava-se em torno, formado de ondas sucessivas que me cingiam e jamais se desfaziam no lento embate contra as paredes; aquilo toldava-me a vista, perturbava-me o estômago e ameaçava sufocar-me, sem que eu pudesse fazer um movimento. Inerte, os braços pendidos ao longo do corpo, assim ficaria todo o tempo, caso Betty não me fizesse um sinal, obrigando-me a ir em sua ajuda. Quando cheguei ao pé da cama, vi o médico que me aguardava com a fisionomia carregada.

— Mas não há nada a fazer — disse.

E respondendo à pergunta que meus olhos formulavam:

— Esta mulher está agonizando.

A palavra vibrou no ar, permaneceu um instante como alheada do nosso entendimento, gelada e pura, depois, brutalmente, varou a consciência das pessoas ali presentes. Então era tarde, nada mais havia a fazer; o que não temíamos, por julgarmos impossível de acontecer, desdobrava-se em toda a sua violenta realidade. Senti a vista fugir-me e apoiei-me tonto à borda da cama.

— É possível, doutor? — balbuciei.

Ele foi mais do que explícito:

— O senhor deve chamar o padre — disse.

Padre Justino, que até aquele momento havia se conservado por trás de mim, avançou com decisão — o sacristão acompanhou-o, empunhando os objetos sagrados. Logo em seguida, abandonando o lugar de reserva que havia mantido junto à porta, Ana encaminhou-se em direção à cômoda, onde procurou acender uma vela. Os outros, na pausa que se formara, não ousavam fazer o menor movimento. Ana estendeu ao sacristão um prato onde foram colocadas algumas bolinhas de algodão e, tomando o vaso que continha os santos óleos, depositou tudo aos pés da cruz. Logo, como sob um efeito mágico, vi cintilar o Cristo exangue que havia sobre a cômoda, tendo aos pés um copo com ervas aromáticas. Na sombra o padre revestiu-se com a sobrepeliz e a estola roxas. Ao mesmo tempo Ana fazia um sinal para a empregada, que se dispôs a ir lá dentro buscar uma bacia com água e uma toalha para que depois o padre pudesse purificar as mãos. Assim, todo de roxo e erguendo alto o vaso de prata em que mergulhava os dedos, ele começou a rezar o *Asperges me...* Em seguida, voltando-se para este, entregou-lhe o primeiro recipiente que continha água benta e tomou o segundo, onde se achavam depositados os santos óleos. Observei que as pessoas presentes se ajoelhavam e imitei-as, se bem que mal tivesse noção de que estava sendo levada a efeito a extrema-unção. Inclinando-se sobre a cama, Donana de Lara descobriu os pés da agonizante, tão brancos, tão finos que se diriam os pés de uma criança. "Ah, Nina", pensei eu comigo mesmo, "como poderíamos ter sido felizes, se você não tivesse fugido tanto ao meu entendimento." Ouvi um soluço abafado na sombra: o padre, tocando os olhos da moribunda, começava a rezar com voz pausada o *confiteor*. Qualquer coisa suprema dilacerou-se em mim e tornei a exclamar baixinho: "Nina!" — e senti que nem mesmo aquele nome, outrora tão familiar, conseguia mais o milagre de encurtar a distância já existente entre nós e aquela mulher que partia. Ajoelhada, com um jornal dobrado na mão, Betty procurava afastar uma mosca importuna. Então um ruído surdo, ritmado, começou a vibrar no quarto: era afinal a respiração da doente que se fazia ouvir no seu transe extremo, e aquilo, devagar, foi dominando todos os outros ruídos até que passou a ser uma vibração única, sofrida, e que era como a própria voz do instante que se despedia. Eu já não sentia o mau cheiro, já não sentia nada — tudo me era indiferente. Erguendo-me, afastei-me até a porta e de lá ainda lancei um olhar ao grupo, para que ele mais tarde não se apagasse totalmente da minha memória. Vi então pela última vez Padre Justino que se inclinava, e tocava com os dedos molhados de óleo a sola dos pobres pés abandonados. Fugi então para o corredor, os olhos cheios de lágrimas.

47. Última confissão de Ana (II)

Nos dias que se seguiram, desinteressei-me do quarto e de tudo o que ocorria lá, a fim de concentrar minha atenção sobre outro ponto, também inesperado, e que me pareceu do mais vivo interesse. Refiro-me à atitude de meu marido. Valdo já havia voltado do Rio, e trouxera em sua companhia um médico que, após ligeiro exame, declarou-se impotente para fazer o que quer que fosse: Nina estava agonizante. Apesar de tudo, acrescentou ele, como pudessem precisar de alguma coisa — "nunca se sabe o grau de resistência de um doente" — e mesmo para justificar uma viagem tão extensa, ficaria até o desenlace. Padre Justino, que tinha outras pessoas a atender, retirou-se após ter ministrado a extrema-unção. Um ligeiro repouso desceu então sobre a casa.

Com o auxílio de Betty instalei o médico num dos quartos do fundo, entre a cozinha e o quarto de Timóteo. A novidade pareceu agradar a Betty — provavelmente nunca vira um hóspede na Chácara — pois foi ao jardim, apanhou uma braçada de cravinas e colocou-a numa jarra sobre a mesa do recém-chegado. Para adiantar a minha história, devo esclarecer desde já que este não nos deu nenhum trabalho, e que mal apareceu na sala, fora das horas de refeição. Fora um ou dois passeios que fez pelas redondezas "a fim de travar conhecimento com a paisagem de Minas", todo o seu tempo foi gasto à cabeceira da doente. Ele próprio explicou o fato, e via-se que era acometido de uma pena sincera: "A agonia é muito dolorosa", disse, "e devemos fazer tudo o que estiver em nossas mãos para aliviá-la". Assim, muitas vezes, nessas extensas horas de espera, que se prolongavam da tarde para a noite, e desta para a madrugada, ficávamos a sós, eu e meu marido — ficávamos a sós tantas vezes quantas não me lembrava de ter ficado durante o período inteiro de nossa vida em comum. Não sei quem era o culpado, nem me interessava sabê-lo; provavelmente os dois, nessa culpa comum que aflige um casal desentendido, e que ambos teimam em desconhecer, atirando para cima do outro as razões de tudo. Mas naquele momento ele me interessava, ele, somente ele, e não o que tivesse acontecido em relação ao nosso malogrado casamento. (Enquanto assim pensava, e como uma imagem nascida de duas pontas que se reúnem — o casamento malogrado, a agonia de Nina — uma lembrança antiga voltava a surgir em meu pensamento, tão antiga que dela não saberia precisar os contornos, nem esboçar detalhes: apenas uma lembrança, e ao redor todo o vago que uma lembrança comporta. Nina de pé, junto à mesa de trabalho de Demétrio, uma espátula na mão. Ele, a testa molhada de suor, do outro lado. Ao abrir a porta, senti qualquer coisa como se tivesse havido uma interrupção violenta, um frêmito no ar, uma indecisão como se ele acabasse de se pôr de pé naquele momento. Que diriam, por que a atmosfera parecia tão carregada? Olhei para um e outro, sem que me dissessem coisa alguma. E nunca soube do que se teria passado. Repito, era nos primeiros tempos, e se bem que a presença de Nina me obsedasse, ela nem sequer me fitava à sua passagem. Agora, anos depois, sentada ao lado de meu marido, a imagem estranhamente se repetia; é que no seu rosto, eu reconhecia um pouco daquele aturdimento, daquele ar aflito e desamparado que vira no dia em que os surpreendera juntos. E apesar de todos os meus esforços, a partir daí, ia e vinha, esfumava-se aos poucos para voltar de repente a ser nítida, denunciando uma relação que eu ignorava, um enigma que não me era dado resolver, mas que persistia obstinado em meu pensamento.)

Ah, via-o tão agitado, ele que habitualmente era tão calmo, tão diferente de si mesmo, tão estranho, que não podia deixar de acompanhá-lo com os olhos e de formar, calada, as mais bizarras conjeturas. "Agitado" talvez não seja a palavra exata; aquele Meneses típico, frio e concentrado, deixava daquela vez transparecer apenas um pouco do que lhe ia na alma. Como acontecia a todo mundo, já não era difícil ler em sua fisionomia — porque ele não se defendia mais e nem tentava simular uma emoção diferente. Era exatamente um homem em luta, contra o poder de um acontecimento repentino e bruto. Disse eu que ele se mostrava estranho, e posso dar alguns exemplos dessa atitude que me parecia tão curiosa. Nunca o vira preocupar-se com questões de casa, ou com o que estivesse ocorrendo em relação aos empregados; nem mesmo à cozinha jamais o vira ir, deixando aos cuidados de Betty a orientação do serviço caseiro. Quando muito, e quase em segredo, chamava-a para fazer algumas perguntas concernentes ao procedimento do irmão Timóteo, ou fornecer-lhe ordens a esse respeito. No mais, vivia entregue a um completo alheamento. Agora, no entanto, a situação era outra. Como a casa estivesse com as janelas abertas de par em par — devido ao movimento, ao cheiro dos remédios, a todas as circunstâncias oriundas de uma moléstia grave — irritava-se, queria as janelas fechadas, afirmando que não havia motivo para escancarar assim a Chácara aos olhares curiosos.

— Mas é preciso, Demétrio — respondia eu. — Não sente o calor que está fazendo?

— Sempre fez calor — dizia ele — e nunca houve necessidade deste exagero.

— Mas não havia um doente em casa — protestava eu.

— Aí está: querem é transformar isto numa estalagem — exclamava.

Poder-se-ia imaginar que era movido por um excesso de pudor ante a inevitável curiosidade do mundo, mas sua intransigência estendia-se ainda a vários outros pontos. Por exemplo, uma ou duas vezes, não dominando a inquietação, ele próprio foi examinar se o portão da entrada estava aberto.

— Não há necessidade — explicava — não há festa em casa.

Contra a ideia de passar o cadeado no portão, eu alegava que havia sempre gente entrando e saindo, e que não se podia proibir a visita de vizinhos. Ele erguia os ombros com desprezo: "Curiosos" — e do alto da varanda, gritando com desconhecida energia para mim, ameaçava despedir o empregado que se descuidasse. "Não quero visitas, fechem tudo, digam que não há nada aqui para cheirar." Voltava-se, e sempre havia um brilho de cólera em seus olhos. Mas não eram só as janelas e o portão que mereciam sua vigilância: havia-a estendido a outros pontos, chegando mesmo a invadir a cozinha, lugar onde habitualmente nunca punha os pés, sob alegação de que relaxavam o serviço, e abandonavam tudo, quando não existia nenhum motivo para que a casa deixasse de prosseguir em seu movimento habitual. Assim, interpelava os empregados, abria os armários, ia até mesmo ao ponto de vasculhar as latas de lixo, dizendo que não prestavam atenção e atiravam fora coisas preciosas. Eu não compreendia por que se agitava tanto, e seguia-o com os olhos, enquanto ele me indagava, a testa molhada de suor: "Está vendo? Se eu permitir, acabarão transformando isto num hospício".

Mas depois que tudo se achava fechado, que nada mais havia a examinar, que o portão se encontrava suficientemente encadeado, então esmorecia, enxugava o suor da testa, deixava pender os braços, e olhava-me, de modo tão intenso e tão desamparado, que era como se me pedisse socorro. Eu compreendia, compreendia que meu silêncio sobretudo o irritava, que o levava às últimas consequências, sem que ele nada pudesse fazer contra isto, e nem tivesse nenhuma queixa a alegar contra mim. Nesses momentos, é que eu tinha uma noção perfeita da sua desumanidade. Não tinha ele, como qualquer outro, os recursos de uma confissão ou de um transbordamento daquelas coisas acumuladas em seu íntimo — e como não soubesse livrar-se delas, perambulava sem encontrar sossego, à espera de alguém que lhe trouxesse uma palavra de paz, ou mitigasse seu tormento com um gesto de amizade ou de perdão. E eu não fazia nada, não fazia absolutamente nada, porque também vagara assim durante muito tempo, e ninguém viera em meu auxílio, ou demonstrara para o meu sofrimento a menor parcela de interesse ou de piedade. Limitava-me a espiá-lo, e não havia nisto nenhuma fraternidade, nenhum consolo — espiava-o de um modo quase jocoso, calculando que secretos infernos não atravessava ele, sem coragem para se revelar a si próprio, sem poder para confiar nos outros, ressecado e duro, como um fantasma de pedra em cuja existência ninguém acreditasse.

— Preciso de um café — dizia ele, sentando-se afinal.

E abatido, durante alguns minutos, fitava a ponta dos pés. O que ia dentro dele era tão forte, que se diria poder ouvir o marulhar do seu próprio sangue aprisionado.

Apresentava-lhe a xícara e ele me repelia com um gesto irritado:

— Não, não, quero outra coisa, café me faz mal.

De pé, imóvel, eu esperava — e ele me fitava novamente, do mesmo modo súplice, como o faria uma criança com alguém de quem esperasse um castigo.

Uma única vez, ouvindo um rumor lá dentro, voltou-se para mim, e via-se que trazia quase o coração aos lábios:

— Será...?

Encarei-o, mais calma do que nunca:

— O quê?

— Ela, Ana.

A fim de disfarçar o meu sorriso, voltei a cabeça para o lado do corredor:

— Não, não é o fim ainda. Creio que demorará muito, é moça, tem resistências.

Ele erguia-se, recomeçava a girar pela casa. Seus sapatos rangiam, e aquele ruído incômodo era o único que se fazia ouvir. Como tudo estivesse fechado, e a noite que tombava lá fora arrastasse um calor ainda mais pesado, ele desapertava o colarinho, declarava-se sufocado, passava a mão pela testa molhada de suor.

— Ah, como cheira mal aqui, Ana. É melhor abrir as janelas.

Abria-as novamente, com gesto nervoso e impaciente, deixando que elas estalassem contra a parede — depois, precipitando-se, respirava com sofreguidão o ar morno e parado do jardim. De longe chegavam vozes, ouvia-se o portão ranger, e ele apurava a vista, procurando distinguir quem se aproximaria pela aleia central.

— Estou vendo alguém, traz um volume à cabeça — e voltava-se para mim, o olhar fixo e brilhante.

— Você imagina... — insinuava eu, sem coragem para ir até o fim do meu pensamento.

— O caixão, Ana, deve ser o caixão — e voltava a debruçar-se, olhando a sombra com tanta avidez, que me vinha uma espécie de náusea, e eu apartava a vista, desejando fugir à sua visão.

— Ah — dizia depois de um minuto — não é o caixão, é uma lavadeira, com uma trouxa à cabeça. Hoje é dia de entregar roupa?

E abandonando bruscamente sua posição de espreita:

— Não têm nada que vir aqui, querem é saber do que está acontecendo.

Mais uma vez recomeçava a passear de um canto a outro, enquanto seus sapatos rangiam, ora mais alto, ora mais baixo, num ruído seco e ritmado. Nenhum som vinha de lá de dentro, o corredor achava-se imerso em trevas, toda a casa continuava a descansar num sono reparador. Eu própria, cedendo à fadiga, estendi-me no sofá. Ele aproximou-se, tomou-me pelo braço, sacudiu-me com força:

— Como é que pode dormir num momento como este?

E lá fora, como cães latissem, abandonou-me e correu à varanda. Levantei-me, vi luzes deslizando na escuridão. Debruçado, ele sondou o jardim:

— Anastácia? — gritou.

Não obteve resposta, e continuou debruçado, a respiração alterada, olhos cravados nos vultos que iam e vinham. Deviam ser empregados, ou gente dos arredores que insistia em entrar, apesar das ordens que o porteiro havia recebido.

— Ah, não se cansam nunca — dizia ele.

Voltava-se, e agora em sua fisionomia havia uma real expressão de abatimento. Devagar entrava novamente em casa, ia até ao sofá, deixava-se cair. Tudo nele agora era silêncio e desânimo, as mãos abandonadas ao longo do corpo, a cabeça baixa, os pés unidos. Eu o via, e repito, nenhuma piedade me despertava — acima dele, longe, no fim do corredor, sentia palpitando aquele coração que teimava em não se desprender da vida — e era tão poderosa essa impressão, que eu sentia o seu fraco rumor ultrapassar o tique-taque do relógio, e soar agudo e imperioso, por cima de nossas cabeças, não como um adeus, mas como uma ordem, de resistência e de paz.

48. Diário de André (x)

.... Ao ouvir as palavras de Ana, anunciando que ela havia morrido, não acreditei, e corri ao quarto onde já não ia desde algumas horas. Via-se que acabava de receber a extrema-unção, pois Betty retirava os utensílios que haviam servido para isto, e em todas as fisionomias se estampava essa tranquilidade oriunda de um dever cumprido. Repousava-se, afinal, com a certeza de que a agonizante não partiria sem assistência para o outro mundo. Na agitação de todas aquelas horas passadas à sua cabeceira, e em que se confundia tanta gente, uns cuidando de remédios ou de manter a ordem no quarto, outros simplesmente comparsas do grande capítulo que se desenrolava — nessa agitação, repito, houve uma trégua. Padre Justino pediu licença para voltar a cuidar de seus afazeres, os visitantes regressaram às suas casas, Ana postou-se ao lado do marido, e a própria Betty, que naqueles últimos tempos se mostrara incansável, pareceu sucumbir a um cansaço momentâneo e pediu-me que vigiasse um instante à cabeceira da doente. Aquiesci — ah, não desejava eu outra coisa — e assim que a porta se fechou e achei-me só no quarto, ainda que me achasse afastado da cama, fui obrigado a levar as mãos ao peito, de tal modo batia meu coração. Assim ela ia partir, e por mais que eu fizesse, aquele era o nosso adeus, nosso último adeus. Pela última vez estaríamos juntos, pela última vez eu poderia dizer-lhe o que quer que fosse, e ela ainda me escutaria com seus ouvidos humanos, sensíveis à linguagem dos vivos, e me responderia com seus lábios também humanos. Pela última vez, do lado de cá, seria possível nos entendermos, e as imagens e os valores que eu conhecia, ainda seriam para ela imagens e valores familiares aos seus olhos. E o que acontecesse mais tarde, quando seus lábios e seus ouvidos já não dessem nenhum acordo de si, seria um resultado do que houvesse se passado neste minuto, do que nos tivéssemos dito, do que enfim houvéssemos jurado, como uma derradeira oposição à lei do silêncio e do nada.

Avancei e, devagar, ajoelhei-me ao seu lado. Constatei em primeiro lugar que ela respirava ainda, não mais do modo angustiante como o vinha fazendo naqueles últimos dias, mas com certa placidez, como se realmente o sacramento a houvesse aliviado. Depois tomei-lhe o pulso e verifiquei que ele batia, um tanto sem ritmo, mas que batia ainda, e isto era o bastante para me assegurar a validade da sua presença. Em terceiro lugar, cuidadosamente, tentei levantar-lhe as pálpebras, para que ela me visse se fosse possível, para que eu a visse, se já não pudesse mais me ver. Porque, se do lugar onde já se encontrava não pudesse mais penetrar a minha imagem, e se eu já fosse para ela apenas um ser apagado e sem valia, pelo menos eu queria ainda uma vez vislumbrar minha própria imagem no opaco daquelas pupilas, e sentir-me boiar à tona daquele mundo que outrora fora meu, e que hoje, perdido, devia acolher-me apenas com a indiferença da onda que passeia a forma de um morto. E pensava isto forçando as pálpebras que teimavam em se baixar, e no entanto dentro de mim tudo se rebelava, porque eu não me conformava em ser uma criatura ausente, um proscrito, e queria que ela me visse, e minha presença iluminasse de novo o seu íntimo, àquela hora já voltado para a noite definitiva, para o deserto, para o desconhecimento total de tudo o que me compunha. Confesso, enquanto imaginava estas coisas meu coração se confrangeu de tal modo que comecei a chorar; silenciosas, as lágrimas escorriam pelo meu rosto, e eu não poderia dizer propriamente que fossem lágrimas, porque delas não sentia nem o sal e nem a ardência — eram apenas o resultado da tristeza que me habitava, dessa tristeza consciente que tanto me doía, e que desde algum tempo se unira a mim com a força da erva que se agarra a um muro abandonado. Inclinei-me, e chegando os lábios ao seu ouvido, chamei baixinho — "Nina" — e repeti o nome uma, duas, cinco vezes, ora mais alto, ora mais baixo, ora doce ou imperativo, ora gemendo, na esperança de que o som, como um último sinal, atravessasse o seu desmaio e depositasse no fundo do seu espírito, como uma ínfima centelha, um resto de vontade de viver. "Nina", dizia eu, e ao mesmo tempo, o rosto quase colado ao seu, esforçava-me para abrir-lhe os olhos e arrancá-la daquele letargo. Como a visse inteiramente entregue ao seu torpor, experimentei-lhe de novo o pulso, e desta vez pareceu-me mais baixo, como se fugisse. Desesperado, comecei a correr a mão pelo seu braço, procurando aquecê-la. Que não partisse ainda, que ficasse junto a mim um momento mais, um só momento. Ah, não havia dúvida, ela morria, a palpitação escapando ao pulso, encontrava-se já quase acima do cotovelo. Ela morria, e com o pânico que de súbito invadiu meu coração, senti a necessidade de despertá-la de qualquer modo, de arrebatá-la a qualquer preço daquele poder que a destruía diante dos meus olhos, sem que eu pudesse fazer coisa alguma. Olhei em torno à procura de algo que me auxiliasse, uma ideia, uma inspiração. O tempo urgia, se eu ainda quisesse tentar alguma coisa. Então, desatinado, colei meus lábios ao seu pobre braço murcho e suguei-o, procurando reter a frágil palpitação, até que nele se alargou uma nódoa escura. Voltei a sugá-lo e, por alguns instantes, cativo, o pulso em fuga pareceu vibrar dentro da minha boca, e latejar prisioneiro, como um pássaro. Mas logo desaparecia, e eu avidamente ia encontrá-lo mais adiante, fremindo ainda, ainda cativo, e de novo rompendo a clausura, destacar-se noutro ponto, rebelde. Assim iam subindo os lábios, descendo, na ânsia de atrair para o lugar normal a vibração da vida. Não sei quanto tempo demorei assim, o braço inerte abandonado às minhas mãos; sei apenas que em certo momento, erguendo a cabeça, vi uma coisa estranha: nos olhos fechados, que em vão eu tentara abrir, espumava um caldo grosso, pesado, que vinha escorrendo ao longo das faces, em duas gotas grandes e sem brilho. Ah, meu Deus, ela chorava, ela chorava também, e isto significava que existia, que ainda estava presente, e me entendia, sentindo meu calor e ouvindo meus apelos. A alegria que me rasgou o peito foi tão grande que tive medo de não ter forças para me levantar. Eu havia vencido. De novo colei os lábios ao seu ouvido e chamei: "Nina, Nina" — e desta vez, era tão rude a força da minha paixão, que ela estremeceu, estremeceu literalmente, e eu senti que começava a regressar, como no instante de um milagre. De todo o seu corpo, já extinto e sem vibração, vinha agora uma aura surda, arrebatada, como o som de uma música que de repente se põe de novo a vibrar, ainda que estridente e desafinada. "Nina", chamei mais forte, e então, vagarosamente, ela abriu os olhos e fitou-me, não do modo por que eu a conhecia, mas com certa expressão aturdida e funda, eloquente apesar de tudo, pois eu sentia que a consciência ainda a habitava.

— André — foi a palavra que fez seus duros lábios se moverem — André — e a mão abandonada sobre a minha tentou uma pressão que não se concretizou — André — e eu abaixei a cabeça ainda mais, tanto que já quase repousava no seu ombro — André, por que fez isto, por que me chamou de novo?

Um soluço único, como uma golfada, subiu-me aos lábios:

— Não, não. Eu não posso deixar...

— André — tornou ela, e dir-se-ia que a cada palavra pronunciada, seu alento ia se esgotar — é preciso que você me deixe morrer.

E como todo eu me debruçasse sobre ela, tentando envolvê-la e arrebatá-la à sua renúncia, pronunciou a coisa inominável:

— Eu já havia ido, por que é que você me trouxe de novo?

E existia um tão grande sofrimento expresso em seu olhar, um tão definitivo afastamento das coisas humanas, que um grito me colocou afinal de pé, e me fez fremir dentro do quarto como se um outro falasse pelos meus lábios:

— Ah, é assim que você me quer? É assim que me ama, que disse tantas vezes que me adorava? Mentiu então, e não há de ter descanso, porque mentiu durante o tempo todo, e nunca me amou. Você nunca me amou, Nina. Por que fez isto, por que judiou deste modo de mim, por que é que quer ir-se embora, e deixar-me sozinho neste mundo? Tome cuidado, Nina, pois se Deus existe, não há de permitir que você tenha repouso do outro lado. A gente não engana os outros deste modo. É isto o que eu quero, e hei de rezar todas as noites para que Ele atormente sua alma e nunca mais a deixe em sossego.

Eu estava de pé, repito, e minha voz vibrava tão estranha, feita de baixos e de agudos tão intempestivos, que eu próprio me senti atemorizado.

— André... — e foi a última coisa que ela pronunciou. Vagarosamente seus olhos se fecharam e, vendo que realmente ela partia, abati-me novamente ao seu lado. E fato extraordinário, neste instante preciso, quando cego eu procurava reter as últimas parcelas de calor que ainda lhe sobravam, julguei ouvi-la pronunciar um nome, um único nome — ALBERTO — e que já era dito num tom diferente, como fora deste mundo, no limiar talvez do outro. (Este tom, tão diferente de todos os que ela usara em suas relações comigo, quero procurar fixá-lo bem, aqui, porque jamais me esqueci dele, nem pôde nunca abandonar-me a memória e o pensamento: aquele nome de homem, não era bem ela, pelo menos a que eu conhecia, quem o pronunciara — ou melhor, talvez fosse ela, precisamente ela, mas essa outra real e secreta, que eu jamais conhecera, mas que a morte afinal fazia vir à tona, e que permanecera soterrada durante todo este tempo, afundada em seu mistério, em seu desespero, e na lembrança das vezes que assim também estremecera de amor — de um outro amor. Finalmente eu a surpreendia, como se surpreende um animal na armadilha: sem forças para sofrear a invasão da morte, que rompe mesmo as portas mais bem trancadas, cedia, fazendo emergir aquele nome em sua consciência derradeira — e eu, ah! — juro como suava naquele momento um outro suor de morte, que suava por todos os poros do meu terror e da minha indignação, porque era obrigado a aceitar para sempre a profundeza daquela suspeita, para a qual nunca encontraria lenitivo, e que modelaria para a eternidade, irremediavelmente, a desgraçada forma daquele amor que me consumia.)

Ergui-me, recuei um passo — e então vi nitidamente a sombra avançar sobre seu corpo, começar a escurecê-la a partir dos pés, ganhar-lhe os rins, sepultar-lhe o seio — e rodear-lhe a face que por um minuto ressaltou solitária, álgida e pura como uma flor esculpida no espaço — e finalmente envolvê-la toda, largando-a sobre a cama como um lastro inesperado da noite. Eu me achava só.

E então, depois de algum tempo em que contemplei o corpo sem propriamente compreender o que representava, é que senti que ela realmente começava a morrer, porque sua presença, como um fluido que se esgotasse, também principiava a se afastar das coisas, a desertar dos objetos, como sugada por uma boca enorme e invisível. Tudo o que significava seu calor, refluía dos objetos que ela tocara em vida e que guardavam até aquele momento a marca inesquecível de sua passagem. Como sob o efeito de uma droga, eu olhava para todos os lados e via escorrer essa presença dos móveis, da cama, das janelas, dos cortinados, como fios baixos, ligeiros córregos de luto, depois em fontes que iam subindo, solenes e fartas, enovelando-se ao longo das cortinas, unindo-se a todas as águas presentes e compondo, afinal, o rio único de lembranças e de vivências que agora ia desaguar no imenso estuário do nada. (Houve um instante em que, alucinado, procurei deter esse alento que se escapava — e abracei-me a uma sombra que escorria da parede, e que se desfez sem rumor ante meus olhos, a um último signo de vida que ainda sobrava no tapete, e o pelo quedou morto entre meus dedos, a um sopro que elevava enfim o véu da janela, e nada retive senão uma ponta de pano amassada entre as mãos — a tudo finalmente que partia, e que poderia sobrar como uma lembrança da sua existência, e que também se ia, fluido, silencioso, desaparecendo como se obedecesse a uma lei emanada do Alto.)

Seu espírito abandonava enfim o exterior à sua pobreza, devolvendo-o intato, mas bruto e sem alma, enquanto inaugurava, com uma crueldade sem complacência, o quarto inteiro como um resumo do existente, mas no gelado espanto de sua versão definitiva. Ah, não sei se são assim todas as mortes, mas aquietara-se o corpo na cama e eu o sentia como um sino que deixara de bater: dele, como a vaga final que se desenlaça solenemente no ar, evolava-se o último som vibrado — e pressentia-se que nalgum outro lugar, talvez não muito afastado, ela principiava a viver — enquanto no ar, já enregelado pela sua partida, esgarçava-se o resto do acorde, prolongando-se, esvaindo-se até a derradeira vibração, se bem que isto também fosse desaparecer dentro em pouco, e só restasse então o ar se recompondo em futuro — em futuro, ou vazio absoluto.

49. Segundo depoimento de Valdo (III)

Agora as perguntas se acumulavam em meu pensamento e, todas elas, como se guardassem um sinal único de identidade, tinham a mesma origem e rumavam ao mesmo fim: ela. O que fora, o que representara para mim, quem era realmente. Sobretudo isto: sua verdadeira personalidade, seu ser despojado e vivo, aquele que decerto só em momentos muito difíceis viria à tona. Pois agora eu me achava convencido de que não a conhecera realmente, ou que pelo menos o que existia nela de mais real sempre escapara à minha percepção. E aquilo me inquietava, era como um ponto doloroso a latejar em minha carne, sem que eu soubesse como desfazer-me dele, ou pelo menos como atenuar essa dor incômoda. Entre tantos sentimentos de frustração que a vida em comum sempre nos trouxera, acrescentava-se mais este. Ah, eu quase me irritava, e a raiva surda, que em outros tempos fora meu sentimento mais constante em relação a ela, reapossava-se de mim, compreendendo que ainda naquele derradeiro instante ela fugia, abandonava-me, deixando-me a sós com minha imensa perplexidade. Sim, amar eu a tinha amado — primeiro com toda a fúria e todo o ímpeto de uma paixão desgovernada. Calava-me, continha-me, pois a situação assim me impunha, mas só eu sabia o que realmente existia na minha alma, e que espécie de energia era necessária para conter o que em mim fervia sem utilidade. Depois, serenado esse primeiro movimento, amei-a ainda, mas já com essa consciência de que errara a aventura, e que desperdiçava o tempo com alguém que nunca poderia me amar. Eu não acusava sua frieza, mesmo porque não se pode acusar ninguém pelo fato de não ter por nós nenhum amor — e dizendo "nenhum", talvez eu exagere sem querer, mortificado pelo que não obtive — mas no mais calado de mim mesmo, não podia deixar de conservar certa mágoa e de imaginar que, se havia errado, no entanto tudo poderia ter sido bem diferente. Errara, e no entanto era um caso apenas particular, pois eu conhecia muitos homens que haviam acertado, e que eram felizes ao lado daquela que haviam escolhido para companheira. E apesar disto, apesar desta consciência do meu fracasso, alguma coisa me pungia, e era nesse instante decisivo uma espécie de saudade que eu não conseguia justificar. Em vão eu tateava os meandros do meu espírito, e não conseguia encontrar os motivos desse sentimento que me doía: um resto de amor, um começo de piedade? Quem sabe? Em todas as inclinações violentas sempre existiu latente um fundo atuante de piedade. Lembrava-me de quando a encontrara, sua situação difícil, o pai enfermo — e não era aí que eu ia encontrar a base do que experimentaria depois? Os mais entendidos talvez sorriam a essa minha suposição, tendo em mente que se tratava de uma mulher jovem e particularmente bonita. Mas não é a beleza o que impulsiona em nós a mola de qualidades mais ou menos adormecidas — e nos dá, ante sua visão, a medida que muitas vezes encontra seu termo no pasmo ou no terror, na atração ou na repulsa? Amava-a, amei-a desde o primeiro minuto, mas também desde o primeiro minuto despertou-me ela um sentimento paternal e de proteção, que nunca pôde se exercer no decorrer de nossas relações — ah, como era ela violenta e independente, como era inadequado meu instinto de proteção! — pelo menos jamais cessou de existir, e sempre palpitou, renegado e surdo, como uma bússola desamparada no fundo do meu ser. O que eu lamentava naquele minuto bem poderia ser, em vez do amor que não tivera, o ser desprotegido que nunca usara das minhas possibilidades nesse terreno. Nem nesse e nem em outro, pois a verdade é que nunca usara realmente de mim, e vivera apartada da minha órbita, sem que nenhum dos meus gestos jamais conseguisse alcançá-la. Mas agora eu via: ilhado no ressentimento que me dominava, jamais fizera um esforço que merecesse esse nome — e parado ali naquela varanda, indiferente a tudo o que acontecesse no exterior, começava a sentir que um único sentimento tinha existência autêntica em mim, e este sentimento era uma consciência de culpa. Por quê, de onde vinha? Não fora ela que me deixara, e partira, abandonando tudo o que eu legalmente poderia lhe proporcionar? Não fora ela... Então uma voz repentina e tumultuosa levantou-se em meu espírito — não, não fora! — e pela primeira vez na vida compreendi que o culpado não era ela, mas eu, culpado de um crime que não conseguia identificar, de uma negligência que não podia ver, de uma falta de amor, quem sabe, que sobrepujava minha própria noção de amor. Essa descoberta foi tão forte que me apoiei à coluna, tonto, enquanto durante algum tempo, desgovernado, o coração bateu em meu peito. Que fora, que sucedera ao certo? De que era eu culpado, que ato indigno cometera sem saber? Envolveu-me uma inesperada escuridão. Senti-me perdido, um gosto amargo espalhou-se na minha boca. Ah, que mistério é a vida, e como são obscuros e sem sentido os motivos que orientam nossos gestos. Foi nesse instante, e pensando nisto, que ouvi uma voz dizer por trás de mim:

— Morreu, senhor Valdo.

Voltei-me: era Betty. Seu ar tranquilo contrastava fundamente com o que acabara de dizer. Mas aproximando-me mais a fim de examiná-la, tanto me parecia extraordinário o que acabara de revelar, notei que seus olhos brilhavam de um modo que não era comum, e seu rosto, nos últimos tempos, afilado pelas vigílias e preocupações, denotava o esforço que ela própria se impunha para guardar uma reserva que devia considerar a única compatível com sua condição.

— Betty — exclamei — é possível? Então é verdade, está tudo acabado?

Ela assentiu com um movimento de cabeça. Fiquei um momento imóvel, o ar parecia faltar-me. Se bem que aquele desenlace já fosse suficientemente esperado, sua brutalidade tinha sobre mim o efeito de uma pancada duramente vibrada. Betty esperava, sem afastar os olhos — fiz um esforço, afastei-a com a mão e penetrei dentro de casa. Já não reinava nela a mesma quietude que eu percebera antes. Algumas luzes haviam sido acesas, duas ou três pessoas transitavam — e eu estava tão atordoado que não pude reparar quem fossem, e nem sequer o motivo por que se movimentavam. Precipitei-me em direção ao quarto, abri a porta e estaquei: não havia ninguém lá dentro. Não havia ninguém, apenas uma colcha abandonada no chão e, aos pés da cama, alguns travesseiros amontoados. Parecia-me impossível não vê-la mais naquele lugar, tanto já me habituara à sua presença aconchegada no fundo daquela obscuridade. "Nina!", chamei em voz baixa, como se ela ainda me pudesse ouvir. Mas nenhuma voz, nenhum som correspondeu ao meu apelo: avancei, receoso de vislumbrar de repente os despojos da mulher que eu tanto amara. Verifiquei com surpresa que realmente não havia ninguém na cama; desarrumada, o lençol repuxado numa das pontas, denotava o local que ali houvera uma presença ainda recente. Abaixei-me, e vi uma mancha escura, úmida, que nele desenhava quase a forma de um corpo humano. Toquei-a, e pareceu-me morna ainda. Há quantos minutos deviam ter retirado o corpo? Ou se contariam apenas segundos? Por que aquela pressa? Quem havia dado a ordem?

— Betty! — chamei.

Ela não demorou em vir ao meu encontro. Desta vez observei logo que tinha os olhos vermelhos: havia chorado.

— Onde está ela, quem a tirou daqui?

Apontou-me o corredor:

— Está na sala. O senhor não viu quando passou?

— Não. — (E pensei comigo mesmo: devia ter sido no momento exato em que ouvira a notícia, e abaixara a cabeça, vencido pela emoção.) — E quem mandou...

Não concluí a pergunta:

— Foi o senhor Demétrio — respondeu-me ela.

Nada em sua voz parecia exprimir o que quer que fosse que lembrasse uma censura. Talvez devesse ser assim mesmo, e Demétrio, ainda desta vez, teria consigo a razão. Dirigi-me à sala e vi o que não me fora possível ver antes, e que explicava o motivo por que encontrara pessoas transitando no corredor: o corpo, totalmente envolto num lençol, repousava sobre a mesa das refeições, e que fora colocada de encontro à parede. Uma única vela brilhava à cabeceira, e era uma dessas velas brancas, baratas, que em quase todas as casas rolam no fundo das gavetas. Algumas mulheres da vizinhança, acocoradas junto ao corpo, desfiavam o terço em voz baixa. Assim que me viram, afastaram-se respeitosamente do corpo. Precipitei-me, enquanto um soluço vinha aos meus lábios: "Nina!" — e abati-me junto à forma oculta pelo lençol, chorando pela primeira vez, integralmente, as lágrimas escorrendo pelas faces, indiferente às pessoas que me cercavam. Alguém colocou a mão sobre meu ombro: "Senhor Valdo!" — e não reconheci a voz, colando o rosto ao lençol esticado. Como sobre mim a mão aumentasse sua pressão, colei ainda mais a face contra o corpo, e coisa inacreditável, senti que o pano estava quente, como se debaixo dele ainda palpitasse uma forma com vida. Levantei-me, e por debaixo do lençol dobrado procurei tocar o corpo que julgava inteiriçado. Sim, achava-se quente ainda, não com um reflexo de calor como o que se despede de um morto recente, mas como o que vem de uma pessoa ainda viva, irradiando-se docemente através da pele. Atônito, contemplei o rosto também escondido sob o lençol: julguei distinguir nele uma palpitação muito leve, como a de alguém que respirasse de modo quase imperceptível, mas que respirasse ainda. "Não! Não!", exclamei, procurando convencer-me de que se tratava apenas de uma alucinação. Mas cedendo a um impulso irresistível, levantei a ponta do linho. O rosto nu repontou na claridade como um grito escapado e bruscamente contido — mas estava viva, eu poderia jurar, estava viva e respirava, se bem que aquilo fosse apenas um sopro, como o hálito de uma rosa se desmanchando. (Hoje, quando já não resta dela senão a imagem do que foi, costumo pensar que realmente se tenha tratado de uma alucinação, ou melhor ainda, de um desses restos de vida que se situam entre a existência verdadeira e a morte total, a que os médicos dão o nome de "terreno neutro", e do qual não sabemos nada, senão que é o pórtico de um caminho a se começar, tendo por trás, ainda delineada numa luz que se esvai, a perspectiva do caminho que ficou.) Era um rosto macerado, com as asas do nariz excessivamente vincadas, e uma cor esverdeada, como um limo prematuro, rodeando cavidades que surgiam nítidas no seu rosto trabalhado pela doença. Mas juro que ainda não havia nele essa distância, essa hostilidade característica dos mortos, nem seu aspecto enregelado. Nele, alguma coisa secreta e difícil ainda sobrenadava — uma última sombra, o esvair talvez de toda consciência humana. Toquei-a de novo, ansiosamente: morna, viva ainda. Ah, por que não haviam deixado que ela esfriasse em seu próprio leito, e fugisse para a vida eterna como quem se agasalha num sono normal? Por que aquela crueldade inútil, aquele requinte em se despojar de um ser que ainda não sucumbira totalmente? Abandonei-a, o rosto descoberto. Devagar, voltei ao corredor. De pé, Betty me fitava. Frios, seus olhos acompanhavam todos os meus movimentos. Então não mais fui capaz de conter o grito que se rompeu nos meus lábios:

— Betty, como aconteceu, quem mandou tirá-la da cama?

Sua voz pareceu vibrar de impaciência:

— Já disse, foi o senhor Demétrio quem deu ordem para tudo, senhor Valdo. Eu não queria…

Contou-me então que ele aparecera no quarto, sem contudo aproximar-se da cama. Ficara de longe, ligeiramente de costas, um lenço contra o nariz. Mesmo da distância em que se achava, fora logo afirmando: "Ela está morta". Pela primeira vez desde que pisara naquela casa, ela discordara de uma opinião sua. "Talvez não, senhor Demétrio, talvez ainda não tenha exalado o último suspiro." Ele se irritara, tirando o lenço do rosto: "Afinal, quem é que dá ordens nesta casa?". Betty invocara os dias que passara à cabeceira da agonizante, sua experiência da morte — já vira tanta gente se ir deste mundo... — e até mesmo os sentimentos cristãos que se devem guardar em transes como aquele. Ele fora ríspido, sabia muito bem daquelas coisas. "Mas dona Nina está morta, e bem morta. O resto são sentimentalismos de mulheres." Betty, auxiliada por Ana, fora até a cama, apalpara o corpo de novo: ah, tão quente ainda, os olhos mal cerrados, os lábios entreabertos. Não iria falar, não iria pedir alguma coisa? Voltara-se para Ana, que aguardava de pé, um pouco atrás dela. E Ana, ante aquele olhar, volvera a cabeça para o marido. Então da porta, ele gritara com toda a energia que lhe era possível: "Ana!" — e ela, automaticamente, afastara Betty e se debruçara sobre o leito. Tocou-a — mas seus dedos mal roçaram a pele do rosto de dona Nina. "Está morta, Betty, não é possível duvidar." E sem nenhum tremor, antes como se fizesse um trabalho a que estivesse acostumada de longa data, começou a baixar o lençol a fim de descobrir o resto do corpo. Junto ao busto, o pano parecia colar-se à pele, seco, como se fizesse com ele uma só ferida. "Não!", exclamou Betty surdamente, segurando Ana pela mão. Ana não se voltou, mas continuou com a mão segura ao lençol, sem ousar no entanto prosseguir sua tarefa. "Que foi?", perguntou Demétrio da porta. Ana não respondeu, e nem era preciso, pois sua atitude galvanizada exprimia uma repulsa mais do que evidente. Mas como o marido fizesse um gesto, possivelmente pretendendo aproximar-se, voltara a cabeça para ele e dissera com calma: "É um trabalho difícil, Demétrio, o lençol está grudado ao corpo". Em vez de avançar ele recuou dois passos e, como se estivessem combinados, seus olhares se cruzaram. Depois, como ambas esperassem, Ana segura ao lençol, Betty segura à mão de Ana — "Ah, naquele momento", dissera ela, "teria sido capaz de tudo..." — Demétrio dissera num tom mais moderado: "Não é preciso vesti-la. São cerimônias dispensáveis num caso como este. Basta que se envolva o corpo num outro lençol". E como se nada mais tivesse a fazer, saiu do quarto. Betty, num assomo, sacudira a mão de Ana: "Mas a coitada... assim num lençol… sem mais nada?". Ana voltara-se para ela, sorrindo de um modo onde havia enorme complacência. "Não, dona Ana, assim não…", suplicara ainda, sem se dar por vencida. Mas Ana libertou-se com um movimento brusco, puxando o lençol sobre o rosto daquela que supunha morta. "É horrível", gemera Betty ainda, "e se a pobrezinha estiver viva?" Ana nem sequer respondera, fora até a janela e, rodando o trinco, abrira-a de par em par. A luz de fora penetrou violenta no quarto: o corpo, resguardado sob o pano branco, como que de repente se tornou mais estranho e mais desamparado. De pé, apoiando o rosto contra o espaldar da cama, Betty começou a chorar — jamais teria coragem para ajudar Ana naquele triste serviço.

O ranço de morte começava a diluir-se: do jardim subia um odor resinoso de árvores em flor. Ana fora ao gavetão do armário que ficava no corredor — do lugar em que se achava, sem levantar a cabeça, Betty percebia-lhe todos os movimentos — e retirara dele um lençol. Era de linho, dos melhores que a família possuía, e que ali dormiam sob uma camada permanente de capim-cheiroso. Desdobrava-o diante de Betty: "Está vendo? É do melhor que temos". Como os soluços dela não cessassem, sacudira o lençol: "Betty! Betty!" — e a pobre, então, com o rosto banhado em lágrimas, fora obrigada a ajudá-la naquele fúnebre serviço. Mas não quisera transportá-la, e havia sido necessário recorrer à ajuda das pretas da cozinha. Elas, e Ana, haviam segurado o corpo que ainda não se inteiriçara e o levado para a sala. Lá se fora ele, não muito pesado, mas curvo, aos trancos pelo corredor — e Betty parecia escutar um protesto se elevar a cada um daqueles solavancos, imaginando a pobre com os olhos apenas cerrados, onde rolariam devagar duas grossas lágrimas de cera. Caíra sobre a cama, soluçando, e apesar do mau cheiro que embebia os lençóis, ainda conseguia distinguir um resto do seu perfume predileto, daquele tênue cheiro de violetas que a acompanhara durante a existência inteira, e que ainda agora teimava em permanecer, derradeiro sinal de sua passagem, como um rastro de luz e de mocidade, através de toda a sua agonia e de toda a sua decomposição.

Betty falava, e enquanto falava, eu ia compreendendo afinal, não de uma só vez, como uma revelação, mas aos poucos, e apoiando-se em dados e lembranças antigas, coisas que só agora se aclaravam inteiramente para mim. Sim, morta ou viva, que me importava naquele instante, já que estava mais a caminho da morte do que da vida. Outros problemas me chamavam, e também eram problemas graves, de vida e morte, que eu deveria resolver, antes que seus despojos se apartassem para sempre daquela casa. Sem explicar coisa alguma, sem prestar atenção às pessoas que se dirigiam a mim, encaminhei-me em direção à porta, atravessei a sala, desci a escada, atingi o jardim — e lá, então, comecei a andar mais depressa, a correr quase, até que alcancei a estrada que leva a Vila Velha.

50. Quarta narrativa do farmacêutico

Haviam me assegurado que certas folhas medicinais (o quebra-pedra, por exemplo) só podem ser reduzidas a pó depois de secas ao sol, e que perderiam muito do seu poder se trabalhadas ao calor do forno. Ora, eu tentava naquela época uma série de combinações com plantas conhecidas, e descobria algumas infusões que estavam dando bons resultados em determinados males. Assim, aproveitando o dia que fora de calor intenso, dispusera sobre uma folha de zinco exposta à soalheira, ramos de uma erva fibrosa que me parecia benéfica aos reumáticos. Mas como a noite caísse, e eu ouvisse trovões rolando lá para o fundo do vale, resolvi recolher as folhas, temendo que uma chuva repentina inutilizasse meu trabalho. Já guardava quase tudo no boião, quando meu cão Pastor, irrompendo no quintal, deu-me a certeza com seus latidos de que alguma coisa extraordinária se passava. Inquieto, farejava a cerca, arranhava o chão, como se do outro lado estivesse algum estranho. Não era nada extraordinário, aliás, já que recorriam a mim não só como farmacêutico, mas como médico e até como conselheiro, para males que na maioria dos casos não passavam de simples imaginação. Bem podia ser que agora ainda se tratasse de um caso desses, e então, apesar dos latidos de Pastor, não valia a pena precipitar minha tarefa e sair correndo. Voltei ao meu boião, e ia continuar o trabalho, quando minha mulher surgiu à porta:

— Aurélio, está aí o senhor Valdo, da Chácara.

— Ah — disse eu voltando-me — é o senhor Valdo?

— Sim, e pelo jeito, parece que tem pressa.

— Já vou, diga que eu já vou — e sem mais cuidados tapei o boião e entreguei-o à minha companheira. Em seguida prendi Pastor a um dos moirões da cerca e dirigi-me ao balcão: o sr. Valdo achava-se no interior da farmácia e caminhava impaciente de um lado para outro. Senti-me logo chocado com o aspecto que apresentava; ele, que de ordinário se vestia com irrepreensível apuro, e jamais esquecia as boas maneiras, agora exibia um visível desalinho — camisa sem gravata, paletó amarrotado, cabelos despenteados tombando sobre a testa. Mas como eu soubesse do que se passava na Chácara, e dona Nina estivesse nas últimas, calculei que o desalinho fosse consequência do transe que atravessava, e possivelmente ele teria vindo buscar um remédio de urgência. Assim que me viu entrar, ele abandonou o passeio e estacou à minha frente, as mãos apoiadas à borda do balcão.

— Boa noite, senhor Aurélio.

— Boa noite, senhor Valdo. Então, como correm as coisas lá pela Chácara? Dona Nina está melhor?

Sua voz vibrou com extraordinária clareza:

— Dona Nina acaba de morrer.

— Ah! — e a consternação paralisou-me um momento. — Que pena, senhor Valdo, pode acreditar que sinto muito.

Ele não me respondeu de pronto; seus olhos inquietos, um tanto avermelhados (teria chorado?) vagaram pelas prateleiras da farmácia, se bem que eu tivesse certeza de que não viam coisa alguma. Talvez procurasse apenas ganhar tempo com este subterfúgio — talvez realmente estivesse sob a pressão emocional do acontecimento, e lutasse por encontrar as palavras que lhe fugiam — o certo é que, as mãos sobre o balcão sustentando todo o peso do corpo, via-se que procurava conter a perturbação que o dominava. Depois de algum tempo, como o silêncio fosse se tornando embaraçoso, suspirou e disse:

— Vim aqui para tratar de um assunto importante — passou a mão pela testa, como procurando reter o pensamento que lhe escapava — que pelo menos para mim é importante — acrescentou. E logo, como se fosse muito difícil dizer o que pretendia, abandonou sua posição rígida, voltou a caminhar, enquanto uma ruga nova se ajuntava a todas que já lhe sulcavam a testa. Não direi que tivesse envelhecido, não, que homens daquela têmpera são homens sem idade — o melhor seria dizer que houvesse desabado, literalmente desabado, e que a arquitetura que durante tantos anos oferecera aos olhos dos outros, agora expunha apenas sua estrutura dilacerada. Não era mais o Meneses imune a qualquer espécie de ofensa — era um pobre ser transido, que na sua aflição desconhecia as circunstâncias e as pessoas a quem se dirigia.

— E que assunto é este? — indaguei mais para ajudá-lo do que por interesse pelo caso. (No fundo, devia ser um problema de família — não andavam todos eles em torno uns dos outros, como perus num círculo de giz?)

De novo, e como movido por uma resolução, estacou diante de mim:

— Senhor Aurélio, o senhor seria capaz de me dizer a verdade... toda a verdade?

— Senhor Valdo! — exclamei quase ofendido.

— Ah — disse ele — é que as circunstâncias são difíceis. E acredite, tudo depende do que o senhor me disser...

O caso começava a interessar-me:

— Pode confiar em mim. Além do mais, não tenho motivos para subtrair-me a qualquer espécie de informação.

— Ótimo, é ótimo assim — murmurou ele.

Não sei de que região obscura procurava extrair suas perguntas — mas a verdade é que hesitava ainda. Debruçado, eu seguia com curiosidade o jogo daquela fisionomia perturbada — e dir-se-ia que nela a claridade lutava contra um elemento fluido e imponderável, impotente ante a força de uma sombra que lhe ia dominando os traços. Afinal:

— Senhor Aurélio — e sua voz, decidida, retiniu — ouvi meu irmão dizer há muitos anos, que houvera uma transação entre o senhor e ele; é verdade?

Uma transação? A palavra não vinha isenta de certa ingenuidade, e eu não pude deixar de sorrir.

— Sempre houve transações entre mim e os Meneses — disse.

— Não, não me refiro a uma transação comum — e ele fez um gesto impaciente.

— A quê então?

Novamente espraiou-se em sua fisionomia aquela sombra que eu já vira alterá-la; a mesma ansiedade contraiu-lhe a expressão e ficamos em silêncio um minuto, um diante do outro, não sei por quê, e vendo de súbito um brilho diminuto em suas pupilas, pressenti que existia também da parte dele qualquer coisa que lembrava uma ameaça. Que poderia dizer, que pretendia com aquele silêncio que intencionalmente lançava entre minha pergunta e sua resposta? Foi num tom diferente, calmo e velado, que ele afirmou:

— Refiro-me a um revólver.

— Ah!

Procurei desta vez fitá-lo bem nos olhos — então era aquilo... Curioso! se bem que o fato tivesse acontecido há muitos anos (quando? As imagens se sobrepunham rápidas em meu pensamento, uma lembrança da Chácara, dona Nina, o próprio sr. Valdo...) sempre imaginara que alguém, um dia, viria exigir-me contas, pelo que se passara; contas será talvez um exagero, pois na circunstância minha atuação fora inteiramente passiva — mas investigar, saber como tudo se dera, as origens enfim do fato. Porque eu não tinha a esse respeito a mínima dúvida! — o fato existia. E no seu âmago, fatalmente, o revólver. Sim, lembrava-me dele, lembrava-me particularmente dele — não fora precisamente este o motivo que tanto influíra posteriormente em minhas relações com o sr. Demétrio? Desde então, e como se tivéssemos cometido em comum uma ação cujo peso e responsabilidade nos unisse para sempre — o rápido olhar que ele me lançava quando se encontrava comigo, o cumprimento de esguelha, o modo como passara a evitar minha farmácia quando antes era ela o único lugar de Vila Velha que ele honrava com sua presença... — permanecera aquela arma como um secreto ponto de referência entre nós dois. Disse que ele nunca mais viera à farmácia, e terei exagerado. Veio, uma ou duas vezes, é verdade, mas ainda assim veio. No entanto, deveria eu rememorar naquele momento o acontecimento? Quem a isto me forçava, e por que deveria fazê-lo? Além do mais, tudo já se dera há tantos anos! A meu ver, o fato parecia completamente destituído de interesse e o sr. Valdo, como se adivinhasse minha intenção de furtar-me à sua pergunta, inclinou-se sobre o balcão, procurando tornar-se mais persuasivo.

— Não se lembra de ter vendido um revólver a ele? — indagou, e sua voz era a mais insinuante possível.

Olhei-o de novo, e senti que podia conduzi-lo até onde desejasse.

— Lembro-me — respondi. — Era um pequeno revólver, azulado, com incrustações de madrepérola no cabo.

A esta simples descrição, o objeto, até aquele momento na dobra de nossas insinuações, como que se tornou presente, palpável, rebrilhou ao fogo de uma luz indiscreta que vinha do passado.

— Exatamente.

— Mas em que...

O sr. Valdo atalhou-me com certa aspereza:

— É bastante, senhor Aurélio, que se lembre de tê-lo vendido.

— Por quê? Aconteceu algum acidente? Neste caso — e fiz um gesto de quem salvaguardava sua responsabilidade.

Ele compreendeu que naquele caminho só poderíamos atingir uma total incompreensão, e que eu permaneceria, por quanto tempo quisesse, murado em meu silêncio. Abandonou então a posição debruçada sobre o balcão e disse:

— Não, não aconteceu nenhum acidente. Sossegue.

Houve novamente ligeira pausa. Eu não tirava os olhos dele e vi que inclinava a cabeça como se pensasse no que ia dizer. Logo depois, erguendo-a, disse com calma:

— Queria saber em que circunstâncias foi efetuada esta transação. Compreenda, para mim é muito importante que não se oculte nenhum detalhe do fato.

(A conversa começava realmente a interessar-me: ele se submetia — logo, a pessoa visada não era eu. E depois, se era um favor que desejava de mim, o que não poderia eu, com certa cautela, obter em troca?)

— Posso lhe garantir — afirmei — que não ocultarei nada.

O sr. Valdo pareceu aliviado. Suas expressões adquiriam maior segurança, tornou-se mais natural.

— Quero que me diga também o que o ouviu dizer, quais as palavras que foram trocadas. Deve ter tudo em mente, não? — (Inquirindo-me, ele sorriu, como se quisesse infundir-me confiança, mas era evidente que se tratava de um sorriso contrafeito.) — Acredito — continuou — que não conserve essas lembranças como um segredo confessional. Mesmo porque, a bem dizer, são fatos sem importância.

— Não, não guardo essas lembranças como um segredo confessional. Ao contrário.

E enquanto eu dizia isto, pensava: por que dizer, que obrigação me impelia, que direito tinha ele de exigir tal coisa? Olhei fixamente o homem que se achava diante de mim e, bruscamente, mandei-o sentar-se. Ele obedeceu sem hesitação, e observei que suas mãos tremiam. Suas mãos, ele próprio, e então, cientificando-me disto, sorri.

— O senhor não quer um copo de água?

— Não, obrigado — e permaneceu em silêncio, demonstrando com eloquência, após as palavras que havíamos trocado, que não viera ali senão para ouvir o que eu tinha a dizer.

Comecei então a falar. A lâmpada grande que iluminava a farmácia pendia baixa, e em torno começava a se formar um círculo de mariposas. De vez em quando, com um gesto lento e silencioso, o sr. Valdo afastava do rosto um desses insetos importunos. Contei a ele como o sr. Demétrio aparecera um dia na loja e dissera, com alguma hesitação, que necessitava matar um lobo. Não era nada extraordinário, já que a seca ia grassando pelo sertão, dando ensejo ao aparecimento desses cães selvagens que o caboclo chama lobo, e que, sem atacarem o homem, destroem a criação. Podia ser que andasse algum desgarrado pelos terrenos da Chácara. O sr. Valdo concordou com um movimento de cabeça. Descrevi depois disto a necessidade em que me achava de reformar a loja, motivo por que propus a venda da arma. Especifiquei toda a nossa conversa, lembrando com cautela detalhes que já iam se apagando da minha memória. Quando terminei — e não foi longa a minha narrativa — perguntei:

— É tudo o que desejava saber, senhor Valdo?

Note-se que durante o tempo em que eu falara ele se conservara de cabeça baixa, as veias das têmporas inchadas, latejavam. Ouvindo minha pergunta, pareceu voltar a si:

— Não, não é tudo.

Aguardei que se explicasse, e ele perguntou simplesmente:

— Nunca mais o viu?

Hesitei: deveria narrar o que se dera depois, durante a segunda visita? Instintivamente sentia que ali se encontrava o núcleo vital da narrativa, o que poderia realmente causar o interesse do sr. Valdo pela história do revólver. Mas, por um curioso contraste, que não me seria fácil explicar, era exatamente aquilo que eu sentia que me era vedado — em sua revelação havia, sem que eu soubesse como, uma traição implícita ao sr. Demétrio. Ou de modo mais obscuro, àquilo que precisamente nos ligava, e cuja única manifestação era o olhar que me lançava quando nos encontrávamos na rua. O sr. Valdo devia ter percebido minha hesitação, pois levantou-se e veio novamente apoiar-se ao balcão. A luz baixa incidia-lhe agora sobre metade do rosto e, assim inclinado, os olhos bem próximos, podia-se perceber que ainda conservava em sua expressão um vislumbre de ameaça.

— Nunca mais o viu? — repetiu ele, e sempre com o olhar fixo em mim. — Preciso saber todos os detalhes, e pode estar certo, senhor Aurélio, que serei generoso na minha recompensa.

Essas últimas palavras alteravam completamente os dados do problema.

— Ah! — gemi. — Os Meneses parecem adivinhar quando as pessoas se acham necessitadas.

— Quanto? — e sua voz roçou-me como um sopro.

Uma mariposa voava ao meu alcance, dobrei uma folha de papel e acertei nela uma única pancada.

— Os tempos são duros, senhor Valdo. O senhor sabe, tenho três filhos...

Ele agarrou-me brutalmente pelo paletó:

— Quanto?

Não respondi: guardei um silêncio cheio de dignidade, olhando ora para ele, ora para a mão que amassava minha roupa, como se quisesse dizer que não falaria antes que tomasse outra atitude. Abrandou-se:

— Desculpe — disse. — Ando nervoso com o que se passa lá em casa.

E abandonou-me. Era a primeira vez que ele deixava entrever os motivos exatos que o haviam levado a me procurar — por um momento, examinando-o, pensei se devia ou não aproveitar a oportunidade e inteirar-me daquilo a que ele se referia. Afinal, era uma velha curiosidade: diziam tanto, e há tanto tempo, do que ocorria por trás daquelas paredes! Mas depois de ter dito isto, sua fisionomia, que por um segundo relaxara sua tensão, voltou a sombrear-se: era evidente que neste sentido eu nada mais arrancaria dele. Suspirei, concertando o paletó:

— O senhor dê o que quiser, senhor Valdo. Pobre não enjeita nada.

— Já disse — afirmou com veemência — o senhor não terá do que se arrepender.

Com esta garantia, comecei a falar:

— O senhor Demétrio tornou a voltar aqui. Isto foi mais ou menos um ano depois que vendi a ele o revólver. Notei que se achava nervoso e que parecia desejoso de me falar alguma coisa. Perguntei pela arma. Ele deu um muxoxo: "Ah, a arma!". Era evidente que havia certa decepção no seu modo de falar.

"Não serviu ainda?" Moveu a cabeça: "Não, não". "Por quê?" Ergueu os ombros: "Porque o lobo não apareceu mais". Disse a ele que francamente não ouvira falar que andassem lobos pela região. Sorriu: "Pois olha, andam". Sugeri com ironia que talvez os lobos adivinhassem onde existiam armas. Indagou-me, como se não tivesse percebido o tom, se realmente eu acreditava naquilo. Respondi: "É claro, acredito". Ele arregalou os olhos e balançou a cabeça: "O senhor está fazendo uma boa sugestão — preciso deixar a arma bem à mostra". Não sabia ao certo sobre o que falávamos, mas ainda perguntei se ele não conhecia um adágio popular: a ocasião faz o ladrão. Riu, mais calmo: "É isto, há sempre sabedoria nos adágios populares". Calei-me, sentindo que nada mais tínhamos a dizer um ao outro.

— Foi isto tudo o que houve? — indagou o sr. Valdo.
— Foi tudo.

Pousando a mão no meu braço, ele insistiu:

— Procure lembrar-se. Talvez tenha esquecido de alguma coisa. Já se passou tanto tempo...

Esforcei-me, mas na verdade não me lembrava de que houvesse acontecido coisa alguma — uma ou outra palavra, talvez, um olhar, uma inflexão de voz, mas que era isto diante da impressão total que ele me causara? Disse isto ao sr. Valdo e a observação pareceu interessá-lo vivamente:

— O senhor disse "impressão". Era isto exatamente o que eu queria: que impressão lhe deu ele quando dessa segunda visita?

Procurei recordar-me:

— A de um homem agitado. Ou melhor do que isto, a de um homem amedrontado. Ele tinha medo de alguma coisa, e talvez não ousasse dizer a si mesmo que tinha medo.

Um sorriso deslizou pelos lábios do sr. Valdo — então, impulsionado por aquele incentivo, outras lembranças vieram à minha memória:

— Ele caminhava, como o senhor quando chegou aqui, de um lado para outro. De vez em quando esfregava as mãos, e seus olhos brilhavam.

— Não disse nada?

— Disse. Uma única vez voltou-se para mim e indagou: "Tem certeza de que aquele revólver funciona?". "Tenho", respondi. E ele: "Então o rato não deixará de cair na ratoeira".

— Nada mais?

— Nada mais, tenho certeza.

O sr. Valdo suspirou fundamente, como um homem aliviado, encarou-me ainda uma vez, fixamente, depois meteu a mão no bolso, retirou a carteira, percorreu algumas notas, estendeu-mas:

— Acredite. O senhor acaba de me auxiliar imensamente.

Abaixei a cabeça, modesto. Ele, voltando-me as costas, saiu sem se despedir. Corri à porta:

— Senhor Valdo! Senhor Valdo!

No escuro, eu o vi voltar-se.

— Eu e minha senhora — disse — iremos amanhã ao enterro.

Ele engrolou qualquer coisa que eu não percebi direito, e continuou a caminhar. Seus passos, ferindo duramente o chão, ainda soaram alguns instantes na rua deserta.

51. Depoimento de Valdo (IV)

De longe ainda, através da ramagem, distingui as luzes da Chácara. A fachada, que se ia descobrindo aos poucos ao jogo dessa claridade esbatida — mantida pelo esforço de um gerador deficiente, as luzes esmoreciam com frequência — adquiria um aspecto mortuário. Assim que a estrada desembocou frente ao portão central, vi que este se achava aberto de par em par, como só acontecia por ocasião de grandes festas, e isto mesmo, meu Deus, no tempo em que minha mãe era viva, e os vizinhos vinham cumprimentá-la assim que corria a notícia de que ela havia descido ao jardim em sua cadeira de rodas. Alguns grupos esparsos, provavelmente gente dos arredores que ainda não ousara entrar, distribuíam-se mais ou menos protegidos pela obscuridade. Saudaram-me, apesar de tudo, mas não compreendi o que diziam e nem respondi a esses acenos que me pareciam inoportunos e falsos. Sem sequer voltar a cabeça ganhei a aleia central, onde também divisei vultos que não me eram familiares. Como os primeiros, dirigiram-me a palavra, mas obsedado pela ideia que me trabalhava — ele, somente ELE importava agora — nada respondi, e continuei meu caminho. O jardim, nessas primeiras sombras, recendia a funcho e magnólia, um cheiro entre doce e cortante, persistente, que a despeito meu me lembrava épocas mais felizes.

Avançando ao meu encontro, a Chácara desnudava sua nova fisionomia:

as janelas abertas como que vigiavam em plena escuridão, se bem que aquelas pupilas acesas não se movessem, e como que fixassem uma outra paisagem, acima e superposta àquela que constituía os velhos pastos em torno do lar onde eu nascera. Meu coração batia num ritmo mais forte — em que época, em que ocasião do passado teriam permitido uma tal invasão daquela casa, uma tão absoluta quebra de suas severas leis, uma entrega tão total à curiosidade dos vizinhos, que sempre haviam esbarrado contra seus muros inacessíveis? Desde que soubera da verdade — e agora, finalmente, eu a conhecia inteira, nas suas mais imprevistas minúcias — desde que a mentira se rompera ante meus olhos, não conservava mais a mínima dúvida de que essa invasão significava o fim — o fim completo dos Meneses. Os vizinhos se achegavam, e eram eles que denunciavam esse fim, como em pleno campo os urubus denunciam a rês que ainda não acabou de morrer.

    E também dentro de mim, como se obedecesse ao mesmo ritmo de destruição, alguma coisa se desfazia. Em vão escutava eu vozes que reabilitavam um sistema de vida irremediavelmente comprometido (Demétrio, seu modo de olhar, de exprimir-se, e sobrepairando acima de tudo aquela noção de família...), ou sopravam ditames de uma autoridade que não existia mais. Era tão forte essa sensação de desabamento, em mim o vácuo se fazia com tal intensidade, que eu chegava mesmo a me acreditar ante a iminência de um desastre físico — era possível que realmente a Chácara ruísse, viesse ao chão, e nos arrastasse no seu vórtice de pó.

    Mas tudo isso eram considerações que me tomavam apenas um momento: galguei a escada e achei-me diante da sala. Lá, como já sucedera no jardim, envolveu-me uma atmosfera de festa muito pouco fúnebre. Dir-se-ia mesmo que a pobre morta, enrolada no seu lençol e estendida sobre a mesa, era um fator que muito poucos levavam em conta. A verdade é que se despersonalizara, já não era mais senão o motivo longínquo da reunião, e os visitantes, esquecidos, conversavam aos grupos, alguns até mesmo em voz mais alta do que seria conveniente. Julguei mesmo ouvir, partindo de um dos extremos da sala, uma risada que em vão se esforçava para ser contida. E tudo estaria completo, isento de qualquer lembrança de morte, se ainda não vagasse por cima de nós, insistente, aquele cheiro de matéria em decomposição que desde há vários dias tinha no quarto da agonizante seu centro de irradiação. Sim, conversava-se, com esse afã, essa necessidade artificialmente criada por uma proibição de base —

conversava-se com esse calor, essa pressa que se manifesta nos saguões dos teatros ou nos intervalos de um discurso importante — mas em meio a essas falas havia de repente, sorrateiro, um silêncio perturbador — e então a palavra que ia ser dita esmorecia, ou um leque era vibrado com mais força. E os olhares, como atraídos pela insofismável verdade dos fatos, dirigiam-se furtivamente para o lugar onde o corpo se achava — era de lá que vinha o cheiro incômodo. Mas percebia-se que de minuto a minuto, branco e sozinho, ele se tornava mais alheio ao ambiente. Com incrível rapidez, deixava de ser um cadáver exposto, para converter-se numa coisa anônima e indiferente. Assim que apareci, uma senhora, centro de um dos grupos, precipitou-se ao meu encontro:

— Ah, senhor Valdo, que desgraça! — e sua mão, opaca e dura, apertava-me o braço.

Era Donana de Lara e, toda ela de roxo, com um peitilho de veludo bordado a vidrilhos, cheirava a incenso e sacristia. Afastei-a com um gesto quase rude. Vi então que seus olhos brilhavam de irritação refreada. Fitou-me ainda um instante, como se aguardasse uma explicação e, depois, erguendo os ombros, afastou-se. De longe, novamente centralizando um grupo, vi que brandia o leque com raiva — provavelmente comentava minha grosseria, deixando cair da ponta dos beiços murchos: "Esses Meneses...". Mais adiante, junto à porta que conduzia ao corredor, vi um grupo que se comprimia, assistindo ao desenrolar de alguma coisa, pois guardavam uma atitude de visível atenção. Aproximei-me, e ainda pude ouvir uma voz abafada que dizia:

— Oh, são roupas infetadas.

Empurrando os que me vedavam a passagem — cediam-me lugar a contragosto, como se os furtasse de um espetáculo extremamente interessante — compreendi logo do que se tratava. No corredor, em meio a um monte de roupa atirada ao chão, encontrava-se Demétrio. Demétrio, apenas ele, e como parecia ter crescido nessas últimas horas: seu rosto, ordinariamente denotando tanto cansaço, porejava uma energia secreta, uma vontade inflexível e justa. Logo atrás dele, assistindo-o, mas evidentemente sem tomar parte na cena, encontrava-se Ana. Seu aspecto, que foi o primeiro a atrair-me a atenção, era o de uma sonâmbula: presente, integrava-se ao acontecimento, mas adivinhava-se logo que não participava dele e que se achava ali apenas como esses objetos que ao sabor das vagas vêm dar às praias. Falei em Demétrio, e pela primeira vez senti o quanto me seria difícil caracterizá-lo: tudo o que nele era habitualmente secreto, havia afluído à tona, e exibia-se, para quem o conhecia, com um despudor quase ofuscante. Cabelos desfeitos, olhos febris, arrastava roupas e caixas do pequeno quarto que servia de despejo, e atirava tudo no meio do corredor. E não somente roupas e caixas, mas sapatos também, que eu ia reconhecendo aos poucos, enfeites, rendas — um mundo de pequenas utilidades que despertavam em mim amarguradas lembranças. Rápido, como se o tempo urgisse na limpeza que levava a termo, desfazia-se das peças atirando-as ao chão, atabalhoadamente, e nelas dando com o pé quando por acaso o embaraçavam. Um minuto ainda procurei fixar seus movimentos: eram nervosos, descontrolados, com essa pressa característica de certos maníacos. Indiferente aos que o olhavam da sala — ele, sempre tão cheio de pudor nas suas atitudes... — prosseguia aquele trabalho como se do seu esforço dependesse qualquer coisa vital — por exemplo, a salvação do mundo. Só uma vez ou outra é que interrompia seu afã e então, sem afastar os olhos das roupas atiradas no assoalho, passava o braço pela testa molhada de suor. Foi num desses momentos que, erguendo afinal a cabeça, deparou comigo. Tão cegado se achava pelo esforço da sua tarefa, que não me reconheceu. Ia abaixar-se de novo, quando avancei alguns passos.

— Ah — disse ele, e ficou parado em meio às roupas, algumas ainda seguras entre os dedos.

— Não entendo, Demétrio. Que é que você está fazendo?

Só aí, ouvindo essas palavras, voltou a si e contemplou a incrível desordem que reinava no corredor. Devagar voltou a fitar-me, como se procurasse avaliar quais seriam meus pensamentos exatos. Mas logo, adivinhando sem dúvida o que se passava comigo, sua fisionomia distendeu-se, e depois, contraiu-se, voltando a adquirir o aspecto reservado que lhe era habitual.

— São roupas infetadas — disse.

— Como?

Sem dúvida, como era hábito seu, julgava que já teria dito tudo. Seus gestos evidenciavam uma necessidade, reproduziam uma intenção que não podia ser contestada por ninguém. Mesmo assim, como me visse disposto a ouvir mais alguma coisa do que as palavras que pronunciara, fez um movimento de impaciência e acrescentou:

— Você não ignora — e era impossível deixar de perceber em sua voz uma nuança de ironia — que Nina morreu de uma moléstia contagiosa, não?

— Talvez — respondi.

Ele voltou-se para Ana, como se invocasse seu testemunho — seu infalível testemunho:

— Talvez! Isto é o que sucede sempre, devido a culposas negligências. Um segundo, um terceiro atacado do mesmo mal, devido ao criminoso pouco-caso de alguns.

— Não é certo que o câncer seja moléstia contagiosa — respondi.

— Mas também não é certo que não o seja.

E, dando sem dúvida a explicação por terminada, voltou a retirar os objetos do fundo do cubículo, e a espalhar novas peças pelo corredor. Esclareço, porque o detalhe me parece importante: apesar de achar cedo demais para uma tarefa daquelas, não me sentiria chocado caso seus gestos expressassem somente o zelo de que se achava possuído. Mas a verdade é que ele não retirava simplesmente as coisas, mas arrancava-as, literalmente arrancava-as do fundo, e ao fazer assim exprimia uma violência, um asco, que era uma ofensa mortal ao ser a quem aquelas coisas haviam pertencido. Não sei por quê, mas naquele afã julguei vislumbrar um ultraje que procurava alcançar Nina além túmulo. O que ele segurava era com tal ímpeto que parecia projetar seu gesto no infinito — de lá, provavelmente, alguém compreenderia a extensão de sua maldade. Não eram vestimentas comuns, restos de uma pessoa morta o que ele atirava fora: eram coisas vivas, que ainda valiam em toda a extensão de seu batalhador significado. Mais fortemente ainda essa impressão se acentuou quando, do fundo de uma caixa, como se emergisse de um poço, apareceu um vestido verde que ela usara logo após sua última chegada do Rio. A visão paralisou-nos a todos: era como se a própria Nina ali estivesse, e nos olhasse naquela tarefa de espezinhar seus despojos. Mas a hesitação de Demétrio foi apenas momentânea: logo, como se aquela roupa agravasse seu estado de espírito, e o zelo que o animava, atirou-a fora brutalmente. Uma presilha do vestido segurou-se em suas pernas: Demétrio, procurando desembaraçar-se, vibrou na peça violento pontapé, fazendo-a cair quase junto à porta onde se acumulavam os curiosos. Era demais, como que um gemido perpassou sobre minha cabeça e, cego, saltei sobre as vestimentas esparsas, segurando Demétrio pelo braço:

— Não faça isto — e ao mesmo tempo, abandonando-o, apoderei-me de outra roupa que ele já segurava.

Demétrio voltou-se para mim e vi que nos seus olhos havia uma luz irracional.

— Que é que você quer? — indagou.

— Não faça isto — repeti, mostrando-lhe o vestido que arrebatara.

— Mas não existe mais nada, está tudo acabado — disse, arquejando.

— Não tão depressa assim, Demétrio.

Ele avançou um passo, trêmulo, e agora ofegava muito próximo, hesitando ainda quanto ao que deveria fazer. Como visse que eu não largava a peça, pronunciou em voz baixa, mas bastante clara:

— Está morta, podre.

E como se com essas palavras brutais tivesse desejado encerrar definitivamente o assunto, avançou e tomou-me o vestido das mãos. Senti o calor subir-me ao rosto e estendi a mão para retê-lo — esquivou-se, e já ia atirar o vestido longe, quando me atraquei com ele, disposto a impedir-lhe esse derradeiro gesto de agravo. Não cedeu, e durante algum tempo, abraçados, lutamos — por trás de nós ouvi comentários abafados, Ana chegou a esboçar um gesto de intervenção, duas ou três pessoas correram a separar-nos. Mas eu não estava disposto a me dar assim por vencido, e continuei a lutar, rodando agarrado com ele até junto à janela. Naquele momento não éramos dois irmãos, mas dois seres desconhecidos combatendo pela posse de uma zona vital. Que eu o dominasse, não tinha a mínima dúvida, e enquanto sentia sua forte respiração junto ao meu pescoço, admirava-me de que eu próprio tivesse tido coragem para ir tão longe, e que ele aceitasse a luta. Alguma coisa devia realmente estar rompida, para que os Meneses assim se digladiassem diante de tantos olhares estranhos — e esforçando-me para abatê-lo, dizia comigo mesmo, nessa lucidez e nessa pressa dos momentos extremos, que não era eu quem ali representava o papel mais extraordinário, mas ele, o outro, aquele homem que inesperadamente deixava vir à tona o eu que se esforçara por esconder durante a vida inteira. Houve um segundo em que pensei vê-lo tombar sob o golpe de uma apoplexia: tornara-se vermelho, quase roxo, e os olhos pareciam querer saltar-lhe das órbitas. Não pôde resistir mais tempo e, como relaxasse afinal sua pressão, empurrei-o, fazendo-o tombar sobre a roupa amontoada. Aí, os cotovelos apoiados em terra, olhou-me com indizível rancor. Brandi o trapo diante dele:

— É disto, é dela que você quer se ver livre?

Seus olhos faiscaram:

— Não respondo, não tenho obrigação de responder-lhe. — E procurando levantar-se, com um gemido: — Você devia me respeitar, sou o mais velho.

Seu olhar voltou-se lentamente para o lado de Ana, que aparentemente se conservava afastada da cena — e menos do que um pedido de auxílio, exprimia ele uma reprovação muda, como se naquele instante decisivo efetuasse afinal a soma de todas as suas relações fracassadas.

(Mais tarde, quando estivesse esperando o carro para deixar a Chácara para sempre, Ana viria ao meu encontro. Na estrada batida pelo sol, já tombando lá por trás da serra do Baú, sua figura pareceria menor, mais encolhida, seus gestos mais tímidos. Não diria nada no primeiro momento, provavelmente examinando qual seria minha reação — e como eu esboçasse um sorriso manso (que me importava, diante daquela existência que começava para mim, o que havia sido, o que ficava para trás) apoiar-se-ia à cerca, o peito erguido num suspiro. Esperava que eu falasse primeiro, que rompesse aquele silêncio a bem dizer estabelecido entre nós desde que pisara naquela casa — e seus olhos, sempre vagos e furtivos, agora pousavam sobre mim com insistência, pedindo, implorando quase que eu a ouvisse. Depositei a mala no chão e, sacudindo o pó que negligentemente se acumulara sobre mim, indaguei o que desejava. Ah, respondeu, tinha realmente alguma coisa a dizer, mas não sabia se o momento era oportuno. Não pude deixar de sorrir novamente ante aquela exclamação de uma pessoa que, convivendo comigo durante tantos anos, nada tivera para me dizer durante todo este tempo senão um cumprimento despersonalizado. E por um segundo, devassando-a talvez mais do que eu próprio desejasse, senti fremir toda a sua personalidade, inteira, como uma figura completa e sem subterfúgio. Atordoado, eu a via plantar-se ante mim como um dos polos do drama que acabávamos de viver — ela, Ana, tão desdenhada de todos, e que talvez também tivesse amado, e provado seu quinhão amargo — e que de todos nós, fora a única a que ninguém jamais reclamara o depoimento. Por cima da cerca, ferindo-me nos acirrados espinhos das esponjas, estendi-lhe a mão: "Afinal, Ana, sobramos nós. Nada nos impede de sermos amigos...". Vi uma sombra tão densa descer ao seu rosto, que mais parecia uma projeção de toda a serrania acumulada em torno. Qualquer coisa subiu aos seus lábios, o princípio de uma expressão como "é tarde, é muito tarde", mas as palavras não se formaram, e ela apenas ficou olhando, parada, como se não tivesse visto minha mão por cima da sebe. Ergui os ombros — ah, esses seres impossíveis... — e então, olhos apartados de mim, como se repisasse um assunto que centenas e centenas de vezes comentara para si própria, começou a falar — e à medida que falava, eu não ia propriamente descobrindo uma nova visão dos fatos, nem inaugurando um detalhe a mais da história que já sabia... — mas aquilo de que me achava de posse encaixava-se perfeitamente na moldura que ela ia traçando, e a consciência, até aquele minuto oscilante, firmava-se, a história delineava-se completa, e de modo tão vivo, que quase rebentava os caixilhos estreitos que a cingiam.

De há muito, de há muito tempo ela sabia de tudo. Desde os primeiros dias, quando ali penetrara deslumbrada e ingênua, soubera que viera por engano, e que o marido não a amava. Ou que pelo menos não a amava mais. Pior ainda, não tardou muito em adivinhar que ele amava outra. Os horizontes da Chácara eram estreitos — que outra mulher poderia atrair Demétrio senão aquela cuja presença enchia a casa inteira? Os contatos, os momentos fugidios, os sinais do que havia se passado — uma última exclamação ainda vibrando no ar, um movimento de enfado, às vezes tão mais eloquente do que uma demonstração de amor, um olhar alongado, sabe Deus sobre que abandono ou que displicência, ou então nada, absolutamente nada além dessa pequena vibração do ar, essa nervosidade da atmosfera, que nos obriga de súbito a pressentir e até mesmo a adivinhar, como se uma força superior nos empurrasse, cegos, através de paredões que se desfazem — tudo isto, e muito mais ainda, podia ser surpreendido mesmo num homem cauteloso como ele. É que é possível esconder o amor até certo limite, depois ele transborda, independente de nossa vontade, como um clima envenenado. Poderia citar exemplos, entre tantas lembranças que ainda conservava. Por exemplo, certa vez, entrando distraída no quarto, encontrara Nina com a mão na porta, em atitude evidente de quem ia sair. Era no princípio, quando ela ainda não falava em partida, se bem que a situação já fosse bastante tensa. No entanto, ao deparar com ela, Ana havia tido a certeza de que tudo se achava consumado — tudo, ou melhor, exatamente aquilo que ela não saberia explicar o que fosse. Nina passara como um furacão, sem dizer coisa alguma, exatamente como se acabasse de participar de uma cena violenta. Abrindo a porta, Ana fora encontrar Demétrio sentado em sua cadeira — quase poderia dizer: sucumbido — e em torno dele essa atmosfera quente de emoções recentemente deflagradas. Nem sequer voltou a cabeça quando ela entrou. Então, de pé, quase sem saber o que dizia, nem por que agia assim, ela indagou: "Nina vai-se embora, não é?". Jamais poderia esquecer o olhar que o marido lançou à sua pessoa, e que era de raiva, de surpresa e ao mesmo tempo de revolta. Se pudesse, ele a teria fulminado naquele instante. "Certas coisas", disse, "é melhor que você não tome conhecimento delas." E levantou-se, abandonando-a. Mas desde então Ana adquirira a certeza de que ele amava a cunhada. No começo pensara que fosse um simples caso de amor, uma inclinação forte, quem sabe, dessas que a solidão costuma produzir em certos seres sensíveis. Mas depois, como visse a crise aumentar, e ele atravessar noites e noites em claro, sofrer e calar-se com um orgulho acima de qualquer julgamento, compreendera que era sério: talvez aquele homem de ferro amasse realmente pela primeira vez em sua vida. (Enquanto Ana ia falando, eu próprio revivia o ambiente da Chácara naqueles tempos, todos nós acordados, encadeados a uma rede insolúvel e de sentimentos partidos, uns vigiando os outros, sentindo a tempestade acumular-se, sem que pudéssemos fazer coisa alguma, porque jamais poderíamos prever de que lado romperia o raio…) Mas em Demétrio o amor não se manifestava como em todo o mundo — era para ele uma doença, um mal físico, insuportável. Sua natureza não permitia aquela intromissão, era demais para suas forças, lutava como um homem que estivesse prestes a naufragar. Aos poucos, à força de encarar Nina como uma ameaça à sua tranquilidade, ao seu bem-estar e até mesmo à sua integridade, acabara por supô-la um perigo geral — um mal que, para bem de todos, evidentemente devia ser extirpado. É verdade que nunca chegou a afrontá-lo de modo positivo — pelo menos ela assim supunha — mas jamais conseguiu assimilar aquilo que considerava não como fraqueza sua, mas como ação diabólica da parte dela. Amar odiando — este teria sido o seu dilema. Não seria demais supor no entanto que houvesse cedido uma ou duas vezes — quem sabe, mais até… — e ela, Ana, chegara a surpreendê-lo de joelhos aos pés da outra. De joelhos, como um apaixonado qualquer, um adolescente vencido. Que não teria dito, nesses momentos, que gritos e que imprecações, que promessas e que súplicas não teriam vindo aos seus lábios… Muitas vezes, vendo-o dormir placidamente ao seu lado, Ana levantava-se, fitava-o, com um prazer intenso de quem era capaz de ler o que se passava até o mais fundo de sua alma. De joelhos, rastejando-se como um criado, molhando de lágrimas aqueles pés que pisavam o pó onde ele se rojava… Rouca, a voz de Ana tinha inesperados acentos de triunfo. Confesso, nestes momentos, ouvindo-a, eu tremia, olhava-a furtivamente, sem coragem para avançar naqueles escuros corredores que suas palavras me denunciavam. Aos poucos ela ia serenando, e retomava o fio natural da narrativa. Poderia jurar quase que Nina jamais havia correspondido a esses apelos. (Anoto aqui, com estranheza, um detalhe que me feriu nessa conversa: Ana não discorria com ressentimento, antes com certa nostalgia, como se desejasse que Nina tivesse cedido — sua irritação era pelo fato justamente de que a outra houvesse se mostrado tão altiva.) Terminando, ela acrescentou: "Nina nasceu para zombar; e zombava de Demétrio como se faz com uma criança impertinente ou um velho tomado de caprichos". Foram essas, exatamente, suas últimas expressões. Estendi de novo a mão por cima da cerca, toquei-a no ombro: "Por que me disse tudo isto?". Respondeu-me com simplicidade: "Acredito que seja esta a última vez em que nos vemos". Não havia nenhum tom de comédia, nem o mínimo sofrimento ou constrangimento em sua voz. Era isto, somente isto: acabávamos ali naquela curva do caminho, e não existia nenhum motivo para que assim não acabássemos. Compreendi, juro como compreendi as razões daquela mulher — mas sua frieza deu-me uma espécie de terror. "Podia não haver necessidade...", insisti. Desta vez ela olhou-me bem nos olhos: "Queria que soubesse, ainda que fosse no último instante, que eu havia compreendido aquilo... outro dia... quando se atracaram no corredor". E é difícil dizer, mas escutando-a falar daquele modo, subiu-me uma desconfiança, uma ideia de que talvez soubesse de mais alguma coisa, e que estaria apenas desvendando uma parte da verdade. Mas a verdade, como separá-la, como distingui-la perfeitamente nesses seres conjugados entre a luz, a obstinação e o erro? Eles são a verdade do que são.

Foi esta, realmente, a última vez em que a vi. Despedi-me, tomei a mala e caminhei alguns passos. Mas lá, como siderado por um poder do qual não conseguia me afastar, voltei-me de novo: um pé de vento havia se elevado ao longe, a poeira redemoinhava ao sol. Ela ainda lá estava, de pé, maciça em seu silêncio. Era evidente que me seguia com os olhos, mas assim que me viu voltar, como se recebesse um choque, ergueu a cabeça — acenei-lhe um gesto de adeus, possivelmente o único gesto de amizade que lhe fizera durante toda a vida — ela não respondeu e, recuando apenas, deu-me as costas e começou a caminhar em direção à Chácara.

Durante algum tempo segui o vulto preto que ia diminuindo, diminuindo — e que dentro em breve, como tantas vezes vira, desapareceu, para só deixar o céu azul, e contra ele, erguidos e firmes, os velhos tetos da casa onde eu nascera.)

Demétrio continuava estendido no chão até que Ana, como se acordasse, estendeu-lhe a mão. Ele levantou-se, sacudindo o pó que lhe havia sujado a roupa. Devagar, olhando ora a mim ora à mulher, passou a mão pelos cabelos brancos, e vi que seus dedos tremiam. Furtivamente, como se não desejasse demonstrar o seu receio — ele! — lançou um olhar em direção à porta, onde os curiosos haviam se aglomerado em maior número.

— Alguma coisa — disse voltando-se para o meu lado — o induz contra mim. O que quer que seja...

Ia talvez dizer: "hoje não é o dia", ou qualquer outra frase que tivesse idêntico significado — e seria a primeira vez que ele teria uma lembrança concreta da morta — quando eu o atalhei com rispidez:

— O dia é hoje. Quero que saiba precisamente que nada mais ignoro do que se passou.

Fatos? Simples suposições? A verdade — tudo, finalmente? Vi essas perguntas coruscarem em seu pensamento, enquanto ele empalidecia fortemente.

— Refere-se a...

E a insinuação permaneceu vaga no ar.

— Ao revólver — disse eu, tranquilamente.

Aí estava, um fato. E de súbito, quando pensava tê-lo aniquilado, vi aquele homem velho reanimar-se, sacudir-se num brusco assomo, iluminar-se quase, como um cavalo novo que bate os cascos e relincha — e logo um grito, um único grito, fendeu-lhe os lábios:

— Mas era a casa, era a casa que eu defendia!

Extraordinário fenômeno: em torno dele, como uma floresta de ferro, as razões se levantaram, onipotentes. Senti uma vertigem, procurei o peitoril da janela, apoiei-me nele: teria sido uma simples cegueira minha? Estaria errado, teria sucumbido sob uma influência que não significava nem direito e nem justiça? O suor molhou-me a testa e, por um momento, vi tudo escuro em minha frente. Mas aquilo não durou mais do que um curto fragmento de tempo, e senti, com todas as fibras que me compunham, que apenas estivera lutando contra uma força irracional, infensa a qualquer espécie de raciocínio. Devagar, e creio que somente daquela vez, olhei o homem que se achava diante de mim — homem nu, totalmente nu no seu direito e na sua crença do bem. A força com que gritara aquelas palavras não era somente força de absoluta sinceridade — mais do que isto, traduziam uma paixão segura e firme, como se indicassem, neste vale incerto, o único objeto que nos fosse sagrado.

— A casa! — repeti, sem poder voltar a mim do meu espanto.

E ele então, patético, num gesto largo, apontando tudo o que nos cercava:

— Isto, o que nos pertence, nosso patrimônio.

Então, e só então, compreendi que o combate era inútil. Como nos fazer compreender daqueles que já não falam mais a nossa língua — e como acusá-los, como perdê-los diante das razões que invocam, e que são razões palpáveis, matérias deste mundo?

— Não é isto — respondi com voz trêmula. — Não é isto. A casa... escute bem, a casa não me importa. Para mantê-la...

Vendo que eu não o fitava, deu um salto de repente, colocou-se adiante de mim, abaixado, miúdo, como se procurasse meu olhar que se esquivava:

— A casa! — gritou. — Que não faria eu para mantê-la?

Até mesmo sua voz era estranha, vibrante, quase moça. Talvez, recuando no tempo, não fosse a voz de um homem — havia nela, pelo seu desejo de aliciar e de submeter, alguma coisa estranhamente feminina — um grito de criança, um gemido de mulher no cio — e quem sabe, possivelmente a voz do único Meneses autêntico, que eu não conhecia, que jamais conhecera, mas que repontava agora, revelado e fatal. Sorri:

— Sei que faria tudo.

E mais baixo, como se efetuasse uma soma apenas para mim mesmo:

— Para isto mentiu, enganou e traiu. Jamais pôde suportá-la — e enquanto minha voz aumentava em volume, um soluço despedaçado acentuou-se nela, um uivo quase, que talvez fosse meu único grito de amor, mas que valia por todas as palavras que eu não dissera, que haviam naufragado entre as quatro paredes daquela casa gelada, entre os muros de mim mesmo, apoderado pelo espírito maléfico dos Meneses: — Nunca em sua vida teve outro pensamento senão o de destruí-la. O revólver foi apenas uma tentativa. Depois, as viagens... Mas seria capaz de estrangulá-la, de liquidá-la a tiros ou pontapés, que importa, contanto que a liquidasse.

E vencido, como se o esforço daquele dia tombasse afinal inteiro sobre meus ombros, abati-me sobre o peitoril da janela, e chorei — chorei de um modo livre e puro, sentindo que finalmente ia reconquistando um pouco do eu que durante tanto tempo permanecera soterrado, e que vinha finalmente à tona, transido, desconhecido, mas ainda assim capaz de assumir o peso de todos os seus erros e de todas as suas vergonhas. Não sei quanto tempo permaneci assim, até que ergui a cabeça e voltei a encontrar os vultos de Ana e de Demétrio parados diante de mim. No chão, o monte de roupas. Apontei-o com um gesto:

— E ainda agora, Demétrio... Ainda agora, convenhamos, você nada mais quis senão ver-se livre da sua lembrança.

Ele abaixou a cabeça.

Abandonei minha posição, aproximei-me dele, tanto que meus lábios quase roçavam seu ouvido:

— E o motivo eu sei, pode estar certo de que eu sei qual é o motivo — disse.

Não levantou a cabeça, mas vi que o suor lhe inundava a testa. E foi assim, cabisbaixo, irredutível, que eu o abandonei em meio às vestes que juncavam o corredor.

52. Do livro de memórias de Timóteo (1)

Se escrevo isto, é precisamente para lembrar-me dela. Quando me disseram que havia morrido (foi Betty), e eu me achava deitado, um pano molhado sobre a testa, prostrado por uma dessas violentas dores de cabeça que ultimamente tanto me assaltam. As palavras eram tão estranhas, que no primeiro momento pareciam não formar sentido — pois que significava morrer para quem, como eu, estivera a vida inteira um pouco à beira da morte? Mas na sua aparente contenção, havia no que ela me dissera um grito tão humano e tão doloroso, que retirei o pano e abri os olhos: senti então que em torno de mim as coisas já não eram como antes. O quarto, como se brutalmente houvessem aberto suas janelas, achava-se inundado por uma singular claridade amarela. Dentro, como formas exatas, os móveis se erguiam constrangidos num pesado silêncio. Senti então formar-se em mim um sentimento mais forte do que a certeza, e que era um vislumbre da morte, daquela morte ocorrida há pouco junto a mim, e cuja aura, deslocando-se do local onde ela se processara, vinha ao meu encontro, numa vaga solene e dominadora. Como que elementos dispersos e até agora sem figuração identificada — fluidos, correntes, pressentimentos de destino e de aniquilamento — uniam-se no meu íntimo, criando uma face perfeita, um ser definido, não como o seria aos olhos dos outros, mas como se formaria para mim, somente para mim, secreto e lutuoso. Era um retrato traçado a mão firme, uma presença inteira, alguém que eu conhecera, e que só eu, por um milagre de fidelidade, poderia recompor em sua delineação exata. Não havia naquilo nem saudade, nem constrangimento e nem mágoa — o reconhecimento processava-se com familiaridade, como um terreno íntimo que se vai revelando aos poucos, e vendo inflar, vagaroso, à luz do entendimento.

Lembrei-me, sim, da primeira vez em que ela se sentara ao meu lado — há tanto tempo — e como ficara me olhando, com aquela triste expressão de quem sabe tudo e não condena coisa alguma. Realmente o que nela me impressionou não foi o fato de ser bela ou não — se bem que fosse bela. (Aqui paro um momento, e é evocando sua própria visão que indago: que é a beleza? A beleza é uma destinação de nossos fluidos íntimos, um êxtase secreto, um afinamento entre o mundo interior e a existência cá fora. Um dom de harmonia, se assim posso me exprimir. Nina jamais se destacou de um ambiente, qualquer que ele fosse — compunha-o, com essa simplicidade dos seres inocentes, a quem foram atribuídas todas as graças.) Desde o primeiro minuto senti que ela era um desses seres insubstituíveis, com uma força ativa e transcendente que nos aconteceu como um pé de vento nos apanha na extensão da noite. Que carnalmente fosse ela, e tivesse um nome, e viesse trazida pela mão de outro — que tangida pelas próprias leis internas não demorasse nunca — que importava tudo isto? São esses, precisamente, os seres que em qualquer sentido não demoram nunca. E a verdade é que encarnava para mim, de modo completo, o ser que desde há muito eu esperava. Agora que não existe mais, poderia chamá-la pelo nome, baixinho, como se pretendesse vê-la de volta, mas isto para mim não designaria a personalidade que significou, e sim a tradução humana e truncada do poder com que se projetou em nosso meio. Reduzo o tempo, anulo palavras: logo à primeira vista, com esse faro especial de que são dotadas certas vítimas, os Meneses souberam que se achavam diante de uma espécie de anjo exterminador.

Parada diante de mim, uma xícara nas mãos, e ainda fremente da notícia que acabara de transmitir, Betty aguardava.

— O senhor não ouviu?

Ergui-me com esforço, enquanto em torno de mim a luz amarela ondeava — um efeito da náusea. (Poderia dizer a ela: "Betty, não me sinto bem, tenho dor de cabeça, um enjoo constante. É possível que tudo me aconteça, é possível…". Mas não, ela jamais acreditaria em minhas histórias.)

— Ouvi sim, Betty. Ela morreu.

Sentei-me na cama, à espera de que as formas em torno de mim se aquietassem. Um minuto ainda, e tudo retomou seus lugares primitivos. A náusea refluiu ao coração, que se conservou pesado e imóvel. Ante minha resposta, de aparência tão simples, vi pela primeira vez inflamar-se aquela doce criatura:

— Ah, senhor Timóteo, como pode receber assim uma notícia dessas? E a pobrezinha está lá fora, enrolada num lençol!

Fiz sinal para que ela se sentasse ao meu lado.

— Betty, é uma tristeza, mas que é que se há de fazer? Todos nós temos de morrer um dia.

Não, decididamente a morte não me aterrorizava. Betty, sentindo-se impotente para me contradizer, escondeu o rosto numa das mãos, deixando-se cair sentada ao meu lado:

— Era tão sua amiga, senhor Timóteo, gostava tanto do senhor!

Sim, ela também sabia, se bem que não pudesse avaliar a extensão exata que nosso pacto alcançava. Ela também sabia — e como ficássemos calados, remoendo nossos sentimentos, aquilo como que fez romper a estrutura do tempo, aproximando de nós, repentinamente, aquela que se fora, e dela trazendo uma visão tão limpa e tão implacável, que senti meu coração doer numa pancada surda. Abracei-me a Betty, e unido a ela, por alguns segundos tive a sensação de que o mundo deixava de flutuar como uma coisa hostil e sem sentido. Naquele pequeno reduto, onde parecia se concentrar um pouco de sol coerente e amigo, Betty começou a falar, e sua entonação, cautelosa, ia vestindo aquele espectro já desnudado das pompas terrenas.

— Fazia pena vê-la — disse. — Ultimamente sofria tanto que não deixava ninguém aproximar-se. Pedia apenas: "Betty, esfregue um pouco de perfume no meu corpo". Eu esfregava, mas aquilo não acabava com o cheiro ruim que se desprendia dela. Pedia o espelho, queria se ver, penteava os cabelos duros, atirava o pente fora, escondia o rosto nas mãos, chorava. Ah, senhor Timóteo, para se morrer é necessário um tal sofrimento? Quando acabou, estava de tal modo que nem pudemos vesti-la.

Descreveu o modo como haviam levantado o corpo, quente ainda (por um segundo, julgara ver tremer uma de suas pupilas...) e enrolado nele um lençol branco, sobre o outro lençol, que não haviam podido despregar. Lá ficara, lá ficara ela, muito esticada, a luz das velas mal iluminando as faces cavadas de verde.

— Quem ficou ao lado dela?

— Ninguém — e no tom com que dissera isto, havia uma censura que atingia a todos nós, e nunca ela ousara ir tão longe. Ninguém, e no entanto a sala devia estar cheia de gente. Ninguém que pelo menos a amasse e compreendesse, não desse amor que desdenha o invólucro sem vida, mas desse outro feito de ternura e de assentimento — amor de amizade. Era isto o que Betty viera dizer, e que tristeza, que mágoa não devia pulsar no fundo da sua consciência, ante o aspecto formal daquele drama de que ela não compreendia nem a figuração, nem as linhas essenciais. Lentamente, e como um sino distante que se pusesse a vibrar, e o som viesse até mim confuso e apagado — um sino, tão misturado às idades, à poeira dos fatos, às coisas antigas e sem significado, um sino, arrastando-se sobre os campos, afastado, mas já elevando para céus de aproximação sua pesada voz de bronze — comecei a compreender que a hora havia chegado — e com ela, o instante capital para a causa que empunhara.

Quase sem esforço, e como se uma energia nova me animasse, coloquei-me de pé.

— E Demétrio, não mandou avisar ninguém?

A resposta veio exata:

— Sim. Ela ainda não tinha acabado de fechar os olhos, e ele já mandara um recado ao senhor Barão.

E então comecei a rir, e o som do meu riso encheu o quarto como um toque de ressurreição.

— O senhor Barão! Ah, Betty, como este mundo é engraçado...

Vi, pelo seu silêncio, o quanto ela me reprovava. Decerto, oh, decerto imaginava que eu era ingrato, e ria daquela que no mundo fora a única pessoa que me manifestara um pouco de amizade. Desde que havia me encerrado naquele quarto, quem havia ousado atravessar seus umbrais? Quantos me haviam dirigido duas ou três palavras, e tomado comigo uma taça de champanha? E no entanto — obscuridade da natureza humana — eu me alegrava. Eu ria naquela hora extrema, e disto não tinha pejo e nem remorso. E talvez — por que não? — sua desconfiança se estendesse daquela vez a toda a raça dos Meneses — gente fria e sem coração. Ah, era isto o que ela devia pensar, aquela pobre Betty, e eu imaginava o quanto era difícil fazê-la compreender o que autenticamente significava o meu riso — um ranger de ferros, como o de um portão que se abre. Não, não havia dor e nem desespero para mim, porque não havia morte e sim consumação. Não havia angústia, porque não havia sofrimento. O que existia era somente a tarefa cumprida. Nina se fora, e erguendo-me, eu ia prestar-lhe as últimas homenagens, mas como um soldado que homenageia o companheiro morto.

— Betty — disse eu — antes de morrer Nina me fez um pedido.

Ela ergueu os olhos para mim:

— Qual?

— Pediu-me... e isto foi há muito tempo... pediu-me que eu levasse ao seu caixão um ramo de violetas.

Betty concordou com a cabeça:

— Eram suas flores prediletas.

— Então, Betty, quero que apanhe muitas... todas que puder.

Ela balançou negativamente a cabeça:

— Impossível, senhor Timóteo. Não estamos no tempo das violetas.

Não sei por quê, irritei-me, bati com o pé no chão:

— Quero as violetas, Betty. Preciso delas.

Desta vez não me respondeu, deixou somente escapar um suspiro de resignação. Depois, baixo, perguntou:

— Como posso trazer muitas? Talvez só encontre uma meia dúzia.

— Traga as que encontrar. — (De repente, como se a premência do problema auxiliasse minha memória, lembrei-me de um canteiro antigo, muito antigo, existente lá para os lados do Pavilhão. Era exatamente um canteiro de violetas, e fora feito por um jardineiro chamado Alberto, que se matara em nossa casa. Talvez nunca mais houvessem mexido nele, e ainda sobrassem, avaras através do mato virgem, algumas touceiras que me fornecessem aquilo que procurava.) — Olhe, perto do Pavilhão há um canteiro velho, acho que ali você poderá encontrar todas as que quiser.

Respondeu-me pensativamente:

— Era exatamente lá que eu tinha intenção de ir.

Combinado isto, desviei-me um pouco, a fim de concertar meu plano. Então, finalmente, o Barão compareceria àquela casa que tanto cobiçara sua visita. Não restava mais a menor dúvida de que, em tudo e por tudo, aquele era um dia fundamental na existência dos Meneses. Cumpria pois que eu concorresse com a minha parte, ainda que fosse pela última vez que afinasse minhas intenções com as de meus irmãos, e depois o esquecimento para sempre me sepultasse longe deles.

— Betty — exclamei voltando-me para ela — hoje sairei deste quarto. Quero ver Nina, despedir-me dela.

— Oh, senhor Timóteo! — e a satisfação fazia tremer sua voz.

É curioso, nem por um momento pensou no quanto era insólita a minha decisão; o quanto era irrisória aquela oferta de um raminho de violetas; o quanto eu ofenderia aos outros com a minha simples presença. Mas que valia que ela soubesse disto, e pudesse avaliar em toda a sua extensão a crueldade do gesto que eu ia cometer? Era evidente que para ela só existia a morte de Nina, e nem poderia apreender jamais que outra qualquer espécie de morte estivesse tão iminente, e fosse uma morte fria, executada a capricho, com mãos trabalhadas para a perícia e o assassinato.

— Preste atenção, Betty — e eu procurava abafar minha voz, para que não vislumbrasse nela a menor nuança de contentamento, e nem percebesse em minha atitude, elementos estranhos à simples pena que deveria causar o desaparecimento de minha amiga — preste atenção para que você não se esqueça: assim que o Barão chegar — é extremamente importante que ele tenha chegado — assim que o Barão chegar, venha correndo me dizer. A porta estará aberta, é só empurrar.

—... é só empurrar — repetiu Betty automaticamente. E num brusco assomo de desconfiança, voltando-se para mim com a dúvida clareando o seu olhar: — Por que o Barão, senhor Timóteo, por que precisamente ele?

— Betty — respondi — são coisas particulares, você nada tem a ver com isto. Há anos que espero essa visita.

Murmurou apenas:

— Senhor Timóteo! Senhor Timóteo! — e não se afastava, como se esperasse que eu lhe explicasse exatamente quais eram minhas intenções.

— Só assim irei, Betty, só deste modo. Se você faltar, Nina partirá sem as violetas, sem o meu adeus, e você terá cometido um grave pecado.

— Não! Não! — bradou ela, aflita, juntando as mãos.

— Então jura como me avisará quando chegar o momento, precisamente o momento em que ele entrar na sala?

— Juro?

Tranquilo, voltei a estender-me na cama. Betty não se afastou logo, continuou no mesmo lugar e ofegava, como se fosse dizer alguma coisa. Depois, como se tomasse outra resolução, deu-me as costas e abandonou a sala. A quietude, que me era tão familiar, tombou sobre mim com inesperado peso. Olhei de um lado para outro, e nada se movia, como na expectativa de um grave acontecimento. Foi só então, como se remontasse de águas muito fundas, que a noção daquela morte penetrou no mais íntimo do meu ser. Vi, como se o fizesse pela primeira vez, aquele rosto que se colocava diante de mim sob uma luz cambiante e azul — e o espectro familiar, devolvendo-me a imagem perdida há tanto, como que a formava definitivamente para a minha lembrança. Murmurei em voz baixa — "Nina" — e tudo pareceu estremecer em torno de mim, como se fosse sacudido em seu alicerce. Não era o mundo que se quedava em hostil imobilidade — mas uma nova realidade que se impunha, e nela não havia nenhum sentimento de paz ou de generosidade. Mais do que nunca senti que deveria ir ao seu encontro, que ela esperava esse gesto da minha parte, onde quer que se encontrasse. E eu iria, tal como já dissera — como um companheiro de batalha. Que melhor elogio eu poderia lhe fazer, como situá-la diferente em meus pensamentos, como distingui-la a partir de então, entre todas as faces sem vivacidade que enchiam o meu caminho?

Iria. Diante de mim a porta haveria de se abrir, desvendando aquela paisagem que eu próprio me interditara. Não me importava que essa paisagem fosse apenas um plano de ruína e de morte, e que mal ou bem se adaptasse ao meu conhecimento. Era hora de me levantar e caminhar também, não para despedir-me, como afirmara a Betty, que pessoas como eu, como Nina, como nós, não se despedem nunca umas das outras, mas para cingir a verdade nos anéis do meu julgamento, e abandoná-la como pasto aos homens famintos de esperança. Não tremi e nem me assustei ao pronunciar este nome — a esperança tem vários deles, tantos quantos são os anelos de cada coração. Para a fome desabrida dos seres que me cercavam, abandonaria um punhado de ossos calcinados. Acima do meu triunfo, acima de mim mesmo, até o centro onde aquela morte erigira a minha liberdade, diria: "Meneses, ó Meneses, lembrem-se de que tudo é pó, e tudo passa como o pó que é da terra". Faces, gritos, vinditas e imprecações — que adiantaria tudo isto quando a casa orgulhosa já não existisse?

Finalmente eu ia começar a minha marcha, e fora o cadáver de Nina que descerrara as portas da minha prisão. Levantei-me de novo, inquieto, caminhei pelo quarto — ah, nunca me parecera tão pequeno, tão irrespirável, de paredes tão estreitas. Conhecia cada um dos seus cantos como pedaços de um território amigo — e eis que de repente, a um simples sinal do destino, tornavam-se estrangeiros para mim. Surdo, como quem evoca o nome daquele que acompanha sempre as intenções secretas de vingança e de extermínio, eu repetia — "Meneses, ó Meneses" — e tardava em abrir a porta, mostrar-me, desferir o golpe final que prostraria para sempre o inimigo aos meus pés. Enquanto assim pensava, o sangue começava a circular mais forte em minhas veias — e todo eu, como um dínamo obscuro, trabalhava na composição daquele gesto elaborado através de dias e dias de morna desistência. Passo a passo, como um felino, ia até a porta, abria-a, escutava — e sentia vir, numa onda forte, um perfume de flores murchas e de velas queimadas que desde a sala espalhava-se pela casa toda, e vinha até mim, finalmente, como um quente perfume nupcial.

53. Depoimento de Valdo (v)

Creio que não me será muito difícil reproduzir aqui alguns dos acontecimentos fundamentais que se desenrolaram durante o velório de Nina, e que tanto deram que falar à cidade de Vila Velha. Acho mesmo que eles representam a culminância de uma série de fatos que de há muito vinham sendo comentados em voz baixa, e que concorreram singularmente para que se desmantelasse naquela comarca o prestígio da família Meneses, já tão abalado por sucessivos escândalos. Pelo menos foi a partir daí que tomei a decisão formal de abandonar para sempre não só a casa que nos pertencia, como até mesmo aquelas paragens — de ponta a ponta, a própria Minas Gerais não servia mais para abrigar a minha vergonha, e era rumando para o sul, em demanda de São Paulo ou Rio Grande, que eu pretendia recomeçar uma nova vida, e esquecer os azares daquela que me havia levado ao ponto extremo a que havia chegado. Mas não precipitemos o curso dos acontecimentos, e procuremos fixar simplesmente o aspecto da reunião, que por si apenas, intrinsecamente, já continha um elemento estranho, indefinível, que em nada se assemelhava ao da maioria dos velórios. Após minha briga com Demétrio, a eletricidade como que se acentuara no ar. Falava-se em coisas bizarras, sensacionais, em acontecimentos que estariam prestes a deflagrar. Por mim, não sabia de coisa alguma, e olhava da varanda apenas as pessoas que entravam, lamentando que tantos aproveitassem aquela triste ocasião para devassar nosso reduto de família.

O calor era muito forte; agitavam-se leques, ventarolas improvisadas, abanadores — e de minuto a minuto surgiam à varanda, sem dúvida à procura de ar fresco, homens que desapertavam os colarinhos suados. De mãos em mãos transitavam copos de água e laranjada, refrescadas pelas negras em poços cavados à sombra dos limoeiros. Pacientes, alguns limitavam-se a enxugar com um lenço o suor que lhes escorria da testa, enquanto outros, mais nervosos, iam de um lado para outro queixando-se de que já não aguentavam mais. Todos sabiam que o enterro só seria realizado à tarde, e no entanto consultavam os relógios, como se a hora estivesse próxima, ou se este gesto pudesse adiantá-la. Em voz baixa, mas perfeitamente audível, designavam-se pessoas que deveriam segurar as alças do caixão; num grupo comentava-se desfavoravelmente a ausência de Padre Justino; e finalmente, os mais graves, reunidos em grupo no fundo da varanda, conjeturavam se a morta iria ou não para o jazigo da família. Imaginei a procissão formada, carregando o corpo ao longo da estrada poeirenta, ainda batida do sol, a caminho do cemitério de nossa cidade, tão distante, com seus muros de cal e suas sepulturas meio esbarrondadas. Foi neste instante, e imerso em tão tristes cogitações, que vi aproximar-se de mim uma inquietante figura. Era uma mulher de meia-idade, alta, os cabelos ainda pretos, que se trajava de um modo pomposo, como se estivesse preparada não para um velório, mas para uma festa. Via-se que seus trajes eram ricos, mas fora da moda e com esse tom pretensioso que certos luxos emprestam às roupas da província. Aproximou-se de mim, abrindo e fechando um grande leque incrustado de madrepérola.

— O senhor me desculpe — disse — mas somos velhos conhecidos...

Soube mais tarde que se tratava da filha do Barão de Santo Tirso, Angélica, proprietária de vários prédios no centro da cidade, e que o povo, talvez por despeito ou maldade, dizia afetada das faculdades mentais. Disse a ela que, sinceramente, não me recordava de quem fosse, e Angélica de Santo Tirso, tocando-me o rosto com a ponta do leque fechado, riu:

— Ah, senhor Valdo, como o tempo passa. Sou Angélica. Uma vez com meu pai...

E enquanto falava, desfazia-se numa graça estranha e deliquescente, em gestos e atitudes estudados, como se toda ela se esforçasse para conter alguma coisa que ameaçava lhe escapar. Olhei-a, sem poder conter um estremecimento de desprazer: branca, sua pele como que fora colada aos pedaços, e ressumava um óleo vagaroso, como o que supura de certos mortos.

— A senhora deseja...

Ela brandiu o leque:

— Vi tantas roupas no chão. O senhor desculpe, talvez a ocasião não seja propícia...

— Pode falar, minha senhora.

Ela animou-se, e sob os longos cílios, excessivamente longos para serem naturais, seus olhos tiveram um clarão de cobiça:

— Não sei se sabe, mas temos na cidade um orfanato para meninas. Se não fosse incômodo...

Senti-me estupefato: ousaria ela pedir as roupas — aquelas roupas — as que Demétrio jogara fora como infetadas?

— Se não fosse transtorno — continuou ela imperturbável — gostaria de aproveitar aqueles vestidos para as pobres órfãs.

Olhei-a, sem saber o que responder. Ela sorriu-me de novo, e de novo senti aquela impressão de mal-estar.

— Mas a senhora sabe...

— Sei, sim. Mas acredite, nada há provado ainda neste sentido. A medicina...

— Não seria melhor adotar uma atitude preventiva?

Ela bateu-me com o leque como se eu tivesse dito uma leviandade:

— Oh, senhor Valdo, que ideia! Se soubesse como essas meninas são necessitadas...

Calou-se. Nada mais tínhamos a dizer um ao outro, evidentemente, mas ela não se afastava, fitando-me com olhos quase cerrados.

— O que quiser, minha senhora, está tudo à sua disposição.

Ela ainda ia responder quando, embaixo, ao pé da escada, cresceu um burburinho. Inclinei-me à balaustrada para ver do que se tratava, e deparei com dois ou três pretos que chegavam correndo. Um deles, mais ligeiro, atingiu a escada, subiu alguns degraus:

— Senhor Valdo, o Barão!

A essas palavras, como que uma corrente elétrica percorreu os personagens que se agrupavam na varanda, atingiu a soleira da porta, ganhou a sala:

— O Barão!

E o rastilho, contaminando os que se achavam lá dentro, causou uma espécie de zumbido: outras pessoas surgiram à porta, empurrando-se, na ânsia de vislumbrarem o recém-chegado.

Mas o Barão ainda vinha longe. Na aleia principal do jardim, àquela hora queimada por um sol impiedoso, avançava um automóvel de aspecto antigo, barulhento e rodeado de fumaça, que sem dúvida transportava a nobre família. Foi este carro que veio se deter quase ao pé da escada, diante de um grupo de basbaques que já se aprestava para as vênias costumeiras.

Depois que a porta foi aberta por um chofer enluvado, saltou primeiro a Baronesa, alta e bem trajada, um tom de tristeza no rosto severo e plácido. Logo em seguida, pequeno, carregando um embornal suspenso do braço direito, saltou o Barão, muito vermelho, um tanto assustado, ao que parecia, com o movimento que se fazia em torno dele. Subiu a escada acompanhado pela mulher e, antes de chegar ao topo, encontrou-se com Demétrio — pálido de emoção, este vinha cheio de mesuras ao seu encontro. E num assomo, inacreditável naquele homem reservado, atirou-se aos braços do recém-chegado, antes mesmo que este fizesse o menor gesto para acolhê-lo:

— Que desgraça, senhor Barão!

(Que desgraça: e ele a mandara enrolar num lençol com o corpo ainda quente, apenas para precipitar a chegada do Barão! Tremi de indignação, imaginando aquela hipocrisia toda...) O Barão dirigiu-lhe algumas palavras que não cheguei a perceber quais fossem, e subiu majestosamente o resto da escada. Majestosamente tanto quanto lhe era possível: pequeno, como já disse, gordo, o embornal atrapalhava-lhe os movimentos, e ele defendia o objeto como se contivesse algo de muito precioso. Inclinando a cabeça ora aqui, ora ali num cumprimento seco e circunstancial, foi sentar-se afinal no fundo da sala, bem distante do corpo exposto, e numa banqueta de veludo ali disposta especialmente para a ocasião. Seus pés, calçados com botinas de cano alto, ficaram suspensos no ar, balançando. Como olhasse inquisidoramente em torno — um olhar de português rude e disposto a uma chalaça brutal — os presentes sentiram que deviam se ocupar de outra coisa, e voltaram a se dispersar pela sala, alguns compondo uma fila contemplativa diante do cadáver. Aí o Barão, que possivelmente só esperava por esta oportunidade, retirou o embornal do braço, abriu-o e, metendo lá a mão, retirou de dentro uma comida qualquer — talvez uma guloseima. (Por esta época já se achava ele dominado pelo demônio da gulodice, que mais tarde o arrebataria depois de uma tão cruel agonia; não podia separar-se daquele saco de alimento e, onde quer que estivesse, em visita ou em casa, estava sempre mastigando. Flácido, seus olhos haviam adotado um brilho inquieto, sonso, de alguém que se sente espiado a cometer uma falta grave e que, por isto mesmo, está sempre a reclamar misericórdia. E todo ele já começava a dessorar essa coisa açucarada que lhe banhava o rosto, e que lhe emprestava um aspecto tão repugnante, de presunto untado, como se por todos os poros filtrasse a essência dos alimentos que ingeria laboriosa e constantemente.)

De longe, mal ousando furtivos olhares (diziam-no senhor das mais ricas terras de Portugal...) as pessoas comentavam: "É o senhor Barão que está comendo", e não havia nisto nenhum escândalo, como se fosse muito próprio da raça dos barões carregarem para os velórios um embornal de gulodices. Nem bem cinco minutos haviam decorrido da entrada do Barão, quando se deu o fato máximo daquele dia, e que pela sua desproporção, pela repercussão de escândalo e de coisa inusitada, ameaçou até mesmo o motivo da reunião — a morte ocorrida naquela casa. Refiro-me ao aparecimento de meu irmão Timóteo.

Já o movimento causado pela primeira chegada havia diminuído, e todos se limitavam tranquilamente a olhar o Barão de longe, esfarinhando uma empada entre os dedos, quando um rumor surdo, como o de um rio represado que vai crescendo, veio chegando do corredor — veio chegando, e já deflagrava contra as quatro paredes da sala a primeira baba de sua espuma, e de repente, sem qualquer espécie de aviso prévio, com a brutalidade das grandes surpresas, aquele espetáculo estatelou-se aos nossos olhos: Timóteo, numa rede, conduzido por três pretos, provavelmente os mesmos que tinham vindo comunicar a chegada do Barão. Tão curto havia sido o espaço de tempo decorrido, que cheguei a pensar num conluio, numa combinação qualquer — mas quem, quem naquela casa ousaria dar ouvidos às ordens de um ser praticamente reconhecido como alienado? O certo é que ali estava: a rede, penosamente sustentada por dois homens na parte de trás e um na dianteira, balançava-se à entrada, sem que ninguém conseguisse adivinhar de pronto do que se tratava.

Esclareço: era uma rede comum, dessas de trança que são tão usuais no interior. Seu único particular é que se mostrava bastante usada, como se houvesse sido recolhida apressadamente de um depósito de coisas velhas. O que ia dentro dela, e que eu reconheci imediatamente, é que era extraordinário. Ah, como se modificara, como o tempo agira sobre ele de modo implacável. Não era propriamente gordo, mas imenso, cavado já por todos os sinais dessa agonia própria aos doentes longamente imobilizados, e que é um esvair permanente, como o vapor que segrega um charco. Mal conseguia mover o braço rotundo — sua imensidade, como talhada em chapadões e descidas a pique, era o que mais impressionava — um braço sem vida, mole e desvitalizado como um galho decepado recentemente de uma árvore. Nem mesmo seus olhos eram fáceis de perceber naquela massa humana tratada pelo descaso e pela preguiça: a enxúndia subia-lhe ao longo das faces, modelando uma máscara tão exótica e tão terrível, que mais se assemelhava à fisionomia de um bonzo morto do que à de uma criatura vivente e ainda capaz de pronunciar palavras. Os cabelos, longos, escorriam-lhe pelos ombros, mas não eram cabelos tratados ou que tivessem merecido sequer a pena de um gesto de atenção: eram duas tranças duras, como dois cipós selvagens, contorcendo-se e oscilando ao jogo da rede — duas raízes improvisadas que escapulissem de um tronco maltratado pelos anos. E coisa estranha, naquela figura espetacular, que parecia aglomerar em si todo o esforço da inatividade, do ócio e do abandono, havia qualquer coisa marinha, secreta, como se escorresse sobre ele o embate invisível das águas, rolando a esmo a massa amorfa que o compunha, e onde repousava, mortal e silenciosa, a palidez de distantes solidões lunares.

  Detendo-se no meio da sala, os portadores do extraordinário carregamento duvidaram um momento, e logo, batendo palmas, Timóteo fez baixar a rede e aprestou-se para descer. (Foi neste momento, precisamente neste momento, creio, quando ele estendeu um pé branco e nu para fora, arregaçando a saia no esforço para atingir o chão, que Demétrio percebeu do que se tratava: por trás de mim, para os lados onde o Barão se achava, rompeu uma espécie de urro vibrante e dolorido como o de alguém que acabasse de ser mortalmente ferido. Voltei-me, convicto de que alguém acabara de ser atingido por uma punhalada. Mas não vi ninguém, nem percebi coisa alguma, fora a figura de Demétrio, curvo, completamente apoiado à mesa onde se encontrava o caixão. Fora ele quem gritara, não havia a respeito disto a mínima dúvida — e pálido, as mãos no ventre como se procurasse conter um sangue borbulhante que escorresse, era a imagem exata de um homem atingido pela arma do assassino, e que procurasse em vão, menos conter o sangue que o esvaziava, e o deixava inerme sobre a mesa, do que defender, trapo humano, a essência mortal que o compunha.)

Acho, e afirmo isto sem nenhuma hesitação, que tudo ainda estaria salvo se Timóteo não houvesse descido da rede. Sua entrada poderia ser extraordinária, mas poderia muito bem significar apenas a entrada de um homem doente. Descendo, vestido naqueles trajes mais do que impróprios, cometia um insulto, e um insulto que atingia todo o mundo reunido naquela sala. Os homens suportam uma certa dose de grotesco, mas até o momento em que não se sentem implicados nele. De pé, parado diante daquela gente, Timóteo era como a própria caricatura do mundo que representavam — um ser de comédia, mas terrível e sereno. Vestia-se com qualquer coisa que não se poderia chamar de vestido, mas que fora um vestido — quando, em que época, em que bailes — e que agora, cor desbotada de malva, esgarçava-se em remendos colados às pressas, e de fazendas de tons e panos diferentes. Trazia os braços e o pescoço juncados de pulseiras e de colares — pulseiras e colares que eu não sabia de onde havia desenterrado, mas que evidentemente eram joias de família, conservadas em arcas e baús, entre linhos e sedas estrangeiras, miradas e remiradas pelos parentes cobiçosos, e que agora resplandeciam, puras, sobre aquele corpo que tantos julgavam marcado pela ignomínia. Lento, ele percorreu com o olhar a multidão fascinada que o fitava: ninguém ousava fazer um só gesto, nem pronunciar a mínima palavra. Quanto a mim, confesso: o sentimento inicial, que foi o de uma extrema surpresa, e onde se misturavam resquícios de repulsa, cedeu lugar a um movimento soterrado de orgulho, indefinido ainda, mas que mergulhava suas raízes no mais fundo do meu ser: ah, porque eu também sentia que era Demétrio o fundamentalmente atingido com aquele gesto, e era ele quem pagaria mais caro, com o preço total da sua demissão e da sua vergonha. Falava nisto, por que não dizer, aquele velho ódio que sempre nos havia separado, e que tinha sua origem na minha permanente necessidade de defesa contra seu instinto de prepotência — falava este ódio que nos separara a vida inteira, através de opiniões e tendências completamente opostas — e tudo isto em silêncio, como duas sombras que se perseguem. Era isto o que afinal vinha explodir ali, a despeito de todos os esforços que eu poderia tentar, pois o impulso que me arrastava era o de uma completa adesão, necessitando eu desse ato de violência para compor a trama de coisas despedaçadas de que compunha a minha existência — a antiga, que eu acabara de deixar, e a nova, onde eu mal ensaiava meus primeiros passos. Confesso: não tardou muito, e o sentimento que me tomou foi o de euforia, de uma estranha euforia, aliás. Era como se eu dissesse: que me importa o que sucede, se tudo isto já não conta mais para mim, se desse passado já me desprendi como quem abandona no caminho uma mala esvaziada de qualquer conteúdo de valor? O dia, no seu ingente esforço para aplainar as arestas dos fatos, e tornar medíocres sentimentos e lutas, como que se liquefazia — e o que nem mesmo a morte conseguira, e que seria chocar e gelar aquelas pobres vaidades humanas, agora sucedia pela força de um impacto maior do que tudo, e que era a aparição daquele espectro, um verdadeiro espectro, mais portentoso do que a morte, porque ainda vivo e já morto, mais alto e mais solene, porque emissário entre os vivos de uma mensagem que pertencia ao outro mundo. Não, não me senti escandalizado e nem atemorizado: sem poder despregar os olhos daquela extraordinária visão, ia reconhecendo nela, não sei por que efeito de sub-reptícia magia, alguém da minha família, um ser carnal e próximo, que até aquele minuto eu ainda não avistara, cuja personalidade se diluía numa bruma de incompreensão, mas que tinha direito a um lugar, e vinha reclamá-lo, ostentando o direito irrefutável de uma absoluta semelhança física, e seu inconteste calor sanguíneo. E o mais extraordinário é que esta visão não era a de um homem, mas a de uma dama antiga, dessas sobre quem ouvimos falar sem nunca precisar quem fosse, de quem um dia encontramos o retrato perdido no fundo de uma gaveta, e cujo espírito, por um rasgo de poesia, adivinhamos alucinado e viajante — matrona que talvez tivesse sido o espírito tutelar da família, mas que um drama arrancara à sua missão, subtraíra ao entendimento dos seus, e se esvaíra em fugas de que só restavam os ecos de escândalo. E agora ali se achava, corporificada, sem data, diante dos nossos olhos. Como fizesse um movimento, e ondulasse o grande corpo pesado e inútil, julguei de repente adivinhar o espírito que se encarnava nele, e a dama que representava de modo tão ostensivo: Maria Sinhá. Essa Maria Sinhá que havia fornecido tantos comentários aos Meneses antigos, cujo retrato, por fidelidade ao espírito de família, Demétrio mandara arriar da parede e ocultar no fundo do porão — Maria Sinhá, cuja revolta se traduzira por uma incapacidade absoluta de aceitar a vida nos seus limites comuns, e atroava os pacíficos povoados das redondezas com suas cavalgadas em trajes de homem, com seu chicote de cabo de ouro com que castigava os escravos, seus banhos de leite e de perfume, sua audácia e seu despudor. Como não senti-la ali naquela hora, viva e total como uma palmeira erguida no deserto, ousando de novo desafiar e corromper, com a mão erguida para um supremo gesto de afronta, com que aniquilaria seus inimigos para sempre, seus idênticos e eternos inimigos?

Terei errado? Nele, com o mesmo ímpeto com que sobre um monte vulgar e sem identidade se crava uma bandeira de nome e de vitória, reconheci um Meneses — um Meneses afinal, com os característicos físicos de um Meneses, sua palidez, seu nariz exagerado, sua tendência à preguiça e à falta de vontade... — tão rude nos seus propósitos quanto qualquer outro, tão fiel às suas ideias, tão inabalável e tão rancoroso quanto o próprio Demétrio. Se me permitem, repito: eles são a verdade do que são.

Objetivamente, o que primeiro descobri foi que a luz o ofuscava. Habituado à obscuridade, tinha essa miopia própria dos seres que nela vivem — subitamente arrancado à sua atmosfera habitual, hesitava, fechando os olhos como se o dia o ferisse. Depois, procurando firmar o passo, encaminhou-se diretamente para o caixão. Estendendo o braço, espalhou sobre o corpo algumas violetas que trouxera. O que então aconteceu, é difícil precisar: sei apenas, porque isto muito me impressionou, que o silêncio era enorme. Dir-se-ia que aguardávamos a leitura de uma sentença e, arrastados por um poder que nos ultrapassava e não chegávamos a entender, voávamos libertos de qualquer peso terreno, e nossa figuração real, com toda sua estrutura de carne e de ossos, projetava-se inteira no cenário de acontecimentos sobrenaturais, onde se jogassem não os dados de nossas míseras aventuras, mas o final de uma partida transcendente, em que se misturassem, como projeções arrancadas de nossa essência, o mito subterrâneo e preso de nossos anjos e demônios. De repente, ele, que se abaixara sobre a morta como se tentasse escutar dela uma palavra de ordem, levantou-se de novo, correu os olhos em torno uma última vez, detendo-os, afinal, sobre a figura do Barão. Afinal aquele que concentrava todo o sonho, toda a ambição e todo o respeito de Demétrio, ali estava, de pé também, um resto de empadinha esfarelado entre os dedos. Ali estava com todo o poder de sua negativa presença. Não sei o que houve, repito, nem que gesto de desafio ou de escandalosa temeridade ousou cometer Timóteo — os loucos não têm limite para aquilo que consideram de seu direito. Vi somente que ele percorria a sala com o olhar, e que de súbito, como se houvesse descoberto algo muito importante, sua vista se fixou, e ele cambaleou, como sob o peso de um golpe inesperado. Olhei na direção em que ele olhava, e vi, um pouco à parte do grupo que se comprimia na sala, meu filho André. Era quem Timóteo olhava, e havia em suas pupilas um brilho tão intenso e tão revelador, que mais pareciam expressar um antigo conhecimento do que vislumbrarem pela primeira vez um ser que não conheciam. Porque, a falar verdade, ele não conhecia André, nunca o havia visto, porque também eu nunca permitira que o rapaz fosse ao seu quarto — portanto, era bizarra aquela surpresa que manifestava, e tanto mais bizarra quanto tudo nela parecia indicar a existência de uma familiaridade que eu não podia imaginar de onde partisse. A certa altura, desviando enfim a vista do rapaz, e como se fosse uma resposta cujo sentido ninguém entendesse, julguei tê-lo visto erguer a mão e desferir uma bofetada no cadáver. Sim, uma bofetada. Mas juro como não sei qual foi o motivo — e esta dúvida até hoje ainda me persegue o pensamento. Para demonstrar somente seu pouco apego às convenções humanas? Não o creio, pois já não tinha mais necessidade disto — ultrapassara todas as fronteiras. Para desafiar alguma força oculta, tocaiada à sombra da morte? É possível. A verdade, reafirmo, é que jamais pude apreender o significado de gesto tão estranho.

Foi a esta altura que um som inumano, rouco, partiu-lhe dos lábios, coroando todo o cerimonial que levara a efeito diante de nós — e antes que eu pudesse saber do que se tratava, vi que ele rodava sobre os próprios calcanhares, e tombava por terra, evidentemente atingido por uma apoplexia. Mas, fato estranho, não oscilou como seria normal, como oscilaria qualquer indivíduo fulminado por um ataque — atingido, rodopiou um segundo, e com ele, nesse rápido giro, num cintilar imprevisto, as joias que trazia amontoadas sobre o corpo. Era como se uma torre medieval, incrustada de pedras e mosaicos, tremesse de repente em sua base — tremesse lacerada em sua essência, e desvendando seu entulho luxuoso, fulgisse de mil cores como um vitral estilhaçado, e fosse escorrendo colares de ametistas, pulseiras de safiras e diamantes, broches de esmeraldas, brincos de ouro e de rubis, pérolas, berilos e opalas, projetando sobre a sala inteira o esplendor de suas pupilas um único minuto vivificadas — para escorrerem depois ao longo do tronco, tremerem ainda num último chispar furtivo, e morrerem afinal, inermes e brutas, sobre o corpo desabado.

Entre os circunstantes, a contenção relaxou-se como por encanto: escutei gritos, vozes, enquanto algumas pessoas, mais solícitas, precipitavam-se para socorrê-lo. Como um sinal de debandada, a maioria, prudentemente, começou a retirar-se.

54. Do livro de memórias de Timóteo (II)

Não sei se é dia ou noite, mas isto não me importa, porque nada mais me importa neste mundo. Um único ímpeto me envolve e me arrebata, e todo eu, concentrado sobre este desejo único, estremeço como um dínamo em movimento. Sim, faz calor, portanto o sol deve arder lá fora. Subindo à rede, inclino-me e grito: "Depressa!", e como eles ainda parecem tardar — seria o peso? o calor? — exclamo de novo, batendo com os punhos na borda da rede: "Depressa!". Os negros suam, vejo a pele deles que reluz. (Antigamente, quando Anastácia me levava ao colo, perguntava-lhe por que tinha a pele preta — e ela me respondia: "Ah, nhonhô, é que no país onde nasci não há de dia…".) Uma intensa claridade me envolve, penso desmaiar, tão vivo é o choque que sinto ao penetrar neste mundo talhado em pontas agressivas. Parece-me que em tudo há um excesso de cores — no próprio ar, como correntes que se cruzassem, vogam parcelas de fogo. Fixa, no fundo da varanda, a folhagem cintila. E da cozinha, estridente e monótono, vem o grito de uma araponga prisioneira. Jamais poderia imaginar que o dia fosse tão cruel; meu ser, acostumado à obscuridade, estremece varado por mil setas de luz. Uma última vez ainda ordeno: "Depressa!" — e minha voz, autoritária, é como um cristal que se fizesse em pedaços. Lá vamos nós, num passo ritmado, enquanto vou pensando: "Ah, se o Barão já houvesse partido… se Betty houvesse dado o aviso tarde demais!". E ao mesmo tempo, à medida que avanço pelo corredor, velhos sinais conhecidos, minúcias esquecidas vão ressurgindo em mim, coisas da minha infância. Por exemplo, na varanda, aquele vidro vermelho que flameja no alto. Uma abelha zumbe, mas não é uma abelha, é um ponto fixo na minha cabeça, uma nota única, prolongada, que me perfura como uma verruma. Inclino-me, bato nas costas molhadas de suor do preto mais próximo. "A preta Anastácia é quem comanda a cozinha, nem parece ter mais de cem anos..." E enquanto vou assim rememorando essas coisas dispersas, acho-me de repente, sem que esperasse, diante da porta aberta da sala. Surdo, há um rumor de água que se choca entre quatro paredes. Avisto grupos, há um cicio de coisas ditas em voz baixa. A sala não escapa à força do sol que tudo queima lá fora e, no mormaço criado, os visitantes suam e respiram com esforço. De vez em quando, como se uma enorme boca soprasse pelas janelas, o ambiente é atravessado por uma brisa morna. Os pretos estacam, as vozes se calam: eis-me diante de meus inimigos. (Mais tarde, sentada junto a mim e umedecendo-me a testa com um pano molhado, Betty iria dizendo: "O senhor não reconheceu? Aquela mais alta, vestida com uma saia roxa, era Donana de Lara... não se lembra mais dela? E a magra, cheia de joias, era a filha do Barão de Santo Tirso. Muito velha, mas podre de rica. Também não viu dona Mariana, da Fazenda do Fundão? E também tinha gente da cidade, seu Aurélio da farmácia, o Coronel Elídio Carmo, uma porção deles... Nunca vi, nesta casa, tanta gente reunida".)

Não sei que impressão causo, nem isto me preocupou um instante sequer, mas é evidente que há certo estupor nos olhares. A rede balança ainda, e eu peço que me coloquem no chão. Sinto que exagerei alguma coisa, talvez essas velhas roupas fora do tom, talvez essas joias todas que ninguém conhece, esses colares e essas pulseiras que subtraí do porta-joias de minha mãe, ou então esses cabelos que há muito não penteio. (Para quem o faria? A vida só tem um significado quando desejamos fortalecer no coração de outrem a imagem do que nos parece belo.) De pé, com todos esses paramentos, afronto os olhares como se acabasse de chegar de um outro mundo. No fundo, quase junto à parede, está a morta estendida junto a uma vela. É dela que me aproximo, o ramo de violetas nas mãos. (Estranho: o espaço me parece enorme, caminho com dificuldade. Perceberão eles o que se passa comigo?) Ah, noutra época talvez eu tivesse hesitado, mas agora não há força humana que possa me conter. Avanço, procurando sem querer, num movimento que vem espontaneamente do mais fundo de mim mesmo, esses irmãos que não vejo há tanto tempo. Lá está Valdo, é ele, evidentemente, empertigado e magro. Talvez não tenha propriamente envelhecido, mas fixado sua pessoa em arestas. O outro, mais longe, próximo à mesa da morta, é Demétrio: este sim, envelheceu muito, não dessa velhice que amacia e aplaca, mas dessa outra que se assemelha a um fogo interior, que alastra e queima, fazendo ruir e deixando, através de lanhos e funduras negras, a marca de sua passagem. Seus olhos cintilam, e compreendo que ele não perde nenhum dos meus movimentos. Que lhe parecerá mais estranho, o modo como surjo diante deste mundo que ele tanto respeita, ou as joias que me cobrem, e que cintilam de mil cores a cada movimento que faço? Que dirá consigo mesmo, como julgará este gesto que no fundo não compreende, mas que já cataloga, com essa pressa dos seres superficiais? À medida que me aproximo, as pessoas vão se afastando — dir-se-ia que carrego comigo não esmeraldas e topázios, mas o emblema de uma doença horrível, de uma lepra que eles desejam evitar a todo custo. (A causa dessa repugnância, em determinada noite que decidirão como a mais triste de suas vidas, irá encontrá-los no aconchego inocente de suas camas, e mostrará a cada um, sem que para ninguém haja possibilidade de fuga, ou esperança de redenção, a tatuagem cor de fogo com que marca seus eleitos. E antes que a madrugada surja, eles inventarão cores e perfumes para este signo, e lhe darão doces nomes, esperando que ele se converta em flor, enquanto obstinada a marca doerá como uma ferida, e só como ferida, até que se apague a luz de suas existências...) Agora, há em torno de mim um lago estagnado de silêncio. E divisando finalmente o rosto da morta, agudo sob o lenço que o cobre, sinto que a sala não existe mais, nem existem as pessoas que me fitam, nem a nossa história, nem o sonho de que somos a viva carnação. Somos apenas nossos impulsos, desatinados, e que vogam acima do tempo e da verdade como inumanas correntezas.

Ouso estender a mão, afastar o lenço: eis Nina. Aqui está ela, as faces cavadas, o nariz adunco. Vejo-a de novo, viva, no dia em que fugi para ir procurá-la no Pavilhão. Parecia feliz naquela época, e tinha essa aura particular das pessoas bem-sucedidas em seus sentimentos. E sua voz, capaz de tão variadas mutações, dizendo: "Quando eu morrer, Timóteo, quero que me leve umas violetas". Aqui estão, Nina. (Quero, no momento em que estendo essas violetas, e imagino depositá-las no seu caixão, tal como prometi naquele dia, tal como você me fez jurar, que um interregno de pura luz e entendimento aqui se faça entre nós dois. Jamais o disse a ninguém, e nunca o diria, se não soubesse que tendo já partido deste mundo, você se acha apta para tudo entender desta confusa comédia que representamos. Jamais o diria, Nina, porque meu primeiro movimento diante do amor foi ultrajar-me. Antes, muito antes que a música da paixão soprasse em mim seus loucos foles de ouro, já eu renunciara à minha figuração decente, e desafiara os homens com a imagem daquilo que, ai de mim, não podia aceitar sem desprezar-me. E eu sou desses que não sabem viver sem exaltação: foi consciente que eu me degradei, porque sentindo-me menor do que os outros, era pelo caminho do martírio que conseguiria elevar-me acima deles, e tornar-me maior do que todos. Nina, dia houve em que o martírio de nada adiantou, e as roupas grotescas com que me cingi, menos do que um acinte aos outros, pareceram-me armaduras de chumbo e de morte.

Lembro-me da manhã nascendo, e os pássaros começando seu canto de árvore em árvore, no jardim que se estendia diante da minha janela. Era a única hora em que eu ousava levantar um pouco a cortina, e então meus olhos desciam com indizível prazer a esse mundo que era o único que me parecia merecer um pouco de atenção, porque tocado de pureza. Mundo da manhã, com suas flores inauguradas durante a noite, e seus primeiros ventos descendo das serranias distantes. Mundo de que me despedi para sempre.

Pois bem, foi num desses momentos, precisamente, que eu o vi — minha mão tremeu, e abaixei a cortina precipitadamente. Havia-o visto — e era o único ser vivo entre as flores. Nina, era um homem, louro, moço, embriagado de si mesmo e da existência como um frágil deus pagão. Reconhece-o agora, consegue situá-lo nesta lonjura em que se encontra, pode revê-lo, Nina, tal como depois tivemos tantas vezes de reinventá-lo para a nossa sede, a nossa impaciência e a nossa saudade? Era um homem, e a mão temerosa que abaixou a cortina voltou a suspendê-la, trêmula, emocionada de todas as surpresas deste mundo. Era um homem, e eu que julgava tê-lo visto tão próximo à minha janela, descobri que olhava não para mim, mas para a imagem que via na janela junto à minha — e esta janela era a sua, Nina. Guardei o segredo, e se agora o devolvo, é num puro gesto de gratidão: foi essa descoberta, e a visão diária desse homem, a única coisa que me alimentou durante este longo exílio no meu quarto — meu único contato com o mundo, o único enredo, solitário e triste, de que participei desde que voluntariamente aceitei morrer para a piedade dos outros. Quantas vezes, ao desaparecer ele, e ao tombar de novo a cortina sobre minhas trevas, eu sentia que havia ficado em minhas mãos, e durante muito tempo ainda brilhava em minhas retinas, um pouco do louro que compunha o sol do amanhecer. Mas não me enganava, Nina, era sua a janela, e todas as manhãs, cautelosamente, na mais primaveril e mais doce das homenagens, vinha ele colocar no rebordo da sua janela um pequeno molho de violetas — e então, eu que nada tinha senão sua visão no espaço de um minuto por dia, eu que só vivia no momento em que levantava a ponta da minha cortina, esperava que ele se afastasse e, estendendo a mão — eram tão próximas nossas janelas! — apoderava-me das flores. Era como se afinal pegasse em minhas mãos um pouco da matéria do mundo, da sua essência, do seu íntimo. Agora eu sei, Nina: a mocidade tem o cheiro bom das violetas. Quanto tempo durou este manejo, será difícil precisá-lo. Sei apenas que dele vivi durante dias e dias, pelo menos tantos quanto dura uma estação de violetas. Depois, quando você se foi pela primeira vez — é estranho, mas de um modo ou de outro, você sempre está partindo, Nina — e sua janela nunca mais se abriu — ah, que sofrimento, que angústia vê-lo passar com o espírito todo de luto, diante da janela onde já não habitava mais ninguém... — que sofrimento duro e sem remédio, que horas de passeios agitados em torno de quatro paredes que limitavam uma área cada vez menor, cada vez menor, até que a noite que havia baixado no jardim também me atingiu, o sol escureceu definitivamente, e ele nunca mais surgiu — porque também nunca mais houve manhã, e eu conheci essa morte natural que se chama a noite sempre, em torno e em tudo, fora e dentro de nós.)

Que poderosa coisa é a voz, sinto que o eco do que ela me dizia é mais vivo em mim do que a própria lembrança do seu rosto. Bonita, aquela mulher? Sim, mas a outra — não esta. Nina morta é um ser reduzido à sua brutalidade primitiva, à sua matéria terrena. Nina, que eu vi tão inquieta, lavrada por essa chama interior que os outros nunca conseguiram localizar, nem extinguir, por mais que a cerceassem, e tentassem limitar-lhe o campo de ação. Ah, que verdade tremenda: condenamos tudo o que amamos, primeiro à agonia de nossa admiração, depois à insânia de nossos desejos. De tanto procurar tocar o espírito fugidio que a animava, não havíamos conseguido escravizá-la, o que era nosso evidente intento, mas havíamos tido poder bastante para reduzi-la àquilo que se achava ali diante de nós. Nina boa, amável, gentil — que irrisão! Mas

Nina má, cruel — que mentira! Jamais ser algum havia sido tão infenso às classificações, às dosagens da verdade humana. Nina, a verdade não é humana. Lembra-se do dia…

Aí está, pago a minha dívida, tão secretamente contraída. Com um soluço que eu mal podia conter — tanta coisa aquele pobre corpo representava… — derramei sobre ela as flores que trouxera. Sim, Nina, fora um dia, há muito tempo, quando mal ousávamos sonhar que a vitória ainda seria nossa. Nem mesmo existia ainda a aliança que forjamos mais tarde, nem havíamos estabelecido os limites de nossa ação. Eu era moço, você também — foi o que primeiro nos uniu nesta casa de velhos. Além do mais, adivinhei-a, como uma outra vez, junto à minha janela, surpreendi uma rosa que a madrugada fizera desabrochar. Então, diante um do outro, nessa aurora em que só repontava a minha vingança, eu havia dito: "A verdade, Nina, só a verdade importa".

A verdade estava ali, eu me achava diante dela. Devagar curvei-me sobre o corpo, olhei o rosto chupado, as órbitas pretas. Lembrava-me de que, viva, só a conhecera na obscuridade do meu quarto — e não sabia como reagia à luz, nem de que elementos modelaria seu sorriso, nem como seus olhos brilhavam ao falar com os outros. Morta, pouco me dizia sua expressão: era uma coisa fria, boçal, como se tivesse sido toscamente modelada em barro. No entanto, o sentimento daquela boca, apertada sobre si mesma, traía um esforço como se procurasse dizer uma palavra — uma resposta, quem sabe. Inclinei-me mais, inclinei-me tanto que meu rosto quase chegou a tocar o lençol que envolvia o corpo. E percebi, àquela aproximação, que não só a boca, mas toda ela representava uma palavra — a resposta. Curvei-me, curvei-me ainda mais, deitei-me quase sobre o corpo, porque os mortos falam em voz baixa, e sua linguagem, soterrada, viaja ao longo do corpo enregelado. O que ela representava, e era essa indiferença e esse frio próprio da terra, seria o elemento em que eu repousaria um dia, também indiferente aos que me olhassem, como se mostrava ela agora em seu decisivo silêncio. E então, não sei, alguma coisa rompeu-se em mim, e eu me ergui de novo, a fronte coberta de suor. Olhei à minha volta, e vi que todos acompanhavam o que eu fazia. Passeei o olhar, e o que compreendi então, me fez estremecer da cabeça aos pés: era uma humanidade pequena, mesquinha, sofredora, murada em suas deficiências como um gado sem nenhuma possibilidade de fuga. Nenhum sopro de poesia, nenhum rasgo sobrenatural vinha redimi-la. Eles ali estavam contrafeitos, em expectativa, rodeando o corpo como urubus postados no alto, à espera do instante oportuno. Era esta, não havia nenhuma dúvida, a resposta que me indicavam aqueles lábios estreitos, fechados sobre suas próprias trevas. O caminho que me indicavam era o do inferno — um inferno miúdo, humano, elaborado com as fraquezas, os dejetos e as infâmias de todo dia. Veio-me neste instante um sentimento desgarrador, uma tão grande sede de justiça, que meus olhos cegaram e meu coração se comprimiu sobre ele próprio, como no esforço de uma prece. Ah, Deus, que necessidade tinha eu de acreditar na imortalidade — e no entanto, indagava de mim mesmo se jamais um Meneses poderia acreditar na imortalidade. E todo o meu ser transportou-se num movimento tão vivo, numa tal necessidade de transfigurar e engrandecer o homem, que ousei descerrar os lábios e proferir as palavras: "Deus, se é verdade a Tua existência, procede ao milagre. Dá-me o milagre, Deus do céu, para que não me torne apenas o guardião de um cadáver à espera da sua hora de apodrecer". A força com que eu implorava aquilo alterou-me o ser como se o percorresse, nos quatro sentidos, uma vaga escarlate de fogo e de esperança. E foi então, Nina, que abrindo os olhos que cerrara no esforço do meu pedido, eu o vi — a ELE, Nina, ao moço das violetas. Ali estava entre os outros, um pouco mais à frente, louro como nos dias antigos, e moço ainda, a cabeça erguida como se afrontasse o ímpeto da minha surpresa. Como um anjo erguia-se ele acima da destruição do suicídio, e pairava, imortal, diante dos meus olhos. Nina, então eu compreendi tudo, ah, como tínhamos pecado, que engano fora o nosso. A resposta não estava oculta na cavidade escura da sua boca, nem no seu pobre corpo destinado aos vermes. Estava ali, Nina, no milagre daquela ressurreição, nele, eternamente moço, como também você o fora. Deus, Nina, é como um canteiro de violetas cuja estação não passa nunca. Senti-me mais uma vez pairar acima de tudo — e a eternidade que eu havia reclamado com tão grande força, abriu-se ante mim enquanto um abismo de música me engolia. Nina, o amor é imortal, só o amor é imortal. Não o amor das partes desejadas, das mãos, da face, ou dos olhos, que conduz à criação de um espírito falso e passageiro — mas o espírito que produz o amor dessas mesmas coisas, e as transfigura, criando-as do nada quando elas não mais existem. Senti-me salvo, eu, que me perdera por excesso de vergonha de mim mesmo — e me sentia salvo não porque houvesse me libertado desta vergonha, mas apenas porque cingindo-me àquela visão de beleza, implantava em meu ser esvaído a fé em alguma coisa, e era através dessa fé, eu sabia, que viria outra Fé — porque, Nina, Deus é uma vastidão sem termo de entendimento, de perdão e de beleza.

E de tanto ver aquela luz crescendo em mim, e clarear-me com o poder de um sol que se fosse erguendo das profundezas, senti que me cegava, e apoiei-me fortemente à mesa.

Houve sem dúvida uma mutação repentina e extravagante no tempo: nossas presenças, como tocadas de um poder encantatório, gravaram-se num espaço que não nos pertencia e se achava acima do nosso entendimento. A vertigem apoderou-se de mim e, rápido, a bem dizer inconsciente — que ímpeto, que vontade oculta me conduzia? — ergui a mão e esbofeteei o cadáver na face. Para que se lembrasse, caso fosse possível, para que testemunhasse meu arrependimento, e soubesse que zombava de sua existência, agora que o vira, e sabia que ele existia, tão belo quanto antigamente. Ninguém compreendeu meu gesto, talvez nem sequer o tivessem visto. Na face mole, cujo tecido já se ia distendendo, ficou durante algum tempo a marca escura dos meus dedos. Nina, não tenha dúvida — era ao nosso pacto que eu esbofeteara. Sim, a verdade, eu sempre buscara a verdade acima de todas as coisas. Sempre fora minha defesa, e o manto augusto com que revestira minha miséria. Mas que é a verdade arrancada de sua essência, nua e sem pudor? que é a verdade intata, que é a verdade simples e sem paixão? Não, não é isto o que nos interessa, Nina, não é isto — e eu compreendi tudo, revendo a gente que me cercava, e que era minha gente, os parentes deste mundo — revendo a ele, vivo, o moço das violetas — não, não é a verdade, mas a caridade o que nos importa. A verdade sem a caridade é ação cega e sem controle — é a voz do orgulho.

Não sei o que se passou comigo naquele instante, mas foi como se dentro de mim tudo desabasse, como um enorme edifício que viesse por terra. Uma onda gelada subiu-me das entranhas, cercou-me o coração, e rápida penetrou nele como a ponta consciente de uma faca. Quis gritar, levei as mãos ao peito, e então ouvi um grito que me rompia dos lábios. Tudo escureceu à minha volta, perdi o apoio e caí desacordado.

55. Depoimento de Valdo (VI)

O dia havia atingido sua plenitude, e começava a esmorecer. Na sala, que os curiosos haviam abandonado, existia agora um completo silêncio. Os de casa comprimiam-se em torno de Timóteo, que fora transportado para o quarto. O médico, chamado às pressas, diagnosticara um derrame cerebral. Lá dentro se achavam Ana que, aproveitando a oportunidade, defumava o quarto, Betty, os pretos velhos, e até mesmo um ou outro vizinho que não quisera se afastar e, com a confusão, ia examinando tudo com olhos cheios de malícia.

Assim, quando o sol ia amenizando sua força, o corpo ficou sozinho, entre as quatro velas que já ardiam no fim. Não tive coragem para afastar-me: naquele instante mais do que nunca, pareceu-me que Nina necessitava de alguém ao seu lado. O vulto branco, esquecido de todos, descansava no fundo da sala — e agora que ninguém mais lhe dava atenção, e que assim a deixavam como se já não representasse nenhum perigo, nenhum atrativo, eu podia calcular à vontade a distância que separava aquilo que fora, daquilo que era agora. Não, posso afirmar que não havia nisto nenhum sentimento de ingratidão — eu sentia apenas que todo o mundo renunciara a compreender o que ainda se passava por trás daquele invólucro de pano, e submetiam-se não à imagem do que sobrava, mas do que ela fora, como se houvessem perdido toda comunicação com a realidade. Quanto a mim, sabia que ela estava morta — exatamente morta — e isto me comovia ainda mais. Sentei-me num banco não muito distante do lugar onde o corpo se achava, prestando atenção a esse silêncio de uma espécie tão particular que a morte nos impõe: um silêncio de adeus, desprendendo-se das coisas como uma neblina cheia de remorso e de nostalgia. Mas talvez por efeito da hora, e desse repouso forçado em que as coisas vão penetrando à entrada da tarde, ao meu pensamento iam subindo ideias de vida, e eu calculava como agiria para o futuro, o modo pelo qual eu deixaria aquela casa, e assim recomeçaria a vida.

    Creio que foi exatamente nesta altura que vi um estrangeiro entrar na sala. Digo um estrangeiro porque, imerso em minhas cogitações, não reconheci de pronto seus traços, nem pude encontrar nele a menor particularidade que o identificasse. Era moço ainda, um rapaz, mais alto do que baixo, de traços finos e cabelos alourados. Havia nele um cuidado, uma delicadeza de quem teme acordar alguém que estivesse dormindo nas proximidades. Caminhando, seus movimentos eram nobres, e guardavam essa graça, essa ligeireza das pessoas moças, que tanto faz lembrar a macieza dos felinos — para dizer melhor, a pessoa que eu tinha diante de mim era um pequeno tigre que bambeava o corpo expondo sem pudor seu acúmulo de energias pouco usadas. Vi quando entrou, aproveitando evidentemente o momento em que a sala se achava vazia. Vestia uma calça escura, usada, e uma camisa esporte clara — podia muito bem ser um dos empregados, e eu assim o tomaria, caso conseguisse vislumbrar nele um sinal qualquer que o designasse. Adianto mais ainda — ele passaria despercebido para mim, entre tanta gente estranha que vira no decorrer do dia, se não pousasse sobre mim um olhar mais do que inquiridor. Não direi que procurasse adivinhar quem eu fosse, nem que tentasse ler o que ia pelo meu pensamento — não — mas perfuravam-me aquelas pupilas frias, desconhecidas, e que menos do que um contato, como que procuravam apenas manter-me à distância. Lentamente, como se formulassem afinal uma pergunta, desviaram-se de mim e pousaram sobre o corpo estendido. Depois, novamente, tornaram a me fixar, reproduzindo uma expectativa cuja razão eu me achava longe de adivinhar qual fosse. Seria um convite, ou se trataria de um simples pedido de licença? Que pretenderia ele ao me olhar daquele modo? Não sei que impulso interior obrigou-me a ficar de pé: por minha vez, sem deixar de fixá-lo, e sem imaginar que isto diminuísse a distância existente entre nós dois, aproximei-me dele, ou melhor, do cadáver, colocado naquele ponto da sala como uma barreira que nos separasse. Depois desses passos iniciais, ainda avancei mais um pouco — e vi que seus olhos ainda me seguiam. Neste momento, confesso, descobri neles alguma coisa familiar, talvez uma determinada expressão furtiva e sonsa, que eu já tivesse visto e revisto, mas tão antiga, tão fora de qualquer data ou possibilidade de identificação, que não me era possível precisar o que fosse, nem a que se reportava. Somente aquela lembrança, se assim se pode chamar o sentimento físico de uma memória impossível de ser aquilatada, e que eu sentia recompor-se num estado que não me era desconhecido, do qual já participara, mas que, entre tantas coisas dispersas e estragadas pelo tempo, jazia soterrada como sobras de um eu mesmo que já tivera sua data e desaparecera nessa contínua evolução do que somos, do que fazemos e do que sentimos. Mas conhecido ou não, foi ainda aquela força que me acionava que me obrigou a desviar um ou dois passos, o suficiente para atingir exatamente o local em que se achava o cadáver.

 Devo repetir, para bom entendimento do que estou narrando, que já havíamos ultrapassado a plenitude do dia; através das janelas, e coando-se pelos altos vidros amarelos que as encimavam, descia uma luz dourada e espessa, em cujo centro dançavam partículas de pó. O calor não diminuíra, mas às vezes soprava uma brisa que trazia de fora esse hálito quente das plantas longamente castigadas; todo um mundo oxidado parecia crepitar e sobrepor-se às coisas amenas, criando uma atmosfera artificial a que as formas se incorporavam, brutas e sem sossego. Foi este sentimento de inquietação, mais do que qualquer outro — como um presságio, digo, como um presságio que fizesse soar dentro de mim seu fúnebre tam-tam — que me obrigou a inclinar a cabeça e a suspender o lenço que tapava o rosto da morta. (A este gesto, e como atraído precisamente pelo que eu fazia, o estranho que se achava a poucos passos de mim também veio se aproximando.) Confesso: o motivo que me impulsionava era aquele a que chamam de adeus, o derradeiro adeus. Antes de afastar-me, e de abandoná-la a esse lago estanque que é a memória, queria vê-la — pois ali ela devia terminar como visão material, e eu pretendia levar comigo sua imagem máxima, para que meus olhos enfim se fechassem sobre a composição de sua carne, e a traduzisse, se possível, no seu despojamento de coisa perecível e sem significado.

 Inclinei-me. (Do outro lado, senti que o estranho também se inclinava — o que um via, o outro via.) Era Nina, e eu a contemplava pela última vez. Não creio que tenha forças suficientes para descrever o que tinha diante dos olhos, nem aquilo me pareceu um sortilégio do momento, criado não só pela claridade absurda que inundava a sala inteira, como pelo domínio daquele olhar desconhecido que me acompanhava. Não. Era Nina, apenas ela, e eu aí a deixava, porque não tinha mais por onde sondar-lhe o segredo da existência. O que vi, não me espantou e nem me arrancou nenhum grito de surpresa: ao contrário, indo de encontro aos sentimentos que se avolumavam em mim, compunha ela, nesse minuto decisivo, o ato de descrença que já começava a me habitar. E apenas um gemido surdo me veio aos lábios, como se aquilo que devesse ser a expressão da minha surpresa, também se amoldasse àquela que constituía a da minha dor. Não sei se por efeito do calor reinante — abafava-se, as cigarras chiavam com furor — ou pelo rápido processo de decomposição que produz aquela espécie de moléstia, a verdade é que a morta mudara completamente de aspecto. (Digo "a morta", sem mais ter coragem para empregar o nome que ela usava. Estamos exatamente na fronteira onde cessam os hábitos humanos — e o que ainda tenho a relatar, é mais a visão do que se passa além das zonas conhecidas, do que uma demonstração das deficiências deste mundo.)

Não foi sua magreza o que me chamou de imediato a atenção, foi por assim dizer um processo de anulação das linhas firmes do rosto, um esmaecimento dos nervos e da tensão que sustém o equilíbrio dos traços. Nela, o que era familiar, havia desaparecido, sugado por uma atração interior — e o que era pele propriamente dita, escorregava devagar, desabando em pregas flácidas, como se não tivesse mais forças para sustentar o desenho humano. Através dessa lava que ia descendo, e que não era líquida ainda, mas impregnada desse óleo que é a consequência dos tecidos que se desaglutinam, matéria última e fermentada que vai se dissolvendo, repontava numa ou noutra quina, já esboçando sob os poros elásticos seus contornos essenciais, o que nela era a única coisa dura, inatacável pelo tempo, pelo calor e pela consunção: os ossos. Lentamente, e como se ameaçasse nalguns pontos romper o tecido sem resistência, apontava já o que lhe constituía o esqueleto, e adivinhava-se que ele não tardaria a emergir completamente, livre da carne que o compusera, e da luz que o iluminara, cambiante e rosada — e bruto ia erguendo aqui e ali suas quinas, seus sinais pontudos, suas cavidades forradas de preto, como a carcaça de um navio que o mar, defluindo subitamente, deixasse repontar seca e nua à luz assombrada do sol.

Foi então que, levantando a cabeça, ouvi uma voz, e pela voz reconheci que o desconhecido que me acompanhava era André. Aquele estrangeiro era meu filho, e eu não havia reconhecido nem seus cabelos alourados, nem seu porte de rapaz-feito, nem seus gestos felinos e desconfiados. E ao fazer esta descoberta, senti-me desorientado, assustado quase com aquela presença de que eu me esquecera totalmente. E em vão me esforçava, aflito, em saber, por que motivo se dera aquilo, e por que me parecera ele tão diferente — talvez, e aqui ouso ir até o final da minha confissão, porque realmente eu nunca o houvesse contemplado. Eu NUNCA o havia contemplado. Aquela revelação aturdiu-me, e me fez de repente, como uma esteira de fogo aberta em minha existência passada, compreender todo o rastro deixado pela figura absorvente de Nina. Ah, como eu havia amado aquela mulher, a ponto de esquecer todos os deveres que me competiam...

— Escute — foi o que ele me disse, e sua voz não tinha nada de especial, antes se dirigia a mim como se fosse dizer a coisa mais banal deste mundo — escute: até agora, até este instante, nada ouvi de sua boca que valesse a pena, ou que me ajudasse no mínimo que fosse. Muitas vezes, vendo-o, indaguei comigo mesmo que espécie de matéria oca compunha seu pensamento. No entanto, está vendo aí — e apontou-me o caixão — está vendo como se acha ela deitada aí. Antes de morrer, perguntou-me se a ressurreição existia. Perguntou-me não uma, mas várias vezes, como se esta ideia muito a atormentasse. Fui positivo, e disse que não havia ressurreição, nem para ela e nem para ninguém. É que para mim, o Cristo não ressuscitou dentre os mortos. Não acredito que Ele tenha aparecido na estrada de Emaús. Mas agora — e apontou o caixão de novo — tenho um tal horror de que assim seja, e de que cheire mal deste modo, que não posso deixar de perguntar por minha vez: a ressurreição existe?

Calou-se um minuto, as mãos apoiadas à borda do caixão. Depois, mais rápido, um tanto ofegante, continuou:

— Diga-me, o senhor que me gerou, e que deve me ensinar aquilo que não aprendi. Não é meu pai? Não me deve atenção e cuidados? Então responda: a ressurreição existe? Ressuscitamos algum dia, nalguma parte?

A estranheza daquelas palavras, pronunciadas por alguém que antes mal falava comigo, deu-me uma espécie de choque, e minha língua permaneceu como paralisada. Afirmo, nunca fui crente, mas jamais ousei ir contra Deus. Naquele momento, apesar de tudo, senti que não podia, que não devia mentir.

Acreditava em muitas coisas, no bem acima de tudo, na vitória das forças morais, na necessidade da religião, em tudo enfim o que neste mundo é considerado certo. Acreditava até mesmo no pecado, e no seu poder negativo. Mas não me era possível acreditar na ressurreição da carne. Mas como dizer isto àquele desesperado? (Hoje, eu sei: o que o corroía era uma total falta de esperança. Meu Deus, como podemos arder, e nos tornarmos secos como um carvão esturricado, somente pela falta de esperança. Porque, no fundo, era de Deus que ele descria — e descria de um modo perigoso e mortal, porque não era um frio, mas um homem de paixão. Seu intento, e isto também eu descobri naquela hora, não era saber se a ressurreição existia a fim de bater no peito — mas saber se existia, para encontrar Deus e ofendê-lo diretamente. Era a própria Criação que ele não podia perdoar — era a invenção do homem, sua existência e seu desterro.)

— Diga-me — implorou ele baixinho — diga-me alguma coisa, porque tudo o que disser é importante. Não confio mais em signos invisíveis, e quero um testemunho palpável, desta terra mesma. Sou seu filho porque fui gerado de sua matéria, e é o senhor que terá de me dizer, sim ou não — a ressurreição existe?

Como esperasse ele sempre que eu lhe desse a resposta que pedia, abaixei a cabeça e recuei um pouco, como se não tivesse mais forças para enfrentar a visão daquilo que se achava no caixão. Então, vendo meu gesto de recusa, ele exclamou, com uma força que me fez estremecer literalmente:

— Ah, eu sabia. Não acredito, jamais acreditei numa possibilidade de se reviver. A eternidade não existe. Ela aí está, morta, miseravelmente morta, tão morta que a seu respeito não é possível pensar nada, senão que é lixo, um monte de coisa a que se dá com o pé, como esterco de bicho. Isto, Deus, é o que somos? Tua efígie, como ensinam que representamos, é um disfarce do podre? Somos esta hora marcada, este medo de derreter e não ser nada? Ah, é injusto. Não há piedade, e sem piedade, como imaginar Deus, o poder de Deus, o respeito de Deus? Então aí está: eis o respeito que tenho pela Tua criação...

E num movimento rápido, inclinou-se sobre os restos da morta e cuspiu neles — cuspiu não uma, nem duas, nem três vezes, mas inúmeras vezes, até que se esgotou sua saliva, e deteve-se. Estava exausto, e o suor escorria-lhe pela testa.

— Quero que saiba de uma coisa — disse-me ainda — eu não o amo, nunca o amei como a pai. Não o sinto como tal, como não sinto que é minha mãe que jaz morta neste caixão. Aliás, não sinto nada em relação aos meus parentes. Não amo nenhum ser humano. E quer saber por quê? Guarde isto, porque se o contrário acontecesse bem poderia ser que eu o amasse como a pai, e respeitasse aos outros, e reconhecesse este cadáver como o de minha mãe. Se isto não acontece, é exclusivamente PORQUE O CRISTO É MENTIRA.

Após proferir essas palavras espantosas, fitou-me, e com tal intensidade, que se diria querer varar-me o pensamento até o fundo. Depois, afastando-se, deixou escapar um — ah! — e abandonou a sala. Com o cadáver interposto entre nós dois, gritei ainda:

— André!

Ele estacou, de costas, e lentamente voltou-se para mim.

— André! — exclamei novamente, e havia em minha voz alguma coisa que retinia com o som da descoberta.

Aí se passou o inacreditável: como se eu o ameaçasse, deu-me as costas de novo e começou a correr — literalmente começou a correr, atravessando a sala e ganhando a varanda, onde ainda se demoravam dois ou três retardatários. Deixei escapar um grito — senti que ia perdê-lo para sempre — e comecei a correr em seu encalço. Com ele se ia algo que me era absolutamente precioso e insubstituível. Uma das pessoas que se achavam na varanda procurou segurar-me, indagando se eu precisava de alguma coisa. Empurrei-a para o lado e desci a escada, por onde André já havia passado. Lá estava ele, quase junto ao tanque, correndo sempre — eu não hesitei, continuei a segui-lo, chamando sempre "André", mas ele nem sequer se voltou, como se fosse exatamente minha presença que desejasse evitar. Aquilo, no entanto, não podia durar muito: ele era moço, mais rápido do que eu e, possivelmente, o motivo que o fazia abandonar a casa daquele modo era mais forte, mais poderoso do que aquele que me impulsionava. Estaquei, enxugando o suor que me escorria pela testa — havia perdido a partida. Com aquela fuga, desatava-se o último nó que sobrava em minha história.

(Ainda um momento eu o vi — e como esquecê-lo? Havia a luz dessa tarde que começava, toda ela de ouro, crestando o jardim que iluminava num dos seus derradeiros dias de esplendor — e isto também não o deteria. Eu sabia que ele nem sequer via o jardim, como não escutara minha voz — corria — e a última imagem que guardo de sua pessoa, é a de uma cabeça arrepiada pelo vento, correndo em direção ao portão da Chácara, correndo cada vez mais depressa, até que, lá, atirou-se pela estrada como um pássaro que ganha o espaço e a liberdade. Paro nesta imagem. Creio ser inútil acrescentar que nunca mais o vi durante o resto da minha vida.)

De repente, olhando em torno, achei-me só, completamente só naquele jardim. Ouvi o portão ranger e vi penetrar na aleia central o coche fúnebre. Era um coche mais do que vulgar, pintado de preto e cujo único enfeite eram alguns bambolins de ouro desbotado. Rangia pesadamente sobre a areia do caminho e, quando passou junto a mim, observei que era conduzido por Mestre Quincas, artesão carpinteiro de Vila Velha, que construía os caixões, dirigia o coche e, às vezes, na ausência do coveiro oficial, também enterrava os mortos. Mestre Quincas, alto, vermelho de cachaça, ao passar ao meu lado, fitou-me — e havia tanta surpresa em seu olhar, que por um segundo me julguei deslocado, estranho àquele lugar como se fosse um intruso. Na varanda reunia-se um pequeno grupo a fim de proceder ao transporte do caixão.

Cego, apoiei-me a uma árvore, contemplando aquele carro tosco que de um modo tão extraordinário se incorporava ao esplendor da tarde — e baixinho, várias vezes, pronunciei não o nome de André, que não era o nome pelo qual eu o conhecia, mas o de Nina, e deixei que livremente se confundisse sua doçura com o sal das minhas lágrimas.

56. Pós-escrito numa carta de Padre Justino

....

     Sim, resolvi atender ao pedido dessa pessoa. Não a conheço, nem sequer imagino por que colige tais fatos, mas imagino que realmente seja premente o interesse que a move. E ainda mais do que isto, acredito que qualquer que seja o motivo desta premência, só pode ser um fato abençoado por Deus, pois a última das coisas a que o Todo-Poderoso nega seu beneplácito, é à eclosão da verdade. Não sei o que essa pessoa procura, mas sinto nas palavras com que solicitou meu depoimento, uma sede de justiça. E se acedo afinal — e inteiramente — ao seu convite, é menos pela lembrança total dos acontecimentos — tantas coisas se perdem com o correr dos tempos... — do que pelo vago desejo de restabelecer o respeito à memória de um ser que muito pagou neste mundo, por faltas que nem sempre foram inteiramente suas.

     Ainda tenho presente na memória a última vez em que a vi, quando ia a meio a triste epidemia que liquidou nossa cidade. A Chácara dos Meneses foi das últimas a tombar, se bem que seu interior já houvesse sido saqueado pelo bando chefiado pelo famoso Chico Herrera. Vejo-a ainda, com seus enormes alicerces de pedra, simples e majestosa como um monumento em meio à desordem do jardim. A caliça já tinha quase completamente tombado de suas paredes, as janelas, despencadas, batiam fora dos caixilhos, o mato invadia francamente as áreas outrora limpas e subia pelos degraus já carcomidos — e no entanto, para quem conhecia a crônica de Vila Velha, que vida ainda ressumava ela, pelas fendas abertas, pelas vigas à mostra, pelas telhas tombadas, por tudo enfim que constituía seu esqueleto imóvel, tangido por tão recentes vibrações.

Ana, que é a pessoa a quem me refiro, passara a residir, desde que a casa-grande ameaçava ruir, num velho Pavilhão existente no fundo do jardim. O local não poderia ser mais impróprio, nem mais insalubre. Assim que entrei, conduzido por um preto que me parecia perfeitamente familiarizado com o local, ouvi alguém que tossia num dos últimos quartos. Perguntei se era ela, e o preto me fez um sinal afirmativo. Muitas vezes, exercendo meu ofício por esses caminhos de Deus, já fora chamado a atender moribundos em locais estranhos, mas nenhum no entanto pareceu-me tão triste e tão abandonado quanto aquele. Dos lugares que já vira, desertara uma energia que vibrara até o último segundo, um calor que ainda se manifestava nos objetos em torno, por mais miseráveis que fossem — mas ali, naquele cubículo que mais se assemelhava a uma sufocante prisão, havia um ar suado e vivido até suas últimas consequências, e o ser que se despedia, como que o fazia em meio a uma total indiferença, e a uma total desolação. Jamais vira nada tão triste como cenário humano, e nem tão abandonado da graça de Deus.

Ela se achava deitada num catre feito de tábuas de caixote, sobre um colchão esburacado de onde irrompia a palha. Não pude ver logo seu rosto, mas percebi que ofegava. Aliás, no espaço acanhado reinava esse cheiro nauseabundo e morno, próprio aos doentes vitimados por moléstia prolongada e mal servidos pelo asseio. Por um momento, estonteado, julguei-me num desses casebres de pau a pique que servem de abrigo a míseros colonos, e não junto à única herdeira conhecida da orgulhosa família Meneses. Seria impossível não pensar na transitoriedade da glória deste mundo e, sem querer, enquanto esperava que aclarassem o ambiente — o preto lutava com uma janela emperrada — não pude deixar de começar a dizer algumas orações em voz baixa. Pelos cantos, como sombras tocaiadas, sentia respirar alguma coisa informe como o espírito do mal.

Rala, a luz se fez, finalmente. Ali estava ela, o busto meio erguido, os olhos brilhando nas faces encovadas.

— Ah, Padre Justino — murmurou. — Pensei que o senhor não viesse mais!

Sentei-me ao seu lado, procurando disfarçar minha emoção. Para qualquer lado que me voltasse, no entanto, sentia seus olhos ávidos que me acompanhavam. Aquela insistência me desagradava, pois se diria que ela se achava à espera de uma palavra minha, para serenar definitivamente seu ânimo agitado. E que poderia dizer eu, miserável padre, que consolo, que palavra além daquela que já experimentara dizer-lhe em ocasiões diferentes, e que haviam resultado inúteis ante tão desesperado esforço para se opor e sobreviver? Ela adivinhou meu movimento esquivo e, retirando a mão de sob a colcha esfiapada — uma mão trêmula, de moça ainda — segurou uma das minhas e, puxando-a, imprimiu nela, impetuosamente, os lábios febris, moles, que a roçaram numa babugem de beiços desdentados. Um fio lento escorreu entre meus dedos — ela me fitava sempre, com olhos súplices.

— Fala, minha filha. Estou aqui para isto — e com a outra mão, pois ela mantinha a minha sempre presa, como se temesse ver-me fugir, alisei-lhe os cabelos, já então quase completamente brancos.

— Uma só coisa importa, padre, e é tudo o que eu quero saber.

Talvez seja nosso conhecimento dos moribundos que nos leva a saber que eles só se decidem à última e sempre dolorosa confissão, no momento em que não é possível mais adiá-la — ou talvez, quem sabe, esse vago instinto que junto de certas almas nos faz prever o que irá se desenrolar dentro em pouco — não sei. A verdade é que, atento, olhos cerrados, eu podia quase dizer que espécie de assunto iria ela ferir. Pobre alma sequiosa e sem caminho, debatendo-se ao longo de toda a existência ante um problema que jamais conseguiria resolver com suas próprias forças — e que decorrido tanto tempo ainda a mantinha ali, presa talvez àquele fiapo de vida, à espera de alguém — possivelmente eu — que viesse lhe dizer a única coisa que gostaria de ouvir, aquela precisamente que por honestidade ou simples pena jamais poderíamos proferir... Porque, naquele corpo crispado possivelmente no seu último gesto, estava patenteada a voz que pergunta sem descanso o que é o bem, se o céu existe, se temos direito à felicidade, se a vida continua depois da morte. Ou se afinal há justiça diante do fim que se aproxima — e tanto somos cegos — se alguma coisa sobrevive de nossas pobres e inúteis paixões humanas.

O mais extraordinário é que a conversa fluía como se não houvesse um começo, e fosse uma simples continuação do que já havia se passado. Porque, desde a última vez em que nos víramos, não alternara ela o curso de sua existência, nem modificara no mínimo ponto a linha de sua conduta. O que eu via, e para isto nem sequer necessitava de volver a cabeça para o seu lado, é que ela fazia parte dessa família de orgulhosos e obstinados, que seguem os rumos fortes de seu destino como se fossem arrastados por uma correnteza: duros e sem possibilidade de fuga. Aquela enxurrada borbulhava agora nos seus fins extremos — e que me perguntaria ela que não fosse um vislumbre disto que constituíra sua vida, seu engano, que importa, mas que era o seu motivo de defesa, a própria razão da sua luta contra os outros?

— Padre... não sei se o senhor se lembra... a última vez...

Lembrava-me — e posso dizê-lo aqui, já que não se tratava de uma confissão formal, e nem ela me pedira, naquela ou em outra qualquer circunstância, que guardasse a esse respeito o menor segredo. Lembrava-me — e com que nitidez — de alguns anos antes, quando me indagara o que era o pecado. Que poderia responder eu, pobre padre, senão aquilo que aprendera nos livros e adotara pela minha fé em Deus? E no entanto, acho que acrescentei alguma coisa, e que era mais fruto da minha experiência do que propriamente das leis do catecismo. Disse-lhe não o que estava estratificado na lei, mas o que se achava mais de acordo com o que eu via, com a casa e as pessoas que me cercavam. (Assim é a verdadeira lei de Deus: pode assumir o aspecto e a cor do instante em que é citada. Dubiedade, transigência? Não, é que a verdade tem de cingir todos os aspectos da contingência humana. Que nos adianta ela quando abraça um único aspecto das coisas, e designa apenas uma face, que muitas vezes esconde a verdadeira essência dos fatos? Repito, a lei de Deus é mutável e vária, exatamente porque tem a candidez, a austeridade e a fluência do líquido: penetra e umedece, e torna viva e fecunda a terra que antes não produzia senão a folhagem seca da morte.) Ah, essa coisa deblaterada e informe a que chamam pecado, essa vitória dos fortes, e no entanto apanágio de tantos fracos e de tantos indecisos, de tantos algozes e de tantos carrascos que ao longo do tempo vêm tremulando seu pendão para oprimir e massacrar! Sombria lei de jesuítas, que em seu nome ergueram fogueiras e iluminaram infernos, como situá-lo, em estado de compreensão e de justiça? Ah, cama dos fracos, leito dos efeminados e dos tristes — ah! grande pecado maior de não ousar o supremo pecado, para se constituir humano e só, e divisar a Face una e resplandecente, no abismo oposto, que é feito de luz e de perdão! Que dizer a esses melancólicos guardiões de uma virtude sem frutos, que dizer a esses estetas do bem, a esses guerreiros sem violência, sem coragem e sem imaginação para a luta?

Um outro perigo, no entanto, começava a cercar-me, e cuja natureza só naquele instante eu adivinhava: o erro, o falso afã dos predestinados, a cobiça das almas enfermas e sem outro arrimo que sua própria razão. A razão. Era pelo menos o que eu entendia, ao ouvi-la narrar aquela série de atrocidades, num esforço que parecia transfigurá-la. Repito, tudo isto não me foi dito em caráter de confissão, ao contrário, ela mesma me pediu que divulgasse os fatos, para que essa mancha — se desconhecia que houvera mancha — pesasse menos sobre seu túmulo. Se me calei até agora, é que julguei desnecessário, conforme poderá ser julgado pela sequência desta narrativa, voltar ao assunto. Mas se uma oportunidade aparece para restabelecer o acontecido, que me impede de dizer agora o que ouvi, e tentar levantar da sombra, finalmente, as ruínas dessa casa trucidada pelo medo? (Ali estava ela, tombando, como devorada por um mal que vinha de suas próprias entranhas. Em meio à paisagem luxuriante e sem peias, conservava um estranho recato, como se estivesse voltada sobre as ruínas que a constituíam, e assim, cega, ainda meditasse sobre o nada existente no seu bojo, e desfiasse, isolada e dura, a memória dos seus dias idos…)

— Foi há muito tempo, Padre — começou ela — quando minha cunhada partiu pela primeira vez. Mal posso dizer como começou aquele delírio. Sei apenas que, uma tarde, escondida do lado de fora deste Pavilhão, vi quando Nina se despediu de Alberto — e então, como se uma força superior a mim mesma me empurrasse, assim que ela desapareceu atravessei-me em seu caminho: "Alberto!".

Confesso, foi a primeira vez que eu tive coragem para fitá-la em pleno rosto. O preto havia conseguido abrir completamente a janela, e um resto de crepúsculo, esverdeado e baço, vinha até nós com um sopro intermitente. Devagar seus olhos se voltaram para aquela fresta como para a reminiscência de um acontecimento antigo, muito antigo, que viesse de fora envolto ao sopro do vento e em uníssono vibrasse com algum último e moribundo acorde de sua alma. Decerto eu já conhecia toda a história daquela paixão — daquele engano, como toda paixão humana. Mas não podia deixar de estremecer diante daqueles olhos perdidos, que buscavam, que buscavam sem descanso, como se procurassem arrancar do próprio ar, a projeção final, esbatida e aos pedaços, do momento que vivera — daquele corpo desventurado e meio extinto, que ainda conseguia estremecer à simples pronúncia de um nome. Escravidão da carne, que outro nome dar a essa longa submissão que o corpo impõe ao espírito, pois nela, menos do que à alma atormentada, era aos sentidos que a lembrança pertencia, uma lembrança única, de gozo, conhecimento e morte, que no decorrer de toda a sua existência, um só minuto havia esplendido e brilhado, como um fogo de artifício que se eleva e se desfaz, deixando depois o escuro entregue ao próprio escuro. Mas ah, será melhor para nós, talvez, a fim de que eu poupe esta narrativa de minha própria emoção, e reproduza com fidelidade a emoção de quem a fez, que eu vá resumindo os tópicos essenciais do que ouvi naquela tarde que já se vai fazendo tão recuada no tempo.

Continuou pois ela a falar e disse-me que ao pronunciar o nome de Alberto, ele se voltou numa extrema turbação — é claro, pois julgava até aquele momento que seus amores com Nina permanecessem ignorados. "Que me quer, que me quer você?", exclamara ele, assim que deparou com Ana. Ela se achava imóvel junto a um arbusto e, realmente, sua fisionomia devia expressar com eloquência o sofrimento que a consumia. E ele, Alberto, apesar de ser um rude, não pôde deixar de compreender o que se passava. "É inútil", exclamou com expressão de visível repulsa. Ela não disse uma palavra, apenas aproximou-se, tocou-o com uma das mãos — primeiro um toque leve no braço, e foi subindo até o cotovelo, depois alisou-lhe o peito e, de repente, como quem cede a uma vertigem, abraçou-se a ele, estreitou-o, gemendo e chorando. Alberto tentou empurrá-la, imaginando sobretudo que, apesar de já ser noite, alguém poderia vê-los. Mas Ana não se desprendia, olhos fechados, como se ali, naquela posição, houvesse se esvaído do seu ser qualquer manifestação de vida. Sim, em vão procurou ele desprender-se daquele abraço: a força de Ana, menos do que um ímpeto de vida, era um intenso espasmo de morte. Sucedeu então o que era impossível deixar de suceder: atuou a noite, atuaram as rosas de que o jardim se achava cheio, atuou sobretudo a mocidade de Alberto. E mais do que tudo isto reunido, atuou a presença ainda recente de Nina, e o calor que ela sempre lhe deixava no sangue. Ele correspondeu afinal ao abraço, beijou-a — e Ana entregou-se ali mesmo, sobre a relva, como se fosse a primeira vez que um homem a possuísse.

Deste ponto em diante, ao que me lembro, a narrativa tornou-se bastante confusa, talvez porque ela já não tivesse bem presente na memória o que havia se passado, talvez porque, atingindo aquele clímax, o que viera depois já não tinha o mesmo interesse. O certo é que tudo mergulhou num período de obscuridade, uma dessas pausas criadas no tempo como para revigorar o existente — e talvez, quem sabe, conduzi-lo aos supremos embates. Ana recordava-se apenas de que, em certo momento, sentira que estava grávida. Grávida: o problema era mais do que imediato, sobretudo porque após tantos anos de casada, era a primeira manifestação neste sentido que sentia. E como explicar ao marido, como revelar-lhe a situação? Foram estas as questões que, durante muito tempo, sem descanso, remoeram seu pensamento. Por esta época, mais ou menos, é que a crise entre Valdo e Nina começou a se tornar mais aguda. Já não eram tão secretos assim os amores do Pavilhão, e Nina, premida pelas circunstâncias, ameaçava sair de casa. (Creio, meu amigo, que estamos atingindo o cerne de toda a história. Por mais longe que se procure, por mais desencontrados que sejam os caminhos que se percorram, sempre teremos como ponto culminante os acontecimentos dessa época — eles são o alicerce do edifício, a viga mestra, a mola em torno da qual tudo gira.) Para culminar uma situação já por si bastante grave, Nina também se declarou grávida — e toda a família já discutia com interesse o destino desse herdeiro dos Meneses. Está vendo, está assistindo plenamente o levantamento das linhas essenciais deste romance? Duas mulheres — ambas grávidas — uma, rodeada de toda a atenção, sendo o fato de sua gravidez o assunto diário daquele pequeno mundo — a outra, reservada, fechada em seu segredo, e sentindo minuto a minuto aquela vida estuar e ramificar-se no fundo do seu ser. E então, como uma sombra, Ana passou a seguir os passos da cunhada: cada gesto da outra, cada movimento, cada intenção, ela o absorvia como se fosse um tônico vital. Era o instinto que a guiava, com esse faro que só as mulheres possuem, e assim mesmo determinadas mulheres, sabia que era dali que lhe viria a salvação. Ora, Nina precisava de liberdade para viver, era como um pássaro, se bem que não houvesse nela nenhuma consciência do mal que praticava. (E a esta altura, premindo fortemente minha mão, Ana perguntou: "E pode ter, Padre, pode ter consciência do mal uma mulher que queima suas próprias roupas por julgá-las infetadas pela doença que a devorava?... pode? — e no entanto, outras coisas, inumeráveis outras...".) A verdade é que Nina, farta do ambiente sufocante dos Meneses, falava em partir — e no entanto teria ficado para sempre se aquele escândalo não estourasse... Creio que foi Demétrio que a expulsou — com o marido, ele ainda a perdoava, porque não acreditava que ela o amasse. Mas com outro, com aquele que um dia surpreendeu aos seus pés... (Era com uma voz cansada, cheia de reticências, que Ana ia rememorando essas coisas.) Antes de abandonar a Chácara para sempre, ainda houve um período de paz, em que até ela própria, Ana, julgara que tudo havia sido remediado. Os amores com o jardineiro ainda não haviam sido descobertos, e Nina, alegando o verão, mudara-se para o Pavilhão — o Pavilhão em que agora justamente nos achávamos, e onde eu ouvia a confissão da agonizante. Não fora só o verão o motivo alegado — Valdo, convalescente de sua fracassada tentativa de suicídio, afirmara que ali encontraria maior repouso. Dois, três meses, nem ela própria conseguia mais se lembrar de quanto tempo durara aquela trégua. Até que, denunciando o escândalo — no fundo, ele jamais se conformara com a mudança para o Pavilhão — Demétrio praticamente obrigou Nina a partir. De repente, como se o ar tivesse se tornado rarefeito, Ana viu criado o vazio em torno da sua pessoa. O vazio, o vazio total. O dia inteiro, sonâmbula, vagava numa casa de sonâmbulos. Foi então, aflita, temendo a cada instante ver descoberto o seu segredo, que lhe ocorreu a ideia da suprema mentira. Nem sequer poderia dizer quanto aquilo demorara em seu pensamento — sentia apenas que um dia a mais seria muito tarde, e que estava no momento exato de tentar qualquer coisa para se salvar, caso quisesse se salvar. Assim, uma manhã, enquanto penteava os cabelos sentada na cama — um gesto que herdara de Nina — dissera ao marido: "Demétrio, apesar de tudo, eu sei que você gostaria que Nina voltasse. E sei como fazê-la voltar". (Ele sofria, sofria como nunca sofrera antes. Apesar de tê-la induzido a partir, jamais a amara tanto, e nem tivera tanta necessidade de sua presença. Dentro de casa, às tontas, vogava como um navio desarvorado.) Demétrio a fitara, pálido, surpreso — menos surpreso, talvez, do que deveria se sentir com semelhante proposta. (E no entanto... quem sabe o que teria pensado a própria Ana naquele instante? Vendo a face alterada, cheia de subterrâneos terrores, que a examinava, revelando, apesar de seus esforços, o segredo que o torturava há tantos meses, não teria enfim compreendido totalmente a razão do afastamento do marido, o desdém quase com que vira cercada sua vida matrimonial, e não teria, por um minuto que fosse, encontrado justificação para seu desvario e seu adultério? Preste bem atenção, que eu nada tento amenizar — apenas, e como disse mais acima, procuro restabelecer o respeito à memória de um ser que muito pagou neste mundo por faltas que nem sempre foram inteiramente suas.) "Sei como fazer Nina voltar, Demétrio", repetiu com firmeza. Ele duvidava, olhos alçados para ela. Mas vendo-a decidida — como nunca o fora em sua vida — decidida como se nada mais a importasse no mundo senão a volta da cunhada, indagou: "Como?". Ana deixou-se cair ao seu lado e, tanta é a cegueira dos homens, que ele nem sequer desconfiou daquele movimento de estudado abandono. "Conversei com ela uma vez", disse Ana, forçando-se para conter a própria emoção, "e sugeriu-me que... se eu fosse... quem sabe... se eu fosse buscá-la, talvez voltasse comigo." "Você", indagou Demétrio estupefato. "Quer dizer, ir ao Rio... buscá-la?" "Sim, por que não?" Ele repetiu: "Ao Rio? Mas você nada conhece lá!". Ana sorrira: "Não conheço, mas que há de mais nisto? Basta perguntar...". Dir-se-ia que no olhar do homem havia agora um brilho de desconfiança. Depois, durante algum tempo, meditou de cabeça baixa na proposta que lhe era feita. Ah, seus pensamentos eram fáceis de serem adivinhados. Provavelmente dizia consigo mesmo: "Nunca se deram antes, sempre viveram afastadas, como inimigas. Por que agora esta súbita confiança?". Mas sobreviria o velho raciocínio, tão fácil e acomodatício: "Sei lá, são mulheres, elas se entendem". Voltou a olhar Ana: "Se é assim, quanto a mim, concordo. Resta apenas que você fale a Valdo". Não, antes ela apenas desconfiava, mas nunca tivera certeza. O que via, eram apenas olhares vagos, distâncias, injustificáveis silêncios diante dela — mas que era uma ausência, um silêncio a mais ou a menos numa casa tão cheia dele? Agora, vendo o homem estendido ao seu lado, olhos cerrados, ela não só compreendia tudo, mas até adivinhava detalhes do drama — noites que devia ter passado em claro, pensando na mulher deitada próximo e ao mesmo tempo tão distante, nos braços de outro — as vezes que se levantara e, pé ante pé, fora ao corredor, a fim de escutar à porta alheia os rumores daquela posse que o obsedava — os momentos de implacável lucidez em que, diante do esplendor daquela mulher jovem, passara a mão pelos cabelos brancos, e contemplara aquela face só marcada pelo frio e pela avareza de sentimentos — e outras coisas, inumeráveis outras, que se confirmavam ali, enquanto ela o contemplava com um olhar quase de vitória...

Valdo mostrou-se indiferente à sua proposta — primeiro, porque já conhecia Nina muito bem, segundo porque se achava demais imerso em sua dor para dar a devida atenção à inusitada proposta. Limitou-se a erguer os ombros — e Ana deu seu triunfo como definitivo.

Não era difícil imaginar o que ela iria fazer à capital. Depois de estudar minuciosamente os detalhes da viagem, despediu-se, partiu e foi alojar-se numa pensão obscura do Flamengo. Daí começou a escrever uma série de cartas com que pretendia enganar ao marido e a Valdo (esclareça-se que, para ela, nem mesmo era necessário procurar Nina, pois estava convicta de que esta jamais regressaria a Vila Velha...) dizendo que fora encontrar a fugitiva doente, necessitando de companhia, e que nem era bom pensar em regresso antes que estivesse definitivamente curada. A fim de evitar perguntas embaraçosas, ia esclarecendo que o mal parecia ser um desequilíbrio nervoso, forças gastas e outros sintomas mais ou menos obscuros de uma doença inexistente. A essas cartas, Demétrio respondera uma ou duas vezes, mandando dinheiro, dizendo que ela não se apressasse, que desse tempo ao tempo. E Ana ia ficando, enquanto o real motivo de sua estada ali, a gravidez, avançava para o desenlace. Quanto a Nina, não a viu no princípio, mas localizou-a por desencargo de consciência, e também porque mais cedo ou mais tarde seria obrigada a procurá-la. Por esta ocasião Nina morava num hotel de luxo, ou que assim parecia aos olhos inexperientes de Ana. Certas tardes, caminhando devagar por causa do estado em que se encontrava, ia ela até à porta desse hotel, e indagava ao porteiro, aos criados, tentando refazer a trama da existência da cunhada. Ah, Nina vivia bem — sozinha, ao estirar das horas naquela pensão burguesa, ela imaginava que a outra sempre soubera escolher, e que era um dom, essa preferência pelo luxo e pela ociosidade. Até que sentiu que se achava prestes a dar à luz, e recolheu-se a um hospital. Alguns dias depois, regressava, um filho nos braços. E só aí, então, resolveu procurar Nina. Estava pronta para aparecer diante dos seus olhos. Nina se achava acamada e assustou-se ao vê-la, de pé, toda de preto, imóvel no limiar da porta. E nesse primeiro momento não se disseram coisa alguma, examinando-se com um interesse cheio de crueldade. Ana avançou afinal, e foi a primeira a falar. Tinha vindo buscá-la, Valdo queria que ela voltasse para casa. Nina riu: jamais voltaria. Era a sua resposta. Ana, sempre de pé, contemplava-a com frieza — dir-se-ia que não esperava dela nenhuma outra resposta. E quando Nina, para aumentar seu desdém, acabou de mostrar-lhe as roupas e as joias que possuía, acentuando que nunca trocaria aquela vida pela existência insípida da Chácara, indagou com voz calma onde se achava o menino, o herdeiro dos Meneses. Foi a vez de Nina estacar, e fitá-la com assombro: o menino? Mas como tinha ela a ingenuidade de supor que conservaria consigo um rebento daquela raça desprezível? Não sabia onde estava, deixara-o no hospital ao nascer, com uma das enfermeiras. Fizera questão de transformá-lo num enjeitado. (Ela, Nina, era capaz dessas coisas... Haveria crueldade nisto, mas eram essas arestas que a modelavam. Fria, indiferente? Não era, certamente, por esse único detalhe que ela deveria ser julgada.) Ana limitou-se a dizer: "Vou buscá-lo". E se bem que Nina não respondesse coisa alguma, tinha certeza no entanto de que ela iria realmente procurá-lo. Por quê? Apenas porque assim devia ser — e porque ao afirmar que jamais voltaria à Chácara, provavelmente não estaria dizendo senão a metade de uma verdade. Obscuramente, sabia que voltaria um dia — quando, não importava. Mas ao chegar o momento, necessitava ter um álibi, um motivo para afrontar de novo o olhar hostil dos Meneses. Assim Ana partiu. Agora ela confessava ali naquele instante, olhos fixos nos meus: jamais fora ao hospital, jamais procurara a enfermeira ou quem quer que fosse. O menino que apresentara na Chácara como filho de Nina, não era o herdeiro de Valdo, não era um Meneses, mas o resultado de seus próprios amores com o jardineiro. Também Valdo não havia indagado coisa alguma, e nem se mostrou grato às notícias que Ana lhe forneceu. Durante todo o tempo em que ela estivera fora, como que um só dia escorrera na Chácara, um dia longo, maciço, cheio de silêncio, de penumbra e de ressentimento.

No quarto abafado do Pavilhão, a agonizante procurou segurar-me as mãos. Sua voz quase não se ouvia após a longa narração, mas ainda assim, livre daquele peso que a entravava, como que readquiria forças numa derradeira energia escondida.

— Padre, tudo isto eu fiz. André era meu filho, e não dela.

Houve uma pausa.

— Mas, filha... durante este tempo todo, nem uma só vez, uma única, pôde imaginar que ele fosse seu filho, e tratá-lo como tal?

— Meu filho! — e a voz dela vibrou quase irritada. — Que me importava que fosse meu filho? Não existia, não tinha tudo o que desejava? Como podia aceitá-lo, ou encará-lo como um filho meu, se a esta simples ideia meu ser se paralisava, imaginando o olhar de meu marido, sua reprovação, meu castigo? Ah, Padre, não é impunemente que se entra para a família dos Meneses.

— Mas um dia, um minuto que fosse...

Ela pareceu lembrar-se:

— Sim, um dia, sim. Há muito tempo... Ela me disse que os olhos dele, a boca, lhe lembravam aquele que se fora. Então, entrando no seu quarto, procurei forçá-lo... Ah, Padre, para que lembrar essas coisas agora?

Senti que era inútil insistir, ela não compreendia naquele instante, como nunca compreendera em toda a sua existência.

— Mas Nina — perguntei — nunca soube ela de quem se tratava?

Então Ana fez um esforço, apoiou-se com os cotovelos na cama, e vi que seus olhos ainda brilhavam:

— Padre, esta é a desconfiança que trago comigo: Nina devia saber que André não era seu filho. Uma vez — (e eu próprio, ouvindo o que ela dizia, senti que estremecia ante a força de uma recordação que chegava com tal ímpeto) — fui surpreendê-la em prantos, fechada num cubículo que dava para o corredor.

Era o mesmo onde existia o divã em que haviam colocado Valdo quando da sua tentativa de suicídio. Nina estava sentada nele, e tinha um papel amassado entre as mãos, provavelmente uma carta. Vendo-a tão perturbada, não sei por quê, julguei que meu momento de triunfo havia chegado: aquele papel, aquela carta devia ser a prova de um delito, de um crime talvez, cuja revelação a aniquilaria para sempre aos olhos de todos. Que esperança louca foi a que então se apoderou do meu coração? Precipitei-me, tentei arrancar-lhe o documento das mãos, ela o defendeu como pôde e, vendo afinal que eu não tardaria a me apoderar dele, deixou escapar um grito, um único grito, e que era um nome de homem: "GLAEL!". Imobilizei-me, sentindo ao mesmo tempo que ela designara um ser sagrado, que eu não conhecia, e que provavelmente era aquele filho verdadeiro, gerado em sua carne. Mentira então, não o abandonara ao anonimato, não o deixara entregue ao desinteresse de uma enfermeira qualquer? Não sei, porque naquela mulher tudo se contradizia, e havia nela um lado inteiramente mergulhado na sombra. Não tive coragem para insistir, e abandonei-a. Era tempo, pois Valdo vinha assomando no fundo do corredor.

Vendo-me silencioso, Ana tocou-me no braço:

— Padre, e durante este tempo todo ela deixou André enganado, pensando que cometia o mais horrível dos pecados...

— É possível? — não pude deixar de gemer, sufocado.

Então Ana, num último esforço, ergueu ainda mais o busto:

— Padre, entre todos não é este o pior, o mais nefando dos crimes? Esse menino, não o terá ela levado ao desespero, pelo remorso de uma falta que realmente não cometeu?

Não me contive e levantei-me. Ela acompanhou-me com o olhar:

— O senhor dirá talvez que, assumindo a responsabilidade de um pecado que não houve — que não houve pelo menos tão grave quanto se poderia supor — ela terá tido uma grandeza que nenhum de nós...

E neste momento, um soluço, um verdadeiro soluço humano e fundo rompeu-lhe dos lábios:

— Ah, esta questão, o peso exato da culpa — Padre, acho que foi isto que secou para todo o sempre meu coração...

E então, pressentindo possivelmente a condenação formulada naquela troca estranha, cujo alcance só agora ela compreendia — Nina, responsabilizando-se por uma falta que não era sua, ela ocultando a que cometera, por medo de se perder aos olhos dos Meneses — sua voz explodiu vibrante dentro do quarto:

— Padre, e eu, não estou salva também, não pequei como os outros, não existi?

Que dizer, que responder naquele momento final? Creio que foi a única vez em que cheguei a lamentar minha carreira de sacerdote — se aquilo que me subiu ao peito fosse lamento e não um gemido de tristeza, de mágoa funda e sem remédio, ante a irremediável cegueira da coisa humana, ante sua incompreensão e seu desamparo. Por que se dirigir precisamente a mim, eu, um homem velho, doente, um padre sem conhecimentos, sem luzes especiais, cujo único objetivo neste mundo fora servir e temer a Deus, e não deslindar esses intrincados problemas do homem? Que imaginam que seja um padre, um padre da roça como eu, além de um animal triste, um cavalo de serventia indistinta, um homem cego e estonteado como outro qualquer, unicamente diferente por esse desejo constante, aflito, de jamais sair dos caminhos certos? Mas os caminhos certos, como defini-los nesse enviesado de caminhos diferentes, como situar a justiça e apontar a atenção de Deus? Afastei-me, e enquanto ela implorava, num misto de palavras incoerentes e de lágrimas, coloquei-me junto à grade e fitei o céu que anoitecia. Um vácuo imenso se fez em minha alma, como se nela mais nada subsistisse, nem o temor e nem a lembrança de Deus, como uma negativa ou uma renúncia — e um gosto amargo, lancinante, subiu de um jato à minha boca.

Não, eu não podia dizer coisa alguma. Decerto, um dia, eu falara qualquer coisa a esse respeito, mas há tanto tempo que já não me lembrava mais de quando fora. E era isto, certamente, que ela trazia sobre o coração. Que adiantava repetir agora as palavras que então tinham um significado real, e que naquele instante me pareciam tão estranhas e tão paradoxais como se outros as tivessem pronunciado em meu lugar? É que a casa dos Meneses não existia mais. O último reduto, aquele quarto de porão onde um dia se abrigara o amor e a esperança, estava prestes a ruir também, e fora aquele o abrigo que Ana elegera, como o faria a criatura ante a ameaça de uma inundação, escolhendo para abrigo a cumeeira da casa cercada. Naquele minuto preciso a casa dos Meneses desaparecia para sempre. Um último vislumbre de sua existência ainda se mostrava naquele catre de agonizante. Ah, e não havia dúvida de que eu poderia dizer: "Filha, o que disse é válido. Não somos culpados de que assim o seja, mas é válido. Tantos de nós confundem Deus com a ideia do bem... Tantos O cingem à simples noção do mal que deve se evitar... O bem, no entanto, é uma medida terrena, um recurso dos homens. Como medir com ele o infinito que é Deus?". E essas palavras, precisamente essas, não viriam aos meus lábios, porque ela não as entenderia e continuaria a apostrofar-me, não em nome de Deus, que desconhecia, mas em nome desse pecado que a atormentara durante a vida inteira. E assim, sozinha, aquela alma deveria padecer até o fim a consequência dos seus erros. Engano meu, que importa. Obliteração de padre que perdeu de vista o bom senso das coisas — também não importa. O crime de que eu não poderia desvendar-lhe a origem, não era ela ter ocultado o fruto dos seus amores, nem ter em silêncio permitido o pecado da outra — não. O que eu lhe reprovava era não ter ela própria compreendido e aceitado sua falta, e no anonimato envolto seu único grito pela salvação. Os Meneses haviam-na retomado — e a luta que se esboçara, perdera o caráter, diminuíra de grandeza — fora apenas uma luta de Meneses, sem consequências fundas, e sem perder de vista — oh, jamais — essa medida humana do bem que eles haviam eleito como norma suprema da existência. Deus, ai de nós, muitas vezes assume o aspecto do mal. Deus é quase sempre tudo o que rompe a superfície material e dura do nosso existir cotidiano — porque Ele não é o pecado, mas a Graça. Mais ainda: Deus é acontecimento e revelação. Como supô-Lo um movimento estático, um ser de inércia e de apaziguamento? Sua lei é a da tempestade, e não a da calma.

    Voltei-me para ela, disposto enfim a perdoá-la, mas precisamente em nome desse mal que era uma oposição às suas noções morais, desse mal que eu lhe concedia como a suprema indulgência que se concede a um moribundo.

Que ele, em última instância, revestido afinal das formas dessa Graça que ela tanto renegara, apaziguasse suas penas e lhe desse certeza de que vivera, padecera e usara sua essência mortal até o último clarão. Mas, de pé no quarto já quase totalmente escuro, verifiquei que Ana Meneses não existia mais. Inclinei-me para cerrar-lhe as pálpebras e, não sei, julguei perceber que no seu semblante não havia nenhum sinal dessa paz que é tão peculiar aos mortos.

*Lúcio Cardoso, 1946. Fotógrafo não identificado.
Arquivo Otto Lara Resende/Acervo IMS.*

Crônica de Clarice Lispector[*]
Lúcio Cardoso

Lúcio, estou com saudade de você, corcel de fogo que você era, sem limite para o seu galope.

Saudade eu tenho sempre. Mas, saudade tristíssima, duas vezes.

A primeira quando você repentinamente adoeceu, em plena vida, você que era a vida. Não morreu da doença. Continuou vivendo, porém era homem que não escrevia mais, ele que até então escrevera por uma compulsão eterna gloriosa. E depois da doença, não falava mais, ele que já me dissera das coisas mais inspiradas que ouvidos humanos poderiam ouvir. E ficara com o lado direito todo paralisado. Mais tarde usou a mão esquerda para pintar: o poder criativo nele não cessara.

Mudo ou grunhindo, só os olhos se estrelavam, eles que sempre haviam faiscado de um brilho intenso, fascinante e um pouco diabólico.

De sua doença restaria também o sorriso: esse homem que sorria para aquilo que o matava. Foi homem de se arriscar e de pagar o alto preço do jogo. Passou a transportar para as telas, com a mão esquerda (que, no entanto, era incapaz de escrever, só de pintar) transparências e luzes e levezas que antes ele não parecia ter conhecido e ter sido iluminado por elas: tenho um quadro, de

[*] Publicada no *Jornal do Brasil* de 11 de janeiro de 1969.

antes da doença, que é quase totalmente negro. A luz lhe viera depois das trevas da doença.

A segunda saudade foi já perto do fim.

Algumas pessoas amigas dele estavam na antessala de seu quarto no hospital e a maioria não se sentiu com força de sofrer ainda mais ao vê-lo imóvel, em estado de coma.

Entrei no quarto e vi o Cristo morto. Seu rosto estava esverdeado como um personagem de El Greco. Havia a Beleza em seus traços.

Antes, mudo, ele pelo menos me ouvia. E agora não ouviria nem que eu gritasse que ele fora a pessoa mais importante da minha vida durante a minha adolescência. Naquela época ele me ensinava como se conhecem as pessoas atrás das máscaras, ensinava o melhor modo de olhar a lua. Foi Lúcio que me transformou em "mineira": ganhei diploma e conheço os maneirismos que amo nos mineiros.

Não fui ao velório, nem ao enterro, nem à missa porque havia dentro de mim silêncio demais. Naqueles dias eu estava só, não podia ver gente: eu vira a morte.

Estou me lembrando de coisas. Misturo tudo. Ora ouço ele me garantir que eu não tivesse medo do futuro porque eu era um ser com a chama da vida. Ele me ensinou o que é ter chama da vida. Ora vejo-nos alegres na rua comendo pipocas. Ora vejo-o encontrando-se comigo na ABBR, onde eu recuperava os movimentos de minha mão queimada e onde Lúcio, Pedro e Miriam Bloch chamavam-no à vida. Na ABBR caímos um nos braços do outro.

Lúcio e eu sempre nos admitimos: ele com sua vida misteriosa e secreta, eu com o que ele chamava de "vida apaixonante". Em tantas coisas éramos tão fantásticos que, se não houvesse a impossibilidade, quem sabe teríamos nos casado.

Helena Cardoso, você que é uma escritora fina e que sabe pegar numa asa de borboleta sem quebrá-la, você que é irmã do Lúcio para todo o sempre, por que não escreve um livro sobre Lúcio? Você contaria de seus anseios e alegrias, de suas angústias profundas, de sua luta com Deus, de suas fugas para o humano, para os caminhos do Bem e do Mal. Você, Helena, sofreu com Lúcio e por isso mesmo mais o amou.

Enquanto escrevo levanto de vez em quando os olhos e contemplo a caixinha de música antiga que Lúcio me deu de presente: tocava como em cravo a "Pour Élise". Tanto ouvi, que a mola partiu. A caixinha de música está muda? Não. Assim como Lúcio não está morto dentro de mim.

Sobre Lúcio Cardoso

Ésio Macedo Ribeiro[*]

Em 14 de agosto de 1912, nasce na rua Nova da Grota — que era a mais antiga da cidade e a única com calçamento — em Curvelo, Minas Gerais, Joaquim Lúcio Cardoso Filho, filho de Joaquim Lúcio Cardoso e Maria Wenceslina Cardoso.

Dois anos depois de seu nascimento, a família Cardoso muda-se para Belo Horizonte, onde Lúcio passa a primeira infância e faz seus estudos elementares no Jardim de Infância Bueno Brandão e no Grupo Escolar Barão do Rio Branco.

Buscando uma vida melhor para os filhos, em 1923 a família transfere-se para o Rio de Janeiro, onde matricula Lúcio no Instituto Lafayette. No ano seguinte, Lúcio retorna à capital mineira, a fim de complementar estudos como interno no Colégio Arnaldo, de onde foi convidado a se retirar no final

---

[*] Ésio Macedo Ribeiro é doutor em Literatura Brasileira pela USP, escritor e bibliófilo. Autor de, entre outros, *O riso escuro ou o pavão de luto: Um percurso pela poesia de Lúcio Cardoso* (2006), *É o que tem* (2018) e *Um olhar sobre o que nunca foi:* (2019); e organizador e editor da edição crítica da *Poesia completa* (2011) e dos *Diários* de Lúcio Cardoso (2012), de *O vento da noite*, de Emily Brontë, trad. de Lúcio Cardoso (2016), e de *Ana Karenina*, de Liev Tolstói, trad. de Lúcio Cardoso (no prelo).

daquele ano por insubordinação. Somente em 1929 volta a viver no Rio, de onde nunca mais sai.

Apesar de ser considerado um péssimo aluno, rebelde, avesso aos estudos e instigado por uma imaginação fértil e já em busca de um estilo, o garoto só se saía bem nas disciplinas em que era preciso discorrer sobre algum assunto. Daí, ele resolve fazer curso seriado, matriculando-se no Instituto Superior de Preparatórios e Faculdade de Commercio. Época em que lia tudo que lhe caía às mãos, como Eça de Queirós, Conan Doyle e Hoffmann e, também, da sua primeira experiência como dramaturgo. A peça *Reduto dos deuses*, nunca publicada, mereceu elogios de Aníbal Machado, e, segundo o próprio Lúcio, era "pretensiosa e anarquista".

A sua facilidade em fazer amigos o leva a conhecer Nássara e José Sanz. Com o segundo funda o jornal *A Bruxa*, para o qual escreve novelas policiais. Momento em que, além dos romancistas russos, lê Lesage, Julien Green e Oscar Wilde.

Inicia, em 1930, suas experiências como romancista e as publicações em jornais, e conhece Augusto Frederico Schmidt, proprietário da Livraria Schmidt Editora e da Companhia de Seguros A Equitativa, que o convida a trabalhar com ele na empresa de seguros. Lúcio aceita.

Torna-se amigo de Santa Rosa em 1932, mesmo ano em que fundam *Sua Revista*, que apresentava traduções de Ibsen, Pirandello e Dostoiévski. Projeto que fracassa no primeiro número. Lúcio muda-se de emprego e passa a trabalhar na Companhia Metrópole de Seguros, de Schmidt e Oscar Netto. Confiante, mostra a Schmidt seus poemas e seu romance *Maleita*. O editor gosta do que lê e publica-o em 1934. O livro é saudado pelos melhores escritores e críticos da época, incluindo o ferino Agripino Grieco, e relacionado aos autores regionalistas.

Lúcio, por se sentir mais afinado com o grupo "espiritualista" de Cornélio Pena, Augusto Frederico Schmidt, Octávio de Faria e Vinicius de Moraes, não gosta de ler isso, mas também não se deixa sucumbir, continuando a escrever. Dá ao público, já no ano seguinte, *Salgueiro*, romance ambientado na cidade e de cunho sociológico, que mereceu atenção da crítica. Em 1936, foi a vez de *A luz no subsolo*, romance que fixa definitivamente seu nome nas rodas literárias, tendo atraído o interesse inclusive do modernista Mário de Andrade, que lhe escreve uma elogiosa carta.

No ano de 1938, Lúcio publica a novela *Mãos vazias* e sofre o primeiro dos muitos golpes que viria a sofrer na vida. No dia 8 de setembro, falece seu pai.

Em 1939, sob a batuta do amigo Erico Verissimo, editor da Livraria do Globo, Lúcio publica o único livro infantil que escreveu, *Histórias da lagoa grande*. A carreira curta na literatura infantil também se deu na poesia. Publicou três antologias poéticas: "10 poemas de Lúcio Cardoso", em *Cadernos da Hora Presente* (1939), *Poesias* (1941) e *Novas poesias* (1944).*

Após publicar as novelas *O desconhecido* e *Céu escuro*, em 1940, pela necessidade de se manter, Lúcio começa a traduzir. De 1940 a 1948, traduz dezesseis livros, tais como *Orgulho e preconceito*, de Jane Austen, *Ana Karenina*, de Liev Tolstói, *Drácula*, de Bram Stoker, *O fantasma da ópera*, de Gaston Leroux, *O vento da noite*, de Emily Brontë, *As confissões de Moll Flanders*, de Daniel Defoë, *Memórias I*, de Johann Wolfgang von Goethe, e *O livro de Job*.

Corria o ano de 1941 quando Lúcio, trabalhando como redator do Departamento de Imprensa e Propaganda da Agência Nacional, conhece uma jovem chamada Clarice Lispector, nova companheira de trabalho que se tornaria uma de suas melhores amigas e a quem ele ajuda nos primeiros passos de escritora.

Dois anos depois, Lúcio volta-se para o teatro. Entusiasmado, funda, com Agostinho Olavo e Gustavo Dória, o Teatro de Câmara, no bairro da Tijuca, onde lança suas peças com o auxílio de atores como Henriette Morineau, Sérgio Brito e Ítalo Rossi. De 1943 a 1950, escreve *A corda de prata*, *O escravo*, *O coração delator*, *Angélica* e *O filho pródigo*.** Peças que foram encenadas pelas companhias teatrais Os Comediantes e Teatro Experimental do Negro.

Nesse mesmo período, Lúcio publica a novela *Inácio* (1944), *Dias perdidos* (1945) — romance com características autobiográficas —, e mais duas novelas, *A professora Hilda* e *O anfiteatro*, ambas em 1946; e também trabalha e/ou colabora nos periódicos *A Manhã* — escrevendo para o Suplemento Literário Letras e Artes —, *A Noite*, *Quinta-Feira* e *Revista da Semana*.

A incursão pelo teatro catapulta Lúcio para o cinema, tendo sido importante sua contribuição para o Cinema Novo. De 1948 a 1961, ele roteiriza, di-

---

* Em 2011, foi publicada a edição crítica de Ésio Macedo Ribeiro da *Poesia completa* de Lúcio Cardoso, pela Edusp/ Imprensa Oficial SP.
** Em 2006, foi publicado o *Teatro reunido* de Lúcio Cardoso, organizado por Antonio Arnoni Prado, pela Ed. UFPR.

rige e produz filmes como *Almas adversas*, de Leo Marten, *A mulher de longe*, dele próprio — filme que ficou inacabado —,* *O despertar de um horizonte*, de Igino Bonfioli, e *Porto das caixas*, de Paulo César Saraceni.

Muito embora Lúcio fosse notívago e gostasse um pouco de álcool, para dizer o mínimo, trabalhava regularmente nas manhãs e tardes a fim de obter dinheiro para realizar seus sonhos. O ano de 1951 foi bastante especial para ele. Consegue comprar uma fazenda próxima a Rio Bonito, município de Silva Jardim, no estado do Rio de Janeiro, e começa a elaboração do romance *O viajante*, nunca concluído.**

Em 1954, começa a publicar a trilogia "O mundo sem Deus", iniciada pela novela *Inácio*, seguida por *O enfeitiçado*, e que deveria ser concluída por *Baltazar*. No entanto, esta última fica inacabada.***

No dia 29 de junho de 1958, falece, no Rio de Janeiro, sua mãe, sua querida Nhanhá. A tristeza de Lúcio foi tanta que neste ano ele não publica nada. Entretanto, em meio à dor, gesta aquela que viria a ser a sua obra-prima, *Crônica da casa assassinada*, romance que marca sua maturidade literária e o consagra no campo da ficção.

Publicado pela prestigiosa José Olympio em fevereiro de 1959, o livro teve a capa ilustrada por Darel, e foi dedicado ao poeta Vito Pentagna, amigo de Lúcio que o ajuda no levantamento da história da família Meneses, que realmente existiu, e que tinha uma chácara próxima da cidade de Cataguases, Minas Gerais. Torna-se, imediatamente, um clássico da literatura brasileira e um dos dez mais importantes romances brasileiros de todos os tempos, seja pela intrigante e pungente leitura da alma humana traçada pelo autor em suas páginas, seja pela sua estruturação narrativa — intricada trama que se desenvolve através de narradores em primeira pessoa, que extravasam suas vicissitudes por meio do cruzamento híbrido de narrações, confissões, cartas, diários e depoimentos. Nele, Lúcio mostra e/ou enfatiza os lados psicológicos do comportamento e das motivações humanas que são, para dizer o menos, perturbado-

---

* Em 2012, em homenagem ao centenário do escritor, o cineasta Luiz Carlos Lacerda roteiriza e dirige um documentário, com título homônimo, aproveitando os takes do filme que sobreviveram e que estão conservados na Cinemateca Brasileira, em São Paulo.
** O livro foi organizado por Octávio de Faria e publicado, em 1973, pela José Olympio.
*** A trilogia foi reunida e organizada por André Seffrin, e publicada pela Civilização Brasileira, em 2002, sob o título *Inácio*, *O enfeitiçado* e *Baltazar*.

res. Também, por meio de múltiplas vozes, descreve os fatos e as animosidades vividos pela família Meneses, num caleidoscópio que se mescla, no fim, para formar o quebra-cabeça de situações inusitadas e cruentas daquela família que teve seu apogeu e que agora se vê deteriorando. Até a morte de Lúcio, mais duas edições saíram do forno, a segunda (1963) pela Letras e Artes, e a terceira (1968) pela Bruguera.

Além da literatura, do teatro e do cinema, Lúcio costumava dedicar-se à pintura e ao desenho como elementos subsidiários à função literária. Concebia plasticamente os cenários de suas peças, a feição de suas personagens e os locais em que se desenrolava a ação dos romances. Seus trabalhos plásticos foram publicados em periódicos e capas de livros. Concomitante a isso, faz crítica de arte e escreve textos para catálogos de exposições de pintura. Os primeiros foram para as de Ione Saldanha (1959) e de Zélia Salgado (1960), ambas ocorridas no Museu de Arte Moderna (RJ).

Em 1961, publica *Diário I* (1949 a 1951), ao qual iriam seguir-se os volumes II a V — que ficam na intenção;* e mais os dezoito opúsculos sobre algumas figuras nacionais de destaque (*O Aleijadinho*, *Tiradentes*, *Vieira* etc.), as riquezas (*O ouro*) e a história do Brasil (*O Descobrimento*, *O Grito do Ipiranga* etc.), para a Campanha de Educação de Adolescentes e Adultos do Departamento Nacional de Educação do, então, Ministério de Educação e Cultura.

José Condé coordena, em 1962, o romance policial *O mistério dos MMM*, escrito a vinte mãos. Além de Lúcio, participam do livro Rachel de Queiroz, Antônio Callado, Dinah Silveira de Queiroz, Jorge Amado, Guimarães Rosa, Viriato Corrêa, José Condé, Orígenes Lessa e Herberto Sales.

Esse foi o ano em que Lúcio sofre o derrame cerebral que provoca paralisia do lado direito de seu corpo. Privado do uso da palavra e da faculdade de escrever, assume definitivamente a pintura como terapia ocupacional e como outro meio de expressão. Ele recria, em seus desenhos e telas, o clima de paixão e tormento análogo ao de seus romances e poemas. Realiza, nos anos seguintes, quatro bem-sucedidas exposições individuais. No Rio de Janeiro, nas galerias Goeldi (1965) e Décor (1968); em São Paulo, na Atrium (1965); e em Belo Horizonte, no Automóvel Club de Minas Gerais (1966).

---

* Em 2012, em homenagem ao centenário de Lúcio Cardoso, a reunião de todos os textos que ele nos legou nesse gênero foi editada por Ésio Macedo Ribeiro, sob o título *Diários*, e publicada pela Civilização Brasileira.

No dia 24 de setembro de 1968, após uma vida rica de amigos; bebidas; boa música e literatura; festas; escrita; viagens; namorados (Lúcio nunca se casou); e de uma produção que a cada dia mais e mais atrai público, Lúcio falece na Clínica Doutor Eiras, no Rio de Janeiro, vítima de derrame cerebral. No mesmo dia em que é apresentado, no I Festival de Cinema de Belo Horizonte, o curta-metragem sobre sua vida e obra, *O enfeitiçado*, realizado por seu amigo Luiz Carlos Lacerda.

1ª EDIÇÃO [2021] 5 reimpressões

ESTA OBRA FOI COMPOSTA EM MINION PELO ACQUA ESTÚDIO E
IMPRESSA EM OFSETE PELA GRÁFICA SANTA MARTA SOBRE PAPEL PÓLEN
DA SUZANO S.A. PARA A EDITORA SCHWARCZ EM JUNHO DE 2024

A marca FSC® é a garantia de que a madeira utilizada na fabricação do papel deste livro provém de florestas que foram gerenciadas de maneira ambientalmente correta, socialmente justa e economicamente viável, além de outras fontes de origem controlada.